예
수

예수

지은이   이범선
펴낸이   성상건

펴낸날   2025년 1월 14일
펴낸곳   도서출판 나눔사
주소   (우)10270 경기도 고양시 덕양구 푸른마을로15
          301동1505
전화   02.359.3429 팩스 02.355.3429
등록일자 1995년 3월 27일
등록번호 제 2-489호(1988년 2월 16일)
이메일   nanumsa@hanmail.net

ⓒ 이범선, 2025

ISBN 978-89-7027-846-9 03810

값 15,000 원

*잘못된 책은 바꾸어 드립니다.

예수

역사적 예수를 새롭게 발견하는 이야기

이
범
선 지음

나눔사

독자들에게

1

지금 인간은 깊은 잠에 빠져 있다. 나는 인간을 일컫는 '호모 사피엔스'(Homo Sapiens, 생각하는 인간·이성적 인간·슬기인)를 단지 문명의 근본인 '호모 파베르'(Homo Faber, 도구를 제작하는 인간·도구인·기술인)만이 아니라, 문화의 근본인 '종교적 인간'과 '윤리적 인간'을 아울러 가리키는 말로 알아듣고 싶다. 이성적 인간의 핵심은 생각하는 힘이고, 윤리적 인간의 핵심은 더불어 살 줄 아는 능력이다.

그런데 현대인들은 더불어 사는 법을 모르게 되었다. 세계 2차 대전을 치르고 난 후에도 여전히 그러하다. 그렇다면 이제 호모 사피엔스의 한계가 적나라하게 노출된 것이고, 이성과 도덕성이 바닥을 드러낸 것이고, 양심과 인간성이 효력을 다한 것이다. 그러니 새로운 인간이 나와야 한다.

히브리 성서(구약성서)는 경고한다. "형제를 죽이는 자는 땅에서 저주를 받아, 이 땅 위에서 쉬지도 못하고 떠돌아다니게 된다."(창 4:10~12) 인간이란 더불어 살 줄 알기에 인간이다. 그때에만 인간은 호모 사피엔스라는 칭호의 영예를 누린다.

이런 말도 있다. "신을 거역하는 자는 메마른 땅에서 산다."(시 68:6) 여기에서 '신'을 '진리'(시 31:5; 사 65:16), 혹은 '이성, 양심, 도덕성, 상생(相生)의 질서'로 대치하면 이해하는 데 좋으리라. 신을 거역하는 인간의 삶은 비록 부귀영화 속에서 뒹군다 해도, 메마른 황야일 수밖에 없다. 이것이 지금 인간과 세

4

계가 잠들어 있는 실상이다. 세상은 거대한 "공동묘지"가 되었고, 인간들은 "그 무덤 사이에서 소리를 질러 대고, 돌로 제 몸에 상처를 내며" 안쓰럽게 살아가는 광인(狂人)의 처지로 전락했다(막 5:1~5).

따라서 지금은 새로운 세계관, 새로운 인간이 절박하게 필요한 시점이다. 그러자면 새로운 종교, 새로운 철학, 새로운 사상, 새로운 문화가 나타나야 한다. 그것이 어떤 것이든지 간에, 기존의 종교와 철학, 사상과 문화는 이미 그 한계에 이르렀다. 이것은 기존의 종교와 철학, 사상과 문화의 본질이 아니라, 그에 대한 사유와 전달 방식을 말한다.

모세는 말한다. "보라. 나는 오늘 생명과 번영, 죽음과 파멸, 생명과 사망, 복과 저주를 너희 앞에 내놓는다. 살려면, 생명의 길을 택하라."(신 30:15~20) 이스라엘 예언자·철인(哲人) 예레미야는 말한다. "너희는 가던 길을 멈추고, 자신을 살펴보라. 옛길이 어딘지, 가장 좋은 길이 어딘지 물어보고 그 길로 가라. 그러면 너희의 영혼이 평안히 쉴 곳을 찾을 것이다."(렘 6:16) 생명과 구원과 평화의 길은 이미 인류에게 주어진 바이다. "신은 옛날 예언자들을 통하여 여러 번에 걸쳐서 여러 가지 방법으로 인간들에게 말씀하셨다."(히 1:1)

예수는 말한다. "새 포도주는 새 가죽 부대에 담아야 한다."(막 2:22) 포도주, 곧 종교와 철학, 사상과 문화는 이미 주어진 것이다. 그러나 그것은 새 가죽 부대인 새로운 세대에게 새로운 해석과 이해와 강조점, 새로운 세계관, 새로운 사상, 새로운 문화 형식으로 전달해야 한다. 소통의 방식(communication)은 본질만큼이나 중요하다. 인간은 누구나 사랑이 행복과 평화의 길이라는 것을 알지만, 그 방식이 서툴고 거칠기에 불행하게 산다. 종교와 철학과 문화는 다리가 길면 자르고 짧으면 강제로 뽑아 늘여 맞추는 "이소크라테스의 침대"가 아니다. 새로운 세대에게는 새로운 해석학과 논증과 전달 방식이 필요하다.

2

이 책은 복음서에 기초한 '역사적 예수(historical Jesus)'에 관한 소설'이다. '공관복음'(共觀福音, 마가, 마태, 누가-기록 연대순)과 요한복음서의 예수 이야기는 많은 차이를 드러낸다. 그 까닭은 저자들이 속한 공동체가 놓인 '삶의 자리'(Sitz im Leben), 곧 사회적 환경과 문화적 배경이 서로 달랐기 때문이다. 저자들은 각기 자기들이 처한 공동체와 선교할 지역의 상황에 적절한 예수를 증언하고 고백했다. 이것은 예수가 청중과 상황에 따라 '방편적으로' 가르침을 전했듯이, 복음서 기자들도 그렇게 한 것으로 볼 수 있다. 복음서는 한 예수를 네 가지 방편으로 이해하고 해석하고 고백하고 증언하고 해명한 것이다.

따라서 각 복음서는 역사적 예수의 일부분을 담은 것이기에, 네 복음서를 통합하여 볼 때 역사적 예수의 면모를 제대로 이해할 수 있겠다. 나는 그것을 '통전적(通典的, holistic) 예수, 전체적(wholly) 예수'라고 말하고자 한다. 나는 역사적 예수를 '예언자(복음서에 여러 번 기록), 신학자, 시인, 현자, 진리를 깨달은 각자(覺者), 진리의 스승, 기존의 인간과 세상의 질서에 대한 근본적인 전복(顚覆)과 새 인간과 새 세상의 대안(代案) 프로그램인 하나님의 나라를 설파한 영혼의 혁명가, 사상의 철인' 등을 한 몸에 통합하여 구현한 분으로 본다. 그래서 어떤 장소에서 드러난 예수의 모습 뒤에는 언제나 여러 측면도 함께 있기에, 특정한 때의 방편적 모습을 전체적 면모로 보면 안 된다.

이 책은 복음서의 형성 과정에 대한 궁금증에서 풀어본 '예수 전(傳)'이다. 복음서는 제자들을 비롯한 최초 목격자들의 예수 사건 체험과 기억과 설교와 이야기의 구전 전승, 그에 따른 단편적 기록 전승(눅 1:1~2), 복음서 저자와 그가 속한 공동체 동료들의 자료 수집, 기록, 편집과 마무리, 그리고 후대의 자료 추가와 보충을 거쳐 완성된 것이다.

그래서 나는 최초의 목격자, 곧 예수의 공생애 처음부터 부활에 이르기까지 함께한 '호세아'라는 '익명의 제자 한 사람'을 설정하여, 그가 이야기하는 형식을 채택했다(narrative, 시점은 서기 66년 무렵. 유대 전쟁〈66~70년〉 이전). 그는 열두 제자에 속하진 않지만, 시종일관 예수와 함께 걷고 먹고 자고 듣고 보면서, 그 누구보다 예수와 많은 이야기를 나눈 사람이다. 후일 그가 기록해 둔 예수 이야기가 네 복음서의 근원 자료가 되었다고 상정한 것이다.

이 책에서 예수의 공생애 순서는 복음서와 일치하지 않는다. 예수의 여정은 '갈릴리 호수' 북쪽의 '가버나움'에서 출발하여, 그곳으로부터 동, 서, 북, 남으로 내려가다가 '사마리아'와 '여리고'를 거쳐서 '예루살렘'에서 끝나는 길이다. 어쩔 수 없이 복음서에서 많은 부분을 생략해야 했다. 그것은 예수의 주요한 가르침과 행적만 이야기해도, 그 전체적인 면모를 파악하는 데 충분하다고 보았기 때문이다. 예수의 말도 그대로 옮기지 않았지만, 복음서를 아는 사람이라면 읽는 데 그리 무리는 없을 것이다.

나는 예수가 배운 것이 하나도 없다는 기독교의 전통적 추정을 전혀 참고하지 않는다. 그것은 어리석기까지 한 신화이다. 복음서에서 우리가 보는 나사렛 예수는 히브리 성서의 해박한 지식과 그 핵심 주제의 흐름을 꿰뚫고 말하는 탁월한 '해석학적 신학자'이다. 예수는 오경과 역사서, 예언서와 시가서, 묵시의 책(다니엘서)을 달달 외울 정도로 알고 있다.

그것은 예수가 공생애 처음부터 끝까지, 유대교 신학자들(율법 학자들·랍비들)과 제사장들, 율법과 유대교 전통의 수호자를 자임한 바리새파와 장로들과 성서 해석을 두고 치열하게 논쟁하는 장면에서 충분히 입증되는 일이다. 예수는 상황에 따라 적재적소에서 히브리 성서를 인용하고 그 본래의 의미를 드러내면서 그들과 논쟁을 벌인다. 예수가 죽음에 이르게 된 요인의 하나는 하나님과 성서와 유대교 전통에 대한 너무나도 다른 해석학이다.

이 책을 쓴 이유는 현재 기독교의 예수상이 지나치게 한쪽으로만 기울어진 편향적 면모를 드러내고 있다는 나름의 진단 때문이다. 그래서 본래 이 땅을 거닐었던 예수의 통전적이고 전체적인 면모를 이야기하려는 것이다. 이제 기독교는 역사적 예수의 참모습을 새롭게 발견하고 말하고 따라야 한다. 그간 기독교는 짐짓, 혹은 자기도 모르게 예수 숭배의 종교로 존재해왔다. 그러나 성서적 신앙이란 본디 하나님과 진리에 대한 순종·복종·추종이다.

'저 하늘 높은 곳으로 추방되어 숭배만 받는 예수', 그리하여 '세상에서 박제(剝製)가 되어버린 예수'는 옛 시대의 신앙과 신학이기에, 더는 현대인에게 통하지 않는다. 예수는 지금도 온통 혁신적이고 혁명적이다. 이것을 망각하거나 심지어 배척한다면, 머지않아 기독교는 역사의 골동품이 되고 말 것이다. 이미 유럽에서는 거의 그렇게 되었다!

역사적 예수는 늘 지금 이 순간 완전히 현존(現存)하여 살아간 분이다. 곧, 활짝 깨어난 분이다. 역사적 예수는 로마 제국의 식민지가 되어(기원전 63년) "내 땅에서 유배된 자"(프란츠 파농-대지에서 유배된 자들)의 처지로, 외세와 국내 지도층에게 갖은 억압과 착취와 수탈, 위협과 감시와 멸시를 받으며 병들고 궁핍하고 소외되고 삶의 방향을 잃은 사람들의 친구와 형제와 오라버니와 진리의 스승으로 살아간 분이다. 예수는 참 인간과 참 세상의 "길"이다!

예수는 언제나 상황에 맞게, 활짝 웃거나 동병상련(同病相憐)의 심정에 젖어 슬퍼하고 울거나 기뻐하고, 흔쾌히 어울리거나 홀로 밤새 고뇌하고, 마음껏 음식과 술을 먹거나 자주 굶고, 노래하거나 분노하고, 춤을 추거나 독설을 퍼붓고, 부드럽게 가르치거나 욕설까지 던지며 비판하고, 감싸 안거나 저항하고, 참거나 대들고, 꾸짖거나 격려하고, 몹시 까다롭거나 관대하고, 책망하거나 무한히 용서하고, 편애하거나 무차별적으로 사랑하고, 대쪽같거나 한없이 자비롭고, 율법주의자들보다 더 원칙적이거나 모든 규칙을 폐기할 정도로 관용을 선언하고, 고난의 상황에 알맞게 대응하면서도 보편적 구원의 진리를 가르치는 등, 실로 다양한 면모를 드러낸다. 그렇기에 역사적 예수는 사고(思考)와 성품이 깊고 넓은 현대인조차도 제대로 수용하기에는 여전히 어려운 분이다.

이것이 우리가 복음서에서 보아야 할 예수이다. 그렇기에 예수는 언제나 새로운 분이다. "그리스도 안에는 모든 지혜와 지식의 보화가 감추어져 있다."라는 말도 이것이다(골 2:3). 나는 이 책이 이와 같은 통전적이고 전체적인 역사적 예수를 새롭게 발견하고 따르는 '길'을 안내하는 작은 등불이 되기를 바란다. 작중 인물 호세아의 심정과 눈을 따라가며 읽는 독자들이 행복한 사람이 되기를!

차례

1장

갈릴리의 봄

사랑하는 랍비(Rabbi, 선생·스승) 예수아(Yeshua, 고대 아람·시리아어, 그·라-Jesu)! 접니다, 호세아(호세아·Hosea와 예수아는 여호수아의 애칭, 히-Yehoshua, 영-Joshua). 랍비, 지금도 랍비를 그리워하는 제 눈엔 눈물이 맺혀요.

랍비를 따라나선 후 어언 40여 년이 흘렀습니다. 그때는 몰랐지만, 랍비와 함께 걷던 시절이야말로 내 인생에 황금빛 햇살이 쏟아진 경이롭고 축복받은 나날이었어요. 이제 저도 어느새 60살에 이르렀는데, 여전히 랍비가 그리운 심정(心情)뿐입니다. 말로 다 못해요. 어떤 때는 랍비가 사무치도록 그리워서, 밤새 호숫가를 거닐다가 새벽녘에야 돌아오곤 합니다.

랍비와 함께 지내던 나날들을 떠올리면, 문득 랍비가 제 곁에 다가와 계시는 것 같아서, 절로 기쁨과 감사의 미소를 짓게 됩니다. 그렇다고 과거에 매여서 사는 것은 아니에요. 랍비의 말씀처럼 언제나 지금 이 순간 온전히 깬 정신으로 살고 있어서, 제 눈에는 만물이 방금 태어난 것처럼 깨끗하게 보입니다.

랍비는 제 작은 영혼을 가져가고, 그 대신 더 큰 영혼을 선물로 안겨주셨어요. 랍비는 저에게 말씀하셨지요. 사람은 몸속에 영혼을 지닌 게 아니라, 영혼이 몸을 감싸 안고 있는 것이라고요. 그러면서 랍비는 신성한 불꽃인 영혼은 우주를 품고 있는 큰 영 안에 있기에, 영혼이 몸을 다스려서 친한 친구가 되게 부리는 것이 행복하고 참된 삶이라고 하셨지요. 랍비를 따라다닐 적에는 잘 몰랐지만, 이제는 확연히 깨닫게 되었습니다.

랍비는 제가 랍비와 이름이 같다고 좋아하며 늘 환히 웃으셨지요. 그래요, 랍비와 제 이름은 옛날 우리 민족이 이 땅에서 살도록 이끈 장군 '여호수아'와 같지요. "주님은 나의 구원이시다!" 참 좋은 이름입니다. 할아버지는 제가 여호수아보다는 못해도 그 비슷하게는 살라고 해서 지은 것이라고 하는데, 그동안 제 이름값을 제대로 하고 살려고 애쓴 발자취를 돌아보면, 자랑스러움보다는 부끄러움이 많아요.

지금도 내게 늘 그리움의 심정을 일깨우시는 사랑하는 랍비! 이제 저도 몸이 자꾸만 허약해지고 눈도 침침해지고 기억도 흐려지고, 얼마나 더 살아갈지 알 수 없기에, 할 수 있는 한 랍비와 같이 지낸 나날들의 기억을 더듬어 기록으로 남겨, 후세에 전해주려고 합니다. 이것이 어떤 도움이 될지는 알 수 없으나, 지금도 랍비를 기억하고 사랑하고 따르는 형제자매들에게 위로와 빛과 힘이 되고, 존재 방향과 목적의 지표(指標)가 되리라고 봅니다.

1

내 고향 가버나움은 갈릴리 호수 북쪽에 자리한 제법 큰 어촌이다. 아버지는 큰 배 여러 척과 일꾼들을 데리고 물고기 사업을 하여 부자가 되어, 우리 동네나 다른 마을의 가난하고 병든 사람들을 먹이고 돕고 보살폈기에, 도타운 존경과 사랑을 받았다. 아버지는 호수의 물고기들은 사람이 씨를 뿌려서 얻은 게 아니라, 하나님이 지으신 것을 조금 힘을 써서 거둔 것으로 생각하여 자기 것이 아니라고 했는데, 어린 나에게도 훌륭한 생각이었다.

게다가 아버지는 마을 회당을 관리하기도 했다. 형 하나뿐인 내가 어렸을 때, 아버지는 마을 사람들과 함께, 오래된 낡은 회당을 부수고 대리석과 벽돌로 크고 멋지게 지어 봉헌했다. 안식일이 오면, 동네 사람들이 몇 번 나누어 모여 우렁찬 목소리로 찬미하고 예배를 드리며 회당 랍비의 설교를 들었다. 예배를 마치고 나면, 으레 아버지와 어머니는 준비해 놓은 빵과 굽거나 말린 생선요리, 채소와 말린 무화과, 과자와 포도주를 내놓고 먹으며, 이야기꽃을 피우며 즐거워했다. 어머니는 가난한 사람들이 돌아갈 때는 음식을 싸주었다.

아버지는 오래전에 고인이 되었지만, 지금도 그때 일을 회상하면 활달하게 웃던 모습이 떠오른다. 아버지가 하던 가업은 형이 물려받았고, 15살인 나는 홀로 뭘 할 처지가 아니어서 형을 돕기만 했다. 아버지의 성품을 닮은 형은 아버지가 하던 대로 회당을 맡아 잘 돌봤다.

2

어느 날, 가버나움 서쪽에 있는 산골 마을 나사렛에서 목수와 석공 일을 하던 장남인 예수아가 '어머니 미리암'(Miriam, 히브리어. 마리아는 그리스어와 라틴어)과 함께 우리 동네로 이사해 왔다(마 4:13). 선친 요셉은 랍비의 소년 시절에 세상을 떠났다고 들었다. 랍비 가족이 이사를 온 것은 아무래도 나사렛이 산골 작은 동네라서, 많은 식구를 먹여 살리기에는 어려움이 컸던 것 같다.

랍비의 남동생들과 여동생들은 나사렛이나 가버나움으로 온 후 모두 출가

하여, 나사렛 옛집, 우리 마을, 그리고 나사렛 북쪽 마을인 가나에서 살고 있었다. 첫째 동생 야고보는 몇 해 전에 '쿰란, 엣세네파' 수도원에 들어갔다는 말을 들었고, 요셉과 유다와 시몬, 두 여동생은 어머니 생일이나 명절 때마다 자녀들을 데리고 랍비의 집에 모였다(막 6:3).

가버나움은 나사렛보다 훨씬 큰 동네이고 갈릴리의 동서를 연결하는 곳이어서, 외국의 대상들로부터 통행세를 받는 세관도 있고, 툭하면 벌어진 로마 군인에 대한 암살 때문에 30여 명 정도의 로마 부대도 진주해 있었다. 호수 서남쪽 가까운 곳에는 막달라와 게네사렛, 좀 멀리 남쪽에는 갈릴리의 수도 티베리아스가 있어, 랍비에게는 꽤 일거리가 많았다.

나는 20대 후반에 들어선 랍비의 목공소에 자주 놀러 다녔다. 내가 이상하게 생각한 것은 유대인 남자는 대개 10대 후반이나 늦어도 20대 초반이면 결혼하는데, 랍비는 그 나이에도 총각인 것이었다. 장남으로 가족을 먹여 살려야 했기 때문이었겠지만, 묻지는 않았다.

랍비가 톱, 까뀌, 대패, 망치, 송곳으로 통나무를 다듬어 아교로 붙이고 나무못을 박으며 작업하는 모습은 마치 예술 작품을 만드는 것 같아서 아름다웠다고 할 만했다. 랍비가 아버지에게서 배운 솜씨는 금방 소문이 났다. 각종 가구, 짐승 우리, 절구와 공이, 소와 나귀의 멍에와 쟁기, 대문, 집수리, 목기, 또는 돌로 집을 짓는 것까지, 못 만드는 게 없었다.

게다가 랍비는 우리가 모르는 히브리어를 알고, 성서를 환히 꿰뚫고 있었다. 나는 훼방이 되는 줄 알면서도, 랍비에게 갈 때마다 늘 성서 이야기를 해달라고 조르기도 했다. 그러면 랍비는 일하거나 쉬면서 이야기를 들려주었다. 물론 우리는 아람어를 썼다. 나는 지금도 짧은 머리칼에 신장도 크고 잘 생긴 랍비의 목소리를 또렷이 기억한다. 조금 쉰 듯하면서도 굵직한 목소리는 울림이 깊어 듣기에 좋고 편안했다. 특히 랍비의 검은 눈동자를 들여다보는 것은 크나큰 즐거움이었다. 무엇이라 말할 수 없는 신비로운 꿈을 간직한, 마치 하늘 같기도 하고 갈릴리 호수 같기도 한 눈동자였다. 이야기가 끝나면 랍비는 늘 미소를 지으며, 내가 이야기를 제대로 이해했는지 이런저런 질문을 던지곤 했다.

3

랍비 어머니 미리암은 그만 20대 후반에 남편을 여의고 홀몸이 되어, 일곱이나 되는 자식을 먹이고 돌보느라 그래서인지, 매우 겉늙어 보였다. 내가 가기만 하면 늘 환한 미소를 지으며, '아유, 우리 호세아 왔구나!' 하며 반가이 맞아주었다.

어느 날 나는 목공소에 놀러 갔다가 이상한 장면을 목격했다. 랍비 어머니가 목공소 입구에 서서, 오래도록 랍비를 가만히 지켜보는 것이었다. 나는 멈칫하고 나무 뒤에 숨어 바라보았다. 랍비는 입구를 등지고 나무를 다듬고 있어서, 어머니의 인기척을 느끼지 못하는 것 같았다. 이윽고 미리암 어머니는 옷소매로 눈을 훔치고는, 이내 돌아서서 부엌으로 들어갔다. 나는 어째서 큰아들을 바라보며 눈물을 흘릴까 하여 적잖이 놀랐다.

훗날 랍비를 따라나선 후에야, 그 까닭을 알게 되었다. 어느 날 내가 랍비에게 어머니에 관해 묻자, 침묵하다가 이런 이야기를 들려주었다. "어머니는 결혼 전에 태몽을 꾸셨는데, 천사가 한 사내아이를 안고 와서 품에 안겨주며 말했다고 하네. '미리암, 네 아이는 장차 네 품을 떠나 하나님의 예언자가 될 거다.' 놀란 어머니는 '저는 주님의 여종일 뿐이니, 말씀하신 대로 이루어지기를 바랍니다.'하고 대답하고는 깼다는 거야. 어머니는 그것을 늘 잊지 않고 지내면서, 내가 나이가 들어갈수록 집을 떠날 날이 다가온 줄 알고 초조해지신 것이지. 하나님이 말씀하신 것이니, 그대로 될 게 틀림없다고 믿었으니까."

4

세월이 빠르게 지나갔다. 가끔 세상을 떠나는 노인 외에, 마을에는 별다른 변화가 없었다. 갈릴리 호수는 언제나 푸르게 넘실대고 물고기들은 지천이었고, 들판에는 봄부터 가을까지 아네모네와 나리와 백합꽃과 엉겅퀴꽃이 피고 지곤 했다. 우리 어머니와 형은 나에게 결혼할 때가 왔다고 하였지만, 20세에 이른 나는 이상하게도 결혼할 마음이 없었다.

그러던 어느 날 아침, 나는 깜짝 놀랐다. 지난밤, 랍비가 집을 떠났다는 것이었다! 나는 조금도 지체하지 않고 랍비 집으로 달려갔다. 눈물로 가득한 미리암 어머니는 마당의 나무 아래 탁상에 앉아, 멍한 얼굴로 하염없이 목공소만 바라보고 있었다. 소식을 듣고 달려온 아주머니들은 눈시울이 붉어져 있었고, 어떤 아주머니는 눈물을 훔치며 어머니의 등을 쓰다듬으며 위로했다. 나는 물끄러미 바라만 보다가 돌아섰다. 가슴이 서늘했다. '랍비는 어디로 간 것일까?' 하는 생각뿐이었다. 그러나 랍비 어머니는 아무에게도 아들이 집을 나간 까닭을 말하지 않았다.

그 후 랍비의 둘째 동생 '요셉'이 나사렛에서 가버나움으로 이사와, 어머니를 모시고 목공소를 운영했다. 그도 훌륭한 목수였다. 내가 이따금 들러보면, 랍비 어머니는 속은 어떻든 아들과 며느리와 손자 손녀들과 잘 지내고 있었다. 그러나 전보다 훨씬 수척하고 쇠약해진 모습이었다. 미리암 어머니는 장남이고 동생들을 다 출가시키며 고생한 랍비를 유달리 사랑한 데다가, 예언자가 되리라는 태몽을 꾸었으니, 옛날 예언자들이 세상에서 어떤 대접을 받았는지 잘 알고 있었기에, 아무리 하나님의 뜻대로 되기를 바랐어도, 마음에 근심과 슬픔과 고통이 떠날 날이 없었을 텐데, 결국에 그렇게 된 것이었다.

몇 주 후, 우리 동네 대장간 집 아들이 요르단강 하구에서 회개와 용서의 표시로 침례를 베푸는 예언자 요한에게 갔을 때 랍비를 만났는데, 랍비가 침례를 받은 후 어디론가 홀로 떠났다는 소식을 미리암 어머니에게 전해주었다. 털썩 주저앉은 어머니는 눈물만 흘렸다.

부패한 지도층을 싸잡아 비판하고 회개하라면서, 이스라엘에 없던 이상한 침례를 베푸는 요한에 대한 소문은 나라를 온통 뒤흔들었다. 그는 예루살렘의 제사장들과 바리새인들과 율법 학자들에게 큰 충격을 안겼고, 백성에게는 엄청난 환호를 받았다. 갈릴리 영주 '헤롯 안티파스'는 경악하며 사태를 주시했고, 우리 마을 로마 군인들도 당황하는 눈치가 역력했다.

사람들은 요한이 '말라기' 이후 400여 년 만에 나타난 옛날 무서운 예언자들과 똑같은 예언자이며, "다시 나타난 엘리야"라고 말하기도 했다. 그 옛날 사마리아(북이스라엘) 땅에서 "바알" 신을 숭배하며 이스라엘을 박해한 아합 왕과 간악한 이세벨 왕비에 맞서 홀로 분투하던 엘리야가 지금 나라 꼴을 두고만 볼 수 없어, 다시 하늘에서 불 마차를 타고 내려왔다는 것이었다.

유대인들은 늘 엘리야가 다시 오기를 바라고 기다려왔다. 왜냐면 그가 오면 얼마 후 "메시아"가 오신다고 믿었으니까(히-Messiah, 그-크리스토스·Christos·그리스도. 둘 다 '기름 부음을 받은 자.' 민족 해방자와 구원자의 표상). 그러면 "다윗"과 같은 메시아 대왕이 나타나 강대국을 내쫓고 자유로운 나라를 이룩하고 세상을 지배할 것이라고! 그러니 저마다 로마의 지배 아래 고난을 받는 지금이야말로 메시아가 와야 할 때라고 확신한 것이다.

요한의 말은 사람들의 간담을 서늘하게 했다. 그는 가난한 백성도 봐주지 않았다. 그의 말은 이러했다: '누구나 하나님 앞에서 죄인이고 악인이다, 정의와 자비와 진실과 정직을 내팽개치고 사는 놈들은 죄다 곧 하늘에서 떨어질 하나님의 심판을 받아 콩처럼 튀겨진다, 이미 하나님이 도끼를 들고 다가와 계시다, 누구든 죄악을 뉘우치며 회개하지 않으면 모조리 찍혀서 불구덩이에 던져진다, 회개만이 하나님의 심판에서 살아남는 유일한 길이다!'

그런 요한은 누구에게나 썩어빠진 이 더러운 세상을 말끔히 태워 청소해버리는 하나님의 불꽃 예언자 엘리야의 재래(再來)로 보였다. 요한은 제사장, 바리새인, 율법 학자, 장로 등, 지도층 부자들의 탐욕스럽고 무자비한 생활 태도, 심지어 갈릴리 영주 '헤롯 안티파스'가 저지른 갖은 불의와 동생 아내를 가로챈 짓까지 서슴없이 책망했다(눅 3:19~20).

그렇게 모든 인간을 하나님의 적으로 본 요한은 하나님의 불과 도끼를 휘두르며 심판을 선고했다. 그는 자기를 찾아온 민족 배반자인 세리들과 로마 군대의 유대인 용병들에게는 백성을 속이며 위협하고 억압하고 착취해 처먹지 말고, 받는 봉급 외에 아무것도 탐내지 말라고 요구하며 회개하는 자에게만 침례를 주었고, 가난한 사람들에게는 서로 자비롭게 보살피며 가진 것을 나누며 살라고 가르쳤다(눅 3:7~14). 그래서 헤롯 안티파스와 로마 군인들은 혹시 폭동이 날까, 요한을 예의주시하며 감시했다.

그러나 폭동은 일어나지 않았다. 그는 광야에 거주하며 예루살렘이나 도시들을 멀리했고, 나라의 독립이나 자유에 대해서는 일절 말하지 않았기 때문인 것 같았다. 나도 요한을 찾아가 침례를 받을까 했지만, 어머니와 형이 극구 말리고 나서는 바람에 가지 않았다. 나는 랍비의 행적이 무척 궁금했다.

얼마 후 요한은 밤에 "여우" 같은 헤롯 안티파스가 보낸 군인들에게 체포되어 '마캐루스' 감방에 갇혔고, 추종자들은 스승이 하던 일을 계속 이어나갔지만, 전보다는 못하여 이내 힘을 잃고 말았다. 요한을 엘리야의 재래로 믿는 적은 수의 제자들만 광야에 은거하며, 그의 가르침을 따르는 공동체를 이루어 침례를 베풀고 말씀을 전하며 메시아를 기다렸다.

5

몇 달이 지난 어느 날, 랍비가 새벽빛처럼 가벼나움에 나타났다. 나는 부리나케 달려가 랍비를 만나 끌어안았다. 그런데 랍비는 이전에 보던 모습과는 사뭇 달랐다. 몸은 바짝 말랐지만, 눈에서는 광채가 났고, 목소리는 강하면서도 부드러웠고, 얼굴은 빛나고 진지하면서도 미소를 잃지 않았다. 달라진 것이 더 있었는데, 적당히 수염을 깎은 턱과 머리 가운데 가르마를 짓고 어깨까지 뒤덮은 치렁치렁한 머리칼이 보기에 참 좋았다.

그런데 랍비는 어머니와 동생을 찾아보지도 않고 호숫가로 나가, 사람들과 대화하며 이야기를 했는데, 목수 일을 그만두고 하나님의 말씀을 전하려는 것으로 보였다. 나는 그때 처음으로 사람들이 예수아를 "랍비!"라고 부르는 소리를 들었다. '아, 랍비라니! 바빌론 포로 시대에 생겨, 그동안 우리 백성에게 성서를 가르치며 민족의 등불이 되어준 현인이며 스승인 그들.' 나는 소년 시절부터 우리 민족이 아무리 외세의 지배를 받는다 해도, 랍비들이 있는 한, 고유의 정신과 전통을 잃어버리는 일은 절대로 없을 것이라고 배웠다.

여러 날 들은 랍비의 설교는 내게 잠들었던 영혼을 깨우는 데 충분했다. 아니, 말이 아니더라도, 랍비의 눈과 얼굴과 목소리를 보고 듣는 것만으로도 나는 새로운 세상을 보는 것 같았다. 그동안 랍비가 어디서 무엇을 하다가 돌아온 것인지는 모르지만, 확실한 것은 그간의 어떤 체험이 목수와 석공이었던 랍비를 전혀 다른 사람으로 바꾸어 놓았다는 것이다. 나는 랍비에게 온통 빨려 들어갔다. 그래서 나는 랍비를 따라다니기로 마음을 굳혔다. 그러나 아직 어머니와 형에게 결심을 밝히지 못했기에, 랍비에게는 말하지 않았다.

어느 날 랍비는 배에 올라 호숫가에 몰려든 사람들에게 설교했다. 그것은 예언자 요한의 말과 같으면서도(마 3:2), 다른 것이었다. "여러분, 이제 하나님의 나라(다스림)가 손에 잡힐 듯 가까이 다가왔습니다. 그러니 지난날의 사고방식을 완전히 바꾸어 새로운 삶을 살아야 합니다. 우리는 이 땅에 하나님의 나라를 건설해야 합니다. 그래서 우리는 하나님을 믿는 것을 넘어서, 영이신 하나님을 체험하고 하나님의 진리를 깨우쳐야 합니다!"

그러면서 랍비는 옛 예언자들의 말이나 여러 사람의 이야기를 들려주었다. 그런데 랍비의 말은 성서에 나온 그대로가 아닌, 새로운 해석을 가미한 평범하면서도 심오한 것이었다. 그것도 여러 이야기를 곁들여 말했기에, 매우 흥미로웠다. 나야 랍비가 이야기를 잘한다는 것은 알고 있었지만, 전에 목공소에서 듣던 것과는 사뭇 달랐다.

설교를 마친 랍비는 타고 있던 배를 호수 안쪽으로 나가도록 했다. 다른 어부들도 배를 타고 따라나섰다. 그런데 잠시 후 그들이 모두 랍비가 탄 배에서, 함께 그물을 끌어 올리는 모습을 보았다. 이윽고 뭍으로 다가온 배를 보니, 물고기가 가득했다. 물고기를 다 내린 어부들이 놀란 눈으로 서로 바라만 보고 있자, 랍비는 그들에게 말했다. "나를 따라오십시오. 내가 그대들을 사람을 낚는 어부가 되게 하겠소."

그것은 명령이면서 초청이었다. 네 사람은 얼떨결에 다가가 랍비의 손을 붙잡았는데, 베드로와 안드레, 야고보와 요한 형제였다. 요한과 나는 같은 나이의 친구였다. 랍비의 말은 내 가슴에 화살처럼 꽂혔다. '사람을 낚는 어부!' 나는 모세가 군인 여호수아를, 엘리야가 힘센 농부 엘리사를 부른 것이 제자가 되라는 것이었음을 알고 있었기에, 그게 무슨 뜻인지 바로 알아챘다. 랍비는 사람을 길러낼 생각인 것이다. 그렇게 하여 사람들의 마음과 이 땅에 하나님의 나라를 세우려는 랍비의 활동은 '청년 운동'으로 시작되었다!

전에 내가 목공소에 들릴 때마다 랍비는 지금 우리와 나라와 세상에 일어나는 일이나 사건은 옛날 일어난 것과 비슷한 것이니, 옛날 일을 기억하면 지금이나 장래 일도 올바로 볼 수 있다고 말했다. 그때 이후 나에게는 그런 습관이 생겼다. 그래서 어쩌면 내가 랍비의 첫 제자라는 생각이 들기도 했다. 이것은 즐거워서 하는 말이다.

6

그 후 랍비는 집으로 가서 미리암 어머니와 동생 가족들과 함께 지냈다. 랍비는 다시는 목공소에 들어가지 않았는데, 이미 떠난 것이니 다시 볼 것 없다고 했단다. 랍비는 며칠 더 가버나움에 머무르며, 안식일이면 우리 형이 관리하는 회당에서 설교도 했고, 평일에는 호숫가나 들판에서 첫 제자들이나 사람들에게 이야기를 들려주었다.

사람들의 얼굴에는 기쁨이 가득했다. 랍비가 마을 사람들과 함께 식사를 나눌 때는 마치 결혼잔치 같았다. 가버나움에서 그렇게 기쁘게 식사하고 이야기를 나누는 사람들의 모습은 처음 보았다고 할 정도였는데, 우리 아버지 적보다 더 즐겁고 흥겨운 분위기였다.

나는 점점 더 랍비의 말, 아니 랍비에게 빨려 들어갔다. 그래서 이제 랍비와 떨어져 사는 것은 생각할 수도 없게 되었다. 어머니와 형에게 어떻게 말할까 하고 몇 날 며칠 고민했다. 그러던 차에 어느 날 호수에 아름다운 황혼이 젖어 들 무렵, 랍비가 홀로 호숫가를 거니는 것을 보고 멀찍이서 뒤따라갔다. 혹 사색하는데 훼방 되는 게 아닐까 해서였다.

랍비는 가만히 서서 황혼이 진 하늘과 호수를 바라보다가 다시 걸었다. 이따금 호숫가에 나온 사람들에게 손을 흔들기도 했지만, 미소만 짓고 말을 하지는 않았다. 모래사장에 앉아 한참 동안 묵상하기도 했다. 그런데 일어서면서 고개를 돌리다가 나를 발견했다. 랍비가 활짝 웃으며 오라고 손짓하기에, 나는 반가운 마음에 랍비에게 달려갔다.

"무슨 걱정이 있는 것 같군, 나의 분신!"

그 말에 놀란 나는 속으로 말했다. '내가 분신이라니!'

"놀랄 것 없네, 호세아. 그대 이름이 내 이름과 같으니, 분신이 아니고 무엇이겠나? 우리 이름은 하나님께서 조상을 통해 지어주신 것이니, 우리가 가야 할 길을 보여주는 것이네."

"그런가요? 그런데 제가 걱정이 있는 걸 어떻게 아셨나요?"

"그대 얼굴이 말하고 있네."

"그런가요?"

나는 머뭇거리다가 말했다. "네, 고민이 있어요. 어떻게 해야 좋을지 모르겠어요. 랍비(처음 그렇게 불렀지요)! 저도 제 친구 요한 같이 사람을 낚는 어부가 될 수 있을까요?"

"그렇고말고. 아무도 제외된 사람은 없네."

"그런데 어머니와 형이 허락하지 않을 것 같아요. 물론 랍비가 가버나움에 계속 머무르신다면, 반대하지 않겠지만요."

"나는 가버나움에만 머물지 않을 것이네. 그렇다면 굳이 집을 떠나지도 않았지. 어머니가 꾸신 태몽대로 가야 하는 게 내 길이네. 이제는 유대 땅 전체가 내 집이고 내 고향이고 내 나라와 내 민족이네. 아니, 더 나아가 온 세상이 그렇지. 이제 발길 닿는 데로 떠도는 게 내가 가는 길이네. 길에서 살다가 길에서 죽을 수도 있는 것이지!"

"그래서 집에서 반대할 게 틀림없다는 겁니다."

"호세아, 사람은 영혼이 말하는 목소리에 귀를 기울여야 하네. 그것은 하나
님의 목소리이지. 영혼은 마음보다 더 깊고 숭고한 성소(聖所)라네. 그래서 영
혼은 거짓을 모르고 오직 진실만 말하지. 그러니 그대 영혼의 목소리를 따르게.
그렇지 않으면 평생 후회할 걸세. 나는 나에게 흥미를 느끼는 게 아니라, 나와
함께 일생을 바쳐 사람을 낚는 어부가 되려는 사람을 바랄 뿐이네."

"그런데 제가 제자가 될 수 있을까요?"

"그것은 그대가 영혼의 목소리를 듣는데 달린 일이네. 나는 오직 지금 이 순
간에만 현존(現存)하여 산다네. 왜냐면 사람에게는 과거도 없고 미래도 없고,
있는 것은 오직 지금 이 순간뿐이니까. 삶이란 순간에서 순간으로 이동하는 설
레는 도전과 모험의 장(場)이네. 과거니 미래니 하는 것은 사람들이 핑계와 욕
심으로 내세우는 허울이지. 있는 것은 지금 이 순간뿐이네. 그렇게 사는 것이
진짜 인간의 삶이지."

"랍비! 그러면 저를 제자로 받아주시겠어요?"

"받아주고 안 받아주고 할 게 없대도. 그대 영혼이 이끄는 대로 하게나."

"그럼, 집에 가보겠습니다."

랍비는 미소를 지으며 나를 물끄러미 바라보다가 얼굴을 돌리고 황혼 속으
로 사라졌다.

7

집에서 벌어진 일은 말하지 않겠다. 곧바로 랍비를 따라나섰으니까. 언제
다시 집으로 돌아올지는 몰랐지만, 기쁨과 행복이 넘치는 새로운 나날의 여정

(旅程)이었다. 베드로는 이미 결혼한 몸으로 아내와 자식이 있고 장모도 모시고 살았는데 따라나섰기에, 나보다 더 깊은 고뇌를 해온 게 틀림없었기에, 참으로 대단한 사람으로 보였다.

베드로와 안드레, 그리고 우리 집처럼 부유한 어부의 아들인 야고보와 요한 형제는 전에 예언자 요한을 찾아가 침례를 받고 제자가 되었다가(요 1:35~42), 스승이 투옥되자 모든 걸 체념하고 다시 고향으로 돌아왔다. 그들이 요한을 찾아갔던 것은 메시아의 나라, 곧 유대인이면 누구나 바라마지 않는 "다윗"과 같은 대왕이 출현하여 로마를 몰아내고 이룩할 자유의 나라에 대한 청운의 꿈 때문이었다. 그러나 랍비가 생각한 하나님의 나라는 그런 식으로 이루어지는 게 전혀 아니었다.

요즘 나라가 몹시 혼란하다(서기 66년 초반). 갈릴리 곳곳에서 로마 군대를 몰아내고 자유를 쟁취해야 한다며 독립 혁명을 부르짖는 사람들이 반란을 일으켜, 총독 관저가 있는 '카이사리아'(지중해변)와 '티베리아스'의 로마 군인들과 관리들을 급습하여 살해하고, 점점 더 세력이 불어나고 있는 바람에, 곧 시리아에 주둔하고 있는 로마 사령부의 대군이 밀어닥칠 것이라는 흉흉한 소문이 나돌고 있다. 로마는 그간의 총독 제도를 폐지하고, 헤롯 대왕의 손자 '헤롯 아그립바'에게 유대 왕위를 주었다가, 그가 죽자 다시 총독이 지배했다. 부글부글 끓는 가마솥 같은 이 땅에 곧 전쟁이 터질 것 같다(유대 전쟁: 66~70년).

8

그리하여 나는 랍비와 함께 걷고 머물고 먹고 자는 제자와 동지가 되었다. 매일 가버나움과 주변 마을을 다니며 하나님의 나라를 가르치는 랍비는 우리를 '친구'로 여겼고, 우리는 서로를 '형제'라고 불렀다. 우리는 걸어가면서 때가 되면 딱딱한 빵을 씹거나, 잠시 나무 아래에 앉아 쉬며 먹고 물이나 포도주를 마셨다.

그런데 랍비는 우리가 빵과 포도주를 먹을 때마다 특이한 행동을 했다. 빵을 들어 감사를 드린 다음, 손으로 찢어서 나누어주었다. 랍비가 체포되던 날 마지막으로 나눈 유월절 식사 때도 그랬다. 그때 랍비의 말을 어찌 잊겠는가? 랍비는 이렇게 말했다. "이 빵을 내 몸으로 알고 꼭꼭 씹어 먹고 완전히 소화하여 그대들의 생명으로 만들게. 이 포도주를 내 피로 알고 흡족히 마시고 그대들 영혼의 핏줄에 흐르도록 하게. 그대들이 지금은 이 뜻을 모르겠지만, 훗날 그대들의 영혼에 새 창조의 새벽빛이 비쳐오는 날이 오면 알 것이네."

매일 뙤약볕 아래 행군이었다. 그런데도 마음은 한없이 행복하고 즐겁고 자유로웠다. 우리는 누구랄 것도 없이 처음으로 사는 맛을 느꼈다. 특히 베드로는 앞서거니 뒤서거니 하는 내내, 벙글벙글 웃으며 뻣뻣한 춤까지 추는 것이어서, 모두의 웃음을 자아냈다. 랍비의 얼굴에도 웃음꽃이 피었다. 뻣뻣한 사람인 줄로만 알았던 우리는 베드로의 새삼스러운 모습을 보았다. 베드로는 우리를 보고는, '뭘, 이런 걸 다 가지고?' 하는 표정을 지으며 웃었다.

랍비는 새와 꽃을 좋아하고 사랑했다. 이곳 가버나움에는 새가 많고, 호숫가 언덕과 들판에는 꽃이 지천으로 깔려 있다. 이따금 산책할 때면, 여간 행복한 게 아니다. 랍비는 참새와 까마귀와 비둘기를 좋아하고, 특히 백합을 무척 사랑했다. 랍비가 빵조각을 들고 참새들을 부르면 날아와 먹곤 했다. 랍비는 백합을 보면, 그 앞에 구푸리고 앉아 미소 띤 얼굴로 들여다보고 가만히 향기를 맡으며 무슨 말을 건네곤 했다. 랍비는 백합을 '순결하고 청순한 아가씨'라고 불렀다. 그 말에 우리는 어리둥절했다. 모든 게 신비롭고 즐거운 날이었다.

2장

예언자의 길

어느 날 네 사람이 오랜 중풍으로 고생하는 친구를 들것에 실어 데려왔는데, 랍비는 그의 눈을 들여다보며, 하나님도 그대를 이미 용서하셨다고 하며 평화를 빌고 손을 잡아 일으키자 벌떡 일어나 걸어가는 것이었다. 그를 알고 있던 마을 사람들 모두 놀라서 뒤로 자빠질 뻔했다.

그 일로 그 자리에 있던 바리새인과 율법 학자와 한바탕 논쟁이 벌어졌다. 그들은 이렇게 말했다. "하나님이 아닌 사람이 어찌 자기와 아무 상관도 없는 죄를 용서할 수 있단 말이오? 그것은 하나님을 모독하는 일이오!"

그러자 랍비가 말했다. "사람이 사람을 용서할 수 없다니, 도대체 무슨 말을 하는 것입니까? 여러분은 자식이나 친구나 이웃이 여러분에게 잘못하면 용서하지 않습니까? 그리고 자기와 아무 상관 없는 죄를 지은 사람도 너그러이 용서하면, 그나 여러분의 마음이 편안해지지 않습니까? 하나님이 사람처럼 무슨 말을 하신단 말입니까? 하나님이 자기 죄를 용서하신다고, 사람이 믿는 것이지! 하나님의 뜻은 우리가 서로 용서하며 살라는 것입니다."

그들은 괘씸하다는 표정으로 랍비를 바라보며 이렇게 말했다. "질병은 사람이 죄를 지은 대가로, 하나님의 심판을 받아 벌을 치르고 있는 것이오! 병이 나아야만 하나님의 용서를 받은 것이 증명되는 것이란 말이오!"

그러자 랍비도 괘씸하다는 표정으로 그들을 바라보며 말했다. "그래서 이스라엘이 이다지도 불행하고 비참하게 살아가고 있는 것이오! 여러분은 하나님의 용서가 필요 없는 사람이란 말입니까? 그런 사람은 하나도 없어요!"

랍비가 마지막 말에서 소리를 치자, 그들은 깜짝 놀랐다. 랍비가 말했다. "여러분은 수백 년이나 넘은 고리타분한 옛 교리와 신념을, 무슨 보물단지처럼 끌어안고 있는 낡아빠진 사람들이오. 여러분의 오래되고 확신에 찬 교리와 신념에 의하면, 이렇소. 그것은 두 방면에서 설명할 수 있소. '죄는 반드시 하나님의 심판으로 벌을 받는다. 따라서 병자는 죄를 지은 것을 증명한다.' 달리 말하면, '누가 병을 앓으면, 그는 하나님의 심판으로 벌을 치르고 있음을 증명한다. 그러니 그가 회개해야만 하나님의 용서를 받아 병에서 해방된다.'

그러나 어떤 병자가 건강을 회복하기를 바라지 않아서 회개하지 않는단 말이오? 나라도 병이 들면 얼른 회개하고 건강해지는 것을 바라겠소. 그러나 회개해도 병이 낫질 않으면, 어떻게 말하겠소? 그러면 하나님이 용서하신다는 말이 거짓말이 되질 않소? 더 나아가 지금 건강한 여러분들이나 사람들은 모두 의롭고 거룩해서 병을 앓지 않는다는 말이오? 그리고 분명히 죄를 밥 먹듯 짓는데도 멀쩡한 몸뚱이로 잘만 살아가는 사람들은 의롭고 거룩해서 그렇다는 것이오? 하나님을 그딴 식으로 옹졸하고 불공평한 분으로 만들지 마시오!

28

내가 용서를 말한 것은 죄와 질병에 대한 우리 민족의 교리와 신념이 잘못된 것이기 때문이오. 나뿐만 아니라, 누구라도 그렇게 하나님의 용서를 전할 수 있는 것이오. 왜냐면 병은 죄와 상관없이 이런저런 이유로 생기는 것이기 때문이오. 그렇게 병자에게 죄를 환기하며 회개하라고 다그치기보다는, 한 번이라도 찾아가서 위로하고 용서를 전하는 게 하나님이 좋아하실 일이 아니겠소?" 그들은 유구무언이 되고 말았다.

며칠 후 랍비는 유대인들이 마귀가 들려서 정신 질환을 앓는다고 믿는 어떤 사람에게서 마귀를 내쫓아 제정신을 되찾게 해주었다. 그러자 이내 용한 기적의 마법사가 나타났다는 랍비의 소문이 갈릴리 호수 주변 마을에 빠르게 퍼져나갔다. 집에 있으면 가버나움은 물론, 막달라와 게네사렛과 티베리아스, 심지어 다른 나라인 두로와 시돈에서까지 사람들이 병자들을 데리고 와서 고쳐 달라고 했다. 그 바람에 랍비는 식사할 겨를조차 없을 지경이었다. 랍비가 어느 마을로 간다는 말이 퍼지면, 미리 사람들이 구름처럼 기다리고 있었다.

그렇다. 예나 지금이나 사람들은 기적에 목을 맨다. 아무도 그것을 탓할 수는 없다. 왜냐면 사람은 건강해야 비로소 사람답게 살아갈 기본을 갖추게 되니까. 죄와 상관없이, 태어나서부터든 병으로든 사고로든 타인의 악행으로든, 신체와 정신에 장애를 안게 되면, 자신은 물론 가족에게 많은 슬픔과 고통과 힘겨움을 안겨준다. 그런데 사람들은 그것을 보고 자신을 살피거나 감사하기보다는, 오히려 잘난 체를 하거나 멸시하고 천대하기도 한다.

랍비는 밀려드는 병자들이나 그 가족들을 바라볼 때, 크게 탄식하며 작은 목소리로 이렇게 말했다. "아, 아버지! 이 땅 백성의 하늘에는 슬픔과 고통의 진눈깨비가 가실 날이 없군요. 마치 목자 없는 양 같이 버림받은 것 같습니다." 나는 랍비가 하나님을 '아버지'라고 부르는 것에 놀랐다. 나도 그날 이후 지금까지 기도할 때면 하나님을 아버지라고 부른다.

간혹 병자나 가족의 간청에 못 이겨 어쩔 수 없이 치유하기는 했지만, 이 나라의 병자들을 다 고친다고, 사람들의 가슴과 이 땅에 하나님의 나라를 세우려는 랍비의 이상이 실현되는 것은 아니다. 랍비는 진리를 전하여, 사람들이 자신과 생의 진실을 깨닫고 참된 평온과 기쁨을 회복하여 하나님과 친밀하고 자유롭게 살아가도록 돕는 것을 사명으로 알았다.

2

저녁나절, 나는 호숫가를 산책하는 랍비를 따라갔다. 나는 랍비에게 며칠 전에 있었던 죄와 병에 대한 우리 민족의 잘못된 신앙과 이해의 습성을 더 자세히 알고 싶다고 말했다. 그러자 랍비는 내게 "욥"의 이야기를 읽어봤느냐고 물었다. 내가 읽어봤지만, 말이 어려워서 무슨 뜻인지 잘 이해하지는 못한다고 대답하자, 랍비는 그러면 잠시 욥의 이야기부터 해보자고 하며 이렇게 말했다.

"하나님 앞에서 의롭고 깨끗한 인간은 아무도 없네. 물론 서너 살 아기들은 빼고 말이네! 아무리 겉으로는 의롭고 깨끗하게 보여도, 하나님은 마음속까지 들여다보시니까. 사람의 마음이란 대개 악마나 그 졸개 귀신들의 음침한 거처라네. 크고 작은 욕심의 지옥이 되어버린 마음을 말하는 것이지.

그런데도 그런 줄을 모르니, 그것이야말로 정신이 병든 장애이지. 인간에게 이것보다 심각한 질병도 없네. 아무리 살아도 도대체 삶이 무엇인지 모르고 살게 되지. 하나님을 믿는다는 유대 민족도 이렇게 정신이 병든 사람들로 가득하네.

하나 물어보지. 자네에게는 사람이 자기의 주인으로 보이나?"

"네? 글쎄요, 갑자기 어려운 질문을 하시네요. 저는 잘 모르겠는데요."

"들어보게나, 호세아. 사람들은 마음대로 움직이고 살면, 자기가 자유롭고 주인 노릇을 잘하고 있다고 여기네. 그러나 그것이야말로 망상이고 착각이지. 자신의 주인이 되어 자유롭게 살아가는 사람은 거의 없네. 있다면 그 사람이야말로 현인이지. 현인이 아닌 다음에야, 모두가 거짓된 마음의 노예라네. 마음이 이기심과 탐욕, 허위와 음탕함, 그리고 폭력으로 가득 찼으면서 몸만 멀쩡하다고, 자신의 주인 노릇을 하는 자유로운 인간인 것이 아니네."

이렇게 말한 랍비는 느닷없이 이렇게 물었다. "그대는 가장 큰 노예가 누구인지 아는가?"

"글쎄요. 저는 잘 모르겠는데요."

"그러다가 '글쎄요'가 그대 이름이 되겠네그려, 허허!"

랍비가 농담을 건네자, 나는 기분이 좋아졌다.

"권력의 노예가 으뜸이지. 우리 민족의 역사에서 그런 사람들을 아는 대로 들어보게나."

"아마 왕들이 아닐까요?"

"글쎄, 그런 사람을 대보라니까 그러네."

"이젠 랍비도 '글쎄요'가 되시겠어요!"

"허, 나도 모르게 그렇게 되었군!"

"제가 생각하기로는, 마을 회당 학교에 다닐 때 랍비들에게서 자주 들어온 사울이나 시드기야 왕 같은데요?"

"왜 그렇게 생각하지?"

"그야 사울 왕은 전쟁에서 연거푸 승리하자 그만 교만해져서, 스승인 사무엘 예언자의 가르침도 제대로 듣지 않았으니까요. 그래서 참다못한 하나님께서 갈아치워 다윗이 왕이 된 것이지요. 그리고 시드기야 왕은 나라를 말아먹은

31

장본인이지요. 아무것도 믿을 구석이 없는 데도 예레미야 예언자의 말에 콧방귀만 뀌며 듣지 않다가, 저만 살자고 몰래 도망치던 끝에 바빌로니아 황제의 손에 붙잡혀 자식들이 죽임을 당하는 것을 보고 난 후, 두 눈이 뽑혀 처형되어 나라를 망하게 했으니까요."

"생각보단 우리 민족 역사를 꽤 알고 있군그래. 또 다른 사람은 없나?"

그 말에 흥이 난 나는 이렇게 말했다. "생각해보니, 므낫세 왕이 그런 사람 같은데요?"

"같은 게 아니라, 그렇지. 므낫세 왕은 정치를 어떻게 했지?"

"음, 다른 것은 생각나지 않고요, 의로운 비판자들을 너무나도 많이 죽여서, 예루살렘 도성의 이 끝에서 저 끝까지 의인들의 피가 시냇물처럼 흘렀다는 것만 기억납니다."

"그렇지. 그것만 봐도 므낫세가 명색이 하나님을 믿는 이스라엘 사람이고 왕이라는 것이 믿기지 않을 정도이지. 그러나 그보다 더 큰 노예가 있었다네. 그 사람이 누굴까~아?"

내가 먼 산을 바라보며 아무리 머리를 짜내도 알 수 없다는 표정을 짓자, 랍비는 암시를 주며 이렇게 말했다. "이스라엘이 두 쪽으로 동강 나기 전에 다스린 왕이라네."

"그러면 사울은 말했으니 아닐 테고, 다윗은 더구나 아닐 테고, 그 아들만 남았으니, 그러면 솔로몬 왕이 우리 역사에서 우두머리 노예라는 말씀인데요?"

"그렇지. 솔로몬이네."

"아니 어떻게, 솔로몬이 가장 큰 노예라는 말인가요? 그는 전에 우리 민족의 보금자리인 예루살렘 성전을 세웠으니까, 그것만으로도 위대하고 훌륭한 임금이 아닌가요?"

"들어보게. 솔로몬과 므낫세 두 사람이 이스라엘 역사에서 으뜸과 버금을 차지하는 노예라네. 역사를 진실한 눈으로 보게나. 한 나라의 최고 권력자가 되면, 열에 아홉은 즉각 정신 장애를 앓기 시작하여 제멋대로 하네. 권력을 하나님의 위임(委任)으로 생각하여, 선하고 정의롭고 자비롭게 백성을 다스릴 줄 아는 왕은 거의 없지. 내가 부귀와 영광과 영화의 대명사인 솔로몬을 이스라엘 역사에서 으뜸 노예라고 보는 것은 세 가지 이유 때문이네.

하나, 그는 갸륵한 뜻으로 성전을 짓고 부강과 번영을 가져왔네. 하지만 그는 자기가 속한 유다 지파는 제외하고 나머지 10지파를 강제로 동원하여 각종 공사판 인부로 썼네. 그래서 후일 10지파의 반란이 일어나고, 끝내 그 아들 대에 가서 민족이 두 동강 난 것이지. 그것이 두고두고 문제를 일으키고 제각기 약한 나라가 되게 한 근원이지.

둘, 솔로몬은 페니키아(두로) 왕에게 성전과 왕궁의 설계에서부터 공사까지, 모조리 그 나라 기술자들에게 맡겨서 지으며 대금을 주었는데, 그마저 모자라자 북쪽의 여러 개 성읍까지 떼어주었다네. 내가 알기로, 세상에 공사판을 벌이다가 나라 땅까지 팔아먹은 왕은 이스라엘의 솔로몬이 유일하네. 그래서 조상 대대로 살아오던 그곳 주민들이 강제 이주를 당했으니, 얼마나 볼썽사납고 한심한 일이었는가!

셋, 솔로몬은 이집트 파라오의 딸을 왕비로 삼았네. 그것은 다시는 이집트와 어떤 관계도 맺어서는 안 된다는 하나님의 뜻을 거부한 행태였지. 그래서 그때부터 자연 예루살렘에 이집트 종교와 문화가 유행했네. 그 후 그는 여러 나라 공주들을 후궁으로 들이고 그들의 종교와 문화도 들여와, 이스라엘 정신을 와장창 망가뜨리게 했네. 후궁이 무려 일천 명이라니! 그래서 내가 솔로몬을 우리 민족의 역사에서 으뜸 노예라고 말하는 것이네."

"그렇군요. 저는 한 번도 들어본 일이 없는 일입니다. 그저 솔로몬을 성전을 짓고 번영을 가져온 위대한 왕이라고만 배웠어요. 회당 랍비들이 모두 그렇게 가르쳤지요. 그러니 솔로몬이 자기나 권력의 주인 노릇을 잘했으면, 우리 민족이 이렇게도 오랫동안 수난을 겪지도 않았을 것이란 말씀이시지요? 그러면 그런 일이 우리 역사책에 있나요?"

"암, 있지. 사무엘의 이야기(사무엘기)와 왕조시대 이야기를 쓴 책에 있네(열왕기). 자네도 앞으로 성서를 다 읽고 곱씹으며 배워야 할 것이네. 우리 민족이 지나온 역사를 모르고서, 어떻게 현재와 미래를 생각할 수 있겠는가? 그런데 히브리어를 아는가?"

"회당 학교에서 배우다가 말았어요. 아람어 문자는 읽고 쓸 줄 알지요."

"아람어 문자를 아는 것도 대단한 일이네. 우리끼리 하는 말이네만, 베드로는 아람어 문자도 모른다네! 아람어로 된 성서도 있으니까(타르굼·Targum), 그것으로 읽으면 될 것이네."

"그런데 권력에 도취하여 인사불성(人事不省)의 노예가 되는 일은 왕들만 그런가요?"

"그렇지 않지. 작은 마을에도 그런 사람들이 있지 않은가? 왜 그럴까? 권력이란 것은 사람을 빠르고 더럽게 취하게 만드는 독주(毒酒)이기 때문이지. 그러니 권력자의 자리에 올라도, 겸손하게 백성을 보호하고 평화롭게 살게 하라고 맡겨주신 하나님의 뜻을 올바로 수행하려면, 보통 사람보다 열 배는 더 온전한 정신을 지녀야 하지. 그런 점에서 백성을 짐승 사냥하듯 고혈(膏血)을 쥐어짠 솔로몬과 므낫세를 으뜸과 버금 노예라고 하는 것이네."

3

"그런데 욥 이야기는요?"

"그렇군. '글쎄' 때문에 곁길로 빠졌네. 아주 명석하군그래! 그러면 그 이야기로 돌아가 보세. 욥은 하나님 앞에서는 의롭고 거룩하고, 가난한 이웃에게는 매우 겸손하고 자비로운 사람이었고 그 시대의 아버지였다네. 부자였으면서도 사치하고 교만한 구석이 전혀 없었지.

그런데 그만 느닷없이 불운이 닥쳐, 재산은 물론 자식 열 명과 손자 손녀들까지 하루아침에 잃어버리고, 자기는 지독한 피부병에 걸려 죽도록 고생했네. 그러자 아내마저 그에게 하나님을 저주하고 죽으라는 염치없고 가혹한 말을 던지고는 친정으로 떠나버렸지. 그 여자는 부유하게 지낼 때는 건성으로 할렐루야를 노래하더니, 일이 그렇게 되자마자 온갖 불평과 원망에 빠져 눈을 부릅뜨고 하나님을 저주했네. 내 참!

위로하려고 찾아온 세 친구는 욥의 지독한 질병을 보고는, 그가 사람들도 모르게 그런 벌을 받을 만한 흉악한 죄를 지은 결과라고 하며, 회개하면 이전보다 더 큰 복을 받는다고 조언하고 비난하며 공격을 퍼부었지. 그러나 욥은 그럴 만한 죄를 지은 일이 없었지. 그래서 친구들을 비난하며 논쟁하다가, 끝내 하나님이 잘못한 것이라며 항의까지 했네.

그렇게 서로 옥신각신하며 논쟁만 하다가 아무 결론도 없었네. 나중에 온 젊은이의 공격도 마찬가지였지. 도무지 아무런 결론도 내리지 못하자, 갑자기 나타난 하나님은 욥의 불운이나 사고나 질병에 대해서는 한마디도 않고, 그저 우주와 만물의 살림살이에 대해서만 말씀하셨지. 그대는 그게 무슨 뜻으로 보이나?"

"글쎄요."

"이제부터 그대 별명을 '글쎄요'라고 해야겠네!"

나는 머리를 긁적였다.

"그것은 하나님이 세상에서 벌어지는 숱한 모순과 부조리를 알지 못해서가 아니라, 그것을 안들 뭘 어쩌겠다는 것인가를 물으신 것이지. 생각해보게. 어떤 사람이 해를 만들어 비추고, 땅을 빚어 오곡이 자라게 하고, 비를 내리고, 바람이 불고, 꽃과 나무가 자라고, 동물이 먹고 살게 해줄 수 있는가?

사람이나 만물이 살아가는 것은 오로지 하나님의 은총과 자비심 덕분이네. 물론 세상을 부패하게 만들고 백성을 고달프게 하는 불의한 자들에게는 마땅히 비판하고 항의하며 대들며 고치도록 해야 하네. 하나님이 만물의 살림살이를 말씀하신 까닭은 우리가 불운 속에서 고통받는 사람을 공격하고 멸시할 시간이 있으면, 사랑하고 돌보고 지켜주고 은혜와 자비를 베푸는 것이 세상에서 불의와 부정부패와 슬픔과 괴로움을 줄이고 행복하고 평화롭게 살아가는 길이기 때문이네."

그러면서 랍비는 질병이나 신체장애보다 더 심각한 것은 정신 장애인데, 그것은 발도 없지만 바람처럼 빠르게 달려 세상에 독을 퍼뜨린다고 말했다. 그리고는 로마인들이든 유대인이든, 세상을 망쳐놓는 자들은 언제나 신체는 건강한데 정신이 병든 자들, 곧 권력이니 지식이니 신분이니 하는 것들을 남보다 더 차지하고 있으면, 그야말로 하나님까지 업신여기고, 사람을 깔아뭉개며 갖은 죄악을 밥 먹듯 저지르는 자들이라며, 그런 자들은 결단코 역사의 심판을 피하지 못할 것이라고 말했다. 정치든 경제든 종교든, 세상이 이토록 불행한 것은 속이 망가졌는데 몸뚱이는 멀쩡한 정신 장애인들이 자기네 이권만 챙기고 백성을 속이고 강압적으로 지배하기 때문이라고 했다.

나는 예언자 앞에 있다는 것을 느꼈다.

4

안식(安息)의 선물을 즐거이 보낸 날 밤, 형제들이 잠든 뒤 뒤척이던 나는 살며시 일어나 들판으로 나가는 랍비를 보고, 멀찍이서 따라나섰다. 랍비는 아네모네 꽃이 만발한 야트막한 언덕배기를 걷다가, 널따란 바위에 앉아 오래도록 호수를 바라보았다. 그러다가 고개를 푹 수그리고 흐느끼며 우는 것이었다. 놀란 나는 랍비의 등 뒤로 좀 가까이 다가가 앉아서 가만 바라보았다. 랍비는 이내 통곡하다가 오랜 침묵이 이어진 후, 이런 말을 했다.

"아버지, 아버지께서 다스리신다는 세상에 어찌 이다지도 슬픔과 고통이 많은가요? 아버지께서는 저를 병을 고치라고 부르신 것인가요? 끝도 없이 밀려오는 병자들. 이 땅은 차라리 커다란 문둥병자들의 촌락입니다(문둥병자는 유폐된 지역에 거주). 사람은 어차피 늙고 병들어 죽는 게 아닌가요? 사람에게 필요한 것은 아버지의 말씀입니다. 병이 낫든 안 낫든, 사람에게는 기쁨과 기운과 희망이 필요합니다. 아버지의 말씀이야말로 그것을 줍니다. 그러니 제게 아버지의 말씀을 주십시오. 저는 오로지 그것만 바랄 뿐입니다."

그리고는 침묵했다. 이윽고 고개를 든 랍비는 뒤를 돌아보다가 나를 발견했다. 그러자 "호세아, 자네로군! 이리 가까이 오게나." 하고 나를 불렀다. 내가 죄송한 표정으로 다가가 앉자, 랍비는 이렇게 말했다. "부끄러워할 것 없네. 함께 슬픔과 고통을 나누는 것은 좋은 일이야. 그대가 잠들지 않고 나를 따라온 것도 그대 안에서 아버지가 하시는 일이네."

나는 마음을 놓고 랍비 곁에 앉았다. "그렇습니다. 저는 랍비가 할 일은 병자들을 치유하는 것보다는 하나님의 말씀을 들려주는 것이라고 봅니다. 그런데 랍비, 저는 똑똑하단 소리는 듣지 못해도, 기억력은 그래도 좋은 편이에요. 그래서 훗날 랍비의 가르침과 삶을 적어 후세에 전하려고 하는데, 어떤가요? 이상하게도 이런 마음이 들어요."

랍비는 빙그레 웃으며 말했다. "어쩌면 그것이 나를 통해서 그대를 부르신 아버지의 뜻인지도 모르지. 하지만 그것은 불꽃이 사라지고 남은 찌꺼기 식은 재일 뿐이라네. 재는 불꽃이 아니지. 가장 좋은 것은 사람이 아버지를 자신의 깊은 심정(心情)에서 깨우쳐 알고 서로 사랑하는 것이네. 그러면 글자 같은 건 없어도 충분하지. 아버지는 사람의 깊은 심정에 살아 계시니까, 누구라도 진리를 깨우칠 수 있으니 말이네. 나의 할 일은 사람들에게 불을 붙여주는 일이네."

"그래도 글자가 있는 게 낫지 않겠어요? 그래서 몹시 궁금한 게 하나 있어요."

"무엇이 우리 호세아를 그렇게나 궁금하게 하는가?"

"랍비는 예언자 요한을 만난 후 홀로 광야로 들어가 지내셨다고 하는데요. 어디에서 어떻게 지내셨나요? 그 일이 지금 랍비를 이렇게 활동하시게 한 것이 아닌가요?"

"그렇지. 그걸 어떻게 다 말하겠나?"

"그래도 들려주면, 제가 랍비를 아는 데 큰 도움이 될 겁니다. 모세나 엘리야를 보더라도, 오랜 수도 생활 끝에 하나님의 예언자가 된 게 아닙니까? 하나님은 준비되지 않은 사람을 불러서 쓰시는 일은 없으니까요."

"이제 보니까, 그대는 꽤 명민한 사람이군. 그거야 그대가 내 집에 드나들 때부터 알아본 것이지만 말이네. 그러면 자네와 형제들을 위해서 들려주는 것도 괜찮겠군."

5

군침이 돈 나는 눈을 반짝이며 랍비 곁으로 더 바싹 다가앉았다.

"요한은 지금 감방에서 무슨 생각을 할까? 그는 줄곧 하나님의 불과 도끼 소리를 하며 심판이 다가왔다고 했네. 그러나 나는 그렇게 생각하지 않네! 하나님은 그런 식으로 심판하시는 분이 아니네. 하나님은 무조건 사랑하시는 아버지이네! 이것이 내가 깨달은 하나님이시네. 심판이란 벌을 내린다는 것이 아니라, 인생의 기준인 하나님의 판정을 말하지. 하나님의 판정은 인간의 행복과 평화로운 삶이지. 따라서 불과 도끼 같은 심판은 하나님의 일이 아니라, 사람이 자기에게 하는 것이네. 불과 도끼를 든 하나님은 옛날 우리 조상들이 생각한 하나님으로, 하나님을 오해한 데서 빚어진 사태이지."

랍비의 말은 나를 경악스럽게 했다. 유대인치고 누가 심판의 하나님을 생각하지 않겠는가? 물론 예루살렘의 사제들은 자기네 지위와 부귀영화를 생각하느라고, 죽었다 깨도 심판의 하나님을 싫어할 테지만, 그렇다고 그들이 사랑의 하나님을 아는 것도 아니다. 그들은 그저 성전(종교)을 자기네 사업으로만 아는 자들로, 하나님은 그저 사업상 필요한 이용 대상일 뿐이다. 요컨대 그들은 허수아비같이 죽은 하나님을 만들어 놓고 사업을 벌이는 것이다.

"그러면 하나님이 하늘의 불과 도끼로 심판하지 않고 무조건 사랑하신다면, 사람들이 더욱 제멋대로 살지 않을까요?"

"그대는 그렇게 보는가? 물론 인간의 악함은 끝도 없지만, 그래도 우리는 인간을 믿고 참아야 하네. 그것은 이런 이유 때문이네. 하나님을 사랑의 아버지로 깨닫게 되면, 누구도 이전처럼 살지는 않네! 하려고 해도 안 되지. 그렇기에 인생의 관건은 사랑의 아버지와 진리를 깨닫는 것이네. 하나로 말하면, 깨달음뿐이네. 깨달음만이 인간의 내면에 혁명을 가져오지.

정의와 사랑의 하나님이 계신 것이나, 그것을 인정하는 것조차도 인간에게 변화를 가져오지 않네. 생각해보게. 우리 민족은 하나님을 믿어온 지 오래인데도, 여전히 이렇게 살고 있네. 그렇기에 이제는 진실로 각 사람이 사랑의 아버지와 아버지의 진리를 깨달아야 할 때이네. 내가 할 일은 사람들에게 그것을 도와주어, 이 땅에 하나님의 나라를 세우는 일이네!"

"그러면 제사장들이나 바리새파나 율법 학자들과 충돌할 텐데요? 그들은 하나님을 철저히 성전에 속한 율법과 심판의 하나님으로 믿으며, 우리 백성에게 강요하니까요. 그들은 율법을 주신 분은 하나님이시니까, 하나님도 율법을 어기면 안 된다고 말하지요!"

"율법은 하나님과 이웃을 사랑하며 서로 용서하여 행복하고 평화롭게 살라는 것이네. 단지 수많은 조문을 일일이 기억하여 지키고 걸려들지 않기를 바라는 것이 아니네. 그러면 목적은 없어지고 율법이 상전이 되어, 인간을 감시하는 체제가 되고 말거든. 이것이 오래도록 제사장들과 바리새인들이 해온 일이고, 그들이 우리 백성에게 권력을 휘두르는 강력한 근거이지. 그러나 율법은 사나운 감시자가 아니라, 친절한 안내자로 주어진 것이네."

놀란 나는 앞으로 일이 순탄치 않으리라 예감했다.

6

나는 다시 랍비에게 광야에서 지낸 일을 물었다.

랍비가 말했다. "내 경험이라고 해서 유별난 것은 아니네. 성서에 자세한 설명이 없다 해도, 이미 옛 예언자들이 겪은 경험이지. 요한을 떠난 나는 광야 이곳저곳을 전전하다가 머무는데 적절치 않아, 다시금 요르단강 하구의 샘물이 있는 계곡으로 돌아와, 동굴에서 기도와 명상에 들어갔네. 얻어간 빵이 떨어지면 하는 수 없이 며칠 굶었고, 정 배가 고프면 나와 다시 얻어갔지. 그러다가 어느 날부터는 아예 일절 곡기를 끊었네. 목이 타면 물을 마시면서, 오로지 우리 민족의 역사를 생각하며 하나님께만 몰두했지.

하나님과 진리를 깨닫지 못하면, 그대로 해골이 될 각오까지 했네. 나는 조상들이 채 깨닫지 못한 하나님의 참모습이 있을 것이라고 보았네. 정의만 요구하고 율법대로 심판하시는 하나님의 무서운 모습은 한쪽 면이지, 전체도 아니고 참된 모습도 아니라는 것이지. 그런 모습은 아무래도 우리 조상이 강대국으로 둘러싸인 이 땅에서 살아남기 위한 방책으로 인식하고 말한 것이네. 그렇지 않으면, 백성이 중구난방으로 흩어져 지리멸렬해질 것이니, 그런 시대에는 그것이 필요하고도 적절했지. 그러나 나는 이제 그런 하나님의 모습으로는 아무것도 안 되는 시대가 왔다고 생각했네.

그런데 호세아, 재미있는 게 하나 있는데, 무엇인지 아나?"

나는 무슨 말인지 몰라, 멀뚱멀뚱한 얼굴로 랍비를 쳐다보았다. 랍비는 이렇게 말했다.

"호세아, 우리는 옛 호세아 예언자와 이름이 같네. 내가 기도와 명상 속에서 내내 생각한 것이 호세아 예언자가 말한 하나님이시라네. 그이는 지나치게 시대를 앞질러 온 분이네. 생각해보게. 벌써 750여 년 전인 그가 살던 시대도 지금과 비슷했지. 물론 그때는 엄연히 나라가 자유로웠고 왕도 군대도 있었지만, 백성은 식민지나 다름없이 살았지.

호세아는 사랑의 아버지를 말했네. 그러나 우리 민족은 그것을 제대로 알아듣지 못했지. 호세아는 죄악을 무섭게 몰아치기도 했지만, 언제나 하나님을 사랑의 아버지라고 가르쳤네. 하나님은 이미 죄를 다 용서하셨으니, 하나님의 품으로 돌아오라면서 율법과는 반대로 가르친 것이지. 율법을 다 지켜서 하나님의 용서와 사랑을 받는 게 아니라, 뉘우치기도 전에 이미 용서하고 사랑하신 하나님을 알고 깨달아 율법을 지키는 삶을 말한 것이지! 대단히 혁신적인 가르침이지. 그대가 아버지의 엄한 성격과 까다로운 조건을 다 알아서 효도하는 것과

41

아버지를 존경하고 사랑하기에 자연스레 효도하는 것은 차이가 있지 않은가?"

"아무래도 그렇지요."

"그것은 우리 민족이 이집트에서 해방된 후, 광야에서 세운 율법에도 있는 것이네. 율법은 먼저 하나님의 사랑을 받은 후 지킬 삶의 원리를 밝힌 게 아닌가? 그러니 율법은 아버지의 사랑에 대한 자발적인 기쁨의 응답으로 주어진 것이지, 사랑받을 자격을 따내는 일이 전혀 아니지! 아무도 율법을 다 지켜서 하나님의 사랑을 받을 수는 없네. 사랑의 아버지를 알면, 자연히 아버지를 기쁘시게 해드리며 효도하며 살게 되니까."

랍비의 눈에서는 불꽃이 일었다. "호세아의 글들이 눈앞에 보였지. 아니, 그가 다시 살아와 내게 나타난 것 같았다고 해야 할 걸세. 이름이 같으니, 내가 얼마나 친근해 보였겠나? 농담일세. 목이 타고 배가 고프고 몸은 지쳐갔지만, 생각의 불꽃은 활활 타올랐네. 온 힘을 다해 그것을 붙들고 명상하고 또 명상했지. 이윽고 마음마저 다 가라앉고, 무한한 하늘처럼 텅 비어 맑고 고요해진 환한 의식만 남기에 이르렀네. 시간조차 느끼지 못했지.

그러던 어느 날 새벽, 가슴으로 불덩이가 떨어졌지. 그 불꽃은 강렬하면서도 고요하고 은은한 것이었네. 눈물이 흐르고 기쁨이 솟구치며, 안에서 뭐라 형용할 수 없는 힘이 솟구쳤네. 그때 아버지와 인간과 세상의 모든 것을 확연히 깨달았지. 며칠이 지났는지도 모르고, 그런 의식 속에서 먹지도 자지도 않고 지냈네.

하나님은 내게 한없이 용서하고 사랑하는 아버지로 다가오셨지. 그래서 더는 저주하고 심판하시는 하나님은 없다는 것을 알았네. 그런 하나님은 백성을 지배하려는 지도층이 만들어낸 상(像)이지. 모자란 생각이나 관념, 은근하고도 끈덕진 이기심으로 하나님을 만들어내는 것은 탐욕과 위선과 야심에서 나온 망상과 착각과 탈선일 뿐이네. 이것이 우리 민족을 가두고 있는 우상숭배의 실체이지. 말은 하나님을 섬긴다고 하나, 실상은 우상숭배라네. 그러니 이런 생각을 내쫓고, 본래 그러한 사랑의 아버지를 다시 깨닫는 것이야말로 우리 민족의 생사가 달린 일이네. 그런 잘못된 생각이야말로 악마이기 때문이지."

나는 랍비의 말에 또 놀랐다. "악마가 잘못된 생각이란 말인가요?"

"그럼, 그대는 악마가 무슨 저 바깥에 있는 사나운 이빨에 뿔 달리고 털이 북슬북슬하고 시커먼 얼굴에, 날카로운 삼지창을 들고 있는 흉측한 귀신으로 알았단 말인가? 아니네. 그것 역시 지도층이 만들어낸 악마상이네. 그래야 백성을 지배하는데 수월하거든. 악마라고 하면, 누구나 무서워 덜덜 떨지 않는가? 그러나 그런 사탄이니 악마니 귀신이란 것은 없네. 인간의 잘못된 마음과 뒤틀린 생각, 곧 탐욕이나 이기심이나 망상이나 야심과 폭력성, 뒤틀리고 꼬부라진 마음 같은 것을 악마라고 하는 것이지. 그런 점에서 인간은 자기도 모르게 기꺼이 악마의 자식으로 전락하는 걸 좋아하네. 그래서 인간은 모순덩어리이지. 정작 행복을 바라면서도 부지런히 불행을 불러들이는 식으로 사니까 말이네."

"그런 악마가 랍비의 마음속에서도 일어났단 말인가요?"

"암, 그렇지. 나도 유대인이니, 나라고 해서 다른 수 있겠는가? 그렇지 않다면, 내가 어찌 사람이겠는가? 악마는 누구의 마음에서나 일어나는 나쁜 생각이네."

7

내가 물었다. "그러면 악마가 어떻게 랍비에게 찾아왔습니까?"

랍비는 잠시 숨을 돌리고 검푸른 호수를 바라보았다. 그런 랍비의 눈에는 고요한 평화, 그러면서도 단호한 결의가 넘쳤다. 나는 랍비를 바라보며, 어찌면 내가 엘리야나 호세아, 아니 모세보다 더 위대한 예언자 곁에 있는 게 아닐까 하는 생각이 들었다.

"시간이 얼마나 지났는지도 모르다가, 온몸이 배고픔으로 빵을 달라고 아우성을 치는 것을 느끼며 기진맥진했을 무렵, 악마가 찾아왔네. 마음과 생각의 환상을 통해 온 것이지. 일어나거나 몇 걸음 걷는 것조차 힘들었어. 현기증이 일어 어질어질해질했지. 주저앉아 있으니까, 앞에 있는 돌멩이들이 뱀처럼 꼬물거리고 움직이며 빵으로 변신하는 것처럼 보였네.

그때 악마가 말을 걸어왔지. '그대가 하나님의 예언자라면, 아니 그대가 만일 하나님의 아들이라면, 이제 출중한 능력을 얻었으니, 저 돌멩이들을 빵으로 변하게 하여 먹으면 되지 않는가?' 그 말을 듣자, 돌멩이들이 춤을 추는 것이었네. 방금 구워낸 빵처럼, 냄새도 구수한 게 여간 군침이 도는 게 아니었지.

나도 모르게 돌멩이 하나를 집어 입으로 가져왔지. 그때 화살처럼 한 생각이 나를 쏘았다네. '하나님이 주신 능력을 너를 위해 사용하는 건 불법이다! 그것은 사람을 도우라는 것이지, 네 욕구를 채우거나 세상에 네 이름을 드러내고 주신 것이 아니다!' 그러자 말씀이 떠올랐네. '사람은 빵으로만 사는 게 아니라, 하나님의 입에서 나오는 모든 말씀으로 산다.' 그 말을 큰 소리로 읊자, 그것이 화살이 되어 돌멩이를 쏘았다네. 그러자 그 생각이 사라졌지.

그런 다음 다른 환상이 펼쳐졌네. 갑자기 나는 예루살렘 성전 꼭대기에 섰다네. 내려다보니 수많은 백성이 모여들어 두 손을 들고 몸을 흔들며 기도하거나, 하나님을 기리는 찬미의 송가를 부르고 있었네. 모두 나를 쳐다보는 것 같았지. 그러자 악마가 시를 속삭였네. '하나님이 너를 위하여 천사들에게 명하실 것이니, 네가 성전 꼭대기에서 뛰어내린다고 해도, 그들이 손으로 너를 떠받쳐서 네 발이 돌에 부딪히지 않게 할 것이다.'

가까스로 지탱하고 있던 나에게 그것은 엄청난 일로 보였다네. '내가 사뿐히 내려앉는다면, 아마 백성들은 나를 메시아라고 환영하며 떠받들 거야' 하는 생각이 들었지. 그러나 나는 곧 알아차렸네. 그런 메시아는 가짜라고, 그런 메시아는 없다고. 메시아는 기적으로 사람을 끌어모아 무슨 일을 벌이는 것이 아니라, 죽임을 당한다 해도 오직 진실한 가르침과 삶으로만 사람들에게 호소한다고. 그러자 내게 또 말씀이 떠올랐네. '주 너의 하나님을 시험하지 말아라.' 나는 그 말을 큰소리로 외쳤지. 그러자 곧 환상이 사라졌다네.

온몸의 힘이 다 빠져나간 듯 정신까지 어질어질했네. 그러자 이번에는 내가 온 세상이 보이는 높은 산꼭대기에 선 환상이 펼쳐졌다네. 그야말로 모든 나라의 왕들과 궁정과 영광스러운 모습이 보였지. 그러자 이런 생각이 일었네. '그래, 세상에 필요한 것은 강력한 권력을 선하게 활용하여 백성을 평등하고 행복하고 평화롭게 살도록 해주는 메시아이다. 하나님도 그런 세상을 오매불망 바라시지 않는가?' 그러자 그 말에 십분 동의하고 악마에게 절을 하면, 그 모든 것이 내 것이 되리라는 생각이 들었다네.

그런데 그때 저 귀퉁이로, 지옥 같은 세상에서 살아가는 모든 나라 백성이 보였네. 이윽고 그들이 눈앞으로 바싹 다가왔네. 병자들, 차별받는 어린이들, 노인들, 여인들, 노예들, 가난한 이들의 얼굴. 그리고 그들을 채찍으로 내려치고 곡식을 강탈해가는 정부 관리들과 군인들의 얼굴도 보였네. 슬픔과 고통에 소름이 돋았네. 그래서 제왕 메시아가 되어, 모든 나라의 백성이 행복하게 살아가는 평화로운 세상을 연다면, 좋을 것이라는 생각이 더욱 강하게 들었지. 그것이야말로 하나님도 기뻐하실 일일 테니까, 하나님의 뜻으로 보였네. 그래서 나도 모르게 엎드려 절을 하려고 했지.

그러자 가슴 속에서 그게 아니라는 목소리가 들려와, 그런 메시아는 없다는 생각이 솟구쳤네. 인류가 생겨난 이래, 메시아라고 할 만한 임금은 있어 본 적 없네. 게다가 있다 해도, 그 사람이 죽으면 그만 못한 사람이 그 자리에 오르니, 다시 옛 세상으로 돌아가지. 그것이 역사이니, 그런 제왕 메시아는 환상이지. 사람이 악독해지는 것은 그런 잘못된 야망과 탐욕의 검은 마음인 악마에게 절하고 하나님을 무시하기 때문에 빚어지는 사태라는 것을 깨달았네. 사람은 진실과 선과 사랑과 자비의 아버지만 가슴에 모시고 섬겨야, 그런 심정으로 사람들을 사랑하며 평화로운 세상을 펼칠 수 있다는 생각이 들었네. 그때 또 말씀이 떠올라 크게 외쳤지. '주 너의 하나님께 경배하고, 그분만을 섬겨라!'

그러자 마음이 한없이 고요해지면서, 다시금 신성한 빛과 힘으로 가득 찼네. 내가 오랫동안 금식했다는 것이 믿어지지 않을 만큼 배고픔도 느끼지 못했지. 그때 내 안에서 악마가 물러간 모양인지, 환상이 그쳤다네. 이윽고 다시금 뱃속이 아우성을 치는 바람에, 힘겹게 동굴을 빠져 나와 계곡으로 가서 물을 마시고는 생기를 되찾았네. 그 후 목동에게서 빵을 얻어먹으며 며칠 더 머물러 몸을 회복한 후, 천천히 걸어 가버나움으로 돌아온 것이네."

나는 물었다. "그러면 랍비가 새로운 메시아시라는 것입니까?"

"내가 언제 나를 메시아라 했나? 그런 말 하지 말게. 메시아라는 말 자체가 사람들이 오해하는 것이네. 메시아를 어떤 분이라 하든, 사람들은 메시아라는 것에만 신경을 쓰지. 한꺼번에 세상에 천국이 이루어지기를 바라니까. 새로운 메시아는 전적으로 하나님이 생각하시는 방식으로 드러날 것이네. 아니, 하나님이야말로 영원한 메시아시지. 그렇지 않은가?"

"그렇습니다. 그러면 랍비는 앞으로 어떻게 할 것입니까?"

"뭘 어떻게 하는가? 호세아처럼 사랑의 하나님을 말할 뿐이지. 문제는 사람들이 하나님을 체험하고 진리를 깨닫는 것이네. 그러면 확실히 사람이 바뀌지. 하나님은 그렇게 내적 혁명을 일으킨 사람들을 통해서 이 땅에 새로운 세상을 세우실 것이네."

"그런데 문제는 언제나 지도층입니다. 그들이 과연 하나님을 깨달아 바뀔까요?"

"그것은 염려할 일이 아니네. 나는 오직 사랑의 하나님을 전하고 진리를 말하는 것뿐이네. 하나님을 심판자나 구원자가 되게 하는 것은 사람 탓이지, 하나님이 자의적으로 하시는 일이 아니네. 내가 아는 것은 사랑의 하나님을 알고 진리를 깨닫는 것만이 인간을 변화시키고, 이 땅에 하나님의 나라를 세우는 길이라는 것이네."

나는 랍비의 말을 어렴풋이 알아들었다. 랍비는 그곳에서 밤을 보내겠다고 했다. 돌아온 나는 형제들 틈에 끼어 잤다. 아침에 일어나 보니, 랍비는 이미 와 있었다.

3장

노래하고 춤추는 사람

1

우리는 간단히 요기하고 가버나움 남서쪽에 자리 잡은 호숫가 막달라를 향하여 발걸음을 옮겼다. 화창한 가을날 아침, 갈릴리 호수에서 불어오는 부드럽고 싱그러운 바람이 코끝을 스치며 생기를 돌게 했고, 야트막한 언덕에 지천으로 피어 있는 하얗고 노랗고 자줏빛을 띤 아네모네 꽃들은 한바탕 볕을 즐기며 환한 미소를 짓고 있었다. 랍비는 그들에게 '아가씨들!' 하고 부르며, 손을 흔들고 미소를 건네며 천천히 걸었다. 지금도 참으로 아름다운 랍비의 그런 모습이 내 눈에 선연히 떠오른다.

형제들은 무심결에 아네모네를 밟기도 했는데, 랍비는 앞서 걸었기에 몰랐지만, 보았다면 분명히 이맛살을 찌푸리거나 한마디 했을 것이다. 뒤쪽에서 꽃을 마구 밟고 가는 베드로와 나란히 걷던 내가 팔꿈치로 쿡 찌르자, 그는 '뭘, 이게 어때서?' 하는 능글맞은 표정으로 나를 쳐다보았다.

그런데 갑자기 앞쪽에서 노랫소리가 들려왔다. 누가 부르나 했더니, 놀랍게도 랍비의 음성이었다. 우리는 가까이 다가가 걸으며 랍비의 노래를 들었다. 랍비의 얼굴은 행복한 어린아이처럼 발그레 물들었는데, 두 팔을 활짝 벌려 천천히 위아래로 나비처럼 휘젓고, 뒤꿈치를 든 두 발을 앞뒤로 옮기고, 살짝 몸을 비틀어 돌리고 흔들며 덩실덩실 춤을 추며 부르는 것이었다.

그 노래는 어린이들이 즐겨 부르는 동요였다. 우리도 회당 학교 시절에 배워서 다 알고 있는 그 동요는 이 세상에 다시 행복하고 평화로운 에덴동산이 이루어지기를 소망하는 이사야 예언자의 말을 줄여서 붙인 노래이다(사 11:6~9, 35장).

사막에 샘이 넘쳐 흐르리라
사막에 꽃이 피어 향내 내리라
주님이 다스릴 그 나라가 되면은 사막이 꽃동산 되리
사자들이 어린양과 뛰놀고 어린이도 같이 뒹구는
참사랑과 기쁨의 그 나라가 이제 속히 오리라

사막에 숲이 우거지리라
사막에 예쁜 새들 노래하리라
주님이 다스릴 그 나라가 되면은 사막이 낙원 되리라
독사굴에 어린이가 손 넣고 장난쳐도 물지 않는
참사랑과 기쁨의 그 나라가 이제 속히 오리라

노래를 마친 랍비의 눈가에는 이슬이 맺혔다. 우리는 어린 시절 그 노래를 부르던 시절로 돌아간 것 같아, 잠시 숙연해졌다. 그러자 안드레가 말했다. "랍비, 노래는 우리도 아는 것인데, 그 동작은 처음 보는 것인데요."

랍비는 이렇게 말했다. "전에 아버지가 '세포리스'로 일하러 가시던 때 가끔 따라다니곤 했는데, 메소포타미아에서 이집트로 가던 대상들이 그렇게 춤추며 자기네 노래를 부르던 것을 보고 배운 것이네. 우리 어린이 동요는 빠른 곡조이지만, 천천히 시를 읊듯이 부르면 그 춤에 아주 잘 맞는다는 것을 알았지."(세포리스: 막달라 서쪽 나사렛과 가나 사이에 있는 도시. 헤롯 안티파스가 갈릴리 도성으로 세웠다가 반란으로 떠남)

그러면서 랍비는 간단하니까 따라 해보라고 하면서 춤을 가르쳐 준 후, 모두 함께 불러보자고 했다. 춤을 배운 다음 천천히 노래를 부르며 해보니, 정말로 노래와 춤이 그렇게도 잘 어울릴 수 없었다. 신이 난 우리는 언덕을 넘어가는 내내 노래하며 춤을 추었다.

그런데 베드로 형님은 정말로 어린 시절로 돌아갔는지, 신이 나서 어느덧 맨 뒤에 쳐져, 곡조를 엉망으로 만들어 노래를 부르고, 뻣뻣하기 그지없는 몸으로 눈까지 질끈 감고 춤을 추는 것이었다. 노래를 마친 랍비와 우리가 가만히 서서 자기를 바라보고 있자, 베드로는 멈칫하더니 눈을 뜨고는 헛기침을 하며 딴청을 피웠다. 모두 박장대소를 하며 웃어 젖혔다.

2

언덕을 넘어서자 너른 밭이 펼쳐졌고, 농부들이 밀 씨앗을 뿌리고 있었다. 그들은 노래하고 춤을 추며 다가오는 우리를 이상하게 바라보며 잠시 일손을 멈추었다. 랍비가 미소를 지으며 '샬롬!'(평화)하고 인사를 건네자, 그들도 화답했다. 그러면서 랍비에게 다가와 "한 말씀 들려주시면 좋겠다."하고 청했다.

랍비는 밭 옆에 펼쳐진 억새밭의 한 바위에 앉았다. 랍비는 농부들에게 적절한 비유를 들려주었다. "여러분처럼 한 농부가 씨앗을 뿌렸는데, 길바닥에도, 자잘한 돌들이 많은 곳에도, 밭고랑 너머 억새가 우거진 곳에도, 그리고 옥토에도 떨어졌지요. 자, 그러면 어떤 씨앗들이 내년 봄 추수 때 알곡을 맺을까요?"

그들은 웃으며 말했다. "그야, 말할 것도 없이 옥토에 떨어진 씨앗들이지요."

그들의 대답에 랍비도 웃으며 말했다. "그렇지요. 우리가 모두 옥토에 떨어진 씨앗 같은 사람이 되는 것이 우리 아버지 하나님의 뜻입니다. 그러나 여러분들도 아시다시피 그런 사람들은 그리 많지 않지요. 이 이야기를 깊이 생각해보세요.

어떤 사람은 마음이 길바닥같이 딱딱해서 말씀을 들어도 곧 잊어버리고, 어떤 사람의 마음은 돌들이 많고 흙이 얇은 땅과 같아서 말씀을 들을 때는 기뻐하며 싹이 터도 자잘한 근심과 어려움 때문에 이내 세월의 바람에 시들어버리지요. 어떤 사람의 마음은 억새밭 같아서, 말씀이 그 속에서 싹을 틔우고 자란다 해도, 보잘것없는 이런저런 욕심의 그늘에 그만 기운이 막혀 허우대만 크고 누렇게 뜨고 맙니다. 그리고 어떤 사람의 마음은 옥토 같아서, 말씀을 듣고 오래오래 생각하며 그 뜻을 깨우쳐 많은 열매를 맺습니다.

그러니 하나님 앞에서 어떤 밭이 되어야 할지 깊이 생각해보세요. 진리의 씨앗은 성서에도 있지만, 우리가 매일 보고 만나는 사물들 속에도 감추어져 있지요. 그것을 볼 눈이 있는 사람은 복됩니다. 하나님의 진리는 별들 사이에 있는 것도, 저 '큰바다'(지중해) 건너편에 있는 것도, 황금처럼 깊은 광산 속에 있는 것도, 외국에 있는 것도 아니고, 우리 곁 가까운 곳에, 아니 우리의 마음속에 있습니다.

그런데도 사람들은 하나님의 진리가 멀고 어려운 곳에 있는 것으로 여깁니다. 그래서 불행하게 삽니다. 마음의 눈을 뜨는 것이 옥토가 되는 것이지요. 아버지께서는 우리 안에서 당신의 삶을 사시길 바랍니다. 그렇게 해드리는 사람은 지금 이 순간, 하나님의 다스림(나라) 속에 있기에 행복합니다."

사람들은 고개를 끄덕였다. 우리도 수없이 씨앗을 뿌리거나 목격하며 자랐지만, 그런 단순한 농사일에 그렇게 심오한 진리가 숨어 있다는 것에 관해서는 한 번도 생각해 본 적이 없었다. 그 이야기가 보여주는 정경은 고스란히 내 가슴 속에 깊이 새겨졌다. 이야기는 세월이 지나도 오래오래 남아 생수를 솟구치게 하는 것이니까.

3

이윽고 우리는 막달라 마을로 들어갔다. 안식일 전날이었다. 안식일을 준비하기에 바쁜 탓인지, 우리를 알아본 사람은 몇 없었다. 마을 한가운데 조그만 광장에 있는 동그란 돌담 안에는 사이프러스 두 그루와 무화과나무 세 그루가 시원한 그늘을 드리우고 있었다. 우리는 그곳에 앉아 잠시 쉬었다.

그런데 잠시 후 왁자지껄한 소리가 들리더니, 사람들이 먼지를 일으키며 몰려나오는 것이었다. 그곳을 바라보니, 사람들이 어떤 여인에게 욕설을 퍼붓고 잔돌을 던지며 아우성을 치며 다가오고 있었다. 그런데 이미 머리칼이 뜯겨 나가고 온통 헝클어진 그 여인은 그런 것에 아랑곳하지 않고, 곧장 우리가 앉아 있는 곳으로 다가왔다. 그녀는 랍비가 온다는 소문을 듣고 만나러 나온 것 같았다. 그녀가 우리에게 이르러 서자, 따라오던 사람들은 여전히 그녀에게 욕설을 퍼부으며 삿대질을 했다. 이윽고 이마에 흐른 피를 훔치던 그녀가 나에게 물었다. "누가 가버나움에서 오신 예수아 랍비십니까?"

내가 대답했다. "여기 이분이신데, 왜 그럽니까?" 나는 곁에 앉은 랍비를 가리켰다. 눈물로 얼룩진 여인의 얼굴은 화를 삭이느라고 붉어졌는데, 눈동자는 무엇인가를 하소연하려는 결연한 빛이었다. 실로 내가 처음 보는 가슴을 아프게 하는 알 수 없는 묘한 표정이었다. 이윽고 그녀는 랍비 앞에 털썩 무릎을 꿇고 앉더니, 말없이 눈물만 흘렸다. 뒤따라온 사람들은 그녀를 비난하며 저주를 퍼부었다. 몇몇은 여전히 손에 돌멩이를 들고 있었다.

그러자 어떤 노인이 나서서 말했다. "이 여자는 귀신을 일곱이나 뒤집어쓴 더럽고 미친 년이오. 여인숙 겸 술집을 하는 기생인데, 매일 우리 민족을 압제하는 로마 군인들이나 아랍인 장사꾼들에게 꼬리치며 실실 웃고, 어린 기생들까지 데리고 깽깽이와 소고로 풍악을 울리고 춤을 추며 술과 돼지고기를 퍼먹이고, 몸뚱이를 팔기까지 하는 나쁜 년이란 말이오.

스물다섯인 창녀로서는 이미 폭삭 늙어버린 노파인 주제인데, 이제는 정신까지 오락가락해요. 집안에서도 내쫓겨 이곳으로 흘러들어온 여잔데, 우리 마을의 수치요. 우리가 이 여자를 내쫓지 못하고 그 똥물과 같은 수치를 뒤집어쓰고 사는 것도 기둥서방인 로마 군인 놈들이 방패가 되어주기 때문이오. 지난밤에도 지나가던 로마 장교에게 몸을 팔아, 우리가 안식일을 준비하는데 부정을 타게 했소. 로마 놈들이 안식일을 알게 뭐요!"

그러고 보니, 여인의 얼굴은 대단한 미모였다. 랍비는 묵묵히 그녀를 바라보며 가만히 듣기만 했다. 이윽고 사람들이 조용해졌다. 여인은 어깨를 들썩이며 눈물만 흘리다가 고개를 들어 랍비를 바라보았다. 랍비는 안쓰러운 심정이 가득한 눈으로 그 여인의 눈동자를 들여다보다가 물었다. "아버지께서 사랑하시는 딸의 이름은 무엇인가요?" 그 말에 사람들은 어이없다는 표정으로 웅성거렸고, 여인은 놀란 눈으로 대답했다. "미리암이라고 합니다."

53

랍비는 잠시 하늘을 쳐다보더니, 숨을 길게 내뿜었다. 어머니의 이름과 같은 것에 가슴이 아픈 것 같았다. 랍비가 말했다. "미리암, 아버지께서는 이미 그대의 죄를 용서하셨습니다. 그러니 이제는 옛 생활을 버리고 새로운 삶을 사세요. 그러면 아버지께서도 기뻐하시고, 그대도 기쁠 것이고, 마을 사람들도 기쁠 게 아니겠어요?"

랍비의 말에 사람들은 무척 놀랐지만, 얼굴에서는 여전히 분노가 가시지 않았다. 여기저기서 '몸을 팔아 죄악의 쓴 물만 솟구쳐대는 기생더러 하나님의 딸이라니, 말도 안 되는 소리야! 그러면 누구나 맘 놓고 죄를 지어도 되겠네그려~!' 하는 둥, 웅성거림이 들려왔다. 그러자 노인이 말했다. "모세 율법에 따르면, 간음한 여인은 하나님을 배신하고 모독한 죄인이니, 돌멩이로 쳐 죽여야 한다고 했소. 로마 군인들이나 대상들에게는 장사를 때려치우고 떠났다고 말하면 그만이오."

그 노인은 바리새인 같았는데, 걸친 옷이 남다르고 말도 조리 있게 하는 데다, 마을 사람들을 이끄는 위엄도 있었다. 내가 어떤 사람을 붙잡고 슬쩍 물어보자 그렇다고 했다. 그리고는 그 옆에 선 사람은 그의 동생인 마을 회당의 랍비라고 일러주었다. 그녀는 두려움에 가득 차 벌벌 떨기만 했다.

이윽고 랍비가 일어나서 말했다. "그러면 이미 사형 선고를 내린 재판관인 여러분이 모세의 율법대로 집행하십시오. 그러나 이것만은 알아두세요. 이 여인의 깊은 곳에는 아버지께서 살아 계시니, 이 여인에게 돌멩이를 던지는 것은 아버지께 던지는 것과 같습니다!" 그리고는 랍비는 다시 자리에 앉아, 그 여인을 바라보았다.

사람들은 경악스러운 표정이 되고 말았다. 그 노인과 동생 랍비는 동공이 허옇게 되더니, 이내 분노와 치욕으로 부들부들 떨며 침을 퉤 뱉고는 사람들을 헤집고 뒤로 빠졌다. 그에 따라 사람들도 한둘씩 돌멩이를 떨어뜨리고는, 모두 물러서 저만치서 구경할 뿐이었다.

이윽고 랍비는 일어나 그녀의 팔을 붙들어 일으켜 세운 다음, 사랑하는 여동생에게 하듯 말했다. "미리암, 그대를 저주하며 죽이려던 사람들이 모두 물러갔군요. 로마 군인들이나 아랍 상인들이 정녕 그대를 사랑했나요? 그저 그대를 노리개로 삼았을 뿐이지요. 그 때문에 그대는 매일 슬픔과 회한의 쓰린 밤을 뒤척여야 했고, 수치와 불명예와 공허한 가슴을 안고 살았지요. 미리암, 아버지께 그대를 믿고 사랑하시듯이, 그대도 아버지를 믿고 사랑하는 어여쁜 딸로 사십시오. 평안히 가세요."

4

우리 중 아무도 일이 그렇게 풀릴지 몰랐다. 우리는 랍비를 다시 보게 되었고, 절로 가슴이 뿌듯해졌다. 그런데 막달라 여인 미리암은 몇 걸음 가다가 멈춰 뒤를 바라보며, 골똘히 무슨 생각을 하는 듯했다. 우리가 오늘 밤엔 어디에서 묵어야 하느냐고 말하는 소리를 들은 것 같았다. 그녀는 다시 우리에게 다가오더니, 이렇게 말하는 것이었다. "랍비, 오늘 밤은 저의 집에서 묵으십시오. 제가 랍비와 이분들을 모시겠습니다."

그 말에 우리는 놀라고 무서웠다. 아마도 똑같은 마음이었을 것이다. '어떻게 기생 집에? 차라리 들판에서 지내지!' 그런데 랍비의 대답이 걸작이었다. "우리를 초대해 주신다니, 고맙기 이를 데 없습니다. 기꺼이 가지요." 우리는 어쩌지 못하고 미리암의 뒤를 따라갔다. 돌아가던 사람들은 우리를 보고 수군거렸고, 그녀에게 또다시 욕설을 퍼부었다.

미리암의 집으로 들어간 우리는 하녀들이 내온 물로 얼굴과 손을 씻고 자리에 앉았다. 그런데 그녀는 귀신이 일곱이나 씌운 것도, 정신이 이상한 것도 아니었다. 그녀의 눈동자나 말이나 태도는 여느 사람들과 다를 바 없었다. 여전히 미모인 얼굴에는 거칠고 부끄러운 세월의 바람이 할퀸 흔적이 드리워 있을 뿐이었다.

방이 여럿인 집은 꽤 넓었다. 우리는 마당의 무화과나무 아래 놓인 기다란 탁자 주변에 둘러앉았다. 그녀는 하녀들에게 이것저것 마련하도록 하여, 어느새 빵과 포도주와 양고기와 구운 생선과 채소 등으로 푸짐한 저녁상을 준비했다. 활달한 그녀는 곁에 서서 고기와 생선을 찢어 먹기 좋게 해놓았고, 포도주병을 들고 랍비와 우리의 잔에 따랐다. 그리고는 조금 물러나 섰다. 밖에서는 몇몇 사람들이 기웃거리며 험구(險口)를 놀려댔다.

랍비는 빵을 집어 들어 뜯어서 우리에게 나누어주었다. 그리고는 미리암을 불러 같이 먹자고 했으나, 그녀는 사양하고는 그 자리에 내내 서 있었다. 종일 걸어 피곤해진 우리에게 진수성찬이었다. 우리를 바라보는 그녀의 얼굴은 무척 슬프고도 행복한 표정이었다. 식사를 마친 우리는 잠시 쉰 후, 널따란 방으로 들어가 잠을 청했다.

다음 날 안식일 아침, 미리암은 눈이 통통 부은 얼굴이었다. 분명히 밤새 잠못 이루고 뒤척이며 눈물을 짓고 고뇌를 한 게 틀림없어 보였다. 이윽고 아침 식사를 마치자, 놀라운 일이 벌어졌다. 갑자기 랍비 앞 땅바닥에 주저앉은 미리암이 이렇게 말하는 것이었다.

"랍비, 랍비께서는 저에게 하나님처럼 해주셨어요. 랍비께서는 제 안에서 꿈틀대던 뱀의 머리를 한 번에 잘라버려 주셨어요. 그러니 어떻게 이 일을 계속할 수 있겠어요? 이제 저는 이 일을 그만두고 랍비를 따라가렵니다! 제 부모님은 돌아가셨어요. 오라버니가 세포리스에 사는데, 제 재산을 처리하게 해서 랍

56

비의 일을 돕는 데 쓰겠습니다."

우리는 그녀의 말에 엄청난 충격을 받았다. 유대 민족 역사상 어떤 예언자나 랍비도 여자를 제자로 둔 일이 없었으니까. 그녀의 말에 랍비도 무척 곤혹스러운 표정이었다. 나는 랍비의 마음을 헤아리느라 정신이 없었다. 얼마간 침묵이 흘렀다. 이윽고 랍비는 이렇게 말했다.

"여우도 안온한 굴이 있고 새들도 정겨운 둥지가 있지만, 나는 머리 둘 곳조차도 없습니다. 매일 뜨거운 햇볕 아래 걷고 들판에서 자기도 하며 하나님의 말씀을 전해야 하지요. 여인의 몸으로 어떻게 그것을 감당하겠습니까? 그대의 마음만 받아도 충분합니다."

그러자 그녀는 더욱 굳세게 자기의 뜻을 폈다. "랍비, 저는 어차피 더는 이곳에 살 수 없는 몸입니다. 랍비께서 떠나시면, 분명 어느 날엔가 돌멩이나 단검을 맞아 죽고야 말 거에요. 세포리스로 갈 수도 있지만, 그곳 사람들도 나를 잘 알기에, 이렇게 살아온 몸이 어떻게 가정을 일구고 살겠습니까? 랍비, 부디 저를 멀리하지 말아 주세요. 제가 랍비나 이분들에게 훼방이나 말거리가 되는 일이 없도록 충분히 조심하겠습니다."

랍비는 가만히 미리암을 바라보다가 입을 열었다. "정 그렇다면 그대의 뜻을 받아주겠소."

우리는 랍비의 말에 놀라 자빠질 정도였다! 모두 망치로 머리를 맞은 듯한 표정이었다. 그러자 베드로가 말했다. "랍비, 그래도 이건 아니라는 생각이네요. 매일 걷는 것은 그렇다 해도, 잠을 자는 것은 어떻고, 게다가 사람들이 여자가 따라다니는 것을 보고 뭐라 하겠습니까? 랍비와 우리를 율법을 더럽히는 미친 자들이라고 할 것이 분명한 데다가, 랍비의 가르침에도 해가 되면 됐지 절대로 이롭진 않을 것이라고요!"

그러자 랍비가 말했다. "우리는 지금 이 땅에 하나님의 나라를 세우는 운동을 하는 것이네. 하나님의 나라는 평등하고 공정하고 자애롭고 평화로운 새로운 세상이네. 그것은 사람을 겉모습으로 차별하는 것부터 없애는 데서 시작되네. 그러니 모든 것을 아버지의 눈으로 바라봐야 하네. 더는 옛 전통이나 관습을 들이대서는 안 되네. 사람들의 눈과 입을 걱정하고 두려워한다면, 어떻게 이 일을 하겠는가?"

랍비의 단호한 말에, 모두 입을 다물고 말았다. 랍비는 미리암에게 말했다. "우리는 가나를 거쳐서 내 고향 나사렛에 들렀다가 다시 가버나움으로 갈 겁니다. 그대는 오빠를 만나 정리한 후, 그곳으로 오면 됩니다." 미리암은 눈물을 흘리며 랍비에게 연거푸 절을 했다.

나는 머리 둘 곳조차 없다는 랍비의 말을 곰곰이 생각해보았다. 나는 어렴풋이 그 말이 랍비의 고달픈 방랑 생활을 넘어서, 우리가 언제나 지녀야 할 생활 방식, 곧 일체 탐욕에서 해방된 자유에 관한 것이 아닐까 하는 생각이 들었다. 매일 겪는 일마다 충격의 연속이었기에, 심정으로 느끼는 하루가 몇 달 같았다.

5

랍비와 우리가 회당으로 가려고 하자, 미리암은 다음 날 하녀 둘을 데리고 세포리스로 떠나겠다고 말했다. 랍비는 미리암의 어깨에 손을 얹고 다독이고는 말했다. "미리암, 진실로 나는 그대를 위하여 그대를 사랑합니다. 부디 이것을 잊지 마세요." 미리암은 눈물을 쏟으며 랍비에게 절했다. 그녀는 대문 앞에 서서 우리가 보이지 않을 때까지 바라보았다.

우리가 회당에 이르자 사람들은 수군거리며 물러섰다. 그러나 랍비는 아랑곳하지 않고 들어가 맨 앞자리에, 우리는 옆에 앉았다. 어제 그 바리새인 노인도 와 있었고, 예배는 동생 랍비가 주관했다. 당연히 그의 표정은 아주 안 좋았다. 그래서인지 그는 준비한 게 있을 텐데도, 갑자기 율법을 어기는 자들에 대한 선전포고와 저주와 파멸을 담은 아람어로 된 어느 예언서를 펴들고 읽었다.

처음부터 끝까지, 살벌한 말들이 툭툭 튀어나와 귓속에 피가 나도록 찔렀다. '죄인, 악인, 하나님의 분노, 심판, 적군, 군마, 불, 칼, 창, 피, 시체, 아우성, 연기, 전염병, 추방, 포로, 죽음, 파멸' 등, 실로 등골을 오싹하게 하는 말들이 폭우처럼 쏟아져 내렸다. 그리고는 그 말씀에 대한 자신의 확신을 설파했다. 랍비는 그를 지긋이 바라보며 묵묵히 듣고만 있었다. 그는 랍비에게 눈길 한 번 주지 않았다. 그가 한마디 할 때마다 사람들은 아멘 하고 화답했다.

이윽고 회당 랍비의 설교가 끝날 무렵, 갑자기 뒤에서 악을 쓰는 소리가 들렸다. 돌아보니, 한 사내가 벌떡 일어나 눈을 까뒤집고 입에 게거품을 물고는 소리치는 것이었다. 간질환자거나 미친 사람으로 보였다. 분명 회당 랍비가 무서운 성서의 말씀을 읽고 침을 튀기며 큰 소리로 설교하는 것을 듣다가 자극을 받아 공포에 질렸던 모양이다. 사람들은 이맛살을 찌푸렸다. 어떤 사람이 '도대체 저 더럽고 악한 귀신 들린 녀석은 어째서 데려온 거야?' 하고 말했다. 그런데 그가 갑자기 우당탕하며 자리를 뛰쳐 나와 앞으로 나가다가, 통로에 엎어져 눈을 뒤집으며 버둥거렸다. 삽시간에 예배가 엉망진창이 되었다.

그러더니 그가 소리쳤다. "나사렛 사람 예수아, 왜 우리를 찾아 간섭합니까? 우리를 없애려고 오셨습니까? 나는 당신이 누구인지 압니다. 하나님께서 보내신 거룩한 분입니다!" 모두 무슨 소리를 하는지 알 수 없었다. 어떻게 랍비의 이름을 아는지, 우리라고 하다가 나라고 하는 둥, 도무지 갈피를 잡을 수 없는 말이었다. 우리라고 한 것을 보면, 귀신이 한 마리가 아닌 게 분명했다. 게다가 회당 랍비도 몰라보는데, 그 사람은 랍비를 '하나님이 보내신 거룩한 분'이라고 말했다. 유대인들은 하나님의 거룩한 분을 예언자의 다른 말로 안다. 사람들은 미친 자보다 그 말에 더욱 놀란 눈치였다.

그러자 랍비는 그를 돌아보고 큰 소리로 말했다. "이 더럽고 악한 귀신아, 입 닥치고 이 사람에게서 나가라!" 랍비의 느닷없는 말에 모두 놀랐다. 그런데 더욱 놀라운 일이 벌어졌다. 그는 전보다 더 큰 경련을 일으키고 뒹굴다가 벌러덩 드러누워 몸을 배배 꼬더니, 회당이 무너질 듯 고래고래 소리를 지르고 눈을 까뒤집고 다리를 쭉 뻗으며 조용해졌다. 입에서는 흰 거품이 가득 흘러나왔다. 그러자 사람들이 말했다. "죽었다!"

그런데 그는 잠시 후 일어나, 얌전히 앉아 멀뚱멀뚱 주위를 둘러보는 것이었다. 사람들은 모두 놀라, "아니, 이게 어찌 된 일이야? 저 사람이 더럽고 악한 귀신에게 명령하니까, 꼼짝없이 복종하는 것 봐! 야, 이런 일은 처음 보는 기적이야!" 하고 말했다.

6
—

엉망이 되어버린 예배를 마친 사람들은 모두 놀라며 밖으로 나와, 랍비를 무서워하는 듯 바라보았다. 그런데 랍비는 어떤 사람이 몹시 오그라든 오른손을 가슴께로 모으고 얼굴을 찡그리고 있는 것을 보고는, "손을 내미세요." 하고 말했다. 그러자 놀랍게도 그의 손이 바로 회복되어 온전해졌다. 그 사람은 눈물을 흘리며 감사하고 가족은 기뻐했다.

그러자 그것을 본 바리새인 노인과 동생 랍비와 마을의 지도층쯤 되는 사람들은 랍비에게 대들었다. "아니, 오늘은 안식일인데, 어떻게 일을 한단 말이오? 다른 날 해도 되지 않소? 어째서 굳이 안식일을 깨뜨리고 예배를 망쳐놓는거요? 당신은 이런 일들이 재미있소? 그런 당신이 어떻게 하나님의 거룩한 분이란 말이오?"

그 말에 랍비는 이렇게 대꾸했다. "안식일이라도 선한 일을 하는 게 옳소, 아니면 선한 일을 미루는 게 옳소? 고통받는 사람을 돕는 것이 옳소, 아니면 실컷 더 고통받으라고 내버려 두는 게 옳소?" 그들은 질문이 지나치게 단순하다는 듯, 어이없는 표정을 짓더니 말문이 막히고 말았다. 그러나 사람들은 랍비의 말에 수긍하는 것 같았다.

바리새인 노인과 회당 랍비는 수치를 당한 것에 분노하며 랍비께 막말을 퍼부어대며, 거의 내쫓다시피 했다. 그러면서 바리새인 노인은 랍비에게 말했다. "당신, 어디 두고 봅시다. 이것은 매우 중대한 일이오. 당신은 지금 우리 유대교의 근간을 뒤흔들었소. 나는 이 일을 여러 마을과 도시, 그리고 예루살렘에까지 알리겠소. 당신이 어제 그 창녀에게 한 일은 그렇다 친다 해도, 오늘 일은 그냥 덮어두고 지날 일이 아니오. 내 분명히 말해두는데, 이제부터 우리 바리새파는 당신의 일거수일투족을 감시할 것이오. 어디 봅시다. 누가 이기는지!"

랍비는 대꾸하지 않고 그저 하늘을 바라볼 뿐이었다. 그걸 본 노인과 그 동생 랍비는 다시금 분노한 얼굴로 땅바닥에 침을 퉤 뱉고는 돌아갔고, 마을 사람들은 어제와는 달리 우리 주변을 둘러싸고 걸으며, "하나님께서 위대한 예언자를 보내셨다!" 하고 소리쳤다.

나에게는 그 노인의 말이 예사롭게 들리지 않았다. 유대인은 무엇을 한다면 반드시 하는 민족이고, 전국에 촘촘한 조직망을 가진 지도층과 부유층 3천 명으로 구성된 바리새파는 백성에게 막강한 영향력을 가진 권력자들이고, 무엇보다 유대교를 지키는데 목숨을 내건 열혈(熱血) 율법주의자들이었기 때문이다. 그때부터 랍비는 가는 곳마다 미리 통보하여 대기하고 있는 바리새인들이나 그 끄나풀들에게 끊임없이 감시당하며 사사건건 충돌했다.

7

우리가 떠나자, 몇 사람이 빵과 물과 포도주 부대를 건네주었다. 우리는 고개를 넘어가던 길에 들판에 앉아 늦게 점심을 먹고, 삼나무 그늘에 앉아 쉬었다. 이틀이나 걸어 피곤해진 우리는 들판에서 밤을 지내기로 했다. 큰바다 쪽으로 지는 황혼이 참으로 아름다웠다. 요한과 나는 등짐에서 담요를 꺼내 랍비와 형제들에게 나누어 주었다.

나는 대지에 드러누워 밤을 보낸 적은 한 번도 없었기에, 무척 가슴이 설레었다. 아, 온 하늘 가득 찬란하게 빛나는 별들! 가을밤이라서 동쪽 하늘 아래 시리우스와 오리온이 손에 잡힐 듯 가까이 다가와 있었고, 그 위로는 플레이아데스가 보였다.

그때 랍비가 소곤거리듯 말했다. "사람은 별의 아이들이네. 별들의 아버지께서 우리를 이 세상으로 보내셨으니까. 그래서 누구나 저렇게 찬란한 생명이지. 그러니 우리는 빛나게 살다가 다시 아버지께로 돌아가야 하네. 별을 바라보는 깨끗한 한마음만 품는다면, 누구라도 저렇게 아름답고 숭고하게 살아갈 텐데…"

그런데 벌써 저 옆에서는 코 고는 소리가 들려왔다. 요한과 나는 오래도록 별들을 찬탄하며 소곤거렸다. 집에서 살 때와는 전혀 다른 나날을 겪으면서, 나도 모르게 시냇물에서 세찬 강물로 들어선 느낌이었다. 요한은 지난 며칠이 몇 번의 가을을 지낸 것만 같다고 말하더니, 이내 잠이 들었다. 내가 미리암의 일이 잘 풀리기를 속삭이듯 비는데, 랍비가 일어나 저만치 가서 앉더니 고개를 수그렸다. 나는 그 모습을 바라보다가 잠들었다.

4장

은혜의 해가 왔다

1

일찍 일어난 우리는 아침 식사를 마친 후, 고개 너머 가나로 갔다. 본래 그
곳에 갈 생각이 없던 랍비는 가는 까닭을 말했다. 가버나움을 떠날 때, 어머니
께서 아버지의 친척 중 가나에 사는 이의 아들 결혼식에 갈 것인데, 들러서 축
복해주면 좋겠다고 하여, 나사렛으로 가는 길에 그러겠다고 했다는 것이다. 우
리는 이게 웬 떡인가 싶어 들떠 올랐다. 베드로와 안드레와 야고보는 오랜만에
배부르게 되었다며 활짝 웃고 좋아했다.

나는 랍비를 따라 우리 땅 곳곳을 여행한다는 것이 즐겁기만 했다. 산골짝
비탈에 자리한 가나는 조그마한 마을로, 나는 한 번도 가본 적이 없었다. 그런
데 아무도 환영하는 사람들이 없었다. 나는 마을 사람들이 랍비의 소문을 듣지
못했나 보다 했지만, 곧 모두 결혼식에 갔기 때문임을 알았다. 랍비는 그 집을

잘 알고 있는 듯, 곧바로 갔다.

결혼잔치 집은 마을에서 가장 잘사는 것으로 보였는데, 돌담이 처진 ㄷ자 형태로 된 집에는 벽돌로 지은 건물 세 채와 짐승 우리, 너른 마당과 꽃밭과 우물이 있었고, 그 곁에는 커다란 포도주 항아리 여섯 개가 놓여 있었다.

그런데 우리가 도착한 날은 결혼식이 끝나고 사흘째 되던 날이었다. 우리 민족은 결혼잔치를 가정 형편에 따라 이틀이나 사흘, 또는 안식일 전까지 6일간 연다. 그러니 음식은 물론 포도주는 잔치가 끝날 때까지 있어야 한다. 손님들을 보니, 나사렛이나 세포리스에서 온 사람들도 많은 것 같았다.

대문 안에서 손님들을 맞이하던 주인 양반과 부인은 랍비를 반가이 맞이하며, 곁에 선 사돈 부부와 신랑과 신부에게 소개했다. 랍비는 그들과 포옹한 후, 신랑과 신부에게 다가가 어깨에 오른손을 얹어 축복했다. 마당으로 들어선 랍비는 어머니에게 가서 포옹하며 뺨에 입을 맞추고, 다른 남동생들과 제수들과 조카들, 그리고 여동생들과 매제들과 외조카들을 얼싸안고 기뻐했다. 우리도 서로 인사를 나누었다. 그것을 보던 내게 시편 한 구절이 떠올랐다. "그 얼마나 아름답고 즐거운가! 형제자매가 어울려서 함께 사는 모습은!"(시 133:1)

사람들은 마당 한복판에 설치한 아마로 짠 천막 아래 기다란 잔칫상에 마주 보고 앉아, 환히 웃으며 떠들썩하게 이야기를 나누며 먹고 마셨다. 어떤 사람은 벌써 취기가 올랐는지, 자기 목소리가 큰 것도 모르고 연실 떠들어댔고, 사람들은 그의 농담에 한껏 웃어댔다.

우리는 랍비 가족들과 함께 앉았다. 랍비는 우리가 서로 손을 잡게 하고는 감사기도를 드렸다. 활달한 성격의 베드로와 야고보는 무척 배가 고팠던지, 양고기를 들고 우적우적 맛있게 먹었고, 요한은 팔꿈치로 나를 쿡 찌르며 어서 먹자고 했다.

잔치를 관리하는 집사는 분주히 오가며 하인들을 불러 음식을 나르게 했다. 모든 이가 웃으며 즐거워하고 기뻐하는 모습이 참으로 보기 좋고 행복했다. 비록 나라는 로마의 식민지였지만, 저 '청춘남녀가 부른 노래'에도 나오듯이, 사랑과 잔치와 축복을 누가 훼방하겠는가? "먹어라, 마셔라, 친구들아! 사랑에 흠뻑 취하여라."(아가 5:1)

'아, 자유로운 나라가 되어, 이렇게 즐거운 결혼잔치와 같은 삶을 살게 될 날은 언제일까!' 내가 이런 생각을 하고 있을 때, 갑자기 요한이 일어서더니 집사를 불러 무엇이라고 소곤거리는 것이었다. 그러자 집사는 환한 표정으로 주인 양반과 부인, 신부 아버지와 부인, 그리고 신랑과 신부를 데려왔다. 랍비와 어머니도 무슨 일인가 싶어 바라보았다. 집사가 '이 젊은이가 결혼 축가를 불러 드리겠답니다.' 하고 말하자, 모두 박수하며 좋아했다.

미남 요한은 목소리도 미성(美聲)이었다. 그는 우리가 들판을 걸을 때면 으레 노래를 불러 흥을 북돋우곤 했다. 그는 내가 떠올린 그 사랑의 찬가에 붙인 전통의 결혼 축가를 불렀다. 그것은 경쾌하고 아름답고도 진지한 곡조로, 신랑과 신부가 번갈아 가며 말을 주고받는 노래이다.

신부: 임은 나의 것, 나는 임의 것. 아름다워라, 나의 사랑!

신랑: 오 나의 사랑, 나를 기쁘게 하는 여인아! 그대는 어찌 그리도 아리땁고 고운가!

신부: 임이여, 임이 그리워하는 사람은 나! 도장 새기듯, 임의 마음에 나를 새기세요!

도장 새기듯, 임의 팔에 나를 새기세요! 사랑은 죽음처럼 강한 것, 사랑의 시샘은 저승처럼 잔혹한 것, 사랑은 타오르는 불길, 아무도 못 끄는 거센 불길이라오.

신랑과 신부: 아름다워라, 나의 사랑. 나의 사랑 멋있어라.

2

요한이 노래를 마치고 인사를 하자 바닷물결 같은 박수가 터지고 환호성이 울렸다. 양가 부모들과 신랑 신부는 감격에 겨워했다. 나는 천국이 있다면 이런 게 아닐까 하는 느낌이 들었다.

그렇게 이야기꽃을 피우며 한참 동안 흥겹게 지내던 중, 집사가 당혹스러운 표정으로 신랑의 부모에게 가더니 무슨 말을 했다. 놀란 신랑의 아버지는 어쩔 줄을 몰라 발을 동동 구르고, 손으로 이마를 쓸며 고개를 푹 수그리고 한숨을 내쉬는 것이었다. 신랑의 어머니는 누가 알아챌까 걱정이 되었는지, 뒤를 돌아보다가 미리암 어머니와 눈이 마주치자, 다가와 무슨 귓속말을 하는 것이었다. 미리암 어머니도 놀라는 눈치였다.

어머니는 랍비에게 "예수야, 글쎄 포도주가 다 떨어졌다는구나. 이를 어쩌면 좋으냐? 잔치는 아직도 사흘이 더 남았는데!" 하고 말했다. 많이 준비해두었는데도, 예상 밖으로 손님들이 많이 온 것이었다. 그러자 랍비는 이렇게 말했다. "어머니, 무슨 걱정이세요? 아버지께서 여기에 계시니, 잔치는 끊어지지 않습니다."

그러자 어머니는 집사를 불러 말했다. "무엇이든지 예수아가 말하는 대로 하세요." 집사가 하인들을 부르자, 랍비는 "저 항아리들에 물을 채우세요." 하고 말했다. 하인들이 물을 다 채웠다고 와서 말하자, 랍비는 "이제는 떠서 사람들에게 가져다주세요." 하고 말했다. 집사는 항아리마다 포도주가 가득한 것을 보고는 대단히 놀라며, 먼저 맛보고는 무릎을 치며 감탄했다. 하인들이 포도주를 가져다주자, 맛본 사람마다 "와, 이렇게도 맛좋은 포도주를 지금까지 남겨 두었네. 아마 깜짝 놀라게 할 모양이었나 보군! 누구든지 먼저 좋은 포도주를 내놓고 취한 뒤에나 덜 좋은 것을 내놓는 법인데 말이야." 하며 즐거워했다. 우리도 놀라워하며, 도대체 랍비는 어떤 사람인가 하며, 기쁨보다는 오히려 전율과 공포를 느꼈다.

이윽고 랍비는 오래도록 어머니를 안고 볼에 입을 맞추고 등을 두드리고 얼굴을 쓰다듬었다. 그리고는 일일이 가족들의 손을 잡고 조카들에게 입을 맞춘 후, 밖으로 나섰다. 가족들은 하루 더 머물고 내일 집으로 돌아간다고 했다. 주인 양반과 부인, 사돈 부부, 신랑과 신부는 대문 밖까지 나와 연실 고마움을 전하며 랍비를 끌어안았고, 나에게는 빵과 말린 고기와 생선을 한 짐을, 안드레에게는 돈까지 건네며 여행 경비로 쓰라고 주었다.

3

내가 가버나움에서도 많이 보았듯이, 예나 지금이나 결혼잔치는 인간이란 존재의 삶이 어떠해야 하는지를 가장 아름답고 분명하게 보여주는 생명과 평화의 마당이다. 초대받지 않은 거지들조차도 절로 기쁨에 젖어, 마음껏 먹고 마시고 즐거워하며 어울리고 사귀는 행복과 축복의 시간이다. 결혼잔치에서 환대받지 못하거나 박대받거나 무시되는 남이란 없다. 누구나 환영받고 사랑받고 축복받는다. 그럴 때 인간은 참으로 인간답다. 심지어 강아지들도 괜히 덩달아 좋아하며, 이리 뛰고 저리 뛰고 한바탕 잔치를 벌인다. 고기 부스러기와 뼈다귀들의 대향연이니, 안 그렇겠는가?

나는 그때까지 겪은 랍비의 가르침과 활동으로 볼 때, 아무래도 랍비가 바라고 추구하는 가치나 삶이 이런 결혼잔치와 같은 것이 아닌가 생각했다. 무슨 건성으로 말하는 신앙이니 율법이니 죄니 불의니 저주니 심판이니 하는, 답답하고 고리타분하고 가슴을 꽉 막히게 하는 소리가 아니라, 슬프고 아프고 소외된 사람이 하나도 없이, 모두가 기쁨을 누리며 한데 어울려 먹고 마시고 사랑하고 서로 축복하는 것이야말로 랍비가 일으키는 하나님 나라 운동이라는 생각이 들었다. 그래서 랍비는 남녀노소, 직업, 평판을 가리지 않을뿐더러, 심지어 안식일에도 병들고 불행하게 살아가는 사람들을 치유하고 가르치며 위로와 안식과 용기와 희망을 안겨주며, 함께 사는 행복한 삶을 가리켜 보이는 것이다.

랍비는 활달하게 앞서 걸어갔다. 나는 맨 뒤에서 요한과 나란히 걸으며, 도대체 물이 포도주로 변하여 흥겨운 잔치가 계속되도록 한 게 무슨 뜻일까 하며 이야기를 나누었다. 내가 생각한 것을 요한에게 말하자, 요한은 '자네, 참 슬기롭군!' 하며, 내 어깨를 툭 쳤다. 내가 요한에게 한 말은 이러했다.

"봐, 요한! 예수아가 그 자리에 있지 않았다면, 주인 양반은 큰 낭패를 겪었을 걸세. 사람마다 손님을 예상하고 충분한 포도주를 마련해 놓는 법인데, 중간에 파장(罷場)이 나게 되었으니, 누구나 돈은 많은데 인색한 양반이군, 하며 쑥덕거리지 않았겠나? 그런 말을 하지 않았더라도, 분명 기분은 좋지 않았을 걸세.

그러니까 그 일은 랍비가 그 자리에 함께했다는 것이 관건이지. 랍비가 함께하는 자리나, 랍비의 가르침을 받아들여 소화하는 사람의 삶은 맹물이 포도주로 바뀌어 계속되는 결혼잔치와 같다는 것이란 의미이지. 왜냐면 하나님과 하나님의 말씀이 같은 것처럼, 랍비와 랍비의 말씀은 한가지이니까. 결혼잔치는 우리네 삶이고, 랍비와 가르침은 우리네 삶이 바닥나고 수치를 겪는 것이 되지 않게 더 맛 좋은 포도주로 충족하게 채우시는 아버지의 손길인 것이지. 그런 점에서 랍비가 하는 하나님 나라 운동은 이 세상을 포도주가 떨어지지 않는 결혼잔치로 변화시키는 것이란 말일세." 요한은 내 말을 곰곰이 생각하는 눈빛이었다.

랍비는 모든 것을 일일이 설명해주지는 않았다. 왜냐면 "들을 귀가 있는 사람은 들어라."라고 하는 게 랍비의 원칙이라면 원칙이었으니까. 우리가 정 못 알아들어 물을 때만 알아듣게 설명해주었다. 그런데 우리는 못 알아들었으면서도 알아듣는 척할 때가 대부분이었다. 그 때문에 답답한 랍비는 여러 번 우리를 꾸짖기도 했다. 특히 우리가 랍비의 하나님 나라 운동을 오해하고 엉뚱한 세속적 야망을 드러낼 때는 더욱 그랬다.

지금도 생각하면, 우리가 그때 얼마나 랍비의 속을 끓이고 태우고 아프게 했는지, 그저 부끄러울 뿐이다. 랍비와 우리는 비록 몸은 곁에 있었어도, 마음이나 생각이나 이상은 한참 멀고 낯선 것이었다. 랍비가 얼마나 외롭고 힘들었을지! 후에 오순절 날, 거룩한 영과 진리로 새사람이 된 후에야, 비로소 랍비의 마음과 뜻을 환히 깨닫게 되었지만 말이다. 그래서 지금도 그 시절의 랍비를 생각하면, 부끄러움과 고마움에 절로 눈물이 맺힌다.

랍비는 사람을 아끼고 사랑하는 데서, 하나님을 쏙 빼닮은 분이다. 그리고 참을성도 그러하다. 그러나 랍비는 아버지께서 소중히 여기시는 가치가 훼손되는 것을 볼 때는 거룩하고 의로운 분노 자체가 되었다. 그럴 때면 오금이 다 저렸다. 그래서 랍비를 모르는 사람은 대단히 모순된 분으로 오해하기도 한다. 랍비의 모든 게 사랑에서 나온 것이라는 진실을 아는 사람만이 언뜻 모순으로 보이는 랍비의 행동을 이해했을 뿐이다.

4

우리는 시원한 가을바람을 맞으며, 랍비의 고향인 나사렛을 향해 남쪽으로 내려갔다. 가나와 나사렛 사이 서쪽에는 번화한 세포리스가 있었지만, 그냥 지나쳤다. 아마 랍비는 그곳이 '헤롯 안티파스'가 건설하고 갈릴리의 수도로 삼았던 곳인 데다가(기원전 3~서기 20년), 세관을 비롯한 관공서, 로마인들과 바리새인들도 많아서, 미리 크게 충돌할 게 없다고 생각한 것 같다. 나중에 예루살렘도 갈 생각이었기에, 랍비의 전략은 지극히 현명한 것이었다.

야트막한 언덕배기에 자리 잡은 나사렛은 100여 가구쯤 되는 마을이었다. 랍비가 목공과 석공 일을 하며 살던 고향이라서, 마음에 와닿았다. 언젠가 나는 랍비의 손을 보며 이런 말을 한 적이 있다. "랍비, 손에 상흔(傷痕)이 많고 투박합니다." 랍비는 빙그레 웃으며 말했다. "목수와 석공이 어디 상흔 없이 될 일인가? 아무리 조심해도 베이고 찔리고 찧고 다치지. 아버지는 일찍 돌아가시고, 먹여 살릴 가족이 많았으니, 주야 가리지 않고 일을 해야 했지. 다 지난 일이네." 우리는 랍비의 셋째 동생 '유다'가 사는 옛집에 들어가 묵었다.

안식일 이른 아침에 우리는 회당으로 가서 예배를 드렸다. 그런데 회당 랍비는 생각이 깊은 사람이었는지, 예배 전에 랍비에게 오더니, 오늘 한 말씀 하시겠느냐고 물었다. 랍비는 그러겠다고 했다. 유대교가 그래도 열려 있다고 할 것은 남자면 누구든 성서를 읽고 느낀 점을 말할 수 있다는 것이다. 아주 훌륭한 전통이라 하겠다.

사람들은 '마카베우스 혁명가'를 부르며 조국의 독립과 해방과 자유를 기원했다(기원전 164년경 그리스 제국의 일파인 시리아 왕조에 맞서 독립운동을 하여 자유를 획득한 투사와 그 형제들). 회당 랍비가 아람어 성서 본문을 읽고 설교를 마치자, 회중은 유대교 공동 기도문을 암송했다. 찬송 하나를 더 부르고 난 후, 랍비가 일어나 강단으로 나아갔다. 그간 랍비가 지내온 내력을 들어 알고 있는 고향 사람들은 잔뜩 기대하는 모습이었다.

랍비는 회당 관리 집사에게 어떤 성서 구절 앞머리를 들려주며, 그 두루마리를 찾아오게 했다(성서 두루마리는 책 이름과 일련번호를 매겼다). 그것은 히브리어로 된 이사야 예언서 두루마리였다(61장). 랍비는 두 번째 부분까지만 읽고 강단에 내려놓았다(1~2절. 그때는 장과 절의 구분 없었음). 목소리의 울림이 장중했다. 히브리어를 모르는 사람들은 마치 하나님이 내려오신 것 같이 느꼈던지, 쭈뼛하며 바짝 긴장하는 빛을 보였다.

그리고는 랍비는 그것을 우리가 쓰는 아람 말로 옮겨 읽었다. "주님의 영이 내게 내리셨다. 주님께서 내게 기름을 부어, 가난한 사람에게 기쁜 소식을 전하게 하셨다. 주님께서 나를 보내셔서, 포로 된 사람들에게 해방을 선포하고, 눈 먼 사람들에게 눈 뜸을 선포하고, 억눌린 사람들을 풀어주고, 주님의 은혜의 해를 …선포하게 하셨다."(눅 4:18~19)

이것은 예로부터 우리 민족이 하나님의 메시아를 말한 것으로 믿어온 것이다. 그런데 놀랍게도 랍비는 두 번째 부분 끝에 있는 "우리 하나님 보복의 날을 선언하고…"는 히브리어와 아람어로 읽지도 옮기지도 않았다. 그것을 알아챈 회당 랍비의 눈동자가 커지다 말았는데, 랍비가 실수로 빠뜨린 것이라고 본 것 같았다.

그런데 죽 읽으면, 랍비가 '우리 하나님 보복의 날을 선언하고…'를 읽거나 옮기지 않은 까닭이 완연히 드러난다. 왜냐면 이 말은 전체 문맥에서 전혀 어울리지 않기 때문이다. 이미 랍비는 광야에서 깊고 숭고하고 강렬한 하나님 체험과 예언자들의 가르침에 대한 명민한 성찰과 깨달음을 통해, 하나님을 무조건 용서하고 사랑하는 아버지로 알았기에, 그렇게 보복하고 심판하는 하나님은 없다고 했다. 그러니 랍비는 일부러 읽지도 옮기지도 않은 것이다!

보복의 날은 우리 민족을 지배하는 이민족을 심판하고 내쫓아 독립 국가를 만든다는 뜻인데, 그러면 메시아는 필연 다윗과 같은 제왕으로 나타나 유대 민족의 독립과 자유를 쟁취하고 강대국을 세워 온 세상을 다스린다는 말이 된다. 그런데 그것은 강대국 이민족이 우리나 다른 민족을 지배하는 것과 하등 다를 바가 없는 것이라서, 그저 시대에 따라 세상의 주인만 바뀌는 것일 뿐이다. 그런 게 과연 메시아의 나라이겠는가?

이제 나는 그 보복이란 단어를 전복(顚覆)으로 읽어야 한다고 생각한다. 잘못된 마음과 부패한 세상을 뒤집어엎는 것이 랍비의 하나님 나라 운동이기 때문이다. 랍비의 태도에는 그 어떤 적개심이나 분노나 폭력이 없었다. 분노와 폭력으로 보인 것일지라도 그러하다. 랍비는 사탄이나 심판이나 적이나 보복이라는 개념을 받아들이지 않았다. 굳이 그런 말을 사용할 때도, 랍비의 생각이 아닌 전통이나 관습적 생각을 빌려 쓴 것이었을 뿐이다.

5

랍비가 두루마리를 돌려주고 회중을 바라보자, 사람들은 모두 무슨 말을 하려나 잔뜩 기대 어린 눈빛으로 랍비의 입을 주목했다. 내가 기억하는 랍비의 말은 이러했다.

"여기에서 가난한 사람, 포로 된 사람, 눈먼 사람, 억눌린 사람'은 다 같은 사람입니다. 이 말씀은 먼저 글자 그대로 읽어야 하고, 또 지식이나 재산이나 남녀나 나이나 신분과 관계없이 모든 인간에게 해당하는 것으로 읽어야 합니다. 차례대로 말하겠습니다.

아버지께서는 지금 '가난한 사람, 포로 된 사람, 눈먼 사람, 억눌린 사람'을 아끼고 돌보고 사랑하며, 위로와 기운과 희망을 내려주십니다. 바로 지금입니다. 앞으로가 아니에요. 그러니 여러분은 아무것도 걱정하거나 두려워하지 말고, 마음의 날개를 활짝 펴고 살아가세요. 아버지께서는 여러분을 자신의 눈동자처럼 아끼고 돌보십니다."

사람들은 랍비가 하나님을 '아버지'라고 부르는 것에 놀라는 표정이었다. 내 앞에 있는 사람은 옆 사람에게 작은 소리로, "아니, 예수아의 아버지는 요셉이 아닌가?" 하는 것이었다. 옆 사람은 잠자코 있었는데, 말귀를 알아듣는 것 같았다.

그런데 마침 참새들이 회당 곁 삼나무에 모여 앉아, 무어라 찧고 빻고 한바탕 야단법석이었다. 하룻밤 지내고 무슨 할 말이 그렇게도 많은 것인지, 아니면 그들에게도 오늘이 안식일이라서 예배를 드리며 찬송가를 부르는 것인지 알 수 없었지만, 랍비는 참새들이 지저귀는 소리를 듣고는 환한 미소를 지으며 말을 이어갔다.

"들어보세요. 아버지께서는 저 참새들도 아끼고 돌보고 사랑하십니다. 참새들이 모일 때마다 저렇게도 말이 많고 합창을 부르는 것은 자기들이 아버지의 사랑을 듬뿍 받으며 살고 있다는 것을 알기 때문이 아닐까요? 참새들은 그것을 온몸으로 느끼고 아는 것 같습니다. 그래서 저렇게도 말이 많고 합창을 부르는 것이 아니겠어요?"

그러자 사람들은 랍비의 재치 있는 말솜씨에 소리를 내며 웃었다. 아마 모르기는 해도, 나사렛 회당 역사상 설교 중에 참새 이야기를 듣는 것은 처음이었을 것이다! 잠시 웃으며 즐거워하는 시간을 가진 다음, 랍비가 말했다.

"그런데 사람들과 우리가 사는 이 세상의 근본 문제는 무엇일까요? 가난과 부, 지식과 무지, 권력과 연약함이 아니라, 마음이 궁핍하고 옹색하여 항상 포로처럼 얽매이고 두려워하고, 사물의 실상을 볼 줄 모르고, 가난하고 배운 게 없다고 슬픔과 상처에 짓눌려 한 서린 삶을 살고, 뭘 좀 배우고 가졌다고 남을 우습게 알며 차별하고 교만과 사치와 향락에 빠져 지내면서도 마음은 항상 불안과 두려움과 허망한 기분에 젖어 어리석게 사는 것이 아닐까요? 이런 사람은 자유로운 나라거나 식민지이거나, 예나 지금이나 어느 나라에나 많지요. 그렇지 않은가요?" 그러자 사람들은 모두 고개를 끄덕였다.

"그래서 아버지께서 바라시는 것은 '가난한 사람, 포로 된 사람, 눈먼 사람, 억눌린 사람'이 없는 참되고 평등하고 평화로운 세상입니다! 나는 그것을 '하나님의 나라'라고 부릅니다. 하나님의 나라를 이 땅에 이루시는 것이 아버지의 뜻이지요. 여러분이 지금 아버지를 온 마음으로 환영하며 가슴에 맞아들이는 것은 지금 이 순간 하나님의 나라 안에 있는 것입니다.

그런데 세상에는 하나님의 나라가 이루어지는 것을 한사코 반대하고 훼방하며 어깃장을 놓는 자들이 많지요. 특히 권력이나 재산이나 지식을 많이 소유한 지도층과 상류층이 그렇지요. 그들이 밤낮 오매불망 추구하는 것은 하나님의 나라가 아니라, 몸뚱이의 영광과 영화입니다. 입만 열면 하나님을 부르나, 사실 그들의 하나님은 권력과 재산과 지식입니다. 그들은 신화의 세계에서 사는 자들이라 하겠어요. 물론 그렇지 않은 사람은 복이 있습니다.

그런데 심지어 가난한 사람들조차도 하나님의 나라를 바라지 않는 자들이 많습니다. 그들도 일상의 갖은 자잘한 욕심과 시기심, 무지와 어리석음에 속이 잔뜩 꼬부라지고 뒤틀리고 깨져 있습니다. 그렇지 않은가요? 여러분을 돌아보세요." 그러자 사람들이 웅성거렸다. 그들은 랍비가 모든 인간을 책망하는 것으로 듣는 것 같았다.

그것을 안 랍비는 이렇게 덧붙였다. "나는 신분이나 소유가 어떠하든지, 사람들이 대부분 아담과 가인의 마음을 지니고 살아가기에, 이렇게 말하는 것입니다. 그래서 아버지가 어떤 분이신지 모르고 마음이 변화되지 않으면, 누구나 평생 그런 사람으로 살아갑니다. 그것은 가난하든 부유하든 마찬가지예요. 여러분이 지금 이 순간 아버지를 온 심정을 다해 기쁜 마음으로 모시고 사랑하면, 그런 노예 상태에서 해방되어 자유로워집니다. 여러분이야말로 바로 그런 사람들이지요."

그 말씀에 많은 이들이 감탄하며 아멘, 아멘 하고 응답했다.

6

이어서 랍비는 이렇게 선언했다. "아까 읽은 말씀이 지금 여러분 가운데서 이루어졌습니다. 왜냐면 내가 바로 그 사람이기 때문입니다!" 그 말에 모두 놀라 웅성거렸다. 그런데 그들 중 사는 형편이 좋은 것으로 보이는 어떤 노인이 벌떡 일어서더니, 랍비에게 항의하며 조롱했다.

"아니, 자네는 예수아가 아닌가? 자네는 목수 요셉과 미리암의 아들이고, 동생들도 아는데, 이곳에서 목수로 살던 자네가 어떻게 갑자기 하나님의 예언자인 양 행세한단 말인가? 그럼, 하나님이 자네에게 기름을 부으셨단 말인가? 하나님은 왕이나 예언자나 제사장에게만 특별히(!) 기름을 부으신다네. 그런데 자네는 예언자도 제사장도 아니질 않은가? 더구나 왕이 아닌 것은 틀림없고 말이네. 그런데 어떻게 이사야 예언자의 말씀이 지금 자네를 통해서 이루어졌고 말하는가? 나는 자네를 코흘리개 시절부터 알고 있는데 말이네!"

그의 말은 삽시간에 회중을 물들였다. 모습으로 보아하니 마을의 유지인 것 같았는데, 알고 보니 바리새인일 것이라는 내 짐작이 맞았다. 그러자 어떤 사람이 맞장구를 쳤다. "맞아요, 예수아는 미리암의 아들이지요!"

우리 유대인은 누가 누구의 아들이라고 할 때는, 비록 아버지가 이 세상 사람이 아니더라도, 반드시 아버지의 이름으로 말한다(벤·ben~, 바르·bar~. 그래서 예수아는 예수아 벤 요셉, 요셉의 아들 예수아). 그래서 어머니의 이름으로 말하는 것은 그 어머니의 출신 성분이나 과거의 행실을 비난하며 경멸하고 모욕하는 것과 함께, 그 아들까지 싸잡아 무시하고 천대하는 것이다.

회중은 삽시간에 합창하듯 외쳐댔다. "마리아의 아들 예수아가 무슨 예언자일 수 있겠소? 거룩한 안식일을 망쳐놓았을 뿐입니다! 당신이 예언자라면 가버나움에서 했다는 기적이나 일으켜 보시오. 그러면 인정하겠소!"

랍비의 친구로 보이는 몇몇 사람들은 곤혹스러운 표정이 역력했다. 그런 반응이 휩쓸자, 가만히 서 있는 랍비의 눈은 동정심으로 가득했다. 그런데 랍비는 그냥 마치고 내려와도 될 것을, 굳이 물러서지 않고 그들을 자극했다.

"여러분은 내가 기적을 행하기를 바라지만, 나는 그렇게 하지 않습니다. 여러분도 아시다시피, 그 어떤 예언자도 자기 고향에서는 환영받지 못합니다. 이사야는 고향인 예루살렘에서 삼 년 동안 웃통을 벗고 다니며 사람들에게 갖은 수모를 겪었고, 예레미야는 고향 사람들에게 죽임을 당할 뻔했고, 호세아도 고향 사람들에게 부정한 여인과 결혼했다고 갖은 저주와 멸시와 모욕을 겪었습니다.

나는 여러분이 나를 예언자로 인정하든지 말든지, 아무것도 상관하지 않고 관심도 없습니다. 내 말을 듣지 않는 것은 여러분의 자유입니다. 그러나 이것만은 알아두십시오. 엘리야도 우리 민족의 과부들에게 가지 않고 페니키아의 사렙다 마을의 한 과부에게 갔고, 엘리사도 이스라엘의 나병 환자들이 아닌 시리아 장군 나아만을 고쳤을 뿐입니다.

여러분이 내 말을 받아들이지 않는다 해도, 세상에는 받아들일 사람들이 얼마든지 있습니다. 그러나 여러분이 알아야 할 것은 지금은 아버지께서 우리 민족을 위해 결정적으로 일하시는 때라는 것입니다. 왜냐면 아버지께서는 나를 보내셨으니까요! 앞으로 이러한 아버지의 때는 다시 오지 않습니다. 제 말을 믿으세요."

랍비의 말이 끝나자마자 사람들은 분기탱천하여 들고 일어났다. 그들은 모두 앞으로 달려 나와 랍비의 멱살을 휘어잡고 밖으로 끌어냈다. 순식간에 벌어진 사태였다. 예배는 삽시간에 와장창 무너지고 말았다. 회당 랍비는 어처구니없다는 표정을 지으며 주저앉고 말았다. 그들은 아우성을 치며 랍비를 동네 밖까지 끌고 언덕으로 올라갔다. 몇몇은 벌써 돌멩이를 집어 들었다. 어떤 친구는 널따란 돌을 들고 있었다. 언덕 끝에는 벼랑이 있었는데, 돌로 쳐서 그리로 밀쳐 떨어뜨릴 기세였다.

그러자 베드로와 안드레와 야고보가 나서서, 그들을 뜯어말리며 겨우 진정시켜 랍비를 빼내 거리를 벌려 놓았다. 그 덕에 그들은 실컷 얻어터지고 입에서 피를 흘렸다. 그러자 랍비는 앞으로 나가 그들의 눈을 똑바로 바라보았다. 그 순간 그들은 랍비의 위엄에 눌렸는지, 그만 움찔하며 몸이 굳어버린 것 같이 꼼짝하지 못했다. 우리는 랍비를 에워싸고 그들을 지나쳐 언덕을 내려와 마을을 떠났다.

그렇게 하여 랍비의 고향 방문은 완전히 실패로 돌아가고 말았다. 랍비의 첫 번째 실패가 고향에서 벌어졌다는 사실이 씁쓸하기만 했다. 랍비는 아무 말 없이 걷기만 했다. 우리는 좋은 일이 언제나 환영받을 것이라는 생각이 착각이라는 것을 똑똑히 깨달았다. 나사렛 사건은 우리 마음에 어둡고 고통스러운 음영(陰影)을 덮었다. 앞으로도 그런 일을 자주 겪게 될 것이라고 예감했으니까.

랍비는 가버나움으로 가자고 말했다. 우리는 다시금 고개를 넘어 가버나움을 향해 걸었다. 그러나 랍비는 우울한 표정을 짓지 않았다. 랍비는 지난 일은 어떤 것도 마음에 두는 일이 없고, 걱정이나 두려움이 없는 분이었다.

5장

호숫가의 정경(情景)

1

며칠 만에 고향으로 돌아가는 길은 무척이나 반갑고 즐거웠다. 걸어가는 동안, 요한이 다시금 결혼잔치에서 했던 노래를 목청껏 부를 때는 랍비와 우리 모두 함께 노래했다. 그런데 베드로는 음정을 맞추질 못해, 자꾸만 저 아래서 연신 대패로 긁어대는 듯 끽끽거렸다. 나를 쳐다보더니, 그만 얼굴이 빨개지며 입을 다물었다. 나는 살짝 눈웃음을 지었다.

우리는 언제 나사렛 일이 있었느냐는 듯, 기쁨으로 가득했다. 우리 노랫소리에, 언덕에 핀 아네모네 꽃들이 마치 어여쁜 새색시같이, 환한 얼굴로 웃으며 살랑이는 바람결에 따라 춤을 추는 것처럼 보였다. 랍비는 노래를 부르면서도 그 아가씨들에게 손을 흔들었다.

이윽고 멀리 가버나움이 보이는 언덕에 다다랐을 때, 아래쪽에 놀라운 광경이 펼쳐졌다. 그새 누가 우리가 오는 것을 알린 것인지, 수많은 사람이 우리 쪽으로 걸어오고 있었다. 그럴 리 없겠지만, 마을 사람들이 다 나온 것 같았다. 우리는 갈릴리 호수가 내려다보이는 야트막한 언덕에서 그들을 만났다.

앞장선 어린아이들이 깔깔 웃으며 신나게 뛰어왔다. 한 아이가 팔을 벌리고 달려들자, 랍비는 그 아이를 품에 안아 들고는, 다가온 어린이들의 머리에 일일이 손을 얹어 축복했다. 마치 할아버지가 손주에게 하는 것 같았다. 그렇게도 사랑스러운 눈으로 어린이들을 바라볼 수 없었다. 아기를 안고 온 엄마들도 앞다투어 랍비의 축복을 받고는, 마냥 행복한 표정이었다. 랍비가 결혼한 몸이라면, 애들이 12살은 넘었을 것이다. 내게는 랍비가 가나에서 조카들을 안고 쓰다듬으며 축복할 때, 어린애처럼 웃고 행복에 젖었던 모습이 떠올랐다.

사람들이 빙 둘러서며 걷게 되자, 랍비는 무슨 좋은 생각이 떠올랐는지, 한 너럭바위를 보고는 모두 그 주변에 앉으라고 했다. 우리는 사람들에게 좋을 대로 앉으라고 말하고는, 랍비 주변에 둘러앉았다. 그러자 아이들과 엄마들이 우리 앞으로 다가와 앉았다.

이윽고 사랑 가득한 눈빛으로 사람들을 둘러본 랍비는 입을 열어 말했다. "우리 아버지의 아들딸인 형제자매 여러분, 이렇게 나와 주셔서 참 고맙습니다. 오늘은 아버지께서 선물로 주신 창조 이래 첫날이고 마지막 날이니, 참으로 좋은 날입니다. 그렇지요?" 그러자 앞에 앉은 어린이들이 참새 새끼들처럼 입을 벌리고 큰소리로, "그럼요, 좋은 날이지요!" 하며 맞장구를 쳤다. 그 말에 랍비는 물론, 모두 환히 웃었다. 랍비는 오른손을 들어 호수를 가리키며 바라보라고 했다. 사람들이 돌아보자, 랍비는 이렇게 말했다.

"여러분, 오늘이 창조 이래 첫날이고 마지막인 좋은 날이라는 것은 오늘, 그리고 지금 이 순간이 하나님이 일으키시는 기적이라는 말입니다. 이상한 기적을 바라지 마세요. 그런 것은 미신이나 하는 사람들이나 찾는 것이지요. 병자가 낫는 게 기적이 아니에요! 기적에서만 하나님을 느끼고 알아본다면, 여러분의 평생은 슬픔과 한숨, 고달픔과 고통으로 가득 찬, 아무 의미 없는 나날이 되고 말아요. 왜냐면 세상의 모든 병자가 다 낫는 게 아니기 때문이지요.

여러분은 우리 조상이 체험한 것처럼, 열 가지 재앙이 일어나 이집트 사람들이 곤욕을 치르고, 홍해가 갈라져 건너가고, 여리고 성이 무너지고, 태양이 골짜기에 머물러 몇 시간이나 날이 저무는 것을 멈추게 하여 전쟁에서 승리했듯이, 하나님이 뇌성벽력을 로마 군대에 몰아쳐서 단박에 그들을 혼을 빼놓거나 죽여서, 우리를 해방하고 자유를 가져다주실 기적을 바라십니까?"

어떤 젊은이가 물었다. "랍비, 그러면 좋지 않겠어요? 옛날 우리 조상을 보살펴 주셨던 하나님의 능력과 영광은 모두 다 어디로 갔단 말입니까? 우리가 이렇게 오래도록 수난을 당하고만 사는데, 왜 하나님은 우리를 돌보지 않고 침묵하시기만 하는 것이지요? 우리는 하나님이 세상에서 빼내신 백성이 아닙니까? 그러니 이렇게도 고달픈 세상에서 기적을 바라는 게 잘못된 일은 아니질 않습니까?"

랍비가 말했다. "좋은 이야기를 했소. 나도 하나님의 뜻을 다 아는 것은 아닙니다. 그러나 사람은 자기가 할 일을 하나님께 떠넘기기를 잘합니다. 만일 우리 민족이 모세 어르신이 가르친 대로, 하나님의 한 백성, 곧 위아래나 남녀노소 할 것 없이 순결하고 진실한 마음으로 하나님을 사랑하고, 모두 한 형제자매가 되어 평등하고 자비롭게 살아왔다면, 지금까지 대대로 평화를 누렸을 것입니다. 나는 그렇게 봅니다. 예언자들도 그렇게 가르치셨지요.

그러나 여러분도 알다시피, 왕들이 다스리던 시대 내내, 그리고 지금까지도, 우리 민족은 종교적 열성만 남다를 뿐, 살아가는 방식은 다른 민족들과 별로 다를 게 없습니다. 우리나라 왕만 없을 뿐이지, 지금 예루살렘 성전을 자기네 사업장처럼 여기는 사제들과 율법 학자들과 바리새인들은 왕처럼 우리 백성 위에 군림하지 않습니까?

여러분을 진실하게 돌아보세요. 여러분의 마음은 깨끗합니까? 아니, 십계명을 그대로 지키며 사십니까? 이웃을 자기 몸이나 가족처럼 사랑하십니까? 정녕 그렇게 산다면, 로마가 물러가는 일은 문제도 아닐 것입니다. 하나님은 우리의 성결한 마음과 태도를 바라고 기다리고 계십니다. 지금 이 땅의 지도층이 정녕 땅의 티끌 같은 여러분들과 한 몸 한 덩어리가 된다면, 분명히 하나님께서 새로운 자유의 나라를 선물로 주실 것입니다.

그래서 나는 말합니다. 기적이란 이것입니다. 저 밤하늘의 별들, 태양이 빛나는 하늘, 비, 호수, 바람, 새들과 꽃들, 그리고 우리가 숨 쉬고 밥 먹고 물 마시고, 밭에서나 호수에서 고기를 잡으며 일하고, 산책하고 도란도란 이야기를 나누는 것, 아이들을 행복하게 바라보는 것, 노인들을 존경하는 것, 지금 살아 있는 것 자체, 이 모든 것이 지금 펼쳐지는 하나님의 기적입니다!

여러분, 우리 아버지는 저 갈릴리 호수같이 온통 사랑이신 분이랍니다. 누가 저 갈릴리 호수에 물 한 바가지를 보태기나 했습니까?" 그러자 그것을 질문으로 알아들은 앞에 앉은 '참새들'이 "아무도 없지요!" 하고 말했다. 그 바람에 랍비는 물론, 모두 한바탕 웃었다.

랍비가 말을 이었다. "갈릴리 호수는 아버지의 선한 마음씨가 빚어낸 아름답고 고맙기 이를 데 없는 기적의 작품입니다. 저기 북쪽에 멀리 있는 높다란 헤르몬산에 비구름이 몰려와 내리면, 이곳에는 내리지 않아도 요르단강에 물이 철철 흘러 호수로 들어갑니다. 그러면 호수는 기쁨으로 가득하여 덩실덩실 춤을 추지요. 나는 이 호수를 어머니에 비유합니다. 어머니가 젖을 먹이고 정성껏 음식을 마련하여 자녀를 돌보듯이, 저 갈릴리 호수는 언제나 아낌없이 물을 주고, 어부들에게는 정성스레 기른 갖가지 물고기를 줍니다. 얼마나 고맙습니까? 아버지들을 빼놓는 것은 아니니, 서운해하진 마세요." 그 말에 남자들이 미소를 지었다.

"우리 아버지께서는 우리를 자상한 사랑으로 먹이고 돌보십니다. 아무도 우주와 만물보다 오래되신 하나님의 나이를 알 수 없어요. 그러니 우리는 아버지께 아기들과 같다 하겠지요. 여러분은 아버지의 품 안에 있으니, 아무것도 걱정하거나 염려하거나 두려워하지 않아도 됩니다. 아버지께서는 여러분의 모든 필요를 잘 알고 계시니까요. 그 때문에 우리는 먹고 마시고 입을 게 많지 않아도, 얼마든지 행복하게 살 수 있습니다.

부귀영화를 누린다고 해서 행복한 것은 아닙니다. 저 솔로몬 왕을 보세요. 아니면, 예레미야나 다니엘의 책에 나오듯이, 옛날 우리 민족을 망하게 하고 포로로 잡아간 바빌로니아의 임금, 또는 자칭 신의 화신이라며 우리 민족을 잔혹하게 박해했던 그리스-시리아 제국의 왕을 생각해보세요. 솔로몬은 성전을 짓고 태평성대를 만든다며, 정작 하나님이 돌보라고 맡기신 백성을 노예로 부려 먹고 공사판에서 죽게 만들어 고향에 돌아오지도 못하게 하고, 자기는 온갖 타국의 공주들을 데려다가 후궁으로 삼고 허랑방탕하게 살았지요. 바빌로니아와 시리아 임금은 수많은 젊은이를 전쟁에 끌고 나가 죽게 하여, 그 부모와 형제자매의 눈에서 피눈물을 흘리게 하고는, 자기들은 찬란한 영광과 부귀영화를 누렸지요.

하지만 인간은 아무도 자기를 속일 수 없어요. 그들은 모두 수치감과 회한과 허무감 속에서 죽었습니다. 광기에 빠져 한바탕 난리를 피우며 허탕을 친 그들이 행복이 뭔지나 알았을까요? 아닙니다. 솔로몬이나 그들이 누린 모든 영광과 부귀영화라는 것은 이 들판에 핀 아네모네나 백합꽃보다도 못한 초라하기 그지없는 것이었지요. 차라리 하늘을 날아다니는 참새나 까마귀나 멧비둘기가 훨씬 더 자유롭고 아름답고 행복하답니다.

남을 괴롭히고 죽이며 부모와 형제자매들의 눈에서 피눈물을 흘리게 하는 인간은 결단코 행복할 수 없으니까요. 그렇지 않다면, 아버지께서 실수하신 것일 테지요. 아버지의 뜻을 어긴 사람은 살아도 죽어도 행복하지 않아요. 시에 이런 말이 있지요. "하나님을 거역하는 사람은 메마른 땅에서 산다."(시 68:6) 인생의 이치를 어기는 사람은 누구나 그렇게 됩니다.

여러분이 아버지를 생각할 때면 언제나 저 갈릴리 호수를 생각하고, 갈릴리 호수를 볼 때마다 아버지를 생각하세요. 그러면 여러분은 언제 어디서나 행복할 거예요. 행복은 지금 이 순간, 지극히 단순하고 순수한 마음에 깃드는 하늘의 빵과 포도주와 같습니다. 갈릴리 호수는 언제나 언제까지나 아버지께서 처음에 만들 때 명령하신 대로 일을 합니다. 헤르몬산에서 내려오는 물을 받아 물고기를 먹여 살리고 길러 우리에게 아낌없이 내주지요.

저 호수가 늘 살아 있는 것은 아버지의 뜻대로 일하기 때문입니다. 그러니 여러분도 언제나 먼저 아버지의 나라를 찾으세요. 그러면 여러분의 가슴에도 생명의 물이 가득할 것입니다. 그 물을 이웃에게 아낌없이 나눠주세요. 그것이 아버지께서 기뻐하시는 삶입니다."

2

말을 멈춘 랍비가 목마른 듯 보이자, 나는 물주머니를 꺼내 드렸다. 고맙다고 하며 한 모금 마신 랍비는 말을 이어갔다.

"자, 그러면 이제부터는 갈릴리 호수처럼 사는 게 어떤 것인지, 우리 이스라엘의 전통을 통해서 생각해볼까요? 성서는 언제나 사람의 행복과 평화를 바라시는 아버지의 말씀이지요. 하나님은 어머니같이 인자한 분이시니까요. 어느 부모가 자녀가 빵을 달라고 하는데 돌멩이를 주겠으며, 생선을 달라는데 뱀을 주겠으며, 달걀을 달라는데 전갈을 주겠으며, 옷을 달라는데 가마니 짝을 입히겠나요? 부모가 자녀에게 좋은 것을 주듯, 아버지께서도 우리가 바라는 것보다 더 좋은 것을 주십니다. 그러나 그것이 우리의 소망과 다르다고 해도, 걱정할 것 없어요. 왜냐면 아버지는 우리보다 훨씬 더 지혜로우시니까요. 아버지께서 주시는 것이 좋지 않은 것으로 보일지라도, 끝내는 우리에게 좋은 것이 됩니다. 그것을 믿으세요!

그런데 아버지께서 주시는 가장 좋은 것은 아버지의 영입니다. 아버지는 온 우주와 만상을 사랑으로 품어 안은 영이십니다. 아버지의 영은 우리에게 빛과 힘과 지혜, 사랑과 자비심의 호수와 같습니다. 그러니 매일 아버지께 그것을 구하고 찾고 문을 두드리며, 온 마음으로 아버지를 사랑하며 사는 사람은 행복합니다. 곧, 자기가 아버지 안에, 아버지가 자기 안에 계시게 해드리는 사람은 지금 하나님의 다스림(나라) 안에 들어간 행복한 사람입니다.

이것이 마음이 가난한 사람이지요. 아까 말한 왕들의 마음과는 전혀 딴판이에요. 탐욕이나 욕심, 거짓이나 질투나 거친 마음이 없는, 착하고 고귀하고 아름다운 마음씨입니다. 여기 있는 어린이들의 마음과 같은 겁니다. 하나님은 어린이 같은 마음을 지닌 사람의 아버지이십니다. 그러니 여러분은 아버지께서 여러분 안에서 당신의 삶을 사시게 해드리면 됩니다. 시편에서 우주와 만물과 삶을 경축하고 기뻐하며 아버지께 감사하며 노래한 시인들이 바로 마음이 가난한 사람들입니다. 얼마나 아름다운 영혼들입니까!

그런데 이런 마음은 한 번에 이루어지지 않아요. 밤이슬에 옷이 젖듯이 천천히 이루어지지요. 그래서 가난한 마음이 잘 이루어지지 않아 슬플 때가 있어요. 그러나 낙심하진 마세요. 그것이 바로 아버지를 사랑하는 증거이니까요. 그러한 슬픔은 신성한 것입니다. 그런 마음을 깨우고 기르는 것은 좁은 문으로 들어가는 것과 같이 어렵고도 힘들지만, 자꾸만 해보면 살아나서 우리를 북돋우며 빛과 생명으로 인도합니다.

또 그런 슬픔을 넘어서, 자꾸만 악해지는 세상 때문에 슬퍼하는 사람은 참으로 복된 영혼입니다. 그는 불행한 세상을 바라보면서 슬픔을 느끼시는 아버지의 마음에 가까이 있는 사람입니다. 노아는 그런 하나님의 슬픔을 함께 겪은 의인이었지요.

마음이 가난하고 슬퍼할 줄 아는 사람은 겸손합니다. 그는 흙을 닮은 사람이지요. 흙은 당나귀같이 밑바닥에서 늘 밟히지만, 누구나 의존하지 않을 수 없는 만물의 왕이에요! 누가 흙 없이 사나요? 겸손한 사람은 자신의 가치를 정확히 알고 있어요. 그는 사람들의 눈과 입에 얹혀서 살지 않아요. 그는 모든 사람을 높낮이 없이 똑같은 사람으로 여기며, 아버지 앞에서 자기의 참모습대로 살아갑니다. 흙처럼 겸허하게 사는 사람은 행복합니다.

마음이 가난하고 슬퍼할 줄 알고 흙처럼 자신을 낮추고 사는 사람은 더욱 아버지와 깊고 친밀하고 올바른 사이를 맺고 살려고 힘씁니다(의). 아브라함은 이런 믿음으로 우리 조상이 된 것이지요. 이사야는 그를 "하나님의 친구"라 했어요(사 41:8). 우리도 그렇습니다. 우리는 이미 하나님의 친구랍니다. 하나님의 의로운 친구는 일상에서 시련과 역경을 만나더라도 실망하지 않아요. 그는 주리고 목마르고 배고픈 심정으로 더욱 의로움을 사랑합니다. 그것은 차라리 영광스러운 행복입니다. 아무나 그런 행복을 누리는 게 아니지요.

그런 사람은 누구에게나 엄마의 심정으로 자비를 베풉니다(자비는 히-라

하밈·Rahamim. 자궁을 뜻하는 레헴·Rehem에서 온 단어). 왜냐면 그는 자기를 아버지께서 쓰시는 그릇으로 드리니까요. 그는 자기에게 흘러든 강물 같은 아버지의 자비를 웅덩이처럼 가두어 썩게 하지 않고, 갈릴리 호수처럼 사람들을 먹이고 돌보고 기르는 데 씁니다. 그러니 아버지께서 그를 얼마나 자비롭게 보실 것입니까? 이웃을 가슴으로 끌어안는 자비는 우리를 행복하게 합니다.

그러니 그 사람은 마음이 깨끗하지요. 욕심을 품고 인생을 바라보고, 남을 의심하거나 두려워하거나 무시하고 차별하면, 마음은 더 짙은 어둠과 거짓과 폭력으로 물들어 더러워지고 말지 않겠어요? 그런 마음은 아버지를 만날 수도 모실 수도 없고, 오히려 내쫓습니다. 마음이 깨끗한 사람의 눈은 다른 사람 속에 머물러 계신 아버지를 봅니다. 왜냐면 거룩한 사랑의 영이신 아버지는 저 하늘에만 머물러 있지 않고, 사람의 옷을 입고 세상을 두루 돌아다니시니까요. 아버지께서는 공중의 새들이나 들판의 아네모네나 백합꽃 속에서도 환한 미소를 지으십니다. 그렇게 깨끗한 마음으로 아버지를 알아보는 눈을 지닌 사람은 행복합니다.

그러니 그는 누구를 만나더라도 평화를 전하지요. 그 사람은 가뜩이나 불화와 불행과 비참함이 많은 세상에서, 밝은 미소와 아름다운 입술로 살아갑니다. 인생에서 다른 이들을 행복하게 해주는 것만큼 아름답고 착한 일이 있을까요? 특히나 상처받은 가슴에 따스한 평온을 실어다 주는 사람은 아버지의 천사와 같아요. 그는 진실로 하나님의 아들딸입니다.

이렇게 마음이 가난하고, 슬퍼할 줄 알고, 겸손하고, 의로움에 배고파하고, 자비롭고, 마음이 깨끗하고, 평화를 안겨주며 살아가는 사람은 설령 의로움 때문에 박해를 받는다 해도, 기뻐하고 즐거워합니다. 왜냐면 그는 아버지께서 알아주시는 것만으로 넉넉히 만족할 수 있기 때문이지요. 슬픔과 고통은 독수리가 타고 올라 날아다니는 바람 같은 것이에요. 물론 슬픔과 고통이 없는 삶이 가장 좋은 것이지만, 아무도 그런 삶을 살 수는 없지요. 그러니 슬픔과 고통을 우리 영혼과 삶을 훨훨 날게 하는 하늘 바람으로 생각하면, 그것은 아버지의 또 다른 은총입니다. 우리는 슬픔과 고통을 통해서 더 높이 치솟을 수 있으니까요."

3

사람들의 얼굴에는 아름다운 황혼이 물들었다. 내 친구 '요나' 할아버지의 눈은 촉촉이 젖어 들었고, 어떤 할머니는 랍비와 같은 마을에 사는 게 좋다며 감동 어린 얼굴이었고, 어린이들은 말귀를 제대로 알아듣진 못해도 자기들을 사랑하는 랍비가 온화한 얼굴로 설교하는 것을 바라보며 방긋 웃으며 좋아했다. 내 곁에 있던 어린이는 잠이 들어 내게 안겼다.

사람들을 바라보던 랍비는 느닷없이 요한에게 노래를 부르면 좋겠다고 했다. 요한은 부끄러운 듯 일어나 사람들을 바라보며 서서 잠시 생각하더니 좋은 생각이 떠올랐는지, 어린이들도 잘 아는 미가 예언자의 시에 붙인 동요를 불렀다(미가 4:1~4).

주님, 민족들 사이의 분쟁을 판결하소서.
원근 각처에 있는 열강 사이의 갈등을 해결하소서.
나라마다 칼을 쳐서 보습을 만들고,
창을 쳐서 낫을 만들어 농사 지으며 살게 하소서.
나라와 나라가 칼을 들고 서로를 치지 않게 하시고,
다시는 군사 훈련도 없게 하소서.
사람마다 자기 포도나무와 무화과나무 아래 앉아서,
노래하고 어울리며 길이길이 평화롭고 복되게 하소서.

요한의 고운 목소리로 전해지는 예언자의 말에 감명을 받은 노인들은 눈시울이 붉어졌고, 사람들은 저마다 숙연해졌다. 이 노래는 750년 전 미가 예언자 시대에 어떤 마을 학당 선생이 그 말에 노래를 붙여 아이들에게 가르친 것이란다. 이사야 예언자도 미가 예언자보다 먼저 이 시를 자기 책에 적어 놓았다(제1 이사야, 사 2:1~4).

그런데 미가 예언자는 이사야에는 없는 마지막 구절을 하나 더 보탰는데, 그것이야말로 우리 민족이 대대로 고대해온 평화로운 세상에 대한 꿈이고 희망이고 이상(理想)이다. 마지막 구절을 한 줄로 줄이면, '무화과나무 아래 앉아서…'이다(요 1:48에도 있음). 그 후부터 이 노래는 어린이들의 동요는 물론, 청년들과 노인들도 애창한 우리 민족의 민요가 되었다.

이것은 가난한 농부들의 노래이다. 툭하면 외세나 국내 지도층에게 짓밟히고 뜯기는 지긋지긋한 고생의 시대가 어서 끝나, 마음 놓고 농사를 지으며 무화과나무 아래 그늘에 앉아 도란도란 이야기를 나누고 도시락을 먹고 평온하게 쉬며 낮잠을 자기도 하는 평화로운 세상을 바라는 절절한 심정을 담은 기도이다. 그런 세상을 기다려온 지도, 어언 팔백 년을 바라보는 세월이니, 요한이 랍비의 가르침에 아주 적절한 노래를 골라낸 것이었다.

노래가 끝나자, 랍비는 모두 일어나 함께 다시 부르자고 했다. 랍비가 어린이들의 손을 붙잡고 환히 웃으며 빙글빙글 돌고 춤을 추며 노래를 부르자, 사람들도 일어나 손에 손을 붙잡고 위아래로 흔들며 춤추고 노래했다. 그리하여 한바탕 멋지고 흥겨운 춤판이 벌어졌다. 진실로 그런 장관도 없었다. 우리 민족이 이렇게나 행복했던 때가 있었던가 싶었다.

나는 랍비의 하나님 나라 운동을 새로 이해했다. 그것은 기쁨의 노래와 춤이 어우러진 행복하고 평화로운 세상을 열자는 것이다. 거기에 무슨 권세니 돈이나 신분이니 지식이니 남녀노소니 체면 같은 게 중요하겠는가? 그저 활짝 열린 마음 하나로 어우러지면 되는 것이다. 그때 우리는 한 가족이 되었다. 신성한 삶의 결혼잔치가 들판에서 이루어지고 있었다!

노래와 춤이 끝나자, 기쁨과 흥겨움으로 물든 사람들의 얼굴은 우리가 '내 땅에서 유배된 자'가 된 것마저 잠시 잊어버리게 했다. 누구나 좋아하는 세상인데, 어째서 세상은 이렇게도 모질고 거칠게 이어지는 것인지!

4

그런데 누가 시키지도 않았는데, 느닷없이 내 친구 '요나'의 다섯 살 된 딸이 일어나 랍비 곁으로 다가와 자기가 노래를 불러도 되느냐고 물었다. 랍비는 환히 웃으며 기뻐했다. 사람들은 손뼉을 치며 좋아했다. 아이는 랍비와 사람들을 번갈아 바라보면서, 회당 어린이 학교에서 배운 동요를 불렀다.

밝은 빛을 따라서 앞만 향해 나가자, 내 마음을 지키며 앞만 향해 나가자.
주와 함께 걸으면 걱정할 게 무어냐, 갈 길 멀고 험하여도 노래하며 나가자.
주의 음성 들으며 앞만 향해 나가자, 나쁜 꾀임 이기고 앞만 향해 나가자.
주와 함께 걸으면 두려울 게 무어냐.
갈 길 멀고 험하여도 노래하며 나가자, 노래하며 나가자.

목소리가 어찌나 곱고 청아(淸雅)하던지! 요나와 그의 아내는 자랑스러움으로 뿌듯한 눈치였다. 감동의 물결이 흘렀다. 팔을 벌리며 다가가, 그 아이의 볼에 입을 맞추고 한참이나 끌어안은 랍비의 눈에는 이슬이 맺혔다.

얼굴도 모르던 강대국 로마의 식민지가 되어, 갖은 억압과 착취로 고생하는 우리 민족의 역사와 현실에 가슴 아파하는 사람들은 어린이의 노래에 뭉클한 가슴으로 굳은 결의를 하는 듯 보였다. 이런 노래를 누가 막을 것인가! 랍비는 바로 이렇게 서로 손을 붙잡으며 노래하고 기뻐하며 행복과 평화를 누리는 그런 세상을 세우려고 길을 나선 것이니, 그 아이는 자기도 모르게 그런 희망의 노래를 불러 랍비를 응원하며 격려한 것이리라.

나도 어릴 적부터 친구들과 어울려 놀 때면 퍽 자주 부르곤 했던 그 노래는 누가 지은 것인지 모르지만, 첫 구절은 이사야 예언자의 말에서 따온 것이다. "오라, 야곱의 후손들아! 우리, 주님의 빛 가운데서 걸어가자!"(사 2:5) 아무리 고난을 겪어도 무너지지 않는 우리 민족의 신앙과 신념, 용기와 희망을 담은 노래이다.

5

랍비는 다시 말을 이었다. "그렇습니다. 여러분, 우리는 빛의 자녀요 빛의 백성입니다. 여러분이야말로 세상의 빛, 세상의 소금입니다. 여러분 말고 누가 있겠습니까? 소금이 녹아서 진이 빠져나가면 짠맛을 잃어버려 쓸모없게 되듯이, 우리도 하나님의 아들딸과 친구라는 것을 잊어버리면 그렇게 됩니다. 우리가 어두운 방을 환하게 하려고, 등잔불을 등잔 대에 올려놓고 켜놓듯이, 여러분의 진실하고 선하고 아름다운 행동은 등불과 같기에, 세상을 살만한 곳으로 바꿉니다.

삿된 마음이나 욕심 때문에 사람들에게 분노하지 마세요. 그것은 건강에도 좋지 않고, 가정과 마을과 세상을 해칩니다. 분노를 풀지 않은 상태에서 아버지께 예배를 드리지 마세요. 예배보다 중요한 것은 용서와 화해와 사랑입니다. 예배는 용서와 화해와 사랑을 위해 있는 것이니까요. 이것이 아버지께서 우리에게 바라시는 예배입니다.

특히나 남자들은 여성들을 음욕의 눈으로 바라보면 안 됩니다. 그런 마음의 눈으로 바라보는 것 자체가 이미 간음이에요. 왜냐면 모든 더러운 삶은 마음에서부터 시작되니까요. 더러운 삶은 사람에게서 모든 행복과 자유와 기쁨을 앗아가는 도둑과 강도와 산적과 같습니다. 자기가 자기에게 그렇게 된다는 말입니다."

그러자 몇몇 남자들이 웅성거렸다. 그것을 본 랍비는 이렇게 말했다. "내 말은 아버지 앞에서나 양심 앞에서, 부끄럽고 두려움에 빠져서 사느니보다는, 시원하고 떳떳하게 사는 게 행복하다는 말이에요. 그렇지 않나요? 진리는 가까운 데 있어요.

깊이 생각해보세요. 어린이든 처녀든 노인이든, 모든 여인은 하나님의 딸입니다. 내 어머니나 누이나 여동생이나 사촌만 그런 게 아니라, 지상을 거니는 모든 여인은 내 어머니고 누이고 한 가족입니다. 그러니 어떻게 음욕에 찬 눈으로 여인을 바라보겠어요? 하나님이 모든 여인을 딸로 바라보시듯, 그렇게 바라보는 것이 사람다운 일입니다.

누구에게나 사랑을 베풀고 보복하거나 원한을 품지 마십시오. 사랑은 민족도 피부색도 종교도 가리지 않습니다. 아버지처럼 자비로워지십시오. 보세요. 이 세상에 아버지께서 선물로 주시지 않은 게 있나요? 아버지께서는 선한 사람이나 악한 사람을 가리지 않고 햇볕을 비추어주고, 의인이나 악인을 차별하지 않고 비를 내려주시지 않나요? 바람은 누구에게나 불어줍니다. 우리가 사랑하는 사람만 사랑한다면, 무슨 떳떳함이나 뿌듯함이 있겠어요? 세리들이나 이방인들도 자기끼리는 그렇게 하지요. 그러니 자비로우신 아버지를 닮으세요. 이것이 진정으로 행복한 길입니다.

의로움이나 자선이나 기도나 무슨 일이든지, 남에게 자랑하려는 마음으로는 하지 마십시오. 그것은 위선입니다. 아버지께서 기뻐하시는 것으로 믿고 만족하십시오. 기도할 때는 사람들이 보는 데서 하지 말고 골방이나 홀로 있으면서, 길게 말하거나 빈말이나 한 말 또 하며 자꾸만 되풀이하지 마십시오. 한 단어만 되뇌어도 훌륭한 기도입니다.

그런데 아버지께서 가장 기뻐하시는 기도는 침묵이랍니다. 기도는 아버지의 목소리에 귀를 기울여 듣는 것이니까요! 올바른 기도는 반드시 마음에 기쁨과 자유와 빛을 가져옵니다. 그것으로 우리는 기도를 제대로 드렸는지 압니다. 기도는 아버지께서 내 안에서 당신의 일을 하게 해드리는 일이니까요. 그러니 기도할 때마다, 이렇게 하십시오.

하나님, 모든 사람이 아버지를 거룩한 심정에 사무쳐 받들게 하시고,
하나님의 나라를 이 땅에 이루어주십시오.
오늘도 우리에게 필요한 빵을 주시고,
우리가 우리에게 죄지은 사람을 용서하여 아버지의 용서를 받게 해주세요.
그리고 우리가 시험이나 악에 빠지지 않게 지켜주세요.

그리고 남을 심판하지 마십시오. 내 눈에는 서까래가 있지만, 다른 이의 눈에는 먼지가 있을 뿐이라고 생각하세요. 남을 심판하는 사람은 불행합니다. 왜냐면 사람은 남녀를 가릴 것 없이 아버지를 닮은 성품으로 지으신 아버지 안에서, 누구나 평등한 가족이고 형제자매이고 친우이기 때문이지요. 그러니 무엇이든지 남에게 대접을 받고자 하는 대로 먼저 남을 대접하세요. 이것이 모든 율법과 예언자들의 가르침입니다. 그러면 행복합니다.

아버지께서 오늘 나를 통해서 들려주신 말씀을 잘 기억하고 사는 사람은 널

따란 바위 위에 집을 짓는 슬기로운 사람입니다. 그는 어떤 일이 일어나도 무너지지 않습니다. 그러나 이내 잊어버리고 무시하는 사람은 모래 위에 집을 짓는 어리석은 사람입니다. 그는 매일 무너집니다. 우리가 행복하고 평화롭게 살기를 바라시는 아버지의 선물인 이토록 소중한 인생을, 서로 사랑하며 기쁨을 만끽하며 살기를 바랍니다."

그러면서 랍비는 기도하자고 했다. "아버지, 이 모든 자녀를 고이 지켜주소서. 이들은 아버지의 친구들입니다. 아버지께서 이들의 빛과 힘이 되어, 언제나 어디서나 언제까지나 보호하고 인도해 주세요. 아멘!" 모두 아멘 하고 화답했다. 어린이들은 모두 잠들었지만, 어른들은 누구나 깊이 감화되어 상기된 얼굴이었다. 어떤 이들은 벅찬 기쁨에 눈물을 글썽였다. 사람들은 랍비가 대부분 하나님을 아버지로 말하는 데서 신선한 느낌을 받은 것 같았다. 하나님은 인용하거나 필요할 때만 썼다.

랍비가 이제 집으로 돌아가자고 하자, 모두 일어나 걸어갔다. 두 아들이 랍비를 따라가 슬프고 분노하며 허전하게 살던 요한의 아버지는 감격에 겨워 작은아들을 붙잡고, '예수아가 하나님을 아버지라 하니, 이제 하나님을 집으로 모셔온 느낌이구나!' 하고 말했다. 유대인들은 '하나님' 하면 아무래도 예언자부터 생각하기에, 무서운 분으로만 알게 되어서 그렇다.

6

그런데 가버나움의 바리새인 노인이나 회당의 랍비는 보이지 않았다. 하는 수 없는 일이었다. 지금 하나님 나라의 문을 열고 들어오라고 해도 들어가지 않는 사람들은 어디나 있으니까. 하나님만이 죄를 용서하실 수 있다고 생각한 그들은 지난번 랍비가 침상에 누워 온 중풍 환자의 죄를 용서하며 낫게 한 일로 몹시 기분이 언짢았을 것이 분명했다.

그러나 그것은 조금만 생각해보더라도 얼마든지 이해할 수 있는 일이다. 우리 민족의 사고방식은 병을 하나님의 심판으로 해석하고 믿기에, 환자는 깊고 무거운 죄책감을 안고 살아간다. 가족들도 그렇다. 특히 부모가 죄를 지으면 자식이 벌을 받아 병을 앓게 된다고 믿는다. 나아가 그런 병에 걸릴 만큼 죄를 지은 일이 없다 해도, 병 자체가 죄를 증명하는 것이니, 아무도 변명할 수 없게 된다.

그러나 그간 내가 연구한 예언자의 가르침에 따르면, 부모의 죄는 자식에게 전해져 벌을 받지 않는다. 각 사람이 자기 죄를 책임진다. 그것은 600여 년 전 에스겔 예언자가 말한 바 있다(겔 33장). 그런데도 성서를 하나님처럼 떠받드는 사람들조차도 여전히 그 예언자의 말에 콧방귀를 뀔 뿐이다. 랍비도 그런 게 아니라는 것을 일깨워 마음의 평안을 주려고, 그 환자에게 먼저 하나님의 용서를 전하며 선포한 것이다. 랍비는 그런 믿음을 미신이라 했다.

그러니 그런 말은 랍비만 아니라, 누구라도 할 수 있고 또 전해야 하는 말이다. 방금 랍비가 가르친 기도에도, 사람이 자기에게 죄지은 사람을 먼저 용서할 때 아버지께서도 용서하신다고 했으니까! 그렇지 않다면, 어떻게 사람이 타인의 죄를 용서하겠는가? 용서는 사랑의 한 부분이니까, 용서하지 못한다면 사랑도 하지 못한다는 말이 된다. 그게 말이 되는가?

나는 사람들이 집으로 돌아간 뒤에, 그 바리새인과 회당 랍비에게 랍비의 가르침을 전해주려고 찾아갔다. 그러나 그들은 내가 '우리 랍비'라는 말을 꺼내자마자, 얼굴을 붉히며 노기를 드러냈다. 내가 랍비를 따라다니는 것조차도 마음에 들지 않는다고 했다. 그래서 나는 곧바로 나왔다.

베드로와 야고보 형제는 집으로 갔고, 나는 랍비를 우리 집으로 안내했다.

늦은 점심 식사 후, 랍비는 나와 함께 호숫가를 산책하자고 했다. 나는 하고픈 말이 많았지만, 묵묵히 걸었다. 랍비는 호수 경치와 바람을 즐기며 천천히 걸었다. 한참 후, 내가 입을 열었다.

"랍비, 저는 마을마다 있는 바리새인들이 걱정됩니다. 아마 지금쯤 갈릴리 전역 바리새인들이 랍비의 소문을 들어 알고 있을 겁니다. 그들의 심부름꾼들은 하루에도 2백 리를 간다고 하잖아요? 그러니 그들은 날이 갈수록 랍비를 반대하며 가로막을 테지요. 막달라와 나사렛에서 벌어진 일들이 어디서나 우리를 기다리고 있을 것입니다."

랍비는 말했다. "사람을 두려워했다면, 이 길로 나서지도 않았을 것이네. 예언자는 고향에서는 물론, 세상 어느 곳에서도 환영받지 못하네. 그게 예언자의 운명이지."

"랍비는 자신을 예언자라고 생각하십니까?"

"내가 그렇게 생각하지 않더라도, 아버지의 말씀을 전하고 다니면 세상이 절로 예언자로 안다네. 옛 예언자들도 자기가 예언자라고 떠든 사람은 하나도 없었네. 지금 감방에 갇혀 있는 요한만 해도 그렇지 않은가? 아버지의 말씀을 전하는 사람을 반대하는 사람들이 그를 예언자로 만든다네. 물론 예언자 뒤에는 언제나 아버지께서 말없이 계시지만 말이네."

"그러면 앞으로 겪을 게 빤한 바리새인들이나 랍비들의 반대나 훼방이나 박해를 이미 마음에 담아 두고 계신 것이네요?"

"세상은 언제나 아버지의 진리를 전하는 사람을 용납하지 않으니까, 당연한 일이지. 그러나 내가 하는 말은 내 말이 아니라 아버지의 말씀이네. 그러니 반대하는 사람은 실상 아버지를 반대하는 것이지. 그러니 누가 이기겠는가?"
나는 아무런 대답을 할 수 없었다.

"이 호수에 부는 바람처럼, 나는 아버지의 바람이네. 바람을 누가 막고 잡아 두겠나? 바람은 자유와 생명의 상징일세. 아무리 날 선 칼이라도 바람을 가를 수는 없네. 내 목을 친다 해도, 그것은 바람을 가르는 헛된 짓이지. 그러나 아버지께서 허락하시지 않는다면, 참새 한 마리도 떨어지는 법은 없다네. 참새를 사랑하는 아버지께서 어찌 진리를 전하는 사람을 사랑하시지 않겠나? 내 목에 칼이 떨어지는 날이 온다면, 그것은 아버지의 허락으로 일어나는 일이니, 어찌 받아들이지 않을 수 있겠는가?

내가 오래 살면서 아버지의 뜻을 전한다 해도 마찬가지라네. 그러니 내가 살고 죽는 것은 전적으로 아버지의 뜻에 달린 것이지. 내가 할 일을 다 마친다면, 나는 더 살고 싶다 해도 죽을 걸세. 그게 아버지의 뜻이고 사랑이니까. 나는 그렇게 믿고 있네. 그러니 일찍 죽거나 오래 살거나 간에, 오직 아버지의 뜻을 전하는 것이 나에게 주어진 길이네. 이미 광야에서 깨달은 것이지.

아버지를 믿는다면서도 실상 반대하며 거스르는 자들은 자기들이 나라와 세상과 역사의 칼자루를 쥐고 있다고 생각하지. 권력과 지식과 부와 영향력이 있으니까, 그걸 믿고 큰소리치는 것이지. 그러나 진리나 세상이나 역사에서 칼자루를 쥔 분은 아버지 한 분뿐이시네. 그들은 그것을 모르고, 알고도 외면하지. 아버지의 판단은 언제나 의롭고 정확하시네.

그래서 나는 아버지의 칼이며, 아버지의 불꽃이라고 말하네. 이것은 내가 광야에서 묵상하는 동안 예레미야 예언자를 생각하다가 깨달은 것이네. 그이는 이렇게 말했지. '나는 맹렬하게 타는 불이다. 바위를 부수는 망치다!'(렘 23:29) 호세아, 나는 세상에 아버지의 불을 지르려고 하네! 온 세상이 이미 불탄다면, 내가 무엇을 더 걱정하고 바랄 게 있겠나? 정녕 내가 바라는 것은 하나뿐이네. 사람들이 아버지를 향한 순결한 사랑과 진리의 불꽃으로 활활 타오르는 것! 그러면 이 땅에 하나님의 나라가 이루어질 것이네.

그런데 그대도 보았듯이, 세상에는 이것을 바라지 않는 자들이 많지. 예루살렘은 그런 자들의 소굴이지. 그렇기에 내가 포기하지 않는 한, 앞으로 얼마나 많은 괴로움의 채찍과 고통의 몽둥이가 있겠는가? 그들은 끝내 나를 죽이겠지! 그러나 나를 통해서 사시는 아버지의 뜻은 실패하지 않을 것이네. 나는 그것을 믿네. 나로 인하여 세상은 절로 둘로 갈라질 것이네. 평화와 분열!"

7

실로 그러하다. 랍비의 의도는 순결한 영혼과 사랑으로 이룩되는 평화의 세계이지만, 한사코 그것을 거부하며 지금이 평화로운 세상이니 그 질서를 깨지 말라며 스스로 분열되어 나가는 자들이 있다. 랍비는 손가락을 들어 호수를 가리키며 말했다.

"그대도 보았듯이, 내가 말할 때마다 평화와 분열이 동시에 일어나네. 갈릴리 호수에 부는 바람이 사람이 바라는 대로 불어주던가? 아무 예고도 없이 갑자기 드센 풍랑이 몰아칠 때가 있지. 그럴 때면 아무리 노련한 어부라도 속수무책으로 무척 고생하지. 간혹 배가 뒤집혀 죽는 사람들도 생기지 않는가? 물론 헤르몬산 쪽에 검은 구름장이 보이면, 십중팔구 호수에 풍랑이 일어나지만, 그것만도 아니네. 날씨가 맑다가 한순간에 풍랑이 몰아치기도 하지. 그러나 호수는 대개 부드러운 바람에 잔물결이라서 고기잡이에 매우 좋네.

옛 예언자들처럼, 내가 나를 아버지의 바람, 아버지의 칼, 아버지의 불꽃이라고 하는 것도 이런 것이네. 그대도 목격했듯이, 내 말을 아버지의 말씀으로 알아듣고 기뻐하는 사람은 분명 마음에 부드럽고 시원한 훈풍을 쐬고, 가슴에 응어리진 딱딱한 찌꺼기를 걷어내고, 생명의 불꽃에 붙어 뭔가 깨닫지. 그러나 내 말을 세상에 불만을 품고 문제를 일삼는 한 젊은이의 당돌하고 과격한 저항과 도전의 말로 알아듣는 사람들은 자기네 기득권이나 사고체계나 습성과 위치 때문에 반대하면서 나를 싫어하고 미워하지. 그들에게는 내 말이 충격과 분열, 혼돈과 추락을 가져오는 풍랑이 되는 것이라네.

내 말은 고름을 짜고 칼로 베어 수술을 받는 아픔을 겪고 난 다음에 약을 바르고 붕대로 묶어 상처가 낫게 하는 것과 같네. 내 말을 듣고 마음과 사고방식이 자유로워지고 선해지는 사람은 복이 있네. 누구보다도 그대들부터 그렇게 되어야 하지. 그러나 내 말을 거부하는 사람은 나를 통하여 말씀하시는 아버지를 거부하는 것이기에, 필연 스스로 자신을 정죄하며 세월의 폭풍과 역사의 풍랑에 휩쓸려 좌초하여 익사하고 말 것이네.

그렇게 내 말 앞에서 세상에 분열이 일어나는 것이지. 나 때문에 세상은 가정에서도 마을에서도 나라에서도 분열이 일어날 걸세. 아들이 아버지와 맞서고, 딸이 어머니에게 맞서고, 젊은이가 노인에게 맞서는 일이 일어날 것이네. 앞으로는 더욱 그렇지.

그대나 베드로나 야고보 형제도 이미 그렇지 않았나? 나를 따라나선 베드로의 아내와 장모가 땅바닥에 주저앉아 울고불고 야단하던 모습이나, 그대 어머니와 형이 극구 반대한 것도 그런 것이지. 그리고 야고보와 요한의 아버지는 수염을 뜯고 머리칼을 뽑고 분노한 얼로 나를 바라보며, '아아, 네가 나를 망치는구나!' 하며 악을 쓰지 않았던가? 그러나 그 아버지도 알게 될 걸세. 두 아들을 잃어 더 많은 아들과 딸을 얻게 된다는 것을! 나를 따라와 자기 아버지의 원수가 되는 자식은 진실로 하나님의 효자이고, 자기 아버지의 효자일세!"

나는 할 말을 잃었다.

"그러나 나에게 평화의 세상을 세우라는 것이 아버지의 뜻이네. 그러니 내가 오매불망 바라는 것 역시 평화이지. 아버지께서 분열을 바라시지 않는다는 것은 말할 것조차 없네. 생각해보게. 어느 예언자가 자기가 전하는 심판이 그대로 일어나기를 바랐던가? 하나도 없었지. 모질고 악한 시대였기에, 그렇게 거칠 말로 경고하며 선포했던 것이지. 나는 수술을 하고 약을 주려는데, 어떤 사람들은 그것을 쓰디쓴 쓸개와 독으로 바꾸지. 어쩌겠나?

호세아, 아버지의 진리는 생명이네. 그런데 그것은 듣는 사람의 태도에 따라 달라지지. 행복과 평화와 구원이 되는가 하면, 분열과 파괴와 죽음이 되기도 하지. 그대도 예레미야 이야기를 좋아하지 않나? 그이가 소명을 들을 때 아버지께서 무엇이라고 말씀하셨는가? '내가 너를 누구에게 보내든지 너는 그에게로 가고, 내가 너에게 무슨 명령을 내리든지, 너는 그대로 말하라. 내가 내 말을 네 입에 맡긴다. 오늘 내가 뭇 민족과 나라들 위에 너를 세우고, 네가 그것들을 뽑으며 허물며 멸망시키며 파괴하며 세우며 심게 하겠다.'(렘 1:7.10)

지난번에 나사렛에서 읽은 이사야의 말씀을 잊지 않았지? 그 아래 이런 말씀이 나오지. '나는 공평을 사랑하고 불의와 약탈을 미워한다.'(사 61:8) 그대는 내가 '하나님 보복의 날을 선언하고…'를 읽거나 옮기지 않은 것을 알아차렸겠지? 그것은 그 문맥에 전혀 어울리지 않는 것이네. 내가 무효화 한 것이 아니지. 그것은 지금 말한 구절 앞뒤에나 적당하네.

그러니 그게 무슨 뜻이겠나? 자기들의 기득권 때문에 아버지의 뜻을 거스르는 자들을 가리킨 것이지. 그러면서도 그들은 자기들이 아버지께 충성한다고 말하지. '충성' 말이네! 옛 예언자들에게도 그랬지. 나라의 멀쩡한 질서를 깨뜨리는 예언자들을 죽이는 게 하나님께 충성하는 것이라고! 예나 지금이나 얼마나 어처구니없는 세상인가!

호세아, 아버지께서는 내 안에서 당신의 일을 하고 계시는 것이네. 나는 잠시 이 세상을 지나가면서 아버지의 뜻을 전할 뿐이네. 내가 가면 자네를 비롯한 친구들이 이 일을 계속해야 하네. 우리는 이미 이겨 놓고 싸우는 것이니, 무엇을 걱정하고 두려워하겠나? 모든 것은 아버지의 인도를 받아 잘 되어갈 걸세. 그것을 믿게나."

8

랍비의 단호한 말에 나는 숙연해지고 말았다. 갈릴리 호수 저편으로 뉘엿뉘엿 넘어가는 황혼이 참으로 아름다웠다. 잔잔한 수면 위에는 마치 천 개의 태양이 뜬 것 같았다. 이따금 일어나는 잔물결에는 헤아릴 수 없는 촛불들이 반짝거렸다. 그지없이 황홀했다. 태초 이래 지금까지 자연의 질서는 저렇게도 아름답고 멋진데, 인간사만은 너무나도 복잡하고 고달프다는 게 야속하고 속상하기만 했다.

내가 물었다. "아까 랍비는 충성이란 말을 강조하셨는데, 무슨 뜻인가요?"

랍비가 말했다. "충성은 옛 시대의 죽은 말이기 때문이네. 충성은 명령과 복종의 냄새를 풀풀 풍기는 말이 아닌가? 그 말은 왕과 신하, 주인과 하인, 사령관과 부하, 장교와 병졸과 같은 군대식의 상하와 위계질서와 복종을 전제하지. 그러니 하나님께 충성하고 복종하는 것은 하나님을 하늘의 무서운 왕이나 군대 사령관으로 생각하는 것이 아닌가?"

내가 말했다. "그런데 랍비! 충성과 복종이란 말은 우리 성서에 끝도 없이 나오는 단어가 아닙니까? 모세가 세상을 떠나기 전에 마지막으로 한 기나긴 설교는 전부 그것이잖아요(신명기를 말함)? 그래서 율법이나 하나님의 뜻을 군대식으로 생각하기만 하는 바리새인들이 저렇게 활개를 치는 것이지요. 글자 그대로 명령만 수행하는 자기들을 하나님께 충성하고 복종하는 의인이라고 내세우며 자화자찬하지요."

랍비가 말했다. "그렇지. 논리상으로 보면, 하나도 그른 게 없네. 그야말로 자기네들이 세운 자잘한 율법까지 그대로 준수하니까 열성적인 충성파이고, 여느 백성 부류와는 '아주 다르고 구별된 사람'이라고 자부하는 것이지('바리새'의 뜻).

그러나 이제는 시대가 달라졌네. 더는 충성과 복종을 떠들 때가 아니지. 충성과 복종이 아니라 사랑과 기쁨을 말해야 할 새로운 시대가 왔다는 뜻이네. 왜 그런가 하면, 하나님은 우주와 만물의 근원이고 주인이고 아버지이시지만, 더는 하늘의 왕도 아니고, 조상들이 줄곧 말해온 하늘 군대 사령관인 '만군(萬軍)의 주'도 아니시기 때문이네. 그런 하나님 상은 옛날이나 통했던 것이지.

그러나 이제는 그런 시대가 아니네. 인간이나 나라나 세상은 시간의 흐름을 따라 변하고 성장하고 성숙해야만 하네. 그래야 가치와 의미가 있으니까. 하나님은 우리 곁에, 그리고 무엇보다 우리 안에 계시는 아버지이시네. 또는 어머니이시라고 해도 되네. 나에게는 하나님을 어머니로 생각하는 것이 더욱 살갑게 느껴지네. 자상하고 자비심 많은 사랑의 어머니! 사람들 때문에 하는 수 없이 아버지라고 하는 것일 뿐이지."

나는 랍비의 말에 대단히 놀라 물었다. "하나님을 아버지로 받아들이기도 어려워하는 세상인데, 너무 앞서가시는 게 아닌가요?"

랍비가 말했다. "그렇기도 하지. 그래서 내 심정으로는 그렇게 느껴도, 굳이 말하지 않는 것이네. 이사야(제2, 40~55장)나 호세아나 예레미야의 책을 보면, 그렇게 하나님을 어머니로 표상하며 암시하는 말이 무척 자주 나오지. 이를테면 '모태에서 나올 때부터 품고 다녔고, 젖을 물려 먹이고, 가슴에 안아주고, 걸음마를 가르쳐주고, 업고 다니고, 행여 다칠세라 고이고이 길렀다.'라는 말이 그런 것이네(사 46:3~4, 49:15; 호 11:3~4; 렘 2:2)."

내가 말했다. "듣고 보니, 정말 그렇네요. 그러면 아버지 같은 어머니, 어머니 같은 아버지이신 하나님으로 인식하는 게 좋겠지요?"

랍비가 말했다. "내 말의 요점은 하나님은 왕도 사령관도 아니라는 뜻이네. 한계도 끝도 없는 용서와 사랑과 자비의 하나님이시지. 그러니 충성이니 복종이니 하는 무서운 단어가 아닌, 사랑의 심정 하나만 품고 아버지를 바라보고 느끼면 인생이 달라질 수밖에 없지. 그것이 지금 이 순간 하나님의 다스림(나라) 속에 있는 것이네."

나는 랍비의 말을 이해했다. 사람들이 랍비의 가르침을 받아들여 하나님을 사랑하는 그 심정을 다해서, 서로 사랑하며 행복하고 평화롭게 살아가는 것이 하나님 다스림을 받는 시작이라는 깨달음이 나를 뜨겁게 달구었다.

물고기를 잡아 돌아오던 어부들이 우리를 발견하고는 손을 흔들자, 랍비와 나도 웃으며 화답했다. 나는 하늘과 호수 건너편을 번갈아 바라보며 랍비의 말씀을 생각해보았다. '만일 랍비의 목에 칼이 들어오는 날이 다가오면, 나는 어떻게 해야 하나? 랍비를 모른다고 잡아떼고 도망칠까, 아니면 죽임을 당하지는 않더라도 랍비와 함께 고난을 달게 질까?'

그러자 가슴이 서늘해졌다. 그래서 그런 일은 나중에 일어날 일이니, 미리부터 생각하고 겁을 먹을 일이 아니라고 고개를 흔들었다. 다만 내가 바란 것은 랍비를 따라다니는 동안, 랍비와 같은 심성을 지닌 사람으로 변화되는 것뿐이었다. 그리고 그것은 아버지 하나님의 도우심으로 내가 할 일이었다.

랍비와 나는 일어나 걷다가 발걸음을 멈추고 한참 서서, 황혼이 아름답게 내려앉은 호수 서남쪽을 바라보았다. 막달라를 지나면 게네사렛과 티베리아스, 더 내려가면 여리고, 여리고 산등성이를 넘어가면 예루살렘이다. 랍비가 지난번 세포리스에 들르지 않은 것을 볼 때, 헤롯 안티파스가 새로 세운 갈릴리의 수도 티베리아스에도 그럴 것 같았다. 그래서 나는 랍비가 이미 예루살렘을 염두에 두고 있는 것으로 보았다.

9

산책을 마친 랍비와 나는 돌아서 마을로 접어들었다. 그런데 가는 길목에 세관을 지나게 되었다. 나보다 네 살 위인 '마태'는 글을 쓸 줄 알고 산수를 잘하기에, 세관의 사무 일체를 맡아보고 있었다. 직접 세금을 거두어들이는 세리는 아니었다. 랍비도 그를 알고 있었다. 그런데 한순간 랍비와 그의 눈이 마주쳤다. 그는 랍비에게 인사를 했다. 랍비는 무슨 생각이었던지 가까이 다가가더니, 그에게 따라오라고 말했다.

그는 랍비가 잠시 할 말이 있는 것으로 생각하는 것 같았다. 그런데 그것이 아니라, 제자로 부른 것이었다. 그는 곧바로 철필과 파피루스 서류를 놓고는 밖으로 나왔다. 아마 지금까지 랍비의 소문을 들으며 꽤 고뇌하며 살았던 것 같다. 직접 세금을 받아내진 않았어도, 로마의 앞잡이니 민족 배반자니 하는 욕을 먹는 것은 피할 수 없었으니까. 내가 알기로, 그는 진실하고 정직한 사람이었다. 나중에 마태는 나에게 그런 고민을 털어놓았다.

마태가 저녁 식사를 대접하고 싶다고 하자, 랍비는 흔쾌히 수락했다. 그는 환한 얼굴로 세관으로 들어가 수하에게 무슨 말을 하고는 돌아왔다. 그는 힘찬 발걸음으로 앞서갔다. 우리가 집으로 들어가자, 그는 직접 손 씻을 물을 가져와 랍비 앞에 놓고, 놀란 아내를 불러 인사드리게 했다. 그리고는 아내를 데리고 가서 손을 휘저으며 무슨 말을 건넸다.

집은 아담했다. 마루에 앉아 멀리 황혼을 바라보고 있을 때, 여러 사람이 집으로 들어오는 것이었다. 아까 마태가 수하에게 한 말은 세리들과 하인들을 부른 것이었다. 쭈뼛쭈뼛 들어온 그들이 랍비에게 인사를 하자, 랍비는 형제들을 만난 것처럼 환히 웃으며 맞이했다.

이윽고 하녀들이 음식을 가져왔다. 장 볼 틈도 없었으나, 급히 마련한 음식 상치고는 그런대로 먹을 게 많았다. 저녁 식사를 준비하던 때였기에, 방금 구워낸 냄새 좋은 빵, 양고기, 포도주, 생선찜과 구이, 우유와 채소 수프와 과일이 풍성했다. 마태는 예를 다 갖추어 랍비의 잔에 포도주를 따랐다.

그런데 식사가 끝나갈 무렵, 문밖이 소란스러웠다. 소문을 들은 바리새인과 회당 랍비와 그 주변인들이 몰려온 것이었다. 바리새인 노인은 손짓으로 나를 불러 모두 들으라는 듯 소리쳤다. "네 랍비라는 '저 사람'은 어째서 세리들과 죄인들과 함께 밥을 먹는 것이냐?"

랍비를 '저 사람'이라고 깔아뭉개는 그 말에, 심기가 불편해진 나는 "그게 어르신이 하실 말입니까?" 하고 맞받아쳤다. 그나마 '저놈'이라고 하지 않은 게 다행이었다고 해야겠다. 그러자 그는 "아니, 이 녀석이 저 사람을 따라다니더니만 똑같이 버르장머리 없는 놈이 되었네그려!" 하며, 더욱 목소리를 높이는 것이었다.

이런 소란에 다가온 랍비는 그에게 말했다. "어르신, 우리가 알다시피 건강한 사람에게는 의사가 필요하지 않지요. 누가 건강한데 의사를 찾아갑니까? 병든 사람만이 의사를 찾아가지요. 이 사람들은 우리 민족 모든 이들로부터 매일 욕을 밥으로 먹고 사는 세리들입니다. 그러니 어떻게 보면, 이들은 모두 병들어 아픈 사람들이지요.

그러나 이들이 좋아서 그 일을 하나요? 나라는 로마의 식민지이고, 세금을 거두는 일은 누군가는 해야 하는 일이니까, 이들도 먹고살려고 나선 것일 뿐입니다. 로마인들이 직접 세관을 운영한다면, 그 고초는 지금보다 훨씬 더 가혹할 테지요. 하나님은 나를 의인들이 아니라, 어쩔 수 없이 죄인의 멍에를 쓰고 사는 사람들을 불러서 기쁨과 평안을 주라고 보내신 것입니다. 이들에게는 하나님의 사랑이 더욱 필요하니까요."

그러자 바리새인 노인은 하늘을 바라보고 탄식하곤 말했다. "어디서 나에게 설교를 하고 그러는가? 내가 그깟 환자와 의사 일을 모른다고 생각하나? 그러나 현실은 어쨌거나 현실이지. 세리들은 하나님과 우리 민족을 팔아먹고 배신한 흉악한 놈들이야. 게다가 저놈들은 회당에도 나오지 않고 율법도 지키지 않는데, 하나님이 어찌 사랑하시겠는가? 그것은 자네의 지나친 망상이고 이상이고 독단이네."

랍비는 물러서지 않았다. "나는 세상의 신랑입니다. 나로부터 세상의 결혼 잔치가 시작되었습니다. 신랑이 이렇게 왔는데, 신부들이 잔치를 벌이지 않을 수 있겠습니까? 어르신, 아시다시피 생 베 조각을 낡은 옷에 대고 깁는 아낙네는 없습니다. 그러면 새 조각이 낡은 조각을 잡아당겨 더 심하게 찢어지지요. 또 새 포도주를 낡은 가죽 부대에 담는 농부도 없습니다. 그러면 새 조각이 낡은 조각을 당겨서 부대가 찢어져 포도주가 새고, 포도주도 가죽 부대도 다 버리게 됩니다. 그러니 새 포도주는 새 가죽 부대에 담아야 둘 다 보전되지요."

"아니 자네, 지금 나를 가르치려 드는가? 목수인 주제에 더욱 모를 소리만 하는군. 옷하고 포도주와 가죽 부대가 지금 이 상황과 무슨 상관이 있다는 것인가?"

"어르신, 내가 전하는 하나님의 말씀은 새 포도주와 같습니다. 이들은 새 가죽 부대입니다. 이들은 젊으니까요. 옛 시대에는 옛 사고방식과 관습이 적절했지만, 새로운 시대에는 새로운 사고방식과 태도가 필요합니다. 새로운 젊은 세대를 옛날 형식에 집어넣으려고만 하면, 우리 민족의 미래가 어찌 되겠습니까? 시간과 역사는 미래를 향하여 나아갑니다."

"오, 그러고 보니 자네, 집을 떠난 동안 어디서 공부를 많이 하고 온 게로군. 그런데 어느 랍비 학교에서 그리 가르치던가? 도대체 자네가 다닌 랍비 학교가 어딘가? 이스라엘 땅에 그따위 학교는 없네. 학교야 전부 우리 바리새파가 운영하고 있으니까!"

조금도 물러서지 않는 랍비의 눈은 점점 불타올랐다. "나는 학교 같은 데서 배운 게 아닙니다. 그 근처에는 가본 적도 없지요. 학교에서 무얼 배웁니까? 고작 직업과 출세를 위한 공부뿐 아닌가요? 나의 스승은 하나님 아버지이시고, 학교와 학습 교재는 성서와 저 하늘과 별들, 이 땅, 갈릴리 호수, 이 세상과 사람들, 그리고 내 마음입니다!"

"오호라, 자네는 온통 이상한 것만 배웠군그래! 그러나 하나님의 가르침은 율법에 다 들어있네. 그딴 식으로 공부한다는 자들은 로마인들과 그리스 철학자들이지. 그런데 하나님이 아버지이시라니, 어째서 자네 아버지란 말인가? 그러면 자네가 하나님의 아들이란 뜻인가?"

랍비는 더 말할 것 없다는 듯, 그를 똑바로 보며 단호히 말했다. "무슨 말을 더 듣고 싶으십니까?" 그 말에 바리새인 노인은 분노를 주체하지 못하고, 어디 두고 보자고 하며 떠났다. 랍비는 좌불안석이 된 사람들에게 돌아와 이렇게 말했다.

"마태는 이제부터 나를 따를 것입니다. 여러분도 따르라는 말은 아닙니다. 다만 이제부터 여러분은 전에 예언자 요한이 가르친 대로, 정한 세금과 받는 봉급 외에는 절대로 거짓말을 하거나 강제로 빼앗는 짓은 하지 마세요. 어차피 세금은 거둬야 하지만, 억울한 사람을 만들어서는 안 됩니다. 우리는 하나님 아

106

버지의 자녀이기에 한 가족입니다. 여러분이 정직하게 일하고 가난한 사람들을 도우며 산다면, 누가 욕을 하겠나요? 세리 일 자체가 아니라 착취와 폭력이 욕을 먹게 하지 않습니까?"

그들은 랍비가 자기들을 어엿한 사람으로 대접해주고 격의 없이 어울려주는 것에 놀라며 고마워했고, 사람 좋은 상관인 마태가 세관을 떠나는 것을 못내 아쉬워했다. 눈빛마다 이슬이 맺혔다. 오래도록 즐겁게 이야기를 나눈 랍비와 나는 우리 집으로 갔다.

다음 날 밖으로 나가자, 이미 바리새인 노인과 회당 랍비와 그 주변인들이 기다리고 있었다. 그 노인은 몰려든 마을 사람들에게 이렇게 말했다. "이 예수 아는 악령이 들린 미친 자요! 그러니 너희는 그를 가까이하지 말아라. 이 사람이 있는 곳마다 귀신 들린 자들로 북새통이야! 그가 귀신의 대왕 '바알세불'에 들린 미친 자이기 때문에, 그의 동료들이 알아보고 찾아오는 것이라고!"

랍비는 그 말을 반박하며 사람들에게 말했다. "그렇소. 나는 미쳐도 하나님과 진리를 위해서 미쳤고, 백성의 자유와 평화를 위해 미친 것이오. 내가 바알세불에 들려 미친 것이라면, 무엇 때문에 바알세불이 자기 부하 귀신들이 점령하고 있는 사람들을 자유롭게 하여 손해 볼 일을 하겠소? 그렇다면 세상을 점령하려는 바알세불에게 자중지란이 일어난 게 아니오? 입은 비뚤어졌어도 말은 이치에 맞게 해야 하는 법이오."

이 말에 몇몇 사람이 쿡쿡하며 웃자, 바리새인 노인은 주먹을 치켜들어 위협하며 떠났다.

6장

옛 거인(巨人)의 발자취를 찾아서

1

다음 날, 정오쯤 막달라 미리암이 돌아왔다. 그런데 이상한 복장을 하고 있었다. 목동들이 즐겨 입는 기다란 옷에 달린 모자를 쓰고 지팡이를 짚고 있었다. 그리고는 잠깐 모자를 들어 올려 짧게 자른 머리를 보여주며 쑥스럽다는 표정을 지었다. 모두 놀란 얼굴로 바라보자, 그녀는 랍비에게 인사하고는, 폐를 끼치지 않으려고 남자로 변장한 것이라고 말했다.

랍비는 그녀에게 잘 어울린다고 칭찬했다. 그러나 우리는 앞으로 성가신 일이 자주 일어날 게 분명했기에, 난감한 표정이었다. 그녀는 랍비에게 일이 잘되었다고 했고, 우리에게는 잘 부탁한다는 듯 환히 웃었다. 우리가 처음 본 그녀의 웃는 얼굴에는 지난날의 거친 상흔이 서려 있기는 했지만, 새색시 같은 기쁨과 설렘으로 가득한 홍조(紅潮)가 어려 있었다. 그녀가 나에게 돈주머니를 건네기에, 안드레가 우리의 집사이니 그에게 주라고 했다.

어제 한바탕 다투고 난 후라, 랍비는 안식일인데도 회당에 가지 않았다. 집을 나선 랍비는 호숫가로 내려가 동쪽으로 걸어갔다. 무더운 날이었다. 나다니는 사람은 없었다. 한참 걷던 랍비는 난데없이 호수에서 놀다 가자고 했다. 그 말이 떨어지자마자 베드로 형제는 부리나케 옷을 입은 채 물로 뛰어들었다. 머뭇거리던 야고보와 요한과 나도 랍비의 얼굴을 바라보다가 뛰어들었다.

랍비는 천천히 걸어 들어와 허리까지 몸을 담그다가, 물속으로 잠겨 한참 후에나 머리를 들었다. 어릴 적부터 수영을 잘하는 우리는 누가 빠르게 헤엄치는지 내기하며, 서로 물을 끼얹고 깔깔 웃으며 장난을 쳤다. 막달라 미리암은 멀찍이서 쪼그려 앉아 해맑은 표정으로 우리를 바라보며, 무릎으로 옷을 잡은 다음 물가에 들어서서 얼굴과 손을 씻기만 했다.

한참 동안 흥겹게 놀던 우리는 호수에서 나와 옷을 말리며 걷다가, 언덕으로 올라가 사이프러스와 무화과나무 그늘에 있는 너른 바위에 빙 둘러앉아, 미리암 이야기를 들었다. 오빠는 여동생의 결심을 듣고는 극구 반대하며 난리를 폈단다. 그때야 자세히 바라보니, 오빠에게 뺨까지 얻어맞았는지, 왼쪽 눈두덩이가 조금 파랗게 부어 있었다. 그녀는 사흘이나 음식을 먹지 않고 저항했다고 한다. 그러다가 그녀가 최후의 타협책으로 오빠에게 재산을 나누어 주겠다고 하자, 그때야 들어주었다는 것이다. 그녀의 눈에서 눈물이 뚝뚝 떨어졌다.

이윽고 랍비가 미리암에게 말했다. "미리암, 그대는 참으로 대단하고 아름다운 영혼입니다. 전에는 불미스러운 일로 고생했지만, 이제는 전혀 다른 일로 고생할 터인데도, 이렇게 나서 주었으니, 그대야말로 진정 아버지의 사랑을 입은 강인한 영혼입니다.

이제 우리는 아버지 안에서 한 형제자매이고, 이 땅에 하나님 나라를 세우는 운동의 동지와 친구이기에, 사나 죽으나 운명을 함께합니다. 우리는 그대를 여동생이나 누이로 보고 사랑하고 지켜줄 것입니다.

나는 그대가 장차 남자들도 해내지 못할 일을 하리라고 봅니다. 사람들이 아직 잠들어 있어서 지금은 그대를 이해하지 못할 테지만, 언젠가는 여인들이나 아이들에게 많은 감화를 끼치며 살 그대를 칭송하며 우러러볼 겁니다."

미리암은 고개를 숙이고는 두 손으로 얼굴을 가리고 울었다. 랍비는 잠시 기다리다가 모두 손을 잡게 하고는, 이렇게 기도를 올렸다. "선하신 아버지, 언제나 어디서나 언제까지나, 우리와 함께 걸어주십시오. 우리가 우리를 위하여 아버지를 사랑하는 일이 없게 하시고, 오직 아버지를 위하여 아버지를 사랑하게 해주십시오. 이것을 깨닫지 못할 때도, 오직 심정에서 들려오는 아버지의 목소리에 귀를 기울이며 굳건히 걸어가게 해주십시오. 아멘."

2

우리는 한참 이야기꽃을 피웠다. 우리는 요한과 내가 가지고 온 빵, 건포도 과자, 소금에 절여 말린 생선을 먹고 포도주와 물을 마신 후, 달리 길도 없었기에 밀밭을 헤치며 나아갔다. 베드로와 야고보는 무심코 채 여물지도 않은 밀을 따서 손바닥에 놓고 비벼 몇 알을 입에 털어 넣고는 우적우적 씹어 먹었다.

그런데 그때 우리가 있는 곳을 어떻게 알았는지, 그 바리새인 노인과 주변인들이 몰려왔다. 우리를 정탐하는 자들을 몰래 붙여 놓고 먼발치에서 지켜보고 있었던 것이리라. 그들은 제대로 때를 만났다는 듯, 의기양양한 발걸음으로 다가와 밭두렁에 서서 시비를 걸었다.

노인이 말했다. "아니, 오늘은 안식일인데, 어째서 자네와 얘네들은 회당에도 납시지 않고, 이렇게 일을 하시는 겐가?" 비난과 조롱을 담은 배배 비틀어

110

꼰 말투였다.

"게다가 랍비라는 자네는 그것을 보고도 말리지 않으시고? 안식일에 쉬라는 것은 하나님의 명령이고 율법이네! 안식일 없는 유대인은 있을 수 없지. 유대인이 안식일을 만들었고, 안식일이 유대인을 만든 것이네. 유대인이라면 안식일에 마땅히 하나님께 경배를 드리며 하나님의 창조와 함께, 우리 조상들이 이집트에서 해방되어 자유를 얻은 것을 기억하고 감사하는 것을 당연한 규칙으로 알고 지키는데, 그렇게도 현명하시다는 자네는 어째서 이를 모르신다는 말씀인가? 도대체가 자네는 하는 일마다 하나님의 계명을 어기고 깨뜨리는 짓을 재미 삼아 하는 것인가?"

그 노인은 입가에 웃음을 흘리며 말마다 높이고, 한껏 힘을 얹은 추임새를 넣어 조롱하며 말했다. 그러자 랍비는 그를 바라보며 이렇게 응대했다. "어째서 몇 알 따먹은 것을 일이라고 하십니까? 어르신도 안식일이라도 양이나 소나 나귀가 우물이나 도랑에 빠지면, 끌어내지 않습니까? 그건 이보다 더 큰 일이 아닙니까? 성서 어디에 밀알 몇 알갱이 따먹는 것을 일이라고 규정합니까? 성서는 가족이나 하인들이나 일꾼들과 짐승을 끌고 밭에 나가 일하는 것을 일로 규정할 뿐이지요. 성서를 잘 아실 터이니, 다시 한번 읽어보세요. 그 외의 규정은 어르신네 바리새인들이 임의로 정한 규칙일 뿐입니다! 바리새인이 아닌 사람들이 왜 그것을 지켜야 하나요?

게다가 안식일은 꼭 회당 예배를 드린다고 지키는 게 아닙니다. 우리도 호수와 이 들판에서 안식일을 지켰어요. 하나님은 어디에나 계신 분이시니, 사람은 어디서라도 예배할 수 있습니다. 일찍이 하나님께서 모세에게 '네가 선 곳은 거룩한 땅'이라고 하시지 않았나요(출 3:5)? 그러면 그 땅이 거룩하단 말인가요? 아니지요. 그곳이 하나님 앞이니까 거룩하다는 말이지요. 그런데 하나님은 계시지 않은 곳이 없으니, 세상 모든 곳이 거룩한 땅인 셈입니다. 따라서 어느 날이나 어디서나 하나님께 예배를 드려도 되는 겁니다."

한마디를 들으면 열 마디를 돌려주는 랍비의 솜씨였다. 분기탱천한 바리새인 노인은 발로 밀을 걷어차다가 돌까지 찼는지, 얼굴을 찡그렸다. 그리고는 이렇게 말했다. "그러면 회당이나 예루살렘 성전이 없어도 된단 말인가? 자네는 시방 우리 민족의 모든 터전과 뿌리와 기둥을 죄다 무너뜨리려고 작정을 했는가? 자네는 실로 엄청난 도발을 하며 다니고 있네. 안식일 하나가 무너지면, 우리 민족의 모든 게 무너지는 것을 왜 모른단 말인가?"

랍비는 물러서지 않고 말했다. "그렇습니까? 그러면 이것을 생각해보십시오. 우리 조상들이 나라를 잃어 성전이 불타고 바빌론 포로로 끌려갔을 때, 어디에서 예배를 드리고 안식일을 지켰나요? 바빌론 강가 아닙니까? 에스겔의 책에 나오지요. 그때는 성전도 없고 회당도 없던 시절이었는데, 그렇다고 해서 우리 민족이 하나님을 잃어버렸습니까, 민족혼을 상실했습니까, 그곳에서 죄다 죽었습니까? 아니지요. 오랫동안 많이 헤매기는 했어도, 결국에는 믿음을 되찾고 하나님을 새로 발견하고 고국으로 돌아왔지요.

그런데 그 후 우리 민족이 계속 그와 같은 고난을 겪으면서, 도대체 달라진 게 무엇입니까? 예루살렘 성전을 다시 건축하고 마을마다 회당을 지어 예배하고 교육을 했어도, 여전히 똑같지 않습니까? 오히려 날이 갈수록 더 딱딱하게 변해버리고 말았지요! 진실로 안식일을 해방과 자유, 기쁨과 사랑의 날로 알고 준수했다면, 그렇게 되지는 않았을 겁니다.

그런데 바리새인들은 안식일보다는 '도대체가 일이 무엇인가?' 하는 토론에만 빠져, 사소하기 짝이 없는 갖가지 세밀한 규정을 만들어 백성에게 강요하며 숨이 막히도록 해놓았어요. 그래서 하나님이 주신 기쁨의 날을 까다롭고 무겁기 그지없는 고역의 날로 바꾸어 놓았지요. 안식일이 사람을 위해 있는 것이지, 사람이 안식일을 위해 있는 게 아닙니다!"

랍비가 자기네 바리새인들을 규탄하자, 그 노인은 펄펄 뛰며 분개하다가 할 말을 잃어버리고, 어디 두고 보자며 휙 돌아서서 갔다. 따라온 사람들은 우리를 보고 허공으로 주먹을 날리고 욕설을 퍼붓고 침을 뱉으며 물러갔다. 그런데 그 노인이 머리 덮개를 눌러 쓴 미리암이 여인인 줄 알아보지 못했으니, 다행이라면 다행이었다.

3

이윽고 일어난 랍비는 가는 곳을 말하지 않고 앞서서 동쪽을 향하여 걷기 시작했다. 늘 호숫가에서 송사리 떼처럼 놀며 살던 우리는 새삼 아름다운 풍광에 매료되었다. 높은 지대를 지나 산과 골짜기를 넘어가는 내내 그랬다. 저 멀리 높다랗고 길게 뻗은 '바산' 산맥이 보였다. 먼 길을 걸어 지치기는 했지만, 새로운 경험이었다. 고산지대라서 그런지, 아주 작은 마을 몇 개만 보았을 뿐이다. 사이프러스와 참나무와 너도밤나무가 울창했고, 초지에는 소 떼가 풀을 뜯고 있었다.

이윽고 랍비는 우리가 가는 곳은 근 9백여 년 전 엘리야 예언자가 은둔해 살며 수도하던 곳인데, 지금도 '하시딤'(Hasidim)이 작은 수도원 공동체를 일구며 살고 있다고 했다. 그래서 우리는 랍비가 전에 와본 적이 있다는 것을 알았다. 랍비는 하시딤은 2백여 년 전 그리스-시리아 제국의 식민지 폭력 시대에, 제사장 가문인 마카베우스 형제들을 따라 독립운동을 하던 경건한 사람들로, 나중에 그 형제의 후손이 왕조를 이루고는 권력투쟁과 자중지란을 일으키는 것을 보고는 실망하고 떠나, 산속에 은둔하여 수도원 공동체를 이루고 사는 사람들인데, 그들과 같은 동지들이 사해 근방에 있는 에세네파라고 했다. 우리는 랍비가 우리나라 역사와 지리와 수도원 운동까지 환히 알고 있는 것에 놀랐다.

거대한 암벽 아래 자리한 수도원에 도착한 우리는 랍비를 알아보는 50대쯤으로 보이는 원장의 환영을 받으며 잠시 머물렀다. 수도원에는 돌로 지은 자그마한 회당, 숙소, 양과 염소 우리, 닭장, 식당, 작업장 등이 있었다. 50여 명으로 구성된 그들은 밀과 보리밭을 일구고, 과일과 채소와 산나물로 자급자족하고, 예배와 성서 필사, 어린이와 청소년 교육에 힘쓰고 있는데, 장성하여 나가는 것은 자유이지만 그런 사람은 거의 없다고 했다. 사람들은 대부분 밭이나 산으로 일하러 갔고, 어린이들과 여인 몇 사람이 있었다. 우리는 그렇게도 오랫동안 엘리야 예언자의 정신이 끊어지지 않고 이어져 오는 것에 놀라며, 우리 유대 민족의 끈기와 집념을 볼 수 있었다.

랍비는 원장에게 동굴로 가자고 했는데, 수도원 뒤쪽으로 올라간 우리는 허리를 납작 구부려야 할 만큼 작은 입구를 지나 들어갔다. 천정이 높고 둥그런 방같이 생긴 동굴 안은 열 사람 정도 앉을 만했다. 안쪽 벽 앞에는 바위를 깎아 만든 기다란 침상 겸 의자가 있었다. 원장은 엘리야 예언자가 이곳에 기거하면서, 밤낮 이스라엘을 위해 기도하고 금식하며 지냈고, 사마리아 도성에 가서 아합 왕과 싸우고는 돌아와 머물렀다고 했다.

원장의 말로는, 이스르엘에서 포도원을 하던 엘리야의 부모는 서너 살 때부터 그를 모세를 닮은 신앙의 "전차"로 키웠단다(왕하 2:12). 부모가 세상을 떠난 후, 결혼도 하지 않은 엘리야는 모든 것을 이웃에 나눠주고는, 홀로 이곳으로 들어와 수도 생활을 했다. 나이 50대에 들어선 즈음, 군사 혁명으로 왕권을 거머쥔 아합 왕의 아버지 오므리 왕이 페니키아 왕과 동맹을 맺고, 그의 딸인 공주 이세벨(Jezebel)을 며느리로 맞이하면서 나라가 뒤집혔다.

바알 종교의 본산지인 페니키아 출신답게 광신도인 이세벨은 심약하고 우유부단한 졸장부 아합을 쥐고 흔들며, 이스라엘 땅에서 야훼 하나님 신앙을 박멸하는 일에 앞장서서, 무수한 의인들과 경건한 사람들을 죽이고 재산을 빼앗고 추방했다. 바알 종교는 성공과 재물과 풍요의 신인 바알과 그의 부인인 아세라 여신을 숭배했다. 예나 지금이나 사람들이 가장 좋아하는 것이니, 얼마나 매혹적인 것이었겠는가? 연약한 백성은 박해를 두려워하는 데다가 내심 그런 것을 바라니, 이내 하나님을 버리고 동화된 것이었다.

그런 참혹한 시대에서 엘리야는 홀로 목숨을 내걸고 일어나, 사악한 왕권에 도전하고 저항한 것이다. 원장은 아합 왕이 불의 예언자 엘리야 앞에서는 오금을 펴지 못했다고 한다. 나는 벽을 마주하고 그 돌 위에 앉아 깡마른 몸으로 울부짖고 탄식하던 옛 거인을 보는 듯하여, 가슴이 뭉클 시려 왔다. 요한도 그랬는지, 내 손을 꼭 잡았다. 랍비의 말에 따라 한참 고개를 숙이고 눈을 감고 침묵한 우리는 동굴을 나와 내려오면서, 랍비가 우리를 그곳에 데리고 온 까닭을 알았다.

원장은 하룻밤 머물고 가라고 했지만, 랍비는 고맙게 사양하면서 나왔다. 빵과 포도주와 말린 양고기와 건포도까지 내어준 원장과 헤어져 수도원을 나선 우리는 다시금 오던 길을 되돌아 갈릴리 호수 쪽으로 빠른 걸음으로 걸었다. 도중에 해가 지기 시작하여 하는 수 없이 야영하기로 했는데, 마침 조그마한 집이 보였다. 베드로가 가보고 돌아오더니, 빈 움막이라고 했다. 갑자기 소나기가 내릴 때 목동들이 사용하는 피난처 같았다. 그곳은 산지라서 밤이 추웠기에, 우리는 그곳으로 들어가 불을 피우고 간단히 저녁을 들고 자리에 누웠다.

랍비는 엘리야와 수도원에 대해서 아무 말씀도 없었다. 우리가 무엇인가를 느꼈으리라고 생각한 것이리라. 모두 잠든 즈음, 나는 인기척을 느끼고 눈을 떴

다. 어둠 속에서 일어나는 랍비를 보았다. 엘리야를 생각하며 기도하러 나가는가 보다 했지만, 나는 방해가 될까 봐 따라가지 않았다. 랍비가 언제 돌아왔는지는 모른다. 일어나 보니 아침이었다.

4

간단히 요기를 마친 우리는 다시 갈릴리 호수 쪽으로 내려와 거라사 지방에 들어섰다. 랍비는 그곳에 가는 이유를 이렇게 말했다. "나는 이스라엘 땅의 동서남북을 다니며 길을 잃어버린 양들에게 '기쁜 소식'(복음)을 전할 것이네(사 52:7, 61:1). 지금은 추수해야 할 때이기 때문이지. 그런데 일꾼이 턱없이 부족하네. 그러니 우리는 기도할 때마다 아버지께 일꾼들을 더 많이 보내 달라고 간청해야 하네."

그 말에 베드로가 말했다. "추수는 몇 달 전에 다 끝났는데요?"

"베드로, 내 말을 오해하고 있군. 세상이 어둠과 슬픔, 분열과 무자비함, 폭력과 고통으로 가득할수록 움츠리고 탄식할 게 아니라, 그런 시대일수록 추수할 때이니까, 더욱 힘차게 아버지의 일을 해야 한다는 말이네. 세상 끝날까지 그렇지. 아버지께서는 지금도 일하시니, 나도 그대들도 일해야 하네." 우리는 고개를 끄덕였다.

높은 산골인 거라사 지역에는 이두매인, 그리스인, 나바테아의 아랍인들이 많이 거주했고, 유대인들도 조금 살았다. 그곳에는 좋은 풀이 많아, 주로 소와 양과 돼지를 기르며 살았다. 그 일대와 동북쪽의 바산 지역은 특히 품종이 좋은 소고기 산지였다. 아모스의 책에도 나오듯이, 예로부터 지금까지 그 사람들은 소금에 절인 질 좋은 소고기를 이스라엘뿐만 아니라 아랍인들, 메소포타미아와 우리 땅의 그리스인들과 로마인들에게 팔아 부유하게 살았다.

세상이 로마 천지가 된 후에는 돼지까지 사육하여 군대에 납품했다. 율법에 따라 돼지고기를 먹지 않는 유대인들은 돼지고기를 삶거나 굽는 냄새에 진저리를 쳤고, 그리스나 로마인들을 경멸할 뿐이었다. 그런데 돼지를 치는 유대인들이 있다는 게 이상한 일이지만, 먹고 살아야 하니 어쩔 수 없었을 것이고, 게다가 그곳은 벽지여서 율법의 힘도 미치지 못했다.

들에서 일하던 사람들은 웬 유대인 무리가 오는 것을 무심히 바라볼 뿐, 아는 척도 하지 않았다. 저쪽 한편에는 울타리 안에 수많은 돼지 떼가 어슬렁거리며 땅을 헤집거나 드러누워 자고 있었다.

그런데 그곳을 알지 못하던 우리는 그만 커다란 공동묘지를 맞닥뜨리고 말았다. 무덤이 족히 수십 기는 되었다. 간간이 드러난 해골과 뼈들도 보였다. 덜컥 겁나는 데다가, 시체에 접촉하면 부정 타서 일주일간 유폐되어야 하는 율법 때문에, 우리는 돌아서 가자고 했지만, 랍비는 그냥 지나가자고 했다. 내 곁에서 걷던 미리암은 그만 사색이 되었다.

그런데 갑자기 저 옆쪽에서 어떤 사람이 두 팔을 휘저으며 고래고래 악을 쓰고 어기적거리는 발걸음으로 우리 쪽으로 다가오는 것이었다. 아마 무덤 사이에서 드러누워 자다가 인기척을 느낀 모양이다. 그 모습은 그야말로 귀신의 형상이었다. 수염은 침으로 엉겨 더러운 오물과 지푸라기가 덕지덕지 붙어 있고, 길고 온통 헝클어진 머리털에 가려진 얼굴은 새까만 염소 새끼 한 마리가 들어있는 것 같았다.

겨우 걸치고 있는 통옷은 낡아빠지고 해어져 구멍이 숭숭 뚫렸고, 소매는 떨어지고 종아리가 다 드러났는데, 팔과 다리에는 온통 핏자국과 검푸른 멍 천지였다. 사람들이 쇠고랑으로 묶어 두었던 것 같은데, 돌멩이로 내려치며 팔다리를 빼내려고 무진 애를 쓰다가 깊은 상처를 입은 것으로 보였다. 양팔과 발목에는 여전히 끊어진 쇠고랑을 달고 있었다. 그가 내지르는 위협적인 소리는 짐승의 울부짖음 같았고, 눈초리는 광기로 번뜩였다.

참으로 무서운 몰골이었다. 우리는 귀신이 나타난 줄 알고 섬뜩하여 멈춰섰다. 미리암은 무척 무서워하며 내 손을 붙잡고 벌벌 떨었다. 그때 랍비는 "아!" 하고 탄식하며 그를 바라보았다. 그도 우리가 두려웠는지, 멈칫하다가 고개를 갸웃거리며 천천히 다가왔는데, 그만 랍비와 눈이 마주쳤다. 그러자 그는 성큼성큼 랍비에게로 다가왔다. 베드로와 야고보는 랍비를 해치려는 줄 알고, 마침 곁에 있던 기다란 정강이 뼈다귀를 집어 들고 휘두르며 그를 막아섰다.

그런데 랍비가 제지하고 앞으로 나서자, 그는 갑자기 얌전해지더니 랍비 앞에 엎드려 큰소리로 외쳤다. 아까 악을 쓰던 것과는 다르게 절실히 호소하는 목소리였다. "더없이 높으신 하나님의 아드님! 당신이 나와 무슨 상관이 있습니까? 하나님을 두고 애원합니다. 제발 나를 괴롭히지 마세요!" 아마 랍비가 속으로 무슨 말을 건넨 것 같았다. 우리는 미친 사람이 '하나님의 아들'이라고 한 말에 놀랐다.

랍비는 그에게 "그대 이름이 무엇이오?" 하고 물었다. 그는 "군대입니다. 우리의 수가 많아서 붙여진 이름입니다. 그러니 우리를 이곳에서 내쫓지 마십시오!" 하고 호소했다. 그 사람 속에는 그와 함께 귀신들이 살고 있던 것이었다. 그가 쓴 '군대'는 로마 군대의 용어로, 6천 명 군단 부대를 가리키는 말이었다. 그렇게 귀신들이 많았으니, 지난번 막달라 회당에서 목격한 미친 사람의 상태와는 전혀 비할 바 없이 심각한 것이었다.

그러자 귀신들이 그의 입으로 말했다. "우리를 돼지들 속으로 들어가게 해주십시오." 랍비가 그러라고 하자마자, 귀신들이 그 사람에게서 나왔는지, 갑자기 저편에 있던 돼지들이 일제히 미쳐 날뛰더니, 소리를 지르며 울타리를 부수고 높다란 언덕배기로 치닫다가 이내 절벽으로 내리달아 호수로 뛰어들었다. 모두 죽었다. 멀리서 그 모든 광경을 보고 있다가 놀란 돼지치기들이 그대로 마을로 달아나 사람들에게 알린 것인지, 잠시 후 사람들이 달려왔다.

제정신이 든 그 사내는 랍비 앞에 얌전히 앉아 하염없이 눈물을 흘렸다. 그러더니 벌떡 일어나 랍비께 차렷하고 거수경례를 붙이는 것이었다. 우리는 그것을 보고 그 사내가 전에 군인이었을 것이라고 짐작했다. 군인으로 성공하고 싶었는데 좌절되자, 절망감에 휩싸여 분노하며 살다가 그리된 것으로 보였다.

사람들은 놀라다가 이내 두려움과 공포에 질려 멍한 표정으로 서 있을 뿐이었다. 돼지농장 주인이 랍비를 보고 말했다. "아니 선생님, 어떻게 이런 일을 하실 수 있나요? 이제 다 망했으니, 우리는 어찌하면 좋아요?"

그 말에 랍비가 말했다. "돼지들은 또 있질 않나요? 그러면 사람이 정신을 회복하여 온전하게 되는 것보다 돼지들이 더 소중하단 말입니까? 이 사람도 하나님의 아들입니다. 이제 이 사람이 집으로 돌아가 살게 되었으니, 모두 축하하고 기뻐해야 하지 않나요? 돼지들은 다시 번성할 테니, 걱정하지 마세요."

낙심한 그는 하는 수 없이 돌아갔다. 사실 랍비가 직접 돼지들을 몰아 물에 빠뜨린 것은 아니었으니까. 이윽고 그 사내가 랍비를 따라가겠다고 하자, 랍비는 이렇게 말했다. "그대의 집으로 돌아가 하나님께서 베푸신 큰 은혜와 사랑을 가족과 이웃들에게 전하고, 기쁜 마음으로 하나님을 사랑하며 행복하게 사세요."

랍비가 앞서가자, 그 사내는 랍비의 등에 대고 거수경례를 올리며 감사를 드리고, 손등으로 흐르는 눈물을 훔쳤다. 그렇게도 행복해하는 모습에 우리도 기뻤다. 그가 베드로를 붙들고 선생님의 이름이 무엇이냐고 묻자, 베드로는 '예수아'라고 말해주었다.

랍비는 우리에게 그 사내를 인간이 놓인 상황을 보여주는 모습으로 보라고 했다. 자기가 누군지도 모르고, 갖은 욕심에 날뛰며 자학하고 걱정하고 두려워하며, 기껏해야 천막에 불과한 집구석을 삶의 견고한 영역이라 확신하고, 남들에게 소리를 지르고 위협하고 속이고 학대하며 살아가는 모습, 그것이야말로인간이 빠져 있는 가련한 구덩이요 공동묘지라고….

5

이윽고 황혼이 지자, 우리는 호수를 바라보며 언덕 위에 앉아 저녁 식사를했다. 랍비는 그 밤을 들판에서 지내고, 내일부터는 가버나움 위쪽을 지나 멀리'큰 바다' 쪽으로 갈 것이라고 했다. 나는 랍비가 가버나움으로 돌아가지 않으려는 것은 바리새인들을 더 자극하고 싶지 않은 뜻이라고 보았다. 랍비는 장차예루살렘에 갈 생각이었기에, 그 전에 일을 망치는 것은 전략 착오일 것이었으니까. 지금쯤 가버나움의 바리새인 노인은 제대로 잠도 이루지 못하고 분통을터뜨리고 있을 터이고, 이미 여러 곳에 통지하여 알렸을 것이다.

난생처음 가보는 '큰 바다'라니! 바다라는 건 말로만 들었을 뿐, 한 번도 가본 적이 없는 나는 절로 가슴이 설렜다. 바다가 얼마나 넓은지를 모르는 유대인들은 지금도 갈릴리 호수를 '바다'라고 부른다. 그것은 예로부터 유대인들이 이좁은 땅에 틀어박혀 사는 것만 좋아하기 때문에, 세상을 보는 눈이 좁아져 그랬을 것이다. 나라를 잃어 각지로 퍼져나가 유랑하며 바다를 본 사람들이 전해주어도 믿지 않고, 여전히 고집을 부리며 갈릴리 호수를 바다라고 불렀다. 하여튼우리 유대인의 고집은 세상에서 제일일 것이다.

그곳에서 남쪽으로는 고원지대가 높다랗고 길게 뻗어 있었다. 랍비는 그곳으로 쭉 내려가면, 요르단강이 끝나는 곳 동쪽 고원에 모세가 올라가 가나안 땅을 바라보다가 세상을 떠난 '느보산'이 있는데, 거기에서 북에서 남으로 길게 뻗어 마치 매미 굼벵이처럼 생긴 움푹한 '죽음의 바다'가 내려다보인다고 했다. 랍비는 광야에서 수도하며 머물 때 느보산에 가서 며칠 지낸 적이 있다고 했는데, 처음 듣는 이야기였다.

높은 언덕에서 바라보는 초록색으로 빛나는 갈릴리 호수와 황혼은 참으로 장관이었다. 멀리 오른쪽에 보이는 가버나움은 나룻배만 하게 보였고, 건너편 막달라와 남쪽의 게네사렛은 무당벌레 등딱지만 하게 보였고, 티베리아스는 개미 궁둥이만큼이나 조그맣게 보였다. 처음으로 갈릴리 호수 전체를 바라보니, 가슴이 벅차올랐다. 그렇게도 큰 호수인 줄 몰랐으니까. 저 멀리 남쪽은 가물가물했다. 사마리아 산등성이 위에 뜬 태양이 이루어낸 황혼은 알록달록한 색깔을 풀어놓은 듯, 황홀하게 했다. 나는 다시금, 자연은 이렇게도 찬란한데, 어찌하여 인간사는 이다지도 모질고 험악한가, 하는 생각이 들어 슬펐다.

6

거라사의 밤.

'랍비, 지금도 그 밤을 잊지 못해요. 내 영혼에 비로소 별이 뜬 때였지요. 그 밤은 내 영혼의 개벽(開闢)이었지요. 그간 랍비를 따라다니며 겪은 경험이 한데 얽혀, 내 영혼의 아름다운 옷자락으로 짜여갔지요. 나는 가슴이 너무나도 벅차올라, 아무도 모르게 뜨거운 눈물을 흘렸어요. 영원한 나의 별이신 랍비를 만났으니까요.

그날 이후, 저는 한 사람이 인생에서 얻어 누리는 최고의 복은 진리의 스승을 만나는 것이라는 진실을 확연히 깨달았어요! 그리하여 그간 보고 듣고 겪은 랍비의 모든 가르침과 말과 행동이 내 인생에 어떤 의미를 지닌 것인지를 똑똑히 보았습니다. 제가 랍비를 만나기 전에는 그런 진실을 하나도 알지 못했지요.

그저 가업을 이어 부자가 되어 이웃에게 자비로워 훌륭한 사람이라고 칭찬과 존경받는 것이 인생이라고 생각했을 따름입니다.

훌륭한 아버지라도 자식을 가르치지는 못합니다. 우리 역사를 봐도 그것은 충분히 증명되지요. 아무리 위대한 예언자라도, 아들이 그만큼 된 일은 없었지요. 모세 이야기가 나왔으니, 그의 아들들도 결단코 그와 비교할 수는 없지요. 후계자가 되지도 못했고요. 그리고 예루살렘의 이사야 예언자의 아들들이나 호세아의 아들들도 그렇지요.

왕들도 그렇지요. 전에 랍비의 말처럼, 다윗의 아들 솔로몬은 많은 업적을 남겼으나, 나라를 두 쪽 나게 만들어 놓아 민족이 분단되어 고난을 겪게 한 장본인이라서, 지금도 우리 역사에서 죄인으로 보지요. 랍비도 솔로몬은 그 모든 부귀와 영광과 영화로도 들의 백합꽃만큼도 입지 못한 사람이라고, 한마디로 평가절하했지요. 여호야김과 시드기야 왕은 다윗보다 더 훌륭하고 위대한 임금으로 칭송해 마지않는 아버지 요시야를 닮기는커녕, 탐욕스럽고 어리석은 망나니로 정치를 하다가, 끝내 나라를 말아먹은 죄인들이 되고 말았지요.

랍비야말로 내 인생의 유일한 스승이고 형님이고 친구이고, 그리고 아버지이십니다! 그날 밤 이후, 이런 생각을 잊어본 적은 없었어요. 랍비는 제가 이 땅에 사는 그날까지, 제 영혼과 가슴과 머리와 삶을 비추며 인도하는 영원한 별이십니다. 나는 랍비의 제자가 되었다는 기쁨에 절로 눈시울이 뜨거워졌습니다.'

7

요한이 랍비에게 느보산에 머물던 때를 물었다. 랍비는 생각하다가 입을 열었다.

"모세는 진실로 위대한 인물이네. 그분이 그런 인물이 된 것은 자주 금식과 명상 속에서 아버지 앞에 홀로 있었기 때문이네. 그는 이집트의 모든 학문을 섭

렬한 뛰어난 지식인이었지만, 무엇보다 영혼의 연약함을 통절히 느낀 분이시지. 그것이 그를 겸손하게 한 것이고…. 인간은 홀로 있을 줄 아는 만큼, 진실한 사랑으로 다른 이들과 함께 있게 되는 법이니까.

모세의 생애에서 가장 위대한 것은 그때까지 가르치고 이끈 백성을 아래 두고, 홀로 산에 올라가 죽으라는 아버지의 말씀을 따라, 아무도 보는 이 없는 가운데서 세상을 떠난 것이네! 거지도 그렇게 죽기는 어렵지. 그러니 아버지께서 평생을 바쳐 우리 민족을 해방하고 인도하고 가르친 어른을 그처럼 대접했으니, 그를 얼마나 사랑하신 것이겠나? 그만한 큰 인물이니까, 그렇게 말씀하신 것이지. 좁쌀만 한 인물들에게는 절대로 그렇게 말하지 않으신다네. 모세는 그렇게 세상을 떠나서, 우리 민족의 영혼과 가슴을 자기 무덤으로 삼은 것이네. 그래서 지금도 살아 있지!

한 인간이 겪는 영혼과 가슴의 경험은 말로 다 할 수 없네. 거기에는 그 사람의 경험은 물론, 민족의 오랜 역사가 함께 담겨 있기 때문이지. 한 인간이 태어나 사는 것은 그 한 사람의 삶이 아니네. 거기에는 역사를 형성한 조상들과 민족, 부모들과 형제자매들과 이웃들, 그리고 후손이 함께 얽혀 있네. 처음으로 올라가면 하나님께 이르지. 그러니 한 사람의 삶에 드리워진 무게가 실로 어마어마한 것이지. 어찌 개인의 삶이라고 할 수 있겠는가? 개인의 삶을 찾기만 하는 것이 사람과 가정을 망치고 세상을 악하게 만드는 근본이네.

가족을 명분으로 밤낮 성공을 위해 바쁘게 뛰는 것이 사람들의 모습이네만, 나라와 민족을 생각하고 움직이는 사람은 별로 없지. 한 몸이라는 것을 모르고 말일세. 그런데 개인으로는 성공한다 해도 나라가 썩고 망한다면, 그게 무슨 성공인가? 병들고 죽어 나가는 백성들이 주변에 널린 것을 보고도, 어찌 만족스럽게 빵을 삼키는가? 그렇다면 양심이 썩어 문드러진 것이지. 그런데 권력자들과 지식인들일수록 그렇게 살아가지. 그 사람과 나라의 비극이네. 보게나. 지금도 곳곳에서 이 나라를 뜯어먹는 이리 같은 자들이 얼마나 많은가?

사람들의 시야는 매우 좁네. 전체를 볼 줄 모르지. 그래서 세월이 흘러도 세상이 밤낮 이 모양이네. 예루살렘에 가면 알게 될 걸세. 거기 성전과 율법과 전통을 손아귀에 쥐고 흔들며 성공하여 영광과 부귀영화를 누리는 자들이 좀 많은가? 그러나 한 사람도 민족을 애타게 생각하지 않지. 이것이 우리 민족의 불행이네. 부디 저 별들을 사랑하는 마음으로 살게나.

사해 근처에는 에세네파의 커다란 수도원이 있네(키르벳 쿰란). 그들은 금식하고 고행하고 성서를 공부하고 기도하면서, 메시아가 오기를 기다리는 순결한 사람들이지. 예루살렘 사제들의 부패를 견디지 못하고 그곳으로 떠나 공동체를 이루어 살고 있네. 전에 내가 지나가다가, 가입할 생각은 없고 며칠 신세를 질 요량이니 머물 게 해달라고 하여 지냈다네. 그들은 매우 엄숙하고 진지하고 친절하고 규칙적인 사람들이네. 모든 게 일사불란하게 돌아간다네. 나에게는 숨이 막혔지만, 그래도 꾹 참으며 규칙을 따랐지."

8

우리는 처음 듣는 랍비의 이야기에 귀가 솔깃해졌다.

"그런데 그곳에 천문학자 한 사람이 있었네. 그와 이야기를 나누다가 안 사실이 하나 있는데, 그는 알렉산드리아의 유대인으로부터 구한 그리스 천문학 책을 펼치며 우주와 태양을 설명했지. 별자리 그림도 들어있었네. 그것은 2백여 년 전에 알렉산드리아에 살았던 그리스 천문학자 '아리스타르코스'라는 사람의 책이었네. 그의 말은 놀라운 이야기였네. 그는 별들이 우리가 보는 대로 조그맣게 반짝이는 물체가 아니라, 모두 태양과 같은 것이라고 했다는군. 그런데 여기에서 너무나도 멀리 떨어져 있어서 그렇게 작게 보인다는 것이지."

우리는 놀라 자빠질 뻔했다. 베드로가 눈을 깜빡이며 그 그리스 학자와 랍비를 야단치듯 말했다. "별들이 태양과 같은 거라고요? 신성모독적인 말입니다. 그런데 왜 밤에만 보이나요? 게다가 저렇게 다닥다닥 붙어 있는데, 어째서 서로 충돌하지 않고 맨날 똑같은가요?"

"나도 모르지. 그런데 그 천문학자의 말은 그보다 더 나아갔다네. 우리가 있는 이 땅이 태양을 돌고 있다는 것이네. 그 말에 나도 기절초풍할 뻔했네. 게다가 우리가 새벽이나 저녁나절에 보는 샛별, 화성이나 목성도 이 땅과 같이 태양을 돌고 있다고⋯. 나도 뭐가 뭔지 알 수 없었지만, 그 그리스 천문학자의 말은 지금도 기억하네. 대충 이런 것이었다네.

'만일 우리가 저 별들 어느 하나쯤에 가서 이 땅을 바라본다면, 이 세상은 먼지만큼도 안 되게 보일 것이다! 이것이 믿기 어렵다면, 더 간단한 실험을 할 수 있다. 여기 내 앞에 한 사람이 있으면, 나는 그 사람의 눈동자 색깔까지 볼 수 있다. 그런데 이 사람이 백 걸음 정도 떨어진 곳에 가서 서 있다면, 그렇게 볼 수 없다. 바다 저 멀리 떠나가는 배를 봐도 그러하다. 갈수록 점점 작게 보인다. 왜 그런가? 거리가 멀어졌기 때문이다. 그러니 별들이 조그맣고 반짝이는 불빛 한 덩이로 보이는 것도 여기에서 너무나도 멀리 떨어져 있기 때문이지, 다른 이유가 없다.'

그렇게 생각해보니, 그렇다는 것을 알 수 있었네. 내가 이런 이야기를 하는 것은 방금 앞에서 말한 것을 들려주기 위해서라네. 전체를 볼 줄 모른다는 것 말일세. 누가 저 높은 하늘에 올라가 이 땅을 바라본다면, 이 땅은 밀알 하나 정도도 안 되게 작게 보이고, 사람이란 아예 뵈지도 않을 것이라고⋯. 그런데도 사람들은 크게 되려고, 부귀와 영광과 영화에 목을 매고 나대고 뻐기고 우쭐거리며 살지. 얼마나 보잘것없고 치졸한 눈먼 짓인가?

이사야의 책에도, 마치 그 예언자가 저 높은 하늘에 올라가 이 땅을 내려다본 것처럼 말하는 이야기가 있네(제2 이사야). '하나님께는 뭇 나라가 고작해야 두레박에서 떨어지는 한 방울 물, 저울 위의 티끌일 뿐이다. 땅 위의 저 푸른 하늘에 계신 분께서 땅에 사는 사람들을 보시기에는 메뚜기와 같다. 그에게 통치자라는 것들은 허수아비 꼴이요, 풀포기처럼 보잘것없을 뿐이다. 차라리 강풍에 날아가는 검불이 크다고 해야겠지.'(사 40:15.22~24)

이 말은 저 높은 하늘에서 이 땅을 바라보듯 살라는 것이요, 하나님의 눈으로 세상을 바라보며 살라는 뜻이 아니겠는가? 인간들은 예나 지금이나 지극히 보잘것없는 것들에 모가지를 매고 살지. 그래서 나는 사람들이 눈을 맑고 밝게 뜨고 살아가도록 하려는 것이네. 그대들은 아브라함 이야기를 잘 알고 있을 테지?"

"그렇지요. 우리 첫 조상이시니까요." 요한이 말했다.

"그런데 이것은 그리 주목하지 않을 걸세. 아브라함 이야기에는 밤마다 별을 바라보며 하나님과 대화를 나누는 장면이 자주 나온다는 것 말일세. 그가 우리 믿음의 할아버지가 된 것이 무슨 까닭에서일까? 나는 한마디로, 그가 밤바다 별을 바라보았기 때문이라고 생각하네. 곧, 몸은 비록 이 땅에 있으나, 밤마다 별들을 바라보며 마음을 씻어내며 살았기 때문이지. 하나님을 경외하고 사랑한다는 말에는 이런 뜻이 들어있네. 그렇지 않은가? 사람은 송충이도 굼벵이도 아닐세. 사람으로 태어나 땅바닥만 쳐다보고 사는 것은 하나님 아버지를 몰라보는 것은 물론, 자기를 무시하는 처사라네."

그 모든 게 말할 수 없이 충격적이고 멋진 이야기였다. 나는 랍비가 처음 듣는 이야기에도 마음을 열고 귀를 기울이는 그런 모습에 감탄했다. 그런데 역시

나 저쪽에서는 코를 고는 소리가 들려왔다. 밤이 깊어지고 이슬이 내렸다. 나는 오래도록 잠을 이루지 못하고 별들을 바라보며 랍비의 이야기를 생각하다가 잠이 들었다.

9

다음 날 일찍 일어난 우리는 지중해 쪽으로 나아갔다. 나도 갈릴리 호수 북쪽 지역을 가본 적이 없어, 멋진 풍광에 가슴이 설렜다. 도중에 나는 12년 동안 하혈을 하던 한 여인이 랍비의 뒤로 와서 옷에 손을 대고 낫는 장면을 보았다. 사람들이 밀치고 있는데, 랍비는 느닷없이 누가 내 옷에 손을 대었느냐고 엉뚱한 질문을 했다. 그러자 그 여인이 나아와 눈물에 젖은 눈으로 저간의 일을 설명했다. 모든 사정을 듣고 난 랍비는 그 여인에게, "부인, 부인의 믿음이 구원한 것이니, 평안히 돌아가십시오."하고 말했다. 여인이 랍비께 이름을 묻자, 요한이 얼른 나서서 "예수아"라고 가르쳐주었다.

내가 랍비에게 굳이 그런 질문을 한 까닭을 묻자, 그 여인이 옷에 손을 대는 순간 몸에 통증을 느꼈다는 것이었다. 나는 그 일로 랍비가 언제나 고통받는 사람들에게 온몸을 열어두고 있는 분이라는 것을 알았다. 그런 일은 그 후에도 자주 목격했다. 랍비는 한 번도 자선하듯 치유하지 않았다. 물론 돈도 한 푼 받지 않았다.

이윽고 랍비는 안드레 형제를 가버나움으로 보내 빵과 포도주를 구해오도록 하고는, 저 앞쪽에서 만나자고 했다. 한참 후 돌아온 그들은 이렇게 보고했다. 돼지 떼 2천여 마리가 죽은 소식이 가버나움에 폭풍을 일으켜 난리가 났다는 것, 사람들이 랍비를 하나님의 아들이라고 한다는 것, 인근에서 바리새인들이 집결하여 오기를 벼르고 있다는 것 등.

랍비는 아무 말도 하지 않고 걸어갔다. 우리는 종일 걸어 언덕을 넘고 '이스르엘' 너른 들판을 지나, 곧장 큰 바닷가의 페니키아를 향해 갔다. 그런데 랍비는 우리를 어느 야트막한 산으로 데리고 가면서, 그곳이 '갈멜' 산이라고 했다. 그러고 보니, 랍비는 예전에 우리 땅 곳곳, 그것도 지금도 우리가 존경하고 흠모하는 위대한 인물들의 사적(史蹟)을 답사한 것이었다. 그것으로 나는 랍비가 모든 것을 버리고 길에 나선 것도 어느 날 갑자기 이루어진 것이 아니라는 사실을 알았다.

너른 마당같이 편편한 갈멜산 꼭대기에 올라 바다를 처음 본 우리는 입을 다물지 못했다. 망망대해! 갈릴리 호수는 그야말로 식초 종지조차도 안 되었다. 남쪽으로 이스르엘 평원이 한눈에 보였다. 유대 땅에 평원이라고는 그곳뿐이다. 랍비는 그곳에서 나오는 곡식이 이스라엘을 모두 먹여 살릴 만큼 많다며, 저 아래 동쪽의 한 언덕배기가 저 유명한 '므깃도' 요새라고 했다. 그곳에서 요시야 왕이 이집트 군대를 막아서려다가 전사했고, 그 후의 일은 우리도 다 알고 있는 역사라고 말했다. 그렇다. 그 후 유다 왕국은 급격히 내리막길을 걷다가, 바빌로니아 제국에게 망하고 포로가 되어 끌려갔다. 참으로 눈물겨운 역사였다.

요한은 나에게 랍비가 우리를 이곳으로 데려온 이유를 알 만하다고 소곤거렸다. 소나무 아래 앉은 우리는 랍비의 말에 귀를 기울였다. 그곳에서 일어난 엄청난 무용담은 유대인 어린이는 누구나 아는 것이다. 실로 지금도 엘리야는 이스라엘의 전차이고 전설이다! 그가 다시 오면, 곧 메시아도 온다고 믿고 기다리고 있으니, 나는 다시금 랍비가 메시아가 아닐까 하는 생각이 들었다.

랍비는 한 이야기만 말했다. "그대들도 엘리야 이야기를 잘 알고 있겠지. 우리가 이미 그분이 수도하시던 동굴을 보고 왔으니, 한 가지만 말하고 싶네. 그분이 이곳에서 아합과 이세벨의 바알 제사장들과 겨루어 이기신 후 일어난 일인데, 사람들은 잘 주목하질 않지. 그분은 그래도 이세벨의 허수아비 아합 왕을 미워하지 않고, 곧 오랜 가뭄 끝에 비가 올 터이니, 어서 도성으로 돌아가라고 한 후, 엎드려 기도하셨네.

내가 말하고 싶은 것은 그분이 기도한 자세라네. 역사책에는 이렇게 되어 있네. '엘리야는 땅을 바라보며 몸을 굽히고 그의 얼굴을 무릎 사이에 넣었다.'(왕상 18:42) 그것은 그분이 얼굴을 무릎 사이로 들이밀어, 거의 땅바닥에 닿도록 하셨다는 말이네. 베드로, 어디 한 번 그 자세를 해보게나."

그러자 베드로뿐 아니라 모두 해보았다. 땅바닥에 앉아 무릎을 반쯤 오므려 곧게 세운 후, 그 사이로 고개를 넣어보려고 했다. 그러나 웬걸, 턱도 없었다. 조금 들어가기는 했지만, 쑥 들이밀기는 힘들었고, 더구나 땅바닥에 이마가 닿을 일은 없었다. 사람이 위험을 느끼면 몸을 동그랗게 말아 피하는 쥐며느리나 노래기도 아닌 다음에야, 누가 그런 자세를 취할 수 있겠는가? 억지로 들이미니, 허리가 부러지고 피가 거꾸로 솟는 것 같았다.

그런데 놀랍게도 랍비는 아주 쉽게 시범을 보였다. 우리는 모두 '아니, 우리보다 나이가 더 많은데 어떻게?' 하는 표정으로 바라봤다. 실로 경탄할 일이었다. 그러니 엘리야의 이야기가 전혀 역사가들의 과장이 아니었다. 그때, 우리는 알았다. 랍비도 어려서부터 자주 그렇게 기도해온 분이라는 것을!

그것은 하루 이틀 연습한다고 되는 게 아니다. 그러니 몸이 굳을 대로 굳은 50대에 들어선 엘리야가 여전히 그런 자세로 기도했다는 것은 실로 경이로운 일로 보였다. 우리는 그분이 어떻게 그처럼 위대한 일을 했는지 알게 되어, 절로 입이 다물어지고 말았다. 우리는 랍비가 엘리야의 사적지를 두 곳이나 방문한 것이 어떤 의도에서였는지 확연히 깨달았다.

10

바닷가에 이르자, 배들이 얼마나 큰지, 요한네와 우리 집 배는 비교할 게 아니었다. 해변을 따라 북쪽으로 쭉 올라간 우리는 '두로'에 닿았다(Tyre). 그곳은 가나안인, 시리아인, 그리스인의 피가 섞인 사람들이 사는 커다란 어촌 도시였다. 항구에는 수많은 배가 정박해 있었고, 어부들은 부지런히 물고기를 내리고 있었다. 우리는 여관으로 들어갔다.

우리가 식사를 하고 있는데, 갑자기 한 여인이 헐레벌떡 뛰어 들어오더니, 식탁 앞으로 몸을 던지며 엎드려 눈물을 철철 흘리고 울부짖으며, 무작정 도와달라고 호소하는 것이었다. 이곳까지 퍼진 랍비의 소문을 들었던 모양이다. 그녀를 뒤따라온 몇몇 여인들도 눈시울을 붉히며 문 앞에 둘러섰다. 여인들은 랍비가 누군지도 모르고, 신의 아들이니 위대한 예언자니 기적의 마술사니 하는 둥 쑥덕였다.

여인은 병을 고치는 이스라엘의 랍비 예수아가 누구시냐고 물었다. 바로 앞에 앉아 있던 요한이 랍비를 가리키자, 여인은 눈물을 훔치고는 랍비의 얼굴을 바라보며, 어부인 남편을 폭풍에 잃어버리고 어렵사리 외동딸과 사는데, 아이가 귀신에 씌어 어미도 알아보지 못한다며, 고쳐달라고 호소했다. 나는 여인의 딸이 지독한 간질을 앓고 있다고 보았다.

그런데 랍비는 이상하게도 언짢은 표정을 지으며, 여인에게 몹시 상처가 될 말을 했다. "나는 자녀들을 먼저 배불리 먹여야 합니다. 자녀들이 먹을 빵을 집어서 개들에게 던져주는 것은 옳지 않지요!" 세상에 랍비의 입에서 그런 말이 나오다니! 그러자 그 부인은 랍비를 바라보며 말했다. "선상님, 그러나 개들도 자녀들이 흘리는 부스러기는 얻어먹지 않나요? 제발 가여운 내 아기를 좀~!" 그리고는 가슴을 치며 눈물로 호소했다.

우리는 부인이 자기를 기꺼이 강아지로 여기는데 놀랐다. 부스러기라도 달라는 발상이 어떻게 떠올랐는지, 참으로 대단하게 보였다. 엄마니까 그랬으리라. 여인의 말에 놀란 랍비는 그녀를 바라보며 말했다. "부인께서 그렇게 말하니, 옳습니다. 부인의 딸은 또렷한 눈으로 엄마를 바라볼 겁니다. 부인의 사랑이 딸을 구한 것이에요. 평안히 돌아가세요."

그 말씀에 얼굴이 환해진 여인은 랍비에게 연신 절을 하고는, 얼른 일어나 집으로 달려갔다. 우리가 식사를 마칠 즈음, 여인은 일곱 살쯤 된 귀여운 딸을 데리고 와서, 랍비에게 절을 하며 감사를 드렸다. 그리고는 부끄러운 듯, 말린 생선 몇 마리를 베드로에게 주었다. 막달라 미리암은 눈물을 지으며 골똘히 무슨 생각에 젖어 들었다.

다음 날, 우리는 해변을 따라 걸어가는 내내 랍비의 말을 두고 옥신각신했다. 베드로와 안드레와 야고보는, 랍비의 일은 자녀인 이스라엘에만 해당하고, 우리 유대인들이 강아지로 취급하는 이방인들은 아니라는 뜻이라고 우겼다. 그러나 요한과 나는 그 말이 랍비의 진심이라면, 사람을 차별하지 말라는 가르침에 어긋나고, 게다가 길잃은 양들 천지인 이민족에게도 기쁜 소식을 들려주는 것이 랍비의 뜻이라고 보아야 하니 그럴 수 없는 일이기에, 그 부인의 믿음을 시험한 것이라고 반박했다.

그렇게 하여 랍비와 우리는 갈릴리 가버나움에서 시작하여 동쪽 끝과 서쪽 끝을 두루 다녔다. 남은 곳은 북쪽 끝과 중간 사마리아와 남쪽 끝인 예루살렘이었다. 나는 그 후 랍비가 이민족 땅으로 갈 것으로 보았다. 그렇게 해서 우리는 랍비의 계획을 알 수 있게 되었다. 서쪽 끝까지 왔으니, 이제 랍비는 북쪽 끝으로 갈 것이었다.

7장

길바닥 청년 수도원

1

다음 날, 우리는 두로를 떠나서 갈수록 높아지는 산길을 걸었다. 저 멀리 왼편 북쪽에 높다란 '헤르몬산'이 보였다. 이상하게도 꼭대기에 하얀 모자를 뒤집어쓴 것 같았다. 얼마 동안 걸어 언덕 위에 다다르자, 눈앞에는 산에 산으로 이어진 골짜기마다 온통 바위들과 절벽과 나무들로 가득한 숲이 펼쳐졌다. 참으로 장관이었다.

바위 틈새로 난 길을 따라 좀 더 아래로 내려가자, 이윽고 빽빽하게 자라난 '페니키아(레바논) 송백 나무(백향목)'가 우거진 숲이 보였다. 숲속은 송백 나무들이 풍기는 그윽한 향취로 가득했다. 그간 말로만 들었을 뿐, 처음 본 멋진 나무였다. 굵고 곧게 뻗어 올라간 자태마다 우아함과 위엄과 품격을 뿜어내고 있어, 마음을 정결하고 숭고하게 해주는 것 같아 절로 입을 다물게 했다.

랍비는 백 년에 약지 손가락 한 마디 정도만 굵어지는 송백 나무는 값이 무척이나 비싼 최고급 목재이기에, 웬만한 부자도 꿈꿀 수 없고, 주로 왕궁이나 신전에만 사용하는데, 솔로몬과 바빌론 귀환 후에 지은 제2 성전, 그리고 헤롯 대왕이 30여 년 동안 다시 지은 예루살렘 성전에 쓴 나무라고 했다. 랍비도 한 번 써본 일이 없었단다. 우리는 세상천지에서 이곳에서만 자란다는 그 나무를 예루살렘까지 옮긴 것에 새삼 감탄했다.

베드로와 야고보는 백향목의 품위에 압도되어 감격했는지, 슬그머니 다가가더니 두 팔로 끌어안으며 황홀한 표정을 지었다. 뻣뻣한 사람들인 줄로만 알았는데, 멋스러운 모습도 있었다. 우리는 네 사람이 팔을 잡고 둘러설 만큼 우람하고 거대한 나무를 한참 바라보았다.

우리는 빽빽한 송백 나무 산지를 지난 끝에, 산자락 아래 있는 북쪽의 마지막 도시 '가이사랴 빌립보'에 도착했다. 이름이 괴상한 것은 헤롯 대왕의 아들로, 갈릴리 북쪽 지역을 지배하는 영주인 '빌립보'가 관공서들과 벌목한 나무를 재단하는 목공소, 세관, 그리고 로마식 신전까지 세우고는, 로마에 아부하기 위해 '황제의 칭호'와 자기 이름을 붙였기 때문이라고 한다. 도끼질과 톱질을 하고 목재를 운반하는 벌목공들과 목수들이 많은 곳이어서, 남자들은 체구가 우람하고 근육질인 데다 목소리도 걸걸하고 우렁찼다. 절로 기가 죽을 만큼 장사들로 보였다. 나무 냄새로 가득한 도시는 활기로 가득했다.

그런데 아무도 다가오는 사람들이 없었다. 이상한 기분이 들었지만, 곧 알게 되었다. 회당 랍비와 바리새인들이 이미 사람들에게 접근하지 말라고 단단히 경고하며 일러둔 것이었다. 우리를 보고 놀라며 다가올까 말까 쭈뼛쭈뼛하는 어떤 사람에게 물어보니, 그는 주변을 살피고 지나가는 척하며, 바리새인들이 당신네 랍비를 만나는 사람은 누구랄 것도 없이 혼날 줄 알라고 위협했다는 것이었다.

우리는 사태가 어려워지게 되었다는 것을 직감했다. 갈릴리 호수 주변 마을들은 이미 벌집을 쑤셔 놓은 것처럼 되었고, 예루살렘에도 세세히 알려졌을 것이었다. 난감했다. 이제 갈릴리 일대에서 활동한 것인데 벌써 그러니, 랍비가 어떻게 헤쳐나갈지 사뭇 걱정되었다. 그들은 여인숙까지 틀어막아 놓아, 편히 쉬고 잘 곳도 없어지고 말았다. 바리새파가 그토록 무서운 세력이란 걸 똑똑히 보았다. 그렇다고 랍비가 물러설 것도 아니니, 앞으로 가는 곳마다 그야말로 격전이 일어날 것이었다.

2

랍비의 얼굴은 담담하고 평온했다. 우리는 하는 수 없어 도시 북쪽의 산으로 올라가 나무가 없는 공터에 이르렀다. 땀을 식힌 후 남쪽을 바라보니, 갈릴리 북쪽 지역 풍광 또한 아름다웠다. 이 땅은 이다지도 아름답고 살기 좋은데, 어째서 역사는 그렇게도 거칠고 고통으로 가득한 것인지!

랍비는 우리가 그곳에서 오래 머물 것이라고 말했다. 베드로와 안드레와 야고보가 며칠 분의 빵과 포도주와 말린 생선과 무화과 등을 사러 내려갔는데, 사람들이 이리저리 눈치를 살피며 멀리하며 말도 붙이지 못하게 하는 바람에 애를 먹었다고 한다. 형제들은 식료품 가게 몇 곳에 들렀다가 주인이 팔려고 하지 않아 발길을 돌렸다. 바리새인들은 우리를 굶겨 죽일 생각이었던 같다.

그렇다고 우리가 어찌 굶어 죽을 것인가?. 여우도 굴이 있고, 벌도 동그란 집이 있고, 참새도 지붕 아래 포근한 품이 있지만, 우리는 매일 떠돌아다니면서 사는 구차한 신세일지라도 누구 하나 불평하지 않았고, 적은 양으로도 만족하며 기쁘게 지내왔다. 그때까지 경험했듯이, 참새도 아끼시는 아버지는 우리가 굶도록 내버려 둔 적이 없었다.

그런데 이상한 일이 벌어졌단다. 형제들이 매번 허탕을 치고 돌아서는데, 어떤 사내가 눈치를 살피며 슬쩍 지나가는 말투로, 산에서 내려올 적에 모퉁이에서 보았던 커다란 바위 곁에 가 있으면, 자기가 먹을 것을 가지고 가겠다고 했단다. 놀란 형제들이 의심스러워 머뭇거리자, 그는 자기가 전에 가버나움에 목재를 가져다줄 적에 언덕에서 하신 랍비의 설교를 듣고는 무척 감화를 받았다고 하더란다. 그리고는 이목이 있으니, 긴 이야기는 만나서 하고 어서 돌아가 있으라고 말했단다.

그래서 그 말을 믿고 돌아왔는데, 한참 후 그 사람이 지게를 짊어지고 휘파람을 불며 와서 커다란 빵 여러 개와 포도주, 절인 생선과 말린 무화과를 주었다고 한다. 돈을 주려니까, 그는 은혜를 돈으로 바꾸느냐고 하며 손사래를 쳤단다. 그리고는 여덟 분이 먹을 3일 끼니는 될 테니, 더 오래 머무르면 3일 후에 다시 그곳에서 만나자고 하더란다. 더구나 그 사람은 길을 따라 고개를 넘고 계곡을 건너가면, 숲속에 벌목꾼들이 피난처로 쓰는 널따란 통나무 집이 있는데, 지금은 다른 곳에서 벌목하고 있어서 쓰지 않으니, 거기서 지내도 된다고 했단다.

형제들은 서로 놀란 눈으로 쳐다보다가, 그 사람이 집이나 도중에 만난 이들에게는 나무를 하러 간다고 둘러대고 왔다고 하며, 마른 나무들을 주워 모으기에 같이 도와주고 올라왔다고 한다. 그것이야말로 하나님이 미리 준비해두신다는 것이 아니겠는가? 아늑한 집까지 마련해주시다니! 그곳을 찾아간 우리는 음식과 집 걱정 하나 하지 않고 지내게 되었다.

입구 옆에 마른 장작을 쌓아 놓은 통나무 집은 꽤 길고 넓었다. 나무 침대 두 개, 벽을 따라 이어진 침상, 기다란 탁자와 의자 10개, 돌과 진흙으로 만든 네모난 벽난로가 있었다. 침대는 랍비와 미리암이 쓰고, 형제들은 침상에서 자기로 했다. 식사 후 랍비는 우리에게 먼저 자라고 했는데, 밖으로 나가 오래도록 기도하고 명상하고 돌아온 것 같았다. 먼 행군에 힘들었던 우리는 잠을 푹 잤다.

3

다음날 동이 트자마자 일어난 우리는 계곡으로 가서 얼굴을 씻고 돌아와 아침 식사를 하고, 숲속 공터에 자리 잡고 버려진 나무를 의자로 삼아 둘러앉았다. 랍비는 그곳에서 지내는 내내 성서 이야기를 할 것이라고 했다(이 부분은 삼 일간 이어진 랍비의 성서 이야기이다. 긴 이야기를 간추려 적은 것이다).

랍비는 이렇게 말했다. "그대들은 나의 길을 따라나섰네. 그대들의 길이기도 하지. 아니, 아버지의 길이라고 해야 맞는 말이네. 우리는 지금 이 세상에 하나님의 나라를 세우는 일을 펼치고 있네. 이것이 아버지의 뜻이네. 그러니 우리는 하나님의 나라가 무엇인지, 그에 참여하는 마음과 태도가 어때야 하는지를 확고히 알고 있어야 하네. 그간 나를 따르는 길이 무슨 부귀영광과 영화를 누리자는 길이 아니라는 것을 알았을 것이네. 나는 그대들에게 그런 것을 줄 재주도 능력도 없고, 그럴 뜻도 없다네.

하나님 나라가 무엇인지 알려면, 성서 첫머리부터 마지막 책인 다니엘서에 이르기까지, 그 줄기 사상을 알아야 하네. 잔가지는 일일이 알 필요 없네. 내가 바리새인들이나 율법 학자들과 끊임없이 다투는 것도 그들이 하나님의 뜻인 성서의 줄기 사상을 오해하고 왜곡하며 백성에게 맹목적인 믿음을 강요하고, 잔가지만 붙들고 늘어지는 꼴 때문이지, 다른 이유는 전혀 없네.

알다시피 그대들 중에는, 어린 시절 회당 학교에서 아람어를 배웠음에도 불구하고, 다 잊어버려 글을 쓸 줄 모르는 사람이 있을 것이네. 나는 그게 누군지 아네~!" 그러면서 랍비는 웃었다. 랍비는 툭 농담을 던진 것인데, 그 말이 자기를 가리킨 것으로 안 베드로가 비밀을 들킨 양, 눈을 동그랗게 뜨고 한숨을 쉬며 고개를 푹 수그리는 것이었다.

"그런 사람은 이제부터 배워야 하네. 왜냐면 이다음에 이 유대 땅과 세상 곳곳에 퍼져 살아가는 동포들, 그리고 이민족까지 찾아가 하나님 나라를 세우는 일을 펼치며 진리를 전해야 하니까, 무엇보다 성서의 줄기를 알아야 사람들이 묻는 말에 올바로 대답할 수 있을 것이네. 제대로 알지 못하고서, 어떻게 기쁜 소식을 전하겠는가?

그래서 나는 여기에 머무르는 내내 성서 이야기를 하려고 하네. 잘 알고 있는 사람도 있을 테지만, 다시 기억하는 것도 좋은 일이니 기꺼이 들어주기를 바라네. 그뿐만 아니라, '참되게(!) 기도하고 침묵하고 성찰하고 명상하는 법도 배워야 하네!'(랍비는 이것을 두 번 말했다). 이것은 성서를 아는 것보다 더 중요하네. 우리 유대교는 이게 없어서 문제이지. 그대들이 지금은 내 말을 이해할 수 없다 해도, 언젠가 아버지께서 정하신 때가 오면 깨달을 걸세.

이제부터 그대들이 명심해야 할 것은 늘 긴장 속에서 지내야 한다는 것, 언제나 나의 모든 것을 깊이 지켜봐야 한다는 것이네. 나중에 우리가 머물던 곳을 기억하면, 내 말과 행동을 아는 데 도움이 될 걸세."

4

그러자 아람어를 쓸 줄 아는 마태가 말했다. "랍비, 저는 이상하게도 성서에서 무엇보다 족보에 흥미가 많습니다. 사람들의 일생이 어떠하든, 그들의 이름만 들어도 기쁩니다. 어렸을 때부터 조상들의 족보를 줄줄 외웠지요. 오경 첫 번째 책의 족보, 모세 가문의 족보, 이스라엘 왕들의 계보, 그리고 에스라와 느헤미야에 나오는 족보가 그렇습니다.

그리고 각종 법률과 설교와 연설문도 좋아합니다. 모세의 법률과 연설, 특히 오경 다섯째 책의 긴 연설, 여호수아와 사무엘과 다윗과 에스라와 느헤미야의 연설 등은 읽을 때마다 저를 황홀하게 합니다. 비록 세리라서 욕을 먹었어도 불의하게 살지는 않았고, 할 수 있는 한 가난한 사람들을 돌보았습니다."

그리고는 머리를 긁적이며 계면쩍은 표정을 지었다. 우리는 모두 놀라며 마태를 바라보았다. 베드로가 "오, 대단한 학자 한 사람 나왔군!" 하고 외치는 바람에, 한바탕 웃었다. 랍비는 빙그레 웃으며 좋은 일이라고 했다.

그러자 요한이 뒤질세라 말했다. "랍비, 저의 집은 호세아네와 맞먹는 부유한 어부에다 상인 집안입니다. 아버지는 티베리아스와 예루살렘에 건어물 상점을 가지고 있고, 게다가 대제사장과 제사장 등, 신분이 높은 사람들도 여럿 알고 지낸답니다. 그래서 아버지는 형과 제가 물려받길 바랐는데, 그만 이렇게 되는 바람에 무척이나 상심하셨지요. 그러나 지난번 랍비의 말씀에 감화를 받고 많이 달라지셨습니다. 그래도 여전히 야심이 많으시지요. 성격이 어디 출장을 간답니까?"

그 말에 모두 쿡쿡 웃었다. "성격이 강직하고 부지런한 야고보 형은 일 관리하는 것을 잘하지만, 저는 좀 다릅니다. 마태도 연설을 좋아한다고 했는데, 저도 그래요. 그런데 저는 우리 민족의 설교보다는 그리스 철학자들의 이야기나, 이집트 알렉산드리아에 있는 우리 유대인 철학자 '필로'라는 분의 사상을 좋아해요(기원전 20년~서기 50년). 몇 년 전 부모님과 함께 그곳에 사는 친척의 결혼식에 다녀왔는데, 그분이 운영하는 학원에도 가봤어요. 대단히 현명한 학자인데, 지금쯤 거의 50여 살쯤 되었을 거예요.

저는 장차 랍비의 가르침을 전하러 간다면, 꼭 이집트에 가서 하고 싶어요. 필로 그분은 성서 이야기를 비유로 해설하여, 이야기와 철학이라면 사족을 못 쓰는 그리스인들에게 인기가 대단하답니다. 그리스나 로마에도 걸출한 철학자로 이름이 알려졌대요. 그리스 철학의 말을 이용하여 이해하기가 어렵기는 하지만, 대단히 심오한 사상인 것 같았어요. 아마 랍비께서 이집트에 가서 그분과 대화를 나누신다면, 굉장히 통하는 것이 많을 겁니다."

랍비는 흥미로운 듯 미소를 지었다. 베드로는 "이젠 우리 가운데서 철학자도 나오시게 되었네!" 하고 농을 던졌고, 안드레는 "시인은 없나?" 하고 너스레를 떨었다.

이윽고 미리암이 수줍으며 말했다. "글자도 모르는 저는 무엇을 하면 좋아요? 랍비를 만난 후부터 지금까지, 저는 랍비께서 베푸신 사랑만 생각하며 지내왔어요. 그래서 여인의 몸으로 제가 할 수 있는 것은 사랑밖엔 없는 것 같아요. 물론 전과는 다른 사랑이지만요." 미리암은 마지막 말을 한 후 부끄러운 표정을 지었다. "저는 제 인생을 다 바쳐 랍비를 사랑하고 따르겠어요. 제가 할 수 있는 것은 그것밖엔 없어요." 그러면서 눈시울을 붉혔다. 낯모르던 여인과 동행하는 동안 다들 정이 붙어, 모두 기뻐하며 박수했다.

이번에는 베드로가 나섰다. "저는 무엇이나 큰소리치며 앞뒤 안 가리고 무턱대고 덤벙대는 성격에, 아는 것도 없는 무지한 사람입니다. 장모님과 아내와 동생은 나를 보고 푼수 끼가 과하다고 하지만, 그렇게 생겨 먹었는데 어쩌겠어요? 그렇지만 사나이 의리는 좀 있는 편입니다." 그리고는 이내 부끄럽고 말문이 막혔는지, 입을 다물었다. 내가 "이젠 의리파가 나셨다!" 하자, 모두 웃었다.

안드레가 말했다. "저는 이상하게도 사람을 좋아하고, 일을 미리 헤아려서 하는 편이지요. 집에서도 그랬어요. 그래서 어머니는 '어떻게 같은 배에서 영 다른 게 나왔냐?' 하며 놀리곤 하셨지요. 그런데 랍비는 우리가 비교할 바 없이 사람을 좋아하고 사랑하시니, 앞으로 그 점을 많이 배우려고 합니다."

이번엔 야고보가 말했다. "저도 한마디 해야지요? 저는 우리 집 일꾼들을 다스리고 어획량을 계산하고 물고기를 판매하며 관리하는 것을 좋아합니다. 저도 요한과 성격이 좀 달라요. 요한은 노래도 잘하고 명석하지만, 저는 안드레처럼 사람을 좋아합니다."

베드로가 "이젠 호세아 차례네" 하고 씽긋 웃었다. 내가 말했다. "다 아는 사람들이니, 뭘 더 이야기하겠어요? 저는 어려서부터 랍비네 목공소에 놀러 가는 게 취미였기에, 그때부터 랍비를 좋아했어요. 랍비가 집을 떠나 광야로 나가셨다가 돌아와 보인 눈빛과 얼굴 모습과 말씀에 매료되어 따라나선 것입니다. 제가 앞으로 어떻게 할지는 모르겠지만, 하나님께서 저에게 적절한 일을 맡기실 것이라고 봐요."

그러자 마태가 말했다. "랍비, 성서 이야기를 듣기 전에 랍비의 어린 시절을 들려주시면 안 될까요? 혹시 나중에 도움이 될지도 모르니, 간단히 듣고 넘어가는 것이 좋겠어요." 그러자 모두 좋아하며 랍비를 바라보았다. 랍비는 별걸 다 묻는다는 표정으로 먼 산을 바라보았다. 그러자 마태가 베드로의 옆구리를 쿡 찔렀다. 베드로가 "무슨 대단한 비밀이라고 감추시려는 것인가요?" 하며 너스레를 떨자, 랍비는 어쩔 수 없이 입을 열었다.

5

"그럼, 그렇게 하지. 전에 호세아에게 잠깐 말한 적이 있었는데, 어머니가 들려준 이야기일세. 결혼 전, 천사가 남자 아기를 안고 집으로 들어와 안기는 태몽을 꾸고는 나를 낳으셨다고 하네. 아버지와 어머니는 본래 베들레헴 사람이네. 로마의 '아우구스투스' 황제 때였지(기원전 27~서기 14년 재위). 나를 낳은 지 며칠 후에 이상한 복장을 한 동방의 외국인들이 낙타를 타고 와서 알아듣지도 못할 말을 하고는, 값비싼 예물을 놓고 갔다고 하네. 그들이 왜 왔는지, 무슨 말을 했는지는 모르겠네.

그 후 아버지는 꿈에 천사가 '헤롯 대왕'이 아기를 죽이려고 하니(헤롯 안티파테르 2세, 기원전 37~4년 재위), 어서 이집트로 떠나라고 하는 말을 듣고는, 태어난 지 일주일도 안 된 나를 들쳐 안고 급히 이집트로 피난을 가셨지. 알렉산드리아에서 여섯 살 때까지 살았다네. 그 외국인들이 전해준 예물로 집을 마련하고 살았는데, 동포들도 많은 도움을 주었네. 그런 점에서 우리 유대인들은 독특하고 자랑스럽지.

나는 네 살 때부터 그곳 회당에서 2년 정도 히브리어와 성서를 배웠네. 그 후 헤롯 대왕이 죽고, 난폭하기로 소문이 자자한 그의 아들 '헤롯 아르켈라우스'(기원전 4년~서기 6년 재위)가 왕이 되었다는 소식을 들은 부모님은 고향으로 가지 않고, 지중해변을 따라 친척이 사는 나사렛으로 가셨지. 그래서 나사렛이 고향이 된 것이네.

나사렛에서도 회당 랍비에게 히브리어를 공부했지. 목수 아들이 일은 배우지 않고 히브리어 공부만 한다고 놀리는 사람들도 있었지만, 무척 좋은 걸 어찌하겠나? 매일 회당에 가서 성서를 읽고 배웠지. 잘 이해되지 않는 것은 랍비에게 묻고…. 어찌나 묻던지 랍비가 귀찮아할 지경이었지. 그 후 아버지는 갈릴리 영주(태수) '헤롯 안티파스'가 새로 세우는 세포리스에 가서 일하다가, 그곳에서 일어난 반란에 애꿎게 휘말려, 내가 열여덟 살 때 세상을 떠나셨네. 그 후 맏아들인 내가 목공소 일을 맡아서 한 것이지. 내가 괜히 그대들 성화에 공연한 말을 한 것 같군."

베드로가 툭 농을 던졌다. "지금은 동네 형님 같습니다요~!" 그 말에 모두 크게 웃었다. 그리고는 눈을 깜짝깜짝하더니, 이렇게 말하는 것이었다. "그런데 랍비, 저는 글자하고는 도통 사이가 안 좋은 것 같아요! 아니, 차라리 글자가 저를 안 좋아한다고 해야 할 거예요. 이놈들이 글쎄, 좀 잡아두려고 하면, 어느 틈에 냅다 달아나지 뭡니까? 그걸 붙잡아 두려고 얼마나 애를 먹었는지 몰라요.

안드레하고 회당 학교에 다니며 아람어를 배웠지만, 고 올챙이처럼 꼬부라지고 비슷비슷하게 생긴 글자란 놈들이 여간 성가신 게 아니었어요. 한 놈 들어와 가만 앉아 있으라고 하면, 다른 놈이 들어올 때 냅다 도망을 치는 것이에요. 무진장 노력한 끝에, 그 스물 몇 갠가 하는 조무래기 녀석들을 겨우 잡아두는 데 성공했는데, 회당 학교를 졸업하자마자 그 녀석들도 나에게 졸업했는지, 거의 다 떠나버리고 말았어요! 마치 참새 새끼가 노란 주둥이로 엄마 아빠에게 벌레를 맛있게 받아먹고 큰 다음에 둥지를 떠나버린 것 같다고 해야 할까요? 그래서 지금은 낫처럼 생긴 것 하나 하고, 작대기 같은 것만 알고, 나머지는 몰라요. 아~, 나에게서 도망친 그 애들은 지금쯤 어디로 가서 놀고 있을까?"

베드로의 말에 모두 배꼽을 잡고 웃었다. 미리암은 하도 웃다가 사레가 걸려 컥컥했다. 마태가 "형님, 제가 그 참새 새끼들을 잡아다 드릴까요?" 하자, 베드로는 "됐네, 이 사람아!" 하고는, "그래도 이야기를 기억하는 것은 괜찮습니다." 하고 말했다. 랍비가 "그런데 내가 보기로, 베드로는 물고기를 몇 마리 잡았는지는 결단코 잊어버리지 않을 것 같네." 하자, 모두 깔깔 웃어댔다. 그 말의 의미를 알았는지 어쨌는지는 몰라도, 베드로는 으쓱했다.

6

베드로가 미리암을 바라보며 "미리암의 결심은 들었지만, 이야기는 듣지 못했어요." 하고 말했다. 그러자 모두 표정이 진지해졌다. 그러나 미리암은 아무런 거리낌 없이 자기 이야기를 들려주었다. "모두 이야기를 했으니까, 저만 안 하는 것도 이상하잖아요? 저도 베드로처럼 아람어 글자를 몰라요." 그러자 베드로가 끼어들었다. "야, 됐다. 이제 동지가 하나 생겼네!" 하고 좋아하여, 모두 웃었다.

미리암이 말을 이었다. "제가 기생이라는 것은 다 아시니까, 그때 일은 말하지 않겠어요. 저는 티베리아스에서 태어나서 살았어요. 아버지는 포도주와 곡주를 빚어서 파는 양조사업을 하셨지요. 티베리아스의 부유층과 로마 군대가 주요 고객이었지요. 그들이 드나드는 고급 식당까지 해서, 돈을 많이 벌었지요. 어머니는 인자하고 강단 있는 분이셨어요."

미리암은 어머니가 떠오르자 울컥하고 눈물을 흘리며 멈췄다. 그러자 야고보가 베드로의 어깨를 툭 치며 '괜히 공연한 말을 꺼내 가지고서는?' 하는 표정으로 바라봤다. 베드로는 무안한 얼굴이 되었다. 그러자 랍비는 "미리암, 모든 어머니는 자녀의 가슴에 영원히 살아 있어요!" 하며 위로했다. 그 말에 힘을 얻은 미리암이 말을 이었다.

"그런데 세상사가 어디 사람 마음대로 되나요? 어느 날 로마 군인들 수십 명이 황제 폐하의 생일을 축하한답시고, 식당에 들어와 밥을 먹고 술을 마셨지요. 그런데 밤이 이슥하도록 떠나지 않고 노래하며 마셔댔어요. 아버지가 중대장에게 가서 문을 닫아야 할 시간이라고 말하자, 취기가 오른 그는 냅다, '너는 대로마 제국 황제 폐하의 생일이 못마땅한 거냐? 이 유대인 돼지 새끼야! 오 그러고 보니, 너 갈릴리 유다 집단 사람 같아 보이는데? 그놈은 15년 전에 세포리스에서 반란을 일으켰다가, 부하들과 함께 십자가에 달려 죽었지. 우리는 지금도 도망친 그의 부하들이 곳곳에 숨어서 여전히 반란을 꿈꾸고 있다는 정보를 갖고 있어. 너도 그중 한 사람이지?' 하며 억지를 쓰는 것이었어요.

아버지가 무슨 말이냐고 항변하며, 그런 사람이 아니라며 나가 달라고 하시자, 그는 다짜고짜 아버지 멱살을 잡고 주먹으로 얼굴을 때리고 바닥에 메쳤어요. 그러자 군인들이 달려들어 발로 짓밟고 곤봉으로 머리부터 온몸을 두들겨 팼어요. 그리고는 집안을 모조리 뒤집어엎어 버리고는 돈도 내지 않고 가버렸어요. 아버지는 밤새도록 앓았지요.

그런데 그들은 다음 날 아침이 되자마자 다시 오더니, 아버지를 체포해서 끌고 갔어요. 얼마나 고문을 했는지, 아버지는 며칠 후 세상을 떠나셨어요. 그리고는 로마 군인들은 양조장과 식당까지 모두 압수하고, 집을 빼앗지 않은 것을 다행으로 알라고 하면서, 우리를 내쫓았어요. 어머니와 오빠는 집을 팔아 막달라로 이사하셨지요.

그러나 너무나도 큰 충격을 받은 어머니는 울화병을 앓다가, 1년도 넘기지 못하고 세상을 떠나셨어요. 그 후 오빠는 막달라 집까지 팔아 저에게는 유산을 조금 남겨 주고, 결혼하고는 세포리스로 이사했어요. 홀로 남겨진 제가 할 수 있는 일이라는 게 뭐가 있겠어요? 술집과 여관을 하며 악착같이 돈을 벌었지요. 그 후의 일은 여러분도 충분히 아실 거예요. 그러다가 지난번에 랍비를 만난 것이지요."

랍비는 묵묵히 들었다. 미리암은 랍비를 바라보다가 눈물을 흘렸다. 안드레가 베드로에게 '공연히 그런 걸 물어?' 하는 눈빛을 보냈다. 그러자 요한이 이렇게 말했다. "제가 볼 때, 미리암 누이는 성격이 무척이나 강단 있고, 생활력이나 적응하는 힘이 강해서 앞으로 랍비의 일을 크게 벌일 것도 같아요!"

그 말에 나도 이렇게 말했다. "맞아요. 미리암 누이는 속 깊은 여성이에요. 지난번 두로에서 간질을 앓던 소녀와 엄마의 일을 무척이나 감격하며 눈물지은 미리암은 무엇인가 깊이 생각하는 얼굴이었어요. 이리로 오면서 내가 물어보니까, 항구 도시인 두로에 풍랑에 남편을 잃고 어렵게 살아가는 과부들과 어린이들이 많은 것 같다고 하니, 아마 나중에 그런 여인들과 어린이들을 돕는 일을 하리라는 생각을 품은 것으로 보였어요."

내 말에 눈물을 거둔 미리암은 묵묵히 듣기만 하다가, 랍비를 바라보며 이렇게 말했다. "랍비, 랍비는 하나님이 저에게 보내주신 천사예요! 아니, 이 말로도 부족해요. 랍비는 저를 하나님처럼 대해 주셨어요. 랍비를 만난 그 날은 제가 새로 태어난 날이지요. 그 날 이후, 제 마음에서 원한과 슬픔과 고통의 구렁이들이 죄다 빠져나갔으니까요. 게다가 기생이었고 여자인 저를 이 모임에 받아주신 게 얼마나 고마운 일인지 말로는 다 못해요. 저는 랍비를 위해 제 삶을 다 바칠 거예요!" 그러면서 고개를 떨구고 또 눈물을 보였다.

랍비는 "미리암, 그대는 일곱 아들보다 나은 아버지의 딸입니다! 지난 불행은 뱀처럼 사람을 휘어잡고 평생을 망쳐놓기 쉬운 법인데, 그대는 한 번에 그 머리를 쳐냈으니, 진실로 그대는 훌륭한 믿음의 사람입니다." 하고 위로했다. 우리는 미리암을 응원하며 박수를 보냈다.

그리하여 우리는 서로를 더 이해하게 되었다. 나는 랍비의 동지가 된 우리가 앞으로 분명히 다른 세상의 삶을 살게 되리라는 것을 느꼈다. 나는 미리암의 단호한 결기에 감동하며, 그녀가 정녕 일곱 아들보다 나은 랍비의 참된 제자가 되리라 믿었다.

야고보가 점심을 먹어야 할 때라고 말했다. 랍비는 감사기도를 올린 후 빵 덩어리를 들고 찢어서 나누어주고, 포도주 부대는 가운데 두고 각자 마시게 했다. 즐거운 이야기를 나눈 후 먹는 맛이 여간 좋은 게 아니었다.

지상의 빵과 포도주! 육신과 영혼을 지탱해주는 생명의 양식. 나는 잠시 이것이 내 입에 들어오기까지 거쳐온 길을 더듬어보았다. 씨를 뿌리고 곡식을 거두어들인 사람, 시장에 내다 판 사람, 절구에 넣어 빻아 밀가루로 만들어 쪄낸 사람, 포도를 술 틀에 밟아 짜낸 사람, 우리에게 빵과 포도주를 거저 가져다준 사람 등, 무수한 사람들의 손길을 거쳐 내 입에까지 도달하여 살린다. 빵과 포도주에 얽혀 있는 생명의 그물, 이것은 놀라운 발견이었다.

우리는 잠시 각기 흩어져 산책하며 그곳 풍광을 만끽했다. 나는 요한과 걸으며, 이렇게 청년들이 하나님의 나라를 세우는 운동에 나선 예수아 랍비 안에서 새로운 형제자매와 동지와 친구가 되어 살아가는 것이 얼마나 기적 같은 일인지 실감한다는 말을 나누었다. 그런 점에서 랍비는 이스라엘 역사에서 한 번도 있어 본 적이 없는 새로운 일을 하는 것이다.

내가 알기로, 제자들을 기르며 수도원 학교 운동을 한 것은 지난번 방문했던 동굴에서 수도한 엘리야 예언자가 최초이고, 그를 이어받은 것이 엘리사 예언자이다. 랍비는 전에 나와 이야기를 나눌 때, 우리 이름과 같은 호세아 예언자도 분명 엘리사 수도원 학교 출신일 것이라는 말을 한 적이 있다. 그러나 그들은 예언자 요한이나 에세네파처럼 일정한 곳에 머물러서 했지, 랍비처럼 제자들을 데리고 나라 곳곳을 다니며 한 것은 아니었다. 그러니 랍비의 하나님 나라 운동은 제자를 길러내는 '길바닥 청년 수도원'인 셈이다.

8장

성서 이야기

1

다시금 모여 앉은 우리는 랍비의 성서 이야기를 들었다. 랍비는 무슨 생각인지, 가득 웃음을 머금은 표정으로 베드로를 바라보며 운을 뗐다.

"베드로, 성서의 첫머리가 무슨 이야기인지 알고는 계시는가?"

"아유 랍비, 제가 아무리 회당 초등학교에서 졸기는 잘했어도, 그쯤은 안다고요. 저를 싹 무시하는 것 같네요. 그야, 하나님이 천지를 창조하셨다는 이야기이지요." 그러면서 어깨를 으쓱하며 자랑스러워하는 것이었다. 그 말에 한바탕 웃었다.

"좋군! 그러면 거기에 하나님께서 '좋군!' 하신 말씀이 몇 번 나오는지도 알겠군?"

그러자 베드로는 어안이 벙벙해지더니, 눈을 깜박이고 머리를 긁적이다가

두 손을 무릎에 올려놓고 손가락을 하나둘 곱아 보는 것이었다. 그 모습이 진짜 어린이 회당 학생 같아 웃음을 자아냈다. 그러다가 이내 손을 털고는, "잘 모르겠는데요? 한 번 한 것도 같고…. 아니, 여러 번 하셨나?"

랍비가 "나도 모르겠네!" 하자, 모두 깔깔 웃어댔다. 베드로는 어이없다는 듯, "아니, 그런데 왜 물으시나요?" 하며 얼굴이 빨개졌다.

"그 이야기에서 중요한 것은 두 가지네. 하나는 아버지께서 사람을 '하나님의 형상'으로 지으셨다는 것이지(창 1:27). 그런데 그 형상은 얼굴이나 몸을 말하는 게 아니라, 아버지의 성품과 능력을 가리키네. 사람은 누구나 아버지의 성품과 능력을 지니고 있다는 말이지. 그래서 사람은 동물과는 다르게, 누구나 존엄하고 아름답고 소중하고 평등한 존재라네. 남자든, 여자든, 어느 민족이든, 아무런 차이가 없네. 이것이야말로 우리 민족이 깨달은 위대한 진리이지. 그렇기에 사람을 권력이나 신분이나 남녀노소나 지식이나 재산 등, 사회적 위치를 보고 차별하고 억압하는 것은 아버지를 우습게 여기는 그릇된 행태가 되는 것이네.

다른 하나는 하나님이 창조된 우주와 만물을 바라보며, '보기에 참 아름답고 좋구나!' 하신 것이네. 일곱 번 나오지. 일곱 번(7)은 히브리인의 숫자 개념에서 완전수이기에, 부족하지도 않고 더 보탤 수도 없다는 뜻이네. 일주일이 일곱 날로 이루어진 것도 그래서이지.

하나님이 좋아하셨기에, 우리도 별들과 달과 동물들과 꽃들을 사랑하는 것이네. 우리가 먹고살기 위해 어쩔 수 없이 물고기나 동물을 잡아먹기는 하지만, 절대로 동물을 구박하고 미워하고 잔혹하게 대해서는 안 되네. 그러면 마음이 쓸데없이 거칠어지고, 자기도 모르게 사람들에게도 매정하게 되지. 사람의 인격과 품격은 동물과 식물을 대하는 데서도 고스란히 드러나는 법이네. 동물과 식물을 볼 적에 사람과 다른 몸을 가진 형제자매로 보고 대하는 것이 아버지의 마음과 눈을 닮은 것이네.

그러면 아버지께서 우주와 만물을 지은 후, '제 칠일 안식일'에는 무엇을 하셨다고 하는가?" 랍비가 요한을 지목하며 묻자, 이렇게 대답했다. "그야 안식일이니까, 아무 일도 하지 않고 푹 쉬셨지요. 그 날을 복되고 거룩하게 하셨으니까요."

"잘 말했네. 그러니까 안식일이란 밭을 갈고 장사를 하는 등의 일에서 해방되어 자유롭고 기쁘게 쉬면서, 모두 함께 아버지께 감사를 드리며 즐거워하고 서로 사랑하며 푹 쉬는 날이지. 왜냐면 땅과 그 안에 있는 모든 생명이 소중하니까. 안식일은 모두가 축하하고 경축하고 축복하며 행복하고 평화롭게 지내는 잔칫날이네. 그런 날을 무엇이 일이고 아닌가 하고 세세히 구별해서 지키라고 강요하는 것은 안식일의 취지나 목적을 모르고 하는 것이지."

"그래서 랍비께서 안식일에도 사람을 치유하고 축복하신 것이네요?" 안드레가 말했다.

"그렇지. 인식일에서 중요한 것은 사람이 소중하다는 것과 함께 쉰다는 것이지."

내가 물었다. "랍비, 그런데 오경 두 번째 책에는 안식일이 하나님의 창조와 이어지고, 다섯째 책에는 출애굽 사건과 연결하여 말하지 않나요?"

"그렇지. 요점을 잘 파악했네."

내가 물었다. "그건 왜 그렇게 된 것인가요?"

"그것은 근본적으로 우리 민족의 신앙과 관련된 것이기 때문이네. 우리는 아버지를 우주에서 유일한 창조자로 믿고, 또 우리 민족을 이집트의 노예에서 해방하여 자유를 주신 분으로 고백하니까, 안식일에 그 두 가지를 기억하며 지키는 것이 우리를 더욱 자유롭고 행복하고 평화롭게 한다고 믿는 것이지."

"그런데 어째서 하나님은 우리가 안식일을 잘 지키며 살아오는 데도, 대대로 이민족의 압제를 받도록 내버려 두시는 것인가요?" 야고보가 눈에 불꽃이 튀는 표정으로 물었다.

"인간이 역사의 진행을 제대로 헤아리기는 어려운 일이기에, 그것은 나도 알 수 없는 일이네. 그것은 아버지께서만 아시는 일이지. 그러나 거기에는 두 가지 뜻이 있다고 보네. 사실은 하나로 보이지만 말이네.

우리 민족이 대대로 고난을 받아온 이유 중 하나는 우리를 의롭고 거룩한 민족으로 빚어 만드시려는 아버지의 뜻에서 온 것이라 보겠네. 사람이란 고난 없이는 정신을 차리지 않지. 고난만큼 인간을 깨끗하고 바르고 참되게 해주는 것도 없네. 그런 점에서 우리 민족의 고난은 아버지의 은총이네. 물론 고난의 의미를 깨닫는 사람에게만 그렇게 되지. 우리가 풍요하고 안락한 이집트에서 계속 산다고 해보게. 그러면 고난도 모르고 정신을 차릴 일도 없었고, 이집트 사람이 되어 완전히 소멸했을 것이네. 이스라엘은 아예 없는 것이지.

다른 이유는 우리가 놓인 지리 환경 때문이네. 우리는 강대국들에 둘러싸인 조그만 땅의 약소민족이네. 그래서 대대로 이집트, 헷(히타이트), 아시리아, 바빌로니아, 페르시아, 그리스, 로마 등, 강대국들의 먹잇감이 되어 지배당하며 살아온 것이지. 게다가 우리 민족이 어엿한 독립 국가로 자유롭게 살아온 시절조차도 어리석은 왕들 때문에 모진 고통을 겪었네.

이 두 가지 이유를 연결해서 생각해보면, 우리 민족을 향하신 아버지의 뜻이 무엇인지 드러나네. 그 오래고 숱한 고난을 통해서 우리를 의롭고 거룩한 민족으로 빚어, 장차 온 세상에 '복음'(사 52:7)의 진리를 전하게 하여, 이 세상을 행복하고 평화로운 곳으로 만드시려는 것이 아버지의 뜻이네. 그런 새로운 세상이 내가 말하는 하나님의 나라이네. 이것이 아브라함과 출애굽 이후 역사에 확실하게 나오는 이야기이지.

우리가 생각해보는 것도 이것이네. 다시 말하면, 하나님은 유대인을 여느 민족들처럼 한 나라나 민족으로만 잘살게 하려는 것이 아니라, 온 세상을 구원 하려고 먼저 세상에서 빼내신 것이네. 그러니 우리 민족의 역사적 사명은 숱한 고난을 통하여 아버지께서 바라는 의롭고 거룩한 민족이 되어 아버지의 진리 를 온 세상에 전하여, 장차 이 땅에 '주님의 나라'(시 145:11~13)를 실현하시려 는 뜻을 받드는 것이지. 예언자들이 줄곧 말한 것도 이것이네.

그런데 그대들도 알다시피, 우리 민족은 대대로 이것을 이해하고 깨닫는 데 실패해 왔네. 특히 지도층이 그랬지. 전에 200여 년 전에 일어난 '마카베우스' 형제들의 독립운동과 자유의 쟁취와 그 왕조 이야기를 하지 않았던가? 그들은 명색이 제사장 가문임에도 불구하고, 여느 나라 지도층과 똑같은 행태를 드러 내며 권력욕에 싸움만 일삼다가 끝내 나라를 망하게 했지. 로마가 전쟁도 없이 거저 주워 먹었네. 제사장들이 말이네! 성서를 잘 안다는 사제들조차도 그러했 으니, 민중이 어떻게 아버지의 뜻을 제대로 알겠나?"

모두 고개를 끄덕이며 진지하게 들었다.

"그래서 이제 우리가 나서서, 먼저 동포들에게 이러한 아버지의 뜻을 깨닫 게 하려는 것이고, 그 후에 온 세상에 전하려는 것이네. 지난번 나사렛 회당에 서 읽은 이사야의 글도 이것을 말하지(눅 4:18~19). 나는 아버지께서 그것을 위해서 나를 보내셨다고 믿고 있네. 그대들도 그러하고 말이네. 내가 어찌 혼 자서 그 일을 하겠는가?"

요한이 물었다. "그러면 랍비, 지금까지 본 것처럼, 우리 민족이 랍비의 가 르침을 외면하고 박해한다면, 그때는 어떻게 되겠습니까?"

"그것은 간단한 일이네. 그렇게 되면, 이사야나 다른 예언자들의 말처럼, 복음의 빛은 이민족들의 땅으로 가서 그들을 비추게 될 것이네. 특히 이사야의 책 뒤편에 이런 말들이 많이 나오지(사 56~66장, 제3 이사야). 그렇다고 아버지께서 우리 민족을 버리신다는 말은 아니네. 우리를 통해서 많은 동포가 아버지의 뜻을 깨달을 것이네. 그러니 참된 세상을 세우시려는 아버지의 뜻을 거부하는 유대인들은 스스로 아버지를 저버리는 것이지. 나는 예언자들의 말을 아버지의 뜻이라고 믿네. 그래서 우리가 지금도 그들의 책을 읽는 것이 아닌가?"

"그러면 랍비는 자신을 예언자라고 보십니까?" 요한이 물었다.

"어느 예언자도 자기를 예언자라고 하지 않았듯이, 나도 내 입으로 그렇다고 말하진 않겠네. 내가 알고 깨달은 것은 아버지께서 그 일을 위해 나를 부르셨다는 것뿐이네. 나를 예언자로 보는 것은 그대들이나 사람들이지."

"그러면 메시아(그리스도)는 누구입니까?" 베드로가 물었다.

"그는 아버지께서 택하여 세우신 예언자이지."

눈을 동그랗게 뜬 베드로가 또 물었다. "그러면 랍비가 그분이신가요?"

"그것은 아버지께서 하실 일이네. 자, 잠시 쉬는 게 좋겠네."

우리는 랍비의 이야기에 감동했다. 우리는 성서에도 줄기가 있다는 것을 처음 이해할 수 있었다. 랍비는 숲속을 걸었고, 우리는 서로 이야기를 나눴다. 랍비는 한참 후 돌아와 자리에 앉았다.

2

"이제 그다음 이야기로 넘어가겠네. 에덴동산과 추방 이야기는 어린이들도 잘 아는 것이니까, 줄거리는 말할 게 없겠네. 그런데 이것은 성서에서 실로 중요한 가르침이네. 그 까닭은 이것이 우리 유대 민족과 인류와 관련된 대단히 심오한 이야기이기 때문이지. 우리는 여기에 나오는 아버지의 뜻을 확연히 깨달아야 하네.

에덴동산 이야기는 참된 세상, 곧 언젠가 이 땅에 이루어질 하나님의 나라에 관한 비유라네. 참으로 신성하고 인간적인 멋진 세상에 관한 이야기이지. 하나님이 뜻하고 바라시는 세계, 말하자면 하나님이 장차 이 땅에 이루실 진실로 아름답고 평등하고 평화로운 이상(理想) 세계에 관한 꿈을 미리 보여준 이야기라네.

에덴동산 이야기는 하나님께서 사람의 손을 붙잡고 에덴동산인 땅을 거니시는 세상, 곧 하나님과 사람, 사람과 사람, 사람과 동물을 비롯한 만물이 사랑 속에 어울려 즐거이 이야기를 나누며 행복하게 살아가는 세상, 하나님과 인간이 사랑하는 부부나 친구처럼 나란히 서서 아무런 두려움 없이 가까이 다가오는 동물들의 이름을 지으며 어울려 놀이를 하는 자유롭고 즐거운 세상, 그리고 인간들이 경이감 속에서 서로를 친구와 짝과 동료로 알 뿐만 아니라 처음이자 마지막 사랑으로 만나 환대하고 사랑하며 살아가는 세상을 말하지! 그야말로 진정 행복하고 평등하고 평화로운 세상이네. 그것이 바로 하나님 아버지께서 바라시는 세상의 모습이네.

인간만이 아버지께 소망을 품는 게 아니네. 아버지야말로 인간에게 절절한 소망을 품고 계시는 분이지. 그런데 인간의 소망이란 것은 대개 망상과 욕심에 오염되고 왜곡된 그릇된 것이기 십상이네. 왜냐면 인간은 자기가 무엇을 구하는지도 모르고 구하니까. 진정 자기에게 필요한 것을 아는 인간, 자기가 구해야 할 것을 아는 인간은 거의 없다네. 진실로 하나님만이 인간에게 필요한 것과 인간이 품어야 할 소망을 아시지. 그렇기에 인간에게 바라시는 하나님의 소망을 깨달아, 그것을 자기의 소망으로 삼는 것이 인간의 진정한 소망이고 참된 행복과 평화의 길이지. 이것이 이 이야기의 핵심이네."

그러자 야고보가 심각한 얼굴로 물었다. "그런데 아담과 하와는 행복하게 살지 못하고 에덴동산에서 내쫓겼지 않습니까?"

랍비가 말했다. "그렇지. 그러면 왜 그렇게 되었다고 보는가?"

야고보가 대답했다. "먹으면 반드시 죽는다는 선악과를 먹었기 때문이지요. 그러면 그것은 하나님의 뜻을 저버리고, 자기들의 욕심을 추구했기 때문이라는 뜻인가요?"

랍비가 말했다. "그렇지. 그런데 이것은 우리 민족이 전통적으로 생각해온 율법적인 이해로, 순종과 불순종 식의 어린이 동화 같은 구도를 통해 보는 견해이네. 착한 사람은 복을 받고, 악한 사람은 망한다는 식의 이해 말이네. 물론 그렇기도 하지."

그러자 베드로가 눈을 깜박이며 나섰다. "랍비, 그런데요. 방금 말씀하셨듯이, 인간의 행복과 평화로운 삶을 바라신다는 하나님께서 어째서 그 된통 재수도 지지리 없는 선악과를 거기에서 자라나게 했단 말인가요? 그게 거기 없었다면, 죄도 짓지 않았을 테고, 쫓겨나지도 않았을 것이고, 그 이후로 쭉 지금까지 그들의 후손인 우리 인간들이 이 개고생을 하며 지지리도 불쌍하게 살아오지도 않았을 게 아닙니까?" 그러면서 우쭐하는 표정을 지었다.

랍비가 웃으며 말했다. "베드로가 좋은 말을 했네. 그러나 우리가 알아야 할 것은 인간은 신도 동물도 아닌, 이성과 감정과 의지를 지닌 자유로운 존재라는 것이네. 선악과가 거기에 없었다면, 인간은 인간이 아닌 동물이라는 말이 되지. 인간이 동물이라면, 하나님이 세상을 다스리실 것도 없지. 동물은 사나 죽으나 그저 하나님의 창조 질서 그대로 살아가니까.

그러나 하나님은 인간을 사물이나 타인을 보고 올바른 판단을 내리며 자유롭게 살아야 하는 존재로 지으셨네. 그러니 금지 명령인 선악과는 오히려 신도 동물도 아닌 인간에게 주어진 이성과 판단, 의지와 자유의 시험대로 주어진 것이지. 왜냐면 사회에서 무리를 지어 살아가는 인간에게는 하지 말아야 할 것과 하면 안 되는 것이 있으니까 말이네. 인간은 세상에서 이것저것을 취하면 자기에게 선하고 좋고 이로워서 함부로 일을 저지르거나, 이것저것을 잡지 못하면 자기에게 불리하고 나쁘게 될 것이라고 제멋대로 생각해서 행동하면 안 된다는 뜻이네. 이것이 선악과를 먹으면 반드시 죽는 벌을 받는다는 말의 의미이지."

3

베드로가 물었다. "그러면 선악과 이야기는 율법에 관한 것이란 말인가요?"

랍비가 말했다. "그렇게 단순한 법률적 이야기가 아니네. 그보다 몇 배 더 심오한 이야기이지. 먼저 이 이야기는 저 밖에 하나님이나 무슨 명령이 있다는 게 아니라는 것부터 알아야 제대로 이해할 수 있네. 이 이야기는 하나님이 어떤 분이신지를 깨달아야만 풀리는 미묘한 수수께끼 같은 것이지.

그러면 하나님은 어떤 분이신가? 하나님을 우주와 만물과 인간을 지으신 분이라고 하는 것은 일단 샘물로 비유할 수 있겠네. 저 갈릴리 호수를 생각해보게. 그것은 어떻게 해서 생긴 것인가? 비가 내리면 웅덩이에 물이 고이는 현상과 같이, 호수는 평지보다 움푹 파인 낮은 땅에 물이 고인 것이지.

그런데 그 물은 어디서 왔는가? 빗물과 헤르몬산 등 수많은 산에 있는 샘물에서 흘러나온 것이지. 그것이 갈릴리 호수 위쪽 요르단강을 통해 흘러들어온 것이지. 빗물과 샘물이 없으면 강물도 호수도 없네. 일시적으로 비가 내리면 불어나겠지만, 비가 내리지 않아도 강물과 호수가 마르지 않은 것은 샘물 때문이지. 그러니 하나님은 샘물과 같다고 비유할 수 있지. 하나님은 만물의 근원(根

源), 특히 인간의 샘물이시지. 그러니 인간이 하나님의 물을 받아 마시지 않는다면, 살아도 사는 게 아니란 말이지.

그런데 하나님은 저 밖에만이 아니라, 특히 사람의 마음에 계시네. 왜냐면 하나님은 영이시기 때문이지. 영은 바람과 같다네. 도대체 바람이 스며들지 않는 곳이 없듯이, 영이신 하나님도 계시지 않은 곳이 없지. 따라서 하나님은 인간의 내면에도 계시네. 하나님의 형상이란 말이 이것이네. 그래서 나는 하나님은 오직 인간의 마음속에만 계신다고 말하겠네. 이것이야말로 우리가 진정 깨달아야 할 진리라네.

하나님이 저 위에, 저 밖에 계신다고 믿는 게 모든 망상과 죄, 불행과 비참과 어리석은 행위와 타락의 근원이네. 망상이란 마음의 어둠과 가눌 길 없는 물욕의 충동이지. 우리는 이것을 '사탄·악마·귀신'이라 하는 것이네. 그래서 망상과 물욕의 충동에 빠진 인간, 곧 세상에서 말하듯이 사탄의 종이 된 인간, 귀신의 하인이 된 인간은 그만 내면의 빛과 힘인 하나님의 형상에 담긴 밝은 이성과 선한 마음과 의로운 의지를 잃어버리거나 깊이 파묻어 두고, 이런저런 소유물을 추구하면서, 그것을 자신으로 알며 인생이라고 여기는 것이지."

베드로가 놀라서 물었다. "아니, 사탄이나 악마나 귀신이 망상과 욕심이라니, 그런 말은 처음 듣는데요? 저뿐 아니라, 우리 유대인들은 에덴동산의 '뱀'을 사탄이라 보고, 그 졸개인 귀신들을 하나님을 대적하고 인간을 나쁜 길로 유혹하는 악한 영들이라고 배워온 게 아닌가요? 인간들이 그 꾐에 빠져 세상이 밤낮 이 모양이라고 믿지요."

랍비는 잠시 침묵한 후 이렇게 말했다. "베드로가 아주 좋은 말을 했네. 그러나 그런 게 아니네. 자, 우리 유대인들은 하나님이 천사들처럼 보이지 않는 선한 영들이나, 우리 눈에 보이는 우주와 만물의 창조자이시라고 믿네. 그러면 보이지 않는 사탄·악마·귀신들은 악한 영들이니, 우리 바깥에 있는 하나님의 창조물이라는 말이 되겠지? 왜냐면 '스스로 계신'(출 3:14) 하나님 외에는, 보이지 않거나 보이는 모든 것이 창조물이니까.

그렇다면 하나님이 당신을 대적하고 당신이 고귀하게 지은 인간을 유혹하여 망상과 욕심, 죄와 타락, 불행과 비참함에 빠지게 하는 사탄이나 그 졸개들도 지어, 그들과 함께 인간과 세상을 놓고 역사 내내 한바탕 놀이, 곧 애들 말로 하면 장난을 치신다는 말이 되겠지? 그러면 그게 말이 된다고 보는가?"

야고보가 말했다. "듣고 보니, 말이 안 되네요."

랍비가 말했다. "그렇지."

안드레가 말했다. "그런데요, 저 '욥기'에서 사탄이 허구한 날 눈썹을 휘날리며 세상을 돌아치다가, 하나님의 어전 회의에 지각했다는 말이 있지 않습니까?"

랍비가 말했다. "그렇지. 그러나 그것은 어떤 이름을 알 수 없는 작가가 진리를 전달하기 위해서 쓴 문학 작품이네. 그때는 우리 백성이 사탄에 관한 이야기를 많이 하던 때였기에(페르시아 제국 식민지 시절에 들어온 조로아스터교의 교리에서 채용), 작가가 자기의 뜻과 생각을 잘 전달하기 위해 그것을 이용한 것일 뿐이네. 그래야 백성이 이야기를 알아들을 게 아닌가?

그런데 이야기는 하나님과 인생의 진실을 전달하기 위한 것이네. 이야기는 어떤 사건에 대한 사실을 전하는 소식이 아니네. 비유하자면 이야기는 빵이나 수프를 담는 그릇이지. 누가 그릇을 먹겠나? 우리는 이야기 속에 담긴 진실이란 음식을 먹는 것이네. 그것을 사실로 보면, 이야기 자체가 엉망진창이 되고 말지. 그래서 이야기를 알아듣는 데는 상상력이 필요하네. 내가 줄곧 비유를 들려주는 것도 그 때문이네. 인간은 채 이해할 수 없는 죄와 악행이나 자연재해를 뒤집어씌울 어떤 것을 상상하게 마련이지. 그것이 사탄이란 것이네.

인간은 하나님의 형상을 따라 지어진 자유롭고 이성적이고 선한 감정과 의지를 지닌 존재이면서도, 결코 완전한 존재가 아니네. 이것을 누가 모르겠는가? 그래서 인간의 내면은 하나님의 형상이라는 힘과 욕심이라는 힘이 밤낮 싸움을 벌이는 전쟁터이지. 두 힘의 세계 틈바구니에 끼어 있기에, 인생이 참으로 어려운 것이네.

그래서 필요한 것이 아버지를 향한 순결하고 견고한 신앙과 진리를 깨닫는 슬기이고, 이것으로 우리 안에 있는 하나님의 형상을 활활 불타오르게 하는 일이지. 그러나 이것은 거저 되는 것이 아니라, 배우고 생각하고 기도하고 명상하며 훈련해야만 타오르는 것이네. 가만 놔두면 어느덧 욕심과 망상의 먼지와 때로 하나님의 형상이 깊이 파묻히고, 그것이 활개를 치게 되지. 우리는 그것을 가리켜 사탄의 종이 된다고 말하는 것이네."

4

형제들의 표정을 보니, 랍비의 말을 알쏭달쏭하고 어렵게 생각하는 눈치였다. 베드로는 딴 세상 이야기 같다고 투덜거렸지만, 어느 정도 알아들은 형제들은 침을 삼키며 랍비의 얼굴을 바라보았다. 이윽고 랍비는 말을 이었다.

"일찍이 모세도 말하지 않았던가? '하나님의 명령은 하늘 위에 있는 것도 아니고, 바다 건너편에 있는 것도 아니다. 그렇기에 누군가 하늘에 올라가서 가져와야 하는 것도 아니고, 바다 건너편으로 가서 받아와야 하는 것도 아니다. 그것은 인간에게 아주 가까운 곳에 있다. 인간의 입에 있고 인간의 마음에 있다.'(신 30:11~14) 여기서 하나님과 명령은 같은 뜻이네. 하나님이 계셔서 명령이 있는 것이니까, 하나님은 인간의 마음에 계신다는 말이지. 물론 하나님은 영이시기에, 우주와 세상 어느 곳에도 계시지 않는 곳이 없지만 말이네.

인간은 마음속에서 하나님을 찾을 수 있네. 내가 하나님을 아버지라고 부르는 것도 이 때문이네. 아버지 없는 아들딸이 어디 있는가? 이렇게 끝없이 거슬러 올라가면 맨 처음을 만나네. 하나님이시지. 그래서 하나님은 우주와 마음속에 계시는 근원이라는 말이네. 근원에 연결된 시내나 강물이나 호수는 마르지 않는 생명의 안식처이네. 그러나 근원에서 끊어진 것은 말라버리고 마네. 그렇듯이 자기 안에서 하나님을 찾은 사람은 근원에 연결된 시내와 강물과 호수같이 되는 것이지.

그리고 인간의 목숨과 몸과 삶과 세상이란 것은 하나님의 선물이네. 따라서 세상은 모든 인간에게 부족할 게 없이 얼마든지 풍요하게 먹여 살릴 수 있네. 부족하게 된 것은 사물이 한쪽으로 쏠리는 일 때문이지. 왜 그렇게 되는지는 그대들도 다 아는 일이기에, 새삼 말할 게 없네. 이것은 욥의 이야기만 읽어봐도 알 수 있는 일이네. 인간이 사랑 안에서 하나가 되면, 불공평이란 게 있을 수 없지.

그런데 인간이 근원이신 하나님을 거부하고 분리되어 떨어져 나와, 삶의 모든 것이 선물인 줄도 모르고, 자기 힘으로 온갖 억지를 쓰며 살려고 하지. 그러나 분리된다는 것 자체가 착각과 망상이네. 왜냐면 분리란 가능하지 않기 때문이지. 가장 사악한 인간조차도 하나님에게서 완전히 분리된 것이 아니네. 인간이 마음을 어떻게 제거해버릴 수 있겠는가?

그런 점에서 무지와 어리석음이야말로 인간이 겪는 최고의 질병이네. 가장 불쌍한 신세이지. 중풍이나 신체장애나 문둥병보다 더 참혹한 것이지. 그런데 대개 그것을 모르네. 그리고는 권력이니 성공이니 부귀영광이니 영화로운 삶이니 하며 아귀다툼을 하며, 무자비해지고 사치하고 교만해지거나 비굴하고 굴욕에 처박히고 마네. 그것은 근원이신 하나님을 대신하는 대용품들로, 샘물에서 끊어진 웅덩이에 물을 갖다 붓는 격이지. 솔로몬이 입어 누린 모든 영광과 영화가 들판의 꽃보다도 못하다는 내 말이 이것을 가리키네.

그런 인간이 제 마음대로 세상을 독차지하려고, 욕심을 부리고 서로를 부인하고 해치게 된 결과가 바로 에덴에서의 추방과 상실이란 것이네. 그래서 인간은 지금까지 '에덴의 동쪽'에서 온갖 수고와 슬픔, 고통과 수치와 불행과 탄식, 싸움과 전쟁으로 가득한 지옥 같은 세상을 만들어 놓고 가련하게 사는 것이지.

그러니까 선악을 알게 하는 나무란 어느 땅에 있는 것이거나 율법을 말하는 게 아니라, 우리 마음에 있는 근원이신 하나님을 무시하는 망상과 탐욕과 무지와 어리석음을 가리키는 것이지. 그것을 이른바 사탄의 유혹이라 말하는 것이네. 따라서 선악과와 사탄의 유혹은 같은 뜻을 지닌 다른 표현이네.

사탄이 저 밖에 있는 어떤 영적 실체가 아니라는 것은 이미 말했네. 인간은 그렇게 볼품없고 무능력하기만 한 존재가 아니라네. 자기 안에 굉장한 힘을 지니고 있지. 이것이 그대들이나 사람들이 알아야 할 인간에 관한 진실이고 사실이네. 사탄이란 인간의 마음에 있는 온갖 검은 욕망의 유혹을 상징하는 것이네. 불완전한 인간은 누구나 그런 마음을 품고 있지. 하나님의 영과 진리로 변화되기 전까지는 말일세.

사람이 신인가? 아니지. 사람이 동물인가? 아니지. 그러면 사람은 누구인가? 시인이 말했듯, '사람은 하나님보다 조금 못하고 만물 위에 있는 존재'라네(시 8:5~6). 사람이 하나님의 형상이란 말이 이것을 가리키는 것이네. 하나님 아래, 동물 위에! 이것이 인간이 머물러 살아야 할 올바른 자리라네.

그런데 사람이 탐욕을 부려 '신처럼' 되고자 했으니(창 3:5), 어찌 그리되겠나? 동물만도 못하게 더 깊이 추락할 뿐이지. 망상과 탐욕과 무지와 어리석음에서 나오는 모든 행태가 바로 선악과를 먹고 사탄의 유혹에 빠지는 짓이네. 정치가든 부자든 지식인이든 평범한 사람이든, 남녀노소든, 무슨 직업을 갖든지, 탐욕은 온통 선물로 가득한 세상에서 부족하다고 느끼는 사람들의 더럽고 폭력적인 마음이네."

묻는 사람이 없자, 랍비는 말을 이었다. "나는 지금 그대들이 내 말을 다 이해하지 못한다 해도, 걱정하지 않네. 언젠가는 이해할 때가 올 것이라고 믿기 때문이지. 그러나 지금도 마음을 비우고 곰곰이 생각해보면, 어느 정도 이해하게 될 것이네."

5

다시 잠시 쉬고 난 다음 돌아온 랍비가 말했다.

"그다음에 나오는 이야기는 어린이들도 잘 아는 것이지. 아담과 하와는 '에덴의 동쪽'으로 내쫓겼네. 이것이야말로 마음속에서 하나님을 내쫓은 인간이 맞닥뜨릴 수밖에 없는 비참하고 비극적인 삶의 현실을 말하는 것이네. 이것도 상상력을 동원해야 하네. 그렇지 않으면 에덴동산이 어디에 있었고, 그 동쪽은 또 어디냐 하는 쓸데없는 토론이 벌어지고 말겠지.

에덴의 동쪽이란 인간이 자기 근원인 하나님을 상실한 일로 인해 빚어진 온갖 불행과 비참한 삶의 사태를 말하는 것이네. 곧, 지금 이 세상이 에덴의 동쪽이란 말이네. 서쪽이든 남쪽이든 북쪽이든, 아무 상관 없네. 그저 말의 표현일 뿐이지. 우리는 그 이야기를 쓴 사람이 말하려는 바가 무엇인지를 잡아내면 되는 것이네.

얼마 후에 아담과 하와는 두 아들을 낳았지. 비록 에덴의 동쪽에서 한없는 후회와 회한과 슬픔과 고통 속에서 살았지만, 그래도 완전히 근원을 잊어버리지는 않았지. 그럴 수도 없는 일이니까. 인간이란 아무리 타락한다 해도, 여전히 인간이네! 우리는 그렇게 보아야 하고, 또한 그렇게 믿어야 하네. 곧, 인간을 향한 끝없는 자비심을 품어야 한다는 말이네.

인간의 타락이 도저히 손을 쓸 수 없는 절망적인 사태라면, 도대체 하나님께서 무엇 때문에 예언자들과 시인들과 현인들과 역사가들을 보내서 가르치시겠는가? 그 어떤 악도 인간 안에 있는 하나님의 형상, 곧 인간의 마음에 계신 하나님을 완전히 내몰아버릴 수는 없네! 이것이 인간에 대한 나의 신념이네. 로마황제나 총독이나 군인들의 마음이나, 헤롯 안티파스 영주나, 이 나라의 부패한 지도층이나, 아니면 평범한 사람이든, 아무리 타락한다 해도 인간의 내면에는 여전히 하나님의 형상이 살아 있네. 그 빛과 힘이 약해지기는 하지만, 완전히 죽어 없어지지는 않는다네. 그래서 거기에다 대고 호소하는 것이지.

아담과 하와가 그런 경우라는 것은 방금 말했네. 한 번 크나큰 충격으로 자기의 근원인 하나님을 상실해버린 것 같았지만, 다시금 기억해내고 절망하지 않았지. 그래서 자식들에게 하나님을 가르쳐준 것이고, 자식들도 하나님을 알고 제사를 바친 것이 아닌가?

그런데 형은 하나님이 동생의 제사는 기쁘게 받고, 자기 제사는 별로 기꺼워하지 않으시는 것같이 느꼈지. 제사에는 아무런 잘못이 없었거든. 그러니까 제사를 바치면서도 즐겁거나 감사하고 기쁜 마음이 없었다는 말이지. 그냥 억지춘향격으로 드린 것이지. 벌써 아까워하는 검은 마음이 든 것이네.

그런데 동생은 무척이나 행복해하는 거야. 형은 그게 더욱 맘에 안 들었지. 그래서 불쾌하다가 시샘하다가 조금 화가 나다가, 급기야는 분노가 치밀어 올라, 그만 들판으로 꾀어내 돌멩이인지 나무때기인지 그것으로 쳐 죽였지. 그 때문에 결국에 형은 하나님께 야단을 맞고 내쫓겨, 평생 떠돌아다니며 가엾게 살아가는 신세로 전락하고 말았지.

이 이야기는 우리를 섬뜩하게 하네. 왜냐면 그 후 가인은 성주가 되어 떵떵

162

거리며 잘 살았거든. 그러나 하나님을 우습게 알고 동생을 죽인 살인자가 성공하여 부귀영화를 누리며 사는 것이 잘사는 것이겠나? 아니지. 그것은 이미 죽어서 시체로 사는 꼴일 뿐이네. 물고기가 물에서 뛰쳐 나와 땅바닥에서 퍼덕이는 꼴과 같지. 비참하다는 것이 그것이네.

사람들 가운데는 이미 죽은 사람들이 많네. 그러니까 시체가 걸어 다니는 것이지! 그런데 그런 줄도 모르니, 얼마나 가여운가? 그것이 가인이 떠돌아다니는 신세라는 말의 의미라네. 시에도 '하나님을 거역하는 자는 메마른 땅에서 산다!'(시 68:6)라는 말이 있질 않은가?

그러니까 이스라엘이든 다른 민족이든, 인간과 세상은 언제 어디서나 에덴의 동쪽이고, 거기에서 온갖 탐욕과 망상과 죄를 지으며 한없이 가엾게 살아간다는 것이네. 이것이 인간과 세상의 진실이고 사실이네. 그러니 인간이 참되고 행복하고 평화롭게 살려면, 떠나온 서쪽으로 가야 한다는 말일세. 이것은 비유로 말하는 것이네. 자기 마음에 있는 근원으로 돌아가야 한다는 것이지. 이것이 회개라는 말이네. 살아오던 삶의 방향을 바꾸는 것이지."

베드로가 말했다. "그러고 보니, 랍비의 이야기가 새삼 가슴에 와닿네요. 우리가 예배를 드리고도 마음이 기쁘지 않은 것은 하나님께나 사람들에게 뭔가 켕기기 때문이라는 생각이 듭니다. 깨끗한 마음으로 드린다면 기쁠 텐데요." 베드로가 그렇게도 '위대한 깨달음'을 말하는 통에, 모두 와 하며 놀라워했다. 위대한 깨달음이란 마태가 불쑥 던진 말이다. 그 말에 베드로는 어깨를 으쓱거렸다.

랍비가 말했다. "그다음도 잘 아는 이야기이지. 그렇게 하여 에덴의 동쪽에서 점점 더 멀어지며 살아가던 인간들은 노아 홍수 시대에 이르러 파멸하고 말지. 그 이야기의 핵심은 가인의 후손들이 저지른 죄악도 그렇지만, 하나님을 믿는 아담과 셋과 에노스와 라멕으로 이어지는 신앙인들의 타락에 있네. '하나님의 아들들'이 그것을 가리키지. 그들이 가인 후손들이 낳은 딸들을 마구 아내로 취하며, 그들을 따라 망상과 탐욕과 환락에 빠져 폭력을 쓰며 세상을 엉망진창으로 만들어, 결국에는 홍수로 파멸하고 만 것이지. 그렇게 오랜 세월이 흐르며 나라와 민족이 생기며 사람들로 가득 찼지."

모두 고개를 끄덕였다. 우리는 회당 어린이 학교에서 밤낮 들은 이야기를 의미를 짚어 들려주는 랍비의 말에 무척이나 감동했다. 랍비는 잠시 쉬는 게 좋겠다며, 물을 마시고는 거대한 나무 아래 앉아 멀리 갈릴리 호수 쪽을 바라보았다.

우리는 모두 삼삼오오 흩어져, 랍비의 가르침이 어렵기는 하지만, 그간 무심코 들어온 이야기가 얼마나 성서에서 중요한 것인지를 새삼 느끼며 의견을 나누었다. 막달라 미리암은 나와 요한을 붙들고, 하와 이야기가 자기 이야기인 것 같다고 말하며 눈물을 글썽였다. 기나긴 이야기에 졸음과 싸우던 안드레와 야고보는 계곡으로 내려가 얼굴을 씻고 올라왔다.

6
―――――

다시 모이자, 랍비는 이렇게 말했다.

"이제 아주 중요한 대목에 이르렀는데, 바로 우리 조상 아브라함 이야기라네(창 12:1~3). 정신 바짝 차리고 듣게나. 그러면 하나님께서 바빌로니아 우르 출신으로 메소포타미아의 하란으로 이사하고 성공하여 부유하고 명성을 누리며 살던 아브라함을 부르신 까닭이 뭔가?

이것을 아는 것이 하나님께서 이끄시는 이스라엘 민족과 성서와 메시아, 그리고 인류와 역사의 뜻과 목적을 이해하는 관건이네! 거기에 하나님이 세상을 다스리시는 근본 목적과 뜻이 들어있기 때문이지. 내가 길을 나선 것도 이것 때문이고, 그대들을 친구와 동지로 부른 것도 그래서이네. 나와 그대들은 새로운 아브라함이 되는 것이라는 말이네!

이 이야기에서 중요한 것은 두 가지이네. 하나는 아브라함과 그 후손의 신앙이고, 다른 하나는 그들이 온 세상 모든 민족에게 복을 끼쳐주는 자가 되는 것이네. 신앙은 '떠나서 가는 것', 곧 각 사람 마음의 온전한 변화인 하나님의 다스림(나라)을 말하고, '땅에 사는 모든 민족이 너로 말미암아 복을 받는다.'라는 것은 인류의 구원과 평화, 곧 장차 이 땅에 이루어질 하나님의 통치(나라)를 가리키는 것이네. 그러니까 하나님의 나라는 각 사람의 마음과 이 땅에 이루어지는 새로운 현실과 세상을 말하네. 부디 이것을 잊지 말게.

바로 여기에 우리 이스라엘 민족의 사명이 담겨 있는 것이지. 신앙을 통하여 의롭고 거룩한 민족이 되어, 그것을 온 세상에 복음으로 전하여, 장차 이 땅에 하나님의 나라를 실현하려는 것이 아브라함을 부르신 아버지의 뜻이고 계획이란 말이네."

요한이 물었다. "그런데 '떠나서 가라.'는 말이 신앙이란 게 잘 이해되지 않습니다. 매일 나그네처럼 살라는 것인가요? 아니면, 우리가 모두 '나실 인'처럼 살아야 한다는 것인가요? 저는 아직도 하나님이 우리 민족에게 바라시는 신앙이란 게 뭔지, 잘 모르겠습니다."

그 말에 랍비는 미소를 지으며 이렇게 말했다. "요한은 보기보단 총명하군 그래. 아주 좋은 질문을 했네. 사실 요한이 한 말에 하나님이 우리 민족에게 바라시는 신앙이 무엇인지 다 들어있네." 그러자 모두 요한을 우러러보는 듯한 표정이었다.

랍비가 말했다. "나그네와 나실 인이 그것이네. 떠나는 것은 늘 나그네처럼 길을 가는 것이고, 가는 것은 언제나 머물지 않고 목적지를 바라보며 계속 나아가는 것이지. 그런 식으로 하나님의 명령을 받은 신앙인이 떠나는 것은 가난과 부유, 권력과 연약함, 영광과 비천, 고난과 성공 등, 사람이 살아가다가 경험하고 소유하고 누리는 그 어떤 것에도 매이거나 고이거나 종속되거나 집착하며 종노릇하지 말고, 마치 그런 것이 전혀 없다는 듯 여기는 자유로운 마음과 태도를 지녀야 한다는 것을 말하네. 이렇게 하는 것은 무척이나 어려운 일이지.

가는 것은 하나님이 우리를 부르신 근본적인 뜻과 목적에 관련된 것으로, 떠나는 것을 전제하는 것이네. 떠나지 않는데, 어찌 가겠는가? 하나님은 우리를 부자나 권력자나 유명인이 되게 하려고 하는 게 아니라(그렇게 될 수도 있지만!), 우리가 가난과 부유, 권력과 연약함, 영광과 비천, 고난과 성공 등, 어떤 삶의 상황에서도, 오로지 하나님의 뜻과 목적을 지향하는 사람으로 살기를 바라고 부르신 것이네. 한마디로 하면, 사람다운 사람, 곧 의롭고 거룩한 인격을 이룩하라는 것이지.

이사야(제2) 예언자는 '떠나서 가는 사람'을 멋진 표현에 담았지. '너, 나의 친구 아브라함의 자손아!'(사 41:8) 그러니까 가는 것은 어떤 땅이나 자리로 가라는 것이 아니라, '하나님의 친구'가 되라는 것이지. 아까 말한 에덴동산 이야기에서, 사람이 하나님과 친구처럼 어울려 이름 짓기를 하며 놀았다는 말이 이것을 가리키네. 하나님의 친밀한 벗이 된 인간! 이것이 신앙인이 언제나 지향해야 할 목적지이지. 그리고 모든 인간의 목적지이기도 하지.

요한이 말한 '나실 인'은 우리 민족사에 나타난 하나님의 벗들이지. 그들은 대대로 천막집에서만 살고, 땅도 없어 농사도 짓지 않고, 그저 평생 양과 염소를 기르며 어떤 소유도 축적하지 않고, 오로지 청빈하고 순결한 신앙과 지조를 지키며 살아온 사람들이네. 저번에 갔던 엘리야의 수도원 사람들이 그렇지.

그러나 그렇다고 해서 이런 사람들만 하나님의 벗이라고 생각하면 안 되네. 아브라함은 부자였고(창 12:5, 25:5) 지도자였지(창 23:6). 이삭은 부자, 요셉은 부자와 권력자, 모세는 권력자였지. 그러나 평생 하나님의 벗으로 살았네. 그러니까 떠나서 가는 것이란 재산이나 명성이나 권력에 종속되는 것이 아닌, 어떤 상황에서도 오로지 하나님의 친밀한 벗이 된 인격을 이룩하는 것, 그리하여 온몸으로 지금 하나님의 다스림(나라)을 받는 모습을 세상에 증언하고 펼치며 살아가는 것을 말하네."

베드로가 말했다. "랍비처럼 말이지요?"

7

랍비는 빙그레 웃었다. "이집트 탈출 이야기는 아브라함의 후손인 이스라엘을 제사장 민족으로 만드신다고 말하네. '너희는 모든 민족 가운데서 나의 보물이다. 온 세상이 다 나의 것인데, 너희는 내가 선택한 백성이고, 너희 나라는 나를 섬기는 제사장 나라가 되고, 너희는 거룩한 민족이 되어야 한다.'(출 19:5~6)

그러니 제사장이 자기를 위해 있지 않고 백성을 위해 있는 것처럼, 제사장 나라인 이스라엘 민족도 자기를 위해 있지 않고 다른 나라와 민족을 위해 있는 것이지! 그래서 이스라엘은 거룩한 민족이 되어야 하는 것이라네. 그래야만 아브라함을 부르신 하나님 아버지의 뜻과 계획이 이루어지게 되는 것이지.

이것은 이사야(제2, 제3)의 책에서도 줄곧 말하는 것이네. '이방의 빛, 주님의 작품!'이라는 말이 그것이지(사 42:6, 60:3.21). 우리 이스라엘의 사명은 거룩한 민족이 되어 모든 민족을 구원하는 주님의 빛, 주님의 작품이 되어야 한다는 것이지. 내가 성서에서 깨달은 줄기 사상이라는 것이 바로 이것이네."

마태가 호기심이 가득한 눈빛으로 물었다. "그러면 이스라엘이 하나님의 벗이 되어 그 진리의 복음을 세상에 전해서, 모든 민족이 구원을 얻게 되는 날이 이 땅에 하나님의 나라가 이루어지는 것이겠네요?"

그 말에 랍비는 반가워하는 표정을 지었다. "그렇지. 그래서 이야기할 게 또 있네. 우리 민족이 최고로 받드는 위인이 누구인가?"

마태가 의기양양하게 대답했다. "모세지요!"

랍비가 말했다. "잘 보았네. 단연코 모세이지. 내가 이야기할 것은 모세가 우리 민족에게 무엇을 가르쳤는가 하는 것이네."

"그야 율법을 잘 지키라는 것이지요!" 베드로가 벌떡 일어서서 큰소리로 단호하게 외치는 바람에, 모두 깜짝 놀랐다.

"훌륭하시군! 그렇지. 그러면 율법의 핵심은 무엇인가?"

"그야 뭐…, 우상숭배 금지, 안식일 준수, 부모 공경, 살인 금지 …. 그다음엔 뭐더라?" 베드로는 또 손가락을 꼽아가며 십계명을 외우다가 막다른 골목에 처했다. 그 모습이 어린이 같아서 모두 한바탕 웃었다.

랍비가 말했다. "시간은 많으니, 천천히 읊어보시게."

베드로는 눈을 이리저리 굴리며 기억아 나오너라 하는 듯, 머리를 툭툭 치며 쥐어짰지만, 도통 감감무소식이었다. 그 모습이 하도 우스웠는지, 막달라 마리아가 호호 웃었다.

랍비는 환하게 웃으며 말했다. "베드로 형제가 있어, 우리가 다 행복해지네!"

그 말에 베드로는 감격하는 얼굴이었다.

랍비가 말을 이었다. "모세의 가르침은 이스라엘은 하나님의 한 형제자매, 곧 한 가족이라는 것뿐이네. 가정이 행복해야 하듯이, 이스라엘이라는 큰 가정도 행복하게 살아야 한다는 것이지. 그러자면 위아래 할 것 없이 모든 이스라엘 사람이 먹고 마시고 입고 생활하는 데서 평등해야 하지. 행복한 가정에 굶는 식구 없듯이 말이네. 그리고 서로 인격을 존중하고 지켜주고 사랑하고 정의롭게 살아야 하지. 그러면 나라가 평화로워지고 번영하네.

이 모든 것을 하나로 꿰면, '오직 하나님께 성실!' 이것이네. 단순한 가르침이네. 이것을 먼저 염두에 두면, 율법을 지키는 것은 문제도 아니네. 이 한 마디에 에덴동산 이야기, 아브라함 이야기, 출애굽 이야기, 모세 이야기 전체가 다 들어있네. 그러니까 이스라엘은 이 땅에 하나님의 나라를 세우시려는 하나님의 뜻을 위해 부름을 받은 민족이라는 말이네."

8

"그 후 우리 민족의 역사는 그대들도 아는 것이네. 하나님께서 숱한 고난을 겪게 하며 사사들과 왕들을 세우고, 예언자들을 자꾸만 보내신 것도 다 이것을 깨닫고 의롭고 거룩한 민족이 되라는 뜻 때문이었지. 그런데도 내내 깨닫지 못했지. 우리 민족은 하나님의 뜻을 전하는 예언자들을 얼마나 박해했던가? 그러면서 하나님이 아브라함과 그 후손인 우리 민족을 택한 것이 우리만 잘살게 하시려는 뜻이었다는 듯이 믿고 살아왔지.

나는 우리 민족의 역사를, 하나님과 모세의 가르침을 철저히 배신해온 역사로 보네. 언제나 떠나서 가는 신앙의 민족, 하나님의 벗인 민족, 평등하고 정의로운 민족, 의롭고 거룩한 민족, 자비의 공동체가 되라는 그 숭고한 가르침에는 귀를 닫고, 대대로 성전 제사(예배)를 바치며, 노상 풍요와 다산과 성공과 부와 영광과 영화만 추구하는 '바알 종교'와 같은 괴상망측한 행태를 드러내며 이날까지 살아왔네.

그러니 신앙이니 성전이니 율법이니 하는 것은 죄다 형식뿐이지, 다른 민족과 구별되는 점이 거의 없었지. 그래서 우리 민족의 역사가 이렇게 지금까지도 고난에 고난을 벗어나지 못하고 있는 것이네. 다시 말하네. 이스라엘은 온 세상의 구원, 곧 이 땅에 하나님의 나라를 세우시려는 하나님의 뜻을 위해 세상에서 빼내어 부름을 받은 민족이네! 이것이 이스라엘과 다른 민족의 차이점이네. 이스라엘이 여느 민족같이 살아가는 한, 언제나 실패와 고난을 겪을 수밖에 없네. 왜냐면 이스라엘은 하나님이 부르신 구원의 도구이기 때문이지.

운명이네. 그러니까 이스라엘은 두 가지 운명의 민족이라는 말이네. 하나님의 친밀한 벗이 되어야 할 민족이라는 운명과 세상의 영광과 영화를 추구하면 반드시 실패하고 고난을 겪는 민족이라는 운명이네.

지금이라도 지도층부터 의롭고 거룩한 민족이 되는 데 힘쓴다면, 로마든 다른 나라든 다시는 우리를 지배하지 못하고 자유롭게 살게 될 것이네. 우리가 이것을 깨닫지 못하는 한, 이민족의 지배는 앞으로도 오래 갈 것이네. 그런데 이미 마카베우스 제사장 왕조조차도 참혹하게 실패한 역사가 있기에, 그것을 깨닫는 것은 여간 어려운 일이 아닐걸세. 어쩌면 앞으로도 수천 년이 갈 수도 있겠지!

의롭고 거룩한 민족을 이루는 일에 왕들도 제사장들도 모조리 실패했으니, 달리 어떤 길이 있겠는가? 시인이나 현인이 나오면 될까? 그것도 아닐세. 왜냐면 지금 우리 민족은 하나님의 뜻을 오해하고 있는 데다가, 율법과 종교 체제가 지나치게 완고하고 고집스럽게 되어버렸기 때문이네. 그것도 지도층인 사제들과 바리새인들이 쥐고 있으니, 민중이 어찌하겠나? 누군들 이것을 깨겠나? 깨려고 하는 사람을 죽여버리면 되는 것이니까!

옛 예언자들의 행적이나 지금 예언자 요한이 갇혀 있는 것을 보게나. 내가 한편으로는 하나님을 굳게 신뢰하면서도 우리 민족을 생각하면 절망에 가까운 심정에 젖어 드는 까닭도 이런 데서 오는 것이네."

9

요한이 말했다. "그래서 우리 백성이 메시아를 대망하는 것이 아닙니까?"

그러자 랍비는 이렇게 말했다. "그러나 메시아는 우리 백성이 대망하는 그런 분으로는 오시지 않네! 그것은 간단한 문제이지. 성서 전체를 볼 때, 그리고 성서의 핵심 줄기 사상을 볼 때, 하나님의 뜻은 이스라엘을 세계적 강대국으로 만들어 세상을 지배하게 하시는 것이 전혀 아니기 때문이네!"

그러자 베드로가 따지듯이 물었다. "랍비, 우리 백성은 메시아를 다윗 대왕과 같은 위대한 왕으로 생각합니다. 그래서 독립과 자유를 쟁취하여 세상을 정복하고 지배하는 날이 오기를 바라지요. 그런데 그게 아니라니, 무척 섭섭한 말씀입니다!"

랍비가 말했다. "들어보게나. 그런 대왕이나 세상은 비록 천 년이 열 번 흐른다 해도, 오지 않을 것이네! 왜냐? 그것은 전혀 하나님의 뜻이 아니기 때문이지."

베드로가 또 항의하듯 물었다. "아니, 그러면 랍비는 메시아에 대한 예언자들의 약속마저 틀렸다는 것입니까? 예언자들은 하나님의 말씀을 받아 선포한 게 아닙니까? 그러면 랍비는 시방 하나님도 틀리셨다는 말을 하는 게 아닙니까?"

그 말에 모두 웅성거렸다. 랍비가 말했다. "전에 옛 율법을 비판하며 그 올바른 뜻을 말한 바와 같이(마 5장), 예언자들조차도 비판하고자 하네. 그들도 오랜 고난 속에서 다윗 대왕과 같은 위대한 임금이 오기를 바라며, 그것을 메시아 상으로 제시했지. 그러면서 하나님을 아는 지식이 온 세상에 가득해져야, 세상에서 서로 해치거나 상하게 하는 일도 없고, 전쟁도 없는 평화로운 세상이 온다고 말했지(사 11:1~9). 무화과나무 아래 앉는다는 말이 그런 세상을 말하지(미 4:4).

171

그런데 고난받는 백성은 어떤 말을 좋아하겠나? 단연 다윗 같은 대왕 메시아지, 하나님을 아는 지식을 전하는 예언자가 아니지. 사람들은 자기의 변화는 거의 생각하지 않을 뿐 아니라, 싫어하고 거부하는 마음이 강하지. 기득권을 쥔 지도층일수록 더욱 그러하다는 것은 우리 역사에서 수없이 본 일이고, 지금도 그러하네. 물론 좋아하는 사람도 있지."

베드로가 또 물었다. "그래도 예언자들은 하나님이 보내신 사람이니, 메시아를 다윗 같은 대왕으로 말해도 잘못된 일은 아니질 않습니까? 그래서 사람들도 메시아가 다윗의 자손이라고 여기며 기다리는 것이고요."

랍비가 말했다. "누가 메시아든, 하나님이 세우시는 분이네. 그러나 다윗의 후손은 될 수 없네. 왜냐면 다윗의 시도 말하거든. '주님께서 내 주께 말씀하셨다. 내가 네 원수를 네 발아래에 굴복시킬 때까지, 너는 내 오른쪽에 앉아 있어라.'(시 110:1) 이렇게 다윗이 그를 주라고 불렀는데, 어떻게 그가 다윗의 자손이 되겠나(막 12:35~37)? 여기에서 '주님'은 하나님, '내 주'는 메시아를 말하네. 메시아는 다윗의 후손도 제왕도 아닌, 하나님을 아는 지식을 전하는 사람이지. 그가 누군지는 하나님만 아시고, 하나님이 보내실 것이네."

베드로가 눈을 반짝이며 말했다. "우리는 지금까지 사람들이 랍비를 가리키며 하는 말들을 많이 들어왔습니다."

"무엇이라고 말하던가?"

"어떤 사람은 모세, 어떤 사람은 엘리야, 어떤 사람은 호세아나 예레미야 같은 예언자라고 했습니다." 베드로의 말에 우리도 동의했다.

"그러면 그대는 나를 어떤 사람이라고 보는가?"

베드로가 말했다. "랍비는 참으로 메시아이십니다. 왜냐면 랍비는 예언자들이 말한 것 같이, 하나님을 아는 지식을 전하시니까요. 거기에다가 다윗과 같은 제왕이 되신다면 더욱 좋지요!" 우리도 이구동성으로 그렇게 말했다.

"그렇게 봐준다니, 고맙네. 그러나 뒷말은 아닐세. 추호도 그런 생각은 하지 말게나. 그것은 나를 단단히 오해하는 것이네. 나를 어떻게 쓰는가 하는 것은 전적으로 하나님이 알아서 하실 일이네. 나는 그저 '오늘도 내일도 그다음 날도'(눅 13:33), 하나님을 아는 지식을 전하는 것일 뿐이네. 그래서 하나님이 그대들도 부르신 것이고…. 그러나 이것만은 분명히 말할 수 있다네. 그 누구도 하나님을 막을 수 없고, 나 또한 막을 수 없다는 것을!"

랍비는 결연한 표정을 지었다.

"우리도 하나님이 부르신 것이라고요?" 마태가 외쳤다.

"그럼 하나님이 아니라면 누가 불렀단 말인가?"

"그야 랍비가 부르신 것이 아닙니까?"

"내가 부른 게 아니라, 하나님이 나를 통해서 그대들을 부르신 것이네! 하나님께서 무슨 하늘에서 천둥소리처럼 말하거나, 사람 목소리처럼 말하며 부르시던가? 그런 일은 없다네. 환상을 품지 말게나."

"아이고, 어렵고 어렵구나!" 베드로의 말이었다.

"그럼 다니엘서의 인자(人子)는 누구입니까? 메시아가 아닌가요?" 안드레가 물었다.

"그것은 다윗의 시와 같은 것이네. 하나님이 보내시는 구원자이지. 그러나 그가 다윗 대왕과 같은 정치가는 아니네. 나는 인자를 하나님을 아는 지식을 전하는 분으로 알 뿐이네."

"그러면 랍비가 인자이십니까?" 야고보가 물었다.

"그대가 그렇게 보면 그런 것이고, 아니라고 보면 아니라네. 그것은 내가 전하는 말과 행동을 보고 판단하게나. 내가 하고 싶은 말은 이 땅에 하나님의 나라가 실현되어, 모든 인간이 다시 에덴을 회복하고 행복하고 평화롭게 살아야 한다는 것이네. 이것이 성서 이야기의 핵심이요 줄기 사상이네. 나와 그대들은 이를 위해 사는 것이네.

이미 하나님께서 우리를 부르셨으니, 우리는 빼지도 박지도 못하는 것이네. 전에 내가 사람을 낚는 어부가 되게 하겠다고 말한 것과 같이, 그대들은 이미 하나님의 그물에 잡힌 물고기 신세라네. 빠져나갈 구멍이 없네. 빠져나가려고 할수록 아프기만 하지. 이것이 나와 그대들의 운명이네! 그런데 얼마나 멋지고 좋은 운명인가!"

10

잠시 침묵한 랍비는 진중한 표정으로 바뀌더니, 이렇게 말했다.

"우리는 내년 유월절을 기해 가버나움과 사마리아를 거쳐 여리고를 지나서 예루살렘으로 갈 것이네. 그러면 나를 배척하는 예루살렘 사제들과 바리새인들과 율법 학자들과 장로들, 곧 지도층은 나를 자기들의 손아귀에 붙잡아 박해하고 죽일 것이네. 그것은 이미 정해진 일이나 마찬가지라네. 왜냐면 나는 죽임을 당한다 해도 하나님의 말씀을 전하며 하나님의 나라를 세우는 일을 할 것이고, 그들은 무슨 일이 있어도 나를 막아설 것이기 때문이지. 그러나 나는 결단코 죽지 않는다네. 내가 죽은 지 사흘 후면 알게 될 걸세!

내가 하는 일은 다윗 같은 대왕 메시아나 바라면서, 자기들은 변하지 않아도 하나님이 절로 새로운 세상을 펼쳐 주시리라는 유대인들의 그릇된 믿음과 망상을 깨뜨리는 것이네. 그러자면 필연 충돌할 수밖에 없지. 그러나 지도층 따위들은 추호도 그런 세상을 바라지 않네. 왜냐면 하나님의 나라는 그런 따위의 지도층이 전혀 필요 없는 세상이기 때문이지. 그래서 지도층은 자기네 기득권

수호를 위해 결사적으로 하나님의 나라를 반대할 것이네.

내가 전에 여기 호세아에게 말한 것과 같이, 다윗과 같은 제왕 메시아는 악마의 유혹이라네. 나는 이미 그것을 뿌리친 바 있네. 그것은 하나님의 뜻이 아니기 때문이지. 그러니 어떻게 내가 그런 메시아가 되겠는가?"

랍비가 처음으로 박해니 죽음이니 말하자, 모두 까무러치도록 놀랐고, 미리암은 벌써 눈물을 글썽거렸다. 그러자 베드로가 펄쩍 뛰어 앞으로 나오더니, 랍비의 옷소매를 붙잡아 당기며 거칠게 부르짖으며 항의했다. 그 모습에 모두 경악하고 말았다.

"랍비, 그런 말씀 마시라고요! 그렇게 되면 우리는 뭐가 됩니까? 닭 쫓던 개 꼴 아닙니까? 우리가 그런 꼴 보자고 랍비를 따라나선 줄 아십니까? 차라리 다윗 같은 대왕 메시아로 출현하시는 게 하나님의 뜻일지 누가 압니까? 시방 랍비는 지나치게 자기 생각에 몰두하시는 것이라고요! 게다가 사람들이 죽인다는데, 죽지 않는다는 말씀은 또 뭣입니까?"

모두 놀란 눈으로 베드로를 바라보며, 그의 말이 일리 있다는 표정이었다. 그러자 랍비는 그 후 다시는 듣지 못한 경악스러운 말을 했다. "사탄아, 내 뒤로 물러가라! 너는 하나님의 일을 생각하지 않고, 사람의 일만 생각하는구나!"

그 말에 너무나도 놀란 베드로는 뒤로 벌러덩 나자빠졌다. 우리는 모두 입을 벌리고 서로 쳐다볼 뿐이었다. 한참 무거운 침묵이 흘렀다. 나는 처음으로 랍비가 몹시 분노하는 모습을 보았다. 바리새인들에게도 그렇게 화를 낸 적은 없었다. 그만큼 그것은 랍비에게 중대한 문제였기 때문이었다.

충격을 받은 베드로는 눈물을 글썽이며 혼이 나간 듯한 모습으로, 기어가다시피 자리로 돌아갔다. 랍비는 그가 안 되어 보였는지, "지금은 내가 그대에게 한 말을 이해하지 못할 테지만, 나중에는 알 것이네. 지금 일일이 해명할 필요는 없네. 그대들도 혹시 베드로처럼 생각한다면 마찬가지일세. 그대들은 우리가 하나님의 일을 하려고 나선 것이지, 사람들이 좋아하고 바라는 일을 하려고 나선 것이 아니라는 것을, 왜 아직도 깨닫지 못하는가?

나를 따르는 사람은 자기를 부인하고 십자가에 달려 죽어도 좋다는 각오를 하고 따라야 하네. 누구든지 제 목숨과 삶을 구하고자 하는 사람은 잃을 것이고, 나를 따라 진리를 위하여 자기 목숨을 버리는 사람은 영생을 얻을 것이네. 우리의 길은 죽어서 사는 길이고, 죽어도 죽지 않는 길이기 때문이지."

그때 나는 랍비가 들려준 광야 이야기를 떠올렸다. 다윗 같은 대왕, 아니 그보다 더 강력한 하늘의 제왕 인자 메시아가 되어 경제와 종교와 정치 방면에서 한 방에 인간사의 고민을 풀어주는 것이야말로 누구나 바라마지 않는 얼마나 매혹적인 것인가! 그러나 그것은 사탄의 유혹이었다!

11

랍비는 일어나 홀로 저 멀리 숲속으로 들어갔다. 우리는 베드로에게 다가가 위로했지만, 그는 침통한 표정으로 고개를 푹 수그리고 눈물을 흘리며 일어날 줄을 몰랐다. 나는 그가 랍비를 떠나 집으로 돌아가지나 않을까 내심 걱정이 되기도 했다. 그러나 그는 단순하고 굵직한 사람이었기에, 그렇게 하지 않을 것이라는 생각이 들었다.

미리암만 남고 모두 뿔뿔이 흩어졌을 때, 나는 베드로에게 다가가 랍비의 광야 이야기를 들려주고는 이런 말을 했다. "랍비는 형님이 아니라 형님 마음에 든 나쁜 생각을 가리킨 것이에요. 사탄이란 사람의 나쁜 생각과 욕심의 유혹이니, 그렇게 상심할 것 없어요. 나쁜 생각이나 욕심을 품지 않으면, 사탄의 대군이라도 아무 일도 하지 못합니다. 랍비는 형님을 무척이나 사랑하세요. 사랑하니까 나쁜 생각을 물리치게 하려고, 그렇게 호되게 야단치신 것입니다. 그러니 그것은 오히려 형님의 영광이라고요."

베드로는 눈물을 훔치고 눈을 번쩍 뜨며 말했다. "자네가 그렇게 말해주니 고맙네. 하지만 우리 아버지도 나한테 한 번도 그렇게 야단치신 적이 없었네. 이해하기 어려운 일이네."

나는 말했다. "형님, 어쩌면 우리를 가장 사랑하는 분은 랍비일지 모릅니다. 나는 지금 희미하게 느끼지만, 아무래도 랍비는 우리 부모나 형제들보다 더 우리를 사랑한다는 느낌이 듭니다. 지금은 우리가 랍비가 바라는 사람이 되어가는 중이라서 제대로 말씀을 이해하지 못하지만, 나중에 새사람이 되는 날 알게 될 거에요. 랍비도 말씀하셨잖아요? 그러니 형님, 우리 같이 그 날을 기다립시다."

잠시 홀로 있고 싶다는 베드로는 생각에 잠겼다. 나는 미리암과 함께 랍비를 찾아갔다. 랍비가 계곡을 마주하고 앉아 묵상에 잠긴 것 같아, 우리는 다가가지 않고 먼발치서 지켜보았다. 한참 후에 돌아온 랍비는 우리에게 건너편 산꼭대기로 올라가 보자고 했다. 아직 날이 저물려면 시간이 남아 있었다. 시야가 트이면서 아름다운 풍광이 보였다. 랍비는 저쪽 바위 아래서 기도하고 묵상할 테니, 우리에게는 나무 아래에서 기도하라고 말하고는 갔다.

우리는 저마다 나무 아래 앉아 기도했다. 베드로는 분하고 억울했는지, 이내 나무를 붙들고 뿌리를 뽑아버릴 기세로 울부짖으며 통곡했다. 나는 랍비가 들으면 어쩌나 하는 마음이었다. 그러자 야고보가 볼멘소리로, 지금 혼자 기도하느냐며 다그쳤다. 미리암은 저쪽에서 훌쩍였는데, 미리 랍비의 고난과 죽음을 그려보는 것 같았다. 여성이라서 듣는 것도 다르기 때문이었으리라. 내 경험으로 보면, 남자는 대개 머리로 듣지만, 여성은 심정으로 들으니까.

나는 하나님은 마음에 계신다는 랍비의 가르침을 떠올리고, 방금 일어난 일을 기억하며 묵상에 들었다. 한 시간쯤 흘러, 저마다 밑천이 다 떨어져 다시 모였다. 얼마쯤 지났을까, 갑자기 요한이 소리쳤다.

"저기 봐요! 이상한 모습인데요?"

모두 놀라서 그쪽을 바라보니, 기이한 광경이 펼쳐졌다. 바위 위쪽에서 푸르고 빛나는 안개가 살며시 연기처럼 피어 내려오며, 엎드린 랍비 주변을 온통 감싸고 돌았다. 더욱 놀라운 것은 안개 속에서 사자와 표범과 이리와 독사가 나타나고, 이어 암소와 어린 양과 새끼 염소가 다가와, 아무런 위협도 두려움도 없이 서로 다정한 친구처럼 몸을 비비고 뒹굴며 노는 것이었다. 그리고는 바위 뒤에서 아장아장 걷는 어린아이가 나타나 짐승들 사이로 들어가더니, 짐승들을 인형처럼 만지며 해맑게 까르르 웃는 것이었다(사 11:6~9 참조). 이윽고 어린아이는 랍비에게 다가가 몸속으로 들어갔다. 그러자 짐승들도 사라졌다.

그때 랍비의 몸에서는 찬란한 빛이 뻗쳐 나왔다. 그런데 갑자기 웬 두 사람이 나타나더니, 그 곁으로 다가오는 것이었다. 그들의 몸에서도 광채가 났다. 그런데 그들은 걷지도 않는데 움직이는 것이었다. 사람은 분명 사람인데, 사람도 그림자도 귀신도 아니었다. 그 모든 게 분명 우리 눈에 보였다. 너무나 놀란 우리는 그 자리에서 얼어붙고 말았다. 베드로의 눈은 동굴만 해졌다. 어안이 벙벙해진 우리는 서로 얼굴만 쳐다보았다. 그러자 베드로가 쭈뼛쭈뼛하며 랍비 쪽으로 걸어갔다. 우리도 천천히 따라갔다. 이윽고 일어나 돌아선 랍비는 미소를 지으며 다가오라고 손짓했다.

우리가 다가가자, 그 두 사람도 미소를 지었다. 그러나 아무 말도 없었다. 이윽고 랍비는 오른쪽 사람을 모세, 왼쪽 사람을 엘리야라고 했다. 베드로는 무슨 말을 하는 줄도 모르고 외쳤다. "랍비, 우리가 여기에 초막 셋을 지어, 랍비와 모세와 엘리야를 모시도록 하겠습니다." 기와집이면 모를까, 초막이라니! 하여튼 기가 막힌 발상이었다.

그들이 우리에게 손을 흔들며 사라지자마자, 안개 속에서 어떤 목소리가 들려왔다. "이 사람은 내 사랑하는 아들이다. 너희는 그의 말을 들어라!" 모두 놀라 다리가 풀려 주저앉았고, 미리암의 얼굴은 공포심으로 가득했다. 우리에게 다가온 랍비는 "이것은 나를 위해서가 아니라 그대들을 위해서 일어난 일이니, 아무에게도 말하지 말게나." 하고 말했다.

잠시 침묵이 흐른 후, 마태가 입을 열었다. "그런데 메시아가 오기 전에 엘리야가 먼저 온다고 한 말은 무엇입니까?" 랍비는 "그는 이미 왔는데, 사람들이 알아보지 못하고 함부로 대우했네."라고 말했다. 나는 그를 예언자 요한이라고 생각했다. 그렇다면 랍비가 메시아라는 말이 아닌가? 물론 다윗 같은 제왕은 아니지만 말이다. 정신이 어지러웠다. 그날 본 환상은 40년이 지난 지금도 내 기억 속에 또렷이 남아 있다.

그렇게 삼 일간의 수련을 마치고 산에서 내려온 우리가 시내로 들어가는데, 어떤 남자가 달려와 랍비 앞에 엎어져 하소연했다. 아들이 간질이 들려 고통받고 있으니 고쳐달라는 것이었다. 랍비가 그 아이를 바라보며 귀신을 꾸짖자 곧 멀쩡해졌다. 많은 이가 놀라며 랍비를 칭송했으나, 바리새인 몇 사람과 회당 랍비는 분노하고 불평하다가 물러갔다. 우리는 그날 밤 그 남자의 집에서 머물렀다.

9장

대결

우리는 가버나움으로 돌아왔다. 랍비는 이곳에서 겨울을 지내고, 내년 '니산 월'(3월 15일~4월 14일) 초하루에 다시 모여 남쪽으로 내려갈 것이라고 했다. 형제들은 각자 집으로 갔고, 나는 미리암을 우리 집으로 데리고 갔다.

다음 날 아침 식사 후, 모두 랍비의 집에 모였을 때, 요한과 나보다 나이가 많고 베드로와 야고보와 비슷한 젊은이들 몇이 찾아와 합류했다. 그들은 세포리스, 벳세다, 예루살렘, 그리고 예루살렘 남쪽 광야에서 왔다. 랍비 아들이라는 유다는 세포리스 시청의 재정을 담당하는 관리 밑에서 일할 만큼 계산과 행정에 밝고, 우리 가운데서 성서 지식과 여타 학식이 제일 많았다. 빌립은 가버나움 동쪽 마을인 벳세다, 나다나엘은 예루살렘에서 왔다. 유대 광야에서 온 시몬은 신장이 크고 눈빛이 형형하고 의지가 굳세게 생긴 열혈 지하 독립혁명가로 '가나안인'이라고 했는데, 그는 그것이 민족해방 투쟁 전사를 가리키는 암호라고 했다. 우리는 랍비가 폭력 혁명 투사까지 형제로 받아들인 것에 놀랐는데, 그의 열정을 높이 산 것으로 보았다. 열정은 방향만 제대로 맞추면 놀라운 창조성으로 바뀌니까.

유다는 베드로의 집에, 시몬은 요한의 집에, 빌립과 나다나엘은 우리 집에 와서 지냈다. 우리는 안식일마다 회당에 갔고, 오후에는 랍비 집에서 가르침을 들었다. 랍비는 겨우내 대개 홀로 호숫가를 산책하며 기도하고 명상했고, 집으로 찾아오는 아이들에게 성서 이야기를 들려주며 즐겁게 지냈다.

이듬해 니산 월 초하루 오전에 우리는 다시 랍비 집에 모였다.

2

그런데 갑자기 사람들이 몰려왔다. 권위와 위엄을 과시하며 특유의 검은 가운을 걸치고 사모(紗帽) 관을 쓴 바리새인 노인, 티베리아스와 예루살렘에서 내려온 바리새인 세 사람이 회당 랍비와 추종자들과 함께 다가와, 꼬투리를 잡으려고 단단히 벼르는 표정이 역력한 얼굴로 울타리 곁에 서서 지켜보았고, 마을 사람들은 골목에 가득했다.

그런데 우리가 그만 빌미를 제공하게 되었다. 우리는 점심 식사 전에 손을 씻지도 않고 빵을 먹었다. 그것을 벼르고 있던 바리새인 노인은 보자마자 손가락질하며, 큰소리로 정결 예법 문제를 꺼내며 들이댔다. 모세의 율법도 아닌 바리새인들과 장로들이 세운 정결 예법이라는 것은 물을 팔꿈치까지 끼얹으며 손을 씻은 후 식사하는 것, 시장에 나갔다가 오면 목욕하는 것, 술잔이나 놋그릇이나 도기는 먼저 안을 씻고 나중에 밖을 씻은 후 다시금 맑은 물로 헹궈야 하는 것 등, 복잡하기 이를 데 없는 것이었다. 그러한 바리새파의 율법 전통은 모세의 율법을 포함하여 무려 613가지나 되었다. 그러니 그것을 외우는 똑똑한 머리 외에는 누구도 지킬 수 없는 것이었다. 그런데 그런 사람이 있을까?

옳다 꾸나 여긴 바리새인 노인은 사람들도 다 들으라는 듯 비아냥대며 외쳤다. "고매하신 랍비 양반! 왜 당신과 제자들은 우리와 장로들이 세운 거룩한 전통인 정결 예법을 따르지 않고, 이방인들처럼 더럽기 짝이 없는 손으로 음식을 먹는 게요?" 곁에 선 세 사람도 맞장구를 쳤다. "암, 그렇고말고. 그거 여간 불경하고 고약한 일이 아닐 수 없지!"

우리가 잠잠히 있자, 랍비는 집었던 빵을 내려놓고는 벌떡 일어나 다가가, 모두 들으라는 듯 큰 소리로 말했다. "도대체 당신들은 그렇게도 잘 아신다고 자부하는 성서도 읽지 않았단 말입니까?"

랍비의 뜬금없는 말에 그들은 눈이 휘둥그레졌다. "대체 성서 어디를 말하는 것인가?"

"이사야가 당신네 같은 위선자들을 두고 말한 것이오."

그들은 내용은 들어보지도 않고 '위선자'라는 말에 경악하며, 얼굴이 퍼렇게 질려 펄펄 뛰었다. 예루살렘에서 온 한 사람이 소리쳤다. "아니, 시방 저자가 무슨 말을 하는 거야! 어찌 저런 모독적 언사를 서슴없이 내지르는 건가?" 다른 이들도 팔을 휘두르며 분노했다.

"내 말을 들어보시오. 이사야 예언자는 이렇게 말씀하셨소이다. '이 백성은 입술로는 나를 공경해도, 마음은 내게서 멀리 떠나 있다. 그들은 사람의 훈계를 교리라고 가르치며, 나를 헛되이 예배한다.'(사 29:13; 마 15:8~9) 이것을 모른단 말이오?"

"하지만 그게 어찌 우리를 가리켜 말한 것이오? 그때 사람들에게 한 말이지!"

"그렇습니까? 그렇다면 성서를 읽지 말고 죄다 폐기하시는 게 어떻겠소?"

"아니, 성서를 폐기하라니, 어찌 그런 신성모독의 언사를 늘어놓는 것이오?"

"그 말씀이 당신들을 가리켜 말한 것이 아니라고 하질 않았소? 아니, 성서가 옛사람들에게만 말한 것이라면, 지금 그것을 읽어서 뭘 하냔 말이오? 그렇지 않소? 성서는 모든 시대 백성에게 하시는 하나님의 말씀이 아니오? 그러니 이사야의 말은 오늘 우리 시대에도 여전히 하나님의 말씀이기에, 당신네 같은 위선자들부터 들어야 하는 게 아니겠소?"

그들은 난처한 표정을 지으며 서로 무언가 속닥거렸다.

"당신들은 하나님의 계명은 버리고, 사람들의 전통을 그보다 위에 두고 앞세우고 있소!"

그들이 항의했다. "당신이 몰라서 그렇지, 우리는 하나님의 계명은 물론, 우리네 전통을 충실히 따르고 있는 경건한 사람들이오!"

랍비가 반박했다. "당신네 정결 예법 전통이 성서 어디에 있소? 오경 세 번째 책에 각종 위생법은 있어도, 그런 예법이 있다는 것은 금시초문이니, 어디 한 번 가르쳐주시지요?" 그들은 유구무언이 되고 말았다. 그러자 랍비는 방금 말한 것을 뒤집어 반복했다. "당신들은 당신네 전통을 지키려고 하나님의 계명은 잘도 저버립니다!"

그들이 "우리는 하나님의 계명을 더 잘 지키기 위해 정결 예법 전통까지 마련해 지키는 것이오! 그게 뭐 잘못된 것이오?"라고 항변하자, 랍비가 말했다. "그러면, 내가 당신들이 지킨다는 예법의 한 예를 들어보겠소. 모세는 '네 부모를 공경해라. 아버지나 어머니를 욕하는 자는 반드시 죽여라.'라고 했소. 이것은 하나님의 계명이오!

그런데 당신들은 누구든지 부모에게, '부모님, 제게서 받으실 것은 고르반이 되었습니다.' 하면('고르반'은 하나님께 드리는 예물), 부모에게 드리지 않아도 된답디다. 그러니 어떻게 부모를 공경한다고 할 수 있겠소? 그것은 당신들이 하나님을 핑계 삼아 효도를 저버리는 것이오. 그러니 결국에 부모도 하나님도 저버리는 것이 아니오? 율법의 더 중요한 것은 내버리고, 쓸데없이 자질구레한 정결 예법 같은 것을 가지고 백성을 옥죄는 짓이 어찌 하나님이 기뻐하실 일이란 말이오?"

그들은 랍비가 그런 것까지 알고 있는 것에 놀라면서 할 말을 잃고는, 먼 산 바라보기를 했다. 우리도 놀랐다. 그러자 랍비는 마을 사람들을 바라보며 말했다. "여러분은 내 말을 듣고 깨달으세요. 여러분도 아시다시피, 무엇이든지 사람 밖에서 안으로 들어가는 것으로 사람을 더럽히는 것은 아무것도 없지요? 밖에서 사람 안으로 들어가는 것은 무엇이든지 마음속으로 들어가지 않고, 뱃속으로 들어갔다가 소화된 후 남은 찌꺼기는 뒤로 나가는 것이오. 그러니 손을 씻거나 말거나, 모든 음식은 깨끗한 것이오. 상한 음식을 먹는 바보는 없소.

내 말은, 사람에게서 나오는 것, 그것이 사람을 더럽힌다는 것이오. 나쁜 생각이나 말이 그렇소. 그러니 진실로 마음의 부패야말로 하나님 보시기에도 사람이 보기에도 더러운 것입니다. 아무리 손을 씻고 목욕하고 그릇을 깨끗이 한다 해도, 그것으로 마음의 더러움을 대신할 수는 없는 것이오.

여러분도 노아 홍수 시대의 일을 아시지 않습니까? 거기에 이런 말씀이 있소. '주님께서는 사람의 죄악이 세상에 가득 차고, 마음에 생각하는 모든 계획이 언제나 악한 것뿐임을 보고서, 땅 위에 사람 지은 것을 후회하며 마음 아파하셨다.'(창 6:5~6) 어째서 하나님이 사랑으로 지은 인간을 홍수로 심판하셨습니까? 그게 하나님께서 즐거워서 하신 일입니까? 마음의 더러움과 부패가 사람들에게 가득하고, 그것이 하나님의 것인 세상을 썩어 문드러지게 만들어버린 것 때문이 아닙니까?

더러운 마음에서 나오는 갖가지 나쁜 생각은 음행, 도둑질, 살인, 간음, 탐욕, 악의, 사기, 방탕, 악한 시선, 모독, 잘난 체, 자만, 교만, 어리석음 등입니다. 이런 악한 것들이 모두 더럽고 부패한 마음속에서 나와 사람을 더럽히고 악하게 합니다! 그러니 하나님이 원하시는 것은 바로 깨끗한 마음이오! 마음이 깨끗하면, 말이 깨끗하고 행동이 깨끗하고 사람이 깨끗합니다. 여러분의 마음이야말로 하나님이 머무르시는 거룩한 성전입니다. 마음이 더러운데, 매일 예루살렘 성전에 드나들고 피부가 벗겨지도록 목욕한다고 해서, 진실한 예배라는 말입니까? 그것이 바로 가인과 솔로몬의 예배입니다! 예배가 사람을 위해 있지, 사람이 예배를 위해 있지 않습니다!"

통쾌한 말이었다. 사람들이 옳은 말씀이라는 듯 고개를 끄덕이자, 바리새인들은 분노하면서도 어쩔 줄 모르고, 오히려 그들에게 눈을 흘기고 위협적으로 손을 휘저었다. 그들이 이를 부득부득 가는 소리가 들려왔다.

그런데 랍비가 "숨겨둔 것은 드러나고, 감추어 둔 것은 나타나기 마련이오. 들을 귀가 있는 사람은 잘 들으세요. 아버지께서는 여러분이 되질하여 주는 만큼 여러분에게 되질하여 주실 것입니다. 가진 사람은 더 받을 것이고, 가지지 못한 사람은 그 가진 것마저 빼앗길 것이오."라고 말하자, 사람들은 그게 무슨 뜻인가 싶어 고개를 갸웃거렸지만, 바리새인들은 그 말이 자기들을 가리킨다는 것을 알아채는 듯했다.

랍비는 말했다. "여러분, 모든 것을 하나님의 눈으로 바라보는 법을 배우세요. 하나님은 여러분이 다른 사람에게 하는 태도와 행위에 따라 갚아 주십니다. 다른 말로 하면, 여러분이 나쁜 마음으로 다른 사람에게 하는 말과 행위는 하나님께서 베푸시려는 잔칫상의 은혜와 복을 스스로 걷어차는 일이 된다는 말입니다. 작은 것, 이를테면 간단한 말조차도 기쁜 마음으로 이웃에게 줄 줄 아는 사람은 하나님의 은혜와 복을 더 받을 것이고, 인색하거나 나쁜 마음으로 억지로 주는 사람은 그 작은 것조차 잃어버리게 됩니다. 인생과 역사는 사람 뜻대로 되는 게 아니라, 하나님의 법칙대로 되기 때문입니다."

3

랍비가 말을 마치고 돌아서려는데, 예루살렘에서 온 바리새인이 입을 열었다. "우리에게 기적을 보이시오. 그러면 우리가 당신을 하나님이 보내신 예언자로 알겠소."

"무슨 기적 말이오? 기적을 본다고, 사람이 달라진답디까? 그렇다면 사람이 달라지는 것이야말로 하나님께서 오매불망 바라는 것이니, 하나님이 매일 모든 곳에서 기적을 일으켜 사람을 변화시켜 세상이 절로 평화로워지게 하실 것입니다. 도대체가 하나님이 일을 안 하셔서, 세상이 이 모양이란 말인가요? 하나님께서 로마인들을 내쫓지 않는 것은 하나님이 무능력하셔서 그런 것입니까?"

그들이 입을 굳게 다물고 있자, 랍비는 내쳐 말했다. "당신들은 저녁때 하늘이 붉으면 내일은 날씨가 맑겠다 하고, 아침에 하늘이 붉고 흐리면 오늘은 날씨가 궂겠다 하지요? 하늘의 징조는 그렇게도 잘 분별하면서, 어째서 시대의 징조들은 분별하지 못합니까?"

그러자 바리새인이 말했다. "아, 날씨야 누구나 이야기할 수 있는 게 아닌가? 뭘, 그런 걸 다 가지고 시비를 하는가? 그런데 날씨 하고 시대의 징조하고 무슨 상관이 있단 말인가?"

랍비가 말했다. "내 말은 삶에서 더 중요한 것은 분별할 줄 모르고, 쓸데없는 일에나 관심을 쏟는 것이 어찌 마땅하냐는 것이오. 날씨야 하나님 맘대로 하시는 것이지, 그런 것을 말로 어쩌고저쩌고한다고 달라집니까? 그러면, 저녁때 하늘이 붉어서 내일은 날씨가 맑겠구나 했는데 갑자기 돌변하여 천둥과 번개가 치며 비가 내리고, 아침에 하늘이 붉고 흐려서 오늘은 날씨가 궂겠다고 했는데, 느닷없이 바람이 불어 화창한 날이 되면, 하나님을 변덕쟁이라고 할 겁니까? 날씨보다 중요한 것은 지금 우리 시대의 징조들이란 말입니다."

한 바리새인이 물었다. "그러면 도대체 당신이 말하는 우리 시대의 징조라는 게 뭐요?"

랍비가 말했다. "내 묻겠소? 예언자 요한이 요르단강에서 백성들에게 '하나님의 나라가 가까이 왔으니, 회개하라!'라고 하면서 침례를 베풀었을 때, 당신들은 한 사람도 침례를 받지 않으면서 뭐라고 했소?" 그들은 입을 굳게 다물고 아무 말도 하지 않았다.

"나도 그때 그 자리에 있었기에, 당신들의 말을 들었소."

그들은 놀란 눈으로 물었다.

"그럼, 당신도 요한의 침례를 받았단 말인가?"

"그렇소. 왜냐면 그가 하는 일은 하나님의 나라를 이 땅에 건설하는 일이었기에, 나는 그에게 동조하는 표시로 받은 것이오."

"당신도 죄인이라서 받은 게 아니란 말인가?"

"왜 내가 죄인이란 말이오? 나는 하나님께 죄지은 일 없소. 혹시 나도 모르게 무슨 잘못을 한 일은 있을지도 모르지요. 그러나 성서가 말하는 죄란 그따위 사소한 잘못 같은 게 아니오. 도대체 어느 인간이 신도 아닌데, 자잘한 잘못을 저지르지 않겠소? 마음에서부터 하나님을 싫어하고 멀리하며 욕심대로 사는 것이 죄이지."

"그런데 왜 갑자기 요한 이야기는 꺼내는 것인가?"

"그가 바로 시대의 징조이기 때문이오. 그것을 모른단 말이오?"

"아니, 그게 날씨 하고 무슨 상관이란 것인가?"

엉뚱한 말에 일이 뱀처럼 꼬여가고 있었다.

"당신들은 요한이 광야에서 은거하며, 그 무더운 곳에서 낙타 털옷을 입어 땀을 억수 같이 흘리고, 빵은 어쩌다가 먹고, 매일 메뚜기와 들 꿀이나 먹어 깡 말라 비틀어진 몸뚱이에다, 수염과 머리는 자르지도 않아 눈동자는 덤불 속의 뱀 같아, 마치 귀신의 형상을 방불한 것을 보고는, '아, 저자는 단단히 미친 광인이 틀림없어. 미친놈이 어찌 사람을 새롭게 한다는 것이냐?' 하며 먼발치에 서서 욕이나 퍼붓고 돌아갔지요.

요한은 하나님의 예언자요! 그의 겉모습은 하나님의 말씀과는 아무 상관 없는 것이오. 왕이나 귀족들의 화려한 자색 가운을 걸쳐야 예언자랍디까? 그러면 사람이 절로 거룩해진답디까? 그러면 모든 백성이 자색 가운을 걸치면 세상이 절로 평화로워지겠구려!

요한은 하나님이 우리 민족에게 보내신 최후의 예언자요. 이다음에는 오지 않을 것이오! 그래서 그가 지금 우리 시대의 마지막 징조인 것이오. 그는 하나님의 나라가 지금 여기에 가까이 다가왔다고 선포했소. 나도 그렇게 믿고 그 일을 하는 것이오. 만일 여러분이 회개하지 않고 계속 이런 식으로 살아간다면, 우리 민족은 요한의 말처럼 도끼에 찍혀 불구덩이로 던져지고 말 것이오! 그러니 지금 하나님의 최후통첩을 받아들이시란 말이오!"

그 말에 사람들은 두려움에 휩싸였다. 예루살렘에서 내려온 한 바리새인이 말했다. "그러니까 당신이 지금 시대의 징조로 큰 기적을 보이면, 우리도 당신을 하나님이 보내신 예언자로 알고 믿고 따를 게 아니냔 말이오?"

"요한 자체가 시대의 징조라는데, 무슨 기적을 말하는 것입니까? 하나님께서 예언자를 보내시는 것보다 더 큰 기적이 어디 있습니까? 그러나 나는 압니다. 당신들은 하나님이 직접 사람의 몸을 입고 와서 활동하신다고 해도, 여전히 고집을 꺾지 않고 죽일 것이오!"

"그건 우리를 모독하는 말이오! 당신이 기적을 보인다면, 기꺼이 따를 용의가 있소!"

"아, 그렇습니까? 정말 고마운 말씀입니다. 그러면 이사야 이야기를 한 김에 또 한 얘기를 들려 드리지요. 이사야가 성전에서 기도하다가, 환상 중에 하나님의 모습을 뵙고 예언자로 나선 것을 알 겁니다(사 6장). 거기에 이런 말씀이 나옵니다. '너는 가서 이 백성에게 말하라. 너희가 듣기는 들어도 늘 들으려무나. 그러나 깨닫지는 못한다. 너희가 보기는 늘 보려무나. 그러나 알지는 못한다. 너는 이 백성의 마음을 둔하게 하라. 그 귀가 막히고, 그 눈이 감기게 하라. 그리하여 그들이 볼 수 없고, 들을 수 없고, 또 마음으로 깨달을 수 없게 하라. 그들이 보고 듣고 깨달았다가는, 내게로 돌이켜서 고침을 받게 될까 걱정이구나!'

이것을 글자대로 읽으면, 백성이 예언자의 말을 듣고 깨달아 회개하고 새로운 삶을 살아가기를 원하는 하나님께서 오히려 그것을 바라시지 않는다는 말이 아닙니까? 그게 말이 된다고 보십니까? 하나님은 예언자가 말씀을 전한다 해도, 백성이 하도 고집이 세서 좀체 듣지 않을 것을 알고 답답해서 역설(逆說)로 말씀하신 게 아닙니까?

그러면 그 말씀도 그때 사람들에게나 해당하는 것이라고 할 겁니까? 성서에 있는 하나님의 말씀을 듣지 않는 사람은 설령 다시 홍해가 갈라지고 성벽이 절로 무너지고 태양이 멈추고, 내일 해가 서쪽에서 뜨는 기적이 펼쳐진다 하더라도 돌아서지 않을 겁니다. 당신들이 그런 사람들이오! 부패하고 악하고 음란한 사람들일수록 기적을 요구하니까요. 그러나 지금 이 시대는 요나의 기적 밖에는 아무 표징도 받지 못할 것입니다."

"그건 또 무슨 괴상망측한 소리요?"

"그것은 그때 가면 알 겁니다."

4

그들은 랍비의 기상천외한 생각과 대답에 혀를 내두르면서도, 낭패감과 복수심에 불타는 눈으로 땅바닥을 걷어차며 떠났다. 그 때문에 한 바리새인은 그만 발을 잘못 차는 바람에, 긴 옷자락이 나무에 걸려 북 뜯어졌다. 그러자 그는 더욱 화를 내며 옷자락을 잡아챘는데, 그러는 바람에 그 귀한 옷이 허리까지 뜯겨 나갔다. 부끄러워 얼굴이 붉어진 그는 옷을 벗어서 들고 갔다. 사람들은 그것을 보고는 쿡쿡거리며 웃었다.

자리로 돌아와 앉은 랍비는 이렇게 말했다. "행여 앞으로 바리새인들을 부러워하거나 모방하려는 생각일랑은 하지 말게나. 그러나 그들이 하는 말 가운데서 옳은 말이면 들어 새기고, 그들의 행태는 조금도 본받지 말게나. 그들은 말만 하지 실천하지 않기 때문이네."

나는 요나의 기적이 무엇일까 생각했다. 나는 랍비가 무슨 권위를 내세우거나 토론하거나 기적을 일으키는 것이 아니라, 당신이 전하는 말에 따른 결과는 사람들에게 맡겨진 것이라는 뜻으로 한 말이라면, 요나의 말을 들은 니느웨 사람들이 왕부터 짐승에 이르기까지 재를 뒤집어쓰고 회개해서 망하지 않았으니, 유대 민족도 그렇게 되기를 바란다는 것이 아닐까 하고 생각했다. 그들이 회개하지 않았으면 멸망했을 것이니까 말이다.

미리암 어머니는 그런 사태를 바라보며 한숨지으며 눈물만 글썽였다. 동생 요셉과 아내도 두려워하는 눈빛이 역력했다. 미리암 어머니는 아들이 예언자든 아니든, 그렇게 똑바르고 거칠게 말하여 바리새인들을 자극하는 것은 반드시 커다란 보복을 불러올 것이라고 느꼈을 것이다. 내가 랍비에게 들은 말로 볼 때, 아마 어머니는 랍비가 태어난 지 여드레 만에 예루살렘 성전에 가서 할례받고 정결 예식을 할 때 만난 '시므온' 노인의 말을 기억했을지도 모른다. "보십시오, 이 아기는 이스라엘 가운데 많은 사람을 넘어지게도 하고 일어서게도 하려고 세우심을 받았으며, 비방 받는 표징이 될 것입니다. 그리고 칼이 당신의 마음을 찌를 것입니다."(눅 2:22~35)

어머니 가슴에 칼을 들이밀어 저미는 아들이라니! 누군들 그것을 이해하겠는가?

마음의 눈을 떠라

1

우리는 막달라 마을을 지나쳤다. 랍비는 그곳에 다시 들를 생각이 없다고 했는데, 미리암에게 가슴 아픈 회상(回想)을 불러일으켜 공연히 상처를 긁을 것 없다고 생각한 것 같았다. 랍비의 마음을 짐작한 미리암은 눈물을 보였는데, 자기가 랍비의 일에 훼방이 된다는 것이었다. 나는 미리암을 위로하며, 랍비의 마음을 받는 것으로 그치는 게 좋겠다고 했다.

많은 이들이 가버나움에서 따라왔고, 막달라와 게네사렛과 티베리아스에서도 소문을 듣고 다가왔다. 가난에 찌들어 병들고 아프고 괴롭고 지친 얼굴들이 대부분이었다. 목자를 잃은 양들이 따로 없었다. 그들을 바라보는 랍비의 눈에는 눈물이 맺혔다. 랍비의 슬프고 괴로운 심정을 우리가 어찌 헤아리겠는가? 그저 안쓰러울 뿐이었다.

그들이 바라는 것도 기적이었다. 움푹 파이고 슬픔과 고통이 그늘진 그들의 눈은 가난에서 해방되고, 병이 낫고, 이민족에게 수탈되지 않고, 두려움 모르고 평온하게 어엿한 사람으로 살고픈 마음을 그대로 호소하고 있었다. 랍비도 그들이 바라는 대로 다 해주었으면 하는 마음이었을 것이다. 나사렛 회당에서 읽은 이사야의 책도 그런 것이었으니까. 랍비는 간혹 병자를 치유하고, 고난받는 민중을 위로하며 희망을 안기고 자비를 베풀고 평안을 주었지만, 그런 일은 천 년을 한다 해도, 한도 끝도 없을 것이었다. 그러면 결국에는 다윗 같은 제왕 메시아, 하늘에서 내려온 인자 메시아가 되는 것이 유일한 해결책일 것이다.

그때 나는 아마 랍비에게도 그런 마음이 들지 않았을까 하고 생각하다가, 이내 머리를 흔들었다. 그런 사람들에게 해줄 수 있는 게 별로 없는 랍비의 안타까운 심정도 이해했다. 랍비가 어쩌다 병자를 치유한 것도 그들의 간청에 못 이겨 한 것이고, 간청했다 해도 다 고쳐준 것도 아니었다. 그것이 랍비의 본업은 아니었으니까.

그동안 랍비가 여러 가지 비유를 들려주며 밝힌 것은 하나님의 진리에 열린 마음, 인생의 가치를 알아보는 눈, 깨끗하고 자유로운 마음, 진정한 신념의 힘, 서로 사랑하고 자비를 베푸는 새로운 인간의 삶에 관한 것이다. 가버나움 들판에서 설교할 때, 랍비는 이렇게 말했다. "눈은 몸의 등불입니다. 그러므로 여러분의 눈이 성하면 온몸이 밝을 것이고, 여러분의 눈이 성하지 못하면 온몸이 어두울 것입니다. 그러므로 여러분 속에 있는 빛이 어두우면, 그 어둠이 얼마나 심하겠습니까?"(마 6:22~23)

나는 이것이 랍비의 모든 가르침과 비유 이야기가 가리키는 진리라고 보았다. 랍비는 눈을 사람의 상징으로 말한 것이다. 곧, 눈은 마음과 말과 행동과 인격의 상징이다. 따라서 깨끗하고 밝은 마음은 말과 행동과 인격과 삶의 터전,

기둥, 척추, 등불이다. '마음이 깨끗한 사람은 하나님을 볼 것'이라는 말도 이것이다(마 5:8). 마음이 깨끗하면 자기 안에서, 타인 속에서, 그리고 자연과 만물 속에서, 하나님의 얼굴을 보고 하나님의 숨결을 느낀다. 하나님은 지금 이 순간 여기에 계시다! 이것을 깨닫는 것이 인간다운 삶이고 구원이다.

바리새인들과 논쟁하면서 한 말도 이것이었다. 마음이 더러우면 깨끗한 사람이 될 수 없다. 모든 것마다 이런저런 검은 욕심을 통해서 보게 되니까. 그러니 눈이 성치 못해서 삐면, 사물이나 사람을 보는 것도 찌그러지게 되고, 인생 전체가 어둠에 빠지게 되는 것이다.

깨끗한 마음의 밝은 눈, 마음을 넘어선 마음, 아니 마음 없는 마음, 곧 하나님이 내 안에서 당신의 삶을 사시게 해드리며 살라! 이것이 랍비의 모든 가르침을 관통하는 것이다. 우리 민족에게는 퍽 낯선 가르침이기도 하지만, 나는 이런 가르침이 랍비의 심오하고 숭고한 깨달음에서 나온 것이라고 보았다.

하나님과 진리는 예나 지금이나 앞으로나, 언제 어디서나 언제까지나 살아 움직인다. 그렇기에 하나님과 진리는 심오하고 숭고한 영적 경지에 이른 사람의 입을 통해서 새로운 가르침으로 표현되고 전달될 수밖에 없다. 이것이 랍비가 유대교 지도층과 다투게 되는 근본 원인이다. 이런 논쟁은 앞으로 더욱 격렬해질 것이다.

진실로 랍비의 모든 가르침은 마음의 눈을 뜨는 것에 있다. 랍비는 마음의 눈을 뜬 사람은 지금 하나님의 나라, 곧 다스림 속에 있다고 했다. 하나님의 나라는 본디 모든 사람 '안에' 있기에, 마음의 눈을 떠서 발견해야 한다. 그리고 하나님의 나라는 모든 사람 '사이에'도 있기에, 일상에서 계속 사랑의 진리를 따라야 한다. 이렇게 랍비의 하나님 나라는 마음과 세상에서 이루어지는 새롭고도 신성한 삶이다.

랍비는 하나님의 나라 앞에서 사람은 두 종류가 있다고 했다. 밀과 가라지의 비유가 그것이다. 밀밭에는 뿌리지도 않은 가라지가 나서 자란다. 밀알은 생명의 양식이 되고, 가라지는 뽑혀서 불태워진다. 말씀의 씨를 받아들여 성숙하게 자라는 사람이 있는가 하면, 그것을 외면하고 갖은 편견과 욕심에 매여 사는 사람이 있다. 그러나 삶은 스스로 결산한다. 사람은 스스로 살기도 하고 죽기도 한다. 누가 어떻게 하는 게 아니다.

랍비는 하나님의 나라를 겨자씨와 누룩에 비유했다. 겨자씨와 누룩은 땅에 심거나 빵 반죽에 넣을 때는 작지만, 나중에는 크게 자라 새들도 집을 짓고 부풀어 올라 빵을 구워 먹게 한다. 그처럼 사람은 자기 안에 있는 하나님의 나라를 자라게 해야 한다. 그리고 랍비는 밭에 숨겨진 보물과 진주 이야기도 했다. 자기 안에서 하나님의 나라라는 보물과 진주를 발견한 사람은 그것을 제 것으로 만들어 기쁘고 행복하게 살아야 한다.

이렇게 밀알, 겨자씨, 누룩, 보물, 진주로 비유된 하나님의 나라는 본디 사람의 마음 안에 있다. 그래서 그것이 자기 안에 있음을 알아차리고 발견하고 기르는 것, 이것이 인생의 관건이다. 그런 사람은 자연스럽게 세상에 하나님의 나라를 세우며 살아간다. 요컨대 형식이나 명목이 아니라, 생활 속에서 하나님의 진정한 아들과 딸이 되어 살아가는 것이다.

이처럼 랍비는 생명의 말씀을 전하여 사람들이 마음의 눈을 뜨게 하는 것을 필생의 일로 알고, 할 수 있다면 그 일에 목숨조차 아끼지 않으려고 한다. 그렇기에 랍비 자신이 지금 하나님의 나라 안에서 세상에 하나님의 나라를 이룩하며 살아가는 사람의 전범(典範)이다. 곧, 하나님의 나라가 어떤 것인지를 알려면, 랍비를 보는 것 하나만으로도 충분하다.

2

나는 미리암을 지켜보는 것이 흥미로웠다. 그녀는 나날이 달라지는 모습을 보였다. 그녀는 성격이 강하기도 하고 여리고 부드럽기도 하고, 생각이 단순하고도 깊고, 과묵하면서도 입을 열면 슬기롭고 바른말을 했다. 나보다 다섯 살 많기에 나를 남동생 같이 아낀 미리암은 아예 결혼할 생각을 접고, 평생 랍비를 진리의 스승으로 받들고 살겠다고 말했는데, 진지하고 결연한 표정이었다.

그녀는 지난번 '가이사랴 빌립보' 뒷산에 있을 때, 장차 있을 박해니 고난이니 죽음이니 하는 랍비의 말을 예사롭게 듣지 않고 늘 가슴에 담아 두고 있었다. 랍비는 미리암이 어떤 눈길과 태도로 랍비의 뒷모습을 바라보는지 모를 것이다. 언제나 그녀 곁에서 걷던 나와 요한만 안다.

미리암은 언제나 목동의 통옷에 달린 너울을 머리에 쓰고, 사람들이 모인 곳에서는 한 손으로 목 아래 깃을 조금 올려 잡아 입을 가려서, 수염이 없는 여인이라는 것을 모르게 무척 조심하며 다녔다. 그런데 마침 발이 돌부리에 걸려 손을 놓치는 바람에, 어떤 막달라 사람이 미리암을 알아보았다. 그 사내는 보자마자 "아니, 기생이 랍비를 따라다녀도 되느냐?"고 큰 소리로 말했다. 꾀죄죄한 모습에 얼굴이 비루하게 보이는 사내였다. 그 바람에 주변 사람들이 알게 되었다. 그들은 랍비가 기생을 데리고 다닌다는 것에 놀라워하며 쑥덕거렸다.

그러자 화가 난 미리암은 손을 내려 얼굴을 드러내고는 그 사내를 바라보며, 냉정하고 엄중한 어조로 말했다. "그래요. 당신도 알다시피 나는 막달라의 기생이었어요. 그러나 지금은 아니에요. 랍비는 나 같은 더러운 사람도 새사람으로 만드는 영혼의 천사이시니까요. 랍비는 나를 지옥에서 끌어내 이렇게도 밝은 천지로 나오게 해주셨다고요!

당신 같은 남정네들은 하룻밤 환락에 미쳐서 알량한 몇 푼의 돈으로 나 같은 기생들을 희롱하고 농락했지만, 그래서 부모나 아내나 자식들에게 떳떳하고 행복했어요? 어디 입이 있으면 말해봐요. 이제 예수아 랍비는 나의 영원한 신랑이세요! 당신이나 사람들이 무엇이라고 말하거나, 나는 그런 입에 개의치 않아요. 소문을 내려면 내세요. 그러나 한 번쯤 자신이 하나님을 믿는 이스라엘 사람이란 걸 깊이 생각해보시라고요! 어째서 이방 사람들처럼 하는 겁니까? 부끄럽지도 않아요!"

그 사내는 미리암의 말에 화들짝 놀라더니, 골이 잔뜩 난 표정으로 침을 퉤 뱉고는 멀리 사라졌다. 그에게 동조했던 사람들은 헛기침하며 한쪽으로 물러섰다. 우리는 미리암의 단호한 태도와 지혜로운 말에 감탄했다.

3

우리와 사람들이 한참 걸어가는데, 랍비의 어머니 미리암과 동생이 급히 찾아왔다. 바리새인들이 집으로 찾아와, "당신 아들은 미쳤소. 당장 잡아들이지 않는다면 좋지 못할게요!" 하고 난리를 피우며 위협하고 돌아갔다는 것이었다. 그런데 예루살렘에서 내려온 바리새인들은 돌아가는 것인지, 사람들 뒤쪽에 섞여 있었다. 아마 가는 내내 따라올 셈인 것 같았다. 랍비가 큰 마을이나 도시로 들어가면 동료가 있으니까, 대결해볼 만하다고 생각했으리라.

요셉이 말했다. "형님, 어머니와 나는 그렇게 생각하지 않아요. 하지만 바리새인들이 그렇게 하지 않으면, 목수 일 끝난 줄 알고 동네에서 살지도 못하게 할 것이라며 보복하겠다고 위협해서, 어쩔 수 없이 이렇게 달려왔어요. 어쩌면 좋아요?" 당혹스러운 표정의 어머니 미리암은 눈물을 글썽였다.

"그러냐? 나는 미친 것도 아니고, 또 미쳤다고도 할 수 있다! 보기 나름이야. 어머니, 어머니도 두려워하지 말고 담대한 마음으로 지내세요. 요셉아, 가버나움 사람들에게는 이전보다 더 따스하고 자비롭게 대하면 되는 것이다. 회당에도 자주 들러 하나님을 경외하고 기도를 올려라. 특히 아프고 가난하고 외로운 사람들과 어린이들을 많이 돕고 사랑해라. 그러면 누가 감히 우리 집안을 멸시하고 따돌리겠냐?

그 바리새인 노인에게도 잘해 드려라. 바리새인이라고 다 나쁜 사람들은 아니다. 존경받을 만한 학식과 인품을 지닌 사람들도 많다. 내가 그들 전부를 도매금으로 비판하는 게 아니라는 것을, 너도 잘 알 거다. 다만 쓸데없는 것들을 지나치게 부풀려, 가뜩이나 힘겨운 백성을 고달프게 하는 성마른 사람들이 문제이지."

그러자 바리새인들은 랍비의 말을 듣고는 큰소리로 외쳤다. "여러분, 여기 이 예수아는 미친 사람이지, 랍비가 아니오! 우리는 압니다. 그는 사탄에게 단단히 사로잡혔어요! 그가 귀신 들린 사람을 고치는 것도 다 귀신들의 두목인 악마의 힘을 빌려서 하는 짓이오! 그러니 이 사람을 따라다니지 마세요. 귀신들이 옮아 붙는단 말이오!"

지난번 가버나움에서도 있었던 일이다. 사람들이 웅성거리며 랍비를 바라보았다. 랍비는 미소를 지으며 조리 있게 말했다. "여러분, 사탄이 어찌 제 부하들을 쫓아낸단 말입니까? 그건 집안싸움이지요. 아니, 사탄은 자기 사업을 번창하게 하려고 밤낮없이 눈썹을 휘날리며 바쁘게 돌아치는 법인데, 자기들끼리 싸우면 그 사업이 어떻게 되겠습니까? 상식적으로 말이 안 되는 일이 아닙니까? 나라에 내란이 일어나거나, 집안 식구가 서로 갈라져 싸우면 망하는 법이지요. 그러니 사탄과 그 졸개들이 서로 싸우면, 끝장이 나고 말지요. 생각해보세요. 도둑이나 강도가 어느 집을 털러 들어가면, 먼저 그 식구들을 묶어 놓거나 두들겨 패서 기절시켜 놓고 난 다음에야, 그 집을 털어갈 수 있는 게 아닙니까?"

198

사람들이 "당연히 그렇지요!" 하며 대꾸했다. 랍비는 노기 어린 음성으로 바리새인들을 똑바로 바라보며 외쳤다. "진실로 사람을 자유롭고 기쁘고 행복하게 하시는 하나님의 일을 훼방하는 짓은 용서받기 어렵습니다. 내가 하는 일은 나의 일이 아니라, 아버지의 일입니다!"

그런 말이 나올 줄 상상도 하지 못한 바리새인들은 망신을 당하고 얼굴이 빨개져 머리를 흔들고 울분까지 토하며 저만치 물러갔다. 랍비는 사랑 가득한 눈으로 미리암 어머니에게 다가가 볼에 입을 맞추고는 얼굴을 쓰다듬고 한참 동안 끌어안고 있었다. 랍비의 눈은 안쓰러운 빛이 가득했고, 아들의 품에 아기처럼 안긴 미리암 어머니는 어깨를 들썩였다.

우리는 눈시울이 붉어졌다. 착하고 단순한 베드로는 세상을 떠난 모친이 생각났는지, 눈물이 어렸다. 미리암은 흐르는 눈물을 닦지도 않고 랍비만 바라보았다. 이윽고 랍비는 어머니의 등을 다독인 후 얼굴을 바라보며 말했다.

"어머니, 하나님 아버지만 믿으세요. 어머니의 슬픔과 고통을 저만큼 아는 사람이 어디 있어요? 그러나 이 아들은 어머니 꿈대로 갑니다. 그것이 아버지의 뜻이니까요. 이런 일은 아무것도 아닙니다. 이런 일에 놀라면, 앞으로는 어떻게 하시렵니까? 이 아들은 온 세상의 아들이 되려고 가는 것이니, 오히려 기뻐하세요. 어머니도 나중에는 아실 겁니다."

나는 지금도 그 모습을 잊지 못한다. 그것이야말로 아들이 어머니께 드린 최고의 선물이었다. 근 30년 동안 모시고 살던 어머니를 내두고, 하나님의 길을 가는 랍비의 마음이 어찌 편안했겠는가? 그러나 랍비는 어머니 한 사람이나 가정이 아닌, 모든 사람과 세상이라는 거대한 가정을 살리려 나선 것이다. 요셉의 손을 잡고 돌아가던 미리암 어머니가 흐르는 눈물을 닦으며 자꾸만 뒤를 돌아보던 모습은 지금도 내 가슴의 푸른 바위에 새겨져 있다.

4

아 참, 하마터면 빠뜨릴 뻔한 게 하나 있다. 가버나움에 있을 때, 예언자 요한의 제자들이 심부름으로 찾아온 일이 있었다. 그들이 전한 요한의 질문은 이랬다. "우리가 기다리는 오실 그분이 예수아 당신입니까? 그렇지 않으면, 다른 분을 기다려야 합니까?"

랍비는 이렇게 말했다. "가서 그대들이 듣고 본 것 그대로 요한에게 알리세요. 눈먼 사람이 보고, 듣지 못하는 사람이 들으며, 죽은 사람이 살아난다고. 이건 기적을 말하는 게 아니에요. 마음의 변화를 말하지요. 그리고 가난한 사람들이 하나님의 복음을 듣습니다. 나에게 걸려 넘어지지 않는 사람은 복이 있습니다.

그대들은 무엇을 보러 광야에 나갔던가요? 바람이 흔들리는 갈대입니까? 그것이 아니라면, 무엇입니까? 왕궁에 있는 화려한 옷을 입은 자들인가요? 그도 아니면, 무엇을 보려고 나갔던가요? 예언자를 보려고 갔던가요? 그래요. 요한은 예언자들보다 더 훌륭한 사람입니다. 그는 장차 올 이에 앞서 하나님이 보내신 심부름꾼입니다. 나는 분명히 말합니다. 일찍이 여인의 아들 가운데서 요한보다 더 큰 인물은 없소. 그러나 하나님의 나라에서는 아무리 작은 사람이라도 요한보다 더 큽니다. 그리고 하나님의 나라는 지금 힘을 떨치고 있습니다. 그 나라는 힘을 쓰는 사람들이 들어가서 차지합니다."

우리는 랍비가 요한을 모세나 예언자들보다 더 위대한 예언자라고 말하는 것에 놀랐다. 그만큼 사랑하고 존경한 동지이기 때문이리라. 우리는 '장차 올 이에 앞서 보내신 하나님의 심부름꾼'이라는 랍비의 말을 나중에야 깨달았다.

그런데 요한의 제자 몇이 이곳으로 다시 찾아와, 그의 비극적 죽음을 알리는 것이었다. 랍비는 묵묵히 듣기만 했다. 그런 위대한 인물 요한이 죽임을 당하다니! 우리는 큰 충격을 받았다. 이윽고 랍비는 사람들을 둘러보며 담담히 말했다.

"여러분, 제 친구가 세상을 떠났다고 합니다. 그러니 제가 잠시 홀로 있도록 해주세요. 돌아와 다시 만나는 게 좋겠습니다. 나는 내일 오전에 다시 이곳으로 올 것입니다." 그 말에 사람들은 서로 쳐다보며 이해하고는 모두 돌아갔다. 랍비는 우리와 요한의 제자들에게 호숫가로 가자고 했다. 모두 침통한 얼굴로 묵묵히 따라갔다.

위대한 예언자의 죽음! 아, 모든 예언자는 그렇게 죽어야 할 운명이란 말인가? 도대체 우리 민족은 어떻게 돼먹은 종족이란 말인가? 그렇게도 하나님의 선민이라고 자부하고, 믿음이 좋다고 자화자찬하고, 하나님의 계명대로 산다고 하며 이방인들을 업신여기는 민족이 어째서 하나님이 보내신 예언자들을 오는 족족 무참하게 죽인단 말인가?

그러니 랍비의 앞날도 이미 정해진 것이었다! 우리는 앞날을 생각하고는 두려움에 떨며 서로 쳐다보았다. 호숫가로 내려가면서, 랍비는 요한의 제자들에게 어떻게 죽은 것인지 물었다. 그들은 자기들이 입수한 정보대로 말했다. 그들의 말에 따르면 이렇다.

「요한은 동생 빌립 영주의 부인을 가로채 아내로 삼아 놀아난 헤롯 안티파스 영주의 부도덕함 뿐만 아니라, 갖은 비행과 폭력 행위, 가혹한 세금 착취, 잇따른 건물 건설과 인부들의 저임금 노동 착취, 군대 징발(빌립 영주의 아내는 외국 공주라서, 안티파스가 빌립의 장인 나라 왕과 전쟁하다가 패배하여 민심이 흉흉), 관리들의 착취 행태 등을 거침없이 비판했다. 민중은 요한에 환호했다. 그러자 안티파스는 경호부대를 보내 요한을 체포하여, 자기 별장이 있는 '마캐루스'로 압송하여 거의 빛도 들어오지 않는 지하 감방에 가두었다. 음식은 하루 어린애 주먹만 한 빵조각 하나에 물만 주었다.

안티파스의 생일날, 고위 관료들과 귀족들과 그 부인네들이 축하한다고 모였는데, 그 자리에서 빌립의 아내 '헤로디아'가 데리고 들어온 딸 '살로메'가 몹시 선정적인 춤을 추었다. 그에 홀린 그는 군침을 흘리며 그 처녀까지도 탐을 내며 부르더니, 모두가 듣는데도 불구하고, 네가 바라는 것이라면 이 나라 절반이라도 기꺼이 주겠다고 약속했다. 그러자 그 아이는 제 엄마에게 가더니 물었다. 헤로디아는 예언자 요한의 머리를 달라 하라고 시켰다.

그 아이가 그렇게 말하자, 그는 곤혹스러운 표정을 짓더니, 둘러선 고관들을 바라보면서 어찌하지 못하고 허락하여, 경호원들에게 요한의 목을 베어 소반에 담아 들고 오게 했다. 시퍼렇게 눈을 뜨고 노려보는 요한의 머리에서 피가 뚝뚝 떨어지는 모습에 귀부인들은 비명을 지르며 흩어졌지만, 헤로디아는 태연한 표정으로 그것을 받아 헤롯에게 주었다. 헤롯이 그것을 받아 살로메에게 주었는데, 그 아이는 눈 하나 깜짝하지도 않고 그것을 바라보며 웃기도 하며 야릇한 표정을 짓기도 했다.」

요한의 제자들은 그 소식을 듣고 가서, 스승의 시신을 받아 은거하던 동굴에 묻었다고 한다. 랍비는 침통하고 결연한 표정으로 듣기만 했다. 그들이 떠나자, 랍비는 홀로 호숫가를 한참 걸었다. 우리는 멀찍이서 뒤를 따랐다. 랍비는 호수 저편을 묵묵히 바라보며 해가 지고 어두워질 때까지도, 그 자리에 석상처럼 서 있었다. 우리는 앉아서 바라보기만 했다.

이윽고 모래밭에 엎드린 랍비의 통곡 소리가 들려왔다. 그토록 애통하고 애절한 목소리는 들어본 적이 없었다. 우리는 처연히 앉아 어둑어둑한 호수와 하늘을 바라보기만 했다. 요한의 운명이 랍비는 물론, 우리에게도 닥칠 것이라는 생각에 온몸이 오싹해졌다. 어쩌면 누군가는 마음이 크게 흔들렸을지도 모르겠다.

랍비는 앉아서 명상에 잠겼다. 인간의 고통을 아는지 모르는지, 총총한 별들은 거대한 침묵 속에서 빛났다. 우리는 언제 잠이 들었는지도 몰랐다. 새벽빛에 눈을 뜨니, 랍비는 여전히 미동도 하지 않고 호수를 바라보며 앉아 있었다. 미리암은 우리 곁에서 엎드려 기도하고 있었다. 랍비는 먼동이 터도 일어날 줄 몰랐다. 이윽고 뜨거운 기운을 느낀 랍비는 일어나 우리에게 다가와 잘 잤느냐고 묻고는, 호숫가를 떠나 언덕으로 올라갔다.

5

다시 그곳으로 가니, 이미 노인들, 남자들, 여인들, 어린이들까지, 족히 수백 명은 모여 있었다. 그들은 모두 너도밤나무와 참나무와 무화과나무와 사이프러스 그늘에 앉아, 랍비의 얼굴을 주목했다. 예언자 요한의 죽음이 끼친 마음의 슬픔과 고통, 우리 민족과 역사의 부조리에 대한 참담한 인식 때문이었는지, 랍비의 눈동자와 얼굴은 그들을 불쌍히 여기는 자비심으로 가득했다. 랍비는 그들을 깊고 진지한 눈으로 바라보았다. 그 눈빛은 '아버지여, 이렇게도 잔혹한 시대에 이들은 어떻게 살아야 합니까?' 하고 묻는 듯했다. 우리는 시리고 찢어지도록 아픈 랍비의 마음을 느꼈다.

그런데 랍비가 사람들에게 말을 하려고 입을 떼려는 순간, 갑자기 어떤 젊은이가 앞으로 나와 랍비에게 도움을 요청했다. 그는 아버지가 세상을 떠나면서 형과 자기에게 똑같이 유산을 남겨 주었는데, 형은 법적으로는 장남이 2/3를 갖는 것이라며 차지했다고 말했다.

그러자 랍비는 이렇게 말했다. "그런 문제는 회당 랍비의 중재를 받아보세요. 그것도 안 된다면, 재판소에 가져가 물어보세요. 나는 재판관이 아닙니다.

법으로는 형의 말이 맞아요. 그러나 형이 모두 가로챈 것도 아니잖아요? 유산을 받았는데, 뭐가 그리 억울한가요? 물론 아버지의 유언을 따르지 않은 형도 잘못이지요. 그러나 내가 보기에는 형제 사이가 이미 비틀어진 것이 더 큰 문제이니, 그것을 바로잡는 게 우선입니다.

형이 고집을 꺾지 않는다고 탓하지만 말고, 재산에 대한 생각 없이 형에게 전보다 잘하여 양심에 호소하는 게 어때요? 재판소에 간다면, 서로 영영 원수가 되고 말 것입니다. 받은 재산도 적은 게 아닐 터이니, 더는 욕심을 내지 마세요. 사람의 생명이나 삶은 재산에 달린 것이 아니에요. 재산이 적다고 사람이 불행해지나요?"

그가 어두운 얼굴로 돌아가자, 랍비는 한 이야기를 들려주었다.

"여러분, 들어보세요. 도시에 거주하는 아주 부유한 지주가 소작인들을 두고 농사를 지었답니다. 어느 해 큰 풍년이 들어 예상 밖으로 곡식을 많이 거두게 되자, 밭으로 달려간 그는 소작인들에게 흉년이 든 해와 똑같이 인색한 삯을 주고는, 이런저런 구상을 하는데 골몰했답니다. 창고가 모자랄 지경으로 곡식을 많이 거두었으니, 어떻게 했을까요? 그는 옳지 하며, 관리인에게 더 큰 창고를 지으라고 했지요.

그러면서 혼자서 이렇게 중얼거렸어요. '아, 내가 이렇게도 많은 곡식을 거둘 줄은 몰랐네. 이 모든 게 다 내 덕이로군. 그렇지, 내가 내 영혼에 이렇게 말해야겠다. 오, 사랑하는 나의 고귀한 영혼아, 너는 여러 해 동안 쓸 많은 물건을 쌓아 두게 되었으니, 이제부터 너는 마음 놓고 먹고 마시고 실컷 즐겨라.'

그런데 말입니다. 집으로 돌아가 배가 터지도록 먹고 마신 후 잠자리에 든 그는 비대한 몸을 가누지 못하고 그만 심장이 탈을 일으켜, 다음 날 해가 뜨는 것을 보지도 못하게 되었답니다. 그러니 이 사람이 지혜롭습니까, 어리석습니까? 자기를 위해서는 재물을 쌓아 두면서도, 하나님이나 이웃에게는 인색하기 짝이 없는 사람은 누구나 이 사람과 같습니다. 소유물을 자기 자신이나 인생으로 아는 사람은 하나님과 참된 삶에서 분리됩니다. 그것이 인간의 불행이고 비참함이고, 살아서 이미 죽은 것입니다."

사람들은 고개를 끄덕이며 들었다. 나는 랍비가 느닷없이 찬물을 끼얹은 게 아닌가 했다. 그래도 조그만 땅에 보리나 채소를 심어 먹는 사람들은 그나마 형편이 나은 처지였다. 가버나움, 막달라, 게네사렛 사람들은 손바닥만 한 땅도 없는 사람들이 대부분이어서, 매일 품삯을 받으며 일하거나 물고기를 잡아먹으며 근근이 살아가는 신세였다.

베드로 형제 집안도 빈한했다. 요한이나 우리 집같이, 많은 배를 소유한 부자 어부는 마을에 한두 집뿐이었다. 그렇게 궁핍하기 짝이 없이 살아가는 사람들이 기꺼이 그 날 하루 일을 접고, 랍비의 말을 들으러 마다하지 않고 온 것이었다. 랍비는 그들을 대견스럽게 보았다. 그들에게 고맙다는 눈빛이 가득했으니까.

6

그때 어린 여자아이가 아장아장 걸어 랍비에게 다가왔다. 엄마가 얼른 일어나 아이를 데려가려고 하자, 랍비는 그 아이를 안아 올려 뽀뽀하고는, 무어라 말하며 어르는 것이었다. 마치 아빠가 막내딸에게 하듯 했다. 아기는 환하게 웃고 좋아하며, 랍비 얼굴을 바라보고 손으로 수염을 만지며 무엇이라 옹알거리다가, 이내 고개를 돌려 입에 손을 넣고는 사람들을 쳐다보았다. 그처럼 행복하고 사랑스러운 모습이 어디 있을까! 모든 이들은 잠시 세상살이의 시름을 잊고 촉촉한 기쁨으로 물들었다.

아이를 엄마에게 안겨준 랍비는 말했다.

"여러분은 나에게 무엇을 바라고 오셨나요? 나는 줄 게 아무것도 없는 떠돌이랍니다. 내가 줄 수 있는 것은 이미 여러분이 다 지니고 있어요. 그게 무엇일까요? 방금 어린이를 보셨지요? 우리 모두 어린 시절을 보냈어요. 이사야 예언자는 어린이를 만인의 스승과 지도자라고 했어요(사 11:6). 왜 그럴까요? 어린이는 아직 세상의 때가 묻지 않은 순결한 영혼이기 때문이지요. 그러니 어린이야말로 하나님의 눈에는 가장 아름답고 착한 인간입니다.

우리 안에는 여전히 그런 착하고 순결한 어린이가 살아 있어요. 성서는 그것을 '하나님의 마음'이라고 했지요(창 1:27). 그것은 부모를 믿고 사랑하는 어린이같이, 남을 사랑하고 돕고 아끼고 소중히 여기며 서로 웃고 즐거워하고 축복하는 마음입니다. 우리는 아버지의 어린이기에, 한 가족입니다. 아버지는 사랑이시고, 사랑은 아버지와 같습니다. 왜냐면 아버지는 한 큰 생명의 영이시기 때문이지요. 그래서 삶도 사랑이고, 우리도 사랑입니다. 사랑의 아버지는 저 위에도 계시고, 여러분 안에도 계시고, 이 세상 어디에나 계십니다. 아버지는 만물을 품어 안고 계시니까요. 이렇게 아는 사람은 행복합니다.

나날이 힘겹다 해도, 밤마다 잠시라도 별들을 바라보세요. 헤아릴 수 없이 반짝이는 별들은 사랑 가득한 마음으로 여러분을 지켜보시는 아버지의 눈동자입니다! 밤마다 별들을 바라보며 아버지를 우러러본 우리 조상 아브라함, 이집트 노예로 끌려가 고생하며 누명을 쓰고 감방에 갇혀서도 밤마다 은하수를 바라보고 아버지를 생각하며 희망과 용기의 샘물을 길어 올리며 이겨낸 요셉을 기억해보세요. 부디 저 별들에서 여러분을 바라보시는 아버지의 눈동자에 자기의 눈동자를 맞추고 살아가세요! 그런 사람은 행복합니다.

우리가 다 알듯이, 해마다 늦가을이면 북녘에서 이곳으로 황새, 학, 고니, 백조, 청둥오리 등 철새들이 날아와 겨울을 지내다가 봄이 오면 다시 고향으로 돌아가고, 비둘기와 제비와 참새도 저녁이면 자기들 집으로 돌아갈 때를 잘 알지요. 그러면 사람의 고향은 어디입니까? 하나님 아버지의 품입니다. 모세는, 하나님은 우리의 영원한 집이라고 했지요(시 90:1).

그러니 우리는 하나님의 집을 떠나 잠시 이 세상에 온 것이지요. 우리는 하나님 아버지께서 이 세상에 보내신 사람들입니다. 예언자만 그런 게 아니랍니다. 그래서 우리는 태어나 살다가 죽는 것이 아니라, 여기에 왔다가 우리의 영원한 고향인 아버지의 품으로 다시 돌아가야 할 사람들입니다. 자신을 이렇게 아는 사람은 행복합니다.

저기 아네모네꽃들을 보세요. 엉겅퀴꽃과 쐐기풀꽃도 많네요. 창고도 없고, 날씨 탓도 하지 않고, 근심도 욕심도 없고, 시기와 질투도 없고, 사치와 자랑도 없고, 책도 모르고 성전도 없지만, 겸손한 가운데 늘 활짝 웃으며 살아갑니다. 사람과 양과 염소가 짓밟아도, 얼굴을 찡그리지 않고 상처를 딛고 일어나 꽃을 피웁니다. 지난날 상처에 지금의 삶을 우울하게 보내지 않지요. 불어오는 바람에 하늘하늘 춤추는 걸 보세요. 얼마나 아름답고 찬란합니까!

어떤 사람이 그처럼 멋진 춤을 추겠나요? 삶을 즐거워하고 사랑하는 걸 보세요. 저 꽃들을 바라보고, 바라보고, 또 바라보세요! 아버지의 말씀은 성서에만 있는 게 아닙니다. 저 꽃들은 지금 싱싱하게 피어나 아버지의 목소리를 전해주는 사랑의 시입니다. 만물은 아버지의 마음을 보여주는 살아 있는 목소리이고 글씨이지요. 이것을 아는 사람은 행복합니다.

참새, 박새, 붉은머리오목눈이, 독수리, 붕어, 잉어, 메기, 자라, 나비, 매미, 풍뎅이, 메뚜기, 쇠똥구리를 보세요. 얼마나 열심히 삽니까? 쇠똥구리는 뒤로 돌아서 짐승의 오물을 동그랗게 말아 굴리며 가다가, 우묵한 곳으로 굴러떨어지거나 풀뿌리나 나뭇가지에 걸려 애를 먹기도 하지만, 포기하는 법을 모른답니다. 우리네 삶은 어느 한순간도 허투루 낭비할 틈이 없는 아버지의 멋지고 소중한 선물입니다. 이렇게 아는 사람은 행복합니다."

7

랍비가 어린이들도 알아들을 수 있게 말하자, 지난번 가버나움 언덕 때와 같이 모두 행복한 얼굴이 되었다. 그때 랍비는 요한을 불렀다. 보나 마나 노래하라는 것이었다. 미남 청년이 일어나 랍비 곁에 서자, 얼굴이 붉어진 몇몇 아가씨들이 환히 웃으며 자기들끼리 귓속말로 소곤거렸다. 그걸 보고 머쓱해진 요한의 얼굴이 석류같이 빨개졌다. 요한을 본 랍비는 웃었다. 요한은 '아아, 어어' 하며 목소리를 가다듬더니, 시인의 노래를 불렀다(시 8편).

하나님 우리 아버지,
임의 얼굴, 온 땅에서 어찌 그리 아름다운지요!
임의 이름, 저 하늘 높이까지 어찌 그리 찬란한지요!
어린이와 젖먹이들도 그 어여쁜 입술로 임의 아름다움을 찬미합니다.
임께서 손수 만드신 저 광활한 하늘,
임께서 고운 손길로 친히 달아 놓으신 저 달과 별들을 봅니다.

아, 임이시여!
사람이 무엇이라고 임께서 이렇게까지 생각하고,
사람의 아들(人子)이 무엇이기에 임께서 이토록 자상히 돌보십니까!
임께서는 사람을 임보다 조금 못하게 지어,

존귀하고 영화로운 왕관을 씌워 주셨습니다.

사람처럼 귀하고 소중한 것이 세상에 또 있습니까!

하나님 우리 아버지,

임의 얼굴, 온 땅에서 어찌 그리 아름다운지요!

임의 이름, 저 하늘 높이까지 어찌 그리 찬란한지요!

요한이 노래를 마치자, 모두 환호했다. 일어난 어린이들이 서투른 손으로 맞장구치는 것은 얼마나 귀여웠는지! 갈릴리호숫가에서 다시금 이런 행복한 잔치를 연 랍비의 얼굴은 고마움과 사랑으로 빛났고, 우리 형제들은 요한의 비극적인 죽음조차도 잠시 까마득히 잊었다.

랍비가 사랑하는 친구를 잃고도 흔들림 없는 마음으로 사람들을 대하고 아름다운 이야기를 들려준 모습은 우리 마음에 크나큰 울림을 안겨주었다. 우리는 하나님의 나라를 위한 길에서, 어떤 힘겨운 일을 겪고 억울한 사태를 만나든, 지난 일에 사로잡혀 머물러서는 안 되며, 사람들을 위한 사랑과 진리의 길을 계속 걸어가야 한다는 것을 알았다.

이야기가 길어지다 보니, 그만 점심때를 넘겼다. 빵과 마른 생선이나 무화과나 물주머니를 가져온 사람들은 얼마쯤 있었으나, 대개는 빈손으로 왔다. 아무도 그리 오래 이야기를 들을 줄 몰랐을 테니까. 돌아갔다가 다시 오기에는 마을이 좀 멀었다.

그때 안드레가 어떤 아이가 보리 빵 다섯 개와 소금에 절여 말린 작은 물고기 두 마리를 갖고 있다고 했다. 보리 빵은 아기 주먹만 한 작은 것이었다. 그러자 랍비는 그 아이에게 친절하게 말하여 가져올 수 있으면 가지고 오라고 했다.

안드레가 아이에게 가서 무릎을 굽히고 앉아 말하자, 놀랍게도 그 아이는 기꺼이 자기 도시락을 내놓는 것이었다!

안드레가 가져오자, 랍비는 기도하자며 축복기도를 했다. 그리고는 빵 한 개를 들고 두 쪽으로 나누어 앞에 있는 사람들에게 주었고, 안드레와 베드로와 야고보도 나서서 빵과 말린 생선을 두 쪽으로 나누어 주었다.

그러자 놀라운 일이 생겼다. 그것을 본 사람들은 너나 할 것 없이 주머니에서 가져온 빵이나 과자나 말린 과일을 꺼내, 빈손으로 온 사람들에게 나누어주고 활짝 웃으며 먹기 시작했다. 그래서 아무도 굶지 않고 배부르게 먹었다. 그 조그마한 보리 빵 쪼가리, 마른 나물이나 무화과나 말린 생선 한 조각이 무슨 어른의 배를 부르게 했겠는가?

그러나 나는 똑똑히 보았다. 사람들이 서로 나누어 먹을 때 보인 그 환하고 다정스러운 눈빛과 미소는 랍비를 따라다니는 동안 처음 경험한 사랑의 잔치였다! 반대자들 때문에 늘 그런 것은 아니었지만, 랍비가 가는 곳에서는 어디서나 가나의 결혼잔치 같은 일이 벌어졌다. 정녕 그것이야말로 기적이었다! 그때 사람들은 너나없는 한 가족이 되었으니까.

그때 나는 마음에 사랑의 샘물이 터지는 순간, 사람은 물 한 모금으로도 배부를 수 있다는 진실을 깨달았다. 나는 그것이야말로 랍비가 일으키는 참된 기적이라고 보게 되었다. 바다를 가르고, 해를 멈추고, 하룻밤에 군대가 몰살되는 것도 기적이라 하겠으나, 랍비가 일으키는 기적은 그런 것이 아니라, 사람들이 사랑으로 가득해지는 것이라는 진실을! 빵과 물고기가 뗄 때마다 자꾸만 불어나 배가 터지도록 먹은 게 기적이 아니라, 사랑 안에서 한 형제자매가 되어 아낌없이 나누는 것이 바로 진정 신비로운 기적이라는 것을!

기적 타령을 하는 자들은 40년 동안 매일 만나와 메추라기 기적을 눈으로 보고 손으로 만지고 입으로 먹으면서도 결국에 어떻게 되었던가를 똑바로 봐야 한다. 처음 이집트에서 나온 20세 이상의 어른들은 둘만 제외하고, 광야에서 모조리 뼈다귀가 되고 말았다. 숱한 기적을 보고서도 아무도 마음이 변하지 않았으니까. 기적을 보는 것은 사람을 변화시키지 못한다. 사랑만이 변화시킨다. 그래서 나는 말한다. 랍비야말로 참되고 영원한 기적이라고!

나는 요한과 이런 이야기를 주고받았다. 그는 초롱초롱한 눈으로 이렇게 말했다. "이런 것은 기적이라고 하는 게 아니라, 표적(표징)이라고 하는 것이네. 그러니까 어떤 일이 가리키는 의미라는 말이지. 그것을 알아차리지 못하면, 기적은 그것을 체험한 사람에게만 국한되는 것이니까, 다른 사람에게는 아무런 의미도 없게 되고 말지.

그렇지 않은가? 요컨대 중요한 것은 기적에서 표적을 보는 눈, 곧 의미에 대한 깨달음이란 말이지. 그렇기에 랍비의 모든 가르침이나 기적 행위나 행동은 표적이라네. 아니, 랍비 자신이 표적이시지!"

나는 그만 요한의 총기에 놀라고 말았다. 나는 요한의 옆구리를 쿡 찌르며 말했다. "오, 여기 갈릴리의 필로가 나타나셨구먼!" 그는 내 어깨를 툭 쳤다. 나는 요한의 말을 깊이 생각하며, 그가 장차 큰 인물이 될 것이라고 보았다. 그도 기억력이 출중하니까, 어쩌면 나처럼 랍비의 행적을 기록하거나 사람들에게 들려주어, 세상에 남길지도 모른다는 생각이 들었다. 나는 있는 그대로 기록하겠지만, 그는 표적의 의미를 강조할 것이라고 보았다. 그래야 랍비의 모든 행적이 랍비 이후에도 사람들을 깨우치는 길이 될 테니까 말이다.

8

이윽고 식사가 끝나고 휴식을 취한 후, 랍비가 말했다.

"내가 여러분 사이를 다니다가 들으니, 여러분 가운데서는 나를 세상에 오시기로 된 다윗 같은 제왕 메시아라고 말하는 것 같습니다. 그러나 나는 분명히 말합니다. 나는 그런 사람이 아닙니다. 나는 왕도 아니고 군인도 아니고 독립투사도 아닙니다! 나는 그런 기적에는 관심 없습니다. 그러니 여러분은 기적을 위해 나를 찾아다니지도 소문도 내지 마십시오."

그때 나는 민족해방투사 가나안인 시몬과 가리옷 유다의 동공이 커지며 몹시 언짢아하는 표정을 짓는 것을 보았다. 나는 섬뜩했다. 그래서 어쩌면 앞으로 예루살렘에서 우리 사이에 좋지 않은 일이 벌어질 수도 있겠다 싶은 생각이 들었다. 왜냐면 우리는 랍비를 따라다니기는 하지만, 무슨 심오한 체험을 하고 진리를 깨달은 처지도 아니었으니까.

"여러분은 오늘 기적을 보았습니다. 바로 여러분들이 서로 음식을 나누어 먹은 것이 그것입니다. 아버지 안에서 서로를 사랑하고 아껴주고 소중히 여기며 무엇이라도 기꺼이 나누는 것, 그것이 바로 아버지께서 여러분을 통해 일으키시는 기적입니다. 여러분은 그것을 깨달아야 합니다. 그것이 이 기적이 가리키는 뜻이니까요.

빵과 물고기를 먹고 난 후, 찌꺼기는 뒷간에 가서 버리지요. 매일 진수성찬을 먹은들, 그것으로 사람 노릇을 하는 게 아닙니다. 그러니 여러분은 썩어 없어질 양식을 얻으려고 일하지 말고, 영생에 이르도록 남아 있을 양식을 얻으려고 일하십시오. 나는 그것을 줍니다."

어떤 사람이 물었다. "무엇이 하나님의 일입니까?"

랍비는 "하나님께서 보내신 이를 믿고 그의 말을 따르는 것이 하나님의 일입니다."라고 대답했다. 그러면서 랍비는 놀라운 말을 했다. "나는 하나님께서 주시는 참 빵을 여러분에게 나누어줍니다. 그 빵은 세상에 생명을 줍니다. 내가 생명의 빵이요 물고기입니다. 하나님께서 보내신 나를 믿고 따르는 사람은 결코 배고프고 목마르지 않을 것입니다."

그러자 몇몇 남자들이 수군거렸다. "저분은 나사렛 목수의 아들 예수아가 아닌가? 우리가 그의 어머니와 형제들도 아는데, 어떻게 자신을 하늘에서 내려온 빵이라고 하는가? 도무지 이해할 수 없는 말씀이 아닌가?"

그러나 랍비는 말을 이었다. "우리 조상은 광야에서 만나를 먹었어도 모두 죽었지요. 그러나 하늘에서 내려온 빵을 먹으면 죽지 않습니다. 나는 하늘에서 내려온 빵입니다. 이 빵을 먹는 사람은 누구나 영원히 살 것입니다. 내 살은 하나님의 빵이고, 내 피는 하늘의 포도주입니다. 나를 먹고 마시는 사람은 내 안에 있고, 나도 그 사람 안에 있습니다. 내가 아버지 때문에 사는 것과 같이, 나를 먹고 마시는 사람도 나 때문에 살 것입니다."

이런 말은 지금까지 들어오던 것과는 전혀 다른 종류였기에, 우리는 물론 누구도 무슨 말인지 알아들을 수 없었다. 우리는 서로 쳐다보며 의아한 표정만 지을 뿐이었다. 도무지 이해할 수 없다고 말하며 수군거리는 사람들이 많았다.

랍비는 할 말을 다 했으니 모두 집으로 돌아가라고 하며, 사람들과 인사를 나누었다. 사람들은 랍비의 마지막 말은 이해하지 못했지만, 그 날 모임에서 들려준 쉽고 아름답고 감동적인 랍비의 이야기와 요한의 노래, 그리고 음식을 먹을 때 일어난 놀라운 일로 한껏 즐겁고 기쁜 표정으로 돌아갔다.

이윽고 베드로가 나서서 "랍비의 말씀은 영생의 말씀입니다. 이제 저는 랍비가 하나님이 보내신 분이고, 생명의 빵과 포도주라고 믿습니다."라고 말했다. 나는 베드로의 느닷없는 말에, 그가 진정 랍비의 말이 무슨 뜻인지를 깨닫고 말하는 것인지, 의심이 들기도 했다.

랍비의 말에 형제들은 더욱 혼란스러워지고 말았지만, 요한과 나는 어렴풋이 랍비의 살과 피, 곧 랍비 자신이 생명의 빵과 포도주라는 것은 그때까지 겪은 일들로 어느 정도 이해했다. 가나의 결혼잔치와 가버나움 들판의 설교, 그리고 오늘의 말씀이 그런 것이었으니까. 베드로도 아마 요한과 나와 같은 마음에 그렇게 말했을 것으로 생각했다. 어떻든 나는 랍비의 말이 점점 더 어려워지고 있음을 느꼈다.

11장

동상이몽(同床異夢)

1

랍비와 우리가 떠나고 있는데, 야고보와 요한의 어머니 미리암이 하인들을 데리고 허겁지겁 달려왔다. 그녀는 두 아들의 손을 붙잡고 다가와 랍비에게 인사를 하고는 말했다. "랍비, 다른 게 아니고 드릴 말씀이 있어 이렇게 부리나케 찾아왔습니다."

"그렇습니까? 무엇인가요?"

요한의 어머니는 눈치를 살피며, 우리가 듣지 못하게 하려는 듯 작은 목소리로 말했다. "저, 우리 큰애 야고보한테서 들은 말인데요. 랍비께서 예루살렘에 가시면 왕이 될지도 모른다고 하던데요." 랍비는 어이없다는 표정이었고, 놀란 우리는 서로 바라보았다. 그러자 야고보는 짐짓 먼 산 보기를 했고, 요한은 내숭을 떨며 빨개진 얼굴을 수그렸다. 그런데 독립투사 시몬과 유다는 눈빛이 반짝였다.

"저, 그래서 드리는 말인데요. 우리 집안은 예루살렘에 상점도 있고 재산도 많으니, 랍비에게 큰 도움이 드릴 수 있답니다. 그러니 제가 요구하는 것을 들어 주시면 안 될까요?" 우리는 무슨 말인가 싶어 침을 꼴깍 삼켰다.

그러자 랍비는 야고보와 요한을 쏘아보며 말했다. "아주머니와 두 아들은 나에게 무엇을 바랍니까?"

"랍비께서 예루살렘에서 왕위에 오르는 날, 야고보는 랍비의 오른쪽에, 요한은 왼쪽에 앉게 해주시면 안 될까요?" 그리고는 원하는 대답이 나오기를 기다리며, 눈 하나 깜박이지 않고 절실하고 확신 있는 표정으로 랍비의 얼굴을 바라보았다. 우리는 얼굴을 찌푸렸다.

기가 막힌다는 표정이 된 랍비는 멀리 호수를 한참 바라보다가, 혀를 끌끌 차고는 야고보와 요한에게 이렇게 말했다. "아, 그대들! 그대들은 지금 나에게 구하는 것이 무엇인지 조금도 모르고 있군. 그대들은 여태까지 내가 다윗 같은 왕이 될 것이라고 믿고 나를 따라다니고 있다는 것인가? 내가 그렇게 하찮게 보이는가?"

그런데 요한은 이상하게도 그게 아닌 척하며 잠자코 있는 것이었다. 알다가도 모를 게 사람이란 말이 공연히 나도는 게 아니라는 것을 실감한 순간이었다. 나는 미남에다 가수에다 생각도 깊다고 알던 요한의 숨겨진 면을 보는 것 같아, 적잖이 실망하여 씁쓸한 기분이 되고 말았다.

랍비는 크게 한숨을 지으며 말했다. "그대들은 내가 장차 마시는 잔(盞)을 마시고, 내가 받는 침례를 받을 수 있는가?" 나중에 안 것이지만, 잔과 침례는 랍비의 수난과 죽음을 가리킨 것이다. 그러자 그들은 화색이 도는 표정으로 반색하며, "얼마든지 그럴 수 있습니다!" 하고 대답하는 것이었다.

216

그러자 랍비는 이렇게 말했다. "그렇지. 그대들은 지금은 아니라도, 장차 내가 마시는 잔을 마시고, 내가 받는 침례를 받을 것이네. 그대들이 그것을 싫어하고 도망친다 해도 그렇게 되고 말 것이네! 그대들뿐 아니라, 여기 있는 친구들도 그럴 것이고."

그리고는 우리를 바라보며 말했다. "그러나 아무도 내 오른쪽과 왼쪽에 앉는 일은 없을 것이네! 왜냐고? 내가 다윗과 같은 왕이 되는 일은 절대로 없을 것이기 때문이지! 생각해보게. 지금 세상과는 전혀 다른 '새 하늘과 새 땅'(사 65:17)인 하나님의 나라에 어디 오른쪽과 왼쪽이 있단 말인가? 있다면, 황제나 왕이나 영주, 총리와 장관, 총독, 군대, 세금과 세리도 있고, 성전과 제사장, 귀족과 평민, 부자와 가난한 자, 하인과 노예도 있어야 하겠지? 그리고 이따금 전쟁도 벌여야 할 테고 말이네.

그렇다면 그것이 무슨 하나님의 나라란 말인가? 하나님의 나라 역시 이 세상과 똑같다는 말이 되질 않겠는가? 그러면 그런 나라를 이 땅에 또 세워서 뭘어쩌자는 것인가? 그냥 지금 이 세상에 잘 적응하고 출세하고 성공하여, 부귀영화를 누리며 장수하고 명성을 얻는 게 좋지. 그게 누구나 바라마지 않는 행복하다는 삶이니까. 이른바 솔로몬의 영화 말이네.

그러나 내 분명히 말하지. 하나님의 나라는 말 그대로 새 하늘과 새 땅을 가리키네. 거기에는 왕국, 황제나 왕이나 영주, 총리와 장관, 총독, 군대, 세금과 세리, 성전과 제사장, 귀족과 평민, 부자와 가난한 자, 하인과 노예, 전쟁도 없는 전혀 새로운 세상이네. 전에도 말했지 않은가? 인간이 타락하기 전 행복하고 친밀하고 평화롭게 살아가던 에덴동산 이야기 말이네. 하나님의 뜻은 그런 세상을 다시 이 땅에 세우시려는 것이지. 그것이 내가 말하는 하나님의 나라이네.

나는 그대들이 상상하고 꿈꾸고 오매불망 바라는 그런 따위의 치졸하고 졸렬하고 폭력적이고 썩어빠진 로마 같은 왕국이나 제국을 만들어 만인을 지배하자고, 이 땅에 하나님의 나라를 세우는 일을 하는 게 아니네. 그것은 악마의 유혹이네. 인간들의 탐욕과 망상이란 말이지. 그것은 전혀 아버지의 뜻이 아니네. 나는 사람들의 탐욕과 부패에 절은 마음부터 전복하고 깨끗하게 하여, 이 땅에 하나님의 거룩한 사랑의 혁명과 평화 세계를 이룩하려는 것이네. 이것이 나를 부르신 하나님의 뜻이네. 물론 오해하진 말게. 내가 혁명이라고 해서, 무슨 폭력 혁명을 말하는 것은 아니니까!"

랍비의 말에 요한의 어머니는 무슨 뜻인지 알아듣지 못하겠다며 낙담한 표정이었고, 야고보와 요한은 고개를 푹 수그리고는 발로 땅을 긁어댈 뿐이었다. 다른 형제들도 적잖이 실망하는 얼굴을 감추지 못했다. 막달라 미리암 누이와 나는 안타까운 마음이었다. 그런데 나다나엘은 진작에 저만치 물러나, 침착한 얼굴로 무화과나무 아래 홀로 앉아서 물끄러미 먼 하늘가를 바라보고 있었다.

이어 랍비가 말했다. "그대들이 지금까지 지켜보았듯이, 내 목숨보다 소중한 꿈, 곧 내가 오직 그것 때문에 살고 그것 때문에 죽을 수 있는 소망과 이상(理想)인 하나님의 나라는 먼저 나를 따르는 사람들이 아버지와 성서와 내가 전하는 진리를 깨달아 철저히 마음이 변화된 새로운 인간이 되는 것이네. 곧, 그대들의 영혼에 이루어지는 하나님의 온전한 다스림인 인간 혁명이란 말이네. 인간이 바뀌지 않는데, 어떻게 세상이 바뀌겠는가? 세상이란 그저 인간의 그림자일 뿐이네.

그다음에 하나님의 나라는 그렇게 근본적인 인간 혁명을 이룬 그대들이 오직 사랑의 진리 안에서 하나님의 한 형제자매가 되어, 나와 너의 구별과 차별도 없이, 서로를 위해 살고 서로를 위해 죽는 의롭고 거룩한 사랑의 방식을 통하여 이룩되는 평등과 자유와 평화의 세상이네. 곧, 사랑으로 이룩되는 세계 혁명이란 말이네. 이것이 하나님이 이 땅에 실현하시려는 새로운 창조 세계이지!

말하자면 하나님의 나라는 사랑의 진리만이 유일한 법과 가치와 질서가 된 새로운 에덴동산이네. 전에 이사야(제1)와 미가 예언자의 노래, 가버나움에서 들려준 기도문, 그리고 산에서 한 에덴동산 이야기 등이 성서의 줄기 사상이고, 그것은 유대 민족뿐 아니라 모든 인간이 바라야 할 꿈과 희망과 이상이라고 했네.

그런 평등과 평화의 세상을 이 땅에 이룩하는 것이 하나님의 뜻이고 목적이라고 하지 않았는가? 그새 이러한 이야기를 죄다 잊었단 말인가? 나의 이상과 길은 그런 평화의 세상을 유대뿐 아니라, 온 땅에 세우는 것이네. 결단코 로마와 같은 거짓 평화의 제국 같은 게 아니란 말이네! 오히려 로마 제국 같은 썩어빠진 세상을 모조리 전복하고, 전혀 다른 세상을 세우는 것이지.

야고보, 요한! 그래도 지혜로운 줄 알았는데, 아무리 말을 해도 도무지 말귀를 알아듣지 못하는군. 그리고 베드로도 마찬가지야!" 베드로는 랍비가 느닷없이 애먼 자기까지 말하는 바람에 어안이 벙벙한 표정이었지만, 이내 지난번 산에서 있었던 자기 일을 기억했는지, 고개를 푹 수그렸다. 우리도 모두 마치 비밀을 들킨 것처럼 얼굴이 닳아 올랐다. 랍비의 얼굴은 한없는 답답함으로 점점 더 쓸쓸해졌다.

한숨을 푹 내쉰 랍비는 숨을 고른 후 말했다. "그대들은 나와 나의 길, 그리고 나를 따라나선 그대들의 길을 대단히 잘못 생각하고 있네. 그러나 이것만은 알아두게. 그대들의 삶은 그대들이 생각하는 방식대로 되지는 않을 것이네! 왜냐면 내가 그대들의 영혼을 이미 죄다 빼앗았기 때문이지! 그대들의 영혼은 이미 내 것이네. 그대들은 내가 던진 그물에 걸려든 물고기라는 말이지. 결단코 빠져나가지 못하네. 이것이 그대들의 운명이네. 그러나 가여운 운명이 아닌, 영광스럽고 찬란한 운명이네. 나중에는 깨달을 것이네.

그대들은 그리스 철학자들이나 우리 민족 랍비들 같은 여느 스승을 따르며 출세를 꿈꾸는, 그저 그렇고 그런 시시하기 짝이 없는 제자들이 아니네. 바로 나의 제자란 말이네, 나의 제자! 나는 학문을 가르치며 출세의 야망을 부채질하는 그런 따위의 선생이 아니네! 그랬다면 이렇게 나서지도 않았지.

나는 오직 하나님의 나라만 말하고 전하고 선포하네. 그것이 내 밥이고 물이고 포도주이고 인생이고 일이고 목숨이고 영혼이고 운명이네. 그러니 지금이라도 나를 떠난다면 떠나게나. 나는 아무도 강제로 부르지 않았으니, 잡아둘 생각조차도 없네. 그러나 이것만은 알아두게나. 나를 따르다가 떠난 누구든 평생 영혼 없는 삶을 살아야 할 것이네.”

말을 마친 랍비는 찬찬히 한 사람씩 둘러보았다. 그런데 그 눈빛은 책망이 아닌, 무엇이라 표현하기 어려운 것으로, 가여워하는 마음과 함께 묘한 웃음기와 확신을 가득 머금은 그런 것이었다. 나는 훗날에야, 그때 그 묘한 웃음기 어린 랍비의 눈빛이 우리를 향한 참된 사랑이라는 진실을 깨달았다. 물론 다른 형제들도 오늘의 일을 기억했다면 그랬으리라.

그러자 야고보와 요한은 고개를 들지 못했고, 베드로는 다시금 땅이 꺼질 듯 깊은 한숨을 쉬었고, 독립투사 시몬과 유다의 얼굴은 점점 더 일그러졌다. 안드레와 마태는 깊이 생각하는 눈빛이었고, 막달라 미리암은 모든 게 안타깝다는 얼굴로 랍비만 바라보며 눈물지었다.

그런데 요한의 어머니는 여전히 물러서지 않고 말했다. “그러나 랍비, 제 아들들이 마음이 변하여 재산을 바쳐 랍비가 이룩하시려는 하나님의 나라를 위해 몸을 바치면 되지 않겠습니까? 아무래도 하나님의 나라를 건설하는데도 돈은 필요할 테니까요.” 특히 마지막 말에 힘을 주었다.

그 말에 랍비는 눈을 크게 뜨고 목청을 높이더니, 단호하게 말했다. "부인, 이 땅에 하나님의 나라를 세우는데 돈 따위는 필요 없어요! 아버지께서 때마다 적절히 돌보고 배려하고 인도하실 테니까, 굶어 죽지는 않아요!"

그리고는 더는 말이 통하지 않자, 랍비는 돌아서서 자리를 떠나 성큼성큼 앞으로 걸어갔다. 뒤에 남은 우리는 야고보와 요한에게 화를 냈다. 그러자 미리암 부인은 오히려 우리에게 화를 내며, "너희들도 똑같은 생각이면서 안 그런 척하며, 뭣 때문에 우리 애들을 야단치느냐?"고 꾸짖는 것이었다. 그리고는 두 아들을 포옹하고는, 공연히 와서 애꿎은 일만 겪었다는 듯한 표정으로, 랍비에게 인사도 없이 돌아갔다.

2

선수를 친 두 사람에 대한 시기심에 북받친 형제들이 똑같은 마음을 품고 알콩달콩 옥신각신하며 다투는 소리를 들은 랍비는 발걸음을 멈추고 돌아서서 크게 한숨을 짓고는 말했다. "이리로 와보시게들. 제발 생각 좀 하시게나! 머리는 그냥 달고 다니시는가? 가슴은 무슨 훈장(勳章)이시고?" 얼마나 답답했으면, 조롱과 힐책이 섞인 어조였다.

"보게나. 지금 우리 민족이 누구의 지배를 받고 있는가? 로마지. 그들이 하는 짓을 그대들도 잘 알지 않는가? 그게 국가라는 괴물의 적나라한 모습이네. 수많은 민족을 다스린다는 그들은 말은 정치라 하지. 그러나 그걸 어찌 정치라고 할 수 있는가? 아예 자랑스레 내놓고 벌이는 정복과 지배와 억압과 착취와 군림과 강탈과 살인의 정벌이지! 그들은 지옥의 창조자, 악마의 앞잡이들이라고! 그것 하나로도 모자라, 내가 또 그런 나라를 세워야 하겠나?"

랍비의 언성이 그렇게도 높아진 것은 처음이었다. 랍비의 거친 호흡이 대여

221

섯 걸음 밖에서도 들려왔다. "생각해보게나. 군대 없는 제국이 가능한가? 그들은 막강한 군대의 힘만 앞세우며 뭇 나라와 백성을 정복하여 마구 위협하고 죽이고, 기름 틀의 깨처럼 쥐어짜지. 마당에 널어놓은 무화과 소쿠리까지 털어가고, 항의하는 노인들의 얼굴에 침을 뱉고 수염을 뜯으며 땅바닥에 내동댕이치고, 어린애들을 사람 취급도 하지 않고, 부녀자들이나 처녀를 농간하고, 돼지가 모자라면 양과 염소들까지 빼앗아 구워 먹질 않는가?

게다가 그들에게 빌붙어 갖은 아양을 떨며 실컷 처먹고 사는 이 땅의 귀족이라는 종교인들과 부자들이란 백성의 고혈을 짜서 희희낙락하고 세도를 부리며 살지 않는가? 우리 백성을 솥 안의 콩처럼 볶고 물고기처럼 지져대며, 겨우 목숨만 부지하고 살도록 패대기치면서도, 마치 자기들이 이 땅의 은인인 것처럼 행세나 하면서 말이야!

우리는 그따위 세상을 아버지의 진리로 뒤집어엎어, 모든 이가 서로 사랑하고 평등하고 평화롭고 공평하게 살아가는 새로운 세상인 하나님의 나라를 세우려고 지금 이 길을 가고 있는 것이네. 그대들은 그런 일이 도대체 가능한가 하고 묻겠지?

물론 불가능하다네! 나도 그것은 잘 알고 있네. 세월이 천 년을 열두 번 흐른다 해도, 정치나 군대나 경제나 종교나 지식의 힘으로는 불가능하지. 그러나 가능하다네! 그대들뿐 아니라, 장차 그대들을 통하여 우리의 길에 합류하는 사람들이 진실로 하나님의 영으로 감화를 받고 진리를 깨달아 온전히 새로운 사람이 된다면, 백 년도 못 가서 얼마든지 가능하단 말이네. 나는 그것을 믿고 이 길을 가는 것이지. 그대들은 이런 나를 무모한 꿈 쟁이나 몽상가나 미친 자나 지나친 이상주의자로 보기도 하겠지.

그러나 생각해보게. 저 야곱의 아들 요셉이 이집트와 주변 민족들과 우리

222

조상을 온 세상을 휩쓴 대기근에서 구원할 줄을 누가 알았겠나? 그는 어렸을 적에 형제들에게 멍청한 꿈이나 꾸는 몽상가라고 놀림을 받았지. 그는 꿈에 형제들의 곡식단이 자기 단 주위를 둘러서서 절을 하고, 부모와 형제들의 별들이 자기 별을 향하여 절을 하는 꿈을 여러 번 꾸었지. 그런데 결국에 어떻게 되었는가? 모두 꿈대로 되었네. 그러면 그 꿈이란 게 요셉이 일부러 만들어낸 꿈인가? 아니네. 하나님께서 그에게 미리 보여주고 가슴속에 꼭꼭 심어주신 것이지.

시나이반도 광야로 도피한 모세가 장차 이집트의 노예가 된 우리 민족을 해방할 줄 누가 알았는가? 그조차도 꿈에도 몰랐지. 그러나 그는 하나님을 만나는 체험을 하고는 신발짝 같은 지난 경력과 기억을 벗어던지고 하나님의 뜻을 자기의 꿈으로 삼고, 지팡이 하나 달랑 들고 이집트로 들어가 오랜 투쟁 끝에 우리 민족을 해방하여 이 땅으로 데려왔네.

하나님의 위대한 일은 신발짝이 가리키는 속 좁고 욕심 사납고 무지하고 어리석은 자기라는 악마의 모가지를 쳐서 끊어버리고, 하나님의 꿈을 이루기 위해 영혼을 남김없이 바치는 사람들을 통해서 이루어지는 것이란 말이네. 그 사람이 배웠든 못 배웠든, 재주가 있든 없든, 남자든 여자든, 그런 것은 아무 상관도 없네. 중요한 것은 그 사람이 진실로 마음의 혁명을 일으킨 사람인가 아닌가에 달려 있지.

하나님이 나에게 그런 꿈을 주어 이끄시는 것이라면, 그대들은 어떻게 할 것인가? 그런 일 없다고 할 셈인가? 그렇다면 지금이라도 모든 것을 내팽개치고 돌아가서, 평생 죽도록 물고기나 쫓아다니고, 서류철이나 뒤적이고, 장부나 계산하고, 장사나 하고, 밭이나 일구시게나. 그렇게 살다가 늙고 지치고 병들고 죽어 해골로 흩어져 버리시게! 저 바빌론 포로 유대인들의 뼈다귀처럼 말일세(겔 37장).

그대들이 모조리 나를 떠난다면, 나는 아직 새파랗게 젊으니, 지금이라도 새로운 형제들을 만나 이 일을 할 것이네. 정녕 그대들은 그렇게 살고 싶은 것인가? 아니면, 하나님의 꿈을 제 꿈으로 여기고 나를 따라서 한 번 삶을 바쳐볼 텐가? 하나님과 진리 앞에서, 인생은 어차피 도박이네! 다 잃던가, 아니면 다 얻던가 둘 중의 하나지. 제발 몸뚱이 신화에 사로잡히지 말게나. 그것은 죽음과 파멸의 길이니까.

나는 아버지께서 나를 불러 이 땅에 새로운 에덴동산을 세우는 일을 하라고 명령하셨다는 것을 믿고 느끼네. 그게 내 인생이네. 그러니 집으로 돌아가지 않고 나를 믿고 따르는 이상, 그대들은 살든 죽든 내가 생각하는 하나님의 나라를 향한 이상과 신념에 맞는 사고방식과 태도와 행동을 지향해야 하네.

물론 지금은 이것이 잘 안 되는 것을, 나도 잘 알고 있네. 그러나 '주의 영이 내게 임하셨으니…' 하는 이사야 예언자의 말처럼, 아버지께서 그대들을 찾아오시는 날이 저 앞에서 기다리고 있네! 그러니 지금부터 매사에 마음 준비를 단단히 하고 나아가야 하네. 하나님이 어째서 요셉과 모세를 그렇게 긴 세월 고생을 시키셨는지를 진지하게 생각해보게나.

그대들은 로마 정치가들과 그 군대의 사고방식이 지향하는 그런 길을 가서는 안 되네. 암, 죽어도 안 되지! 그게 어디 사람의 삶인가! 그것은 일시적 성공과 영광과 영화를 얻기는 해도, 영원한 수치와 허무와 파멸의 길이네. 내가 가는 길을 따르면서 누구든지 위대하게 되고자 하는 사람 - 진실로 그렇게 될 수 있네! - 은 사람을 섬기는 하인의 길을 가야 하고, 으뜸이 되고자 하는 사람은 뭇 사람의 꼴찌가 되어 한없이 자신을 낮추어야 하네. 자기(자아)를 불사르라는 말이네!

나는 섬김을 받고 상찬과 영광과 숭배를 누리고자 하는 것이 아니라 모든 이를 섬기려 하고, 할 수 있다면 그것을 위해 내 목숨까지 바치려 하네! 이것이 아버지께서 내게 바라고 명령하신 내 운명의 길이네. 그렇지 않다면, 내가 뭣 때문에 이 길을 가고 있겠는가?"

3

고개를 숙인 우리는 얼어붙고 말았다. 랍비는 돌아서서 앞서갔다. 몇몇이 길게 한숨을 내뿜는 소리가 들렸다. 우리는 천천히 뒤를 따라갔다. 그렇게 한참 가는데, 독립투사 시몬이 입을 열었다. "나는 랍비의 말씀이 속마음은 아닐 것이라고 보네. 우리가 미리 떠들며 소문을 내지 못하게 단단히 입막음하신 것이란 말이네. 소문이 나면 랍비의 계획에 차질이 빚어질 게 틀림없질 않겠는가? 야고보 어머니께 그렇게 말한 것도 여자들이란 워낙 소문을 피우는 재주가 탁월하니까, 단단히 일러두신 것이란 말일세. 내 생각이 옳다는 것은 두고 보면 알 것이네. 예루살렘에 가면 모든 게 확 바뀔 것이네. 그러니 우리는 묵묵히 따르면서 그때를 기다려야 하네."

그의 말에 가룟 유다가 나섰다. "시몬과 나는 자네들보다 뒤에 따르기는 했지만, 누구보다도 랍비를 잘 알고 있다고 보네. 랍비의 소문은 이미 예루살렘을 지나 저 유대 광야에까지 퍼지지 않았는가? 그래서 시몬도 그곳에서 소문을 듣고 달려온 것이고, 나도 좋은 직장 내버리고 참여한 것이네. 저번에 시몬이 나에게 말한 것처럼, 지금쯤 예루살렘과 그 주변에서 시몬의 동지들인 비밀 독립투사들(젤롯파)이 랍비를 기다리고 있을 것이네.

혁명에는 핵심 주동 인물이 필요하고, 그런 사람은 방방곡곡에서 민중의 환호와 추종을 받아야 하는데, 지금 랍비가 그런 사람이 아닌가? 그러니 지금 그들은 랍비의 동태를 예의주시하면서, 예루살렘과 인근 각처에서 준비하며 랍비가 오기를 기다리고 있을 것이란 말일세. 예언자 요한 이후, 지금 이 땅에서 랍비처럼 중심이 된 인물도 없네. 그러니 랍비가 서울로 올라가는 날 보게나. 지금은 미리 위장하고 있지만, 분명히 뜻을 드러내실 것이네. 랍비의 말씀은 결정적인 날을 위한 예방 조치라네."

그는 자신만만한 표정으로 말을 마쳤다. 나는 그의 본심을 알고 놀랐다. 그렇지 않더라도, 나는 그가 매사에 눈을 이리저리 굴리며 무엇을 골똘히 생각하고 노리는 듯한 표정이 못마땅했는데, 그제야 확실히 알게 되었다.

그러자 방금 단호한 말을 들었음에도, 또 한바탕 다툼이 벌어졌다. "그러면 우리 가운데서 누가 랍비의 오른팔이 될까?" 하고, 야고보가 말했다. 나는 기가 찼다. 랍비의 모든 것이 음모요 정치적 전략이라니! 랍비를 따라나선 것이 결국 자리를 차지하려는 야망이었다니! 나는 그렇게도 말귀를 알아듣지 못하는 것이 한없이 답답하기만 했다.

4

그런데 그런 우리를 돌아본 랍비는 더는 할 말이 없는 듯, 묵묵히 걸어갔다. 한참 걸어 왼쪽에 보이는 티베리아스 옆을 지나갈 무렵, 저 멀리서 그곳 사람들이 다가오고 있었다. 랍비는 갈릴리의 영주 헤롯 안티파스의 도성인 티베리아스에는 들를 생각이 없다고 했다.

그런 말에 독립투사 시몬과 유다는 자기들의 생각이 맞는다는 듯, 뒤에서 서로 소곤거렸다. 랍비가 세포리스나 티베리아스 같은 큰 도시에 가지 않는 것은 예루살렘에 이르기 전에 일어날 불상사를 미리 예견하고, 일의 실패를 방지하려는 목적에서 취한 조치라는 것이었다. 내가 돌아보자, 그들은 기침하면서 딴청을 피웠다.

그런데 사람들 왼편의 한적한 길에서, 40대 중반으로 보이는 어떤 남자와 여인이 먼저 다가왔다. 그들은 반가운 얼굴로 랍비에게 인사하자마자, 서둘러 놀라운 소문을 전했다. 자기들은 부부인데, 전부터 입소문으로 랍비의 가르침을 전해 듣고 좋아하며 존경하게 되었다고 하는 남자는 이렇게 말했다.

"선생님, 저는 헤롯의 궁정 행정 장관인 '구사'이고, 여기 제 아내는 '요안나'라고 합니다. 우리는 지금 헤롯 안티파스 영주가 선생님에게서 어떤 꼬투리를 잡아 죽이려고 한다는 것을 알려드리려고 왔습니다. 그러니 멀리 피하시는 게 좋지 않겠습니까?"

그의 아내가 말했다. "선생님, 우리 부부뿐만 아니라 여러 지인이 선생님을 존경하고 사랑합니다. 제가 선생님의 가르침을 전해 듣고, 얼마나 마음이 기쁘고 평안을 얻고 있는지 모르실 거예요. 우리는 선생님을 하나님께서 보내주신 예언자로 알고 있답니다. 얼마 전에 예언자 요한을 죽인 안티파스 영주가 어떤 인물인지 잘 아시지 않습니까? 그러니 이 양반 말대로 하시는 게 좋겠어요."

그리고 보니, 그들 부부가 평범한 옷을 입고 사람들과 멀러 떨어져 나온 까닭을 알 수 있었다. 그들의 말에 모두 깜짝 놀랐다. 시몬과 유다는 "봐, 우리 말이 맞지? 안티파스는 노련한 정치가이니까, 벌써 낌새를 눈치챈 것이야!" 하고 소곤거리며 의미심장한 미소를 지었다.

그러나 담담한 표정으로 그들의 말을 들은 랍비는 이렇게 말했다. "가서, 그 여우 새끼에게 전하세요! 오늘도 내일도 그다음 날도, 나는 아버지의 말씀을 전하며 사람들의 슬픔과 고통과 상처를 씻어주고 위로하다가, 사흘째 되는 날에는 내 일을 끝낸다고! 나는 내 길을 갈 뿐이오. 아무도 나를 막을 수는 없소."

그 장관이 랍비의 말에 놀라며 머뭇머뭇하자, 부인이 말했다. "선생님 같은 분은 오래오래 살면서, 우리 백성에게 위로와 생기와 희망을 안겨 주셔야 해요.

우리가 선생님을 직접 따를 수는 없어도, 언제나 먼발치에서 응원한다는 것을 알아주셨으면 좋겠어요."

그리고는 남편에게 눈짓을 건네자, 그는 송구스럽다는 표정으로 랍비에게 자그마한 가죽 주머니를 내밀었다. 랍비가 물끄러미 쳐다볼 뿐 받지 않자, 눈치 빠른 그는 곁에 있던 안드레에게 주었다. 그러면서 "이것은 선생님과 여기 이 분들의 여행 경비에 보태 쓰시라고 드리는 겁니다. 우리 마음을 받아주시길 바랍니다." 랍비는 아무 말 없었다.

내가 기억하기로, 랍비는 그때까지 헤롯 안티파스에게 어떤 꼬투리 잡힐 언행을 하지 않았다. 바리새인들과 몇 번 충돌했을 뿐이다. 랍비는 단지 왕을 규탄하며 정치 하나 바로잡으려는 예언자가 아니었다. 물론 랍비의 하나님 나라 운동은 정치를 포함하지만, 우리와 사람들이 생각하는 것보다 더 깊고 넓고 높고 긴 세상을 바라보고 가르치고 행동했다. 랍비의 신념은 거룩한 영을 통하여 진리를 깨달은 각 사람의 내적 혁명과 사랑만이 참되고 영구한 혁명의 방식으로 새로운 세상인 하나님의 나라를 여는 길이라는 것이다.

5

그들이 랍비께 인사를 드리고 멀리 사라지자, 이윽고 어린이들을 들쳐 안거나 손을 잡고 온 엄마들이 다가왔다. 엄마들은 랍비에게 다가와 축복해 달라고 말했다. 그러자 시몬과 유다가 나서서 화를 내며, 바쁜 랍비의 길을 가로막는다고 야단쳤다. 그것을 본 랍비는 크게 분노하며 그들을 꾸짖었다.

"이런 사람들하고는! 어린이들을 막지 말고 본받을 생각을 하게나. 어린이들이야말로 지금 하나님의 나라 안에 있는 사람들이기에, 누구나 닮아야 할 인간의 모범이네! 지금 그대들이나 어른들이 잃어버리고도 잃은 줄 모르는 인간의 참모습 말이네. 하나님은 어린이들의 자애로운 아버지이시네. 그런 어린이를 보잘것없다고 여기며 억압하고 폭력을 가하는 행위는 신성모독과 같은 죄악이야! 어린이들을 작다고 여기며 죄짓게 하는 놈은 차라리 모가지에다가 큰 맷돌을 매달고 호수에 빠져 죽는 편이 나을 걸세."

실로 부드럽고도 과격한 어조였다! 그러면서 랍비는 언제 그랬냐는 듯, 이내 얼굴이 환해지더니, 아이들을 끌어안고 입을 맞추고 머리를 쓰다듬었다. 랍비는 아이들의 머리에 일일이 손을 얹고, 하나님 아버지께서 언제나 어디서나 언제까지나 사랑으로 돌봐주시기를 빌어주었다. 엄마들이 감사하며 아이들을 데리고 떠나자, 랍비는 이렇게 말했다.

"저렇게 서너 살 어린이는 지금 하나님의 다스림 속에서 행복하게 뛰노는 참사람의 모습이네. 그대들과 사람들이 회복해야 할 모습이지. 어린이는 착하고 순결하고 의심이 없고 누구나 신뢰하고 잘 웃고, 온몸으로 사랑을 아니까. 죄를 모르지! 그런데 커가면서 점점 어른과 세상을 닮아 그런 마음을 잃어버리는 것이 유감스럽고 가슴 아픈 일이지. 그러나 어른 중에도 여전히 어린이 마음을 지니고 살아가는 사람이 있네!

나는 분명히 말하네. 누구든지 서너 살 어린이와 같은 마음으로 하나님의 다스림(나라)을 받아들여 그 안에서 살아야 하네. 다시 말하지만, 하나님의 나라는 이 세상의 나라와 같은 게 아니네. '나라'가 아니란 말일세. 어쩔 수 없이 나라라는 말로 표현하지만, 그것은 사실 아버지의 마음속으로 들어가는 것이네. 그러니까 아버지께서 자기 마음을 완전히 다스리도록 내드리는 것이지. 하나님만이 인간의 유일한 왕이시기 때문이지!

또 말하지만, 사람이 하나님의 나라 안에 있다는 것은 하나님이 자기 안에서 당신의 삶을 사시게 해드리는 것이네. 사람은 하나님만이 차지하셔야 할 거룩한 몸이네. 그것이 가난하고 깨끗한 마음이지. 그때 사람은 행복하고 기쁘고 자유로워지는 것이네. 그것이 아버지께서 바라시는 사람이 되는 것이지. 그런 사람이 어찌 죄를 짓고 악을 행하겠는가? 내가 하고자 하는 일은 세상의 모든 이를 하나님의 어린이가 되게 하는 것이지, 아무것도 아니네!"

형제들의 얼굴은 낭패의 빛이 역력했다. 그때 나는 속으로 물었다. '아, 언제 우리가 랍비가 바라시는 사람이 될까?' 그러나 랍비는 때로 우리를 책망하기도 했지만, 깊이 믿고 있었다. 왜냐면 아무도 사람을 억지로 변화시킬 수 없기 때문이다. 랍비가 병자를 치유할 때마다, '그대의 믿음이 그대를 구원했다.'라고 말한 것도 그런 까닭에서 한 말이었다.

랍비는 우리에게 때가 올 것을 믿었다. 후일 우리는, 사람은 제 믿음과 지혜와 이상의 열정만큼 변한다는 것이 진리라는 것을 깨달았다. 하나님은 사람이 바라지도 않는데 강제로 변화시키지 않으신다. 랍비의 말처럼, 내면의 변화는 그것을 바라는 사람의 절절한 소망에 응답하시는 하나님이 협력하여 이루는 일이다. 랍비가 우리가 엉뚱한 언행을 드러낼 때마다 책망한 것은 진리는 진리이기 때문이고, 그때는 몰라도 후일 우리가 새사람이 될 날이 올 것을 내다보고, 기억해 두어야 할 것을 뼈아픈 충고에 담아 격려한 것이었다.

6

그때 어떤 옷 잘 입은 젊은이가 다가왔다. 티베리아스에서 꽤 잘사는 부잣집 도련님인 것 같았다. 그간 랍비의 소문을 들어서 찾아왔다는 그는 얼마 전 아버지가 세상을 떠나 외아들인 자기가 막대한 재산을 물려받아 어머니를 모시고 산다며, 평소의 고민을 털어놓았다. 그런데 그는 매우 뜻밖에도 자기가 무엇을 해야 영생을 얻는지를 물었다. 나이는 베드로와 야고보의 중간인 26살 정도로 보였다.

랍비가 "살인, 간음, 도둑질, 거짓 증언, 속임수로 강탈하지 말고, 부모를 공경하며" 선하고 의롭게 살면 된다며 십계명을 말하자, 그는 그 모든 것을 어려서부터 다 지켰다고 해서, 우리를 놀라게 했다. 물론 우리도 다른 것은 범하지 않았어도, 20살이 넘도록 한 번도 거짓말하지 않았다는 것은 누가 뭐래도 거짓말이다.

그러면 대답은 된 것이고 이미 영생을 얻은 것인데, 그는 머뭇거리며 가지 않았다. 아마 마음에 걸리는 게 있었던 모양이다. 나는 그게 무엇인지 알 수 없었다. 랍비는 그를 사랑스러운 눈으로 눈여겨보았다. 우리와는 다르게, 집안도 좋고, 히브리어를 알고 학식도 많은 것 같고, 도덕적으로도 흠잡을 데가 없는 사람이었으니, 어쩌면 랍비는 그를 제자로 삼을 만한 재목으로 본 것 같았다. 우리는 서로 말은 없었지만, 느닷없이 의기소침해지고 말았다.

이윽고 랍비는 그에게 청천벽력 같은 말을 했다. "그대에게는 한 자기 부족한 것이 있는 것 같네. 하나님의 계명에는 이웃을 자기 몸처럼 사랑하라는 말씀도 있다는 것은 그대도 잘 알 걸세." 그때야 나는 그가 머뭇거린 까닭과 랍비가 계명을 말하면서, 왜 이것을 언급하지 않았는지 알았다. 과연 어느 누가 사랑의 계명을 다 지켰다고 말할 수 있겠는가? 도덕적으로는 흠 없이 산다 해도, 사랑은 한계가 없으니, 그것을 다 했다는 것은 분명히 거짓말이다. 그러니 랍비는 그의 정곡(正鵠)을 찌른 것이었다.

랍비가 그에게 "가서, 그대가 가진 것을 다 가난한 사람들에게 나누어주고 와서 나를 따르시게. 그러면 영생을 얻을 것이네."라고 말하자, 그는 충격을 받은 듯 한숨을 푹 내쉬었다. 그러더니 근심이 가득한 얼굴로 울상을 지으며 랍비를 바라보았다. 랍비도 그의 눈을 똑바로 바라보았다. 잠시 고요한 침묵이 흘렀다.

그는 곧 고개를 푹 수그리고 땅이 꺼질 듯 또 한숨을 내쉬더니, 랍비에게서 눈길을 돌리고는 힘없는 발걸음으로 등을 돌리고 떠났다. 그는 가면서도 자꾸만 뒤를 돌아보았다. 뒷모습이 마치 온 세상을 한 번에 잃어버린 사람 같았다. 그런데 나는 그가 랍비의 말을 따르지 못한 것이 욕심보다는 어머니 때문이라고 보았다. 랍비도 그것을 알았을 텐데도 그렇게 말했으니, 랍비의 말은 참으로 무자비할 정도였다.

랍비는 단호히 말했다. "재산을 가진 사람은 하나님의 나라에 들어가는 게 참 어렵네. 왜냐? 한 사람의 마음에서 하나님과 재산은 나란히 설 수 없기 때문이지. 부유하고 인색하게 살면서 어떻게 하나님의 다스림을 받는다고 하겠는가? 그리고 싶은 게 사람의 본성이네만, 부자가 하나님의 나라에 들어가는 것보다 낙타가 바늘 문으로 지나가는 게 더 쉽다네."

바늘 문은 옷을 꿰매는 바늘구멍이 아니라, 성벽에 만든 서너 살 어린애만큼 작고 낮고 네모난 문짝 없는 문이다. 어린 낙타도 그리로는 못 들어간다. 억지로 주저앉혀 목에 밧줄을 매어 죽도록 잡아끌면 들어갈 것이다. 그러니 재산을 가지고 하나님의 나라에 들어가는 것은 인간에게는 불가능한 일이라는 것이니, 실로 경악스러운 말이었다.

그러자 베드로가 우울한 어조로 말했다. "그렇다면 아무도 구원이나 영생을 얻지는 못하겠네요." 랍비는 이렇게 말했다. "그렇지. 암, 사람에게는 불가능하지. 그러나 그렇다고 해서 아버지께까지 불가능하다는 말은 아니네. 아버지께는 모든 일이 가능하시니까."

베드로가 또 말했다. "보시다시피 우리는 모든 것을 버리고 랍비를 따라왔습니다."

랍비가 말했다. "나는 진실로 그대들에게 말하네. 아버지의 나라와 진리를 위하여, 그리고 나를 위하여, 집이나 형제나 자매나 어머니나 아버지나 자녀나 논밭을 버린 사람은 지금 이 세상에서는 박해도 받겠지만, 장차 집과 형제자매와 부모와 자녀와 논밭을 백 배나 받을 것이고, 지금부터 영생을 누릴 것이네. 그러나 조심하게나. 하나님의 나라에서는 첫째가 꼴찌가 되고, 꼴찌가 첫째가 되는 일이 흔하다네."

사실 랍비를 따라다니는 것은 세상에서 볼 때는 이미 쫄딱 망한 것이나 마찬가지인데, 백 배를 받는다니? 게다가 지금 영생을 누린다니? 도무지 무슨 말인지 알 수 없었다. 나중에야 그것이 랍비를 따르는 형제자매들의 새로운 공동체를 가리킨다는 것을 깨달았다. 그런데 그것은 아버지와 진리 안에서 새로운 인간이 되어야만 가능한 일이다. 랍비의 하나님 나라는 새로운 인간과 새로운 큰 가정의 세상이니까 말이다. 그러니 랍비의 공동체 안에서 우리는 많은 부모와 형제자매와 재산을 얻는 것이다.

전에 랍비는 "사람의 원수가 자기 집안 식구"라는 말도 했다. 랍비는 혈육으로 이루어진 가정이 욕심과 이기심으로 가득한 현실을 환히 꿰뚫어 보았다. 누군들 제 식구를 사랑하지 않으랴? 그러나 아무도 그런 마음으로 다른 가정을 사랑하진 않는다. 바로 그래서 세상이 좀체 나아지지 않는 것이다. 사람이란 제 식구에게는 천사가 되어도 남에게는 쉽사리 악마가 된다. 우리는 랍비의 진실을 나중에 하나님의 영이 강림하신 오순절 사건 이후에야 확연히 깨달았다. 그러니 랍비가 하는 일은 그야말로 세상에 새로운 질서를 세우는 근본적이고 거대하고 영구한 영혼의 혁명이고 세계 혁명이다.

랍비는 잠든 사람을 깨우는 게 우리의 길이라고 했다. 잠든 영혼은 길 잃은 영혼이니까. 이것은 유대교에서도 얼마든지 일어나는 일이다. 성전에 출입하고 율법을 지키는 것이 절로 사람을 깨우지 못한다는 것은 그간 실컷 본 일이었다. 그러니 정작 길을 찾고 깨어나야 할 유대교에서 외려 길을 잃고 잠드는 괴상한 일이 일어나는 것이다.

7

우리는 한참 걸어가다가 쉬려고, 사이프러스 나무들이 줄지어 서 있는 그늘에 앉았다. 그러자 마태가 우리에게 들려주고 싶은 이야기를 해주었으면 좋겠다는 말을 꺼냈다. 랍비는 잠시 생각하더니, 두 가지 이야기를 들려주었다. '잃은 양을 찾은 목동 이야기, 잃어버린 동전을 찾은 아낙네 이야기'이다.

랍비가 말했다. "종일 들판에서 양 떼를 먹이다가 저녁에 우리로 돌아온 목동은 양들을 세기 위하여, 좁다란 문턱에 걸쳐놓은 가로대를 뛰어넘게 하지. 그런데 목동은 백 마리에서 하나가 없어진 것을 알았다네. 그러자 그는 그것들을 그대로 두고 그 녀석을 찾아, 낮에 다녔던 곳을 샅샅이 뒤져 발견하고는, 어깨에 메고 휘파람을 불며 돌아왔다네."

안드레가 물었다. "그러니까 시방 양 떼와 목동 이야기는 사람들 이야기이지요?"

랍비가 말했다. "그렇지. 귀가 열려 있군. 이 이야기를 깊이 생각해보게나."

유다가 말했다. "그러니까 양들의 두목인 목동이 진짜로 중요하다는 말씀이 아닙니까?"

랍비가 말했다. "좋은 말을 했네. 바로 그것이네. 늑대를 두려워하여 한 마리쯤이야 하는 수 없지 하고 내버려 둔다면, 그 밤에 양이 어찌 되겠는가? 양을 사랑하는 마음은 백 마리 모두에게 똑같은 것이지." 유다는 처음으로 듣는 랍비의 칭찬에 어깨를 으쓱했다. 그런데 두목이란 말을 쓴 게 그의 생각다웠다.

그러자 랍비는 그런 점에서 이 이야기를 다른 측면에서 볼 수도 있다고 했다. "양들은 가파른 산길이나 억새 우거진 길을 갈 때면, 언제나 맨 앞에서 가는 대장 양의 꼬리가 흔들리는 것을 따라서 가네. 양들은 눈이 무척 나빠서 늑대가 몇 걸음 앞에 와도 볼 줄 모르지. 그런 식으로 양들은 자기 앞에 가는 양의 꼬리를 보고 가는 것이네. 그렇지 않고 혼자서 제멋대로 가면, 필시 언덕에서 구르거나 억새에 눈을 다치고 길을 잃고 말지.

그러면 잃어버린 한 마리 양은 누구인가? 바로 양들의 대장이네. 그 대장이 없어졌으니, 큰일이지. 다른 양을 훈련하여 대장으로 세우려면 많은 시간이 걸리네. 그래서 자리를 비운 사이에 도둑이 훔쳐가는 것도 불사하고, 다른 양들을 두고 그 대장 양을 찾아온 것이네.

이것을 잘 기억하게나. 그대들이 대장 양이라는 말이네. 물론 장차 그렇다는 것이지. 실로 진정한 내적 혁명을 일으켜 하나님의 나라에 확고하게 들어간 사람은 누구나 대장 양이네. 이것은 다른 양들을 무시하는 게 아니라, 그만큼 대장 양 같은 사람이 공동체에서 해내는 역할이 크다는 말이네. 그렇다고 그가 없으면, 공동체가 어떻게 된다는 말도 아니네."

베드로가 불쑥 나서서, "그러면 시방 랍비가 대장 양이고, 우리는 졸개 양들입니다!" 하고 말하며 너스레를 떨었다. 그 말에 막달라 미리암이 쿡쿡 웃었다. 그것을 본 베드로가 "아 참, 여기 암양도 있습니다." 하고 말했다. 랍비가 어이없다는 표정을 지으며 베드로를 바라보자, 무안한지 얼굴이 빨개졌다.

그러자 야고보가 물었다. "그러면 예루살렘 성전의 사제들이나 율법 학자들이나 바리새파 사람들도 그렇게 볼 수 있다는 말씀입니까?"

랍비가 말했다. "좋은 질문이네. 그것이지. 그들은 우리 백성의 대장 양들이네. 그런데 그것이 제 역할을 하지 못하고, 자기네만 살찌우고 있지. 대장 양들은커녕, 숫제 늑대가 되질 않았는가? 그래서 우리 백성이 길을 잃고 헤매고 잡혀서 먹히고 있는 것이지."

독립투사 시몬이 말했다. "그래서 그들을 죄다 몰아내야 한다는 겁니다!"

랍비가 말했다. "부드러운 시간에 칼 들이밀어 헤살놓지 말게."

그리고는 둘째 이야기를 했다. "토담집 어두운 방에서 동전 하나를 잃어버린 가난한 여인은 온 방을 더듬고 등잔불을 켜고 빗자루로 쓸기도 하며 찾지 않겠나? 그러다가 발견하면 얼마나 기뻐하겠나? 그 한 개의 동전이 그날 먹을 식구들의 빵값이니까."

마태가 물었다. "그러면 양 이야기와 동전 이야기는 찾는다는데 강조점을 둔 것이라고 봅니다. 잃어버린 줄 알면서도 힘써 찾지 않으면, 양이나 식구를 사랑하지 않는 것이니까요. 그러면 목동도 엄마도 아니지요."

랍비가 말했다. "잘 이해했네. 부디 가슴 깊이 새기게나."

미리암이 말했다. "저도 그 목동이나 엄마처럼 살고 싶어요. 랍비가 하시는 일도 이것이라고 봐요. 그런데 유대 사회에서 여자가 밖에서 무슨 일을 하겠어요?"

랍비가 말했다. "그렇지 않네. 하고 싶으면 하는 것이네. 아버지의 일을 돕는데, 누가 말리고 말 게 있는가? 우리의 길은 창조의 길이네. 옛날 관습이나 전통을 보전하려는 게 아니네. 물론 유대 사회에서는 쉬운 일이 아니겠지. 그러나 꼭 유대 사회에서만 일해야 한다는 법도 없네. 하나님의 땅은 넓고 넓은 것이니까. 그 점을 깊이 생각해야 하네."

미리암은 고개를 끄덕이며 의미 깊은 미소를 지었다. 지난번 두로에서 치유 받은 딸의 어머니를 보고 난 후에도 그랬다. 아마 어떤 생각을 품고 있는 것 같았다. 나는 그것이 무엇인지 물어보려고 하다가 그만두었다. 때가 되어 알면 더욱 좋을 것이기 때문이다.

8

랍비는 일어나 앞장서서 갔다. 우리는 뜨거운 햇볕 아래서 들판을 지나며
한참 걸었다. 그런데 내 곁에서 걷던 막달라 미리암 누이가 무척 피곤해하는 것
같았다. 그래서 나는 랍비에게 저 앞에 사이프러스와 무화과나무가 우거진 숲
이 있으니, 거기에서 잠시 쉬어가는 게 어떠냐고 했다. 랍비는 내가 미리암을
걱정하는 것을 눈치채고는 그러자고 했다.

그늘로 들어가 앉아 쉬자, 베드로와 안드레가 물주머니를 랍비에게 드려 마
시게 한 후, 목마른 사람마다 마시게 했다. 미리암 누이는 며칠 물을 마시지 못
한 사슴처럼 한참이나 들이켰다. 그리고는 나에게 나직한 소리로 잠시 눕고 싶
다고 말했다. 그래서 나는 랍비에게 피곤한 사람은 잠시 누워도 되겠느냐고 물
었다. 랍비가 그러라고 하자, 형제들은 바라던 바였다는 듯, 자리를 옮겨 저만
치 뒤로 물러나 낙엽이 쌓인 곳을 찾아 드러누웠다. 그것을 본 랍비는 미소를 지
었다. 미리암 누이는 우리 뒤쪽으로 대여섯 걸음 물러나 누웠다.

랍비 곁에는 나와 요한과 나다나엘만 앉아 있었다. 모두 말없이 사마리아
쪽을 바라보았다. 시원한 바람에 심신이 평온해졌다. 앞에는 너른 밀밭이 펼쳐
졌고, 멀리 야트막한 언덕배기 초지에는 양 떼들이 한가로이 풀을 뜯고 있었다.
그러고 보니, 여럿이 앉아 있으면서 침묵만 흐른 적이 없었다. 눈을 감고 침묵
속에 잠겨 있으니, 더할 나위 없이 기분이 좋았다.

그런데 잠시 후, 요한이 침묵을 깨고는 나직한 목소리로 말했다. "랍비, 어
머니와 형과 제가 한 일을 용서하세요. 형과 제가 잘못 생각한 것이지요. 랍비
도 우리 어머니 성격을 잘 아시잖아요? 우리도 어머니 성격을 많이 닮았어요.

그러나 어머니 탓을 하고 싶지는 않아요. 남들보다 부유하게 살다 보니, 자식들에 대한 야망이 크시지요. 어머니는 형과 제가 아버지 가업을 이어받아 예루살렘에서 더 크게 성공하기를 바라시지요. 그런데 어머니도 랍비를 몹시 사랑하세요. 언젠가는 랍비의 하나님 나라 운동을 이해하고 함께할 거에요."

랍비는 묵묵히 듣기만 했다. 잠시 후, 랍비는 나다나엘을 보고 말했다. "나다나엘, 아까 보니까 형제들이 옥신각신 다툴 때, 홀로 물러나 무화과나무 그늘에 앉아 있더군(요 1:48에 있음). 보기에 참 좋았네. 그런데 거기에 우연히 앉은 것인가, 아니면 습관인가?"

나다나엘은 놀란 눈으로 랍비를 바라보다가, 이렇게 말했다. "아, 그것을 보셨군요? 부끄럽습니다. 사실 무화과나무 그늘에 앉아 생각의 실타래를 푸는 것은 저의 오랜 습관입니다. 아버지에게서 배운 것이지요. 아버지는 예루살렘 회당의 랍비이십니다." 그 말에 요한이 놀라며, "어쩐지, 태도와 성격이 우리 같지 않고 점잖고 품위가 있어 보이더라니!" 하고 말했다. 나다나엘은 겸연쩍은 표정을 지었다.

랍비가 말했다. "그걸 듣고 싶군."

나다나엘이 말했다. "미가 예언자를 좋아하고 존경한 아버지는 늘 '무화과나무 그늘에 앉아서…'가 나오는 그분의 시를 외우며(미 4:1~4), 그런 세상이 밝아오기를 바라며 울안에 있는 무화과나무 아래 앉아서 기도하고 명상하셨어요. 저도 어렸을 적부터 그 시를 외우며 아버지 곁에 앉아 배웠지요. 저는 랍비의 말씀대로, 그런 평화의 세상인 하나님의 나라가 이 땅에 이루어지기를 바랄 뿐이에요. 그래서 랍비의 소문을 듣고 찾아온 것이지요."

흐뭇한 표정이 된 랍비는 이렇게 말했다. "반갑고 고맙네. 부디 나와 같은 그대의 꿈과 이상(理想)을 따라, 모든 이가 무화과나무 그늘에 앉아서 평화롭게 살아가는 세상을 여는 데 힘쓰기를 바라네. 나는 우리 형제자매들이 모두 그렇게 살 것이라고 보네. 사람으로 태어나 드높은 이상에 자기를 아버지께 번제물로 바치는 것은 실로 가치 있고 숭고한 일이네."

12장

사랑에 한계(限界)는 없다

1

우리는 티베리아스 서쪽으로 멀리 떨어진 언덕과 들판을 지나 사마리아로 가는 길목으로 들어섰다. 우리는 사마리아를 지나가지 말고 호숫가를 따라 내려가자고 했지만, 랍비는 말없이 앞서 걸어갔다. 우리는 랍비가 누구보다 사마리아 사람들과 유대인들 사이의 오랜 불화와 반목과 적대감을 잘 알 텐데, 어째서 그곳을 지나가는지 알 수 없었다.

옛날 하나였던 이스라엘이 '북이스라엘과 남 유다' 두 국가로 분단되어 살다가 각기 망하여(북이스라엘은 "사마리아"라고도 함), 오랜 포로 생활을 한 우리 민족은 조국으로 돌아온 이후 또 갈라져, 서로 원수가 되었다. 유대인들은 사마리아 사람들을 하나님을 배신한 자들, 이방인들과 혼혈이 된 더러운 피의 종족, 괘씸하기 그지없이 예루살렘 성전을 무시하고 그리심 산에 따로 성전을 세운 배교자들, 성서도 모세 오경만 인정하는 신성모독적인 불경한 종족으로 규정하고 저주하며, 그 땅의 먼지조차 혐오하여 다니지 않고, 요르단강을 따라 여리고를 지나며 먼 길을 돌아서 예루살렘을 왕래했다. 그들도 역시 어쩌다가 유대인들이 자기네 땅에 들어서기라도 하면, 온갖 욕설을 퍼붓고 돌팔매까지 날렸다.

나에게는 랍비가 사마리아를 지나가려는 뜻이 세 가지로 보였다. 랍비는 유대인들의 피도 순수한 것만은 아니라는 역사를 잘 안다는 것, 사마리아 사람들도 길을 잃고 잠든 하나님의 자녀이고 양 떼이니 차별하고 분리하고 멀리하지 말고 찾아야 한다는 것, 그리고 하나님의 나라에는 유대인이든 사마리아 사람이든 이방인들이든 사람이면 누구나 포함된다는 것 말이다. 왜냐면 랍비가 가르치고 직접 실천하는 각 사람의 깨달음과 변화에 기초하여 이루어지는 정의와 평등과 사랑의 하나님 나라는 인종과 피, 나라와 국경, 신분과 소유, 직업과 남녀노소, 종교와 문화와 전통을 넘어서서, 사람을 하나님의 자녀로 보고 존중하고 돌보고 어울리며 함께 사는 새로운 세상이기 때문이다.

그런데 몇몇은 벌써 속이 뒤틀리는지, 말을 하지 않으면서도 불쾌하고 언짢은 표정이 역력했고, 입이 멧돼지처럼 툭 튀어나왔다. 나는 랍비의 외로움과 슬픔이 느껴졌다. '명색이 제자라 하지만, 속이 아무것도 바뀌지 않은 우리가 만일 랍비가 말한 대로 예루살렘에서 수난을 겪는다면, 어떻게 될까?' 물론 나는 앞서 '거라사의 밤'은 '내 영혼의 별이 뜬 개벽'이라고 했지만, 그것은 찬란한 밤하늘에 감동한 한순간의 감정에서 그렇게 느낀 것이고, 나는 아직도 랍비가 말하는 진리를 깨달아 마음이 온전히 변화된 상태에는 전혀 미치지 못하고 있었다. 랍비의 뒷모습을 바라보는 내 마음은 온통 송구스러움으로 가득했다.

2

오후가 되어 멀리 보이는 마을에서 밤을 지내기로 한 랍비는 야고보 형제를 앞서 보냈다. 그런데 얼마 후 그들은 투덜거리며 돌아왔다. 화가 잔뜩 난 야고보와 요한은 '저놈의 사마리아 것들!' 하며 욕을 퍼붓고는 이렇게 말했다. "랍비! 우리는 푸대접을 넘어 갖은 욕설과 침 뱉음을 당했어요. 돌팔매를 받지 않은 것만도 다행이지요. 돈을 충분히 준다고 해도 거절하니, 어찌합니까? 이곳에서 밤을 지내기는 다 틀렸습니다. 그러니 저 엘리야가 한 것 같이, 우리가 하늘에서 불이 내려와 그들을 모조리 태워버리라고 명령하면 어떨까요?"

그 말에 랍비는 크게 분노하며 꾸짖었다. "누가 그대들에게 그런 권한을 주었는가? 아버지께서는 아무에게도 그런 권한을 주시지 않네. 하나님을 그런 식으로 이용하는 것이야말로 하나님의 이름을 함부로 말하지 말라는 계명을 땅바닥에 메어치는 죄악이야! 하나님이 주시는 권한은 오로지 사람을 사랑하고 도우라는 힘이지, 어찌 저주하는데 쓰란 것인가? 사람을 그저 사람으로만 보게. 그것이 나의 길이고 그대들의 길이네. 사람을 그가 속하거나 소유한 것을 가지고 보고 대하는 것이야말로 하나님의 마음을 아프시게 하는 일이네. 아, 그대들이 언제나 하나님의 마음을 알 것인지! 나는 한 사람을 죽이느니, 차라리 내가 죽겠네!"

야고보와 요한은 또 랍비의 속을 박박 긁어 놓았다. 심한 책망을 받은 그들은 풀이 죽어 고개를 떨구었다. 나는 요한이 자꾸 이상하게 변해가는 것이 못마땅했다. 지혜로운 것 같은데도, 거친 성격과 야망을 제어하지 못하고, 툭하면 터뜨리는 습성을 드러냈다. 하는 수 없이 우리는 다른 마을을 찾아 떠났다. 그런데 아무리 걸어가도 마을이 보이지 않았다.

언덕을 내려가 좁고 길게 뻗은 골짜기로 들어서는데, 갑자기 앞에 있는 동굴에서 열 사람이 출현해서 깜짝 놀랐다. 베드로가 '강도들이다!' 했지만, 눈만 빼꼼히 열어두고 얼굴을 가리고 선 것으로 보아, 대번에 문둥병 환자임을 알았다. 그들은 모세 율법에 따라 문둥병 환자들의 격리 구역으로 추방된 것이었다. 만일 그들이 병이 낫지 않았는데도 사람에게 가까이 다가서거나 마을에 출현하면, 고의로 병을 전염시키려고 한 혐의로, 돌멩이로 때려 죽여도 살인죄가 성립하지 않았다. 그러니 나이가 어떻든 집과 마을에서 추방된 것 자체가 엄청난 형벌이었다. 그런데 문둥병에 걸리면 모조리 죽었다. 얼마나 가여운 사람들인가!

게다가 유대교는 병은 죄에 대한 하나님의 심판이고, 죄는 반드시 심판으로 병을 가져온다고 하니, 그들은 그런 병을 앓아야 할 만큼 죄를 짓지 않았더라도, 그런 병을 앓았으므로 하나님마저 자기들을 내버리신 것이라고 믿을 수밖에 없어, 그야말로 절망을 안고 겨우 살아야 했다. 그들이 집으로 돌아가려면, 먼저 제사장에게 가서 자기가 나았다는 증거를 보이고 증명해야 했다.

그들은 오랜만에 건강한 사람들이 걸어오는 것을 보고는 반가운 마음에 그랬든지, 아니면 랍비의 소문을 알고 있어서였는지, 얼굴을 가리고 비칠거리며 서슴없이 다가왔다. 우리는 모두 손사래를 치며 멀찍이 물러났다. 누군가는 작은 소리로 욕을 퍼부었다. 랍비는 그 자리에 그대로 서 있었다. 그러자 그들은 음식을 가져다주는 사람들에게서 들었는지, 멈춰 서서 랍비를 보고는 소리쳤다. "예수아 랍비여! 제발 우리를 불쌍히 여겨 주십시오!"

그 말에 랍비는 그들을 생각해서 더 나아가지 않고 이렇게 말했다. "가서, 제사장에게 그대들의 몸을 보이십시오!" 그러자 그들은 몸이 낫지도 않았는데, 그 말만 믿고 곧바로 비틀거리며 가는 것이었다. 우리는 모두 '아니, 저 사람들이?' 하는 얼굴로 바라보았다.

나는 전에 가나에서 나사렛으로 가는 도중, 길모퉁이에서 얼굴을 잔뜩 가리고 몰래 다가온 문둥병 환자를 랍비가 치유한 것을 기억했다. 그때 랍비는 말만 하지 않고, 직접 그 사람의 어깨에 손을 얹고 끌어안고는, "형제여, 얼마나 고생이 심하시오?" 하며, 진실로 가득한 자비심을 담은 환한 얼굴로, 마치 동생에게 하듯 축복했다. 지금도 그 사람이 놀라던 모습이 생생하게 떠오른다. 그는 이내 몸이 깨끗해졌다.

우리는 계속 마을을 찾아 골짜기를 지나 내려갔다. 그런데 한참 후, 어떤 사람이 뒤에서 달려오며 큰 소리로 우리를 불렀다. "랍비, 예수아 랍비!" 하며 다가온 그는 랍비 앞에 털썩 엎드리더니, 눈물로 가득한 얼굴을 들고 연실 고맙다고 말하며 절을 하는 것이었다. 우리는 그가 누구인지 몰라보았다. 처음 보는 사람이기에, 그럴 수밖에 없었다. 랍비가 영문을 모르겠다는 표정을 짓자, 그는 자기가 아까 랍비를 만났던 문둥병 환자 중 한 사람이라는 것이었다. 랍비의 말을 그대로 믿고 제사장에게 가던 중, 몸이 깨끗해진 것을 알고는 급히 돌아왔다는 것이다. 그제야 사정을 알았다.

그런데 그는 자기가 사마리아 사람이라고 말했다. 그는 다른 아홉 명은 유대인들인데, 몸이 깨끗해진 것을 기뻐하고 마을로 달려갔다고 한다. 랍비가 그를 일으키며, "형제! 하나님께서 내려주신 자비를 잊지 말고 하나님의 아들답게 사세요." 하고 말하자, 그는 "암요, 암요! 제가 예수아 랍비를 어찌 잊겠나요?" 하며, 여전히 눈물을 흘리며 감사하다고 말했다. 랍비는 그를 일으켜 끌어안고 축복했다.

그가 돌아간 후, 랍비는 말했다. "아, 사마리아 사람과 유대인이 죽음의 병에 걸려서야 함께 산단 말인가!" 이윽고 날이 저물어가도 마을이 보이지 않자, 우리는 하는 수 없이 들판에서 밤을 지냈다.

3

다음 날, 멀리 보이는 언덕배기에 있는 마을을 앞에 두고 우물 하나를 발견하고는 목을 축이려고 갔는데, 두레박이 없었다. 물 긷는 사람들이 가지고 다녔던가 보다. 지나다니는 사람들도 없었다. 우물 곁에 무화과나무가 많아서, 미리암과 요한과 나는 랍비 곁에 머물고, 베드로 형제와 야고보는 모욕을 각오하고 음식을 마련하러 마을로 들어갔는데, 랍비는 겸손하게 간청하면 들어줄 것이라고 했다. 다른 형제들은 조금 떨어진 곳에서 쉬었다.

날이 무더웠다. 그때 마침 저쪽에서 한 여인이 고개를 숙이고 땅바닥만 바라보며, 물동이와 두레박을 안고 다가왔다. 행색이 초라하고 얼굴이 몹시 어둡고 상해 보였다. 그 여인은 우리를 발견하고는 깜짝 놀라더니, 잠시 올까 말까 망설이다가, 애써 모른 척하며 바라보지도 않고 저쪽으로 돌아오더니, 물동이를 내려놓고는 조그만 두레박을 우물에 내렸다. 그 여인은 우리 옷을 보고 유대인인 것을 알아본 것 같았다.

랍비는 몹시 목이 말랐는지, 두레박을 끌어 올리는 여인에게 다가가 물을 주면 고맙겠다고 말했다. 눈을 동그랗게 뜬 여인은 물이 뚝뚝 떨어지는 두레박을 내려놓고는, 랍비를 위아래로 쳐다보며, "아니, 보아하니 선상님은 유대인인데, 어떻게 사마리아 여자에게 물을 달라고 하시나요?" 하고 쏘아붙였다. 그러자 랍비는 미소를 지으며 여인에게 이름을 물었다. 그 여인은 랍비를 힐끗 쳐다보며, "유대인 남정네가 제 이름을 알아서 뭣 하시게요?" 하면서도, 자기 이름을 물어서 기분이 좋아졌는지, "제 이름은 데보라입니다." 하고 말했다.

그러자 랍비는 놀라운 말을 했다. "데보라, 당신이 지금 하나님이 주시는 선물을 통해서 물을 달라는 내가 누구인지를 알았더라면, 도리어 나에게 청할 것이고, 나는 당신에게 생수를 주었을 것이오." 놀란 여인은 "아니, 선상님은 두레박도 없고 이 우물은 깊은데, 어떻게 생수를 구하신다는 말인가요? 이 우물은 우리 조상 야곱이 주신 것이고, 그와 자녀들과 가축까지 이 물을 마셨습니다. 그러면 선상님은 야곱보다 더 위대한 분이라는 말인가요?" 하고 말했다.

그러나 랍비는 동문서답하며 물었다. "이 물을 마시는 사람은 다시는 물을 마시지 않아도 됩니까?" 여인이 대답했다. "아니죠. 사람이 어떻게 그렇게 된답니까?" 랍비가 말했다. "그렇소. 이 물을 마시는 사람은 다시 목마를 것입니다. 그러나 내가 주는 물을 마시는 사람은 영원히 목마르지 않을 것입니다. 내가 주는 물은 그 사람의 속에서 영생에 이르게 하는 샘물이 될 것이기 때문이지요."

여인이 반색하며 "그러면 선상님, 그 물을 나에게 주셔서, 내가 목마르지도 않고, 물을 길으러 여기까지 나오지도 않게 해주십시오." 하고 말하자, 랍비는 그 여인에게, 가서 남편을 불러오라고 했다. 그 여인이 자기에게는 남편이 없다고 하자, 랍비는 정직하게 말해주어 고맙다며, 여인에게는 남편이 다섯이나 있었고 지금 같이 사는 남자도 남편이 아니라고 했다.

깜짝 놀란 여인은 "그리고 보니, 선상님은 예언자이신 게 분명합니다." 하고 말했다. 그리고는 느닷없이 아는 척을 하며, 하나님께 예배드리는 문제를 꺼내는 것이었다. "우리 조상들과 우리는 그리심 산 성전에서 예배를 드리고 있는데, 선상님네 사람들은 예루살렘에서만 예배를 드려야 한다고 우깁니다. 그러면 누가 올바른 것인가요?"

요한과 나, 그리고 미리암은 서로 쳐다보며, 랍비와 여인의 대화에 온 신경을 집중하며 귀를 기울였다. 다른 형제들은 랍비가 대낮에 공개된 자리에서 여자와 대화를 나누는 것이 못마땅한지, 이맛살을 찌푸리더니 자기들끼리 무슨 이야기를 나누었다.

랍비는 이렇게 말했다. "데보라, 그것은 옳고 그른 문제가 아닙니다. 내 말을 믿으세요. 반드시 그리심이나 예루살렘에서 아버지께 예배를 드려야 한다고 하지 않을 때, 곧 참되게 예배를 드리는 사람들이 영과 진리로 아버지께 예배를 드릴 때가 왔답니다. 바로 지금이지요! 아버지께서는 이렇게 예배를 드리는 사람들을 찾으십니다."

여인이 말했다. "영과 진리로 예배를 드린다는 게 무슨 뜻인가요? 그것은 성전에서 드리는 예배와 다른 것이란 말인가요?"

랍비가 말했다. "성전이든 집이든 들판이든 호수든 길이든 시장이든, 장소가 중요한 게 아니란 말이지요. 왜냐면 영이신 아버지는 온 세상 어디나 계시지 않은 곳이 없으니까요. 영과 진리로 드린다는 말은 성서에도 있는 것 같이, '마음과 뜻과 힘과 목숨을 다하여 하나님을 사랑하는 것'이지요(신 6:5). 곧, 진실(眞實)과 성의(誠意)와 정심(正心·淨心)으로 예배를 드리는 것입니다. 이런 마음과 태도 없이 성전에서 드리는 예배는 헛된 것입니다. 하나님은 영이십니다. 그러므로 우리는 하나님께 영혼과 진실한 심정으로 예배드려야 합니다."

"그렇군요. 우리 사마리아 사람들은 메시아가 오시면, 모든 것을 확실히 알려 주신다고 믿고 있어요."

"당신에게 말하고 있는 내가 그입니다!"

그 말에 여인은 깜짝 놀라더니, 랍비께 물을 권하지도 않고 헐레벌떡 동네로 뛰어갔다. 그러나 여인보다 더 놀란 것은 요한과 나였다. 랍비께서 직접 입으로 그렇게 말한 게 처음이었으니까. 미리암은 별로 놀라지도 않았는데, 전부터 여인의 직감이나 자기 경험으로 그렇게 믿었던 것 같다. 저쪽에 있던 동료들이 들었다면, 길길이 뛰고 기뻐하며 자기들의 말이 맞았다고 했을 것이다. 나는 두레박을 들어 랍비가 마시게 했다.

4

이윽고 빵을 구해온 베드로 형제와 야고보가 랍비에게 권하자, 이렇게 말했다. "나에게는 그대들이 알지 못하는 먹을 양식이 있네. 나의 양식은 나를 보내신 분의 뜻을 행하고, 그분의 일을 이루는 것이네. 그대들은 넉 달이 지나야 추수 때가 된다고 하겠지? 그러나 눈을 들어 밭을 보게나. 이미 곡식이 익어서 거둘 때가 되었다네."

우리가 빵과 물을 마시며 쉬고 있는지 한참 후, 사마리아 사람들이 그 여인이 자기 신상을 다 알아맞힌 랍비를 메시아라 했다며 다가왔다. 그러면서 그들은 자기들이 모실 테니, 말씀을 더 들려주시면 좋겠다고 초청했다. 그 마을은 '수가'였다. 우리는 어떤 부유한 집으로 들어갔다. 식사를 마친 랍비는 성서를 해석하며 들려주었는데, 그것은 지난번 가이사랴 빌립보 산에서 하던 말과 같은 것으로, 이스라엘 민족을 향하신 하나님의 뜻에 관한 것이었다. 그리하여 많은 이들이 랍비를 메시아로 믿게 되었다. 나는 시몬과 유다의 동공이 커지며 만면에 미소가 어리는 것을 보았다. 그곳에서 이틀을 머문 우리는 사흘째 되던 날 아침, 그들의 따스한 전송을 받으며 떠났다.

걸어가면서 나와 요한은 뒤에 따로 떨어져 대화를 나누며, 랍비가 말한 그 여인의 이전 남편 다섯과 지금 같이 사는 남자도 남편이 아니라는 것은 사마리아 사람들의 그릇된 생각과 전통과 현재의 삶을 지적한 것으로 보게 되었다. 그들은 모세 오경만 성서로 인정하고, 그리심 성전만 참된 성전이라고 믿고, 유대인들은 모세 오경뿐 아니라 역사와 시와 예언자들의 책을 성서로 인정하고, 예루살렘 성전만 유일한 성소라고 믿는다.

그렇게 정작 의와 사랑의 구원과 평화의 길로 주어진 성서와 성전이 본디 하나인 민족을 넘어설 수 없는 장벽으로 막아 분리해 놓은 일의 근본이 되어, 적대감 속에서 상종하지 않는 역사가 근 600여 년이나 계속되고 있다. 그래서 랍비는 당신의 가르침과 삶으로 사마리아인과 유대인의 오류를 깨닫게 하여, 서로 화해하고 다시금 하나로 통합하려는 것이다. 그러나 사마리아 사람들은 그렇다 쳐도, 우리 유대인들이 그렇게 할 것 같지 않았다. 왜냐면 랍비는 이미 예루살렘에서 겪을 고난과 죽음을 말했으니까.

5

우리는 나무 하나 없이 길게 이어지는 민둥 언덕을 오래 걸어, 저 멀리 남북으로 길게 휘어져 누에처럼 드러누운 산등성이가 가로막고 있는 곳을 바라보며, 여리고 쪽으로 난 길로 접어들었다. 그곳에는 산에서부터 계곡물이 흐르고, 양쪽에는 나무들이 울창하고, 드넓게 펼쳐진 초지에는 양 떼가 풀을 뜯고 있었다. 그런데 그쪽에서 우리가 가는 넓은 길로 이어진 좁다랗고 기다란 길 양쪽에는 마치 사령관 앞에 정렬하고 선 병사들처럼, 사이프러스 나무들이 일정한 간격으로 나란히 서 있었다. 멋진 풍경이었다. 그래서 그 뒤편에 펼쳐진 산등성이가 무슨 거대한 성채처럼 보였다.

그때 랍비는 무슨 생각인지, 그곳으로 가보자며 성큼성큼 앞서갔다. 우리는 잔뜩 호기심 어린 표정을 지으며 따라갔다. 커다란 사이프러스 나무들 사이에 선 우리는 어린애 같았다. 그런데 랍비가 느닷없이 우리에게 춤을 추자고 하는 게 아닌가! 랍비는 전에 요르단강 하구로 예언자 요한을 찾아갈 때, 메소포타미아에서 세포리스를 지나 예루살렘을 거쳐 이집트로 가는 아랍인 대상들에게 며칠간 신세를 지며 배운 것이라고 하면서, 우리에게 두 가지 춤을 가르쳐 주겠다고 했다. 몇몇은 갈 길 바쁜데, 쓸데없는 일을 벌인다는 표정이었다.

홀로 추는 춤은 이랬다. 허리를 잔뜩 수그리고 양손을 발 앞으로 가져와, 두

발을 구르며 위로 둥글게 빙빙 돌리며 일어나, 눈앞을 거쳐 위로 올리다가 하늘을 향해 활짝 편 다음 다시 처음으로 돌아가 허리를 숙이는 동작인데, 느리게 또는 빠르게 반복하는 것이었다. 여럿이 추는 춤은 양팔을 벌려 서로 옆에 있는 사람의 팔목을 잡고 원을 만든 다음, 몸을 흔들고 빙빙 돌면서 오른발과 왼발을 번갈아 앞으로 쭉쭉 내뻗는 것이었다. 그때 두세 사람이 곁에 서서, 작은 북도 치며 노래를 부르는데, 랍비는 어떤 노래인진 몰라도 매우 경쾌한 곡조라고 했다.

우리는 먼저 랍비가 시범을 보이는 홀로 추는 춤을 배웠다. 아주 쉬운 것이었다. 그런데 사뭇 '뻣뻣하신' 베드로가 손을 돌리다가 그만 코를 치고 눈을 찔렀다고 말하자, 동생이 "아니 이 동작에서 어떻게 눈을 찌를 수가 있어?" 하며 놀려댔다. 모두 한바탕 배꼽을 쥐고 웃었다. 그렇게 천천히 하다가 점점 더 빠르게 하자, 금방 얼굴이 벌겋게 달아올랐다.

이어서 서로 팔을 붙잡고 원을 만들었는데, 랍비는 요한과 미리암 사이에, 나는 미리암 오른쪽에 섰다. 천천히 돌며 추는 데도 어느새 흥겨워지며, 입에서는 절로 '휘이, 휘이' 하는 소리가 터져 나왔다. 세 바퀴쯤 돌았는데, 역시나 '우리 중 가장 늙으신 베드로 씨께서' 발이 엉켜 손을 놓치며 뒤로 나자빠졌다. 모두 킥킥거리며 웃었는데, 베드로는 다시 들어오지 않고, 저쪽으로 가서 잔뜩 긴장하는 모양새로 혼자 추는 춤을 연습하는 것이었다. 그렇게 몇 번인지 모르게 점점 빠르게 돌면서 춤을 추니까, 온몸에 땀이 흐르며 여간 기분이 좋아지는 게 아니었다. 마치 온몸이 행복하다고 소리를 지르는 것 같았다.

이윽고 몇 번 반복하다가 춤을 마친 우리는 나무 아래 앉아 땀을 식혔다. 그런데 처음부터 쭉 우리를 지켜보고 있었는지, 좀 먼 곳에서 몇몇 사마리아 사람들이 뭐라고 소리를 지르며 돌멩이 몇 개를 내던지는 것이었다. 잔칫날도 아닌 벌건 대낮에 춤을 추니, 우리를 미친 자들로 본 게 틀림없었다. 그들은 우리가 손을 흔들며 반가운 척을 하자, 대꾸도 하지 않고 돌아서더니 다시 앉아 일하는 것이었다.

랍비는 이렇게 말했다. "그대들도 잘 알다시피, 살아가다가 보면 슬프고 쓰리고 못마땅하고 괴롭고 이해할 수 없고 받아들이기 어려운 일을 많이 만나는 것이 우리네 인생이네. 이 길을 가다가 그런 일을 만날 때면, 휘말려 들어 속상해하거나 낙심하지 말고, 혼자 있게 되면 홀로, 같이 있게 되면 함께 춤을 추게나. 마음이나 머릿속에서 아무 느낌과 생각도 일어나지 않고 텅 빌 때까지 말일세. 아무 데서 추어도 되지. 호숫가나 꽃들이 만발한 언덕도 좋고, 별들이 찬란한 밤이라면 더욱 좋다네. 심지어 동굴이나 감방에서도….

전에 별들은 우리를 바라보시는 하나님의 눈동자 같다는 말을 기억하겠지? 춤이야말로 온몸을 다해 참되고 열정적으로 드리는 거룩한 기도이고 진정한 명상이라네. 아버지는 춤의 언어를 잘 들으신다네. 찬미하면서 춤을 추면 더욱 좋겠지!

전에 말했듯이, 창조 이야기에 하나님이 사물을 지을 때마다 좋아하셨다는 말이 여러 번 나오지 않는가? 욥의 책에도 나오지. 하나님이 우주와 만물을 지으신 '그날 새벽에 별들이 함께 노래하였고, 천사들은 모두 기쁨으로 소리를 질렀다!'(욥기 38:7) 나는 그것을 하나님의 춤으로 본다네. 당신이 지은 찬란한 생명의 작품을 바라보며 활짝 웃고 박수하며 '춤추시는 하나님!'(dancing God, 샘 키인-춤추는 신; 헨리 나우웬-춤추시는 하나님) 하나님이 마치 어린애 같지 않으신가? 그렇지. 하나님은 나이를 헤아릴 수 없지만, 해맑게 웃는 어린애 같은 분이시네. 온통 깨끗하신 분이니까!

하나님이 춤추시니, 우리도 살아 있는 동안에는 언제나 어디서나 언제까지나 춤을 추어야 하네. 누가 춤을 막겠는가? 춤추시는 하나님을 아버지로 아는 게 진실로 인간의 참된 행복과 빛과 생명이네. 나는 그대들에게 내가 '영원히 춤추는 사람'으로 기억되기를 바라네. 왜냐면 나나 그대들이나 이미 이겨 놓고 사는 것이니까! 춤은 우리를 가두고 사로잡고 지배하고 부리는 모든 그릇된 생각과 감정과 이념과 허욕으로부터 해방하는 자유의 날개라네. 모든 인간이 자유로워져 춤을 추며 살아가는 새로운 세상, 그것이 지금 나와 그대들이 운동을 벌이는 하나님의 나라이네. 나는 그대들이 이러한 춤 안에서 하나가 되기를 바라네."

<h1 align="center">6</h1>

우리는 사마리아 경계를 지나 멀리 갈릴리 호수를 왼편에 끼고 내려갔다. 오랜만에 호수를 보자, 심신이 절로 활기를 얻는 기분이었다. 이윽고 언덕 아래로 종려나무의 도시 여리고 성이 보였다. 사방으로 높다란 성곽이 둘러쳐진 여리고는 커다란 세관과 여인숙과 시장이 있는 오래되고 큰 도시라서 그런지, 길은 오가는 사람들로 북적였다. 유대인들은 물론이고, 이상한 복장에 낙타 등에 짐을 잔뜩 싣고 메소포타미아와 아랍에서 온 상인들도 많았다.

여리고에 들어가는 입구에 이르자, 랍비를 알아보는 사람들이 다가왔다. 랍비는 어린이들을 보자 환하게 웃으며, 무척이나 행복한 표정으로 머리에 손을 얹어 축복했다. 나는 그것을 보고, 사람은 자기 마음을 닮은 사람을 좋아하고 이끌린다는 말을 기억하며, 어린이와 랍비가 같은 마음을 지닌 사람이라고 생각했다.

세상 어떤 사람도 랍비처럼 어린이를 좋아하고 사랑하지는 못하리라. 어린이들에게 둘러싸인 랍비를 보노라면, 랍비가 마치 '어린 어른, 어른 어린이'라는 생각이 들었다. 그렇다. 랍비는 하나님의 어린이이다! 그래서 어린이들이 다가오면 자기 분신인 듯 좋아하고 사랑하는 것이다. 아, 어린이들이 장성해도 그렇게 부드럽고 활짝 웃으며 남들과 스스럼없이 어울리는 착한 마음을 잃지 않고 살아간다면, 얼마나 좋을까!

그런데 가던 중, 좋은 옷을 입은 것으로 봐서 부유한 상인인 것 같은 한 사내가 미리암을 알아보곤 큰 소리로 떠드는 것이었다. 전에 막달라를 지나올 때 어떤 비루한 사내가 하던 짓과 같은 일이었는데, 그는 랍비의 여제자가 된 것을 모르는 미리암을 보더니, 실실 웃으며 반가워하면서도 조롱과 냉소와 경멸이 뒤섞인 눈빛으로 입을 씰룩거리며 말했다.

"어이, 이거 미리암 아니신가? 반갑소! 그래, 영업은 잘되시나? 그런데 여기에는 어인 일로 납시었소?" 미리암은 아무 말 없이 고개를 수그리고 있었다. 랍비는 앞쪽에서 어린이들과 함께 있느라 그 일을 몰랐다. 그 사내는 미리암의 묵묵부답에 기분이 상했는지, 주변 사람들을 둘러보며 더욱 큰 소리로 이렇게 말하는 것이었다. "아니, 기생 주제에 사람이 무슨 말을 하면 공손히 대답해야 하는 게 마땅한 일 아닌가? 여러분, 여기 막달라 기생 집 주인 마나님이 납시었습니다! 그런데, 어찌 목동의 옷을 입고 있는 게요?"

그리고는 껄껄 웃으며 거만한 표정으로 미리암에게 다가서며 손을 뻗는 것이었다. 그러자 미리암은 눈을 똑바로 뜨고 그의 손을 툭 뿌리치며 대들었다. "그래요, 영업은 잘되고 있어요. 이전 일은 아니지만요! 티베리아스의 부유한 상인인 당신을 내가 어떻게 잊겠어요? 당신은 고주망태가 되도록 퍼마시곤, 우리 집 애들을 밤새 희롱하다가 두들겨 패고, 고작 데나리온 한 개를 내던지곤 갔지요(1데나리온은 일용노동자 하루 품삯). 애들 치료비도 안 주고 말이에요. 그러면서도 자기가 훌륭하고 성공한 사람이라고 떠들어대며 잘난 체만 했지요."

미리암의 말에 사람들이 웅성거리며 그 사람을 쳐다보았다. 그러자 그는 얼굴이 빨개지더니, 분노하며 손을 치켜들고 미리암을 내려치려고 했다. 그러자 미리암은 그 사람의 아픈 곳을 송곳처럼 찔렀다. "왜, 아래쪽 거시기는 형편없으면서, 주먹은 힘이 세답디까? 어디 한 번 쳐보시지요!" 그러면서 얼굴을 바짝 들이미는 것이었다. 요한과 나는 그만 미리암이 어디서 그런 기운이 나오는지 놀라 서로 쳐다보았다.

미리암의 말에 사람들이 '거 형편없는 사람이구먼! 거시기도 그렇다니, 참 안 됐네! 하하~~' 하고 쑥덕거리자, 그는 주먹을 내리더니, 미리암에게 그야말로 유대인이라고는 믿을 수 없을 만큼 상스러운 욕을 퍼부어댔다. 화가 난 베드로가 나서려는데, 그 소리를 듣고 다가온 랍비가 그의 뒤에서 어깨에 손을 얹었다. 그 사내가 뒤를 돌아보자, 랍비는 미소를 지으며 그의 눈동자를 찬찬히 들여다보았다. 그는 랍비의 눈에 어린 어떤 이상한 빛을 느꼈는지, 당황하며 다소곳해졌다.

랍비가 "형제! 당신 안에 있는 착한 어린이가 지금 괴로움으로 몸부림을 치고 있네요."라는 말을 건네자, 그는 놀라서 눈을 동그랗게 뜨고는 랍비를 바라보며 할 말을 찾지 못했다. 랍비가 "이름이 어떻게 되십니까?" 하고 묻자, 그는 사람들을 둘러보더니, "요나 벤 디매오라 합니다." 하고 대답했다(디매오의 아들 요나). 랍비는 "요나는 비둘기라는 뜻이니, 참 좋은 이름이네요. 우리 민족은 예로부터 비둘기를 부드러운 마음씨와 부부의 친밀한 사랑과 평화의 상징으로 여기지요. 더 나아가 하나님의 영을 가리키기도 하고요. 그런데 형제는 이름처럼 그런 비둘기와 같은 마음으로 사시나요?" 하고 물었다.

그는 랍비의 침착하고 부드러운 말씨와 다정하고도 숭엄한 눈빛에 그만 압도되었는지, 할 말을 찾지 못하고 쭈뼛쭈뼛할 뿐이었다. 그러자 랍비는 이렇게 말했다. "형제, 저 갈릴리호숫가 모래사장에서 모래성을 쌓으며 노는 어린애들을 생각해보세요. 그것은 그냥 한바탕 즐거운 놀이지요? 어떤 어린이가 그것을 장사나 전쟁으로 여기던가요? 인생도 그와 같지 않을까요? 인생은 하나님께서 선물로 주신 한바탕 놀이입니다. 그러니 그리 심각하지 말고, 편안한 마음으로 즐거워하며 사세요."

얼굴이 벌겋게 된 그는 미리암에게 한마디 사과도 없이 돌아서서 사람들을 헤치고 떠났다. 랍비는 눈물을 짓는 미리암의 등을 다독여주었다. 나는 그 손길에 많은 뜻이 들어있다고 보았다. 미리암은 이내 눈물을 그치고 랍비의 얼굴을 바라보았다.

이 이야기를 마쳐야 하니까, 계속하자. 다음 날 우리가 여관을 나서는데, 어제 그 사내가 어떻게 알고 찾아왔다. 랍비를 보자마자 눈물로 얼룩진 그는 체면도 다 잊어버리고 땅바닥에 무릎을 꿇고 이렇게 말했다. "저는 어젯밤 선생님의 말씀을 곰곰이 생각하느라, 한숨도 잠을 이루지 못했습니다. 미리암의 말은 백번 옳습니다. 예상하지 못한 선생님의 부드러운 태도와 제 안에 있는 착한 어린이가 괴로움으로 몸부림을 치고 있다는 말씀이 저를 뒤흔들었습니다. 돈을 버느라고 제가 누군지 잊고 살았고, 이름값도 하지 못했고, 부자가 되었다고 한없이 거만하여 돈 없는 사람을 사람 같이 바라보지도 않았습니다.

새벽녘에 이르러 저는 깨달았습니다. 선생님께서 제 눈을 뜨게 해주셨지요. 이 고마움을 어떻게 말로 표현하겠습니까? 저는 이제부터 선생님의 가르침을 따라, 아내나 우리 애들이나 이웃들에게 부끄러움 없이 살겠습니다. 그래서 제 재산 대부분을, 제 고향 티베리아스의 과부들이나 고아들, 그리고 가난한 사람들에게 나누어 주려고 합니다."

랍비는 "형제! 하나님이 무척이나 기뻐하실 일입니다. 이제 그대 안의 착한 어린이가 살게 되었군요. 축하합니다." 하고 말하며, 그를 끌어안고 축복해주었다. 그는 연신 고개를 숙이고 절을 하면서, 베드로에게 돈주머니로 보이는 것을 전하고는 떠났다.

나는 그때 배웠다. 능히 거친 대응을 예상했는데, 뜻밖의 친절을 받으면 사람은 무너진다는 것을! 뭐, 그래도 염소 고집을 보이는 사람들이 있지만 말이다. 그간 랍비를 만나거나 소문을 듣고 스스로 달라지는 사람들을 많이 보았다. 그러니 '그대의 믿음이 그대를 구원했습니다.'라는 랍비의 말은 괜한 것이아니었다.

그렇다. 하나님을 믿는다거나, 회당과 성전에 다니며 기도한다는 게 절로사람을 변화시키진 못한다. 나는 언젠가 랍비가 하늘의 선물로 쏟아지는 별빛이나 햇볕, 심거나 가꾸지 않아도 절로 피어나 들판을 아름답게 수놓는 꽃들이라도, 그것을 좋아하고 사랑하고 즐거워할 줄 모른다면, 있으나 마나 한 것이라고 한 말씀을 기억했다. 사람의 마음이 깨어나고 눈을 뜨는 일이야말로 일생일대 기적, 그것도 유일한 기적이라던 말도….

7

우리는 여리고 시내로 들어갔다. 오랜만에 커다란 시장을 지나니, 절로 흥겨웠다. 랍비를 따라오는 사람들이 많아서 더욱 그랬다. 안드레와 야고보는 미리암과 함께, 빵과 포도주와 말린 무화과와 새 물주머니도 구해왔다. 시장을 벗어나자 사람들이 앞뒤에서 밀치며 야단이었다. 이윽고 양쪽으로 크나큰 종려나무들이 일렬로 선 대로에 들어섰는데, 간간이 무화과나무들도 있었다. 병자들이 많았지만, 랍비는 한 사람도 치유하지 않았다.

그런데 전부터 랍비의 소문을 들어 알고 있던 한 사내가 있었다. 삭개오라는 사람으로, 나이는 사십 대 말이나 오십 대 초로 보였다. 나중에 그의 집에 가서 알게 된 것인데, 그는 여리고 관세청의 말단 세리에서 세관장으로 성공하고 출세한 신분이 높은 큰 부자였다. 그것만 봐도 그가 얼마나 무자비하고 못된 인간인지 알 수 있었다. 그에 비하면, 세관에서 사무만 보던 마태는 점잖은 신사였다.

시끌벅적한 가운데 갑자기 저 앞에서 작은 소동이 일어났다. 알고 보니, 그 사람이 체면에도 불구하고, 무화과나무에 올라가 우리 쪽을 바라보는 것이었다. 요한과 미리암과 나는 서로 바라보며 쿡 웃었다. 이윽고 랍비가 주변 사람에게 저 사람이 누구냐고 묻자, 그의 이름을 가르쳐주었다. 랍비는 그 사람에게 성큼성큼 다가가 바라보며 이렇게 말했다. "삭개오 선생, 내려오시지요. 내가 오늘 밤 선생 댁에서 하룻밤 머물러도 되겠습니까?"

전혀 예상하지 못한 뜻밖의 사태에 놀란 그는 부랴부랴 내려와, 랍비에게 정중히 절을 하고는 그러겠다고 하며 신나는 얼굴로 앞서갔다. 우리는 모두 놀랐다. 나는 태어나서 그렇게 작은 어른은 처음 보았다. 회당 학교에 다니는 일곱 살 어린애만큼 작았다.

그러자 누구랄 것도 없이 수군거렸다. 어떤 거친 입이 "저 사람이 저 죄인 악질의 집에 간단다!" 하며 소리를 쳤다. 그런데도 삭개오는 그런 소리에 전혀 귀를 기울이지 않고, 랍비를 자기 집으로 안내했다. 그의 집은 마치 궁궐 같았다. 그는 곧바로 집사에게 진수성찬을 차리라고 말하고는, 다른 하인들에게는 양동이에 물을 떠 오게 해서, 랍비와 우리가 얼굴과 손을 씻게 하고는, 직접 곁에서 수건을 들고 섰다가 나눠 주었다.

이윽고 즐거이 식사를 나누었다. 그간 말라빠진 빵이나 먹던 우리는 오랜만에 포식을 했다. 우리 가운데 누가 허겁지겁 먹거나, 언짢은 표정으로 돌덩이처럼 굳어 있었는지는 굳이 말하지 않겠다. 삭개오는 미리암을 보고는 놀라

기도 했다. 그런데 식사를 마치자마자 삭개오 씨가 일어서더니, 이렇게 말하는 것이었다.

"예수아 랍비! 이렇게 제집을 찾아주시다니, 꿈만 같습니다. 이런 고마움을 어떻게 말해야 좋을지 모르겠습니다. 제가 랍비의 소문을 들은 때부터 결심한 것 하나를 말씀드려도 될까요?" 의아한 표정의 랍비가 그러라고 했다. 그는 우리를 둘러보더니 입을 열었다.

"저는 세관장입니다. 민족 반역자이고 민중의 고혈을 빨아먹는 죄인에다 악질이지요. 사람들 말은 하나도 틀린 게 없지요. 그 덕택에 이 자리에 올라 부자가 되었으니까요. 그런데 그간 몰랐는데, 랍비께서 중풍이나 정신병자나 문둥병자를 치유하고, 어느 기생을 변화시키고, 저 같은 세리들과도 어울리고 제자로 삼기도 하고, 몰상식하고 인색한 사람들의 눈을 뜨게 하신 소문을 들은 뒤부터는, 하루도 편안히 잠을 못 자고 지냈습니다.

유대인 세리들이나 로마 관리들을 빼고, 제게는 친구와 이웃이 하나도 없습니다. 밖에 나가면, 모두 손가락질하고 욕하고 침을 퉤 뱉고 저주하며 하늘을 올려다보며 심판을 빌지요. 그때마다 저는 주먹질을 하며 휘둘렀고요. 보시다시피 저는 이렇게 열 살 어린애보다 작습니다. 그래서 어려서부터 친구들이나 여리고 사람들의 놀림과 욕설과 모욕을 밥으로 먹고 살았습니다. 너무나도 눈에 띄게 작은 몸 때문에, 살가운 친구도 하나 없었지요. 돌아가신 부모님은 제가 스무 살이 넘도록 결혼 이야기조차 꺼내지도 못했고요.

그러자 저는 하나님을 향한 원망, 한탄과 좌절감, 사람들을 향한 분노와 복수심이 사무쳤지요. 그래서 보복하는 길은 단 하나밖에 없다고 생각하고는, 세관의 사환에서부터 시작하여 세리가 되었습니다. 로마인 관리가 지나치다고 말할 만큼, 그야말로 인정사정없이 세금을 부풀려 뜯어냈지요. 그렇게 삼 십여 년 흐르고 보니, 이렇게 되었습니다.

　그러나 하루도 편안할 날 없었지요. 시장통이나 골목길을 지나던 세리가 민족 반역자를 처단하는 독립투사들의 단도(短刀, 시카리·Sicarii. 암살단)에 쥐도 새도 모르게 죽어 나간 일이 한두 번이 아니었지요. 그간 랍비의 소문을 들을 때마다, 저는 만날 날이 있겠지 하며 기다려왔습니다. 밥처럼 욕을 먹고 침 뱉음을 받으며 호화롭게 살다가 무덤에 간들, 무슨 소용 있나요? 하루만이라도 사람다운 사람으로 떳떳하고 행복하게 살고 싶은 마음뿐이었지요.

　그래서 저는 랍비를 만나 과거를 청산하고, 잠시라도 이웃들이 환대하는 사람으로 살다가 죽고 싶었지요. 그랬는데 고맙게도 하나님이 저를 생각해주셨어요. 랍비는 하나님이 저에게 보내신 예언자이십니다. 그래서 드리는 말씀인데, 저는 재산의 절반을 가난한 이들에게 나눠주고, 착복한 것들은 네 배로 갚아 주겠습니다! 재산이 거의 사라져도 괘념치 않겠습니다. 랍비를 보던 순간, 제 속에서는 귀신 여럿이 나가버린 것 같습니다!"

　그러면서 그는 눈물을 흘리며 진심으로 기뻐했다. 아까 요나 벤 디매오와 같은 일이 또 벌어진 것이다. 그러자 랍비는 가족들과 하인들과 우리를 둘러보며, "이제부터 삭개오 선생은 하나님께서 사랑하시는 아들이고 아브라함의 자랑스러운 후손입니다!" 하고 말했다.

　그런데 내가 놀란 것은 랍비의 말이란 게 삭개오 씨의 집에 하룻밤 머물겠다는 말씀뿐이었기 때문이었다. 그 집에 들어온 후 그때까지, 랍비는 한마디도 하지 않았다. 그 모든 게 삭개오 씨 홀로 결심한 것이었다. 물론 그 배후에 랍비가 있었지만 말이다. 나는 다시 한번 사람의 구원이 랍비와 같은 분을 만나 스스로 감화를 받아 하나님의 은총으로 이루어지는 것이라는 진실을 확실히 깨달았다.

다음 날 아침, 우리가 떠나기 전부터, 삭개오 씨는 집사를 불러 재산을 정리하기 시작했다. 그의 결심을 전해 들은 사람들이 호기심에 몰려와, 모두 눈이 휘둥그레져 놀랐다. 랍비는 그를 축복하고 떠났다. 그가 눈물을 흘리며 랍비에게 감사하고 전송하던 모습은 지금도 잊을 수 없다. 그 후 일어난 일은 상상해 보는 것만으로도 기쁘고 훈훈한 일이었다.

8

우리가 여리고 서쪽 성문으로 가는데, 가운을 걸친 어떤 율법 교사가 다가오더니, 랍비에게 인사를 하고는 질문했다. 여리고 회당의 랍비라는 그는 거만한 표정이 없는 겸손한 사람이었다. 누군가가 우리에게 여리고 성에서 존경받는 덕스럽고 훌륭한 학자라고 귀띔했다. 기다란 수염에 눈매가 총총하고 얼굴이 인자했다. 그는 랍비에게 이런 질문을 했다.

"예수아 랍비, 우리는 같은 길을 가고 있군요. 그런데 모든 계명 가운데서 어떤 것을 지켜야 영생을 얻을 수 있을까요?"

"그것은 내가 대답하지 않아도, 회당에 다니는 청소년이면 누구나 아는 것 아닌가요? 나도 회당 학교에서 배워 알고 있지요. 네 마음을 다하고, 네 목숨을 다하고, 네 뜻을 다하고, 네 힘을 다하여, 너의 하나님을 사랑하라. 또 네 이웃을 네 몸같이 사랑하라. 이것이지요."

"거기에 지혜를 다하라는 말을 넣어도 좋겠지요?"

"그렇습니다."

"하나님을 사랑하고 이웃을 사랑하는 것이 모든 번제와 희생제보다 더 낫지요."

"그러면 누구나 하나님의 나라 안에서 사는 것이지요. 이것이 영생입니다."

"그런데 내 이웃을 어떻게 정의해야 할까요? 아시다시피, 우리 유대인들은 유대인들만 이웃으로 생각하니까요."

"그러면 이야기를 하나 해드리지요. 어떤 사람이 예루살렘에서 여리고 성으로 내려가다가 이슥한 골짜기에서 강도들을 만났지요. 강도들은 그 사람을 둘러싸고는, 다짜고짜 주먹과 몽둥이를 휘두르며 두들겨 팼습니다. 옷까지 벗겨 갔지요. 그 사람은 발가벗겨진 채 까무러쳐서 거의 죽게 되었습니다. 누군가가 구해주지 않으면 죽을 것이었지요.

한참 시간이 흐른 후, 인기척을 느낀 그는 죽을 힘을 다해 도와달라고 겨우 소리쳤습니다. 마침 한 제사장이 지나가다가 그를 보고는 두려워하더니, 그냥 피해서 얼른 지나갔습니다. 시간이 더 흐르자, 그 사람은 끝내 기절을 하고 말았지요. 이윽고 해가 지고 있었습니다. 그대로 밤을 보낸다면, 그는 추위로 체온이 떨어져 죽을 것이었지요. 그런데 그때 성전에서 봉사하는 레위인이 지나갔지요. 그러나 그는 그 사람을 보고 시체로 알고는, 무서움에 떨며 주위를 둘러보며 총총걸음으로 사라졌습니다.

그런데 한참 후, 예루살렘으로 장사차 나귀를 타고 그곳을 지나가던 어떤 사마리아 사람이 그곳으로 오다가 제사장과 레위인이 급히 자기를 지나쳐가는 것을 보았지요. 물론 그는 유대인의 복장을 하고 있었기에, 그들은 그가 사마리아 사람인 줄은 몰랐지요. 유대인들은 서로 만나면, 으레 '샬롬'(그대에게 평화를!)하고 인사하지 않습니까? 그는 그들이 복장으로 보아 제사장과 레위인이 분명한데도, 인사도 하지 않고 그냥 지나치는 게 이상했지요.

이윽고 그는 강도 만난 사람을 발견했지요. 그는 그 사람을 보자마자 측은한 마음에 가슴이 아팠습니다. 그는 그 사람의 상처에 올리브 기름과 포도주를 붓고 아마 붕대로 싸맨 다음, 일으켜 세워 나귀 등에 태워 오던 길을 되돌아가서 여관으로 데려갔지요. 그는 밤새도록 인사불성으로 신음하는 그 사람의 땀을 닦아주고 죽을 시켜 떠먹이며 돌봤지요. 그 사람은 겨우 안정을 찾고 잠이 들었습니다. 그도 그 사람 곁에서 잠이 들었고요. 다음 날 아침, 그는 장사 계약 건으로 가야만 했기에, 여관주인에게 두 데나리온을 주면서 그를 돌봐주기를 부탁하고, 비용이 더 들면 자기가 돌아오는 길에 갚겠다고 하고는 떠났습니다.

자 랍비, 그러면 이들 가운데 누가 강도 만난 사람의 이웃이 되어주었다고 보십니까?"

"그야 물론 자비를 베푼 사람이지요."

"아니, 사마리아 사람이지요!"

그 랍비는 조금 불쾌한 표정을 지으며 대답이 없었다. 그러자 랍비는 이렇게 말했다. "이웃은 내 곁의 누군가가 아니라, 도움이 필요한 그 누군가에게 도움을 주는 바로 '그 사람'입니다. '누군가' 아니라, '내'가 이웃입니다! 그러니 도움을 받아야 할 사람이나 도와주는 사람이나 굳이 나라나 민족이나 신분이나 남녀나 노소나 지위나 지식이나 권세를 구별하고, 환경이나 상황이나 처지를 고려할 필요가 없는 것이지요.

마땅히 도와야 할 사람을 돕는 게 사람다운 일입니다. 유대인이든 사마리아인이든, 사람이 우선이지, 인종과 민족, 종교나 이념이 아닙니다. 누군가의 이웃이 되는 것은 단지 하나의 자선으로 그치는 게 아니지요. 영생을 물으셨으니 하는 말인데, 누군가의 이웃이 되는 것은 하나님을 사랑하는 마음이 없다면 할 수 없는 일이니, 그것이 영생을 얻는 길입니다."

랍비의 말씀에 그 랍비는 곰곰이 생각해보겠다며 돌아갔다. 나는 랍비의 가르침이 언제나 일관성 있음을 알고 있었지만, 그처럼 명쾌하게 밝힌 것에 감탄했다.

9

여리고를 지나 고갯길을 걸어가던 중, 도저히 가만있을 수 없다고 생각했는지, 독립투사 시몬이 큰 목소리로 외치듯 물었다. "그러면 랍비는 나라와 민족, 종교와 전통과 이념도 하찮게 보시는 겁니까? 그것은 각 민족에게는 생명과 같은 게 아닌가요? 그런 구분과 경계가 없다면, 나라와 세상이 더욱 혼란해질 거에요." 가롯 유다도 맞장구를 쳤다.

랍비는 말했다. "그래서 세상이 더 좋아졌는가? 세상은 고사하고, 우리 민족만 보더라도, 전보다 더 좋아졌는가? 경계를 설정하는 것이 오히려 나라 안에서 종교와 이념, 신분과 지위와 소유 형식에 따라 사람을 차별하고, 나라와 나라, 민족과 민족의 간격을 더 넓히고 세상을 더욱 고통스럽게 만들어 놓는 근본이 되는 것이 아닌가?"

시몬이 말했다. "그러면 우리는 로마인에게도 이웃이 되어주어야 한단 말인가요?"

"그렇지. 그들을 적이 아니라, 사람으로 보고 사랑하는 것이네. 로마인들까지 길을 잃은 양으로 보고 사랑하는 것이네. 그것이 아버지의 마음과 뜻이지. 그래야만 세상이 더 좋아지네. 이것이 나의 길이네. 그리고 그대들의 길이…"

그러자 유다가 랍비의 말을 끊고 외쳤다. "아, 어렵네요! 그러나 그것은 랍비의 길이지, 저나 시몬의 길은 아니에요! 우리가 어찌 로마인들을 사랑할 수 있단 말인가요? 쳐부수고 몰아내야지요! 그들에게까지 이웃이 된다면, 우리 종교와 율법도 필요 없단 말입니까?"

"누가 필요 없다 했는가? 그대는 여전히 바리새인들의 사고를 따르고 있네. 나는 우리 종교와 율법이 근본적으로 가리키는 방향을 말하는 것이네. 그래서 그릇된 것이나 잘못 이해되고 있는 것을 뜯어고쳐서 완성하려는 것이지. 그것이 어찌 우리 민족만 살자고 하는 것인가? 좀 전에 그 랍비에게도 말했듯이, 네 이웃을 네 몸과 같이 사랑하라는 하나님의 말씀에는 이웃을 유대인으로만 규정한 일이 없네. 우리네 율법 교사들이 그렇게 한 것이지.

하나님은 모든 인간의 아버지이시네. 그러니 아버지께서는 모든 인간의 구원을 바라시지. 그것이 우리가 지향하는 하나님의 나라 운동이네. 따라서 우리부터 유대인을 넘어 모든 인간의 이웃이 되어야지. 그것이 사랑이니까! 조건과 차별 없는 사랑만이 나와 그대들의 길이네. 나는 사랑으로 모든 인간을 형제자매가 되게 하고 하나로 만들려는 것이네! 그것을 이해하지 못하고 반대하는 사람들에게 죽임을 당한다 하더라도, 나는 사랑만이 세상에 하나님의 나라를 세워 모든 인간이 평등하고 행복하고 평화롭게 사는 유일한 길이라고 믿네.

그대는 이것이 불가능하다고 믿겠지? 나는 가능하다고 믿네. 아버지께는 불가능한 일이 없으시니까! 그대는 이런 나를 몽상가라고 하겠지. 하지만 상관하지 않네. 내가 세상의 인정과 존경과 상찬과 영광을 얻으려고 이 길로 나섰다면(요 5:41), 그것이야말로 진정 몽상을 지나 망상이지. 그렇지 않은가? 사람들의 존경과 영광이란 게 뭔가? 먼지요 티끌이네! 더 독하게 말해볼까? 그것은 똥 무더기 같은 것이네! 그대는 이런 것을 바라는가? 그렇다면 내가 분명히 말해두겠네. 그대는 반드시 실패할 것이네!

그러면 그대는 우리 민족이 로마인들을 쳐부수고 몰아낼 힘이 있다고 믿는가? 전혀 없네! 무력과 폭력으로 몰아내려고 한다면, 예루살렘 성전은 불타서 파괴되고 이 땅에 사는 우리 민족은 거의 도륙되거나 추방되고 말걸세! 그것은 확실한 일이네.

그런데 하나님이 반드시 도와주실 테니까 된다고? 그것은 믿음이 아니라, 망상과 환상을 하나님에게 뒤집어씌워 인간의 입맛대로 움직여주시기를 바라는 짓이네. 하나님의 다스림은 그런 방식으로 일어나는 것이 아니네. 부디 하나님의 이름으로 사람을 죽이는 짓은 하지 말기를 바라네."

눈에 핏발이 선 유다가 대들었다. "그러면 랍비는 독립운동 자체를 부정하시는 겁니까? 그렇게 가만히 있으면서 로마인들을 사랑하기만 한다면, 하나님이 절로 우리 민족을 해방해 주신단 말인가요?"

"독립운동을 하는 사람들은 그들 나름의 신념대로 하는 것일세. 어떻게 보면, 그것은 외세에 짓밟혀 고난을 겪는 백성을 사랑하기에 하는 것이지. 그 점은 충분히 인정하네. 하지만 그것은 그들의 길이네. 내가 뭐라고 평가할 것이 아니네. 내가 알고 믿는 것은 사랑과 진리의 길이네. 이것이 나의 신념이고 나의 이상이네.

독립운동을 하려면 가서 하게나. 그러나 내 이름으로는 하지 말게! 독립된 나라에 사는 것만이 인간의 삶은 아니네. 내가 분명히 말하지. 나에게는 나라도 민족도 없네! 이 세상이 내 나라요, 모든 인간이 내 민족이네. 내 나라는 사랑의 나라이고, 내 민족은 진리의 민족이네! 하나님은 나라와 민족을 넘어 당신의 뜻을 따라 역사를 인도하시네."

분노에 찬 유다는 눈이 동굴처럼 커지더니, 이윽고 제 옷을 뜯어대며 눈물을 쏟았다.

랍비가 말했다. "이야기 하나 하지. 유다 왕국 말기에 예레미야는 시드기야 임금에게 바빌로니아에 항복하라고 권고했네. 그것만이 하나님의 뜻이고, 백성을 구하는 유일한 길이라고 판단했기 때문이지. 왜냐면 바빌로니아 황제는 항복하면, 왕을 살려주고 백성도 죽이지 않는다고 했으니까! 예레미야는 바빌로니아 왕을 '하나님의 종'이라고까지 말했네. 그러면 예레미야는 민족 배반자이고, 우리는 지금도 민족 배반자를 예언자로 알고 존경하는 것인가? 전에도 말

265

했듯이, 우리에게는 하나님의 눈이 필요하다네."

유다는 분이 차서 땅바닥을 걷어찼지만, 랍비는 못 본 척했다. 산등성이를 넘어가는 길이 참으로 멀고 힘들었다.

13장

예루살렘아, 예루살렘아!

1

황혼이 내리는 즈음, 우리는 무거운 발걸음으로 예루살렘에서 가까운 마을 베다니에 이르렀다. 랍비는 그곳에 사는 모친 미리암의 여동생 집으로 우리를 데려갔다. 대문을 두드리자, 마침 어여쁜 아가씨가 나왔다! 나보다 서너 살 아래로 보였다. 여동생이 없던 나는 아가씨를 보자마자 그만 아무도 모르게 얼굴이 붉어졌다. 그녀는 랍비를 보더니, 눈을 동그랗게 뜨고 놀라고 기뻐하며, 랍비 품으로 달려들어 와락 끌어안고 매달렸다. 랍비는 활짝 웃으며 "미리암, 참 많이 컸구나!" 하며, 아가씨를 안고 빙빙 돌며 반가워했다.

그러자 베드로는 "어이쿠! 가는 데마다 미리암 천지라서 헷갈리네." 하고 투덜대며, 이런 노래를 불렀다. "랍비 어머니도 미리아~암, 야고보 어머니도 미리아~암, 막달라 여인도 미리아~암, 베다니 아가씨도 미리아~암! 아, 이젠 예루살렘에도 미리아~암이 있겠구먼! 그래, 그렇게도 지을 이름이 없나?" 그 말에 랍비는 '이런 사람하고는?' 하는 표정이었고, 우리는 배꼽을 쥐고 웃었다. 그래서 여리고 산등성이에서 겪은 무거움이 조금 가벼워졌다.

갑자기 대문 밖이 와자지껄하자, 언니와 오빠로 보이는 아가씨와 젊은이가 나왔다. 언니도 놀라고 기뻐하며 랍비 품에 안겼고, 젊은이는 점잖게 인사하며 포옹했다. 랍비는 "어이구, 마르다는 더 아름다워졌네" 하며 환히 웃었고, 젊은이에게는 "잘 지냈나, 나사로!" 하고 어깨를 쓰다듬었다. 오랜만에 외사촌들을 만난 랍비의 얼굴은 행복한 표정으로 가득했다. 그들은 랍비가 여인을 데리고 다니는 것에 놀라면서 서로 인사를 나누었다.

부모는 세상을 떠나고 없었는데, 20대 중반으로 보이는 맏이 마르다와 나보다 두 살쯤 더 된 것 같은 나사로도 미혼이었다. 집이 큰 것으로 보아 유산이 많았던 것 같다. 하인들은 없었다. 커다란 응접실로 들어간 우리가 긴 식탁에 앉자, 나사로는 얼른 대야와 물동이를 가져와 씻게 하고는 수건을 나누어 주었고, 랍비 곁에서 수건을 들고 서 있다가 건네주었다. 예절이 품격 있어 보였다. 그런데 어디가 많이 아픈지 얼굴이 매우 핼쑥했다.

마르다는 갑자기 들이닥친 손님상을 차리느라, 눈코 뜰 새 없이 바쁘게 오갔다. 나사로도 거들었다. 그런데 막내 아가씨는 눈치코치도 없이 랍비의 오른팔을 끼고 착 달라붙어 방그레 웃으며 얼굴만 바라보는 것이었다. 창공처럼 환히 열린 눈망울에는 기쁨의 백합꽃이 활짝 피어났다. 그러다가 느닷없이 이야기 좀 들려달라고 조르는 것이었다. 아마 예전에 랍비가 어머니와 함께 예루살렘에 순례 올 때마다 그랬던 것 같다.

랍비는 잠시 생각하더니, '청춘남녀의 사랑 노래'를 들려주었다(아가·雅歌). 나도 아는 그것은 시로 된 이야기로(희곡), 랍비는 아름다운 이야기로 풀어 들려주었다. 우리도 감동했다. 아마 랍비는 미리암이 그런 젊은이를 만나 행복한 가정을 이루어 살기를 바랐던가 보다.

일손을 멈추고 부엌문 앞에 서서 이야기가 끝나기를 기다리던 마르다가 참지 못하고 다가와, 랍비에게 지금 손이 부족하니, 미리암에게 자기를 도우라고 말씀해 달라고 요청했다. 미리암에게 직접 말하지 않은 것을 보고, 나는 그 집안의 가정 교육과 품격을 알 수 있었다. 그러자 랍비는 이렇게 말했다. "마르다, 우리는 배부르게 먹지 않아도 되니까, 많이 차리려고 걱정할 것 없어. 미리암이 좋은 몫을 택했으니, 어쩌겠니?"

식사를 마치자마자, 갑자기 미리암이 나가더니, 값비싸게 보이는 단지를 들고 들어왔다. 그녀는 랍비에게 다가가 단지를 기울여 한 손에 따르더니, 마치 궁녀가 왕에게 하듯이 랍비의 머리에 살며시 바르고는 어깨와 등에도 톡톡 두드려 묻히고, 꿇어앉아 발에도 붓고는 기다란 머리칼로 닦는 것이었다!

내가 보기에도 매우 비싼 향유였다. 삽시간에 방이 매혹적인 향내로 가득해졌다. 처음으로 맡아보는 향기였다. 나중에 안 것이지만, 그것은 이집트에서 수입한 명품 향수로, 보통 부잣집 처녀들이 결혼 지참금으로 저장해두는 것이라고 한다. 그러니 랍비가 '청춘남녀의 사랑 노래'를 풀어 들려준 이야기는 실로 절묘한 셈이었다.

모두 놀라서 바라보는데, 유다가 투덜거렸다. "아니, 이 비싼 향유를 팔면 300데나리온은 될 것 같은데, 그런 것을 왜 이렇게 낭비하는 것인지, 원!" 도대체가 유다는 매사를 못마땅하게 보는 것이었다. 속이 뱀처럼 꼬인 사람이 아니고서야! 랍비를 사랑하기에 그렇게 한 것인데, 뭐가 잘못된 것이라고 하는지 알수 없었다. 그것은 소유자 마음인데, 왜 그런 것까지 간섭하는지, 원!

랍비는 가뜩이나 속이 뒤틀려 있는 유다에게 뭐라 하지 않고, 다만 "미리암은 나의 장례를 위해서 미리 쓴 것이네. 가난한 사람들은 언제나 세상에 많지. 하지만 나는 언제나 그대들과 함께 있는 게 아니네."라고 말했다. 그 말에 우리 모두 놀랐고, 유다는 분기 어린 침울한 표정을 지었다.

2

유대 민족의 최대 명절인 유월절이 닷새 남은 다음 날 아침, 우리가 집을 나설 때, 랍비는 나사로를 불러 무슨 말을 했다. 서북쪽으로 로마 군대의 '안토니아 요새'가 보이는 예루살렘 성곽의 동문인 '황금 문' 근처에 이르렀을 때, 우리는 랍비를 알아본 사람들이 무척이나 많은데 놀랐다. 사람들은 랍비를 마치 개선장군인 듯 환영했다. 문을 지나 시내에 들어서자마자, 밀려드는 사람들로 한바탕 소란이 일어났다.

그때 나사로가 조그만 나귀 한 마리를 끌고 다가왔다. 베드로와 야고보가 겉옷을 나귀 등에 걸쳐 안장을 만들자, 랍비는 그 위에 올라탔다. 우리는 랍비의 뒤를 따라갔다. 그러자 독립투사 시몬과 유다가 모든 게 랍비의 전략이라는 자기들의 생각이 옳았다는 듯, 의기양양한 표정으로 랍비 앞으로 나아가더니, 큰 목소리로 옛 시인의 노래를 구호처럼 외치며 사람들의 호응을 끌어냈다. "호산나(주님, 구원하소서), 복되시다! 주님의 이름으로 오시는 분이여! 다가오는 우리 조상 다윗의 나라여! 더없이 높은 곳에서, 호산나!"(시 118편)

그것은 메시아 대망의 찬가였다. 시몬과 유다는 랍비 앞에서 팔을 휘젓고 길을 트며 나아갔다. 그러자 앞쪽에서 지켜보던 몇 사람은 자기들의 겉옷을 벗어 랍비가 가는 길에 던졌고, 어떤 이들은 길에 있던 종려나무 가지를 꺾어 부채처럼 흔들며 환호했다. 일순간 시내는 사람들의 구호와 환호로 떠들썩했다. 먼 타지에서 유월절을 지키러 온 사람들은 영문을 모르다가, 사람들이 랍비를 가리키며 하는 말을 듣고는 덩달아 환호성을 질렀다.

이윽고 성전 앞 광장에 도착한 랍비는 나귀에서 내려, 곧바로 뚜벅뚜벅 성전 마당으로 들어갔다. 랍비는 '이곳을 넘어서면 돌에 맞아 죽는다.'라는 살벌한 문구가 그리스어와 로마어로 쓰인 팻말이 계단 벽에 걸린 이방인 구역을 지나, 여인들 구역을 넘어 남자들만 갈 수 있는 성전 앞마당까지, 곧장 사람들을 헤쳐가며 나아갔다. 곳곳마다 장사꾼들로 장마당을 이루고 있었다. 마당은 온통 불타는 제물들의 살 냄새와 매캐하고 어지러운 연기, 마당 양쪽에 자리하고 외국돈을 바꿔주는 환전상들의 기다란 탁자와 손님을 부르는 걸쭉한 목소리, 소와 양과 염소와 양과 비둘기들의 울음소리와 오물 냄새로 가득했다. 그런데도 아무도 이상하게 생각하지 않았다.

사람들은 모두 두 손을 하늘로 쳐들거나 가슴께로 모으고, 앞뒤로 몸을 흔들며 기도하고 있었다. 도대체가 성전인지 시장바닥인지 구별할 수 없을 지경이었다. 그러고 보면, 3년 전에 내가 아버지와 어머니와 형, 그리고 마을 사람들과 함께 순례하러 왔을 때도 그랬던 것인데, 그때 내게는 아무런 의구심도 들지 않았다. 10대 후반의 미숙한 내가 오랜 관행을 당연하게 본 것이었다. 그런데 이제 그것이 내 눈에도 띈 것이다.

랍비의 눈과 얼굴에는 노기가 가득했으나, 어금니를 꽉 물고 둘러보기만 했다. 랍비가 밖으로 나오자 사람들이 다가와 말씀을 해달라고 했으나, 랍비는 묵묵한 눈으로 바라보기만 할 뿐, 아무 말도 하지 않고 지나쳤다. 랍비는 앞에서 성큼성큼 베다니를 향하여 갔다.

3

한 가지 곤혹스러운 문제 때문에 몹시 혼란스러워진 나는 랍비에게 물어보

271

려고 곁으로 다가갔다. 랍비는 나를 바라보며 물었다. "얼굴이 혼란한 근심으로 가득하군, 호세아! 무슨 문제라도 있나?"

"예, 있습니다."

"무엇인가?"

"아까 성에 들어올 때 랍비가 취하신 행동입니다."

"그것이 왜 혼란한가?"

"제 생각을 솔직히 말씀드리겠습니다. 랍비는 여러 번 우리 유대인들이 대망해온 다윗과 같은 제왕 메시아가 아니고, 게다가 그런 메시아는 없다고 하셨지요?"

"그랬지."

"그런데 아까 나귀를 타고 들어올 때 일어난 일은 백성에게 랍비가 그런 메시아라는 것을 공표하신 게 아닌가요? 그게 아니라면, 랍비는 백성을 기만하신 것입니까? 제가 도대체 알 수 없어서 드리는 말씀이에요. 제 생각에 랍비는 아니시라 해도, 백성은 반드시 그렇게 생각할 것으로 보는데요. 이제 그 소문은 시내는 물론, 주변 마을에 두루 퍼질 테고요."

"그런가? 걱정할 것 없다네."

"예?"

랍비는 나직한 목소리로 말했다. "그건 이렇기 때문이지. 지금은 그대뿐 아니라 형제들도 모르고, 백성은 더더욱 모르지. 그러나 나중에는 다 알게 될 걸세. 어째서 그런가? 확실히 나는 다윗과 같은 제왕 메시아는 아니네. 그것은 이미 내가 부정하질 않았던가? 그대도 알다시피, 내가 광야에서 깨달은 아버지의 뜻은 아버지의 진리와 사랑으로 이 세상에 아버지의 나라를 세우라고 나를 보내셨다는 것이네. 그렇지 않다면, 내가 왜 지금까지 이 길을 걸어왔겠나? 그러

272

니까 전에도 말한 것같이, 아까 일어난 일은 표적(sign)이라네! 그대나 형제들이나 백성도 그것을 보고 깨달아야 하지.

사람들이 나를 왕처럼 환영한 것은 내가 진실로 진리의 왕이기 때문이네! 지금은 이것을 그대 마음속에만 담아 두게나. 그들이 노래한 시는 옛날 왕들의 즉위식에서 부른 것이지. 그러나 그것은 꼭 왕들에게만 해당하는 게 아니네. 그것은 일종의 비유라네. 그대도 알다시피, 비유의 목적은 그것이 가리키는 의미가 아닌가?

그러니 왕들의 즉위식 찬가인 그것은 진정한 왕을 가리키는 노래라는 말이지. 세상의 왕보다 높은 것은 진리의 왕이네! 왜냐면 세상의 왕들은 아버지의 뜻은 고사하고 제멋대로 권세를 휘두르다가, 이내 불티처럼 스러지는 세월 속의 환영(幻影)에 불과하지만, 진리의 왕은 시간도 공간도 없는 참되고 영원한 왕이기 때문이지. 누가 진리를 죽일 수 있는가? 진리는 죽지 않네. 따라서 진리의 왕 역시 죽어도 죽지 않네. 이것도 비유로 말하는 것이네.

그래서 나는 하나님의 나라를 이 땅에 세우는 일에 인생을 걸고 있는 것이지. 그러나 하나님의 나라는 곧장 이루어지는 것이 아니네. 내가 그 머릿돌(초석·礎石)이 되는 것이지. 겨자씨와 누룩 이야기를 기억해보게나. 내가 하나님 나라의 겨자씨와 누룩이란 말이네. 그대들도 장차 그렇게 될 것이고, 그 후로도 끊임없이 이어질 것이네.

호세아, 지금까지 지내온 나날들은 아무것도 아니네. 오늘부터 예루살렘에서 지낼 닷새가 나와 그대들과 우리 민족, 더 나아가 세상과 역사의 흐름을 결정할 것이네! 언젠가 그대들이나 백성은 내가 진리의 왕이라는 것을 알게 될 걸세. 그러니 사람들이 나귀를 탄 나를 환호한 일은 자기들도 모르게 미리 그것을 온몸으로 연출한 것이지! 그러나 그들은 얼마 후 나를 죽이려는 자들에 의해 꼭

두각시 노릇을 할 테지만 말이네!"

아무런 할 말을 찾지 못한 나는 비로소 랍비의 의중을 알았다.

4

그런데 성전이 한눈에 보이는 언덕에 이르렀을 때, 랍비는 올리브 나무 아래로 가서 돌아서서 도성을 바라보며 털썩 주저앉더니, 갑자기 몹시도 비통하고 어두운 얼굴이 되어 큰 소리로 우는 것이었다! 놀란 우리는 발걸음을 멈추었다. 랍비는 이내 가슴을 치며 울다가, 고개를 수그리고 어깨를 들썩였다.

감정이 풍부하여 기복이 심한 베드로는 연신 한탄하며 눈물을 훔쳤다. 안드레와 야고보, 요한과 나, 빌립과 나다나엘도 눈물을 글썽였고, 미리암은 어쩔 줄 모르고 입을 가리고는 소리 없이 눈물을 흘리기만 했다. 그러나 아까 당나귀를 타던 모습과는 영 딴판인 랍비의 연약하고 이해할 수 없는 모습에 놀라 눈이 휘둥그레진 독립투사 시몬과 유다는 몹시 혼란을 느꼈는지, 서로 무엇이라 소곤거리는 것이었다.

그때 도성을 바라보며 던지는 랍비의 울음과 탄식과 안타까움이 섞인 목소리가 들려왔다. "아, 예루살렘아, 예루살렘아! 나는 너에게 하나님의 평화를 전하려고 왔다. 지금 네가 평화에 이르게 하는 길을 안다면, 얼마나 좋으냐? 그런데 너는 지금 그 일을 볼 줄 모르는구나! 오, 예루살렘아! 장차 너에게 재앙이 닥칠 것이다. 너의 원수들이 토성을 싸 에워싸고, 쥐잡듯 사면에서 죄어들며 공격하고 파괴할 것이다. 그들은 너와 네 안에 있는 자녀들을 죽이고, 성전을 불태우고 성벽마저 다 무너뜨려, 네 안에 돌 한 개도 다른 돌 위에 얹혀 있지 않게 할 것이다. 그 옛날 바빌로니아가 하던 것보다 더 참혹한 일이 벌어질 것이다.

예루살렘아, 예루살렘아, 너는 어찌하려느냐? 지금이야말로 아버지께서 너를 찾아오신 때인데, 너는 끝내 이것을 깨닫지 못하는구나! 네가 깨닫기 위해 얼마나 더 많은 세월과 예언자가 필요하단 말이냐? 나는 너를 사랑하기에 이렇게 왔다! 너는 끝내 아버지께서 보내신 나를 죽여, 너를 죽일 셈이냐? 아, 아버지! 이 백성을, 이 백성을⋯!"

그리고는 오래 침묵하다가 일어난 랍비는 성큼성큼 걸어갔다. 우리는 무거운 발걸음으로 뒤를 따라 베다니 집으로 들어가, 먹는 둥 마는 둥 하다가 잤다. 랍비는 아무것도 먹지 않고 홀로 방으로 들어갔는데, 이따금 울음소리와 벽을 치는 소리가 들려왔다.

5

다음 날 아침, 식사를 마친 우리는 이상한 장면을 보았다. 마루에 걸터앉은 랍비가 아마포 두 조각을 돌돌 말아 기다란 새끼를 꼬는 것이었다. 베드로가 그것을 어디에 쓰려고 만드시느냐고 묻자, 보면 알 것이라고 했다. 랍비는 그것을 허리에 감아 매고는 앞서 나갔다.

이른 아침부터 광장은 사람들로 북새통이었다. 랍비는 그들을 쳐다보지도 않고 지나쳐 곧바로 성전으로 직행했다. 성전 입구는 어제보다 더 많이 몰려든 사람들로 장사진을 이루었다. 성벽 위 초소와 마당 세 구역 경계와 구석에는 창과 칼을 들고 갑옷을 입은 성전 경비병들이 지켜보고, 성전 앞의 제사장들은 짐승을 잡아 제단에 불태우고, 제물을 씻는 물두멍 앞쪽에는 바리새인들과 장로들이 모여 엄숙한 표정으로 사람들을 바라보며 서 있었다.

랍비는 빠른 걸음으로 사람들을 밀치며, 이방인과 여인 구역을 지나 남자 구역 앞쪽까지 갔다. 우리도 따라 들어갔다. 막달라 미리암은 여인 구역에 머물렀다. 랍비는 제사장들과 바리새인들과 율법 학자들과 장로들을 노려보며 서 있다가, 갑자기 허리춤에서 채찍을 풀어(요 2:15), 짐승을 파는 상인들의 등을 후려갈기고, 돈주머니를 잡아채 흩어버리고, 비둘기장을 확 뜯어 날려 보낸 후 내동댕이치고, 소와 양과 염소들을 걷어차 몰아냈다. 그리고는 돈을 바꾸라고 소리치는 환전상들에게 성큼성큼 다가가 탁자를 뒤엎고, 동전 그릇을 내동댕이치고, 그들의 어깨고 등판이고 할 것 없이 내리쳤다.

일순간 아우성에 난장판이 되었고, 모든 사람이 아연실색했다. 환전상들이나 헌금을 하려던 남자들은 동전 줍기에 바빴다. 그러자 성전 경비병들이 군중을 밀치며 다가오고 있었고, 제사장들과 바리새인들과 율법 학자들과 장로들은 '저놈 잡아라!' 하며 손가락으로 가리키며 왔다 갔다 했다.

랍비는 곧바로 성큼성큼 여인 구역으로 내려가 똑같이 행동하며 외쳤다. "이것들을 걷어치워라. 너희가 내 아버지의 집을 장사꾼들의 집으로 만들어 더럽히느냐? 아버지의 집이 거룩한 곳이라는 진실을 이렇게도 무시할 수 있느냐? 너희가 장차 어찌하려고 이러느냐?"

두려움에 휩싸인 상인들과 군중이 랍비를 피해 조금 물러나자 길이 열렸다. 경비병들이 군중을 밀치며 랍비에게 다가왔고, 제사장들과 바리새인들과 율법 학자들과 장로들이 분노하며 잰걸음으로 걸어왔다. 이윽고 랍비와 마주 선 경비병들은 창과 칼을 뽑아 들었다. 그러나 랍비의 서슬 퍼런 눈총과 위엄에 어쩌지 못하고 겨누기만 했다.

제사장들과 바리새인들과 율법 학자들과 장로들이 다가오자, 랍비는 그들에게 말했다.

"들어라! 너희도 알다시피, 성서에 '내 집은 만민이 기도하는 집이라 불릴 것이다' 하였다. 그런데 지금 너희 눈에는 이것이 기도드리는 집으로 보이느냐? 시장바닥도 이렇게 혼란하진 않다! 너희가 어떻게 하나님을 이렇게까지 모독할 수 있느냐! 그래, 너희 눈구멍에는 거룩하신 아버지의 집이 그렇게도 하찮게 보여, '강도들의 소굴'로 만들어버렸느냐! 나는 너희에게 하나님을 사랑하는 마음조차 없다는 것을 안다! 추호(秋毫)라도 있다면, 어떻게 의롭고 거룩하신 하나님의 성전을 시장바닥으로 만들어 놓을 수 있느냐?"

그리고는 제사장들을 책망했다. "너희 제사장들아, 들어라! 나는 너희가 장사꾼들에게 많은 웃돈을 받아 처먹고 장사 허가증을 준 것을 알고 있다. 제사장이란 자들이 하나님의 이름으로 성전을 팔아, 성공과 영광과 영화로운 삶을 누리고 있느냐? 그래, 그렇게 하나님의 이름을 팔아 돈 많이 벌어 자식들을 돼지 새끼처럼 먹여 살리고 성공시켜 주니, 행복하고 떳떳하더냐? 이 백성은 가뜩이나 식민지가 된 내 땅에서 피똥을 싸며 사는데, 너희는 가여운 그들의 주머니에서 돈을 탈탈 털어내 강탈할 생각뿐이더냐!"

그러자 제사장들은 펄펄 뛰고 경비병들을 닦달하며, '당장 저놈을 체포하지 않고, 무얼 하고 있느냐?' 하며 소리쳤다. 그러나 랍비의 위세에 눌린 경비병들은 여전히 창과 칼을 겨누고 눈치만 살피며 우물쭈물할 뿐이었다.

랍비는 여전히 제사장들을 노려보며 말했다. "나는 좀 전에, 행색이 말이 아닌 나이 많은 한 부인이 백 원짜리 동전 몇 개를 헌금 궤짝에 넣는 것을 보았다. 바로 그것이 하나님을 사랑하는 진실한 심정이다. 그것이 하나님의 눈에 부자가 바치는 황소보다 더 갸륵한 제물이 아니냐? 그러니 하나님의 거룩한 직분을 잇속을 챙기며 망가뜨린 너희가 강도 떼거리가 아니고서야, 어찌 이런 짓을 할 수 있느냐?

진실로 하나님을 사랑하는 마음이 눈곱만치라도 남은 제사장이라면, 성전이 이런 장마당이 되어버린 사태를 가슴 아파하는 게 마땅치 않으냐? 그래, 너희 눈에는 하나님 아버지가 너희네 늙은 아비들보다 못하게 보이느냐? 너희야말로 제사장직을 이용하여 그저 돈 벌 궁리만 하며, 백성의 신심을 빨아먹고 사는 이나 벼룩 같은 자들이 아니더냐! 이토록 처절하고 궁핍한 시대에서, 갖은 억압과 착취, 모멸과 굴욕과 설움으로 기를 펴지 못하고 살아가는 우리 백성을 향한 슬픔과 눈물과 고뇌와 자비심도 없이 제사장의 길을 가는 자들이 어떻게 하나님의 종일 수 있느냐!"

랍비의 눈에서는 눈물이 흘렀다! 그것을 본 성전 경비병들은 랍비의 말이 자기들의 가슴을 찌르는 칼과 창인 듯, 얼굴이 어두워지며 그 자리에 얼어붙고 말았다. 성벽 위에 있는 경비병들은 삼삼오오 모여 내려다보며 쑥떡이기만 했다. 일순간 성전 마당 전체가 고요해졌다. 제단에서 번제물을 잡고 불태워 바치는 제사장들은 그 사태도 아랑곳하지 않고 일에 집중하느라 뒤도 돌아보지 않았다.

6

랍비의 말에 분노한 제사장들의 눈에 불꽃이 튀었다. 하지만 수치감과 두려움과 공포에 젖은 눈빛을 감추지는 못했다. 벼룩도 낯짝이 있다고 하니까. 나는 그들이 대대로 이어진 오래 묵은 관행에 중독된 것이라고 보았다. 그렇다고 책임이 없는 게 아니다. 사람이 단물에 중독되면, 이성과 양심과 비판력과 용기 있는 행동은 어느새 먼지처럼 날아가고, 그 마음과 머리를 채우는 것은 '좋은 게 좋은 거다' 하는 생각이니까. 그러니 참으로 가련한 사람들이었다. 물론 그들은 그것조차도 모를 테지만 말이다.

그때, 랍비의 말에 여인 구역으로 내려온 어떤 남자가 외쳤다. "그렇소. 제사장들이 우리를 더욱 고달프게 합니다! 경건하고 거룩하게 제사를 바치려고 해도 할 수 없다고요. 제사장들은 우리가 더 많은 죄를 짓고, 더 많은 돈과 제물을 바치기를 바라고 있습니다. 그들의 안중에는 하나님도 없고, 백성의 고달픈 삶에 대한 동정심도 찾아볼 수 없다고요!"

그러나 랍비는 조금도 좋아하지 않고 분노하며 외쳤다. "너희 백성도 마찬가지다! 너희에게 하나님을 사랑하는 순결한 심정이 조금이라도 남아 있다면, 이런 것을 보고도 어찌 묵묵히 굴종할 수 있느냐? 너희 중 누가 제사장들에게 이런 것을 따져보기라고 했느냐?" 그러자 그 사람이 대꾸했다. "왜 말하지 않았겠습니까? 그러나 말해봤자 돌아오는 것은 위협과 제사 금지와 내쫓기는 것밖엔 없다고요."

랍비가 말했다. "제사장이 높으냐, 백성이 높으냐? 제사장은 하나님이 백성을 위해 세우신 종들이니, 백성이 높지 제사장이 높진 않다! 그런데도 너희는 이렇게 시장바닥인 성전에서, 도대체 무엇을 구하느냐? 제사장들과 똑같이 하나님을 경멸하면서도, 정작 너희가 구하는 것은 저 솔로몬의 영광과 영화가 아니더냐? 너희는 욕심에 절은 마음으로 예배를 드리면서도, 하나님이 믿음에 응답하여 소원을 들어주신다고 철석같이 믿고 있는 게 아니냐? 그러나 하나님은 똥처럼 냄새나는 너희들의 마음보를 다 아신다!

옛날 우리 조상들이 이 아름답고 축복받은 땅에서 나라를 잃어버리고 포로로 끌려간 것이 무엇 때문이더냐? 제사장들의 죄악이 가장 크지만, 그 때문만도 아니었다. 너희 백성이 깨끗한 마음과 의로운 삶은 묻고 찾지도 않고, 거룩하신 하나님을 그저 제사만 잘 바치면 복을 받아 성공하고 영화롭게 산다는 것을 진리와 교리로 팔아먹은 바알 신과 그 마누라 아세라 여신처럼 숭배했기 때문이 아니더냐!

너희도 지금 이 성전을 바알 성전으로 만들어 놓고 있는 제사장들과 한패가 되었다. 만일 의롭고 뜻 있는 백성이 합세하여 제사장들에게 항의하고 저항한다면, 그래도 그들이 이렇게 성전을 장사판으로 만들 수 있다고 생각하느냐! 성전은 백성의 것이지, 제사장의 것이 아니다! 너희가 감히 '이방인'이라고 얕보는 그리스인들과 로마인들도 이보다 더 거대한 자기네 성전에서, 이따위로 하지는 않는다. 너희가 하나님을 경외하고 사람을 아끼는 거룩한 삶은 내팽개치면서도, 욕심 사나운 마음으로 제사만 바치면, 하나님이 가을비와 봄비같이 복을 내려주신다고 철석같이 믿으니, 그 믿음 한 번 좋구나!"

사람들은 아무 말도 없었다. 랍비가 사랑, 아니 편애라 할 정도로 사랑하는 백성까지 그렇게 인정사정없이 책망한 것은 처음이었다. 곳곳에서 '시원한 말씀이다.' 하는 소리가 들렸지만 이내 잠잠해졌고, 여인들은 눈물을 흘리며 울기도 했다.

이어 랍비는 외쳤다.

"너희 바리새인들아, 들어라! 너희는 입만 열면 그렇게도 법 좋아하는데, 어디 한 번 지금 벌어지는 이런 광경을 그 법의 잣대로 판정하고 해석해보라. 이것은 너희가 그렇게도 좋아하는 법에 어긋나지 않는 법이더냐? 그까짓 안식일 법이나 정결 예법은 그렇게 소중히 여기는 너희가 어째서 성전에서 장사하지 못하는 법은 만들어내지 않았단 말이냐? 시골 마을이나 도시에서는 그렇게도 큰소리치며 매사에 법 운운하며 가여운 백성의 목을 조르는 자들이 도성의 성전에서는 어째서 이다지도 덕스럽고 관대한 것이냐? 성전조차 너희 손아귀에 넣은 소유물로 생각하느냐? 이 위선자들아, 뱀 새끼들아, 독사의 자식들아!"

그 말에 바리새인들은 펄펄 뛰며 경비병들만 닦달했다.

이어 랍비는 장로들을 향해 외쳤다.

"너희 장로들아, 들어라! 너희는 신심과 인품으로 백성의 존경을 받는다는 사람들이 아니더냐? 그런데 지금 너희 신심은 어디 갔느냐? 너희는 인품을 장

롱에 숨겨두고 왔느냐? 백성과 가장 가까이 사는 너희가 앞장서서 고달픈 삶을 위로하며 올바르게 살았다면, 어떻게 이런 일이 오랜 관행으로 자리 잡을 수 있느냐? 너희도 상인들에게서 웃돈을 받아먹는 제사장들의 떡고물에 중독이 된 것이 아니더냐! 너희도 위선자요 독사의 자식들이기는 마찬가지이다!" 그 말에 그나마 장로들은 고개를 푹 수그렸다.

7

이어서 랍비는 여인들을 두루 바라보며 이런 이야기를 들려주었다.

"여러분, 타락한 아들을 용서하고 환영하며 잔치를 베풀어 준 어떤 아버지 이야기를 들어보세요. 어느 시골에 두 아들을 둔 부자 아버지가 있었지요. 노인은 죽기 전에 미리 두 아들에게 유산을 분배해주었지요. 그런데 어느 날 둘째 아들은 아버지 몰래 제 재산을 처분하고는, 모든 돈을 가지고 큰 도시로 나갔답니다. 우리 상속법에는 부친이 죽기 전에는 유산을 처분할 수 없지요. 그러니 아버지가 엄연히 살아 있는데 죽은 것처럼 취급했으니, 법도 어긴데다 불효막심하기 짝이 없는 못된 녀석이었지요."

그러자 내 곁에 있던 어떤 할머니가 '거참, 못된 자식이네!' 하며 혀를 끌끌 찼다.

"그는 곧장 환락가로 들어가, 여자들을 끼고 술을 퍼마시며 놀다가, 도박까지 하며 흥청망청 돈을 썼지요. 그러니 얼마나 가겠어요? 이내 몽땅 탕진해버렸지요. 그래서 그간 술 마시고 도박하며 사귄 놈팡이들에게 돈을 좀 꾸어달라고 했지요. 그러나 누가 달랑 거지 신세가 된 자에게 그러겠어요? 밥 한 끼 사는 자가 없고, 모두 안면에 철판을 깔고 무시했지요.

졸지에 알거지가 된 그는 하는 수 없이 시골로 가서 돼지농장에 취직했어요. 유대인에게는 경멸받는 천한 직업이지요. 부잣집 도련님이 무슨 노동이란 걸 알겠나요? 이틀도 못 가 손에 물집이 터지고, 서투른 일에 손을 다치고 피가 흘렀지요. 그런데 구두쇠인 주인 영감은 굶어 죽지 않을 만큼만 음식을 주었답니다. 그래서 너무나도 허기진 그는 돼지들이나 먹는 돼지감자나 음식 찌꺼기에 든 채소나 과일 따위를 뺏어 먹기도 하며 배를 채웠지요.

그렇게 몇 달이 지났습니다. 밤에 별들을 바라보거나 홀로 외양간에서 잘 때면, 자기 신세가 어째서 그리되었는지, 탄식만 나왔지요. 집으로 돌아가 아버지를 뵐 면목도 없고, 게다가 형이 얼마나 나쁜 놈으로 보겠나 하는 생각에 몸서리를 쳤지요. 그러나 아무도 뱃속의 아우성을 이겨낼 장사는 없지요. 집에 있을 때를 생각하니, 더욱 견딜 수 없었지요. 그렇게 가다가는 자기가 처량하게 굶어 죽겠구나 하고 생각했습니다. 견디다 못한 그는 아버지께 돌아가 용서를 빌고, 용서해주지 않으면 종이라도 되겠다고 결심했답니다.

그런데 그가 몰래 도망치는 것을 본 주인은 하인들과 함께 그를 붙잡아 두들겨 패며 물골을 냈지요. 그는 실컷 매를 맞다가 악을 쓰며 막대기를 잡아 저항하던 끝에 탈출했습니다. 옷은 다 찢어지고 얼굴은 만신창이가 되어 몰골이 말이 아니었지요. 다리까지 절뚝거렸어요. 지나가던 사람들이 미친놈이라고 하며 쑥덕거리고 욕을 해도 아랑곳하지 않고, 집으로 걸어갔지요. 이윽고 멀리 집이 보이자, 너무나 수치스러워 가슴이 철렁했습니다."

그러자 내 곁에 있던 그 할머니는 '아이고, 그래도 다행이네!' 하고 말했다.

"그런데 이게 웬일인가요! 멀리서 아들을 본 아버지가 팔을 벌리고 잰걸음으로 다가오는 게 아닙니까? 아들은 두려움에 떨고 수치감에 휩싸여 털썩 주저앉았지요. 다가온 아버지는 그의 예상과는 달리, 아들을 일으켜 얼싸안고 입을 맞추고 기뻐했습니다. 아들 몸에서는 돼지 똥과 오줌 냄새가 역하게 풍겼지만,

아버지는 조금도 개의치 않았지요.

전혀 뜻밖으로 아버지의 환대에 놀란 그는 아버지에게, 자기는 아들도 아니니, 그저 종으로라도 받아주시면 좋겠다고 했지요. 그러나 아버지는 그게 무슨 말이냐고 하면서, 집안으로 데려갔습니다. 아버지는 종들에게 잃었던 아들을 되찾았다고 말하며, 송아지와 양을 잡아 잔치를 열자고 했지요. 그리고는 아들에게 몸을 씻게 한 후, 옷을 입히고 신발을 신겨주며 동네 사람들을 초청하여 즐겁게 먹고 마셨답니다.

그런데 밭에 나갔던 큰아들이 돌아와 풍악을 울리며 노래하는 소리를 듣고는, 들어가지 않고 대문간에서 하인을 불러 물었지요. 하인의 말에 그는 얼굴이 일그러지며 분노했답니다. 그것을 들은 아버지가 나와 들어가자고 하자, 그는 아버지에게 항의했지요. 자기에게는 염소 새끼 한 마리조차 잡아 주지 않았으면서, 어떻게 창기들과 놀아나고 도박에 술에 취해 살며 돈을 죄다 탕진한 저 자식에게는 귀빈 대접을 하실 수 있느냐고 따졌지요. 그러나 아버지는 그 말에 대꾸도 하지 않고, 네 동생은 잃었다가 다시 찾았고 죽었다가 살아난 것이니, 우리가 기뻐하고 즐거워하는 것이 마땅한 일이 아니냐고 했답니다."

8

그런데 랍비는 큰아들이 아버지 말대로 집으로 들어가 동생을 끌어안았는지는 말하지 않았다. 분명히 사람들에게 상상해보라는 것이었다. 큰아들은 어떻게 했을까? 집이 그곳밖에 없으니 들어가기는 들어갔을 테고, 아버지의 강요에 못 이겨 기껏해야 '너, 돌아왔냐?' 하면서 억지로 받아들이기는 했으리라.

둘째 아들은 상속법을 어긴 타락한 불량배이고 죄인이기에 마땅히 심판을 받아야 하니까, 형의 항의가 백번 옳기에 내쫓아야 한다. 그러니 회개하지도 않

283

았는데 무조건 용서하고 사랑한 아버지는 율법을 어긴 것이 되고 만다. 따라서 랍비의 말대로, 하나님이 그 아버지와 같은 분이시라면, 유대 사회에서 신앙과 불신, 의와 불의, 정의와 부정의, 순결과 부패, 경건과 죄악의 경계가 죄다 없어져, 나라가 멀쩡할 수 없고 모조리 붕괴하고 만다. 그래서 랍비의 이야기는 듣기에는 아름답고 훌륭하지만, 뭐가 뭔지 헷갈려 알기 어려웠다.

사람들이 좋아하면서도 고개를 꼬며 곤혹스러운 표정을 짓고 있자, 랍비가 말했다.

"여러분, 내가 말하려는 것은 이 아버지의 조건 없는 용서와 사랑입니다. 이 이야기의 아버지가 바로 하나님 아버지이십니다! 둘째 아들이 멀리 있는데도 달려간 그 아버지를 생각해보세요. 그것은 그 아버지가 매일 밖으로 나와 아들이 돌아오기를 기다렸다는 뜻이니까, 이미 용서한 것을 말하지요. 그 아들이 돌아왔을 때에서야 용서한 게 아니에요.

우리 하나님 아버지가 이런 분이십니다. 하나님은 율법의 규정에 따른 판단과 정죄와 심판을 넘어서는 분이시지요. 하나님은 천하의 모든 죄인과 악인까지 이미 다 용서하셨습니다! 세리들과 창녀들까지도 말입니다! 왜냐면 우리 하나님 아버지께는 모든 인간이 둘도 없는 자식, '보배롭고 존귀하고 사랑하는, 눈에 넣어도 아프지 않을 자식이니까요.'(사 43:4) 사람들이 이것을 모르는 것뿐입니다."

나는 비로소 랍비의 근본적인 사상을 이해했다. 타락한 둘째 아들 같은 죄인조차도 무조건 용서하고 대접하는 하나님 아버지의 무한한 사랑 이야기! 그간 랍비가 누구나 정죄하는 세리들과 친구처럼 어울려 식사하며 대화를 나누고, 기생이었던 막달라 미리암까지도 제자로 받아들인 것도 이런 생각에서 나온 행동이었다. 그래서 나는 예수아 랍비야말로 이 이야기에 나오는 아버지를 쏙 빼닮은 분이라고 보았다.

그러나 이 '이야기'는 실로 이스라엘 민족의 전통과 유대교를 뿌리부터 뒤흔든 엄청난 '사건'이었다! 전에 랍비가 나에게 히브리어에서 '말·말씀과 사건'은 같은 단어라고 한 것으로 볼 때 그렇다(다바르·Dabar). 그래서 나는 지도층이나 백성이 랍비의 이야기를 더는 성전도 제사도 율법도 필요 없다는 말로 들을까 걱정하며, 이 일이 랍비가 말한 수난과 죽음을 불러올 빌미가 되지 않을까 하여 몹시 두려웠다.

아니나 다를까, 제사장들과 바리새인들과 율법 학자들과 장로들은 분기탱천한 얼굴이 되었다. 그러자 노년의 제사장이 말했다. "당신은 그 이야기의 형이 바로 우리라고 콕 찍어서 가리키며 백성에게 망신살이 뻗치게 하였소. 당신이 꾸며낸 이야기와 생각에다가 어떻게 이 민족을 지키느라고 밤낮없이 애쓰는 우리를 끼워 넣어 비난하고 규탄하는 것이오? 당신의 이야기는 우리 유대교를 기초부터 뒤흔드는 망나니의 발언이오.

당신이 뭐라고, 하나님을 멋대로 해석하고, 하나님께서 모세를 통해서 내리신 율법을 제 맘대로 왜곡하고 조작하며 백성에게 가르치는 것이오? 지금 당신은 하나님이 세상에서 빼내어 택하신 백성인 우리 유대인의 종교와 성전과 율법, 전통, 관습, 사고방식, 일상의 도덕과 정결 의례 등, 하나님이 주신 모든 것을 파기하고 훼파하고 있소! 이것은 도저히 묵과할 수도 용서할 수도 없는 신성 모독이고, 우리 민족더러 망하라는 소리요! 그러면 시방 우리 유대인들이 율법과 계명과 도덕을 다 내팽개치고 살아도 된다는 말이오?"

랍비가 말했다. "내 말을 곡해하지 마시오. 가슴에 손을 얹고 양심의 목소리에 귀를 기울이며 진지하게 생각해보세요. 율법이나 계명이나 도덕이나 윤리는 고요하고도 뜨거운 마음으로 아버지를 순결하게 사랑하는 데서 나와야 절로 지켜지는 것이지, 그것을 지켜서 아버지의 용서와 사랑을 받거나 훌륭한 인간이 되는 게 아니라는 말입니다. 아버지의 용서와 사랑을 깨달은 사람은 사랑으로 가득한 심정의 사람이 되는 법이지요. 그런 사람은 율법이나 계명을 어기고 부도덕하게 살라고 해도 그렇게 되진 않아요!"

한 바리새인이 대들었다. "그러면 당신은 모세조차도 부정하는 것이오?"

랍비가 말했다. "모세 때 이스라엘은 아장아장 걷은 유아였소. 그런데도 여전히 그때와 똑같이 문자대로 지켜야만 신앙이란 말입니까? 모세 가르침의 핵심은 하나님과 이스라엘 사이의 가없는 사랑이오! '너희는 내 백성, 나는 너희의 하나님'이란 말이 그것이오(출 6:7). 모세도 이런 말을 했소. '하나님의 명령은 하늘에도 바다 건너편에 있는 것도 아니다. 그것은 너희에게 아주 가까운 곳, 너희의 입, 너희의 마음에 있다.'(신 30:11~14)

그러니 하나님의 참된 율법은 사람의 마음, 곧 아버지를 사랑하는 심정에 있는 것이오. 그러면 율법도 자연스레 지키게 됩니다. 마음은 물욕과 자만심으로 가득 차서 더러운데, 율법과 계명만 잘 지킨다고 하나님의 눈에 깨끗한 인간이 되는 게 아닙니다."

한 제사장이 핏대를 세우며 반격했다. "그러나 예언자들도 모세의 율법을 지키라고 하며, 율법을 어기는 자들에게 하나님의 심판과 파멸을 선포했는데, 당신이 누구이고 무슨 권위가 있다고, 감히 예언자들의 가르침까지 제멋대로 해석하며 가르치는 것이오?"

랍비가 말했다. "말 잘했소. 예언자들이야말로 당신들의 심판관이오. 이사야나 예레미야의 책에 견주어 자신을 살펴보시오. 그분들은 순결한 마음으로 하나님을 받들라고 하며, 마음의 불결함이 모든 거짓과 이기심과 폭력의 죄와 악행의 근본이라 했소. 성전을 저따위로 만들어 놓은 당신들의 마음이 어찌 순

286

결하다 하겠소?"

그들은 살기마저 번뜩이는 눈빛으로 랍비의 발 앞에 침을 뱉었다. 한 제사
장은 무서운 경고를 날렸다. "아무래도 당신은 우리 민족의 원수가 되기로 작
정한 것 같소. 우리가 우리 원수를 어떻게 척결하는지는 당신도 잘 알 것이오!
두고 보시오!"

랍비는 돌아서서 사람들에게 말했다. "여러분, 무한한 용서와 사랑의 아버
지, 이것이 참되고 영원한 하나님의 모습입니다. 더는 율법과 심판의 하나님은
없습니다! 오직 아버지의 사랑 가득한 심정만이 여러분의 마음속에 살아 있습
니다. 그것을 깨워내는 사람은 지금 이 순간 아무런 조건 없는 용서와 사랑의
아버지 나라 안으로 들어갑니다!"

9

분기탱천한 제사장들과 바리새인들과 율법 학자들과 장로들은 공중으로
주먹을 휘둘러대며, 경비병들을 앞으로 밀어내며 체포하라고 말했지만, 경비
병들은 여전히 랍비의 권위에 압도되어 머뭇거릴 뿐이었다. 군중은 두려움 속
에서 침을 삼키며 사태를 주시했다.

그러자 나이든 제사장이 격한 어조로 말했다. "당신, 머리에 피도 안 마른
애송이가 뭘 그리 잘 안다고, 감히 하나님의 성전에서 난동을 피우는 것이냐?
당장 그 입 닥치지 않으면, 체포하여 물꼴을 내고 말겠다! 너는 도대체 무엇을
노리고 이런 짓을 하는 것이냐?"

랍비가 말했다. "이 성전을 몽땅 헐어버리시오. 그러면 내가 사흘 만에 다
시 세우겠소!"

그 말에 어처구니없다며 냉소를 흘린 그 제사장은 사람들을 둘러보며, "도

대체 이 자가 무슨 말을 하는 것이야! 이 성전을 세우는데 40년도 더 걸렸는데, 사흘 만에 제 손으로 다시 세우겠다니, 미친 자가 아니고서야!" 하며, 또 경비병들에게 체포하라고 말했다.

그러자 무리 속에서 어떤 남자가 소리쳤다. "그 사람을 가만 놔두세요. 옳은 말을 했소! 오래전 미가 예언자가 이 성전이 불타고, 예루살렘이 폐허 더미가 되고, 시온 산이 밭 갈 듯 뒤엎어질 것이라고 했어도(미 3:12), 체포하지 않았소이다! 히스기야 왕도 그의 말에 귀를 기울이지 않았소? 그리고 예레미야 예언자도 성전에서 이 사람과 같은 말을 했소(렘 7장, 26장). 그런데 결국에는 나라가 그들의 말대로 되지 않았소? 그러니 그냥 두세요."

성서를 잘 아는 사람인 듯 보였다. 군중이 그의 말에 일제히 '옳소!' 하고 소리치자, 앞으로 나서던 경비병들은 멈칫했다. 그 사람의 말에 내 앞에 있던 어떤 남자가 '아따 의인이 납시었군그래! 저 혼자 성서를 줄줄이 꿰고 있는 체하기는! 보아하니, 멀리 해외에서 온 사람 같~~' 하는데, 그 뒤에 섰던 어떤 사람이 그의 말을 툭 잘라버리고는, '맞는 말인데, 뭘 참견하고 그러시오?' 하고 천둥 같은 목소리로 말했다. 그 바람에 뒤를 돌아본 그 남자는 흠칫 놀라며, 말을 마치지도 못하고 멍한 표정으로 입을 닫고 말았다. 그 사람은 그 남자보다 머리 하나가 더 크고, 체구가 대단히 우람했다. 고개를 수그리지도 않고 눈만 내리깔고 자기 위에서 꽂아보는 그의 기세에 눌린 그 남자는 슬금슬금 저쪽으로 물러갔다. 내가 알아보니, 그 사람은 저 아프리카 '리비아 구레네'에서 온 동포라 했다.

잠시 침묵이 흐르자, 제사장들과 바리새인들과 율법 학자들과 장로들은 "당신은 스스로 목숨을 재촉하는구려! 어디 두고 봅시다." 하며 경고하고 자기네 자리로 돌아갔다. 사람들은 두려움에 떨었고, 장사꾼들은 랍비의 눈치를 살피며 슬슬 철수하는 척했다. 그러나 랍비가 떠나자마자, 그들은 다시 상을 차리고 하던 짓을 계속했다. 심지어 어떤 환전상은 랍비 들으라는 듯 뒤에다 대고, 인심 팍팍 쓸 테니 자기에게 와서 돈을 바꾸라고 떠벌였다.

랍비는 그 말을 무시하고 나왔다. 우리 형제들은 놀란 눈빛으로 걸어 나왔고, 막달라 미리암은 내게 다가와 손을 꼭 쥐었다. 나가는 동안 우리는 랍비에게 경외에 찬 눈빛을 보내는 사람들, 제사를 망쳤다고 투덜대는 사람들, 두려움에 입을 가리고 수군대거나 눈물짓는 여인들, 그리고 잔뜩 호기심 어린 이방인들을 보았다.

나는 우리 민족이 집단 중풍병자로 보였다. 하나님의 의사가 왔는데도 거부하니, 병은 날이 갈수록 깊어질 것이었다. 성전 마당은 40여 년이 흐른 지금도 여전히 랍비 때와 똑같다. 가슴이 아프다 못해 절망적인 일이다.

무화과나무 아래 앉아서

1

베다니로 돌아온 랍비는 저녁 식사도 하지 않고, 우리더러 따라오지 말라
하고는, 골짜기 아래 올리브나무 숲으로 갔다. 홀로 기도하고 명상하며 생각할
게 많았을 것이다. 그때 랍비의 마음을 누가 조금이라도 헤아렸겠는가? 랍비
는 아침에야 돌아왔다.

아침 식사 후, 다시 광장으로 간 랍비는 백성을 향하여 외쳤다.

"여러분, 내 말을 들으세요! 여러분은 제사장들과 바리새인들과 율법 학자
들과 장로들을 조심하세요. 그들은 긴 예복을 입고 거리에 나다니며 존경받기
를 좋아하고, 장터에서 인사받기를 좋아하고, 성전이나 회당에서는 앞자리에
앉기를 좋아하고, 잔칫집에서는 윗자리에 앉기를 좋아합니다. 마치 긴 가운이
인격이라도 되는 듯이 말이지요. 이것은 비판이 아니라, 여러분들이 매일 보고

있는 것이니, 잘 아는 사실이 아닙니까?

그렇다면 참새들이 들판에 옷을 입혀 세워 놓은 허수아비들에게 줄줄이 내려앉아 종일 침이 마르도록 칭송하고 상찬하는 것처럼, 제사장들과 바리새인들과 율법 학자들과 장로들이 긴 옷을 걸치고 들판에 허수아비처럼 서 있으면, 참새들이 내려앉을 것이니, 오매불망 바라마지 않는 세상의 칭송과 영광을 실컷 누릴 게 아니겠소?"

그 말에 많은 사람이 미소를 지었다. 그러나 제사장들과 바리새인들과 율법 학자들과 장로들의 얼굴은 이미 일그러질 대로 일그러졌다. 나는 비판을 넘어 거침없이 조롱까지 하는 랍비가 지나친 게 아닌가 했다.

그런데도 랍비는 말했다. "여러분, 똑똑히 들으세요. 제사장들과 바리새인들과 율법 학자들과 장로들은 성서와 모세의 권위를 빌어, 우리 백성 위에 군림하고 있소. 정작 모세는 백성을 섬기고 잘 섬기며 가르치라고 세웠건만, 그들은 오히려 백성을 자기네 볼모로 삼고 갖은 이권이나 탐하며 위세나 부리지요.

그들은 지기 힘든 무거운 짐을 묶어서 여러분의 어깨에 지우지만, 자기들은 그 짐을 나르는데 손가락 하나 까딱하지 않지요. 그들은 하나님과 모세의 가르침은 백성에게나 해당하는 것이고, 자기들은 예외라는 듯 설쳐대고 있어요. 그러나 율법의 심장은 순결한 마음이지, 형식의 준수가 아닙니다.

제사장들은 제물과 십일조와 자발적 봉헌은 그렇게도 강조하면서, 그보다 더 중요한 의와 정의와 자비와 신의와 같은 율법의 더 중요한 것은 아랑곳하지 않지요. 본말을 뒤집어도 유분수와 한계가 있지, 어떻게 사람이 종교와 성전을 위해 있단 말입니까? 나는 분명히 선언합니다. 사람이 종교와 성전을 위해 있지 않고, 종교와 성전이 사람을 위해 있는 것이오!

이스라엘의 모든 게 그렇소. 내 말을 귀담아들으세요. 모든 게 하나님을 위해 있기 전에, 사람을 위해 있는 것이란 말이오! 우리가 정녕 하나님을 위하려면, 사람을 위한 것이 되게 한 후에 하나님께로 올라가게 해야 합니다. 이사야 예언자가 금식에 대해 비판한 말을 읽어보세요(제3 이사야, 사 58장). 이웃을 향한 자비심이 빠진 금식은 하나님이 기뻐하시지 않는다고 했습니다. 하나님을 핑계 삼지 마세요. 하나님께는 제사나 예배가 필요 없어요. 세상의 모든 것이 하나님의 것인데, 사람이 무얼 바친단 말입니까?

지금 내 말이 여러분에게 충격이라는 것은 압니다. 그러나 하나님 아버지께서 우리에게 바라시는 것이 무엇인지를, 깊이 생각해보세요. 시에 '온 누리와 그 안에 있는 모든 것이 하나님 아버지의 것'이라 했지요(시 24편)! 그러니 솔로몬처럼 천 마리의 황소를 번제로 바치든, 엽전 한 푼을 바친다 해도, 그것은 아버지의 것을 아버지께 돌려드리는 것이니, 여러분의 것을 바치는 게 아니라는 말입니다(시 50편). 생색을 내거나 잘못 생각하지 마세요. 여러분의 몸뚱이도 인생도 아버지의 것입니다!

그런데 다윗이 노래한 것처럼(시 51편), 아버지는 여러분의 깨끗한 마음을 참된 제물로 받으십니다. 왜냐면 사람은 짐승이나 물건이 아니거든요. 여러분은 하나님의 눈에 무척이나 소중한 사람입니다. 그래서 여러분의 순결한 마음과 자비로운 삶이야말로 정녕 아버지께서 기뻐 받으시는 참된 제물이고 예배입니다."

그러자 어떤 사람이 물었다. "그러면 랍비, 성전이 필요 없단 말씀입니까?"

랍비가 말했다. "아닙니다. 내 말을 오해하지 마세요. 내 말은 성전을 성전답게 사용하란 뜻입니다."

그 사람이 말했다. "그러나 우리는 연약한 백성일 뿐입니다. 제사장들과 바리새인들이 성전을 저렇게 사용하는 것은 우리가 보기에도 안쓰럽고 속상한 일이지만, 어떻게 할 도리가 없어요."

랍비가 말했다. "나도 알고 있어요. 그러나 아버지께서는 여러분이 백 원이나 천 원을 바친다고 해서 물리치시지 않습니다. 이제라도 성전 세금을 거부해 보세요! 그런다고 잡아갑니까? 그러면 제사장들도 먹고살기 곤란할 테니, 이런 행태를 바꾸지 않을 수 없을 겁니다.

지금 여기에 시골에서 올라온 장로들도 있을 겁니다. 예레미야 시대에 시골에서 올라온 장로들이 바른말을 하는 그 예언자를 옹호하며 지도층과 제사장들로부터 지켜준 일을 기억해보세요(렘 26장). 그들은 히스기야 시대에 시골 장로 출신인 미가 예언자가 예루살렘의 파멸을 선고했는데도, 왕과 지도층과 제사장들이 그를 해치지 못한 역사를 거론하며, 예레미야를 지켜주었지요. 지금 이 땅에 하나님께 신실한 장로들이 많은데, 어째서 하나님의 이름과 성전이 모독을 당하고 있는데도 잠잠한 것입니까?"

장로가 한 사람도 없었는지, 침묵뿐이었다.

이어서 랍비가 말했다. "바리새인들과 율법 학자들은 이방인 개종자 하나를 얻으면, 그들을 자기들보다 배나 더 못된 악마의 자식으로 만듭니다. 그들은 눈먼 인도자들이에요. 하루살이는 걸러내고 낙타는 삼키는 자들이라고나 할까요? 그들은 밤낮 하나님과 백성을 위해, 눈이 침침해지도록 성서와 전통과 사건을 연구한다지만, 자기네 업적과 영광에나 관심을 둘 뿐, 백성의 고달픔과 아픔과 궁핍하기 짝이 없는 서러운 삶에 대해서는 로마 탓만 하며 적개심을 조장하고 있어요. 여러분은 그들에게 속아 넘어가서는 안 됩니다.

그러면서도 그들은 잔과 접시의 겉이나 손발과 몸뚱이를 씻는 것만 강조하면, 절로 마음과 삶이 깨끗해지는 줄 알지요. 그러나 그들의 마음은 탐욕과 모략과 위선으로 가득합니다. 안이 깨끗해야 겉도 깨끗해진다는 것은 어린애들

293

도 알아요. 그들은 회칠한 무덤입니다. 겉으로는 아름답게 보이지만, 그 속에는 뼈다귀와 오물로 가득하지요. 겉으로는 의롭고 훌륭한 사람으로 보여도, 속에는 거짓과 음흉한 속셈과 불법이 화장실 구더기처럼 우글거립니다."

그때 어떤 남자가 화려한 성전을 칭송하며 말했다. "그러나 선생님, 보십시오. 저 성전은 얼마나 멋지고 굉장한 궁궐 같습니까! 그에 비하면, 옛 솔로몬의 성전은 숫제 초가집 같은 것이었다는 말도 들었어요."

랍비는 그 사람을 보고 말했다. "그렇습니까? 나도 솔로몬 성전은 본 적이 없으니, 모릅니다. 물론 저 성전은 멋집니다. 우리 민족의 자부심이지요. 그러나 나는 분명히 선언합니다. 만일 성전을 계속 이딴 식으로 사용한다면, 장차 이 성전은 불타고 파괴될 것이오. 그러면 돌 위에 돌 하나도 남지 않고 모조리 무너져 산산조각이 나고, 더는 이곳에 드나드는 유대인들도 없을 것이오!"

깜짝 놀란 그가 반박했다. "아니 선생님, 어찌 그런 참혹한 말씀을 하시는 겁니까? 우리 유대인이 성전 없이 어떻게 삽니까? 선생님은 지금 우리 민족을 저주하시는 겁니까? 지금도 이렇게 힘들게 사는데, 그나마 성전조차 파괴된다면, 우리는 어떻게 살란 말입니까?"

랍비가 말했다. "그러면 아브라함과 이삭 때나, 모세와 여호수아 때는 저런 성전이 있어서 그들의 신앙과 우리 민족의 정신이 유지된 것입니까? 바빌론 포로 때는 성전이 있어서 신앙이 보전된 것입니까? 그렇지 않아요! 오히려 성전이 없던 때 신앙이 더 순수했어요. 그러면 성전에 오지 못하는 사람은 신앙이 없단 말인가요? 진정한 신앙은 여러분의 순결한 마음에서 우러나오는 것이지, 성전이 절로 메꾸어 채워준답디까? 성전이 없다 해도, 하나님 아버지를 맘에 모시고 살아가는 데는 아무런 지장도 없소!

이사야 예언자의 말을 들어보세요. '주님께서 이렇게 말씀하신다. 하늘의

294

나의 보좌요, 땅은 나의 발 받침대이다. 그러니 너희가 어떻게 내가 살 집을 짓겠으며, 어느 곳에다가 나를 쉬게 하겠느냐? 소를 죽여 제물을 바치는 자는 사람을 제물로 바치는 자와 같고, 부어 드리는 제물을 바치는 자는 돼지의 피를 바치는 자와 같고, 분향을 드리는 자는 우상을 찬미하는 자와 같다!'(제3, 사 66:1~3) 이처럼 이사야는 성전과 제사 자체를 부정했어요! 그러면 이사야 예언자가 믿음이 없어서 그런 말을 했던가요? 하나님의 사람이 왜 그렇게도 과격한 말을 했는지, 그 뜻을 알아차려야 할 게 아닙니까?

내 말을 들으세요. 진정한 성전은 바로 여러분의 마음입니다. 하나님은 여러분 마음의 성소에 살고 계세요! 아버지를 마음에서 내쫓아버리고 성전에서 찾습니까? 속으로는 부모를 경멸하고 돈만 좋아하는 자식이 겉으로는 사람들의 눈과 입을 의식해서 잘해드리는 척하면, 그게 효도란 말입니까? 우리 아버지 하나님은 여러분이 있는 모든 곳에 함께 계십니다. 하나님은 사람처럼 건물에 사는 것도 아니고 거주에 제한을 받는 분이 아니라, 어디에서나 진리와 사랑의 영으로 계시니까요. 그러니 언제 어디서나 여러분의 깨끗한 심정에 아버지를 기쁘게 모시고 살아가세요. 내 말을 알아듣는 사람은 행복합니다."

2

랍비의 말은 지금도 내 가슴을 서늘하게 한다. 그것이 어찌 유대교에만 국한되는 것이겠는가? 지금 이 땅 곳곳과 외국 땅에까지 퍼져나간 랍비의 공동체에도 그대로 해당하는 말이다. 진리의 길과 복이나 비는 바알 신의 길은 파피루스 한 장 차이다. 그것은 사람의 마음에 달려 있다.

백성을 야단친 것이 마음 아팠는지, 랍비는 요한을 불러 무어라 하고는, 군중이 편한 대로 앉게 했다. 그 말에 베드로와 안드레와 야고보, 빌립과 나다나엘, 시몬과 유다와 내가 나서서, 광장 모퉁이의 기다란 돌계단과 바닥에 빙 둘러서서 앉게 하여, 가운데에는 반달 같은 자리가 나게 했다.

랍비가 "이제 여러분에게 잘 생긴 친구 한 사람이 노래를 불러 드리겠어요. 여러분도 잘 아는 이사야 예언자의 '사자와 어린양' 노래입니다." 하고 말하자(사 11:6~9), 사람들의 표정이 밝아졌고, 어떤 이들은 환호성을 질렀다. 미남 요한이 랍비 앞으로 나오자, 역시 아가씨들이 손가락으로 가리키며 서로 쿡쿡 웃으며 좋아했다. 랍비가 돌계단으로 가서 앉자, 얼굴이 조금 달아오른 요한이 아름다운 목소리로 노래를 불렀다.

그때에는 이리가 어린 양과 함께 살며,

표범이 새끼 염소와 함께 누우며,

송아지와 새끼 사자와 살진 짐승이 함께 풀을 뜯고,

어린아이가 그것들을 이끌고 다니리라.

암소와 곰이 서로 벗이 되며 그것들의 새끼가 함께 눕고,

사자가 소처럼 풀을 먹는다.

젖먹는 아이가 독사의 구멍 곁에서 장난하고,

젖뗀 아이가 살무사의 굴에 손을 넣는다.

하나님의 거룩한 산, 모든 곳에서, 서로 해치거나 파괴하는 일이 없으리니,

이는 물이 바다를 채우듯, 하나님을 아는 지식이 땅에 가득하기 때문이다.

노래가 끝나자 박수와 감동의 물결이 흘렀다. 하나님의 성전에서 이루어져야 할 일이 사람과 짐승이 오가는 광장에서 이루어졌다. 기묘한 부조리였다. 노인들은 눈물을 흘렸고, 젊은이들은 고운 꿈에 젖은 눈빛이었다. 설명이 필요 없

는 시이다. 동물로 표현된 모든 사람이 서로 한 형제자매가 된 세상, 곧 하나님의 진리를 깨달은 순결하고 이기심 없는 사람들이 하나가 된 세상인 하나님의 나라를 노래한 것이다.

요한의 아름다운 목소리에 취한 사람들은 아쉬움이 많은 듯, 하나 더 불러 달라고 청했다. 그러자 요한은 랍비를 돌아보았다. 랍비가 웃으며 그러라고 손짓하자, 요한은 지난번 가버나움에서 부른, 어린이들도 아는 그 노래를 불렀다.

주님, 민족들 사이의 분쟁을 판결하소서.

원근 각처에 있는 열강 사이의 갈등을 해결하소서.

나라마다 칼을 쳐서 보습을 만들고,

창을 쳐서 낫을 만들어 농사 지으며 살게 하소서.

나라와 나라가 칼을 들고 서로를 치지 않게 하시고,

다시는 군사 훈련도 없게 하소서.

사람마다 자기 포도나무와 무화과나무 아래 앉아서,

노래하고 어울리며 길이길이 평화롭고 복되게 하소서.

노래를 마치자 다시금 감동의 물결이 광장을 가득 채웠다. 사람들은 모두 일어나 뜨겁게 박수하며 환호했다. 요한이 들어가 앉자, 앞으로 나온 랍비는 "우리 다 함께, 사자와 어린양 노래를 부릅시다." 하고 말했다. 랍비가 시작하자, 모두 우렁차게 불렀다. 곡조와 가사를 틀린 사람들도 많았지만, 아무래도 좋았다. 그때처럼 유대인들이 노래로 눈시울을 적시고 가슴이 따스해지고, 저마다 그런 세상을 동경하는 모습으로 하나가 된 일은 일찍이 없었고, 다시 볼 수도 없었다.

이윽고 랍비는 우리를 나오라면서, 사마리아에서 배운 춤을 추자고 했다. 우리는 서로 손을 붙잡고 둥글게 서서 돌아가면서, '사자와 어린 양' 노래를 부르며 춤을 추었다. 사람들이 박수하는 가운데 두 바퀴를 돈 다음, 랍비는 사람들에게 다 함께 춤을 추자고 했다.

그렇게 하여 흥이 난 랍비는 가운데서 사람들을 바라보며 빙빙 돌며 노래 부르고 박수하고, 우리 형제들은 다시 원을 만들고, 그 뒤로 가면서 몇 겹의 원을 만들어 한바탕 춤사위를 벌였다. 모두 환한 미소와 즐거운 표정으로 가득했다. 예루살렘에 성전이 생겨난 이래, 그렇게 노래하고 춤을 춘 일도 없었다. 랍비는 한 어린이를 안고 환한 표정으로 빙글빙글 돌면서 춤을 추었다.

3

이윽고 노래와 춤이 끝나자, 다시 랍비가 말했다.

"여러분, 서로 사랑하십시오. 모든 계명은 사랑 하나로 모이기에, 사랑은 아버지의 유일한 계명입니다. 다시금 가족과 이웃을 바라보세요. 사람이 양보다 얼마나 더 귀합니까? 아버지를 사랑한다고 하면서 사람을 사랑하지 않을 길은 없지요. 사람을 사랑하는 것이 아버지를 사랑하는 것입니다. 왜냐면 보이지 않는 아버지는 사람의 마음에 계시니까요.

아버지는 저 그리스인들의 연극배우처럼 늘 변장을 하고 우리에게 다가오십니다. 세상에서 '작고 보잘것없는 사람'이라고 콕 찍어 따돌리고 무시하는 사람을 아버지의 사람으로 알고 냉수 한 그릇이라고 대접하는 사람은 행복합니다. 아버지께서는 자비를 원하고 제사를 원하시지 않는다는 것을 항상 기억하세요. 깨끗한 마음으로 사람 속에서 아버지의 얼굴을 발견하고 사랑하는 사람은 지금 하나님의 다스림(나라) 안에 들어가 있습니다.

특히 어린이를 사랑하세요. 어린이만큼 하나님의 나라 안에서 사는 모습을 보여주는 예언자와 현인도 없으니까요. 어린이는 어른이 돌아가야 할 인간의 참모습입니다. 그렇기에 어린이를 이용하고 억압하고 해치며 상처와 고통을 안기는 사람은 하나님을 모독하며 자기에게 절망하는 것과 마찬가지입니다.

아버지 하나님은 인간의 영원한 친구가 되라고 나를 보내셨으니, 수고하고 무거운 짐을 진 사람은 누구든지 나에게로 오십시오. 나는 지금 이 몸으로 있으나, 죽은 후 세상을 떠나서나, 언제나 어디서나 언제까지나, 나를 기억하고 사랑하는 이들의 가슴 속에, 그리고 곁에 살아 있어 참된 안식과 평화를 줄 것입니다.

우리가 소에 멍에를 씌우는 것은 소를 다스려 일하기 위해서인 것 같이, 나를 믿고 따르는 사람은 위에서 주시는 힘으로 진리와 사랑을 깨달아, 나의 마음과 말의 멍에를 메고 하나님의 훌륭한 일군으로 살 것입니다. 선한 사람은 마음에 선한 것을 쌓아 두었다가 사람들에게 나누어주고, 악한 사람은 악한 것을 쌓아 두었다가 사람들에게 뿌려대는 법입니다.

늘 깨끗한 마음을 잃지 않도록 힘쓰세요. 하나님은 노력하는 자를 사랑하시니까요. 일에 치여 살지 마십시오. 누구에게나 하루는 스물네 시간이지요. 그러나 누구나 값지게 사용하는 것은 아닙니다. 오늘은 창조 이래 첫날이자 마지막 날입니다! 그러니 아침이나 오후나 저녁이나 밤이나, 좋은 대로 기도하고 명상하십시오. 시편 첫머리에도 말하지 않나요? '복 있는 사람은 말씀을 즐거워하며 밤낮 읊조리며 명상하는 사람이다.' 기도와 명상은 하나님과 깊이 사귀며 자기를 내려놓고, 아버지의 뜻을 받드는 사람이 되려는 숭고한 염원입니다.

여러분은 하나님을 닮으세요. 하나님은 우리의 착한 아버지이십니다. 참된 기도는 하나님을 닮고자 하는 마음일 뿐이에요. 그래서 기도와 명상을 그치면,

아버지에게서 벗어난 길로 가게 됩니다. 그러면 더럽고 악한 마음의 귀신이 전보다 일곱 배는 더 많아집니다. 가진 사람은 더 받아서 차고 남을 것이며, 가지 못한 사람은 가진 것마저 빼앗길 것입니다.

탐욕스럽고 교만하고 거짓된 마음은 여러분 안에 있는 악마입니다. 여기 어린이들도 있으니, 이렇게 비유해보지요. 사람의 마음에는 파란 천사와 빨강 도깨비가 함께 들어있다고요. 착한 마음과 악한 마음이 있다는 말입니다. 그러니 누굴 길러야 합니까?"

그 말에 앞에 있던 어린이들이 일제히 제비 새끼들처럼 노란 입으로 소리쳤다. '파란 천사지요!' 그 말에 사람들이 웃었고, 랍비는 "참 훌륭한 어린이들입니다!" 하고, 환히 웃으며 칭찬했다. 마치 회당 학교가 열린 것 같았다.

이어서 랍비가 말했다. "여러분, 요점은 이것입니다. 언제나 마음이 깨어 있어야 한다는 것입니다. 여러분들도 성전에서 보았듯이, 깨달음 없는 신앙생활이나 지식이나 권력이나 높은 신분은 사람을 망가뜨리는 앞잡이입니다. 눈먼 사람이 눈먼 사람을 인도하면, 둘 다 구덩이에 빠지고 맙니다."

진실로 쉽고도 심오한 가르침이었다. 어제 성전에서 야단맞은 사람들도 있었을 텐데, 모두 숙연해지며 고개를 끄덕였다.

4

랍비가 말했다.

"이야기를 들려 드리겠으니, 마음에 잘 간직해 두십시오. 하나님의 나라에 관한 비유입니다. 어떤 커다란 포도원 주인이 일꾼을 고용하려고, 이른 아침에 시내로 나가 한 데나리온을 품삯으로 주기로 약속하고 보냈어요. 그래도 모자라자, 그는 아홉 시와 열두 시와 오후 세 시, 그리고 오후 다섯 시에도 나가서 일꾼을 고용했지요.

일을 마치는 오후 여섯 시가 되자, 주인은 약속한 대로 품삯을 지급했어요. 맨 나중에 온 사람들부터 한 데나리온을 주었지요. 그것을 본 맨 먼저 온 사람들은 자기들은 더 받을 것이라고 기대했지요. 그런데 주인은 똑같이 지급했어요.

그러자 그들이 투덜거리며 항의했지요. '아니, 마지막에 온 이 사람들은 한 시간밖에 일하지 않았는데도, 온종일 찌는 더위 속에서 수고한 우리와 똑같이 준다는 게 말이 됩니까?' 그러자 주인은 마지막에 온 사람들에게도 똑같이 주는 것이 자기 뜻이고, 자기는 합의한 대로 준 것이니 부당한 것은 전혀 없다고 하면서 돌아가라고 했지요."

그런데 사람들은 이야기가 어렵고 이상했는지, 대개 고개를 갸우뚱하는 표정이었다. 우리도 제대로 알아듣기 힘든 이야기였다. 그것을 눈치챈 랍비는 이렇게 말했다.

"여러분, 이상한 이야기라고 생각하겠지만, 이상할 것 하나도 없어요. 여러분이 이상하다고 보는 것은 이것이 하나님의 나라, 곧 하나님이 사람을 다루시는 이야기이기 때문이에요. 하나님은 사람을 차별하시지 않습니다. 만일 하나님이 얼굴이나 신체나 지위나 재산이나 지식이나 신분이나 남녀를 가지고 사람을 차별한다면, 어찌 하나님이시겠습니까?

그러나 그런 하나님은 없어요! 그런 하나님은 좋은 조건을 누리고 있는 사람들이 만들어낸 신입니다. 곧, 우상이지요. 하나님은 맨 마지막에 온 사람들 같은, 가난하고 슬프고 괴롭고 병들고 힘겨운 사람들을 아끼고 돌보고 사랑하시는 아버지입니다. 하나님의 나라는 공평하게 먹고 마시고 일하는 세상입니다. 모든 사람이 하나님 앞에서 평등하니까요.

하나님의 나라는 빵이든 돈이든 힘이든 그 어떤 것이든, 평등하고 아름다운

301

질서가 흐르는 새롭고 평화로운 세상입니다. 그래서 하나님의 나라에서는 이 세상의 첫째들이 꼴찌가 되고, 꼴찌들이 첫째가 됩니다. 보복하고 역전된다는 말이 아니라, 공평하고 평등해진다는 말이에요.

사람들이 길을 닦을 때도 높은 곳은 낮추고 낮은 곳은 높여서, 편편하게 만들어 다니기 좋게 하지 않습니까? 사람들에게 꼴찌나 첫째나 높낮이의 차별이 없는 것이 하나님의 나라입니다. 인간을 향하신 하나님 아버지의 뜻은 처음 인간을 지으신 때와 같이, 아무도 높거나 낮지 않고, 모두가 평등하게 먹고 사랑으로 사귀며 행복하고 평화롭게 살아가는 새로운 세상입니다!"

그제야 사람들은 고개를 끄덕였다.

랍비는 말을 이었다. "말이 나온 김에, 이야기 하나 더 해드리지요. 어떤 마을에 매일 왕처럼 자주색 옷을 입고 진수성찬을 차려 귀족들과 어울려 먹고 마시는 부자가 있었어요. 그 사람은 밭에 나가 손에 흙 하나 묻히지 않아도 죽을 때까지 먹고살 돈이 있었지요. 그런데 그 집 대문 밖에는 '나사로'라는 거지가 매일 얻어먹으러 왔지요. 그러나 아무도 음식 하나 주지 않았어요."

그때 어떤 사람이 '저런, 고약한 인간이 있나?' 하고 말하자, 모두 '그렇지!' 하고 추임새를 넣었다. 그러자 랍비는 흥이 나서 말을 이었다. "가뜩이나 온몸에 부스럼투성이에 진물이 흐르는 병자인 허약한 나사로는 그 집 개들이 물고 나오는 빵 조각이나 뼈다귀를 빼앗아 먹으려고 해도, 힘이 부족해서 겨우 한두 쪽 흘린 것뿐, 허기진 배를 채울 수 없었지요. 하인들도 그에게 음식을 주지 않았어요. 주인이 엄명했으니까요. 나사로가 기운이 없어 쓰러져 있자, 개들이 상처를 핥기까지 했지요. 그러다가 결국에 나사로는 죽고 말았어요."

엄마들은 훌쩍였고, 어른들은 '아이고, 어쩌면 좋냐?' 하며, 혀를 끌끌 차고 가슴 아파하며 분노하기도 했다.

"그런데 말입니다, 그날 부자가 지나치게 먹어서 그랬는지, 그만 밤에 자다가 심장이 멈춰 죽고 말았어요."

어떤 사람이 '흥, 그러면 그렇지. 자~알도 뒈겼다!' 하며 큰 소리로 말하자, 사람들도 '그렇지, 그렇지!' 하고 맞장구를 치며 고개를 끄덕였다.

"그런데 하나님의 용서와 자비를 믿고 산 나사로는 천사들에게 이끌려 아브라함의 품에 안겼고, 부자는 하나님의 용서와 자비를 내버리고 살아 지옥으로 들어갔지요. 이 말은 잘 들으셔야 해요! 무조건 용서하고 자비를 베푸시는 하나님이 심판한다는 말이 아니라, 몸은 죽어도 영혼은 죽지 않는다는 뜻입니다. 하나님의 용서와 자비도 거부하고 하나님과 분리된 사람은 살아서도 죽어서도 불행하다는 말이에요. 인간의 삶은 이 세상으로 그치는 게 아니에요. 죽은 후, 또 다른 세계가 있습니다.

부자는 고통을 당하다가 멀리 아브라함의 품에 안긴 나사로를 보았지요. 그는 아브라함 할아버지를 부르며, 자기가 지옥의 불 속에서 너무나도 목마르니, 나사로의 손가락 끝에라도 물을 찍어서 자기 혀를 시원하게 해달라고 소리쳤지요. 그러자 아브라함이 그 사람이 불쌍하다는 표정으로 이렇게 말했답니다. '애, 너는 살아 있을 동안 온갖 호사를 누렸지만, 나사로는 모든 괴로움을 겪었다. 그래서 그는 지금 여기서 위로받고, 너는 고통받는 게야. 게다가 우리와 너 사이에는 큰 구렁텅이가 가로놓여 있어서, 아무도 오갈 수 없단다!'

그러자 부자가 '그러면 자비로우신 아브라함 할아버지, 제발 나사로를 제 아버지 집으로 보내서, 다섯 형제가 이곳으로 오지 않도록 경고하게 해주세요.' 하고 말했어요. 그러나 아브라함은 '얘야, 그럴 것 없단다. 그들에게는 모세와 예언자들이 있으니, 그들의 말을 들으면 된다.'고 말했어요.

그러자 그는 '아닙니다, 인자하신 아브라함 할아버지! 죽은 사람들 가운데서 누가 살아나 가서 제 이야기를 들려주어야만 듣고서 회개할 것입니다.' 하고 말했지요. 아브라함이 대답했어요. '모세와 예언자들의 말을 듣지 않는 자들이라면, 설령 죽었다가 살아난 사람이 가서 말해도 듣지 않는단다. 네가 사람을 몰라도 너무 모르는 게 큰 탈이구나!'"

누군가 '그거 쌤통이다.' 하고 말하자, 사람들이 '잘된 일일세!' 하며 좋아했는데, 이상하게도 얼굴이 어두웠다. 나는 아마 군중 대부분이 가난한 사람들이기에, 부를 선망하는 데다가 부자가 지옥에 갔다는 말에 움찔한 게 아닌가 생각했다.

랍비는 그저 시장통의 익살스러운 이야기꾼이 아니었다. 부자든 가난한 사람이든, 하나님의 진리를 깨달아 마음이 변하여, 지금 하나님의 나라에 들어가 살아야 한다는 랍비의 가르침은 가난한 사람들에게도 해당하는 준엄한 것이었다. 그만큼 백성을 사랑하기에 들려준 이야기였다.

그러자 랍비는 이렇게 말했다. "여러분, 하나님의 나라는 우리 마음에 있습니다. 하나님의 나라는 언제 어디에 오는 것이 아니고, 눈으로 볼 수 있는 모습으로 오는 것도 아닙니다. 또 여기에 있으니 봐라, 저기에 있으니 가보라고 말할 수도 없어요. 하나님의 나라는 여러분 안에, 그리고 여러분 사이에 있습니다! 볼 눈이 있는 사람은 봅니다.

메시아가 나타난다 하더라도, 속아 넘어가지 마십시오. 진실로 메시아가 온다면, 그는 먼저 여러분의 지도층에게서 많은 고난을 겪고 세상에서 버림을 받습니다. 그런 날이 올 것이니, 여러분은 그때 알아보십시오! 그러니 여러분은 언제나 영이신 아버지 안에서 이러한 진리를 깨닫고 살아야 합니다. 이 세상은 언제나 이집트요, 바빌로니아요, 페르시아요, 그리스요, 로마입니다. 지금도 세상은 노아시대요, 롯 시대의 소돔과 고모라입니다. 이 예루살렘이 그렇습니다!

지금은 지극히 위험한 시절이란 말입니다.

그러니 여러분, 세상의 포로나 노예가 되지 마십시오. 노아시대 사람들은 거대한 홍수가 다가온 것도 모르고 이 세상에 취하여 살다가 망했고, 롯 시대의 소돔과 고모라 사람들은 유황불덩어리가 곧 떨어질 것도 모르고 온갖 환락과 방탕에 빠져 살다가 죄다 죽었습니다.

롯은 겨우 살았으나, 그의 아내는 두고 온 세간살이 걱정에 뒤를 돌아보지 말라는 천사의 경고를 무시하다가 소금 기둥이 되었지요. 그리고 롯의 딸들은 소돔에서 밴 못된 습성을 버리지 못하고, 아버지를 술에 취하게 하고는 사악한 짓을 저질러 역사에 수치스러운 발자취를 남겼습니다.

누구든지 자기 목숨을 보전하려고 하는 사람은 잃을 것이고, 목숨을 잃는 사람은 보존할 것입니다. 목숨을 잃는다는 말은 깨끗하고 자비롭게 산다는 뜻으로 한 말입니다. 하나님이 어떤 사람의 모습으로 다가오시든지, 그것을 알아보고 대접하는 사람은 복 있습니다. 자, 오늘 제 말은 마쳤습니다. 여러분 모두에게 하나님의 평화를 빕니다."

사람들은 '랍비님에게도 샬롬!' 하고 인사했다. 한 어린이가 팔을 벌리고 다가오자, 랍비는 번쩍 안아 올려 꼭 끌어안고 축복해주었다. 그러자 아이를 데리고 온 엄마들도 다가와 축복을 받았다. 랍비는 긴 말씀에 지친 기색이었는지, 곧 자리에 앉았다.

5

그러자 바리새인 몇몇이 다가왔다. 그들 중 제일 원로로 보이는 사람이 랍비를 아래로 깔아보고 이렇게 말했다. "젊은 양반, 내 아들 또래도 안 되어 보이는데, 말이 대단히 거칠더군!" 그러더니 곧 자기 체면을 생각했는지 말투를 바

305

꿨다. "이왕 사람들이 랍비라고 하니, 대우는 해주겠소. 나는 성전에 없었지만, 모든 것을 듣고는 참을 수 없어서, 이렇게 찾아온 것이요. 당신은 자신을 누구라고 생각하시오? 당신은 예언자요?" 하고 물었다.

"나는 아무것도 아닙니다."

"그런데 어째서 천하가 당신 것인 양, 그렇게 함부로 말하고 행동하는 것이오? 하나님께서 직접 모세에게 내려주신 율법(토라·Torah, 오경)과 성전과 전통이 그렇게 만만하게 보이시오? 가뜩이나 로마의 지배를 받고 사는 처지에, 어째서 국론을 분열시키느냐는 말이오?"

"나는 아무것도 아닌 바람일 뿐이오! 그렇기에 모든 것이 될 수 있습니다. 바람은 그저 바람일 뿐이지요! 그러나 바람은 가지 못할 곳이 없고, 하지 못할 것도 없지요. 여름날의 미풍은 시원하여 좋지만, 사나운 폭풍은 농작물을 훼손하고 집이나 고기 잡는 배를 뒤집어엎지요. 그러면 바람을 욕하겠습니까? 그러나 이롭지 않은 바람은 없습니다. 자연이 알아서 하는 일이니까요. 바람은 사람이 바라는 대로 불어주지 않습니다."

"나는 왜 분열시키느냐고 하는데, 무슨 자꾸 바람을 말하는 것이오?"

"하나님의 말씀은 바람 같다는 말입니다. 부드러운 바람도 이롭고, 휘몰아치는 폭풍도 이롭습니다. 하나님이 알아서 하시는 일이지요. 그런데 지금은 폭풍이 불어야 할 때입니다."

"도대체 무슨 말인지 아리송해서 도통 모르겠소. 내 말은, 지금은 화합시켜야 할 때지, 어째서 분열시킬 때냐는 말이오?"

"선한 목적을 위한 일시적 분열은 더 큰 화합을 위한 일이지요. 분열과 화합은 그 자체로 좋다거나 나쁘다거나 할 게 아닙니다. 그것은 사람이 서 있는 자리와 상황이 결정합니다. 제사장들과 어르신네 바리새인들이 화합하는 게 좋

306

은 일입니까? 아니면, 제정신을 가진 제사장들이나 바리새인들이 올바른 의견을 제시하며 적절히 분열하고 맞서서 백성을 평화롭게 인도하는 것이 좋은 일입니까?

썩은 무화과나무 가지를 붙들어 매는 것은 화합시키는 것이고, 잘라내는 것은 분열시키는 것입니까? 도적들이나 강도들이나 산적 떼는 분열될수록 좋은 것이고, 백성은 화해하고 화합할수록 좋은 것입니다. 그러면 내가 어르신께 물어보지요. 어떤 사람이 다리가 부러져 의사에게 가면, 어떻게 합니까?"

"수술하고 치료하고 싸매고 약을 처방해주지, 뭘 어떻게 해요?"

"수술은 칼과 송곳으로 살을 가르고 헤치고, 심지어 뼈를 잘라내기도 하는 것이지요?"

"그렇소."

"그러면 그것을 분열시키는 것이라고 하시겠습니까?"

"아니, 그 비유가 합당하오? 나는 나라를 말하는데, 당신은 의사 이야기를 하지 않소?"

"어째서 합당하지 않다는 겁니까? 살을 가르고 헤쳐 뼈까지 잘라내야 하는 것은 분명 살을 분열시키는 게 아닙니까? 그래야만 수술이 되어 환자가 살 게 아닙니까?"

"그렇기는 하오."

"나라도 사람의 몸과 같지 않나요? 나라도 몸처럼 병들고 다치는 법입니다. 둘 다 좋은 음식을 먹어야 할 때가 있고, 수술해야 할 때도 있지요. 병들고 다쳤는데, 괜찮다고 하는 것은 돌팔이 의사나 하는 짓이 아닙니까?

내가 성전에서 한 말과 행동이나 백성에게 하나님의 말씀을 전하는 것은 내가 하나님의 바람이고, 하나님의 칼이고, 하나님의 의사이기 때문입니다. 내가 지금 거센 바람이 되고, 인정사정없이 칼을 들이밀어 수술하는 것은 지금 우리 민족이 살갗이 찢어지고 다리가 부러진 것보다 더 큰 병에 걸렸기 때문입니다. 이것은 고약을 바르거나 약을 먹어 나을 병이 아니라, 살을 가르고 헤치며 수술해야 할 중병입니다. 그냥 놔두면 죽을병이란 말입니다!

오늘이 어떠하면 내일이 어떠하고, 현재가 어떠하면 미래가 어떠한 법입니다. 지금 이 나라 지도층이 하는 일은 장래에 심판이 오기를 절절히 바라는 짓이란 말입니다! 호세아 예언자의 말을 기억하십니까? 그는 '바람을 심으면 광풍을 거두고, 악을 심으면 파멸을 거둔다.'라고 했잖습니까?"(호 8:7.13)

그가 말했다. "뭐요? 그럼, 우리가 시방 스스로 망하기를 바란다는 것이오? 그것은 당신의 지나친 오해와 판단의 오류일 뿐이오. 하나님이 계시고, 그분의 종들인 제사장들과 우리와 율법 학자들이 있는데, 어찌 중병이며 파멸을 바란다는 것이오?"

"어르신 눈에는 지금 성전에서 벌어지는 일이 하나님을 사랑하는 태도로 보이십니까?"

"아 그야, 명절이 다가와 해외에서까지 사람들이 몰려오고, 외국 돈도 바꾸고 제물도 바쳐야 하니까, 다 필요한 게 아니오? 우리라고 해서 그게 좋아서 허용하는 것이 아니오."

"그렇다면 사람들이 더 많이 오면, 그때는 제사장만 들어가는 성소까지 허용할 것입니까? 필요가 무한정 허용되어도 좋다는 뜻입니까? 그리고 그 필요란 것을 당신들 입맛대로 규정합니까? 그런 시장바닥 같은 제사와 예배와 기도가 과연 하나님이 기뻐하시는 것이라고 봅니까? 아니에요! 그것은 가인의 제사, 솔로몬의 예배에 불과합니다! 걸핏하면 소소한 것들까지 법을 운운하고 따지며 지키라는 것을 백성을 사랑하는 것이라고 하는 어르신네 종파가 어째서 백성의 숨통을 조이고 분열시키며 하나님의 법을 내팽개칩니까?"

노인은 분기로 거칠게 숨을 쉬며 말했다. "무엇이 하나님의 성전 법이란 말이오?"

"어르신께서도 집안에서 손자들이 마구 뛰며, 장독을 깨고 곡식 바구니를 뒤엎고 세간살이를 부수며 놀면, 가만히 계실까요? 야단하실 게 아닙니까? 출애굽 후 이야기의 십계명 뒤에 나오는 제단에 관한 법을 모르십니까? '제물을 바칠 제단 돌은 정으로 다듬지 말고 바위를 그대로 가져다 놓아라. 정을 대면 그 돌은 부정하다. 제단에 층계를 내지 말라. 그것을 밟고 올라설 때 너희 아랫도리 몸이 보이면, 그것도 부정 타게 된다.'

시방 하나님이 돌이 다칠까 봐서 걱정하시는 것인가요? 자연스럽고 깨끗하게 하라는 것이지요. 하나님께서 이토록 거룩하게 여기시는 성전에서 지금 벌어지는 일이 필요해서 하는 것이니 괜찮다고 할 겁니까? 하나님을 우습게 여기지 마세요!"

6

랍비가 마지막 말을 고함치듯 하자, 그 노인은 깜짝 놀라며 뒤로 물러섰다. 다른 바리새인들도 랍비의 정연한 논리에 위압 당해 눈만 크게 뜨고 꼼짝하지 못했다. 그러자 랍비는 충분히 의도를 품고 이런 이야기를 했다.

"내 이야기를 들어보십시오. 내가 어제 직접 보고 들은 것입니다. 두 사람이 기도하러 성전으로 오더군요. 바리새인과 세리였습니다. 바리새인은 이렇게 기도하더군요. '하나님, 감사합니다. 나는 남의 것을 빼앗는 자나, 불의한 자나, 간음하는 자와 같은 자들과 같지 않으며, 더구나 이 세리와는 같지 않습니다. 나는 이레에 두 번씩이나 금식하고, 내 모든 소득의 십일조를 바칩니다. 아멘!'

어르신, 여기에서 바리새인이 '이 세리'라고 한 말을 주목하세요. 어르신이 속한 바리새파 사람들과 제사장들은 세리들을 더러운 종족, 민족을 배반한 악인들, 로마에 붙어먹고 사는 벼룩들, 인간 이하 악마의 패거리로 규정한 관습법을 만들어, 성전의 이방인 구역에도 들어갈 수 없고, 헌금도 제물도 바칠 수 없게 했지요? 그것은 여기 이 사람들도 다 압니다.

그런데 바리새인이 '이 세리'라고 말한 게 무엇을 보여줍니까? 그는 일부러 자기를 자랑하고, 그저 세리 같은 것쯤 한 방에 기를 꺾어 벼룩처럼 짓눌러버리고 싶어서, 그를 극히 혐오하면서도, 성전 마당 밖에서 눈치를 살피며 서 있는 세리 곁으로 가서, 들으라고 자랑을 펼치며 기도한 것이지요. 그게 어디 하나님께 할 소리란 말입니까? 만일 그 바리새인이 성전 마당 남자 구역에서 기도했다면, 분명히 오다가 본 세리를 생각하며 '저~ 세리'라고 해야 말이 되니까요. 그렇지 않은가요?

그런데 보십시오. 세리는 성전 바깥에 멀찍이 서서, 감히 하늘을 우러러볼 엄두도 못 내고, 그저 제 가슴을 치면서, '아, 하나님, 어쩌면 좋습니까! 저는 죄인입니다. 이 죄인에게 자비를 베풀어주십시오.' 하고 기도했습니다. 그뿐이었지요. 그러면 하나님은 누구를 의롭다고 인정해 주셨을까요?"

"… …."

"내가 말하지요. 바리새파 사람이 아니라 세리입니다. 누구든지 하나님이나 사람 앞에서 자기를 높이는 사람은 낮아지고, 자기를 낮추는 사람은 높아집니다. 하나님의 법칙입니다."

분기탱천한 그 노인은 랍비 앞에 침을 퉤 뱉었다. 그리고는 손가락으로 랍비의 얼굴을 가리키고 입을 씰룩거리며 노발대발했다. 더는 도저히 말로 이기지 못할 것을 안 바리새인들은 무어라 중얼거리며 떠났다. 그런데 그들 뒤쪽에서 눈빛과 얼굴로 보아 점잖고 생각이 깊고 겸허한 품격을 지닌 듯한 중년의 바리새인이 랍비의 말을 들으며 묵묵히 지켜보기만 했는데, 그는 이튿날 밤 혼자서 랍비를 찾아왔다.

7

긴 하루가 저물어 베다니로 돌아오는데, 독립투사 시몬과 유다가 보이지 않았다. 랍비나 우리에게 말도 하지 않고 슬며시 사라진 것으로 보아, 무엇인가 작업을 시작한 것 같았다. 나는 불길한 예감에 사로잡혔는데, 그들이 친구들을 설득하여 랍비를 앞세운다면, 랍비께서 말린다 하더라도, 반드시 큰일이 벌어질 게 틀림없었다. 나는 독립혁명 운동가들인 '젤롯파' 생각에 오싹했다. 그들은 분명 지금쯤 유월절을 활용하여, 랍비가 동의하지 않는다 해도 랍비의 이름을 앞세워 한판 전쟁을 벌이려고 할 게 분명했다.

그런데 랍비는 나를 가까이 오라고 하며, 갑자기 세 가지 부탁을 하는 것이었다. 랍비가 세상을 떠난 후 나사로의 여동생 미리암을 아내로 맞으면 좋겠다는 것, 어머니 미리암을 부탁한다는 것, 그리고 나에게는 적절한 일이 있을 터이니 가버나움에 살면서 형제들을 도와 갈릴리에서 하나님의 나라 운동을 계속하라는 것이었다. 나는 깜짝 놀랐다. 나는 요한과 함께 나이도 가장 어린 데다가, 무엇보다 랍비 동생 요셉이 모시고 사는 어머니 미리암을 나에게 부탁한 게 이해되지 않았다. 그러나 이틀 후에 그 이유를 알게 되었다.

15장

자유의 길

아침부터 불같은 논쟁의 구경거리가 생기자, 사람들이 몰려와 즐거운 표정으로 구경했다. 백성은 랍비의 논리정연한 말에 이구동성으로 감탄사를 연발했다. 그것을 본 그들은 점점 더 화를 내면서 랍비를 몰아세우려고 했다. 그러나 랍비는 그들에게 조금도 끌려들어 가지 않고 말했다.

그 말에 랍비는 이렇게 대꾸했다. "유대인이라면, 어린이라도 광장에 나올 권리가 있소! 나도 유대인이오. 그런데 어째서 나더러 나가라고 하는 것이오?"

우두머리로 보이는 제사장이 말했다. "당신이 쓸데없이 성전에서 난동을 피우고, 백성을 잘못된 가르침으로 유혹해서 악마가 가는 나쁜 길로 끌어가고 있기 때문이오!"

"무엇이 난동이며, 무엇이 잘못된 가르침이란 것이오?"

그 제사장이 말했다. "그럼, 악마에 사로잡힌 미친 자처럼, 성전 마당을 뒤엎은 게 잘한 짓이오? 그리고 백성에게 하나님의 말씀을 전한다면서, 정작 우리를 실컷 욕하고 비판하고 비난하기만 하지 않았소? 그게 어찌 하나님이 보내셔서 한 일이란 말이오?"

"당신들은 어째서 보고 싶은 것만 보고, 듣고 싶은 말만 들으려고 합니까? 그렇소. 그것은 하나님이 내 안에서 시키신 일이오! 당신들이 하나님이라고 하는 내 아버지께서는 지금도 일하고 계시오. 그래서 나도 일하는 것이오."

"하나님이 일을 하시다니? 하나님이 무슨 하실 일이 없어, 당신의 성전을 무질서하고 혼란하게 하신단 말이오? 하나님은 은혜와 사랑과 복을 내리시지, 어떻게 일을 한다고 말하는 것이오? 그러면 하나님이 노동자란 말이오?"

"그렇소. 하나님은 노동자이십니다! 창조주이신 하나님은 예나 지금이나 앞으로나 언제나 언제까지나 노동하시는 분이오. 은혜와 사랑과 복을 베푸시는 것이 하나님의 노동이오. 하나님이 거지에게 자선하듯, 은혜와 사랑과 복을 던져주십니까? 그것은 하나님의 자비와 거룩한 마음씨가 담긴 선물이니, 애쓰며 내려주시는 값진 노동의 결과가 아닙니까? 그게 아니라면 나도 모르겠으니, 어디 성서와 율법을 줄줄이 꿰차는 당신들이 한 수 가르쳐주시지요?"

"아니, 보자 보자 하니, 이 젊은 양반이 말을 비비 꼬며 우리를 조롱하고 있네. 모세도 하나님을 노동자라고 말하지는 않았단 말이오!"

"그런가요? 노동이나 노동자란 말이 어째서 잘못된 것이오? 일이나 집사라고 말하면 마땅하고 고상하고 거룩하게 들리고, 노동과 노동자라고 말하면 마땅치 않고 천하고 속되게 들린답니까? 어디 물어봅시다. 하나님이 아담을 지으신 후 에덴동산을 일구고 그리로 데려간 것을 어떻게 생각합니까?"

"뭘 어떻게 생각해요! 말 그대로, 아담에게 사랑과 은혜와 복을 베푸신 것이지."

313

"그런가요? 그러면 또 물어봅시다. 하나님이 아담을 땅의 흙으로 지은 것과 에덴동산을 일구신 것은 하늘에서 말씀으로 한 겁니까, 손으로 한 겁니까?"

"아니, 하나님이 무슨 사람이란 말이오? 하나님께는 손이나 발 같은 건 없소!"

"그런가요? 그러면 하나님의 명령으로 땅의 흙이 절로 움직이며 모여서 사람의 형체가 되고, 코에 생명의 기운이 들어가고, 에덴동산이 뚝딱 기적 같이 생겨났단 말이네요?"

"아니, ……?"

"분명히 성서에는 하나님이 땅의 흙으로 아담을 짓고, 코에 생명의 바람을 불어넣고, 에덴동산을 일구셨다고 하니, 그것이 하나님의 노동이지요. 하나님의 은혜와 사랑과 복은 전혀 눈에 뵈는 게 아닌 영적인 것뿐이란 말인가요? 그러면 그게 어떻게 복입니까? 하나님의 은혜와 사랑과 복은 영적이기도 하지만, 물질적이고 구체적이지 않습니까? 성서의 모든 기록이 그런 게 아닌가요? 내가 성서를 잘못 읽는 것인가요?"

그들은 유구무언이 되고 말았다. 그러자 그들은 말을 돌렸다. "듣자 하니, 당신은 툭하면 안식일조차도 지키지 않는 데다가, 입만 열면 하나님을 자기 아버지라고 하는데, 그러면 당신과 하나님이 동등하단 말이오?"

"아니, 그렇게 성서를 잘 아신다는 분들이 호세아와 예레미야와 이사야(제3)의 책도 읽어보지 않았습니까? 그들도 분명히 하나님을 아버지라고 했소(호 11:1, 렘 31:9.20; 사 64:8. 시대순). 더 나아가 호세아는 하나님을 어머니로 암시하기까지 했지요. '내가 에브라임에게 걸음마를 가르치고, 품에 안아서 기르고, 죽을 고비에서 살려주고, 인정의 끈과 사랑의 띠로 묶어서 업고 다니고, 가슴을 헤쳐 젖을 물렸다.'(호 11:3~4) 젖이 아버지에게서 나옵니까?

물론 호세아가 말한 것처럼, 하나님은 사람이 아니시지요(호 11:9). 그러나 우리가 하나님을 인식할 적에는 사람처럼 빗대어 말해야 알아들을 게 아닙니까? 하나님께 어디 입이 있고, 눈이 있고, 귀가 있고, 얼굴이 있고, 손이 있고, 발이 있고, 등이 있습니까? 없지요, 없어! 백성이 알아듣게 하자니, 수도 없이 하나님을 사람처럼 빗대어 말하는 게 아니겠소? 그것이 잘못된 것이라면, 도대체 사람들에게 하나님을 어떻게 말해야 좋겠소?"

2

아침부터 불같은 논쟁의 구경거리가 생기자, 사람들이 몰려와 즐거운 표정으로 구경했다. 그들은 랍비의 논리정연한 말에 이구동성으로 감탄사를 연발했다. 그것을 본 그들은 점점 더 화를 내면서 랍비를 몰아세우려고 했다. 그러나 랍비는 그들에게 조금도 끌려들어 가지 않고 말했다.

"상식으로 생각해보십시오. 누구를 아버지라고 하는 사람은 분명 그의 아들이나 딸입니다. 남의 아버지를 아버지라고 부를 수는 없지요. 따라서 내가 하나님을 나의 아버지라고 하니, 나는 하나님의 아들이지요. 그렇다고 호세아와 예레미야와 이사야 예언자가 자기와 하나님을 동등하게 여겼단 말이오? 물론 하나님은 여러분들에게도 아버지이시지요. 그러나 아들이면서도 아버지를 아버지로 알지도 못하고 부르지도 못하는 사람은 사생(私生)일 뿐이오!"

그 말에 율법 학자가 대경실색하며 소리쳤다. "아니, 이 자가? 어찌 그런 망발을 하시오. 그러면 우리가 사생아란 말인가!"

"나는 여러분을 사생아라고 하지 않았어요!"

"그게 그 말이지, 도대체 뭐란 말이오? 우리는 위대한 신앙의 조상인 아브라함의 자손이오! 당신은 유대인이라면서, 그것도 모른단 말이오?"

"나도 잘 알고 있소. 그러나 이사야(제2)는 아브라함을 '하나님의 친구'라

했소(사 41:8). 그러면 여러분도 하나님의 친구이신가요?"

"물론 우리는 그렇게 되려고 최선을 다하고 있소."

"그런데도 법을 잘 아시는 율법 학자들은 성전을 저렇게 망가뜨리고 있는 것을 보고도, 가만 있단 말입니까? 그러면 아버지의 집과 친구의 집을 망가뜨리는 사람을 자식과 친구라 할 수 있습니까? 그렇게는 못 하지요. 성전은 제사장들의 소관 사항일 뿐이라는 것입니까? 오경의 둘째 셋째 넷째 책에는 성전과 제사를 어떻게 사용하며 드려야 하는지 다 나오지 않습니까? 저것이 도떼기시장 바닥이지, 어떻게 하나님의 거룩한 집이란 말입니까?"

그 율법 학자가 말했다. "나라를 운영하는 데는 여러 직분이란 게 있소. 모세 어르신이 가르치신 것처럼, 성전은 제사장들의 소관 사항이오. 우리가 관여할 일이 아니란 말이오. 그렇다고 해서, 성전 마당에서 장사하는 게 잘하는 일이라고 말하는 것은 아니오. 우리도 그것을 좋지 않다고 생각하오. 그러나 우리가 맡은 일은 율법과 성서를 더 깊이 연구해서 백성에게 가르쳐 올바르게 인도하는 것이란 말이오."

랍비가 말했다. "나도 그것은 인정합니다. 그러나 학자라고 해서, 책이나 글자나 전통이나 역사를 들입다 파며 학문만 하는 게 아니오. 학문이 쓸모 있으려면, 성전과 나라와 백성의 삶에 실제 도움이 되고 효력이 발생하게 해야 하는 것이 아닙니까? 실천이 빠진 학문이 무슨 소용 있습니까?"

다른 율법 학자가 말했다. "아니, 백성이 가르침을 실천하는지 안 하는지를, 일일이 따라다니며 봐야 한단 말이오? 그러면 당신도 그렇게 한단 말이오?"

랍비가 말했다. "물론 당신의 말이 옳소. 그럴 수 없지요. 하지만 내가 말하는 것은 백성이 가르침을 머리로만 이해하게 하는 게 아니라, 진실한 심정에 가닿게 해야 한다는 것입니다. 그것은 어디에서 나옵니까? 가르치는 사람의 인격에서 나옵니다. 자신이 실천하지 않는 것을 실천하라고 하면, 누가 실천합니까?"

그 율법 학자가 말했다. "그러면 우리 인격이 형편없다는 말이오?"

랍비가 말했다. "넘겨짚지 마세요. 나는 그렇게 말하지 않았소. 내 말뜻은 당신들도 바리새파 소속이기에, 성전이든 정결 예법이든, 그것을 모세 어르신의 가르침에 따라 하나님의 뜻에 맞게 사용하고 지키도록, 백성에게 진실한 심정으로 가르치라는 것입니다. 쓸데없는 소소한 것까지 들어가며 백성의 숨통을 죄지 말라는 말이에요! 나도 오경 셋째 책에 정결 예법이 있다는 건 알고 있어요. 그것은 질병과 전염병이 생길까 우려해서 가르친 것이지요. 당신들이 할 일은 성전과 일상에서 허위의식을 몰아내고 하나님의 진실을 가르치는 것입니다.

집이란 사람이 더러우면 같이 더러워지는 법입니다. 모세 시대의 천막은 성전이 아니오? 집이든 천막이든 성전이든 그 자체가 거룩한 게 아니라, 사람이 거룩하게 알고 쓰기에 거룩한 게 아닙니까? 터와 자리나 집이 거룩한 게 아니라, 하나님의 쉐키나(Shekhinah, 임재·현존) 아래 있기에 거룩한 게 아닙니까? 하나님이 거기에 계시지 않는데도 거룩한가요? 하나님이 지금 저 성전에 계신다고 믿는데, 성전을 저렇게 씁니까? 율법을 잘 안다는 여러분도 제사장들과 한통속이 되어 방관하고 있는 게 아니오? 하나님까지 속이려 드십니까?"

율법 학자들은 아무 대답도 하지 못하고 딴청을 피웠다.

3

"나는 영이신 하나님을 만나고 진리를 깨달아 아버지의 뜻을 확실히 알았소. 물론 이것만이 아버지와 진리를 아는 유일한 길이라는 말은 아니오. 우리는 진실한 이성과 감정과 일상의 경험과 사건을 통해서도 웬만큼 하나님과 진리를 알 수 있기 때문이오. 그것은 산불만 불이 아니라, 촛불도 불이고 장작불도 불인 것과 같소. 문제는 진실입니다. 진실 없이 하나님을 안다는 말이나 아버지라는 말은 거짓일 뿐이오. 홀로 하나님 앞에서, 가슴에 손을 대고 느끼고 생각해보면 알 것이오.

아버지께서는 나에게 진리를 전하라고 보내셨소. 그런 일 없이, 내가 하나님을 아버지라 하거나 아버지의 일을 한다면, 나 역시 거짓 예언자에다 사기꾼일 것이오. 그러나 성서와 양심과 진실에 기초하여 내 말과 행동을 듣고 보는 사람이라면, 내가 공연히 우쭐거리며 나서서 하는 일이 아니라는 것을 알 것이오. 옛 예언자들 가운데는 나보다 더 거친 언사로 왕과 제사장들을 비롯한 지도층을 규탄하신 분도 많소.

다시 말하지만, 나는 아버지의 아들이오. 누구를 아버지라 부르는 사람은 아들이기 때문이오. 그래서 나는 이렇게 말할 수 있소. 아들은 아버지께서 하시는 것을 보는 대로 따라 할 뿐이고, 아무것도 마음대로 하지 않는다고 말이오. 아버지께서 하시는 일은 무엇이든지 아들도 그대로 합니다. 아들을 사랑하는 아버지는 모든 것을 아들에게 보여주고 할 힘을 주고 허락하시니까요.

그래서 아버지는 모든 사람이 아버지를 공경하듯이, 아들도 공경하기를 바라십니다. 아들을 공경하지 않는 사람은 아들을 보내신 아버지도 공경하지 않습니다. 나는 진실한 심정으로 말합니다. 내 말을 듣고, 또 나를 보내신 아버지를 믿는 사람은 누구나 지금 이 순간 영원한 생명을 가지고 있고, 더는 정죄나 심판을 받지 않습니다. 그는 지금 죽음에서 생명으로 옮겨간 사람입니다. 그런데 당신들은 생명을 얻으려고 나에게 오려고 하지 않습니다."

한 율법 학자가 말했다. "생명이 무엇이오? 지금 우리가 생명을 가졌기에, 이렇게 살아 있는 게 아니오?"

"동물도 식물도 생명을 가졌소. 그러나 사람의 생명이란 단지 숨이 붙어 있는 목숨을 말하는 게 아니오. 그것은 말로 표현하기 어렵소. 비유로만 가능합니다. 가정이나 친구를 들어 비유해보지요. 부부를 봅시다. 돈 많고 신분 높은 부부이기는 한데, 서로 사랑도 존경도 소중한 사람으로 여기는 일도 없이, 헤어지지도 못하고 억지로 살면서 매일 티격태격하고 인격을 무시하고 욕을 하고 비난하며 산다면, 그게 행복한 가정입니까? 불행도 그만한 지옥이 따로 없지요. 아담과 하와가 서로 사랑하고 환대하며 행복하게 살다가, 얼마 후에 선악과를 따먹고 서로 네 탓이라 비난하고 공격하다가 내쫓겼지요? 그러니 행복한 가정의 모습을 생명에 비유하는 것이지요. 집은 목숨이고, 행복한 가정은 생명이란 말입니다.

모든 것을 기꺼이 나누는 사랑하는 친구가 있다면, 그것이 생명입니다. 친구라면서 가까이하지도 않고, 친밀한 대화도 없고, 존경과 우애도 없고, 목숨을 내줄 만큼 사랑하지도 않는다면, 그저 동네 사람이나 동창이나 지인일 뿐이지, 친구가 아니지요. 거기에 무슨 생명이 있습니까?

사람이란 살아 있다 해도 실상 죽은 상태가 얼마든지 있는 법이오. 그래서 장례는 죽은 사람들이 죽은 사람들을 치우는 관습이 되기도 하지요. 생명이란 사람이 하나님 아버지와 둘도 없는 자녀 사이가 되는 일이오. 거기에는 진실, 사랑, 존경, 친밀감, 대화, 기쁨, 자유가 넘칩니다. 그것이 생명입니다."

그러자 그 율법 학자는 이렇게 말했다. "당신이 하나님을 아버지라 하든, 당신을 아들이라 하든, 생명을 주든 말든, 우리는 우리의 길을 갈 것이오. 우리를 꾈 생각일랑 하지 마시오. 사람은 누구나 자기 생각대로 살 권리와 자유가 있소. 당신만이 하나님을 아는 척할 권리는 없는 법이오. 우리도 하나님을 알만큼은 알고 있소. 그러니 앞으로는 성전 앞에 와서 떠들지 말고, 갈릴리 시골 촌구석에나 가서 말 하시오. 우리에게서 인정이나 존경이나 칭송을 받으려는 생각일랑 하들 마시오!"

랍비가 말했다. "나는 사람에게서 추호(秋毫)도 인정이나 존경이나 상찬이나 흠모나 기림이나 숭배나 영광을 받을 생각일랑 없소! 그런 마음이 티끌만큼이라도 있다면, 나는 거짓 예언자일 것이오. 왜냐면 모든 인간이 평등하기 때문이오. 평등한데, 누가 높고 낮겠소?

나는 이렇게 선언합니다. 이제 나로부터 세상에 더는 높은 자도 낮은 자도 없소. 잘난 자도 못난 자도 없소. 강한 자도 약한 자도 없소. 귀한 자도 천한 자도 없소. 망각하는 자도 잊힌 자도 없소. 사랑받는 자도 미움받는 자도 없소. 영광을 받는 자도 천대를 받는 자도 없소. 올려지는 자도 내려지는 자도 없소. 남자도 여자도 없고, 노인과 어린이도 없소. 우리나라 사람도 이방인도 없소. 오로지 하나님의 아들딸, 곧 사람이 있을 뿐이오!

사람이 안과 밖, 높음과 낮음, 빛과 어둠, 사랑과 미움, 친한 것과 소원한 것, 불과 얼음, 여름날의 더위와 겨울날의 추위, 남자와 여자, 긴 것과 짧은 것, 어린이와 어른, 과거와 현재, 삶과 죽음을 하나로 묶을 수 있다면, 진리를 깨달을 것이오. 왜냐면 진리는 그 둘을 포함하고 넘어선 것으로, 이 세상 어디에나 있기 때문이오. 특히나 사람의 가슴속에서 호수처럼 생생히 물결치고 있소.

저 에스겔 예언자의 말처럼(겔 2:5), 나는 사람들이 듣든지 안 듣든지, 아버지께서 내게 하라고 주신 말씀을 전할 뿐이오. 당신들은 서로 영광과 존경과 칭찬을 아낌없이 주고받으면서도, 아버지께서 주시는 영광은 관심조차 없고 구하지도 않으니, 어떻게 아들을 믿고 따를 수 있겠소?"

율법 학자들이 외쳤다. "우리는 오로지 모세를 따르는 사람들이오!"

"그런가요? 그러나 당신들이 정녕 모세를 믿고 따른다면, 나를 믿고 따를 것이오! 왜냐면 모세도 나를 두고 썼기 때문이오. 모세의 글도 믿지 않는데, 어찌 내 말을 믿겠소?"

"아니, 성서 어디에 그런 말이 있단 말이오?"

"오경 다섯째 책에 있지요. '하나님은 언젠가 너희 가운에서 나와 같은 예언자 한 사람을 일으켜 세워 주실 것이니, 너희는 그의 말을 들어라.' 이것이지요."(신 18:15)

"아니, 그것이 어째 당신을 가리켜 말한 것이오? 옛 예언자들을 말한 것이지!"

"'한 사람'이라고 말하지 않았소?"

"바로 그게 우리가 당신이 제멋대로 성서를 해석한다고 하는 것이오! 그렇다면 누구라도 그렇게 말할 수 있지 않소? 근래 나타났던 사기꾼 예언자들도 번번히 자기들을 가리켜 그 한 사람이라고 하며 백성을 속였소. 그러다가 무참하게 죽고 추종자들은 죄다 흩어졌지. 그러니 당신도 거짓 예언자가 틀림없소!"

"내가 바로 그 예언자 한 사람이고, 아버지의 아들이오!"

그러자 악이 바친 그들은 돌멩이를 들어 랍비를 치려고 했다. 그런데 아뿔싸! 그곳은 널따란 돌을 깔아놓은 광장이라서, 마침 돌멩이가 하나도 없었다. 그들은 바닥에 침을 뱉고 발길질을 하다가 하는 수 없이 물러가며 말했다. "당신은 이제 넘지 말아야 할 선을 넘었소! 도저히 더는 가만둘 수 없소. 당신은 목숨이 열 개라도 되는 줄 아시오?"

랍비는 한숨을 쉬며 그들을 바라보았다. 어쨌거나 타는 불에 기름을 끼얹은 격이었다.

4

그런데 얼마 후, 성전 곁 건물의 집무실로 돌아간 줄 알았던 바리새인들과 율법 학자들은 느닷없이 의기양양한 표정으로 다시 돌아왔다. 제사장들은 오지 않았다. 그들은 하인들을 앞세워 군중에게 비키라고 소리를 치며 다가왔다. 그리고는 그 뒤에서 하인 두 사람이 어떤 젊은 여인의 머리칼을 잡아채 마구 끌고 오더니, 랍비 앞에 내던지다시피 패대기를 쳤다.

그 여인의 몰골은 말이 아니었다. 머리칼은 온통 뽑혀서 헝클어지고, 입가에는 피가 줄줄 흐르고, 긴 옷은 찢겨 오른쪽 어깨와 왼쪽 허벅지가 허옇게 드러났다. 남자들은 호기심 어린 눈으로 바라보았다. 얼굴을 보니, 온갖 풍상(風霜)이 거칠게 훑고 지나간 흔적이 역력했다. 내 곁에 서 있던 미리암은 본능적으로 알았는지, 내 팔을 붙들고 신음과 탄식을 쏟아냈다.

한 율법 학자가 말했다. "고매하신 선생! 이 여자는 벌건 대낮에 간음하다가 붙잡혔소."

랍비는 그들이 함정을 파고 있음을 알고, 그 여인을 묵묵히 지켜보기만 했다.

그가 말했다. "모세는 이런 여자들을 돌로 쳐 죽이라고 했는데, 선생은 뭐라고 하겠소?"

그 말에 여인은 새파랗게 질려 오들오들 떨었다. 그러자 랍비는 궁지에 몰린 것인지, 무슨 생각을 하는 것인지, 허리를 구푸리고 앉아 오른손 검지로 돌바닥에 무엇인가를 쓰고 있을 뿐이었다. 큰 함정이었다. 돌멩이로 치라면 랍비가 자신의 가르침을 버리는 것이고, 치지 말라면 모세의 율법을 부정하는 것이었다. 그들은 드디어 먹잇감을 잡았다는 듯, 만면에 희색을 띠더니 의기양양한 표정으로 다시금 다그쳐 물었다.

사람들은 숨을 죽이며 랍비를 지켜보았다. 이윽고 일어선 랍비는 이렇게 말했다. "그래요, 돌멩이든 포석 너른 돌이든 들어서 쳐 죽이시오! 다만 당신들 가운데서 죄가 하나도 없는 사람부터 먼저 나서서 이 여인에게 돌을 던지시오!"

그 말을 던진 랍비는 다시 몸을 굽혀 글씨를 썼다. 나는 무슨 글자인가 싶어, 고개를 오른쪽으로 눕히며 알아보려고 했지만, 랍비 뒤쪽인 데다가 좀 거리가 있어서 알기 어려웠다. 그런 말이 나올 줄 상상하지도 못한 그들은 어안이 벙벙한 얼굴로 고개를 돌리더니, 저만치 물러서는 것이었다. 가운데는 랍비와 엎어져 있는 그 여인만 남았다.

랍비가 그녀에게 다가가 팔을 붙잡고 일으켜 세우고는, "아버지께서 사랑하시는 따님! 이제 당신을 정죄하고 죽이려던 사람은 하나도 없네요."하고 말했다. 갑작스러운 사태에 너무나도 놀란 그 여인은 떨면서 주위를 둘러보고는, "네, 한 사람도 없습니다."라고 말하며, 그제야 맘을 놓고 휘청거리다가 두 손으로 얼굴을 가리고 우는 것이었다.

랍비가 그녀에게 말했다. "나도 아버지의 따님인 그대를 정죄하지 않습니다. 내게는 그럴 권리도 없어요. 그러니 다시는 이런 일을 겪을 죄를 짓지 마세요. 그대에게 아버지의 사랑과 평화를 빕니다!"

랍비의 그런 말에 매우 놀란 그녀는 더욱 흐느끼며 얼굴을 가리고 어깨를 들썩였다. 그때 막달라 미리암이 동병상련의 깊은 심정의 칼날이 가슴을 찌르는 듯한 고통을 느꼈는지, 내 팔을 놓고는 그 여인에게 다가가 끌어안고 눈물을 글썽이며 계단으로 데려가 앉히고는, 겉에 걸쳤던 숄을 벗어 그녀에게 둘러주었다. 그제야 눈물을 그친 그 여인은 미리암을 바라보며 연신 고맙다고 말했다. 이윽고 미리암은 그녀를 일으켜 세우고 광장을 벗어나, 그녀가 가는 길까지 배웅하고 돌아왔다.

5

그렇게 사태가 마무리되자, 낭패했다는 표정을 짓고 있던 바리새인들과 율법 학자들이 다시금 랍비에게 다가왔다. 이미 몇 가지 전략을 짜놓은 것 같았다. 그들은 랍비를 옭아맬 결정적인 승기를 잡았다는 듯, 다시금 의기양양한 표정으로 말했다.

"한 번의 승리에 취한 멧돼지는 이내 사냥꾼의 올무에 잡히는 법이오. 자, 우리의 질문에 대답해보시오. 로마의 카이사르 황제에게 세금을 바치는 게 옳소, 옳지 않소?" 그것은 누가 봐도, 랍비가 세금을 바치라고 하면 민족 배반자라고 떠들고, 바치지 말라고 하면 로마 반역자로 몰아붙여, 군중에게 창피를 당하여 일을 망치게 하려는 속셈이었다.

랍비가 말했다. "당신들은 참으로 위선자들입니다. 우리가 지금 이 자리에서 왜 로마 황제를 떠든단 말이오? 그러면 세금으로 내는 동전을 나에게 가져오시오."하고 말하자, 그들은 로마 동전인 데나리온 한 개를 랍비의 손바닥에 툭 던졌다.

랍비가 물었다. "이 동전에 새겨진 초상은 누구의 것이며, 적힌 글자는 무슨 말이오?"

데나리온 앞면에 새겨진 황제 얼굴과 글자는 '티베리우스 카이사르 아우구스투스, 신의 아들', 뒷면의 의자에 앉은 황제 얼굴과 글자는 '지극히 높은 제사장'인데, 그때 로마 제국의 2대 황제였다(서기 14~37년).

랍비는 그것을 들여다보곤 이렇게 말했다. "그렇다면 황제의 것은 황제에게 돌려주고, 하나님의 것은 하나님께 돌려드리시오."

그들은 랍비의 기상천외한 대답에 말문이 막히고 말았다. 그러자 어떤 사람이 다 들리도록, '저 사람들이 평상시에도 로마의 동전을 가지고 다니는 것을 보면, 자기들을 로마 황제의 충실한 신하라고 생각하는 모양이야. 그러면서도 우리 민족과 성전과 율법을 수호하는 지도층이라고 자부하는가 보군. 참 웃기는 일일세!' 하며 투덜거렸다.

그러자 몇몇은 얼굴이 붉어졌으나, 몇몇은 그를 보고 입을 닥치라는 투로 인상을 썼다. 그들은 혹을 떼려다가 도리어 혹을 붙인 격이 되었다. 그들은 돌아가지 않고 모여서 뭐라고 의논했다. 그것을 본 랍비는 사람들에게 외쳤다.

"어둠 가운데서 갈피를 잡지 못하고 헤매는 양들이여! 양인 주제에 목자인 것 마냥, 행세깨나 하는 자들을 조심하시오. 누가 그들을 우리 민족의 지도자라고 했소? 우리의 지도자는 하나님이 보내시는 메시아(그리스도)뿐이오! 우리는 모두 아버지의 형제자매입니다. 여러분은 똑똑히 아십시오. 메시아는 절대로 공중에서 구름을 타고 오시지 않소! 여러분과 같은 옷을 입고 여러분 가운데로 오십니다. 그를 알아보는 눈은 복이 있습니다."

그 말에 바리새인들과 율법 학자들이 랍비에게 대들었다. "언제까지 백성 앞에서 우리를 깎아내리며 모욕하고 비난하고 창피를 주려는 것이오? 그러고도 목숨이 성할 줄 아시오? 우리는 어둠 가운데서 헤매는 양이 아니오. 그나마 우리 민족이 이렇게 살아가는 것도 우리 덕택이란 말이오. 여기 누구든 붙잡고 물어보시오."

랍비는 말했다. "그렇다면 눈을 똑바로 뜨고 보시오. 저 북녘땅 갈릴리 가이사랴 빌립보에서부터 사마리아와 여리고를 지나 이 예루살렘에 이르기까지, 어째서 그렇게도 가는 데마다 많은 병자와 가난한 사람들이 우글거리는지 대답해 보시오!"

그들이 대답했다. "아니, 병자들이나 가난한 자들이 어찌 우리 탓이란 말이오? 그것은 그들이 씻지도 않고 더러운 손으로 밥을 먹고, 일 년 내내 목욕도 하지 않고, 일도 하지 않고 빌어먹는데 중독이 되어서 그런 게 아니오? 우리가 지키는 정결 예법만 잘 따라도, 얼마든지 병을 예방할 수 있는 것이오."

랍비가 말했다. "내 물어보겠소. 당신네 바리새파 사람들과 율법 학자들 가운데서, 여기 모인 가난한 사람들과 비슷한 처지로 살아가는 사람이 있소? 있으면 어디 나와 보시오!"

그러자 그들은 헛기침하며 딴청을 피웠다. 사람들은 웅성거렸다.

"당신들이 진정 하나님을 눈곱만큼이라도 경외하고, 파리똥만큼이라도 백성을 사랑하는 마음이 있다면, 당신들만 호의호식하면서 기도하고 예배를 드리는 게 얼마나 위선적이고 악한 일인지를 알 것이오! 나는 그간 재산을 이웃에게 나누어주는 사람들을 보았소. 당신들이 정녕 학문의 수호자네 지도자네 하며 자처한다면, 오늘이라도 당장 그렇게 해보시오. 그러면 당신들이 오매불망 바라마지 않던 백성의 인정과 존경과 영광을 뿌듯하게 누릴 것이오.

행여 로마가 물러가 자유를 얻으면, 좋은 나라가 될 것이라고는 상상치도 마시오. 옛날 마카베우스 제사장 가문이 자유를 되찾아 왕조를 만들고 한 짓을 모른단 말이오? 형제들끼리 권력 다툼만 일삼으며 자중지란을 일으키던 끝에 로마에 먹히고 말지 않았소(기원전 63년)? 명색이 제사장 가문이! 세상이 어찌 절로 좋아지겠소? 좋은 세상은 이 땅에 사는 사람들이 만드는 것이오. 그것도 지도층부터 백성과 한 몸이 되어야 하는 것이오!"

6

그러자 그들은 들은 체도 하지 않고, '메시아'라는 말만 붙들고 따졌다. "당신이 메시아라는 말을 했으니 말인데, 당신은 어떻게 성서를 부정하는 발언을 하는 것이오? 다니엘서에는 분명히 메시아를 '인자(人子)'라고 하면서(단 7:13~14), 하나님이 주시는 권세와 영광을 가지고 공중에서 구름을 타고 와서 세상을 정복하여 다스린다고 하질 않았소? 그런데도 당신은 성서를 제멋대로 해석하며 뒤바꾸시오? 도대체 누가 당신에게 그런 권한을 주었단 말이오? 그런 해석은 성서를 심도 있게 공부한 우리네 전문가들만이 할 일이오."

랍비가 말했다. "당신들은 성서를 오해하고 왜곡하고 자기들 입맛대로 해석하여 백성에게 강요하고 있소. 인자가 구름을 타고 온다는 그런 망상의 상상은 다니엘서뿐 아니라, 그와 비슷한 책에도 무수히 기록되어 있소(외경들. 예수 때는 정경·正經과 외경·外經의 구분 없었음). 그런 이야기는 우리 민족이 이민족 강대국의 지배와 억압과 착취를 받을 때 품은 희망의 신앙일 뿐이오. 뜻 있는 지식인이라면 얼마든지 상상으로 그려낼 수 있는 일이오. 그런 희망마저도 없다면, 어떻게 그 참혹한 고난의 시대를 이겨내겠소?

그러면 다니엘서에 나오는 그 많은 짐승이 글자 그대로 사자나 표범이나 양이나 염소 등, 동물을 가리킨답디까? 아니지요. 그것은 이민족 나라들과 임금들을 말하고, 그들이 세상에서 저지르는 온갖 치고받는 악행과 전쟁을 가리킨 게 아니오? 어째서 성서에서 하나님의 뜻과 백성의 희망을 읽어낼 생각은 할 줄 모르고, 문자대로만 읽고 보는 것이오? 백성도 그렇게 보니, 그것이 어찌 해석이란 말이오?"

"그러면 당신은 인자인 메시아가 어떤 모습으로 오신다고 보는 것이오?"

"메시아는 하나님이 보내신 진리의 사람일 뿐이오. 다윗 대왕이나, 하늘에서 내려오는 인자 같은 그런 메시아는 절대로 오지 않소! 만일 메시아가 다윗이나 하늘에서 내려오는 인자 같은 분이라면, 우리가 로마 같은 나라가 된다는 것밖에 무엇이 다를 게 있다는 말이오? 하나님이 우리 민족을 그리스 알렉산드로스나 로마 황제들처럼, 세상을 지배하는 나라가 되게 하려고 택하여 다스리신단 말이오? 당신들은 우리 민족을 향하신 하나님의 뜻을 조금도 모르고 있소. 하나님의 뜻은 우리 민족을 통해 온 세상을 구원하시는 것이오. 그것도 진리의 사람을 통해서 말이오. 그 사람이 메시아요!"

"그러면 당신은 자신을 그 진리의 사람인 메시아라고 생각하는 것이오?"

"그것은 당신들 생각이오. 나는 아버지의 일을 돕는 사람일뿐이오! 나는 오로지 아버지께서 내게 주시는 말씀을 전할 뿐이오. 따라서 여러분들이나 우리 백성은 나의 말을 들어야 하오. 왜냐면 내가 전하는 말은 아버지의 뜻이기 때문이오."

"그런데 당신은 메시아가 아니라면서, 어째서 메시아처럼 행세하는 것이오?"

랍비가 말했다. "언제 내가 메시아 행세를 했소?"

그들이 말했다. "아니, 당신이 예루살렘에 들어올 때 나귀를 타고 온 게 그게 아니오? 그것은 당신이 스가랴 예언자를 생각하고(슥 9:9), 의도적으로 한 일이 아니냔 말이오?"

랍비가 말했다. "스가랴가 말한 왕은 공의의 왕, 구원을 베푸는 온순한 왕, 세상에 평화를 선포하는 왕이오. 당나귀를 탄다고, 누구나 메시아란 말이오? 그러면 백마를 탄다면, 메시아의 아버지가 되겠구려! 공의와 구원과 평화란 정치적 권력이 아니라, 하나님의 진리로만 이루어지는 것이오. 이것이 스가랴 예언자가 말한 본뜻이오!"

7

그리고는 군중을 둘러본 랍비는 이렇게 말했다.

"나는 세상에 빛을 비추는 등불입니다. 나를 신뢰하고 따르는 사람은 어둠 속에서 살지 않고, 생명의 빛을 얻어 세상의 등불이 될 것입니다. 나는 세상에 생수를 솟구치는 샘물입니다. 나에게 오는 사람은 누구든지 다시는 목마르지 않고 세상의 샘물이 될 것입니다.

그리고 나는 세상의 칼입니다. 나와 함께하는 사람은 자신과 사람의 마음을 찌르고 갈라 하나님의 형상을 회복하게 하는 세상의 칼이 될 것입니다. 나는 세상의 불입니다. 나와 같이 걸어가는 사람은 부패하고 더러운 세상을 불태워 새로운 세상을 세우는 세상의 불이 될 것입니다."

그러자 한 바리새인이 말했다. "당신은 입을 열었다 하면, '나, 나' 하며 자신을 증언하는데, 그런 자화자찬의 증언은 어디서나 참되지 못한 것이오."

"나는 나를 권위로 내세우지 않소! 그렇다면 나도 거짓말을 하는 것이지요. 그러나 비록 내가 나에 대하여 증언할지라도, 내 증언은 참된 것이오. 왜냐면 아버지께서 나를 보내셨고, 나는 내가 어디에서 와서 어디로 가는지를 알고 있기 때문이오. 이것이 나의 진실입니다. 아버지와 진리를 사랑하는 사람이라면, 나를 보고 진실을 알 것이오."

"그러면 당신의 아버지가 어디에 계신다는 것이오?"

"당신들은 나의 아버지도 모르고 나도 모르고 있소. 나를 알았다면, 나의 아버지도 알았을 것이오. 당신들은 아래에서 왔지만, 나는 위에서 왔소. 당신들은 이 세상에 속해 있지만, 나는 이 세상에 속해 있지 않소. 당신들은 죄 가운데서 살다가 죄 가운데서 죽을 것이오."

"도대체 당신은 누구요?"

"나는 아버지의 말씀을 전하는 나요! 세상에서 자신을 '나'라고 말할 수 있는 사람은 진리를 깨달은 사람뿐이오! 내가 그러하오! 그것은 내가 나를 세상에 보내신 아버지를 알기 때문이오. 당신들이 내 말을 듣고 깨닫는다면, 진리를 알 것이고 진리가 자유롭게 할 것이오."

"우리는 아브라함의 자손이라, 아무에게도 종노릇을 한 일이 없소."

"지금 당신들의 마음과 삶의 부패와 로마의 종노릇을 하는 것은 무엇이란 말이오? 착각하지 마시오. 더 나아가 죄를 짓는 사람은 누구나 죄의 종이오. 그러나 진리가 사람을 자유롭게 한다는 말도 부족한 말이오. 왜냐면 진리가 집과 이웃과 길바닥 돌멩이처럼 흔해 빠지게 널려 있다 해도, 찾아 제 생명으로 만들지 않으면, 쓸모없는 물건이 되기 때문이지요.

따라서 진리를 깨닫는 것만이 인간을 자유롭게 합니다. 진리는 사람의 마음과 세상 곳곳에 숨어 있소. 볼 눈이 있는 사람은 봅니다. 그렇기에 나는 오직 한 가지 목적만 갖고 있소. 모든 인간을 자유롭게 하는 것이오. 모든 인간이 무지와 어리석음과 탐욕의 구속(拘束)과 한계에서 해방되고, 거짓과 공포와 두려움, 근심과 이기심, 폭력과 교만의 어둠에서 벗어난 자유인이 되게 하는 것이오. 심지어 하나님으로부터도 자유롭게 하는 것이오."

"아니, 하나님으로부터도 자유롭게 한다니, 그런 망발이 어디 있소?"

"왜 망발이란 말이오? 사람은 하나님의 노예가 아니오. 여러분의 아들이 아버지인 여러분의 종입니까? 따라서 하나님을 아버지로 아는 사람은 하나님으로부터도 자유로운 아들이오. 그것이 진정한 부자(父子)이지요. 하나님으로부터도 자유로운 아들은 두려움 속에서 하나님을 우상처럼 숭배하며 세상의 복을 빌지 않기 때문이오.

당신들은 우상이란 것을 무슨 이집트나 그리스나 로마 신들의 신상 같은 것으로만 알고 있소? 그렇지 않소. 우상은 사람의 마음속에 숨어 있소. 그래서 사람들은 하나님을 제 마음대로 빚어내 부려먹으려 합니다. 하나님을 아버지로 아는 사람은 아버지를 사랑하고 공경하고 친밀한 심정을 다하여 함께 걸어가기 때문에, 하나님으로부터도 자유로운 것이오. 따라서 진리가 사람을 자유롭게 한다는 것은 하나님이 사람을 자유롭게 한다는 뜻이기에, 하나님은 진리이고 진리가 하나님이시오!"(시 31:5; 사 65:16)

"당신의 말은 지나치게 어렵소. 우리도 그러한데, 어찌 이 무지한 민중이 알아듣겠소?"

"민중이 무지하다고요? 원, 무슨 그런 섭섭한 말씀을! 하나님은 영과 진리이시니, 진리의 영이 사람에게 오면, 문자조차 모르는 사람이라도 진리를 깨달아 자유로운 사람이 됩니다. 지금 나와 함께 그런 자유로운 세상이 열리고 있소. 우리 조상 아브라함도 내가 여는 새로운 세상을 보리라고 기대하며 살았고, 마침내 먼발치에서 보고 기뻐했소!"

"아니, 이 사람이 미치지 않고서야, 어찌 이런 망발을? 성서 어디에 그런 말이 있소? 게다가 당신은 아직 나이가 '오십도 안 되어 보이는데', 어떻게 아브라함을 보았단 말이오?"

"하나님이 아브라함을 부르실 적에 한 말씀을 알지 않소? 하나님은 그에게 땅에 사는 모든 민족이 너로 말미암아 복을 받을 것이라고 하셨소(창 12:1~3). 하나님이 그렇게 말씀하셨으니까, 이미 하나님의 마음에서는 그런 세상이 이루어진 것이나 마찬가지가 아니겠소? 우리는 다만 이 역사를 통해 그 세상을 향해 가고 있지만 말이오.

따라서 아브라함도 그때 장차 이루어질 새로운 세상을 미리 본 것이니, 나의 날이 오기를 기대하며 즐거워한 것이오. 아브라함이 태어나기 전부터 내가 있기 때문이오. 나는 아버지와 하나인 아들이오!" 그러자 그들은 "어찌 인간인 주제에 하나님과 하나라고 하는가? 그러면 네가 하나님이란 말이 아니냐? 이는 신성모독이다!" 하며 돌멩이를 찾았다. 그러나 없었다.

랍비가 말했다. "그러면 하나만 묻겠소. 아브라함의 후손인 조상들이나 당신들이나 우리는 아브라함처럼 한 사람 한 사람이 하나님의 부르심을 받은 것입니까?"

"그야 우리가 아브라함의 후손이니까, 그때 모두 받은 것이나 마찬가지요."

"바로 그렇소. 그러니까 우리 모두 아브라함이 본 장차 이루어질 새로운 세상을 본 것이나 마찬가지라는 말입니다. 그 세상이 이제 나를 통하여 이루어지고 있는 것이오! 이것이 내가 아버지에게서 받은 사명이오."

그들은 모든 말이 아리송하다는 표정을 지으며, 지쳤는지 어디 두고 보자고 하며, 독이 잔뜩 오른 독사의 얼굴로 랍비를 노려보기만 했다.

8

나는 서른세 살인 랍비를 오십도 안 되었다고 한 그들의 말에 놀랐다. 그래서 랍비의 얼굴을 다시 보니, 정말이지 무척 겉늙어 보였다. 가슴이 아팠다. 그동안 걸핏하면 굶고, 우리 민족 생각에 들에 나가 밤새 기도하고 명상하며 슬픔과 고뇌와 고통을 많이 겪었으니, 세월이 더 빠르고 혹독하게 랍비를 훑고 지나간 것이다.

이제 나는 랍비가 '아브라함이 태어나기 전부터 내가 있다.'라고 한 말이 무엇인지 안다. 랍비 같은 분의 심정(心情)은 시간과 세월과 나이의 지배를 받지 않는다. 랍비에게는 한순간조차도 천 번의 봄과 같다. 지나간 역사와 앞으로 올 모든 세월이 그 깊고 숭고한 심정에 응축된 것이니까.

그때 저쪽에서 '놔, 이거 놔!' 하고 악을 쓰는 소리에 소동이 일어나더니, 사람들이 갈라져 길을 터주는 것이었다. 두 사람에게 팔을 붙잡힌 그는 뿌리치려고 고래고래 소리를 지르며 울부짖고 아우성을 쳤다. '예수야 랍비, 예수아~!' 그의 부모는 눈물을 훔치며 뒤따라왔다. 사람들 말로는 귀신이 들려 미친 사람이라고 했다.

이윽고 랍비를 본 그는 있는 힘을 다해 팔을 붙잡은 두 사람을 내동댕이쳤다. 실로 괴력이었다. 귀신에 씌워 미친 게 틀림없었다. 머리는 산발이고, 얼굴은 눈물과 콧물로 범벅이고, 옷은 다 찢어져 웃통이 드러났다. 랍비 앞에 엎드러진 그는 숨을 가쁘게 몰아쉬었다. 광기 어리고 간절한 그의 눈빛이 랍비의 눈과 마주치자, 이내 다소곳해졌다.

랍비는 그 사람에게 다가가 팔을 붙잡아 앉히고, 그의 눈을 지그시 바라보며 말했다. "사랑하는 형제! 당신 안에서 태초의 혼돈이 벌어지고 있군요. 빛을 찾는데 온통 어둠뿐이니, 얼마나 무섭겠소? 무서워하지 말아요. 아버지께서 사랑하시니까요."

바리새인들과 율법 학자들도 호기심 가득한 얼굴로 바라보고 있었는데, 어제 왔던 겸허한 품격을 지닌 그 바리새인은 더욱 가까이 다가와 지켜보았다. 이윽고 랍비는 두 손으로 그의 얼굴을 감싸 쥐며 잠시 하늘을 우러르더니, 그의 눈에 후하고 바람을 불었다. 그리고는 한 걸음 물러서서 그에게 일어나라고 했다. 그는 멀뚱멀뚱 주변을 둘러보다가 뒤에 있는 부모를 발견하고는, '엄마, 아버지!' 하며 달려가 와락 끌어안았다. 놀란 부모는 아들의 눈빛이 멀쩡하게 돌아와 자기들을 알아보는 것에 기뻐하며, 아들의 얼굴을 만지다가 끌어안고 눈물을 흘리며 함께 주저앉았다. 이윽고 일어난 그들은 랍비의 손을 붙잡고, 연신 눈물을 훔치며 고마워했다.

놀라며 환호한 군중은 이렇게 말했다. '우리에게 하나님의 예언자가 나타나셨다!' 그러자 바리새인들과 율법 학자들은 빈정거리며, "어이구, 갈릴리 나사렛 같은 촌구석 동네에서 잘도 예언자가 나오시겠다!" 하며, 입을 닥치라고 위협하며 돌아갔다.

9

날이 저물어 우리는 베다니로 갔다. 저녁을 먹은 후, 다른 이들은 방으로 들어갔고, 나는 막달라 미리암과 같이 밖으로 나가, 낮에 있었던 일을 돌아보며 이야기를 나누었다. 미리암은 랍비가 메시아라고 확신했다. 그러면서 자기는 결혼하지 않을 것이고, 랍비의 가르침을 따라 모든 재산을 다 바쳐서 가난하고 상처받고 외로운 부인들과 어린이들을 위해서 살겠다는 생각을 밝히는 것이었다.

별들을 바라보고 있는데, 랍비와 미리암 아가씨가 함께 나왔다. 랍비가 나에게 그녀와 결혼하라고 한 말 때문에, 얼굴이 달아오른 나는 그녀를 똑바로 바라보지도 못했다. 막달라 미리암은 아가씨를 좋아하는 나를 눈치챘는지, 살며시 미소를 보냈다. 나는 그만 얼굴이 빨개져 고개를 수그리고 말았다. 그녀의 집에서 여러 날을 보내면서 지켜본 그녀는 총명하고 예의 바르고 덕스러운 아가씨이고, 언니와 오빠를 도와 매일 장을 봐오고 식사와 잠자리를 정성스레 준비했다.

이윽고 그녀는 어여쁜 눈망울로 랍비의 팔을 끌어안고는 이야기를 들려달라고 매달리는 것이었다. 그러자 랍비는 미소를 지으며 잠시 생각하더니, 사람들이 매일 사람의 몸을 입고 세상을 돌아다니시는 하나님 앞에서 양과 염소처럼 갈라지는 이야기를 들려주었다.

"그러면 우리 아가씨~! 들어보세요. 하나님은 양들에게 이렇게 말씀했답니다. '너희 복을 받은 사람들아, 너희는 나의 용서와 자비를 믿고 살았으니, 창세 때로부터 준비된 이 나라에 들어와 살아라. 너희는 내가 주릴 때 먹을 것을 주었고, 목마를 때 마실 것을 주었고, 나그네로 있을 때 영접했고, 헐벗었을 때 입혀주었고, 병들었을 때 돌보아 주었고, 감방에 갇혀 있을 때 찾아와 주었다. 고맙기 이를 데 없구나!'

그러자 영문을 모른 그들이 말했지. '주님, 우리가 언제 주님께서 주릴 때 먹을 것을 드리고, 목마를 때 마실 것을 드리고, 나그네로 있을 때 영접하고, 헐벗었을 때 입혀 드리고, 병들었을 때 돌보아 드리고, 감방에 갇히신 것을 보고 찾아갔습니까? 우리는 그런 기억이 전혀 없는데요.' 그러자 하나님은 이렇게 말씀하셨지. '너희들이 나의 자녀들 가운데서 지극히 보잘것없는 한 사람에게 한 것이 곧 내게 한 것이다.'

이번에 하나님은 염소들에게 이렇게 말했답니다. '너희는 참 못됐구나. 너희는 나의 용서와 자비를 거부하고 살았으니, 내게서 떠나 사는 사람들의 나라에 들어가 살아라. 너희는 내가 주릴 때 먹을 것을 주지 않았고, 목마를 때 마실 것을 주지 않았고, 나그네로 있을 때 영접하지 않았고, 헐벗었을 때 입혀주지 않았고, 병들어 있을 때 돌보아 주지 않았고, 감방에 갇혀 있을 때 찾아주지 않았다.'

그러자 그들이 놀란 눈으로 말했지. '주님, 우리가 언제 주님께서 굶주린 것이나, 목마른 것이나, 나그네 된 것이나, 헐벗은 것이나, 병든 것이나, 감방에 갇힌 것을 보고 돌보아 드리지 않았다는 것입니까? 주님이 우리에게 오셨다면, 우리가 어찌 대접하지 않았겠습니까?' 그러자 하나님은 이렇게 말씀하셨지. '너희가 나의 자녀들 가운데서 지극히 보잘것없는 한 사람에게 하지 않은 것이 곧 내게 하지 않은 것이다.'

그리하여 염소들 편에 선 사람들은 영원한 방황의 세계로 들어가고, 양들 편에 선 사람들은 영원한 생명의 나라로 들어갔지. 하나님이 심판하신 게 아니라, 그들 스스로 그렇게 된 것이란 뜻이지."

미리암 아가씨의 눈은 별처럼 반짝였다.

10

피곤한 랍비는 먼저 방으로 들어갔다. 우리가 방금 들은 이야기를 되새겨 보는데, 갑자기 밖이 환해지고 누가 대문을 두드리는 것이었다. 미리암 아가씨가 문을 열어주었는데, 광장에 두 번 나타났던 중년의 그 바리새인이었다. 그는 등불을 켠 하인 두 사람을 데리고 왔다. 놀란 내가 다가가 어떻게 왔느냐고 묻자, 그는 랍비를 만나 상의할 게 있다고 했다. 미리암 아가씨는 그를 응접실로 안내하고, 나는 랍비에게 가서 손님이 찾아왔다고 말했다.

그는 응접실로 나온 랍비에게 정중히 인사했다. 미리암 아가씨는 밖에서 기다리고 있는 하인들에게 간식을 가져다주고 들어왔다. 우리 세 사람이 밖으로 나가려고 하자, 랍비는 그냥 있으라고 했다. 그는 랍비에게 자기는 '니고데모'라고 하는 바리새인인데, 국회의원이기도 하고, 또한 이집트나 메소포타미아에서 고가의 수입상품을 거래하는 상인이라고 말했다. 부유한 권력자인 그는 랍비보다 거의 20세는 더 되어 보였다. 나는 그런 사람이 도대체 그 밤에 무슨 일로 랍비를 찾아온 것인지 몹시 궁금했다.

그는 랍비를 찾아온 까닭을 말했다. "예수아 랍비, 그간 저는 갈릴리에서부터 오늘까지 벌어진 랍비의 모든 언행을 듣고 보았습니다. 바리새파는 전국에 촘촘한 그물 같이 엮여 있으니까, 모르는 일이 없지요. 어제와 오늘도 보았습니다만, 랍비의 가르침과 기적은 참으로 놀라운 것입니다! 저는 그 모든 게 하나님께서 함께하시는 일이라고 봅니다. 그동안 아무 말 없이 묵묵히 듣고 보기만 하면서, 랍비의 모든 것을 깊이 생각해봤습니다."

그러자 랍비는 이렇게 말했다. "그렇습니까? 바리새파 가운데도 관대하고 포용적인 사람도 있다고 생각해왔는데, 선생이 그런 분이시군요?"

"과찬이십니다. 대개는 고루하고 고집스럽고 폐쇄적이지요. 충분히 이해합니다."

그러자 랍비는 그의 의중을 파악한 듯, 그가 묻지도 않은 것을 말했다. "아까 보신 기적은 표징이라 합니다. 그것이 무엇을 가리키는가를 보아야 하지요. 사람은 누구든지 다시 태어나지 않으면, 하나님의 나라를 볼 수 없습니다."

"그게 무슨 말씀입니까? 사람이 나이 들고 늙으면, 어떻게 다시 태어납니까? 어머니 뱃속에 다시 들어가 태어날 수는 없질 않습니까?"

"누구든지 하나님의 영을 통하여 진리를 깨달아 다시 태어나지 않으면, 하나님의 나라에 들어갈 수 없습니다. 욕심과 망상과 오물 주머니일 뿐인 이 가련한 몸뚱이는 세월의 바람에 곧 부서지고 소멸하지요. 그것을 아무리 붙들고 빛낸다 해도 부질없는 짓입니다. 저 가인처럼 평생 떠돌아다니는 처량한 신세로 살다 가고 말지요. 다시 태어나 하나님의 나라 안에서 살지 못하는 사람은 누구나 눈먼 사람이요, 이미 죽은 사람일 뿐입니다."

"하나님의 나라를 본다거나 들어간다거나 산다는 게 무슨 뜻인가요?"

"그것은 말로 표현하기 어렵기에, 비유로 하지요. 부인이 있으시지요?"

"그렇습니다."

"지금도 부인을 처녀 적에 만나 사귀던 때나 신혼 때처럼 사랑하시나요?"

"자신 있게 말할 수는 없어도, 지금도 사랑합니다. 그러나 솔직히 말하자면, 총각 때나 신혼 때의 마음과 같은 것은 아니지요. 그만 세월의 흐름과 일 때문에, 그런 마음이 많이 스러졌지요. 아내를 처음 만나 연애하고 결혼한 신혼 때는 마치 천국에 사는 것처럼, 모든 게 새롭게 보였고, 늘 가슴이 설레고 기쁘고 즐겁고 행복했지요."

"그때는 아내를 위해서라면 목숨도 아깝지 않았을 겁니다."

"그랬습니다."

"그것이 곧 하나님의 나라에 들어간 것과 비슷하지요. 나라는 이 나라 저 나라 하는 그런 나라가 아니라, 마음이 하나님의 사랑과 진리로 온전히 다스림을 받는다는 뜻입니다. 그러면 마음과 삶에 자유와 기쁨, 사랑과 자비, 감사와 굳센 의지가 생생히 살아 있게 되지요.

다른 비유를 쓰자면, 곡식이나 나무 같은 식물을 생각하시면 됩니다. 뿌리가 뽑힌 식물은 마르고 죽지만, 물기와 영양분이 많은 흙에 뿌리를 내린 식물은 왕성하게 자라 열매를 맺습니다. 또 수영에 비유할 수 있지요. 수영을 못하는 사람이 갈릴리 호수에 빠지면 영락없이 죽습니다. 그러나 수영할 줄 아는 사람은 헤엄을 치며 자유롭고 즐겁게 놀지요. 하나님의 나라 안에 있다는 것은 이와 같습니다."

11

랍비는 잠시 멈춰 니고데모의 얼굴을 지긋이 바라보다가 말을 이었다. "사람은 몸뚱이가 아니라 영입니다! 신성한 빛과 힘인 영혼은 우리 몸을 두르고 감싸 안고 있지요. 영혼이 몸속에 든 게 아닙니다. 몸은 아무리 잘 먹여 봐야 끝내 흙으로 돌아갑니다. 이 말은 몸을 멸시하고 경멸하는 게 아닙니다. 영혼의 빛과 힘을 드러내는 것이야말로 아버지께서 바라시는 인간의 참된 삶이며, 그것이 비로소 몸을 비로소 가치와 의미가 있게 하는 근본이라는 뜻에서 하는 말입니다.

그런데 영혼은 마치 먹구름 같은 갖가지 거짓된 마음과 세상에 대한 욕심으로 가려져 있어서, 본래의 빛과 힘을 드러내기 어렵지요. 왜냐면 영혼은 수줍어하고 고요해서, 아무것도 강제하지 않으니까요. 영혼이 그 특유의 빛과 힘을 드러내려면, 영이신 하나님의 빛과 진리에 불이 붙어 깨어나야 합니다. 그것이 다시 태어나는 것이지요."

"어떻게 그런 일이 있을 수 있을까요?"

"아니, 성서를 잘 아시지 않습니까? 아브라함, 이삭, 요셉이나 모세, 그리고 예언자들이나 뭇 시인들과 현자들을 보십시오. 그런 분들이 모두 다시 태어난 사람들이었지요. 다시 태어나지 않고서야, 어떻게 그렇게 삽니까? 그것이 곧 하나님의 나라 안에서 사는 것입니다.

반대의 예를 든다면, 우리 민족사에서 겪은 강대국의 왕들을 생각해보세요. 이민족을 군대의 힘으로만 정복하고 억압하고 착취하던 그들이 인간의 참된 행복이 무엇인지나 알았겠습니까? 그들의 몸뚱이도 지푸라기보다 못한 티끌로 돌아갔지요. 그들이야말로 뿌리가 뽑힌 식물이었지요. 그들은 하나님의 나라, 곧 하나님의 다스림 밖에서 산 사람들입니다.

영이신 하나님과 깊고 친밀하게 사귀는 일과 함께, 진리를 깨닫는 사람은 누구나 다시 태어나, 지금 하나님의 나라 안에서 삽니다. 자유로운 사람이지요. 그래서 또 비유하면, 다시 태어난 사람은 바람 같습니다. 바람을 누가 잡아두고 가두어둘 수 있나요? 바람은 자기 불고 싶은 대로 붑니다. 하나님의 영과 진리를 깨달아 다시 태어난 사람도 바람 같습니다. 그는 밖에서 주어진 어떤 교육이나 규정이나 법률, 관습이나 교리나 이론이나 명령에 따르지 않고, 오로지 영혼의 빛과 힘을 따라서 살 뿐입니다. 본디 영은 바람이니까요. 다시 태어난 사람은 하나님처럼 자유로운 인간이 됩니다. 이것이 하나님의 나라에 들어간다, 하나님의 나라를 본다, 하나님의 나라 안에서 산다는 말의 뜻입니다."

"그러면 저도 그런 사람이 될 수 있을까요?" 총명한 눈빛으로 그가 물었다.

"그렇고 말고요."

"저도 성서와 기도와 율법 공부를 많이 했으나, 랍비의 말씀을 듣고 보니, 이제 그 모든 것이 가리키는 바가 보이는 것 같습니다. 앞으로 저는 랍비의 가르침을 따르겠습니다. 제가 여전히 바리새파나 산헤드린 의회에 있다고 해도, 이해해주십시오. 물론 다시 태어나는 일에 힘쓰며 살 것입니다."

"네, 충분히 이해합니다. 나를 따른다고 해서 모든 일을 내버리라는 말은 아니니까요. 내 말은 모든 것을 하나님의 다스림 안에서 사용하고 행동하라는 것입니다. 하나님의 나라 안에서 사는 사람은 세상의 등불이니까요."

"그런데 랍비는 하나님의 메시아십니까?"

"그것은 내가 선언하고 주장할 일이 아닙니다. 선생이 영이신 하나님 안에서 진리를 깨달은 사람이 되면, 그때 알 것입니다."

"그러면 하나님께서 메시아를 보내시는 이유는 무엇인가요?"

"그것은 한가지 목적을 위해서입니다. 인간을 사랑하는 아버지 하나님께서 메시아를 믿고 따르는 사람마다 멸망하지 않고 영생을 얻게 하시려는 것입니다. 영생은 나중에 천국에 간다는 말이 아니라, 지금 이 순간 여기에서 하나님의 아들과 딸로 사는 것이지요."

"알았습니다, 랍비! 고맙습니다. 저는 이제부터 어떤 어려움이 있어도 랍비의 가르침을 따라 세상의 빛이 되도록 살겠습니다."

"훌륭하십니다. 많은 어려움이 있을 테지만, 그것이 하나님이 주시는 영광입니다."

12

그러더니 니고데모는 긴급히 드릴 말이 있다고 하면서, 랍비께 단독 담화를 요청했다. 그러나 랍비는 그에게 내가 믿음직스러운 젊은이니 있어도 된다고 하며 남게 하고, 두 미리암은 물러나게 했다. 이윽고 니고데모는 무거운 표정을 짓더니 입을 열었다.

"랍비께서 처음 성전에서 상인들을 내쫓으신 날 밤과 어젯밤에 산헤드린(유대 의회) 모임이 있었습니다. 의장인 대제사장 '가야바'가 소집한 것인데, 저도 참여했지요. 그는 이렇게 말했습니다. '군중의 환호를 받으며 들어와 자기를 왕으로 내세운 이 사람이 하나님의 이름에 신성모독을 하고, 성전에서 난동을 피우며 제사를 부정하고 성전이 모조리 무너지고 파괴될 것이라고 백성을 선동하고, 우리 제사장들과 바리새파와 율법 학자들과 장로들을 악한 인간으로 저주하며 비난하고, 게다가 그럴싸한 말로 백성을 현혹하니, 어떤 대책을 세우지 않으면 안 되겠소! 어떻게 하면 좋을지 어서 말해보시오.'

가야바의 사위인 제사장이 말했지요. '교묘한 올무를 놓아 시험하여, 백성 앞에서 망신을 당하게 해서 제 발로 물러가게 하는 게 좋겠습니다. 그러고도 말을 할 자는 없지요. 백성이 사기꾼으로 보는데, 누가 가까이하겠습니까? 거기에는 두 가지가 있습니다. 법률과 세금 문제입니다. 법률은 간음법을 이용하는 것이 좋겠어요. 그것은 제가 수하들에게 지시하면 어려운 일이 아닙니다. 그러나 제사장이 나서서 그런 일을 하는 것은 성전의 권위나 백성 앞에서 체면도 있고 하여 보기에도 좋지 않으니, 바리새파에서 맡아주시는 게 좋겠습니다.'

그 말에 부의장 바리새인이 자기가 하겠다고 했지요. 그래서 간음한 여자를 데려오고, 로마 황제에게 세금을 바치는 문제가 일어났던 것입니다. 사위가 또 말했습니다. '우리 민족을 망하게 할 이런 자는 반드시 죽여야 합니다. 백성의 호기심이나 소란은 잠시뿐입니다. 우두머리가 죽으면 이내 잠잠해지는 법이니까요. 예전에 갈릴리의 유다가 폭동을 일으켰을 때나, 이집트 알렉산드리아에서 온 유대인이 기적을 일으키며 백성을 선동했을 때도, 그들이 죽자마자 곧 조용해졌고, 예언자 요한이 침례를 주며 선동하다가 죽었을 때도 그랬지요. 그러니 이 자도 죽으면, 아무 일 없다는 듯 조용해질 것입니다.'

그러자 가야바가 말했습니다. '그렇소. 맞는 말이오. 이 자를 가만두면 우리 민족이 망하는 것은 불 보듯 빤한 일입니다. 로마 군대가 들어와 자기들이 뒤를 봐주던 우리가 무능하다고 처단할 것이오. 그러면 우리는 어떻게 되겠소? 볼 것도 없습니다. 알거지가 되는 것이오, 알거지! 어디 그뿐이오? 가족들도 참살당할 겁니다. 이 사람을 그대로 두면, 모든 백성이 그를 따라 반란을 일으킬 것이오. 그러면 로마 군대는 성전은 물론, 예루살렘 온 시내를 불태우고 백성을 학살하고 추방할 것입니다. 보나 마나 이런 끔찍한 일이 벌어질 것이오!

그러니 더 논의할 것도 없이 결론은 이미 난 것이오. 한 사람이 백성을 위해 죽어서 민족 전체가 망하지 않는 것이 우리에게 절대로 유익하단 말이오! 이 길밖엔 없소. 이것이야말로 우리 민족을 보호하시는 하나님의 은혜가 아니고 무엇이란 말이오?'

가야바의 말에 모두 숙연해지며 동의했지요. 그러자 부의장이 말했습니다. '그러면 어떻게 그를 체포하면 좋겠습니까?' 가야바의 사위가 또 나섰지요. '그런 문제는 의외로 간단한 일입니다. 앞서 부의장이 말한 갈릴리 유다나 이집트에서 온 유대인 두 사건에서도 그랬지 않습니까? 반란세력은 언제나 일심동체가 되는 법이 없지요. 겉으로는 그래 보여도, 속셈은 다 따로따로입니다. 세상에 돈 싫어하는 놈 없어요! 돈으로 매수하면 됩니다.'

가야바가 '그럼 누가 부하를 매수하는가?' 하자, 사위가 '제가 알아낸 정보에 의하면, 그의 부하 중에 혁명 세력이 둘 있는데, 하나는 전에 세포리스에서 고위 공무원의 재무관리를 했던 자라고 하니까, 돈맛을 알 테니 그놈을 매수하면 될 것입니다.' 하며, 자기가 하겠다고 했습니다. 아마 벌써 그 사람을 만나 돈을 주고받았을 것입니다. 그리고 내린 결론은 백성의 소동이 일어날 것이니, 유월절에는 죽이지 말자고 했는데, 아무래도 계략 같습니다."

랍비는 담담하게 들을 뿐이었다. 랍비는 니고데모에게 알려주어 고맙다고 말하며, 오히려 그를 위로했다. "혹여 자신을 조직을 배신하는 사람이라고 생각하지 않기를 바랍니다. 하나님과 진리의 편에 서는 것은 옳은 일이니까요. 편안히 돌아가십시오."

13

니고데모가 돌아간 후, 나는 마음이 몹시 어둡고 두려워졌다. 랍비가 여러 차례 밝힌 일이 결국에는 터지고 말 것이었다. 그런데도 랍비는 담담한 얼굴이었다. 그러나 나는 랍비의 눈에서 비장한 감정이 어리는 것을 보았다. 잠시 후, 누가 대문을 두드렸다. 문을 열어주고 보니, 사라졌던 독립투사 시몬과 가룟 유다가 나타났다. 그들은 곧장 랍비께 여쭐 말이 있다고 하며, 나에게 들어가서 자라고 했는데, 대단히 거칠고 긴장한 말투였다. 그러나 랍비는 나에게 남아 있으라고 했다.

먼저 시몬이 입을 열었다. "랍비, 예루살렘의 우리 동지들은 준비가 다 되었고, 티베리아스와 여리고를 비롯한 인근에도 모두 기별을 넣어 놓았기에, 내일 오후면 모두 들어올 것입니다. 이제 랍비가 명령만 내리시면 됩니다!"

"무슨 준비와 명령을 말하는 것인가?"

"랍비도 아시지 않습니까? 로마를 몰아내야지요! 이보다 더 좋은 기회도 없으니까요. 유월절 이른 아침에 로마 군대의 사령부인 안토니아 요새부터 공격하기로 했습니다. 그 안에서 일하는 사람들이나, 저녁에 부식을 들여가는 사람들도 대부분 우리 요원들입니다. 거기는 중대 병력 100여 명밖에 안 됩니다. 우리가 다 모이면, 1000여 명 정도 될 것입니다. 그러니 우리가 반드시 이깁니다."

유다가 말했다. "그렇습니다. 시몬의 말대로, 지금이 아니면 다시는 기회가 오지 않아요. 예루살렘 밖에서 치는 것은 어렵지만, 안에서부터 기습하면 능히 성공할 것입니다."

343

"그런가? 로마가 그렇게도 만만하던가? 설령 자네들이 나를 앞세워 그들을 물리친다고 해보세. 그러나 로마가 아무것도 모르리라고는 생각하지 않겠지? 이내 지중해변 '가이사리아'와 시리아에 주둔한 군단 사령부에 소식이 전달되어, 대군이 몰려와 예루살렘을 포위할 걸세. 문이란 문이나 길이란 길은 모조리 폐쇄하고, 독 안에 든 쥐처럼 만들어 백성을 굶겨 죽일 것일세. 그것도 사람들이 많이 몰려든 이 유월절 시기에! 그러면 다 지쳐서 진이 빠진 다음에 들이닥친 그들의 칼과 창에 죽어 나갈 백성은 생각하질 않는가? 성전은 물론 건물들과 가옥들까지 불타 무너지고, 성벽도 돌 위에 돌 하나 남지 않고 훼파되고 말 것이네.

그것이 정녕 하나님의 뜻이라고 믿는단 말인가? 아니네. 그렇게 하면 안 되네. 그것은 하나님의 뜻도 아니고, 내가 가는 길도 아니네! 그것은 자네들과 젤롯파의 욕심이고 망상이네. 성공하지 못할 걸세! 폭력 혁명은 내가 추호도 생각해 본 것이 아니네. 나는 다윗 같은 왕이 아니네. 얼마나 더 말해야 알아듣겠나?"

실망하고 분노한 표정이 역력한 그들은 "그러나 이 일은 이미 시작되었기에, 이젠 랍비도 막을 수 없다고요! 이미 다 준비되었기에, 돌이킬 길이 없어요. 우리가 막아선다면, 동지들이 우리를 죽일 겁니다."

"결국에 자네들은 나를 자네들의 꿈을 이루기 위해서 이용한 것이로군."

시몬이 반박했다. "시방 그게 중요합니까? 왜 랍비는 이렇게도 고난을 겪는 우리 민족을 내버려 두시려는 것입니까? 용서와 사랑의 진리로 어떻게 나라를 구합니까? 그것이야말로 랍비의 환상이라고요, 환상! 우리가 모두 서로 사랑하면, 로마 군대가 절로 물러간답니까? 왜 이렇게 현실을 모르십니까? 참으로 답답하십니다!"

유다가 거들었다. "그렇습니다, 랍비! 지금이야말로 혁명의 때입니다. 랍비

344

가 새로운 왕조를 세워 왕이 되신 것을 생각해보세요! 그래서 우리 민족이 태평성대를 누리게 하시면 되질 않겠습니까? 그것이 진정한 사랑이 아닐까요? 랍비는 하나님이 세운 분이니까, 하나님께서 반드시 도와주실 겁니다."

"아버지께서는 나에게 그런 것을 말씀하신 일이 없네. 나에게 주어진 길은 그런 폭력 혁명이 아니네. 나는 하나님의 거룩한 혁명, 곧 영과 진리와 사랑으로 인간의 마음을 변화시켜 새로운 세상을 이룩하는 영원한 혁명을 하려는 것이지, 그따위 왕조를 창설하는 시시한 일이 아니네. 나의 혁명은 이 나라뿐 아니라, 온 세상에 일어나야 할 진리의 혁명이네!"

유다가 말했다. "그러면 랍비는 그 일이 성공하리라고 보십니까? 절대로 성공하지 못합니다! 랍비는 반드시 우리 지도층에게 죽임을 당할 것입니다!"

"사람은 살아서 이미 죽은 사람이 있고, 죽어도 죽지 않는 사람이 있네! 이것은 내가 아버지로부터 받은 진실이네. 그럼, 그대들은 내가 로마 제국과 같은 것을 세우면, 뭘 하겠나?"

유다가 말했다. "그야, 랍비 뜻에 따라 장관들이나 군대 사령관이 되겠지요."

랍비가 말했다. "그러면 그런 나라가 로마와 다를 게 뭔가? 제국을 이루어 사랑으로 다스리는 일이 가능하다고 보는가? 전혀 그렇지 않네. 그것은 로마와 똑같은 것이네. 그래도 그렇지 않다고 해보세. 내가 죽고 누가 왕이 되어도, 계속 사랑으로 다스리는 태평성대가 이루어질 것 같은가?"

그 말에는 둘 다 대답이 없었다.

"그대들의 일은 성공하지 못할 것일세. 왜냐면 내가 그렇게 할 것이니까!"

두 개의 신념이 그 어떤 타협도 없이 충돌하고 있었다. 더는 대화가 어려웠다. 그들은 답답하다는 듯 가슴을 치고는 벌떡 일어나더니, 랍비에게 인사조차 하지 않고 나가, 대문을 쾅 닫고는 어둠 속으로 사라졌다. 사위는 고요하고 별들만 반짝였다.

얼굴에 결기가 서린 랍비는 밖으로 나가, 언덕 아래 있는 올리브나무 숲으로 갔다. 걱정된 나는 멀리서 따라갔다. 랍비는 어두운 숲에 한참 서 있었다. 나는 숨을 죽이고 바라보았다. 이윽고 랍비는 돌 위에 앉았다. 그러나 들리는 소리는 아무것도 없었다. 이따금 비둘기들의 구구하는 소리가 들렸을 뿐이다. 랍비는 그대로 두면, 로마 군대의 칼과 창에 찔리고, 말발굽에 짓밟히고, 불에 타고, 굶주려 죽는 백성의 참상이 어려서, 어떻게 해서든 그런 일을 막아야 한다고 생각했으리라.

나는 랍비가 아마도 '한 사람이 백성을 위하여 죽어서 민족 전체가 망하지 않는 것이 우리에게 유익하다.'라는 가야바의 말을, 그가 하나님이 시키셔서 자기가 무슨 말을 하는지도 모르고 한 예언으로 받아들였을지 모른다고 생각했다. 물론 랍비는 저 가이사랴 빌립보 산에서 베드로를 책망할 때, 이미 그런 날이 올 것이라고 내다보았지만 말이다.

랍비와 유대교 지도층과 두 형제들이 품은 너무나도 다른 두 세계, 두 신앙, 두 신념, 두 사상, 두 이상이 한 치의 타협도 없이 충돌했다. 그렇게 모든 일이 랍비를 수난과 죽음으로 내몰았다. 아니, 그것은 랍비가 택한 것이었다. 희끄무레하게 보이는 랍비의 뒷모습은 천하에 가장 외롭고도 비장한 사나이의 모습, 그것이었다.

어둠의 시간

1

다음 날 오전, 유월절 순례차 가버나움에서 랍비를 찾아온 사람으로부터 두 가지 소식을 들었다. 얼마 전에 어머니를 모시고 살던 랍비의 둘째 동생 요셉이 티베리아스 건축 공사장에서 석벽이 무너져 세상을 떠났다는 소식, 그리고 그 무렵 내 형이 호수에 나갔다가 갑자기 불어온 풍랑에 배가 전복되어 익사했다는 것이었다.

그러면서 그는 또 자기 일행은 먼저 왔지만, 랍비 어머니 미리암이 이웃의 두 사람과 함께 유월절에 맞추어 뒤따라 오고 있다는 말을 전했다. 나는 충격을 받고 눈물을 흘렸지만, 랍비는 묵묵히 듣기만 했다. 마르다 오누이가 랍비를 끌어안으며 슬퍼하고, 형제들은 나를 위로했다.

랍비는 내게 집에 있으라고 했지만, 나는 같이 가겠다고 하며 따라나섰다.

우리는 성전 광장으로 나갔다. 사람들이 물밀 듯 밀어닥쳤다. 제사장들과 바리새인들과 율법 학자들과 장로들은 이미 건물 아래서 랍비를 기다리고 있었다. 사람들은 랍비가 무슨 말을 하려는가 하고 잔뜩 고개를 빼고 있었다.

이윽고 한 제사장이 랍비를 바라보고 의미심장한 미소를 지으며 다가와 말했다. "선생, 사람에게는 때라는 것이 있소. 그래서 때에 맞추어 살아야 지혜로운 처신이오. 혼자 신발짝에 든 잔돌 같이 성가시게 굴어서는 안 되는 법이오. 그러다가는 내던져지는 일밖엔 없소."

랍비가 말했다. "옳은 말이오. 사람은 때를 맞추어 살아야지요. 그러나 당신들에게는 때라는 것이 허구한 날 맥없이 되풀이되는 그저 그렇고 그런 나날이지만, 나에게는 오늘이 내게 정해진 때요. 때는 수없이 주어지지만 하나의 때도 없는 삶이 있고, 한 번 주어지는 때를 살아 죽어도 죽지 않는 나날을 사는 삶이 있는 법이오."

그 제사장이 말했다. "말을 그리스 철학자를 닮은 저 '코헬렛'처럼 하는구려(전도서 기자). 좋소. 저녁이 되면 유월절이 시작되니(유대력 하루: 오후 6시경~다음날 그 시각), 오늘은 거친 말 그만두고, 멀리 해외에서까지 온 사람들에게 위로가 될 말을 하는 게 어떻겠소?"

랍비가 말했다. "백성을 위로하는 일은 제사장의 본분이오. 나는 내가 해야 할 말을 할 뿐이오. 당신들은 내 이야기를 들으시오. 커다란 포도원을 가진 어떤 부자 지주가 있었소. 그는 소작인들을 고용하여 일하게 하고는, 먼 데서 볼 일이 있어 아들과 종들을 데리고 떠났소. 이윽고 포도 따는 철이 돌아오자, 그는 소출을 받으려고 종들을 보냈소.

그런데 소작인들은 그 종들을 붙잡아, 하나는 때리고 하나는 죽이고 또 하나는 돌로 쳤소. 그러자 주인은 다시 다른 종들을 처음보다 더 많이 보냈소. 그러나 소작인들은 그들에게도 똑같이 했소. 마지막으로 주인은 '내 아들이야 존중하겠지?' 하며 자기 아들을 보냈소. 그런데 주인의 아들을 본 소작인들은 이렇게 말했소. '이 사람은 상속자다. 그러니 그를 죽이고, 우리가 그의 유산을 차지하도록 하자.' 그들은 그를 잡아서 포도원 바깥으로 데려가 죽였소. 그리고는 이제 큰 몫을 챙기게 되었다고 좋아했소. 자, 그러면 포도원 주인이 돌아와서 그 소작인들을 어떻게 할 것 같소?"

대번에 무슨 이야기인지 알아차려 얼굴이 일그러진 그들은 아무 대답이 없었다.

랍비가 말했다. "아무 말도 없는 것을 보니, 내 이야기를 이해하지 못한 것 같구려. 그러면 내가 말하겠소. 집으로 돌아온 그 주인은 종들을 시켜 그 악한 자들을 체포하여 가차 없이 죽이고, 제 때에 소출을 바칠 다른 소작인들에게 포도원을 맡길 것이오.

나는 지금 이 나라의 장래에 벌어질 역사를 말하고 있는 것이오! 당신들은 성서에서 이런 말씀을 읽어본 적도 없소? '집 짓는 사람들이 버린 돌이 집 모퉁이의 머릿돌이 되었다. 이것은 하나님께서 하신 일이요, 우리 눈에는 그저 놀라운 일이다.'(시 118:22~23) 나는 당신들에게 말합니다. 하나님은 당신들에게서 하나님의 나라를 빼앗아서 그 나라의 열매를 맺는 다른 나라 사람들에게 주실 것이오!"

자기들을 악한 소작인들이라 하고 나라를 탈취한다는 말에, 제사장들과 바리새인들과 율법 학자들과 장로들의 얼굴은 치욕과 분노로 가득하여, 허공으로 두 손을 뻗고 탄식하며 이리저리 왔다 갔다 했다. 그러나 군중 때문에 아무것도 할 수 없었다.

2

한 제사장이 나섰다. "당신, 당장 그 입 닥치시오. 그것은 귀신이 들려 미친 사마리아인인 당신의 생각일 뿐이오. 당신은 이야기를 꾸미는 재주가 탁월한 것 같소만, 그것은 당신의 지나친 망상일 뿐이오. 어느 백성도 당신 이야기를 믿지 않을 것이오. 세상이 당신 생각대로 돌아가는 줄 아시오? 물론 우리 조상들이 옛 예언자들을 박해했다는 것은 우리도 충분히 인정하는 바요. 그러나 우리는 그렇지 않소. 우리는 최선을 다해 성전을 수호하며 백성을 신실한 믿음으로 인도하고 있소."

랍비가 받아쳤다. "오호, 그렇습니까? 그래서 성전을 저 꼴로 만들어 놓고도 양심에 부끄러운 줄도 모르는 것이오? 어느 민족도 자기네 성전을 저따위로 만들어 놓지는 않소! 저게 시장바닥이지, 성전이란 말이오?

여러분 중에서 고달프게 살아가는 갈릴리 여러 도시와 마을에 정기적으로 순회하면서 백성을 위로하는 제사장이 과연 있기라도 하시오? 있으면 어디 나와 보시오. 나는 이때까지 한 번도 본 일이 없소. 비록 회당에 랍비가 있어도, 제사장이 가서 백성과 함께 예배를 드리고 식사를 나누며 위로하는 것조차 법이 금지하는 일이오? 제사장은 이 서울에서만 볼 수 있는 특별하고 희귀한 얼굴이 된 지 오래가 아니오? 말은 백성의 아버지라면서, 어찌 자신들의 성공과 출세만 바라는 것이오?"

제사장들은 랍비의 말에 군중의 눈치를 살폈다.

그러자 한 율법 학자가 나섰다. "선생, 우리가 성서와 역사를 연구하고 백성을 가르치는 것도 우리 조상들의 실수를 되풀이하지 않기 위해서요! 하지만 백성이 성서를 올바로 이해하는 데는 오랜 세월이 걸리는 일이기에, 그렇게 서두를 일이 아니오. 선생도 랍비라고 하니, 알지 않소?"

랍비가 말했다. "그래서 당신들은 예언자들의 무덤을 화려하게 만들어 백성이 참배하게 하고, 의인들의 산소에는 기념비를 세워 꾸미는 것이오? 그러면서 당신들은 이렇게 말하지요. '우리가 조상의 시대에 살았더라면, 예언자들의 피를 흘리고 의인들을 박해하는 일에는 가담하지 않았을 것이다.' 그것은 당신들이 예언자들과 의인들을 죽인 자들의 자손임을 스스로 증언하는 게 아니오?"

한 바리새인이 나섰다. "당신은 입만 열면, 우리가 백성의 원수인 듯 말하는데, 당신은 우리의 순수한 믿음과 민족을 위한 열정을 지나치게 깎아내리며 훼손하고 있소! 우리가 어찌 나라를 망치려 한단 말이오? 율법과 규정은 우리 민족의 질서와 평화를 위하여 하나님이 주신 것이고, 우리는 최선을 다해 솔선수범하며 백성이 따라오게 하는 것이오!"

랍비가 말했다. "그러나 당신들 속에는 자만과 오만과 교만이 가득하오. 비록 순수한 열정은 좋은 것이라도, 방향이 잘못되면 사람 잡는 악마의 칼이 되는 법이오. 어떻게 양심을 속이며 하나님을 기만하려 하시오? 게다가 당신들은 성서에도 없는 갖가지 규정을 수도 없이 만들어 내어, 하나님을 위한답시고 백성에게 강요하고 있는데, 그것이 어찌 하나님이 주신 법이란 말이오?"

다른 바리새인이 말했다. "당신은 말끝마다 강요라고 하는데, 자세히 가르쳐주는 것이 어찌 강요란 말이오? 우리 백성 대다수는 글자도 모른단 말이오!"

랍비가 말했다. "글자를 모르니, 단순하게 해야 하는 게 아니오? 그런 복잡한 규정은 당신들처럼 손으로 노동하지 않아도 얼마든지 먹고 사는 부유하고 배운 사람들이나 지킬 수 있지, 어찌 매일 힘겹게 살아가는 가난한 백성이 그럴 수 있단 말이오? 그리고도 지키지 못하는 백성을 죄인이니 이방인만도 못한 자이니 하면서, 갖은 비난을 퍼붓고 정죄하며 주눅이 들게 하는데, 그것이 어찌 하나님이 바라시는 일이오? 어째서 가뜩이나 힘들고 서럽게 살아가는 가난한 백성에게 눈곱만치도 자비심이 없는 것이오? 왜 가슴에 손을 얹고 백성의 자리에 내려앉아 자기들을 성찰해보지 않는 것이오?"

그가 대답이 없자, 랍비가 군중을 바라보며 외쳤다. "이 세대는 들으시오. 하나님은 나더러 불이 되라고 하셨소! 그래서 나는 끝도 없는 거짓과 이기심과 부패와 무자비함으로 사람이 사람에게 늑대처럼 되어버린 이 사악한 세상, 모든 인간의 평등과 행복과 평화를 바라시는 하나님의 속을 후벼 파 아버지의 눈에서 피눈물이 나게 하는 이따위 썩어빠진 세상에 불을 질러 다 태워버리고 말겠소! 그리하여 새 하늘과 새 땅인 하나님의 나라를 세우겠소!"

눈에 눈물이 그렁그렁한 랍비는 더욱 큰 목소리로 외쳤다.

"너희 제사장들과 율법 학자들과 바리새인들과 장로들아! 너희는 위선자들이고, 독사의 새끼들이다! 너희가 하나님의 심판을 피할 수 있을 것 같으냐? 그동안 하나님이 예언자들과 시인들과 현인들을 보내, 얼마나 너희를 설득하셨느냐? 그러나 너희는 끝내 듣지 않았다. 너희는 옛날부터 지금까지 예언자들을 죽이고, 시인들을 박해하고, 현자들을 구박하며 입을 닫게 했다. 너희야말로 나귀만도 못한 귀가 막히고 눈이 먼 자들이다! 그동안 너희가 죽여 흘린 예언자들과 시인들과 현자들의 피가 너희와 이 세대의 책임으로 돌아갈 것이다!

나는 말한다. 세리와 창녀들이 오히려 너희보다 먼저 하나님의 나라에 들어간다! 예언자 요한이 너희에게 생명의 길을 보여주었으나, 너희는 그를 찾지도 회개하지도 않았다. 그러나 세리와 창녀들은 믿고 회개했다. 너희는 요한을 '먹지도 마시지도 않는 빼빼 말라깽이 미친놈'이라고 떠들며, 그를 하나님의 예언자로 믿는 백성을 위협했다. 너희야말로 세리와 창녀들만도 못한 자들이다!"

랍비의 시퍼런 말씀에 군중은 감격하면서도 웅성거리며 두려움에 사로잡힌 눈빛이 되었다. 제사장들과 바리새인들과 율법 학자들과 장로들은 펄펄 뛰며, 하늘을 보고 탄식하기도 하고, 두 주먹을 흔들기도 하고, 건물 기둥을 붙잡고 한숨을 내쉬기도 했다. 그러다가 그들은 어디 두고 보자고 하며 건물 뒤로 사라졌다.

그것은 랍비가 지도층에게 보낸 최후통첩이었다. 랍비는 돌아올 수 없는 다리를 건넌 것이었다. 랍비가 분노와 애끓는 절절한 호소의 눈물로 얼룩진 얼굴로 가만히 서 있자, 일순간 광장은 거대한 침묵으로 텅 빈 듯 고요해졌다. 군중은 제각기 흩어졌다.

3

해가 지면 유월절이 시작되기에, 우리는 성내 외곽의 시장 곁에 있는 야고보와 요한네 물고기 상점으로 갔다. 큰 방 세 개와 널따란 건어물 창고와 마당이 있었다. 그들은 이미 하녀 두 사람에게 긴 식탁에 양고기와 누룩 없는 빵과 포도주와 쓴 나물을 가지런히 마련해 놓도록 해두었다. 그런데 어떻게 장소를 알아냈는지, 독립투사 시몬과 유다가 나타났다. 그들은 불만으로 가득한 얼굴로 랍비에게 인사를 한 후, 가장 먼 곳으로 가서 앉았다.

랍비의 오른쪽에 앉은 나와 빙 둘러앉은 형제들은 잔뜩 긴장하는 눈으로 랍비의 얼굴을 바라보았다. 이윽고 랍비는 늘 하던 대로 빵을 들어 감사와 축복기도를 드리고 먼저 떼고 돌아가며 나누게 한 후 말했다.

"이 빵을 그대들과 많은 이들을 위한 내 몸으로 알고 먹게. 이 포도주 또한 그대들과 많은 이들을 위하여 흘리는 나의 피로 알고 마시게. 이것은 우리 조상이 이집트에서 나올 때 하던 유월절 식사와 같은 의미라네. 다만 이제는 우리 민족만 아니라, 세상 모든 사람을 위한 일이라는 게 다르네. 이것은 세상에 참된 자유와 기쁨을 안겨주는 새로운 언약이네. 그대들은 앞으로 모일 때마다 이렇게 하면서 언제나 나를 기억해주게나."

이윽고 배가 부르고 조금 포도주 취기가 오르자, 저쪽에서 몇몇이 옥신각신하며 말다툼을 벌였다. 나는 그 말을 듣고 기가 막혔다. 기분이 안 좋은 시몬과 유다가 포도주를 많이 마셔 먼저 충동한 것 같았지만, 정확히 누군지는 알수 없었다. 그 말다툼은 우리 가운데서 누구를 가장 큰 사람으로 칠 것이냐 하는 것이었다! 저번에도 그러다가 야단을 맞았는데, 여전히 랍비의 길을 오해하고 있으니, 차라리 돌멩이라고 해야 할 것이었다.

그것을 보고 들은 랍비는 책망하지 않고 부드러운 목소리로 말했다. "나는 언제까지나 아버지의 어린 아들로 남을 것이네. 그러니 그대들도 아버지의 어린이가 되게. 그것이 아버지가 바라시는 나와 그대들의 길이네. 곧, 사랑으로 사람들을 섬기고, 아버지의 진리로 사람들을 깨달음으로 인도하여, 이 땅에 평등하고 평화로운 하나님의 나라를 건설하는 것이지."

나는 시몬과 유다의 얼굴이 일그러지는 것을 보았다. 그러자 얼굴이 붉어진 베드로가 나섰다. "랍비, 다른 형제들은 몰라도 저는 감방에도, 죽는 자리에도 랍비와 함께 갈 각오가 되어 있다고요!" 그러면서 답답하다는 듯, 주먹으로 가슴을 몇 차례 쳤다.

랍비는 "그런가? 고맙네. 그러나 그대는 자신을 모르고 있네. 나는 지금까지 기도할 때마다, 나를 향한 그대들의 믿음과 하나님의 나라에 대한 신념과 이상이 꺾이지 않도록 아버지께 빌어왔네. 그런데 지금 사탄이 그대들의 마음을 체질하듯 까부르며 자기 손아귀에 넣으려고 하고 있네."

그러자 베드로가 벌떡 일어나 말했다. "랍비, 그렇게 말씀하시니, 몹시 서운합니다. 제가 비록 단순 무식하다 해도, 랍비를 향한 제 마음을 그렇게도 몰라주십니까? 만일 사탄이 저에게 다가온다면, 닭 모가지를 비틀 듯 비틀어버리고 말겠어요!" 그러면서 두 손을 잡고 닭 모가지를 확 비트는 흉내를 냈다. 그러자 여기저기서 그의 말에 맞장구쳤다.

랍비는 엷은 미소와 함께 엄중한 표정으로 이렇게 말했다. "나를 위하는 그대들의 맘을, 내가 왜 모르겠나? 그러나 사람은 맘이 한 곳으로 정해져 뿌리를 내리지 못하면, 자기가 무슨 일을 하는지도 모르고 저지르고 마네. 베드로, 그대는 오늘 밤 닭이 울기 전에, 세 번이나 나를 모른다고 할 것이네." 그러나 아무도 랍비가 무슨 말을 하는지 이해하지 못했다.

4

그런데 갑자기 자리에서 일어난 랍비는 야고보와 요한에게 물과 대야와 수건을 가져오라고 말했다. 우리는 이미 유월절 음식을 다 먹었는데, 이제야 손을 씻으려는가 했다. 그들이 가져오자, 랍비는 팔을 걷은 후 수건을 허리에 두르고 대야에 물을 담아, 내 뒤로 가져와 나를 돌아앉게 한 후, 내 발부터 씻기려고 했다. 그것은 하인이 주인에게 하는 관습이었기에, 랍비의 느닷없는 행동에 모두 놀라고 말았다.

그래서 나는 나도 모르게 거부하며 두 발을 들었다. 그러자 랍비는 내 발을 잡아당겨 대야에 담그고 씻겼다. 내 곁에 앉은 막달라 미리암은 자기 차례가 다가오자, 점점 더 눈물을 빗물처럼 흘렸다. 이윽고 그녀의 눈물이 랍비의 머리에 뚝뚝 떨어졌다. 랍비는 고개를 들어 지긋이 바라보며, 그녀의 발을 정성껏 씻기고 수건으로 닦아주었다. 나는 랍비의 눈에 눈물이 맺힌 것을 보았다. 세월이 오래 흐른 뒤에도, 그녀는 나에게 이 일을 회상하며 눈시울을 붉혔다. 그렇게 랍비는 빙 돌아가며 발을 씻겨 주었다. 후일 나는 그것이 우리를 향한 랍비의 참된 사랑이었음을 깨달았다.

모두 씻기고 난 후 자리에 앉은 랍비가 말했다. "지금 그대들은 내가 발을 씻긴 이유를 모르겠지만, 나중에는 알 것이네. 그래서 미리 이렇게 한 것이지. 나와 우리의 길은 사랑으로 섬기는 길이기 때문이네. 내가 떠난 후에도, 그대들은 어디에 가서든, 이렇게 사람들의 슬픔과 아픔과 힘겨움과 헤매는 삶을 씻기고 싸매고 붙들어 주며, 사랑과 자비를 쏟아야 하네. 이것이야말로 하나님의 진리를 행동으로 보여주는 예언이네(預言). 그러면 아무리 목석같은 사람이라도 무언가 깨달을 걸세.

그대들, 부디 명심하게나. 관습적 신앙생활은 결코 사람을 뿌리부터 변화시키지 못하네. 우리 민족이 그렇지. 이집트나 그리스나 로마인들도 그러하고. 사람들은 그런 생활에 만족하며 멈추네. 그래서 하나님을 믿고 공경한다는 것이 그만 우상숭배로 떨어지고 마는 것이지. 이것이 지금 우리 민족의 비극이네. 그리고 이런 일은 그대들 이후에도, 그리고 세상 끝날까지 벌어질 것이네.

그러나 우리의 길은 사람들의 이런 무지와 어리석음과 안일하고 비극적인 감각에 맞서서, 영과 진리와 사랑으로 저항하며 싸워나가는 참되고 영원한 전쟁이네. 사람은 하나님의 영과 진리로만 다시 태어나고 깨달음을 얻어 새로운 사람이 된다는 것을 부디 잊지 마시게. 그대들도 때가 오면, 그렇게 될 것이네."

안드레가 말했다. "랍비, 그때란 게 도대체 언제를 말하는 것입니까?"

랍비가 말했다. "그때가 오면, 그때가 내가 말한 그때란 것을 알게 될 것이네."

마태가 말했다. "말씀이 모호하십니다."

랍비가 말했다. "그때는 하나님이 정하신 때이네."

요한이 말했다. "그러면 우리는 그때가 오기까지 어떻게 해야 합니까?"

랍비가 말했다. "흩어지지 말고 이 집에 모여 있는 것이네. 나를 기억하고 기도하며 그때를 기다리란 말이네. 그때가 오면, 그대들은 진정 아버지의 사람으로 다시 태어나, 하나님의 나라를 이 땅에 세우는 나의 참된 제자와 친구와 동지가 될 것이네. 그것이 나와 그대들을 향하신 아버지의 뜻이지."

빌립이 말했다. "그러면 우리가 그때 아버지를 뵌다는 말씀입니까? 지금 랍비가 계실 적에 아버지를 보여주시면 안 될까요?"

랍비가 말했다. "하나님을 어찌 보겠나? 죽었다 깨고 세상이 무너진다 해도, 그런 일 없네. 나를 믿는 사람은 나를 보내신 아버지를 믿는 것이고, 나를 보는 사람은 아버지를 보는 것이네. 물론 지금은 그대들의 마음이 어둠에 잠겨 있고 눈이 닫혀 있기에 그럴 수 없지. 그러나 그때가 오면, 그대들의 마음이 깨끗해져서 눈이 환히 열릴 것이네. 그때 그대들은 아버지와 나를 볼 것이네."

나다나엘이 말했다. "그러면 그때부터 사람들이 무화과나무 아래 앉아서 사는 새로운 세상인 하나님의 나라가 이루어지기 시작한다는 것입니까?"

랍비가 말했다. "그렇지. 나는 세상의 빛으로 왔네. 진리와 생명인 아버지께서 나를 세상에 보내셨기 때문이지. 누가 나의 말을 듣고서도 따르지 않는다 하더라도, 나는 그를 심판하지 않네. 그는 스스로 자신을 심판하고 어둠 속에 머물기 때문이네. 내가 전에 그대들도 세상의 빛이라고 한 말을 잊지 말게(마 5:14). 나를 믿고 따른다면서도 나와 나의 길을 깨닫지 못하고 오해하여, 자신의 그릇된 신념을 관철하려는 사람은 불행할 것이네."

오늘따라 포도주를 몇 모금 마셨는데도 어지러워져, 나도 모르게 랍비의 어깨에 기댄 나는 독립투사 시몬과 유다의 눈을 바라보았다. 시몬은 랍비와 나를 피하는 눈길이었다. 그러나 유다는 랍비가 자기를 두고 하신 말이라고 생각하여 더는 참을 수 없었는지, 빵 한 조각을 베어 물더니, 느닷없이 밖으로 나가는 것이었다. 모두 그가 소피를 보거나, 랍비의 심부름을 가는 것이라고 여겼다. 그러나 그는 돌아오지 않았다.

그러자 독립투사 시몬이 물었다. "랍비, 그러면 우리 민족의 수난은 언제까지나 계속되어야 한다는 말씀입니까? 우리 민족이 이집트에서 나온 때처럼, 해방과 자유를 얻는 것이 하나님의 뜻이고, 그것이 랍비가 가르치시는 하나님의 나라가 아닙니까?"

랍비는 말했다. "그러나 이집트 해방 같은 사건은 다시는 일어나지 않을 것이네. 지금은 그런 시대가 아니기 때문이지. 그러나 하나님의 나라는 진리의 나라, 사랑의 나라, 영혼의 나라이기에, 언제 어디서나 이루어지는 새로운 세상이네. 그렇기에 이제 그대들은 이스라엘과 그 경계를 넘어서 온 세상에, 내가 가르친 진리와 사랑, 평등과 평화의 길을 전해야 하네. 이것이 그대들을 부르신 아버지와 나의 뜻이네."

무슨 일인지 시몬은 더는 묻지 않고 깊이 생각하는 듯 보였다. 이윽고 랍비는 나직한 목소리로, 우리가 평생 잊을 수 없는 말을 했는데, 시간이 얼마나 흘렀는지 모르리만큼 영원 같이 느껴졌다.

5

랍비가 말했다. "그대들도 보아서 알듯이, 나는 지금까지 아버지의 나라를 세우는 길을 걸어왔네. 앞으로 내가 어떤 일을 당한다 해도, 그것은 아버지께서 나를 영광스럽게 해주시는 일이네. 나는 아버지의 뜻을 따라 세상을 떠나겠지만, 세상에 남아 있을 그대들은 언제나 어디서나 언제까지나, 내가 그대들을 사랑한 그 사랑으로 서로 사랑하시게. 그것이 나를 믿고 따르는 길이네. 부디 잊지 마시게!

나는 그대들이나, 장차 그대들을 통하여 나를 따르는 사람들의 영원한 길이고 진리이고 생명이고 등불이네. 나는 아버지 안에 있고, 아버지는 내 안에 계시네. 지금까지 아버지는 내 안에서 자기의 일을 하신 것이지. 그대들도 마찬가지이네. 어쩌면 그대들은 나보다 더 큰 일도 할 수 있을 것이네! 그래야 아버지의 나라가 세상으로 펴져 나갈 것이니까 말이네.

내가 세상을 떠나면, 사랑과 진리의 아버지께서 그대들을 돌보실 것이네. 그것을 믿고 기다리게나. 그대들이 아버지의 진리와 사랑 안에 있으면, 아버지께서도 그대들 안에 계실 것이네. 그것만이 그대들이 의지할 빛이고 힘이네.

행여 후일 나를 숭배할 생각일랑 하지도 말게나! 전에도 내가 말했지 않았던가? 나는 사람에게서 칭찬과 존경과 영광과 숭배를 받지 않는다고(요 5:41)! 숭배는 사랑이 아닌 두려움에 갇힌 종이나, 탐욕과 이기심에 젖은 사람들이 내뿜는 무지하고 어리석고 고약한 악취일 뿐이네. 우리 민족이 왜 이런 역사를 끝없이 살고 있는가? 아버지를 사랑할 줄 모르고, 두려움과 탐욕에 빠져 숭배하기만 해왔기 때문이지. 숭배로 빠지는 믿음은 믿음이 아니네!

나는 그대들을 종이 아니라, 하나님의 나라를 이 땅에 세우는 친구와 동지로 부른 것이네. 무엇 때문에 친구와 동지를 숭배하겠는가? 아버지 안에서 친구와 동지인 우리는 같은 목적과 뜻과 심정을 품고 나누고 돕는 한 형제자매이네. 아버지의 진리와 사랑의 영 안에서 나의 말을 깨닫고 나의 길을 따르는 사람이야말로 진정 나를 사랑하는 친구이고 동지이네.

나는 나를 위하여 그대들을 사랑한 것이 아니라, 그대들을 위하여 그대들을 사랑해왔네. 그러니 이제 그대들도 나를 위하여 나를 사랑하시게! 그것이 우리를 하나도 만드는 길이지. 나는 늘 그대들 곁에 있을 것이네. '내가 아버지 안에, 아버지가 내 안에! 그대들은 내 안에, 나는 그대들 안에! 언제나 어디서나 언제까지나!' 이것이 우리의 참된 삶이네.

부디 이 순서를 잊지 말게나. 그대들이 먼저 아버지와 내 안에 있어야 하네!

그렇지 않으면, 아버지와 나도 그대들 안에 있을 수 없네. 아버지는 하늘의 무서운 임금이 아니라, 사랑의 아버지이시지. 사랑은 아무것도 강제하지 않네. 내가 영원한 사랑이라는 것을 부디 잊지 마시게나. 이것이 그대들의 자유이고 기쁨이고 평화이고, 진정한 재산이고 영광이네.

누가 이것을 빼앗아가겠는가? 다시 말하지만, 그대들은 나의 친구이네! 그래서 자유와 기쁨과 평화 속에서 서로 사랑하라는 것이네. 친구를 위해서 목숨까지도 기꺼이 내어주는 사람이 진정한 친구이지. 그렇다고 앞으로 좋은 일만 있으리라는 기대는 하지도 말게나. 내가 죄와 악을 지적하기 때문에, 나를 싫어하고 거부하고 미워하는 세상은 또한 그대들도 그렇게 취급할 것이네. 그것은 내가 세상에 있어도 세상에 속한 사람이 아니기 때문이지. 그대들도 마찬가지이네. 그대들은 세상에 있는 그 날까지, 세상에 속한 사람이 되면 안 되네. 그것은 수치와 죽음과 파멸의 길이네.

그대들은 조금 있으면 나를 보지 못할 걸세. 그러나 조금 있으면 또 나를 볼 것이네. 나를 그대들에게서 떼어 놓는 자들은 기뻐하고, 그대들은 울며 애통하겠지. 그러나 어머니가 아기를 낳을 때가 오면 진통으로 근심하지만, 아기를 낳으면 큰 기쁨에 눈물을 흘리는 것 같이, 그대들도 그렇게 될 것이네.

어떤 일이 있어도 혼자서 짐을 지고 가는 것으로 생각하여, 근심과 두려움에 파묻히는 일이 없어야 하네. 왜냐면 나는 언제나 어디서나 언제까지나, 그대들 안에 살아 있기 때문이지. 전에 말한 것 같이, 외롭고 힘겨울수록 노래하고 춤을 추시게나! 그러면 우리는 효모와 밀반죽이 하나로 섞여 빵이 되는 것같이, 더욱 한 몸이 될 것이네. 나는 아버지에게서 세상에 왔다가 다시 세상을 떠나 아버지께로 가는 것이네. 그러니 그대들도 세상에 태어나 살다가 죽는 게 아니라, 세상에 왔다가 다시 아버지께로 돌아간다는 것을 잊지 마시게.

나는 이미 세상을 이겼네! 왜냐면 내가 패배를 모르시는 진리와 사랑의 아버지 안에 있기 때문이지. 그러니 내 안에 있는 그대들도 이미 이겨 놓고 싸우는 것이네. 조금 후면 그대들이 나를 버리고 흩어질 것이지만, 그대들은 다시 돌아올 것이네. 왜냐면 그것이 그대들의 운명이니까! 나는 그대들이 나를 버린다 해도, 전혀 미워하지 않네. 내가 어찌 그럴 수 있겠는가? 나는 나를 배신하거나 죽이는 자들도 미워하지 않네. 그들은 그것을 제 소망을 실현하고 하나님의 영광을 위한 일이라고 착각하지. 그러나 그것은 진리와 사랑을 부정하는 것이기에, 그들의 삶에는 영원한 수치와 처량한 몰락밖엔 없을 것이네. 그러니 그것은 도리어 불쌍히 여겨야 할 일이지, 어디 미워할 일이겠는가?

부디 그대들은 아버지의 진리와 사랑에 있어서 참사람이 되시게나! 세속적 야망을 위해서 큰 사람이 되려고 하는 것은 그대들의 길에 아예 없는 것이네. 오직 진리와 사랑의 영 안에서 항상 뚜렷이 굳게 서서, 창조적인 사고(思考)를 하시게. 진실로 나를 사랑하는 심정이 그것을 가르쳐줄 것이네. 성공, 안전, 보상을 추구하지 말게. 무엇을 바라고 나를 따르는 것은 추악한 일이네. 나는 그대들에게 세상이 좋아하는 것들을 줄 힘이 없네.

도전과 모험과 낯선 세계로 돌입하는 것을 두려워하지 말게. 두려움이야말로 그대들 안에서 모든 일을 망쳐놓는 끈질긴 빨강 도깨비라네. 항상 이 그릇된 세상에 의문을 품고 부정하며, 사랑과 진리로 거룩한 저항과 반란과 생명의 혁명을 꿈꾸고 행동하시게. 우리는 세상에 잘 적응하려는 게 아니라, 사람들의 부패한 마음과 죄악으로 가득한 세상을 뿌리부터 뒤집어 아버지께서 바라시는 참된 세상을 세우려는 것이기 때문이지.

나를 배신하는 자는 누구인가? 나와 나의 말과 행동이 세상에서 권력과 재산과 명예를 얻어 누리는 길인 양 가르치는 자, 그런 자들을 모아놓고 나를 잘 따르고 있다는 환상에 빠져서 사는 자, 나를 숭배하고 내 이름을 이용하여 권위나 세우고 섬기는 게 아니라 지배하며 부귀영화를 누리려고 하는 자, 그러고도 그것을 조금도 알지 못하는 자라네. 그때는 알아도 돌이킬 경계 너머로 지나치게 멀리 가서 돌아오지 못하지. 내가 이런 말을 하는 까닭은 성서에 나오듯이, 세상에는 언제나 거짓 예언자들이 유령처럼 출몰하기 때문이네."

6

랍비는 목이 말라 물을 마셨다. 그때 요한이 물었다. "랍비, 그저께 안드레와 제가 랍비를 뵙고 싶다는 그리스 청년 둘을 데려와 만나게 해드렸는데, 단독 회견을 요청한 그들과 무슨 이야기를 나누셨는지 궁금합니다."

랍비가 말했다. "아람어를 할 줄 아는 그 청년들은 알렉산드리아에서 온 사람들이네. 그들은 그리스 철학에 해박하고 알렉산드리아의 유대인 철학자 '필로'의 사상도 알고 있더군. 그리스 철학과 히브리 성서를 비교하며 공부하고 있다고 하네. 그러면서 내가 무엇을 주장하는 철인인지 궁금하다고 했지."

요한이 물었다. "그래서 랍비는 그들에게 철인이라고 하셨나요?"

랍비가 말했다. "태어나고 보니, 유대인이고 그리스인이고 로마인인 것이 사람의 운명이네. 그러니 그리스 철인이 이스라엘에 태어나 살면 예언자이고, 이스라엘 예언자가 그리스에 태어나 살면 철인이지. 비슷하게 말해서 알아듣게 해야 하니, 예언자라고 했지."

안드레가 물었다. "그들이 뭘 묻던가요?"

랍비가 말했다. "여러 이야기를 했지만, 요약하면 그들은 진리가 무엇인지를 물었네. 나는 그것은 말로 할 일이 아니라고 하며, 이렇게 비유해주었네. '밀알 하나가 땅에 떨어져 죽지 않으면 한 알 그대로 있지만, 죽으면 많은 열매를 맺는다.' 이렇게 살아보면 진리를 알 것이라고 했지."

요한이 말했다. "제가 보기에, 그리스인들은 진리에 대한 이론을 만드는데 관심이 많아 실천은 그리 중히 여기지 않지만, 우리 유대인은 먼저 살아보고 진리를 깨우치게 되는 것 같습니다."

랍비가 말했다. "그새 요한이 많이 발전했군. 계속 그 방향으로 나아가시게. 밀알 이야기는 그대들도 노상 들판에서 보니까 잘 아는 진리이지. 그처럼 아버지의 진리를 품에 안고 어둠의 땅속으로 들어가 자기를 죽이는 자는 반드시 영광의 빛으로 나올 것이네. 왜냐면 아버지께서는 나를 따르는 사람이 열매를 맺게 하여 빛나게 높여주실 것이기 때문이지. 그것은 세상이 추구하는 영광과는 전혀 다른 것이네. 밀알 같은 삶은 박해를 받거나 죽는다 해도, 영광의 길이라는 것을 잊지 말게.

이제 내가 할 말은 다 마친 것 같네. 그대들이 지금은 다 기억하지 못한다 해도, 상관하지 않네. 그대들 안에 있어 이끄시는 진리와 사랑의 영이 다 기억나게 해주실 것이네. 내 말과 똑같지는 않더라도, 비슷한 말씀을 그대들에게 주실 것이네. 그러니 언제나 아버지의 진리와 사랑 안에 머무르시게. 내가 떠난 후에는 그대들 안에 계신 아버지의 진리와 사랑의 영을 나로 알고 따르게."

7
———

독립투사 시몬은 그제야 랍비의 진심과 뜻을 알았는지, 눈빛이 달라졌다. 랍비는 마지막으로 기도하자고 하며, 서로 손을 잡게 했다. 랍비는 간단히 기도했다. "아버지, 저는 아버지께서 하라고 하신 모든 일을 마쳤습니다. 그러니 나를 따르는 이들을 진리로 거룩하게 하여, 내가 아버지 안에 있고, 아버지께서 내 안에 계신 것과 같이, 이들이 아버지와 내 안에 있어, 언제나 하나가 되게 해주십시오. 부디 이들을 악한 자에게서 지켜, 결단코 세상에 속하지 않는 사람으로 살아가게 인도해 주십시오. 이들이 언제나 아버지와 나의 참되고 거룩한 사랑 안에 있게 해주십시오. 아멘!"

마지막으로 랍비는 찬송가를 부르자고 했다. 그것은 우리 민족의 오래된 시에 붙인 노래로, 모세의 누이 미리암이 홍해를 건넌 후 부른 것이다. '하나님을 찬송하라. 그지없이 높으신 분, 말과 기병을 바다에 던져 넣으셨다.'(출 15:21) '언제나 하나님의 날개 아래 있는 이스라엘아! 승리와 영광이 너에게 있으니, 너는 복되다.'

간단하지만, 힘 있는 승리의 노래이다. 랍비도 이미 이겨 놓고 싸운다고 했기에, 적절한 노래였다. 우리는 세 번이나 힘차게 불렀다. 노래를 마친 후, 랍비는 막달라 미리암을 불러 따라오지 말고, 그 집에서 자는 게 좋겠다고 했다. 미리암은 의아한 표정을 지었지만, 랍비의 말대로 했다.

랍비는 성 밖 골짜기 건너편에 있는 올리브나무 숲으로 가자고 했다. 요한네 집에서 잘 줄 알았던 우리는 웅성거리며 따라나섰다. 밤이 깊어졌는데도, 등불로 환한 집마다 유월절을 보내느라 노래가 들려왔다. 사람들은 그 숲에 올리브를 짜는 기름틀 집이 있어서, '겟세마네'라 불렀다. 우리는 물이 마른 '기드론' 골짜기를 지나 올리브 동산으로 갔다. 그곳에서 돌아보니, 예루살렘 성전 일대가 횃불로 환했다. 나는 며칠 전 랍비가 성전을 바라보고 눈물지으며 말하던 모습을 떠올리며, 하나님이 구원하러 오신 때를 알지 못하고 여전히 하나님을 위한다며, 명절 축제에 빠져 지내는 사람들이 안타깝기만 했다.

랍비는 오늘 밤은 이곳에서 지낼 것이니, 우리에게 깨어서 기도하라고 하고는, 홀로 저만치 떨어진 어두운 곳으로 갔다. 우리는 기도하러 각기 흩어졌다. 그러나 잠시 기도하는 소리가 들리더니, 이내 조용해졌다. 아침부터 쉴 틈 없이 하루를 보내서 피곤했으리라. 아무 소리도 들리지 않자, 나는 눈을 뜨고 둘러보았다. 모두 겉옷을 벗어 이불로 삼아, 각기 나무를 등지고 앉거나 서로 등을 기대고 누워 자고 있었다. 사위가 고요하기만 했다.

그때 내가 요한과 눈이 마주쳤다. 그런데 랍비 있는 곳에서 작은 신음이 들려왔다. 나는 요한에게 손짓하여 살며시 일어나, 랍비에게서 조금 떨어진 곳에 있는 무척 굵고 커다란 올리브나무 뒤에 숨어서 지켜보았다.

랍비는 여러 번 멈췄다가 반복하며 기도했다. "아버지, 될 수만 있으면 이 시간이 저에게서 비껴가게 해주십시오. …. 아빠(Abba, 아람어)! 아버지는 모든 일을 하실 수 있으니, 저에게서 이 잔을 거두어 주십시오. … …. 그러나 아버지, 제 뜻대로 하지 마시고 아버지의 뜻대로 되기를 바랍니다." 그리고는 길고 긴 침묵뿐이었다.

요한과 나는 그 말을 기억했다. 한참 후에 일어난 랍비는 잠든 형제들 쪽으로 갔다. 우리를 발견하지 못한 랍비는 곤히 자는 형제들을 바라보며 낮은 소리로 혼잣말을 하는 것이었다. "아, 그대들. 자는구나! 잠시도 깨어서 기도할 수 없단 말인가?" 그리고는 돌아서서 다시 그 자리로 가서 엎드려, 들리지 않는 말을 하다가 침묵했다.

랍비가 세상을 떠난 후, 요한과 나는 이 일을 이야기했다. 우리는 어째서 랍비가 스스로 여기까지 온 것인데, 이 잔을 거두어 달라 하고, 하나님을 아빠라고 불렀는지, 오래도록 이야기를 나누었다. 우리는 이런 말을 주고받았다.

['이 잔을 거두어 달라'는 랍비의 기도는 랍비도 사람, 그것도 젊은 사람이니까 죽음을 두려워하신 것이다. 그렇지 않다면 사람이 아니시다. 그러니 그것은 랍비의 나약함이 아니라, 진정 인간다운 모습이시다! 그토록 우리 랍비는 인간적인 분이셨다.

또 그것은 예언자 요한이 랍비를 가리키며, "보라, 저분은 세상 죄를 지고 가는 하나님의 어린 양이시다!" 한 말처럼(친구 요한은 한때 그의 제자였다), 모든 인간이 평생 안팎에서 부딪히고 짓눌리며 겪는 슬픔과 번뇌, 상처와 상실, 고뇌와 고통, 무기력함과 외로움과 두려움 등의 한계와 하나가 된 랍비의 마음을 드러내신 절절한 소망이다. 그러니 랍비의 기도는 인간이 의식하거나 의식하지 못하거나, 누구나 갈망하는 참된 자유를 얻어 살고자 하는 본성을 대변하신 것이다. 따라서 랍비의 기도는 모든 인간의 고통과 소망을 자신의 몸으로 받아내어 짊어지고 삭여서, 구원의 새로운 세상을 여시려는 몸부림이다.

그리고 랍비가 하나님을 아빠라고 부르신 것은 가장 필요한 때에 전율할 침묵 속에서 부재할 뿐인 하나님을 더 가까이 느끼며, 자기와 인간을 향하신 하나님의 뜻과 소망을 수용하시려는 절실한 의지의 말이다. 그래서 사랑의 아빠이신 하나님의 뜻대로 따르는 것은 결단코 나쁜 일이 아니라고 생각하신 것이다.]

랍비의 심정과 생각을 어찌 짐작하랴마는, 이것이 요한과 내가 나눈 이야기였다. 랍비는 오래도록 침묵했다. 우리는 살며시 자리로 돌아왔다. 올리브나무 끝에 걸린 달의 움직임으로 보아, 두 시간 정도 지나 10시쯤 된 것 같았다. 요한과 나는 잠을 이룰 수 없었다.

8

그런데 저 아래쪽에서 열 개도 넘어 보이는 횃불이 기다란 줄을 이루어 흔들리는 것이 보였다. 우리는 웬 사람들이 이 유월절에 급히 어디를 가는가 했다. 그런데 그들은 점점 더 우리 쪽으로 다가오고 있었다. 무엇인가 직감한 요한과 나는 급히 형제들을 깨우고, 랍비에게 달려갔다. 몇몇 형제들은 왜 잠을 깨우느냐고 투정을 부렸다.

그들이 가까이 다가오자, 우리는 알아보았다. 랍비는 사태를 알아채고 우리 앞에 섰다. 제사장들과 바리새인들과 율법 학자들과 장로들 십여 명에, 칼과 몽둥이를 든 성전 경비병들 삼십여 명이 하인들에게 횃불을 들려 다가왔다. 경비병들이 둘러싸려고 하자, 놀란 형제 몇은 도망쳤다.

그러자 그들 속에서 가룟 유다가 앞으로 나오더니, 랍비를 포옹하며 뺨에 입을 맞추는 것이었다. 미리 그렇게 신호를 짠 것 같았다. 역시 유다였다! 랍비는 침착하게 유다에게 말했다. "사랑하는 유다! 그대는 입맞춤으로 나를 넘겨주는가? 아, 나는 그대에게 아낌없이 사랑의 물을 주었는데, 내 사랑이 그대 가슴속으로 스며들 만큼 되지 못했던가 보군! 그러나 나는 그대를 사랑하네. 그대도 곧 알게 될 걸세. 가여운 사람!" 그 말에 유다는 뒤로 물러서며 고개를 돌리고는 재빨리 어둠 속으로 사라졌다.

이윽고 경비병들이 다가와 랍비를 붙들려고 하자, 우리 중 몇이 재빠르게 달려들어 경비병들과 하인들을 밀치고 랍비를 가로막고 섰다. 그 바람에 경비병과 하인 몇이 넘어지고, 횃불들이 땅에 떨어져 어두워지며 밀고 당기는 혼란이 벌어졌다. 그 틈에 우리 중 누군가가 번개같이 칼을 휘둘렀는데, 그만 하인의 귀가 잘렸다. 독립투사 시몬인지 베드로인지 알 수 없었다. 그 하인은 비명을 지르고 귀를 붙잡고는 죽는다고 소리쳤다.

그 형제가 칼을 겨누고 휘두르자, 경비병들도 접근하지 못했다. 그러자 랍비는 앞으로 나가 그를 막아서며 준엄하게 말했다. "칼을 칼집에 도로 꽂게나. 칼을 쓰는 자는 모두 칼로 망하는 법이네." 그러자 "랍비, 안 됩니다!" 하는 목소리가 들렸다. 목소리의 주인공은 베드로였다.

랍비는 제사장들을 보고 말했다. "당신들은 강도를 잡듯이 칼과 몽둥이와 오랏줄을 가지고 왔소? 내가 날마다 당신들과 함께 있었으나, 당신들은 내게 손을 대지 못했소. 그때가 당신들의 때가 아니었기 때문이오. 그러나 지금은 당신들의 때, 어둠의 권세가 판을 치는 때요. 당신들이 찾는 사람은 바로 나요. 그러니 나의 친구들은 그냥 물러가게 두시오."

그들은 서로 무엇이라 상의하더니, 우리에게 "죽도록 고통을 겪지 않으려거든, 모두 꺼져!" 하고 말했다. 칼을 뺀 경비병들이 다가오자, 또 몇 형제가 도망쳤다. 두려움과 공포에 빠진 요한과 나, 베드로와 시몬은 몇 걸음 물러나 잠자코 서 있었다.

경비병들 절반은 랍비를 둘러싸고 오랏줄로 묶어 끌고 갔고, 다른 경비병들은 칼과 창을 우리에게 겨누고는 꼼짝도 하지 말라고 위협했고, 대장으로 보이는 사람은 "너희들, 제사장님의 자비로운 은덕인 줄 알아!" 하고 말했다. 그들은 우리에게 칼과 창을 겨누며 더 물러서게 하며, 따라나섰다가는 쥐도 새도 모르게 죽을 테니 그리 알라고 협박하며 떠났다.

9

[그 후의 일은 공개 장소를 제외하고는, 나도 알 수 없었다. 나중에 니고데모에게서 들은 이야기, 자기 아버지와 거래하던 현 대제사장 가야바와 은퇴한 그의 장인 대제사장 안나스를 알고 있던 요한, 그리고 나와 베드로와 독립투사 시몬이 목격한 것, 그리고 후일 우리 모임에 들어온 두 대제사장의 하인들과 로마 군대의 안토니아 병영에서 청소와 식사를 담당한 사람들의 이야기를 모은 것이다.]

그들이 골짜기로 내려갈 때쯤, 우리 네 사람은 뒤를 따라갔다. 요한이 앞장 섰다. 시내에 들어선 그들은 랍비를 어떤 저택으로 끌고 갔다. 요한은 그 집이 은퇴한 대제사장 '안나스'의 집이라고 했다. 나는 은퇴한 자가 어째서 랍비를 재판하려는가 물었다. 요한은 안나스의 사위인 '가야바'는 '핫바지 제사장'이라고 했다. 그래서 노회(老獪)하기 그지없는 안나스가 사위 뒤에서 성전뿐만 아니라, 나라의 모든 것을 조종하고 있다는 것을 알았다.

요한은 성품이 교활하고 권력과 재물 욕심이 많은 안나스가 로마에 막대한 뇌물을 바치고 대제사장 자리를 대대로 꿰찼다고 했다. 아들들에 이어 사위에게 그 자리를 물려준 것이란다. 나는 그때야 랍비가 제사장들이 상인들에게 웃돈을 받아 처먹는다고 한 말의 실상을 알게 되었다. 아, 우리 지도층이 그렇게까지 타락한 줄 몰랐다.

그 집의 집사장을 잘 알고 있었던 요한이 인사를 하고, 자기 사촌 형님들과 친구라고 하면서 베드로와 시몬과 나를 데리고 바깥마당으로 들어갔다. 그러나 안뜰 입구는 경비병들이 지키고 있어서 우리 세 사람은 들어가지 못하고, 집사가 요한만 데리고 들어갔다. 베드로와 시몬과 나는 구석에서 서성이며 안쪽을 엿보았다. 마당 한쪽에는 커다랗고 둥근 돌에 장작불을 피워 놓았고, 남녀 하인들이 설거지와 잔일을 정리하는지 부산스레 오갔다.

안에서 무슨 일이 벌어지고 있는지 아무것도 알 수 없어 초조해진 베드로가 기웃거리자, 지나가던 하녀가 다가와, "당신도 저 나사렛 사람 예수아와 함께 다닌 제자 가운데 한 사람 아닌가요?" 하고 말했다. 그 하녀는 그것을 알고 말한 것이 아니라, 낯선 사람이 들어와 안쪽을 살피며 목을 빼고 있는 것을 보고 짐작으로 물은 것이었다.

그러자 베드로는 펄쩍 뛰면서, "당신, 무슨 말을 하는 거요? 나는 저 사람을 알지도 못해요. 그냥 이 유월절 좋은 날, 경비병들이 창을 들고 저 사람을 체포하여 이 집으로 들어오기에 호기심에 따라온 것이오!" 하며 딴청을 피웠다. 그런데 여자의 직감은 아무도 피해가지 못한다는 말처럼, 그 하녀는 잡아떼며 피하는 베드로가 더욱 의심스러웠는지, 옆을 지나던 하인에게, "내가 보기에는 이 사람도 체포된 사람과 한패인 게 틀림없어요." 하고 말했다. 그 말에 베드로는 다시금 잡아떼며 얼떨결에 들어와 구경했을 뿐이라고 했다.

자괴감에 몸과 마음에 한기를 느낀 베드로는 불을 쬐고 있던 하인들 곁으로 갔다. 그러자 어떤 하인이 베드로의 얼굴을 빤히 쳐다보며, "내가 알기로, 당신의 말투는 분명히 갈릴리 사투리요. 그러니 당신도 틀림없이 저 나사렛 사람과 한패인 게 맞소." 하고 말하자, 베드로는 "이런 염병할! 그럼, 갈릴리 사투리를 쓰는 모든 사람이 저 사람과 한패란 말이오? 무슨 말도 안 되는 소리를 하시오? 나는 당신들이 말하는 저 사람을 알지도 못해요!"

그러자 곧 닭이 울었다. 그 소리를 들은 베드로는 랍비의 말이 생각났던지, 밖으로 뛰쳐나가 엎드려져 울었다. 잠시 파란 천사가 사라지고, 빨강 도깨비가 이긴 것이었다. 베드로를 따라 나온 시몬과 나는 아무런 할 말이 없어서 우두커니 서 있었다. 시몬과 나도 나약하고 비겁하기는 마찬가지였으니까. 만일 하녀와 하인들이 나에게 그 말을 했더라면, 어떻게 대답했을까 하는 생각이 들자, 오싹한 기분이었다.

10

안에서는 신문(訊問)이 진행되었다. 안나스가 랍비에게 그동안의 가르침과 제자들을 묻자, 이렇게 대답했다. "나는 지금까지 모든 것을 드러내 놓고 세상에 말했소. 나는 언제나 회당과 길거리와 언덕, 성전과 광장에서 가르쳤고, 아무것도 숨긴 게 없소. 그런데 어찌하여 나에게 묻는 것이오? 내가 무슨 말을 하고 어떤 행동을 했는지, 그들이 잘 알고 있을 것이니, 그들에게 물어보시오."

그러자 곁에 섰던 경비대장이 "버릇없이, 그게 어디 대제사장님 어르신에게 할 말이냐?" 하고 손바닥으로 랍비의 뺨을 후려갈겼다. 랍비 입에서는 피가 흘렀다. 그러자 랍비는 그를 똑바로 바라보며, "내가 한 말에 잘못이 있다면, 그 증거를 대시오. 그러나 내가 한 말이 옳다면, 어째서 나를 때리시오?" 하고 말하자, 그는 아무런 말도 하지 못하고 뒤로 물러섰다.

교활한 미소를 지으며 그 모습이 흥미롭다는 듯 바라보던 안나스는 마치 손자를 달래듯 말했다. "보시오, 젊은 예언자! 병자를 고치고 기적을 행하여 고통받는 백성을 기쁘게 해주는 일을 누가 뭐라 하오? 그거야 백성을 사랑하시는 하나님의 일을 대신하는 것이니까, 고맙기 그지없는 일이오.

그런데 젊은 양반, 세상은 그리 만만한 게 아니라오. 세상에 부정과 부패가 없는 곳이 어디 있소? 세상은 천국이 아니라오. 사람이 밖으로 나다니면 얼굴과 손발과 옷에 먼지가 묻듯이, 부정부패는 살아가는 동안 어쩔 수 없이 묻는 먼지 같은 것이오. 악은 선을 돋보이게 하고, 어둠은 빛을 찬란하게 드러내고, 불의는 의를, 부패는 정직함을 도드라지게 하는 법이오. 그러니 세상에는 둘 다 적당히 필요한 것이오. 그래서 세상을 좀 더 좋게 만들려고 성전과 율법과 전통이 있는 게 아니겠소? 그것은 당신도 잘 알 것이오.

발효하지도 않아 딱딱하고 맛대가리 없는 유월절 개떡을 먹는 것보다는, 고소하고 부드러운 빵에 꿀을 발라 먹는 게 훨씬 더 맛있는 게 아니오? 내 생각에 당신은 세상을 지나치게 흑백논리의 이분법으로 보는 것 같소. 그러나 세상은 그런 게 아니라오. 하기야 이분법은 내 편과 적을 쫙 갈라서 보니, 지극히 간단하고 편리하기도 하지. 이것이 바로 자기네만 의로운 체하는 고약하기 짝이 없는 저 광야 수도원의 '에세네파' 녀석들과 폭력을 써서 민족을 해방하고 자유를 되찾아야 한다는 독립투사 '젤롯파' 놈들이 밤낮 부르짖는 흑백논리의 이분법이고 주장이라는 것은 당신도 잘 알 것이오.

그래, 당신을 따라다니는 제자들은 당신이 바라는 만큼 좋은 인간으로 개선되었소? 아닐 것이오. 인간이 그렇게 쉽게 변한다면야, 세상이 어째서 이러하겠소? 인간이란 안팎이 두루 썩어 문드러진 존재라오. 나도 물론 깨끗한 인간은 아니오. 그러나 최선을 다해서 하나님의 뜻을 따라, 우리 백성을 가르치고 민족을 지켜왔다고 자부할 수 있소. 당신이 규탄하며 무너질 것이라고 저주한 성전? 물론 성전에도 썩은 것은 많소. 그것은 우리 제사장들도 썩은 자들이 많기 때문이오. 그러나 당신처럼 모든 데서 깨끗하기를 바란다면, 차라리 천사들을 데려오는 게 좋을 것이오!

물이 더럽다고, 목욕시키던 아이까지 내버려야 하오? 젊은 양반, 세상을 그렇게 흑백논리로 보자면, 한도 끝도 없는 것이오. 더러운 것이나마 그런대로 규제하고 고쳐가며 쓰는 게 현명한 것이라오. 이것이 그동안 이 늙은이가 배운 인생의 지혜라는 것이오. 그렇지 않소? 예언자들은 항상 흑백논리지. 자기들만 의로운 체하고 말이야. 그래, 예언자들이 나라를 구한 적이 있소?"

랍비는 침묵하기만 했다.

그러자 대제사장이라는 권위를 생각하는 체면상 짐짓 분노를 억누른 안나스가 이렇게 말했다. "오호라, 묵묵부답이시라! 나를 간교한 늙은 구렁이쯤으로 보는가 보군. 좋소. 젊은이는 누구나 왕성한 혈기에 실수할 수 있는 것이오. 실수 없다는 놈은 진짜 거짓말쟁이지. 젊은 양반, 지금이라도 실수했다고 인정하면, 아무 일 없는 것이오. 말이라고 다 진실이 아니고 거짓이 섞여 있고, 욕설도 다 거짓이 아니고 일말의 진실은 있는 법이니까! 당신도 랍비라고 하니, 그 박식한 지식을 우리와 함께하며, 이 백성을 위해 사용하면 얼마나 좋겠소? 그런 것은 생각해 본 적 없소?"

랍비는 여전히 침묵했다. 더는 할 말이 없었는지, 안나스는 랍비를 바라보며 혀를 끌끌 차더니, 사위 가야바의 저택으로 끌고 가라고 말했다. 경비병들은 랍비를 때리거나 빨리 가라고 등을 밀쳤다. 경비병들에게 끌려 밖으로 나온 랍비는 마침 대문 밖에서 서성이던 베드로와 순간 눈이 마주쳤다. 랍비는 잠시 멈춰 서서 베드로를 똑바로 보았다. 그것은 원망의 눈빛이 아닌, 동정과 이해의 눈빛이었다. 그들이 재촉하며 랍비를 끌고 간 후, 베드로는 비통하게 울며 어디론가 사라졌다.

11

예루살렘에서 가장 넓고 화려한 가야바의 커다란 저택에는 이미 소집해 놓은 산헤드린 의회원들이 거의 모여 있었다. 요한만 그 집에 들어갔다. 마당에 들어서자마자 대제사장의 권세를 업고 호가호위(狐假虎威)하는 경비병들은 주먹으로 랍비를 치고 발길질을 하고 얼굴에 침을 뱉었다. 한 경비병이 뒤에서 랍비의 눈을 가리자, 다른 경비병이 다시금 랍비의 뺨을 후려치고는, "어이, 예언자 양반! 그렇게 만사를 잘 아신다니, 어디 당신을 때린 내가 누구인지, 내 운세가 어떻게 될 것인지 한 번 알아 맞혀보시지!" 했다.

그리고는 랍비를 널따란 응접실로 끌고 들어갔다. 매사에 점잖을 떨던 의회원들은 랍비를 보자마자 거친 폭언을 내뿜으며 모욕했다. 요한도 100여 명이 둘러앉아도 될 만큼, 그렇게도 넓고 화려한 응접실에는 들어가 본 적이 없었다고 한다. 얼마 후, 대제사장 가야바가 나오더니 웅성거리던 사람들을 조용하게 한 다음 물었다.

"젊은 양반, 당신은 예언자요?"

랍비는 말이 없었다.

가야바가 말했다. "오호, 증언 거부라? 좋소. 그러나 이 자리에서 침묵의 항의는 통하지 않소. 우리는 당신이 가버나움에서부터 오늘 낮까지 했던 모든 말과 행동을 다 알고 있으니, 피해갈 생각일랑 꿈도 꾸지 마시오. 이 자리에는 가버나움을 비롯한 갈릴리의 바리새파 의원들도 다 와 있소.

내가 방금 전해 듣기로, 당신은 장인어른께 무례할 정도로 묵묵부답으로 일관했다는데, 나한테까지 그럴 생각일랑 하지 마시오. 당신의 목숨은 나와 우리 손에 달려 있다는 것을 명심하시오! 장인어른의 말씀처럼, 젊은이는 누구나 실수하는 법이오. 그러면서 인생을 배우는 것이지. 그런데 내가 보기로, 당신은 어쩌다 실수한 게 아니고, 모든 것을 철저히 계산하고 의도적으로 저지른 것이오. 바로 그 점이 고약하단 말이오. 이것은 나뿐만 아니라, 여기 있는 의회원 누구나 동의하는 의견이오. 그러니 우리가 위선자가 아니라, 바로 당신이 매우 이중적인 위선자요! 그렇지 않소?"

랍비는 대답하지 않았다.

가야바가 말했다. "어째서 그런가를 내가 말해주겠소. 우리가 지금까지 모은 정보에 따르면, 당신은 갈릴리뿐 아니라, 그 더러운 배신자 종족의 땅인 사마리아까지 드나들며, 그들을 충동했소. 그들은 대개 병들고 가난하고 무지한 데다가, 우리에게 심한 적개심을 품은 자들이니까, 당신은 그것을 이용하여 부드러운 말로 위로하고, 여러 기적을 일으키면서 새로운 세상의 주인이라고 치켜세웠다지? 그러면서 더는 예루살렘 성전에서 제사하고 예배를 드릴 필요가 없다고까지 선동하고 말이야.

그것은 당신이 이곳에 들어온 이후 증명된 것이오. 당신은 마치 자기가 메시아인 것처럼 행세했소. 그에 관한 스가랴의 예언이야, 우리도 잘 알고 있소 (슥 9:9~11). 그러면 나귀 새끼를 타고 예루살렘으로 들어오는 자라고 해서, 모두 메시아란 말이오? 그렇다면 걸어 다닐 힘이 없어 나귀를 타고 이리로 들어오는 촌구석 노인네도 메시아겠구려? 안 그렇소? 그 예언은 다윗과 같은 왕을 말한 것이오. 그런데 당신은 왕이 아니질 않소? 그러니까 당신은 민중을 현혹한 위선자라는 말이오!

계다가 당신은 예루살렘에 들어온 이후 오늘 저녁까지, 제사장들과 바리새파와 율법 학자들과 장로들을 우리 민족의 원수인 양 떠벌였소. 우리가 나라와 민족을 위해서 얼마나 애를 쓰고 있는지, 당신은 아무것도 모를 것이오. 당신은 거룩한 하나님의 성전까지 모욕하며 거침없이 신성모독을 저질렀소. 당신 말대로 성전이 불타고 없어지면, 우리 유대 민족이 어떻게 될 것 같소? 지금도 해외에서 사는 동포들이 절기마다 찾아오는 이유가 뭐라고 생각하시오? 바로 이 성전 때문이오! 우리 유대인은 해외에 살아도 이 성전 때문에 위로와 희망을 얻고 사는 것이란 말이오!

당신이 세우려고 한다는 하나님의 나라라는 게 도대체 무엇이란 말이오? 그것은 자다가 봉창 뜯는 소리요! 그런 나라가 어느 땅에 있으며, 그 나라에는 왕이 없답디까? 당신이 다윗 대왕과 같은 메시아란 말이오? 다니엘서에는 인자(人子)가 하늘에서 내려온다고 말했소. 당신은 믿지 않겠지만, 우리도 그런 날이 하루빨리 오기를 기다리고 있소.

그러나 당신은 갈릴리 촌구석 나사렛의 목수 출신인 데다가, 다윗의 혈통도 아니고 왕도 아니질 않소? 그러니 당신은 메시아가 아니오. 당신은 위선자이고, 민중을 유혹하는 사탄의 부하이고, 우리 민족의 원수인 것이오!"

랍비가 아무 대답도 하지 않자, 가야바는 "여러분, 보시오. 지금 이 자는 내 말에 수긍하는 것이오. 지금까지 말한 것만으로도 이 자는 죽어야 마땅하오!" 하며 의회원들을 둘러보며 말했다. 그때 니고데모가 나서더니, 율법에 따라 증인 두세 사람의 증언이 있어야 한다고 말하며 랍비를 변호했다. 그러자 가야바는 "당신도 어느새 저 사람의 세자가 되었단 말이오?" 하고 힐난하며 쏘아붙였다. 그런데 여러 사람이 "그래도 사형선고라면 법은 법이니까, 나중을 위해서라도 절차를 따르는 것이 좋지 않을까요?" 하고 말했다.

가야바는 하는 수 없이 증인 세 사람을 호출했다. 물론 미리 짜놓은 각본이었을 것이다. 그들의 말 역시 안나스 집에서 한 것과 같았다. 랍비가 안식일에 일해도 된다, 정결 예법 같은 것은 지키지 않아도 된다, 예루살렘 성전에서만 예배드릴 일 없다, 성전이 무너지면 사흘 후에 자기 힘으로 다시 세운다고 했다는 것들 말이다.

가야바는 랍비에게 물었다. "당신은 자신을 메시아라고 생각하시오?"

이번에는 랍비가 대답했다. "그렇소. 나는 하나님이 보내신 메시아요! 그러나 당신들이 생각하고 기대하는 그런 메시아는 아니오! 당신들은 잘못 생각하는 것이오. 하늘에서 내려오는 인자나, 다윗 같은 대왕 메시아는 천 년이 백 번 흐른다 해도 오지 않을 것이오! 하나님의 나라는 사랑과 진리를 깨닫는 사람들을 통해서 퍼져나가는 새로운 세상이오!"

흥분한 가야바가 벌떡 일어나 소리쳤다. "아니, 이 자가 지금 무슨 말을 하는 거야! 그러면 예언자들이 거짓말을 했다는 것이냐? 더 나아가 하나님이 거짓 약속을 하셨단 말이냐? 여러분, 이 자는 이젠 하나님의 말씀까지 부정하고 있소! 이것은 하나님을 모독하는 것을 넘어서, 하나님을 부정하는 것과 마찬가지요! 더 무슨 증거가 필요하겠소?" 그리고는 니고데모를 흘겨봤다.

그러자 모두 그의 말에 사형이 마땅하다고 외치며 동의했다. 그러나 유대인은 사형을 집행할 권한이 없었기에, 랍비를 '로마 총독 빌라도'에게 데려가 그의 허락을 받아내야 했다. 여러 사람이 "그런데 총독이 허락할까?" 하면서 수군대자, 가야바는 "거, 무슨 쓸데없는 소리요! 허락을 받아내는 것이 아니라, 허락하게끔 만들면 되는 게요! 내겐 그런 방책이 다 있어요!" 하고 쏘아붙였다.

12

시간이 흘러 새벽이 되었다. 그들은 랍비를 끌고 총독 관저로 갔다. 랍비를 바라보는 나는 가슴이 타들어 갔다. 지중해변 '가이사리아'의 관저에 머물던 총독은 유월절을 맞아 반란과 혁명을 예방하기 위하여, 중대 병력을 이끌고 '안토니아 요새'에 들어와 있었다. 군인 출신인 '폰티우스 필라투스'는 로마의 팔레스티나 5대 총독으로(서기 26~36년), 사법과 군사와 행정 등 막강한 권한을 가지고 사마리아와 유대를 지배한 장관이었다.

뇌물을 좋아하고 성품이 잔혹한 사람인 그는 자신의 자리 보존과 더 나을 출세를 위해 끊임없이 로마의 유력인사들에게 뇌물을 바쳤고, 예루살렘에 독수리 문양을 새긴 로마 군대의 깃발을 들고 들어오거나 요새로 수도(水道)를 건설한 비용을 성전 금고에서 강제로 지출하게 하여, 그에 항의하는 유대인들을 짓밟았던 일도 있었다. 그래서 로마에 그의 뒤를 봐주는 고관들이 여럿 있다고 한다. 그런데 간교한 가야바는 바로 강점이 약점이 되는 게 인생의 야릇한 점이라는 것을 간파하고, 그런 말을 한 것이었다.

사마리아와 유대가 로마 총독 직할 체제로 편입된 것은 헤롯 대왕의 아들 '아르켈라우스'의 악정이 황제에게 고발되어 가울(Gaul, 프랑스) 지방으로 추방된 후부터였다(서기 6년 이후). 랍비의 어린 시절에 일어난 일이었다. 그나마 이두매 혈통의 반쪽 유대인인 헤롯 가문이 다스렸다면 백성의 형편이 좀 나았을 터인데, 어떻게 된 게 우리 민족은 스스로 다스릴 능력이 없는지, 자꾸만 불행을 끌어모았다.

새벽에 난리를 피우는 유대 지도층 때문에 잠을 설친 총독은 하품을 몰아대며 매우 언짢은 표정으로 투덜거리며 나왔다. 유대인들은 이방인 구역에 들어가지 않기 때문에, 가야바는 총독을 회랑으로 불러냈다. 그것이 더욱 못마땅한 빌라도는 거친 말을 뱉으며 하는 수 없이 다가왔다. 그렇다고 대제사장을 함부로 취급할 수도 없었다. 가야바로부터 고발 내용을 들은 그는 랍비를 로마 군인들에게 넘기라고 하여 관저 안으로 들어오게 했다.

빌라도는 랍비를 건물 안으로 데려가 신문했다. "자, 나는 방금 유대인 대제사장으로부터 당신에 대한 고발 사건의 내용을 들었소. 그들은 당신을 사형에 처해야 한다고 했소. 그러나 사형은 로마에 항거한 반란자에게만 내리는 것이오. 그러면 당신은 반란을 모의하고는, 우리 로마 군대를 내몰고 당신네 유대인들이 말하는 메시아인 왕이 되려고 하는 것이오?"

랍비는 침착하게 말했다. "당신의 그 말은 당신의 생각에서 나온 것이오? 그렇지 않으면 나에 관하여 다른 사람들이 말하여 준 것이오? 나는 당신이 로마 법에 따라 공정하게 판결해주기를 바랄 뿐이오. 나는 그런 식의 메시아도 아니고 왕이 될 생각조차도 없소."

"그런데 저들이 어째서 당신에게 이미 사형선고를 내리고 나에게 데려온 것이오? 도대체 당신은 무슨 일을 하였소?"

"내 나라는 이 세상에 속한 것이 아니오. 나의 나라가 이 세상에 속한 것이라면, 나의 형제들이 싸워서 나를 저들의 손에 넘어가지 않게 했을 것이오. 그러나 내 나라는 이 세상에 속한 것이 아니기에, 그렇게 할 필요가 없소."

"그러면 나라의 성격이 다르다 해도, 당신은 왕이라는 말이 아니오?"

"그렇소. 당신이 말한 대로 나는 왕이오. 나는 진리를 증언하기 위하여 태어났으며, 지금까지 진리를 증언하며 걸어왔소. 진리에 속한 사람은 누구나 내가 하는 말을 듣소. 내가 이 땅에 세우려는 나라는 진리의 나라요!"

"도대체 당신의 그 진리란 게 뭐요?"

랍비는 침묵했다.

13

밖으로 나온 빌라도는 "내가 이것저것 물으며 살펴보니, 저 사람은 사형받을 만한 반란 혐의가 아무것도 없소. 진리의 나라 왕이라고 하는데, 종교 문제를 가지고 어떻게 사형을 시킨단 말이오? 로마법에도 그런 것은 없소. 당신들도 잘 알다시피, 로마는 어느 종교나 관용하고 자유를 보장하는 너그러운 제국이오. 그래서 당신들도 혜택을 보고 있는 게 아니오? 그러니 정 사형시키려면 당신들이 데려가서 하시오."

그러자 가야바 대제사장은 "우리에게는 사형을 선고하기는 해도 집행할 권한이 없다는 것을 당신도 잘 알면서 그런 말을 하시오? 공연히 어물쩍 넘어갈 생각일랑 마시오. 우리는 얼마든지 당신을 그 자리에서 끌어내릴 수도 있소! 정 그렇게 되기를 바라시오?" 하고 위협하며 대들었다.

빌라도가 말했다. "아니, 죄가 없는데 어떻게 사형을 시킨단 말이오? 반란자에게만 사형하는 게 로마 법이란 것은 당신들도 알지 않소? 내가 보아하니, 이 문제는 당신네 종교에 관련된 일이오. 말했다시피, 로마는 종교에 관한 한, 아무것도 간섭하지 않는단 말이오!"

가야바가 말했다. "우리 율법에 따르면 그는 마땅히 사형감이오. 왜냐? 그는 우리 율법과 성전과 종교를 폐지해야 한다고 떠들며 민중을 선동하고 현혹했기 때문이오. 게다가 그는 자기가 메시아이고 하나님의 아들이라고 말했소이다. 따라서 이것은 종교 문제만이 아니오!

우리 정보에 따르면, 로마 축출과 자유를 부르짖는 젤롯파가 이미 도성과 주변 곳곳에 숨어들어와 대기하고 있소. 그가 명령을 내리면 젤롯파가 움직일 것이기에, 반란은 시간 문제란 말이오! 당신은 그래도 좋소? 우리 법정은 이미 사형을 선고했소. 그러니 당신은 허락만 하면 되는 일이오. 그에 대한 책임은 우리가 질 것이니, 그 점에 대해서는 아무것도 걱정하지 마시오. 혹여 문제가 발생하면, 우리가 로마 황제에게 당신을 잘 변호해주겠소."

그들이 오로지 사형집행만 바라는 것을 안 빌라도는 이런 제안을 했다. "그러나 나는 당신들의 말을 그대로 믿을 수는 없소. 나중에 딴소리를 잘하는 게 유대인들이니까 말이오. 그러면 좋소. 당신네 명절에는 죄수 한 사람을 사면해주는 관례가 있고, 이 사람은 사형을 받을 만한 죄가 없으니, 대신에 사형수 '바라바'를 처형하는 게 좋지 않소? 그는 당신네 지도층을 죽여 율법도 어기고, 로마 군인들을 암살하고 로마법도 깨뜨린 자이니, 서로 좋은 게 아니겠소?"

그 말에 그들이 주먹을 흔들며 "바라바를 사면하시오, 바라바를 사면하시오!" 하고 외치자, 성전 경비병들과 하인들도 눈치를 살피며 모두 따라 말했다. 밖이 소란스러워 잠을 설친 사람들이 하나둘씩 구경하러 나오고 있었다.

그러자 어처구니없다는 표정으로 빌라도가 말했다. "아니, 무슨 말을 하는 것이오? 바라바는 분명히 살인하지 말라는 당신네 율법과 우리 로마 군인들을 죽여서 로마법을 어긴 암살자이고, 저 사람은 그저 당신네 종교에 관련된 것뿐인데, 어째서 바라바를 사면해달라는 것이오? 그것은 우리 로마법이 허락하지 않소! 사형받을 만한 일을 저지르지도 않았는데 사형을 시키면, 천하 인민들에게 평화를 가져다주며 보호하는 우리 로마 제국과 황제 폐하의 평판만 나빠지고, 나도 반드시 문책을 받을 것이란 말이오."

화가 난 빌라도는 안으로 들어갔다. 그러나 그들은 여전히 바라바를 풀어주라고 아우성을 쳤다. 빌라도는 '저 유대인들이란!' 하며, 그들이 혹시 마음이 바뀔까 하는 생각에 감성에 호소하려는 듯, 대대장을 부르더니 랍비를 적당히 고문하라고 명령했다. 군인들은 랍비를 병영으로 데려가, 가시나무 왕관을 엮어서 머리에 푹 씌우고, 옷을 벗기고, 끝에 날카로운 쇳조각과 뼛조각들을 단 가죽 채찍으로 등을 내리쳐 살을 찢고, 자색 옷을 입힌 뒤 얼굴을 때리며, '유대인의 왕 만세!' 하고 조롱하고 모욕했다. 랍비의 얼굴과 입과 등에서는 피가 줄줄 흘러내렸다.

그러자 빌라도는 밖으로 나와, "내가 저 사람을 당신들 앞에 데려오겠소. 나는 저 사람에게서 아무 죄도 찾지 못했소. 그러니 나는 당신들이 그것을 알아 주기를 바라겠소." 하고 말하고는, 대답을 듣지도 않고 다시 들어가 랍비를 데리고 나왔다. 그리고는 "보시오, 이 사람이오!"(Ecce Homo) 하고 말했다. 그러자 그들은 "그 사람을 십자가에 못 박으시오, 십자가에 못 박으시오." 하고 아우성을 쳤다.

말이 통하지 않아 다시 랍비를 데리고 들어간 빌라도는 "당신은 도대체 누구요? 내가 사형을 받을 만한 죄를 아무리 찾아봐도 없는데, 도대체 당신을 어찌하면 좋겠소?" 하고 물었다. 랍비는 대답하지 않았다.

빌라도는 "어떻게 하면 당신을 살려줄까 고민하는 나에게 아무 말도 하지 않을 작정이오? 당신은 아직도 살날이 많은 젊은 사람인데, 죽음이 두렵지도 않소? 이쯤에서 적당히 타협하고 저들에게 한 번만 고개를 숙여 준다면, 아무 일 없이 걸어 나갈 게 아니오? 나에게는 당신을 사면할 권한도 있고, 십자가에 처형할 권한도 있다는 것을 모르시오?" 하고 말했다.

랍비가 말했다. "당신의 곤혹스러운 점은 나도 알고 있소. 그러나 저 위에서 주시지 않으면, 당신은 나를 어찌할 아무런 권한도 없소. 그러니 이것 역시 당신의 감당해야 할 운명이오. 그러므로 나를 당신에게 넘겨준 사람들의 죄가 더 큰 것이오."

빌라도는 '위'라는 말에 자기네 신들이나 우리 하나님을 의식한 것인지, 두려워하는 눈빛을 보이며 곤혹스러운 표정을 짓다가 다시 밖으로 나왔다. 그러나 그가 입을 열려는 그때, 대제사장의 사주를 받은 한 제사장이 외쳤다. "저 사람을 놓아준다면, 당신은 황제 폐하의 충신이 아니오! 자기를 왕이라고 하는 자는 누구나 황제 폐하의 반역자요! 만일 당신이 저 사람을 놓아준다면, 우리는 직접 로마로 가서 황제 폐하에게 당신을 고발하겠소!"

그런 말에 화들짝 놀란 빌라도는 다시 들어가 랍비를 데리고 나와 재판장의 자리에 앉아, 그들을 조롱하는 투로 이렇게 말했다. "보시오, 당신들의 왕이오!" 그러자 그들은 "저 사람은 우리의 왕이 아니오. 저 사람을 없애 버리시오. 십자가에 못 박으시오!" 하고 대들었다. 빌라도가 "당신들의 왕을 십자가에 못 박으란 말이오?" 하자, 가야바가 말했다. "우리에게는 황제 폐하밖에는 왕이 없소이다!"

아무것도 할 수 없게 된 빌라도는 안으로 들어가 대대장에게 랍비의 옷을 갈아입히고 바라바를 석방하라 말하고는, 그와 함께 로마인 암살에 가담했던 두 사람을 넘겨주라고 했다. 자신의 책임을 모면하려는 것이었다. 나중에 안 것이지만, 그 후 빌라도는 우리 땅을 총괄하는 시리아 사령관 총독도 문제 삼지 않아, 8년이나 더 총독 자리에 있었다.

랍비를 넘겨받은 가야바는 총독에게 오전 8시에 처형장으로 갈 것이라 말하고는, 다시 자기 집으로 데려갔다. 두 죄수는 로마 군인들이 데려오라고 했다. 멀리서 얼굴이 말이 아니게 망가진 랍비의 모습을 바라보던 요한과 시몬과 나, 그리고 소식을 듣고 달려온 막달라 미리암은 고통과 절망감에 휩싸였다. 다시 그 집으로 들어갔던 요한은 우리에게, 그들이 랍비를 또 때리고 모욕하고 침을 뱉고 발길질과 채찍질을 한 것을 눈물로 말했다.

14

랍비를 끌고 나온 성전 경비대원들은 두 죄수를 끌고 온 로마 병사들에게 랍비를 인계했다. 그들은 미리 준비해둔 십자가의 '가로대'를 랍비의 어깨에 메우고는, 서쪽의 '게나스' 문으로 나가 '골고다'로 갔다. 수많은 사람이 구경하며 따랐다.

우리는 조금 떨어져 따라갔다. 나는 휘청거리는 미리암을 부축했다. 그런데 그때 누군가 뒤에서 내 이름을 부르는 것이었다. 돌아보니, 랍비 어머니 미리암이었다. 다가온 어머니는 처절한 표정으로 우리를 끌어안고 울었다. 경비병들이 군중을 막아서며 채찍을 휘둘렀기에, 우리는 조금도 랍비에게 접근할 수 없었다.

그때, 그간 제대로 음식도 먹지 않은 데다가 밤새 시달린 랍비는 얼굴에서 흐르는 피와 땀으로 눈을 뜰 수 없었는지, 얼마쯤 가다가 나무와 함께 바닥으로 넘어지며 얼굴을 찧고 말았다. 그 모습을 본 어머니가 사람들을 헤치고 앞으로 나서 로마 병사들과 실랑이를 벌이다가 뒤로 밀쳐졌다. 나는 어머니를 일으키며, "이분은 랍비의 어머니이시오!" 하고 외쳤다. 그러나 병사들은 우리 말을 알아듣지 못했다. 요한이 다시 나서서 항의하자, 우리 말을 아는 장교가 다가와 "너, 죽고 싶어? 너도 이 사람의 제자냐?" 하고 말하며 위협했다.

그런데 병사들이 한눈을 파는 사이, 좋은 옷을 입은 어떤 여인이 재빠르게 나와 물을 묻힌 수건으로 랍비의 얼굴을 닦아주는 것이었다. 랍비는 고맙다는 표정으로 잠시 여인의 얼굴을 바라보았다. 뒤늦게 그것을 본 병사들이 소리치며 창으로 위협하자, 그녀는 똑바로 서서 그들을 노려봤다. 대단히 위엄이 있는 모습이었다. 그러자 병사들은 그 여인을 알고 있는 듯 멈칫하고는, 랍비를 일으켜 다시 나무를 지워주고 빨리 가라고 다그쳤다.

기진맥진한 랍비는 여러 번 넘어졌다. 그때마다 어머니의 절규와 신음은 지금도 내 뇌리에서 떠나질 않는다. 랍비가 마지막으로 쓰러졌을 때는, 나무를 지고 갈 힘조차 없었다. 그러자 한 병사가 어떤 젊은이를 강제로 끌어내 대신 짊어지고 가게 했다. 유심히 보니, 지난번 광장에서 랍비의 말씀을 들었던 '리비아 구레네'에서 온 유대인 '시몬'이었다.

이윽고 골고다에 이르렀다. 병사들은 물조차도 주지 않았다. 좁고 깊은 구덩이 세 개를 간격을 띄어 파놓고 기다리던 인부들은 먼저 어머니를 부르며 울부짖는 두 사람을 끌어다가, 양쪽 구덩이 위에 밑이 가도록 뉘어 놓은 수직 기둥에 눕히고는, 메고 온 가로대에 양팔을 벌려 손바닥에 커다란 대못을 박은 후 손목을 묶었다. 그들의 비명에 지켜보던 이들은 모두 오싹했다. 어떤 여인들은 입을 가리고 울었다.

그리고 수직 기둥 위쪽에 대못 두 개를 박아 가로대를 받쳐 기둥에 묶고, 죄수 머리 옆에는 "반란자"라는 죄명을 적은 패를 박고, 두 발을 받침대 위에 놓고 대못을 박아 몸이 떨어지지 않게 하고는, 여럿이 기둥을 일으켜 구덩이에 빠지게 세우고 돌과 흙으로 메워 쓰러지지 않게 했다. 두 사람은 기둥이 구덩이에 빠질 때 비명을 질렀다.

그 사이 랍비는 잠시 서서 예루살렘을 바라보다가, 어머니와 우리를 발견했다. 랍비의 얼굴은 무엇이라 형용할 수 없는 것이었다. 슬픔 아닌 슬픔, 절망 아닌 절망, 고통 아닌 고통, 체념 아닌 체념, 두려움 아닌 두려움, 만족 아닌 만족, 그리고 승리감 아닌 승리감, 희망 아닌 희망 등, 그 어떤 말로도 담을 수 없는 것이었다. 그 모든 것이면서도, 그 모든 것도 아니었다. 아니, 그것은 차라리 영광스러운 빛이 서린 거룩한 얼굴이었다! 우리는 통곡하는 어머니를 끌어안고 눈물을 흘릴 뿐이었다.

이윽고 랍비 차례가 되었다. 랍비 역시 양손에 못이 박힐 때와 수직 기둥이 쿵 하고 떨어질 때 비명을 질렀다. 뜻밖에도 죄명을 적은 나무 판에는 빌라도가 썼다는 "유대인의 왕 나사렛 예수"라는 글자가 새겨져 있었다(Iesus Nazarenus Rex Iudaeorum).

그때 형언할 수 없는 고통 속에서 랍비가 한 말은 지금도 내 몸과 마음을 아프게 하고 뜨겁게 한다. 랍비는 "나의 하나님, 나의 하나님, 왜 나를 버리십니까?" 하고 울부짖었다. 지나치게 가혹한 고통 때문에 발음이 분명치 않았지만, 나는 똑똑히 그렇게 들었다. 그러자 쳐다보던 제사장들과 바리새인들과 율법학자들과 장로들은 "저 사람이 엘리야 예언자를 부르는군! 어디 엘리야가 불의 전차를 타고 다시 와서 구해주는가 봅시다!" 하며 조롱했다.

후일 나는 랍비의 말씀을 절망의 언어가 아닌, 고난을 겪고 길을 몰라 헤매며 살아가는 우리 백성과 모든 인간의 슬픔과 고통과 한(恨)을 한몸에 짊어지고 풀기(해원·解冤) 위해 떠나는 선언으로 보았다. 왜냐면 그 말은 끝에서 하나님의 구원을 말하며 마치는 시의 첫머리였기 때문이었다(시 22). 잠시 후, 랍비는 큰소리로 "아버지, 저 사람들을 용서해주십시오. 그들은 자기들이 무슨 일을 하는지를 알지 못합니다!" 하고 외쳤다. 그러자 지도층 가운데 어떤 이는 "흥, 자기가 뭐라고 우리를 용서한다는 것인가?" 하고, 어떤 이는 곰곰이 듣기만 하고, 어떤 이들은 뒤로 돌아서서 애써 외면했다.

울고 있는 어머니를 본 랍비는 말했다. "어머니, 아들이에요!" 고통이 더 심해지자, 띄엄띄엄 말했다. "어머니, 평화로운 시절에는… 아들이 어머니를 묻고, … 전쟁 때는 어머니가 아들을 묻어요." 어머니는 가슴을 부여잡고 통곡하다가 주저앉았다. 랍비는 나를 보고는, "호세아, 이분이 그대 어머니이시네!" 하고 말했다. 나는 눈물만 흘렸다.

이윽고 랍비는 하늘을 바라보며 마지막 힘을 쥐어짜 말했다. "아 아버지…, 주님의 나라를…!" 랍비의 눈에서는 피눈물이 뚝뚝 흘러내렸다. 이윽고 랍비는 엷은 미소를 지으며 하늘을 바라보다가, "아버지, 다 이루었습니다!" 하고는, 머리를 떨어뜨리고 숨을 거두었다. 어머니와 우리는 눈물과 오열 속에 오래도록 랍비를 바라보았다. 어머니는 무엇이라 중얼거리며 혼잣말을 했다. 내가 알아들은 것은 "예수아~!" 하는 말뿐이었다.

잠시 후, 어떤 중년 남자가 하인들을 데리고 와서, 병사들에게 빌라도의 서명 문서를 내밀며 랍비의 시신을 내려달라고 말했다. 나중에 안 사실인데, 그는 의회원인 "아리마대 요셉"으로 예루살렘의 큰 부자였다. 이윽고 랍비의 시신이 내려오자, 어머니는 오른팔로 사랑하는 아들의 머리를 받쳐 안고, 왼손으로 어깨에 두른 숄을 벗어 얼굴을 닦아준 후 시신을 감싸고는, 머리칼과 얼굴을 쓰다듬고 입을 맞춘 다음, 이내 아들의 가슴에 얼굴을 파묻고는 오랫동안 하염없이 울었다.

로마 군인들이 떠난 후, 요셉은 아마포로 시신을 감싸고는 하인들을 시켜 들것으로 옮겨, 기드론 골짜기를 마주한 바위를 깎아 만든 자기 가족의 무덤에 안치했다. 그때 그와 친밀한 사이로 보이는 니고데모는 방부제로 쓰는 몰약 섞은 향료를 많이 가져와, 랍비의 시신에 발랐다. 장례를 마치자, 하인들이 입구에 설치한 둥근 돌을 굴려 동굴을 막았다.

오래도록 그 앞에서 망연자실하게 서 있던 요한과 시몬과 나는 기운을 잃은 어머니를 모시고 요한네 집으로 가겠다고 했는데, 막달라 미리암은 랍비를 여기에 홀로 두고 어떻게 가느냐고 울면서, 그곳에 있겠다고 했다.

17장

빈 무덤

이튿날 안식일 오후에 돌아온 미리암은 눈이 퉁퉁 불어 있었다. 요한이 빵을 건넸으나, 먹지 않았다. 그리고는 내내 황망한 슬픔에 지쳐 멍한 얼굴뿐이었다. 내가 랍비 어머니를 생각해서라도 그러면 안 된다고 하자, 그때야 정신을 차리고 빵을 조금 먹고는, 어머니를 끌어안고 위로하며 손을 잡았다. 어머니는 이내 몸을 가누지 못하고, 그만 누워 신음하기만 했다. 지옥 같은 고통이었다.

어디로 갔다가 다시금 요한네 집으로 찾아든 베드로와 다른 형제들은 수치감으로 가득한 얼굴로 절망 어린 탄식만 내뱉었다. 온통 흙빛이 된 베드로의 얼굴은 퉁퉁 부어 있었다. 그는 쉬지도 않고 "이 몹쓸 놈이, 아 이 몹쓸 놈이!" 하면서, 주먹으로 머리를 치고 쥐어뜯다가 엎어져 꺽꺽 울기만 했다. 아무리 말려도 듣지 않았다. 다른 형제들은 눈이 텅 빈 허공이 되어 뜰만 바라볼 뿐이었다.

요한과 나는 아무 말도 하지 않았다. 집안은 끝도 모를 무겁기 그지없는 정적과 침묵만 흘렀고, 이따금 우는 소리가 들렸다.

인생에서 가장 길고 긴 하루였다. 밑도 없이 검은 두려움으로 가득한 심연에 가라앉은 것 같았다. 모든 일이 랍비가 가이사랴 빌립보에서 한 말대로 되었지만, 아무도 빨리 그렇게 되리라고는 생각지도 못했다. 물론 랍비도 모든 것이 예정된 운명으로 본 것은 아니라도, 랍비와 유대교 지도층이 서로 물러서지 않아 반드시 충돌할 것을 내다보고 수난과 죽음을 말한 것이다. 옛 예언자들이나 예언자 요한의 수난과 죽음도 그런 것이었으니까.

요한과 나는 오래도록 이야기를 나누었다. 서로 마음을 다잡고 랍비의 일을 이어가야 한다고 말했지만, 아는 것도 힘도 없는 우리가 무엇을 할 수 있었겠는가? 그저 한숨만 내쉴 뿐이었다. 모두 곧 지쳐서 잠이 들었다.

2

나는 꿈을 꾸었다. 베다니의 미리암과 결혼한 나는 랍비 어머니와 우리 어머니를 모시고 고향에서 행복하게 살고 있었다. 아들과 딸 둘을 보았다. 물고기 사업도 번창했다. 어느 날 저녁, 랍비를 생각하며 호숫가를 거니는데, 랍비가 호수 위를 걸어서 팔을 벌리고 나에게 다가오는 것이었다. 놀란 나는 물로 뛰어들어 반가이 랍비의 품에 안겼다. 랍비와 나는 예전처럼 호숫가를 오래도록 걸었다.

랍비는 내 생각을 알았는지, 이렇게 말했다. "호세아, 그대는 다른 제자들처럼 집을 떠나서는 안 되네. 그들에게는 그들의 운명이 있고, 그대에게는 그대의 운명이 있네. 그런 길로 가는 것만이 나의 길을 따르는 것은 아니네. 나는 그대 마음을 잘 이해하네. 그대가 떠나면, 그대 어머니와 내 어머니, 그리고 그대 형의 가족은 어찌 되겠나? 그대 집에 남자라고는 그대 혼자뿐이네.

전에도 내가 말했지? 그대에게는 그대만의 일이 있다네. 좀 더 세월이 지나면, 다른 형제들은 나처럼 많은 수난을 겪을 것이네. 죽는 사람도 있을 것이고. 그러나 그것은 사실 수난이 아니라, 그것을 통하여 나의 가르침을 세상에 퍼뜨리시려는 하나님의 바람(風)이기에, 영광스러운 일이네. 그렇게 하여 그들은 앞으로 이곳뿐만 아니라, 발길이 닿는 온 세상 어디까지나 나아갈 것이네. 호수에 돌을 던지면 동심원으로 퍼져나가듯 말일세.

나는 나를 사랑하는 사람의 영혼을 가져간다네. 그래서 그는 더는 자신의 삶을 살 수 없고, 나의 영혼을 받아서 사는 것이지. 그렇게 우리는 하나가 되어 이토록 썩은 세상을 뒤집고 하나님의 나라를 세워나가는 것이네. 그대는 사업을 통해서 나의 일을 돕게나. 나는 그대를 잘 알고 있네. 내가 언젠가 우리 이름이 같아서, 그대를 나의 분신이라고 했지? 나는 그대의 맑은 심성과 굳센 의지를 믿네. 하나님의 영이 오시면, 그대는 더욱 나를 닮은 영혼이 될 걸세. 사랑하는 호세아, 우리 지난번같이 춤을 추세나."

랍비와 나는 손을 잡고 활짝 웃고 빙빙 돌면서 춤을 추었다. 그사이 해가 빠르게 떠올라 지기를 수없이 반복하며 무수한 세월이 흘렀다. 나는 어느새 할아버지가 되어 있었다. 그것도 모른 채, 나는 눈을 감고 춤에 취하여 한없이 돌고 돌았다.

그러다가 문득 랍비의 손을 느낄 수 없어, 눈을 떠보니 나 혼자 어두운 호숫가에서 춤을 추고 있는 것이었다. 사방을 둘러보며, 랍비를 찾았다. 그때 독수리 한 마리가 내 머리 위를 빙빙 돌며 날고 있었다. 그런데 자세히 보니, 독수리 얼굴을 한 랍비였다! 내가 '랍비!' 하고 부르자, 랍비는 다시 내 머리 위로 낮게 내려와 한 바퀴를 돌며 미소를 짓더니, 이윽고 저 멀리 사라졌다.

깜짝 놀라 깨어난 나는 오래도록 멍하니 앉아 있었다. 이윽고 마음이 따스해지고 기운이 솟았다. 랍비가 세상을 떠났다는 것조차 잊었다. 그러다가 주변을 둘러보고 나서야, 랍비가 지금 동굴 안에 홀로 있다는 것을 생각하고는 가슴이 아파 머리를 떨구고 흐느꼈다. 나는 '랍비가 계신 동굴 속도 이렇게 고요하겠지.' 하며 몸서리를 쳤다.

3

눈시울을 붉히며 문득 마당으로 고개를 돌렸는데, 막달라 미리암이 살며시 밖으로 나가는 것이었다. 분명히 무덤으로 가는 것이라고 본 나는 아무도 몰래 일어나 그녀의 뒤를 따라갔다. 이른 새벽이기에, 시내에는 간혹 하인들로 보이는 사람들이 지나갈 뿐, 고요하기만 했다.

미리암은 두려움도 없이 골고다를 지나 곧장 동굴로 가는 것이었다. 그녀는 울음이 섞인 나지막한 목소리로 '예수아 랍비!' 하며, 돌투성이인 바닥을 보지도 않고 잰걸음으로 가다가 돌을 밟았는지, 간혹 비틀거리거나 한두 번 넘어졌다. 그때마다 무릎이 까졌는지 손으로 문지르고는, 아랑곳하지 않고 나아갔다.

이윽고 저 앞에 동굴이 보이자, 나는 혹시 미리암이 놀랄까 봐 작은 목소리로 두어 번 불렀다. 미리암은 흠칫 놀라 멈춰섰다가, 이내 내 목소리인 것을 알아채고 뒤를 돌아보았다. 다가간 내가 "아니, 미리암 누이! 이 새벽에 혼자 여기로 와서 어쩌려고요?" 하고 말하자, 그녀는 눈물로 범벅이 된 얼굴로 내 손을 잡더니, "호세아, 랍비 말씀 믿지요?" 하고 물었다. 부끄럽게도 나는 "그야~?" 하며 어물어물했다. 미리암이 말했다. "호세아, 랍비는 사흘 후에 다시 살아난다고 하셨잖아요? 그러니 우리가 가서 기다리면 나오실 거에요!" 나는 할 말이 없었다. 미리암은 내 손을 잡아끌고 동굴로 갔다.

그런데 동굴을 막아놓은 둥근 돌이 옆으로 굴려져 있었다. 깜짝 놀란 미리암과 나는 그 자리에 멈춰섰다. 우리를 보고 놀란 부엉이가 소리를 치며 날아갔다. 미리암은 "도대체 누가 돌문을 굴려 놓았을까?" 하고 말했다.

우리는 두려움 가득한 눈으로 서로 쳐다보았다. 이윽고 마음을 가라앉힌 미리암과 나는 숨을 죽이고 천천히 동굴로 다가가, 허리를 구부리고 안을 들여다보았다. 아직 어둡기는 했지만, 먼동 빛에 희미하게 보였다. 미리암은 나에게 손짓하더니, 머리를 숙이고 조심스레 안으로 들어갔다.

그런데 그 동굴은 전에 한 번도 사용한 적이 없는 새 무덤인데, 랍비의 시신은 없었다. 우리는 랍비를 안치했던 자리에서, 가지런히 개켜 있는 아마포와 수건만 보았다. 놀란 우리는 서로 쳐다보았다. 나는 "어쩌면 아리마대 요셉이나 니고데모가 와서, 랍비의 시신을 다른 곳으로 옮긴 게 아닐까요? 우리 형제들은 지금 요한네 집에서 다 자고 있는데, 도대체 누가 랍비의 시신을 옮긴 것일까요?" 하고 말했다. 그러자 미리암이 환희로 가득한 표정으로 내 손을 잡고 외치는 것이었다.

"호세아, 랍비가 다시 살아나신 것이에요! 이것을 보고도 모르겠어요?"

"그게~, 그러면 어디로 가셨단 말인가요?"

"아니, 그렇게 침착하고 기억력이 좋은 호세아가 몰라요?"

"네?"

"전에 랍비가 말씀하셨잖아요? '나는 아버지에게서 왔다가 다시 아버지께로 돌아간다.'"

"그렇죠. 그런데 랍비가 우리에게 갈릴리에서 다시 만나자고 하신 것은 무엇일까요?"

"다시 잘 생각해봐요. 그게 무슨 뜻인지!"

그때야 나는 랍비가 갈릴리에서 시작한 하나님의 나라를 세우는 운동을 다시 계속하리라고 한 말을 기억했다. 그래서 나는 말했다. "맞아요. 그러면 랍비는 다시 살아나서 갈릴리로 가신 거예요. 그러니 우리가 가버나움으로 가면, 랍비를 다시 만날 수 있을 거예요."

　　미리암과 나는 믿을 수 없는 일에 너무나도 기뻐서 두 손을 붙잡고 눈물을 글썽였다. 우리는 미처 랍비의 시신을 감쌌던 아마포와 수건을 챙길 생각도 하지 못하고 나왔다. 그러자 미리암은 자기는 그곳에 있을 터이니, 나에게 어서 형제들에게 알려 이리로 데려오라고 했다. 나는 발을 돌에 부딪히는 아픔을 느끼지도 못하고 집으로 달려가, 조심스레 베드로와 요한만 깨워 데리고 갔다.

　　그런데 미리암이 우리에게 놀라운 이야기를 하는 것이었다. 우리가 오기 전에, 자기가 다시 살아나신 랍비를 만났다는 것이었다! 갑자기 어떤 남자가 저쪽에서 자기를 보고, "왜 이 새벽에 무덤 앞에서 서성이고 있나요?" 하고 묻길래, 그 사람이 아리마대 요셉이 보낸 하인인 줄 알고, "혹시 여기 묻히셨던 예수아 랍비를 보았나요?" 하고 말하니까, 그 사람이 매우 부드럽고 친밀한 음성으로, "미리암!" 하고 불러서 음성을 알아듣고 가까이 다가가 보니, 랍비였다는 것이다. 그래서 너무나도 기뻐서 랍비의 품에 안기려고 하니까, 물러서며 "형제들에게 가서, 갈릴리에서 만나자고 전해요." 하고는, 골짜기 쪽으로 사라졌다는 것이다.

　　그 말에 베드로가 통통 부은 눈으로, 새벽부터 여자가 허깨비를 보고 허튼소리를 한다고 야단쳤다. 그러나 미리암은 물러서지 않고 말했다. "아녜요! 분명히 랍비는 제 이름을 부르셨고, 저는 랍비를 보았어요! 제가 뭣 때문에 거짓말을 해요!" 그래도 베드로가 "혹시 지나가던 사람이나 헛것을 본 게 아니오?" 하고 쏘아붙이자, 미리암은 거세게 받아쳤다. "당신은 날 여전히 실성한 여자로 취급합니까? 분명히 랍비셨다고요!"

베드로가 그 말에 대꾸도 하지 않고 동굴로 들어가자, 요한이 뒤따랐다. 조금 후 아마포와 수건을 들고나온 베드로와 요한은 믿을 수 없다는 표정이었다. 그러면서 베드로는 "어쩌면 제사장들과 바리새인들이 랍비의 시신을 탈취해, 기드론의 힌놈 골짜기에 있는 빈민들의 화장터로 옮겨 불태워버릴 것을 염려한 아리마대 요셉이 하인들을 데리고 와서 다른 곳으로 옮긴 게 분명해. 그렇지 않고서야, 어떻게 십자가에서 죽은 랍비가 살아난단 말인가?" 하고 말했다. 베드로의 말에 미리암은 답답하다는 듯 가슴을 치며 울었다.

우리는 아마포와 수건을 들고 집으로 달려가 랍비 어머니께 건네고, 형제들에게 소식을 전했다. 모두 놀라며 무엇이 어떻게 돌아가는지 모르겠다는 황당한 표정이었다. 베드로는 좀 전에 무덤 앞에서 했던 말을 넋두리하듯 혼잣말로 읊었다. 미리암 어머니는 사랑하는 아들의 시신을 쌌던 아마포를 끌어안고 얼굴을 묻고는 하염없이 울기만 했다. 꼬박 이틀도 안 되는 시간을 백 년보다 더 긴 세월로 느끼는 것같이 보였다.

4

부스스한 얼굴로 일어난 우리는 아침 식사도 하지 못하고, 그저 침묵과 의혹 속에서 멍한 얼굴로 서로 바라볼 뿐이었다. 그런데 정오를 지날 무렵, 밖에서 대문을 두드리는 소리가 났다. 놀란 우리는 성전 경비병들이 들이닥쳤나 보다 하며, 두려움에 떨며 문을 열어줄 생각조차 하지 못했다. 그러자 이제는 대문을 부술 듯 걷어차는 소리가 들렸다. 하는 수 없어 야고보와 요한이 나가 열어주었다.

제사장과 바리새인과 율법 학자와 장로 몇 사람이었다. 혹시 젤롯파의 '시카리'(Sicarii, 단도) 암살단이 있을까 염려한 그들은 성전 경비병 여럿을 데리고 왔다. 안으로 들어온 그들은 이렇게 말했다. "흥, 꼴 한 번 좋구나! 그래, 제 스승이 죽었으면 서둘러 갈릴리 촌구석으로 돌아갈 것이지, 뭣 하러 이런 데 꿍치고 들어앉아 있는 것이냐! 너희들, 예수아의 시신을 어디론가 빼돌려 숨겨두고 왔지? 그러고서 이제 시내를 돌아다니며 예수아가 부활했다고 하며, 궁리하고 모략하고 있는 것이지?"

베드로가 나서서, 우리도 랍비가 어디로 갔는지 몰라 찾고 있다면서, 모르는 일이라고 했다. 그러자 그들은 "흥, 이 집구석에서 잘도 찾겠다! 어디다 숨겨두었는지 어서 말해! 그렇지 않으면 모조리 체포하여 물골을 내고 말 테다!"

베드로가 "아니, 우리도 모르는 걸 어떻게 말하라고 합니까?" 하고 대들었다. 그러자 랍비 어머니가 나섰다. "저는 예수아 엄마랍니다. 선생님들, 제 아들을 그만 괴롭히세요. 부탁드려요. 선생님들도 자식이 있지 않나요? 이제 저까지 죽이시려는 겁니까? 우리도 몰라요. 나는 이제 아들을 가슴에 묻고 고향으로 돌아갈 것이니, 걱정하지 마세요." 그리고는 미리암 누이를 안고 흐느꼈다.

그나마 양심이 있었든지, 한풀 꺾인 그들은 헛기침하며 딴청을 피웠다. 미리암 누이는 랍비 어머니를 부축하여 안으로 들어갔다. 한 제사장을 알아본 요한이 그에게 어떻게 오게 된 것인지를 물었다. 그가 한 말은 이러했다. 자기들은 사흘 후 다시 살아날 것이라는 예수아의 말을 믿을 수도 믿지 않을 수도 없어서, 혹시나 하는 마음에 이른 아침 무덤으로 성전 경비병들을 보냈는데, 텅빈 동굴뿐이었다는 것이다. 그들은 총독이 빼돌렸다고 여기고 찾아가 항의했지만, 그는 알게 뭐냐는 식으로 대꾸하며 자기들을 문전박대했다는 것이다.

그들은 또 우리에게 랍비의 시신을 빼돌려 어디다 숨겼는지 말하라고 다그치며 위협했다. 요한이 모른다고 하자, 그들은 거짓말을 한다며, 나중에 시신을 찾으면, 그때는 모조리 체포하여 죽도록 물골을 낼 것이라며 협박했다. 베드로가 모든 게 당신들의 뜻대로 되었는데, 무엇을 두려워하느냐고 대꾸하자, 그들은 "자기 스승이란 자가 체포되고 죽을 때는 코빼기도 뵈지 않던 놈이 이제 와 큰소리를 치기는!" 하며, 들입다 베드로의 뺨을 후려갈겼다.

코피가 터진 베드로가 거세게 항의하자, 그들은 "너희는 자살한 동료만도 못한 비겁하기 짝이 없는 놈들이야!" 하면서, 어제 오후 가룟 유다가 자살한 사실을 말하는 것이었다. 우리는 모두 놀랐다. 베드로가 "뭐라고요?" 하자, 그들은 랍비가 처형된 후 유다가 찾아와 자기들에게 받은 돈을 바닥에 내던지면서, 자기가 죄 없는 사람을 팔아넘겨 죽게 했다고 말하기에, "그것은 네 문제이지, 우리와는 아무 상관이 없는 일"이라고 하자, 자기들을 저주하며 곧장 뛰쳐나갔다는 것이다.

그래서 경비들을 시켜 뒤를 밟으라고 했더니, 유다는 곧장 기드론 골짜기 절벽 쪽으로 뛰어가, 조금도 망설임 없이 골짜기로 휘어진 나무로 올라가 가지에 목을 매달았는데, 경비들이 붙잡을 틈도 없었다는 것이다. 그가 죽자, 무게를 이기지 못한 가지가 부러져 바닥으로 떨어져 머리뿐만 아니라 배까지 터졌다는 것이다. 거짓말이라고 생각한다면, 지금 가보면 시체가 널브러져 있을 것이라고 했다.

그러면서 그들은 우리에게 저주를 퍼부었다. "너희가 일말의 양심이 있는 놈들이라면, 모두 그처럼 목을 매고 죽어야 마땅해! 그래, 이 비굴한 놈들아, 목구멍으로 빵이 넘어가냐? 하나님의 나라는 무슨 얼어 죽을? 너희 랍비란 자는 다시 살아난 게 아니라, 누군가 빼돌린 것이야! 다시 살아났다면, 어째서 나타나지 않는단 말이냐? 이제라도 나타난다면, 우리도 메시아로 믿고 따를 터이다!" 그들은 분을 삭이지 못한 얼굴로 침을 퉤 뱉고는 돌아갔다.

그 후 우리가 알아낸 유다의 결말은 이러했다. 그들은 유다의 시체를 묻어 달라는 사람들의 항의를 못 들은 척하다가, 그가 내던진 돈으로 인부들을 사서 무연고로 죽은 자들의 묘지에 파묻었다. 그리고는 하인들과 경비병들에게 시내를 돌아다니며, 예수아의 제자들이 그의 시신을 빼돌려 어디에다 다시 파묻고는 부활했다고 떠든다고 소문을 퍼뜨리라고 시켰다. 그래서 40여 년이 되는 지금도 그런 소문이 잦아들지 않고 있다.

5

그 후, 고향으로 돌아가지 않은 랍비 어머니를 비롯한 형제들은 요한네 집에 머무르며, 전에 랍비가 말한 대로, 진리와 사랑의 영이 찾아오시는 날을 기다리며, 기도와 침묵과 명상에 들어갔다. '쿰란 엣세네파' 수도원에 머물던 랍비의 첫째 동생 야고보가 소식을 듣고 찾아와 합류했다.

그러나 나는 가버나움에서 순례를 왔던 두 사람이 찾아와, 아들을 잃고 홀로 지내는 어머니와 집안일을 걱정하며 가야 하지 않겠느냐고 하여, 베드로와 요한에게 말하고는 그들과 같이 고향으로 돌아왔다. 오랜 세월 다른 곳에서 한세상을 살다가 돌아온 것 같은 야릇한 느낌이었다. 모든 게 낯설어 보였다.

나는 어머니와 형수와 조카들을 위로하고 집안일을 챙겼다. 그러나 다시는 랍비를 뵐 수 없다는 생각에, 마음이 한없이 쓸쓸했다. 언젠가 나에게 한 말처럼, 랍비가 내 영혼을 가져가셨다는 생각만 들었다.

그런 나에게 어머니는 결혼하라고 하셨다. 그러나 나는 마음이 안정되면 하겠다고 했다. 베다니의 미리암 아가씨를 많이 생각하며 지냈다. 나는 한 번은 랍비의 말씀이라면서, 사랑을 고백하는 편지를 써서 요한네 상점으로 심부름을 가는 일꾼들에게 베다니에 들러 전해달라고 했다.

그들은 돌아오는 길에 답장을 가져왔다. 처음 나를 보았을 때, 언니도 모르게 사랑하게 되었다는 아가씨의 고운 손으로 쓴 답장의 글자 하나하나는 나를 무척이나 설레고 기쁘게 했다. 그녀는 언니와 오빠도 매우 기뻐한다고 말했다. 우리는 그 후에도 여러 번 편지를 주고받았다.

그 후, 이상하게도 전보다 더 물고기를 많이 잡아 날이 갈수록 사업이 번창했다. 나는 예루살렘 형제들에게 돈을 보내, 요한네 집에서 지내는 데 부족함이 없게 했다. 그리고 가버나움은 물론 막달라와 게네사렛에도 보내, 가난하고 병든 사람들을 돕는 데 힘썼다.

그렇게 지내다가 밀을 추수하고 지키는 오순절 날 저녁, 나는 랍비를 생각하며 호숫가를 거닐었다. 목공소에 드나들던 때부터 그때까지 랍비와 함께한 모든 나날이 또렷이 떠올랐다. 나도 모르게 미소를 짓기도 하고, 쓸쓸하기도 했다. 행복하기도 하고 슬프기도 하고, 기쁘기도 하고 서럽기도 하고, 그립기도 하고 가슴 아프기도 한, 복잡한 심경이었다. 랍비를 따라다닌 세월이 마치 백년을 열 번이라도 지낸 것 같은 느낌이 들었다.

그래서 나는 랍비가 바리새인들과 논쟁할 때, "나는 아브라함이 나기 전부터 있다."라고 하신 말씀을 조금은 알 수 있겠다고 느꼈다. '그래요, 랍비! 저는 이제, 사람은 하룻밤을 수십 번의 봄으로 느끼며 지낼 수 있다는 것을 알아요. 심정의 시간은 해와 달의 시간과 같지 않으니까요. 저는 전에 랍비께서 호숫가를 거닐며 저에게 하신 말씀을 기억했어요.'

"호세아, 한순간이 영원이라네. 하나님의 나라 안에 있는 사람, 곧 지금 하나님의 마음속으로 들어가 있는 사람에게는 지금 이 순간이 영원이지. 그런 사람은 시간의 굴레에서 벗어난 자유인이네. 거짓과 망상과 탐욕에도, 권력에도 재산에도, 세인(世人)들의 평판이나 빛나는 영광과 이름에도, 쓸데없는 자잘한 걱정에도 걸리지 않고, 바람처럼 허허롭게 자유로운 인간이 되는 것, 이것이 지금 하나님의 나라 안에서 살아가는 사람의 모습이네.

그에게는 오늘 하루가 '영원한 지금'이네(Paul Tillich-Eternal Now). 그에게는 시간의 과거도 미래도 없고, 오직 지금 이 순간만 있을 뿐이네. 사람들은 하나님을 믿는다 해도, 여전히 시간의 사슬과 세상의 오랏줄에 묶여서 죄수처럼 살아가지. 이것이 세상의 실상이네. 그래서 모든 인간이 저 아담과 가인의 후예가 되어 살아가는 것이지. 그들의 후예로 태어난 운명 때문에 그렇게 사는 게 아니라, 그렇게 살아서 후예가 되는 것이지. 진실로 가여운 일이 아닐 수 없네. 이것을 거꾸로 생각해선 안 되네. 그들의 후예이기에 그렇게 사는 것이라고 보면, 인간을 운명의 노예로 취급하는 것이 아닌가?

그러나 그렇지 않네. 모든 인간은 하나님의 형상, 곧 하나님의 성품, 아니 하나님을 제 품에 모시고 있네. 그래서 모든 인간은 본디 자유로운 존재이지, 아담과 가인의 운명을 물려받은 후예가 아니네. 그런 까닭에 자기 안에 계신 하나님을 발견하고 자기 본래의 형상과 성품을 깨닫는 것, 이것이 모든 인간에게 주어진 인생의 사명이네.

그런 사람은 매 순간 하나님의 나라 안에서 살기에, 비로소 시간의 폭군에게서 해방된 자유인이 되네. 그는 비록 몸뚱이는 세상에 살아도 세상의 포로나 노예가 되지 않지. 그는 세상에 있어도 세상에 속한 사람이 아니니까. 그렇기에 시간을 넘어선 그는 죽어도 죽지 않는다네. 아니, 죽어서야 비로소 살지.

이것을 깨달은 사람은 태어나 살다가 죽는 게 아니라, 아버지께서 이 세상에 보내셔서 왔다가 아버지의 심부름을 완성하고 다시금 아버지께로 돌아가는 것이지! 모든 인간이 지닌 인생의 가장 우선적이고 중요한 사명은 이러한 진리를 깨닫는 것이네. 진정한 신앙이란 바로 깨달음이네! 나는 그것을 사람들에게 일깨우려는 것이지. 부디 잊지 말게나."

6

그렇게 랍비를 그리워하며, 그 날따라 갈릴리 호수 저편으로 저물어가는 참으로 아름다운 황혼을 바라보며 걷던 중, 느닷없이 내 가슴이 뜨거워지기 시작했다. 더는 걸을 수 없던 나는 모래사장에 엎어져 한참 눈물을 흘렸다. 가슴이 터질 듯했다. 그러면서 정신이 어질어질하면서도 또렷해졌다.

얼마나 지났을까, 나는 한순간에 호수 위로 구름이 빠르게 흐르고, 해와 달이 수도 없이 지고 뜨는 장면을 보았다. 내가 호숫가에 있는 게 분명한데, 그렇지도 않았다. 모든 사물이 흩어지고 옅어지고는, 나 홀로 덩그러니 남아 있는 것이었다. 갈릴리 호수는 물론, 주변에는 아무것도 없이 텅 비었다. 의식이 흐려진 것 같으면서도, 한없이 맑아지는 것이었다. 무엇이라 말할 수 없는 신비롭고도 황홀한 느낌이었다.

그런데 그 순간, 광활하게 열린 하늘에서 무엇인가 내려오는 것이었다. 한 점으로 보이던 그것이 나를 향하여 점점 더 가까이 날아왔다. 새였다. 커다란 비둘기! 나는, 세상에 저렇게 큰 비둘기도 있는가, 하고 놀라워했다. 그런데 비둘기는 내 머리 위에서 빙빙 돌더니, 거대한 날개를 펼치고 부드럽게 내 어깨에 내려앉는 것이었다.

그때였다. 내 가슴으로 불덩이가 떨어졌다! 살아오는 동안, 한 번도 느끼지 못해본 뜨거움, 가늘 길 없는 감동의 물결, 한없이 부드러운 감촉, 절로 눈물이 솟구치며 환희에 젖게 하는 신성한 불이 나를 휘어잡고 빙빙 도는 것이었다. 그러나 정신을 잃지는 않았다. 그리고는 한없이 맑은 하늘이 보였다. 그러더니 어떤 손길이 내 마음을 깨끗이 닦아내는 것 같았다. 그러자 내 마음에서 모든 어둠과 두려움과 슬픔, 그리고 고뇌와 자책감과 나약함이 사라지고, 어떤 말로도 형용할 수 없는 자유와 기쁨의 생기가 솟구치며, '아, 랍비의 말씀이 바로 이것이구나!' 하는 깨달음이 찾아들었다.

그리고 그때 나는 랍비를 보았다! 비둘기가 랍비로 변하더니, 환한 미소를 지으며 내 앞에 서 계신 것이었다. 랍비는 나를 바라보며 "사랑하는 호세아!" 하고 부르셨다. 내가 뜨거운 눈물을 흘리며 너무나도 반가운 랍비를 끌어안으려 하자, 랍비는 손을 들고는 한없이 부드러운 미소를 지으며 이렇게 말씀하셨다. "호세아, 나를 사랑하는가?"

나는 "물론입니다, 랍비! 제가 얼마나 랍비를 사랑하는데요. 랍비 없는 제 삶은 아무 의미도 없어요. 랍비는 저의 모든 것입니다!" 하고 대답했다. 랍비는 말씀하셨다. "알고 있네. 그대는 언제나 나를 사랑했지. 이제부터는 그 사랑을 오로지 나를 위하여 나를 사랑하는 사랑이 되게 하시게나." 그러고는 미소를 지으며 나를 바라보셨다. 내가 너무나도 감격스러워, 랍비의 품에 안기려 하자, 곧 사라지셨다.

그렇게 하여 나는 다시 사신 랍비, 곧 참된 메시아를 만난 것이다! 그러자 나를 찾아오신 랍비의 사랑과 현존이 다시금 불타듯 내 가슴을 뜨겁게 달궜다. 나는 무엇이라 말할 수 없는 고마운 심정으로 가득 차올랐다. 그때야 나는 내가 언제나 랍비의 마음에 "사랑하시는 제자"였다는 것을 확실히 깨달았다(요 13:23).

7

오순절이 지난 한 달 후, 내가 비둘기로 내려오신 랍비를 만나던 날, 요한네 집에 모여 기도하던 형제자매들도 거룩한 영의 감화를 입고 완전히 랍비의 사람으로 변화되었다는 소식을 들었다. 요한네 집에 심부름을 갔던 두 사람과 함께 돌아오신 랍비 어머니 미리암과 막달라 미리암이 그 소식을 전해주었다. 두 미리암의 얼굴은 천사 같아 보였다. 랍비 어머니는 이내 우리 어머니와 한 자매가 되셨다.

아리마대 요셉과 니고데모도 거룩한 영을 체험한 후, 의회원 자리와 바리새파를 떠나 가족을 이끌고 합류했는데, 자기들의 재산을 예루살렘의 가난한 사람들에게 거의 다 나누어 주고 간소하게 살아가면서, 벌어들이는 소득을 형제들에게 맡겨 사용하게 한다고 했다.

그밖에도 많은 사람이 재산을 공동체에 기부하여 가난한 사람들에게 나누어 주고, 모일 때마다 랍비를 기억하며 애찬(愛餐)을 나눈다고 했다. 베드로와 안드레, 야고보와 요한을 비롯한 형제들이 매일 사람들에게 랍비의 이름으로 가르침을 전하자 수십 명씩 공동체에 가입하는 놀라운 일이 일어나, 벌써 예루살렘에는 랍비의 이름으로 모이는 공동체가 세 곳이나 생겼다고 했다.

내가 미리암 어머니와 막달라 미리암에게 나를 찾아오신 랍비 이야기를 들려주었더니, 놀라워하며 기뻐했다. 미리암 어머니는 어떤 말부터 해야 할지를 모르고, "내 아들 예수아가~" 하시다가, 놀라움과 감격에 겨워 말씀을 잇지 못하셨다.

어머니는 랍비를 낳기 전 꾸었던 꿈인지 환상인지를 기억하고는, 그 모든 일이 하나님이 일으키신 일이라고 하며 감사할 뿐이라고 했다. 그러더니 이렇게 말하는 것이었다. "이제 나는 예수아를 내 아들이라고 말하지 않으려네. 예수아는 이제 세상 모든 어머니의 아들이고, 모든 사람의 메시아이니까!"

막달라 미리암은 한 달 정도 머무르다가 '세포리스'로 가면서, 나중에 다시 만나자고 하며, 랍비 어머니와 우리 어머니, 그리고 나를 끌어안고 눈물을 짓고는 환히 웃으며 떠났다. 그간 쌓인 정에 눈시울이 붉어진 나는 미리암의 안녕을 빌며, 일꾼 두 사람을 붙여주어 데려다주고 오라고 했다.

그때부터 랍비는 우리와 언제나 함께 있고, 어디서나 우리를 통해서 랍비의 삶을 살고, 또한 언제까지나 우리와 같이 걸으며 하나님의 나라를 이 땅에 세우는 일을 하고 계시다! 이토록 부패하고 어두운 세상에 새 하늘과 새 땅이 열린 것이다! 랍비의 친구요 형제요 제자요 동지인 우리가 이 땅에 하나님의 나라를 세우는 랍비의 분신들이 된 것이다.

다음 해 봄, 나는 랍비의 말씀대로 베다니의 미리암 아가씨를 아내로 맞았다. 어머니들이 힘들 것 같아서, 나와 형수와 조카들만 베다니로 가서 이웃들을 초청하여 혼인 잔치를 열고는, 돌아와서 다시금 가버나움 사람들과 친척들을 불러 결혼식을 올렸다. 랍비에게 늘 어깃장을 놓던 가버나움 회당의 랍비와 바리새인 노인도 내가 잘해드리는 것을 보고는 참여했다. 그들은 여전히 랍비를 못마땅해하지만, 그래도 예전 같지는 않았다.

나는 랍비의 말씀대로, 랍비의 분신이 되어 모든 이에게 온몸으로 랍비의 사랑과 진리를 전하고 있다. 나는 아들과 딸 둘을 보았는데, 아들은 이상하게도 귀뚜라미 같이 생겼다! 딸들은 엄마를 빼닮았다. 나는 집 옆에 돌과 벽돌로 우리 형제들이 모이는 회당을 지었다.

그 후 일어난 일들을 자세히 알지는 못했지만, 전해오는 말을 들으니, 예루살렘에 있는 형제들은 유대교 지도층의 많은 반대와 박해를 받았다고 한다. 그런데 그 무뚝뚝하고 성급하고 투박하고 말도 서투른 베드로가 예언자가 되어, 사람들에게 랍비의 가르침을 설교한다는 말을 듣고, 나는 하나님의 영이 내려오시면 누구나 제자가 되어 진리를 전하며 하나님의 나라를 세우는 일에 목숨을 걸고 나서리라는 랍비의 말씀을 기억했다.

그렇게 예루살렘에 커다란 화재(火災)가 일어난 것이었다. 많은 이들이 랍비의 길을 따른다고 해서 기뻤다. 심지어 몇 제사장과 바리새인과 율법 학자와 장로도 있다고 한다. 나는 "나는 불이다. 나는 세상에 불을 질러 다 태워버리고 말겠다. 그리하여 하나님의 나라를 이 땅에 세우겠다."라는 랍비의 말씀을 기억하고, 세상이 변화되어 가는 모습을 보았다.

그 후 유대교 랍비가 되고자 공부하며 형제들을 박해하는데 앞장서던 '사울'이라는 사람도 우리 형제들을 체포하러 '다마스쿠스'로 말을 타고 가던 중 랍비의 환상을 본 후에는, 시리아와 소아시아와 그리스 땅까지 가서 랍비의 길을 전하다가, 베드로와 함께 로마에서 세상을 떠났다. 랍비의 전사(戰士)들이다.

18장

사랑하시는 제자

1

이제는 나의 '메시아(그리스도)'요, 주님(Kyrios)'이신 랍비! 제가 어찌 랍비를 잊겠습니까? 저 헤르몬산이 평지가 되고, 갈릴리 호수가 다 말라 바닥을 드러내고, 천 년을 열 번이나 더 산다 해도, 저는 랍비를 사랑하고 또 사랑할 것입니다. 그것이 제 인생의 운명이니까요.

사랑하는 랍비, 막달라 미리암 누이의 이야기는 꼭 전해야겠어요. 그녀는 랍비의 여전사가 되었답니다! 한 달 동안 저의 집에서 머물던 미리암은 '세포리스'로 가서, 오빠에게 맡겨둔 재산을 찾은 후, 어디로 간 줄 아세요? 바닷가 도시 '두로'랍니다. 랍비는 그곳에서 중증 간질에 걸려 과부인 엄마를 절망케 했던 어린 소녀를 치유하셨지요. 그곳에는 바다에 나갔던 남편들을 잃어버린 과부들이 많잖아요?

그때 그 어머니와 소녀를 보며 감동하여 깊은 생각에 젖었던 미리암은 그곳으로 가서, 랍비의 이름을 드러내지 않고, 먼저 남편을 잃고 홀로 남은 부인들과 그 자녀들을 위한 공동 작업장을 마련하여, 어부들의 옷과 신발을 비롯한 갖가지 일용품을 만들어 팔아, 그들의 살림살이를 돕기 시작했답니다. 느닷없이 유대인 여자가 와서 돈을 벌려는 것이 아니라, 단지 돕기 위해 그런 일을 벌이자, 사람들은 별 이상한 일도 다 있다며 고개를 갸우뚱하며 바라보다가, 이내 그녀의 사심 없는 사랑과 순수한 열정에 감동하여 칭찬한답니다.

미리암은 먼저 그 어머니와 소녀에게 랍비 이야기를 들려주며 랍비를 따르는 사람이 되게 했어요! 사람들이 늘어나자, 미리암은 빈 창고를 매입하여 우리 회당으로 개조하고, 매일 저녁이면 모여서 랍비 이야기를 들려준답니다. 랍비의 말씀처럼, 그녀는 먼저 온몸으로 랍비의 가르침을 보여주고는 랍비의 가르침을 전하고 있는 것이지요.

이윽고 미리암은 랍비의 이름으로 홀로 된 부인들의 수도원과 어린이 보육원까지 세우고, 두로 북쪽의 해변 도시 '시돈'에서도 똑같은 일을 벌이고 있습니다. 그곳에는 믿음직스러운 자매를 책임자로 보냈고, 자기는 이따금 방문한답니다. 얼마나 대단한 랍비의 여걸인가요! 그렇게 하여 랍비의 이야기대로, 다른 나라 사람들이 하나님의 포도원에서 일하는 사건이 벌어지게 되었습니다.

몇 년 동안 미리암을 만나지 못했어요. 간간이 편지로 그간 일어난 일들을 들려주기만 했고, 저는 그럴 때마다 선교비를 보내주었습니다. 언젠가는 베드로와 안드레 형제가 욥바에서 가이사리아를 거쳐 들러, 여러 날 머물러 랍비의 말씀을 가르치며 지내다가 갔다고 합니다. 저에게도 꼭 한번 들려달라고 했어요.

그래서 얼마 후, 저는 선교비를 가지고 갔습니다. 저는 한 주간 머무르면서, 미리암의 요청으로 두로와 시돈의 회당에 가서, 랍비 이야기를 들려주었습니다. 두 곳의 형제자매들뿐만 아니라, 아직 랍비의 모임에 들어오지 않은 사람들조차도 미리암을 가리키며, "신께서 보내신 거룩한 여성"이라고 말했답니다! 제가 있는 동안에도 많은 이가 랍비 모임에 들어왔습니다. 미리암이 어린이들을 제 자식처럼 여기고 사랑으로 돌보는 모습은 진실로 랍비를 그대로 닮은 모습이었지요.

저는 미리암을 랍비의 거룩한 여성으로 보았습니다. 저는 한 인간이 랍비를 진실하게 신뢰하며 따를 때 얼마나 변화될 수 있는가를, 미리암에게서 똑똑히 보았어요! 기생이던 여인이 랍비의 정결한 신부일 뿐만 아니라 사랑의 여전사가 되었으니, 실로 한 인간의 개벽(開闢)이란 게 얼마나 놀라운 일인가요! 그녀는 랍비 이름을 말할 때마다 여전히 기쁨과 감사의 눈물을 흘렸어요! 랍비를 향한 그리움과 사랑의 심정이 절절히 묻어났지요. 제가 그녀의 마음을 어찌 제대로 헤아리겠습니까!

미리암이 들려주는 랍비 이야기는 저하고는 사뭇 달랐습니다. 물론 이야기야 같은 것이지만, 사물을 바라보는 시각과 표현하는 말은 여성만의 특유하고 부드러운 감성과 심성이 절절히 묻어났으니까요. 예를 들어, 랍비께서 하신 동전을 잃어버려 찾는 여인의 이야기를 하는데, 그 마음과 눈빛과 집안 곳곳을 어찌나 실감 나게 말하는지 몰라요! 여인들은 그 날 저녁 식구들의 음식비를 잃어버린 엄마가 당혹스러움과 안타까움에 젖어 신음하며 찾을 때는 마치 자기 일인 것처럼 탄식하고, 어렵사리 동전을 찾아낸 엄마가 기쁨의 환호성을 지를 때는 탄성을 질렀어요.

그리고 랍비께서 어린이들을 얼마나 사랑하셨는지를 이야기할 때, 미리암에게서 랍비를 향한 순결한 사랑과 그리움의 눈빛을 본 여인들은 깊은 감동 속에서 눈물지으며, 자녀들을 꼭 끌어안는 것이었어요. 저는 그때 랍비가 바로 그 자리에 와서, 어린이들을 끌어안고 볼에 입을 맞추고 머리에 손을 얹어 축복하시는 것 같은 느낌이었습니다.

미리암이 남편을 잃어버리고 홀로 자녀들을 돌보는 엄마들에게, 랍비를 만나 어떻게 새로운 삶을 살게 되었는지를 고백하면서, '예수아 랍비, 메시아 예수아는 우리의 영원한 신랑, 우리는 메시아 예수아 랍비의 영원한 신부. 예수아가 우리 안에, 우리가 예수아 안에!'라고 말할 때 일어난 감동과 눈물 어린 감사와 기쁨의 표정은 제가 죽어도 잊을 수 없는 모습이었지요. 그렇게 미리암은 랍비를 '영원히 우리와 함께 사시는 메시아!'라고 증언했습니다. 그들은 '메시아 예수아'라는 한 마디에서, 인생의 모든 슬픔과 상처와 외로움을 위로받고, 새로운 기쁨과 희망을 얻었답니다.

그렇게 미리암의 모든 이야기와 삶 속에서, 랍비는 그곳에 몸으로 함께 있는 분으로 생생하게 살아나오셨습니다. 저는 듣는 사람마다 깊은 감동과 기쁨과 생명을 풍성히 누리는 것을 보았어요. 그렇게 미리암 누님과 저는 랍비를 사랑하는 심정으로 한 영혼이 되었어요.

저는 미리암과 이야기를 나누면서, 그녀가 랍비를 따라다니는 동안 사람들의 눈총과 거친 입 때문에 겪은 슬픔과 랍비로 인해 누린 기쁨과 희망을 비로소 깊이 알게 되었습니다. 바닷가로 온 까닭도요. 그녀는 랍비께서 바다에서 자기를 부르셨다고 했어요. 결국에 바다 같이 깊고 넓은 사람이 된 그녀는 그 모든 게 랍비의 사랑이라고 하며, 고마움과 행복으로 가득한 눈물을 흘렸습니다.

랍비, 아쉽고도 기쁘게 미리암 누이와 작별하고 돌아온 후, 저는 두로와 여러 곳의 랍비 공동체를 돕기 위해 더욱 열심히 사업을 벌였습니다. 그리고 랍비, 이것은 여담으로 하는 이야기인데, 사람들은 이제 랍비를 따르는 우리 형제자매들을 "그리스도의 사람"이라고 부른답니다(크리스티아노스·Chritianos).

예루살렘의 우리 형제들 일부는 이집트와 시리아와 소아시아까지 가서, 랍비의 공동체를 세우고 가르침대로 살며 랍비를 전하고 있는데, 대부분 늙었고 세상을 떠난 이도 있습니다.

그런데 시리아의 대도시 "안티오크"로 간 우리 형제자매들이 랍비의 가르침을 따라 순박하고 검소하게 살면서, 서로 재산을 내놓고 가난하고 소외된 이들과 병자들과 어린이들을 가릴 것 없이 진심으로 사랑하며 먹이고 돌보며 간호해주는 것을 본 사람들이 언젠가부터 우리를 '그리스도인'이라고 불렀다고 합니다. 물론 다른 곳으로 간 형제들도 그렇게 살았지요. 우리가 스스로 붙인 것이 아니라, 랍비를 따르지도 않는 사람들이 우리를 보고 그런 이름을 붙여주었으니, 얼마나 놀랍고 영광스러운 일입니까!

이름도 없던 우리가 이름을 갖게 되었으니, 기묘한 일이 아닐 수 없지요. 랍비가 비유로 들려주신 포도원과 소작인 이야기처럼 되었습니다. 그리고 그런 깨끗하고 진심 어리고 자비로운 삶 때문에, 그곳의 우리 공동체가 인근 각처로 급격히 퍼져나가고 있답니다.

2

어느 날 저녁, 저는 아내와 아들딸의 손을 붙잡고 호숫가를 산책했습니다. 아이들은 물수제비를 뜨며 놀고, 우리는 언덕에 앉아 황혼을 바라보고 있었습니다. 그런데 그때 아내가 저에게 이렇게 말하는 것이었어요.

"여보, 당신은 랍비께서 길에 나서신 처음부터 끝까지 따라다니며 모든 것을 듣고 보고 경험했으니, 그것을 마음속에만 담아두지 말고 글로 기록해 두는 게 어떻겠어요? 얼마 전 우리 회당에서 오경 첫째 책에 나오는 요셉 이야기를 읽다가 갑자기 든 생각이에요. 랍비께서 우리가 결혼하라고 하신 것도 그런 뜻이 있는 게 아니겠어요? 단지 물고기 잡는 사업으로 선교비를 도우라는 것만은 아닌 것 같아요.

생각해봐요. 우리 조상들의 이야기도 그들이 쓴 것이 아니라, 모세든 학자들이든 시인들이든, 누군가가 하나님의 영감을 받아서 쓴 것이잖아요? 그들이 자기들보다 오래전에 살았던 조상들의 이야기를 어떻게 다 알았겠어요? 그런데도 그렇게 아름답고 멋지게 기록했지요. 그러니 전해져 오는 간단한 전설을 가지고 영감을 받아 쓴 것이 아니겠어요?

그런데 당신은 전해 들은 것이 아니라, 처음부터 끝까지 랍비의 모든 가르침과 행적을 보고 들었잖아요? 그러니 그것을 할 수 있는 한 기억해서 기록해두면, 장차 곳곳으로 퍼져나간 우리 형제들에게 큰 도움이 되지 않겠어요? 이제 각처에 있는 우리 공동체에 랍비를 보지도 못한 사람들이 많이 들어오고 있어요. 그러니 아무리 전해 들은 말이 많다고 해도, 당신 같은 처음 제자들이 세상을 떠나고 나면, 제자들의 가르침만 가지고는 앞으로 어려움이 생길 거예요. 그래서 하는 말인데, 그때는 성서와 같이 랍비의 언행을 기록한 책이 필요할 테니, 당신이 처음 그 일을 해놓는 게 랍비의 뜻이 아니겠어요?"

아내가 어떻게 그런 생각을 했는지, 저는 무척이나 놀라서 바라보았어요. "아, 그간 잊고 있었는데, 이제 생각해보니, 그것은 내가 랍비를 따라나선 지 얼마 후에 드린 말이었어요. 그때 랍비는 나에게 글은 불꽃이 사라지고 남은 찌꺼기지만, 그래도 없는 것보다는 낫다고 하셨지요. 그런데 나는 글을 쓰는 사람이 아닌데, 그 일을 제대로 할 수 있을까요?"

아내가 말했어요. "누구는 태어나서부터 글 쓰는 사람으로 정해졌나요? 우리가 이야기를 나누듯이, 당신이 보고 들은 모든 것을 기억해서 일어난 순서대로 기록하면 되지 않겠어요? 랍비께서 도와주실 거예요."

랍비께서 아내를 통해 굼벵이 같은 저를 깨우신 것이지요. "그러면 당신을 처음 만났을 때 설레었던 마음도?" 그 말에 아내는 저를 쿡 찌르며 얼굴을 붉혔어요.

"아니, 당신도 나를 사랑하게 된 게 처음 보았을 때란 말이에요?"

"당신이 형제들과 함께 집에 들른 랍비를 보자마자 어린애처럼 펄쩍 뛰어올라 끌어안고 매달리는 모습을 보았을 때, 당신은 내 마음을 가져갔어요. 뭐, 그런 걸 첫사랑이라고 하잖아요?" 제가 아이들을 바라보며 딴청을 피우자, 아내는 웃으며 제 손을 잡고 일어나 아이들에게 가며 말했어요. "분명히 랍비께서 당신의 작업을 무척 좋아하실 거에요!"

3

랍비, 저는 그때부터 작업을 시작했습니다. 지나온 모든 나날을 돌이켜보니, 새삼스레 가슴이 북받쳐 오르며, 랍비가 더욱 그리워졌어요. 랍비가 예언자 요한을 만나고 광야로 갔다가 돌아오신 때부터 막달라 미리암의 일까지, 저는 장소를 따라가며 일일이 기억한 후 써 내려갔지요. 저녁마다 아내도 곁에서 많이 도와주었어요. 기록한 것을 아내에게 들려주면, 아내는 이런저런 것을 물었는데, 신기하게도 그때마다 잊었던 것이 떠올라 추가하기도 했지요. 그렇게 먼저 파피루스에 기록한 후, 만족스러울 때까지 수정한 끝에 완성했어요.

그렇게 하여 다시 질 좋은 양피지에 조심스레 옮겨 써서 완성하여 두루마리로 만들었습니다. 저는 글을 쓰는 사람이 아니다 보니, 그렇게 된 것이지요. 사업도 바빠서, 3년 정도 걸렸습니다. 랍비의 가르침과 행적을 제 기억에 따라 기록하여 완성하고 보니, 조그만 양피지로 근 100여 장은 되었어요. 기쁘기 그지없었습니다! 저는 양피지를 우리 회당에 비치해두고, 모일 때마다 읽어주며 이야기했습니다.

제가 작업을 마치고 난 후, 가버나움을 지나는 우리 형제들은 저의 집에 들러 숙식을 해결했는데, 그들이 갈 때마다 선교비를 보태주었습니다. 그러자 거저 돈을 준다는 잘못된 소문이 퍼져 가짜들이 출몰하기도 했지요. 그런 사람들은 눈빛만으로도 곧 알아봤기에, 저는 따끔하게 질책하며 랍비를 소개하고는, 따스하게 대접하고 보태주기도 했지요.

그런데 랍비, 예루살렘에서 시리아로 가던 형제들이 집에 들러 전해준 기쁜 소식이 있습니다. 랍비의 첫째 동생 야고보가 예루살렘 우리 회당에서 수석 지도자가 되었다는 것입니다. 야고보는 에세네파 수도원에서 닦은 경험 때문인지, 성서에 해박하고, 영과 진리가 충만하고, 말솜씨 좋고, 권위 있고, 지도력도 좋은 데다가 인품도 훌륭해서, 예루살렘 시민들은 물론 유대교 일부 지도자들도 "순결하고 거룩한 성품의 의인 야고보"라고 칭찬하며 존경한다고 합니다. 그래서 베드로와 안드레를 비롯한 다른 형제들도 마음 놓고 각지의 우리 회당을 찾아다니고 격려하며, 랍비의 가르침을 전할 수 있게 되었다는 것입니다.

그 후 저는 우리 형제들이 집에 들를 때마다 파피루스를 보여주었어요. 형제들은 감탄했습니다. 그렇게 해서 제가 랍비의 언행록을 기록했다는 소식이 각처의 형제들에게 알려졌어요. 그 소문을 들은 형제들은 지나가는 길이면 으레 저를 찾아와 읽었지요.

그런데 형제들은 예루살렘의 우리 공동체가 유대교 지도층에게서 점점 더 심한 박해를 받고 있다고 했어요. 랍비를 체험하고 선교사가 된 바울을 따랐던 '마가'가 형제들을 데리고 왔었습니다. 그는 매우 투박하고 성품이 강직해 보이는 투사 같은 얼굴이었어요. 무슨 일로 바울과 다툰 끝에 헤어졌다고 하는데, 이유는 말하지 않았습니다. 저는 랍비를 바라보는 견해가 달라서 그랬을지도 모른다고 생각했지요. 왜냐면 이제 우리 공동체에는 랍비를 보지도 못한 사람들이 많이 들어와 믿고 있으니까요. 전해 들은 이야기만 가지고 말하는데, 견해가 다를 수밖에 없지요.

박해를 받으면서도 꿋꿋하게 예루살렘에서 버티고 있는 마태는 사정상 오지 않고 형제들만 보냈는데, 그도 나름대로 랍비의 언행을 기록하고 있다고 했습니다. 마태는 성품이 온화하고, 서류를 작성하는 특기가 있고 글 쓰는 것을 좋아하잖아요? 그래서 랍비의 언행을 기록하기 위해 성서(히브리 성서·구약성서)를 무척이나 열심히 연구한다고 합니다.

한편 아람어가 유창하고 바울의 친구요 의사인 그리스 사람 '누가'도 형제들과 함께 왔었는데, 신들의 이야기를 좋아하는 그리스 사람다운 그는 유난히 랍비의 탄생이나 어린 시절 이야기, 그리고 아픈 사람들이나 소외된 사람들에 대한 랍비의 자비로운 언행에 관심이 많다고 하며, 어머니 미리암과 많은 이야기를 나누고 돌아갔습니다.

그리고 예루살렘을 떠나 알렉산드리아에서 활동하다가 다른 형제에게 맡기고는, 소아시아의 에베소로 건너가던 요한과 다른 형제들도 들렀습니다. 요한은 대단히 성숙한 학자가 되어 있더군요. 그는 전에 말한 것 같이, 16년 전 세상을 떠난 유대인 철학자 '필로'를 자주 찾아 이야기를 나누며 많은 것을 배웠다고 했습니다(필로: 기원전 20~서기 50년). 그러니 나중에 요한으로부터 가르침을 받은 형제들이 랍비 이야기를 쓴다면, 마가나 마태나 누가와는 많이 다른 것이 나올 것이라고 보았지요.

요한의 형 야고보는 로마 총독 제도가 폐지되어 유대 왕이 된 헤롯 대왕의 손자인 '헤롯 아그리파'에게 죽임을 당했답니다. 야고보가 자주 성전 광장에서 랍비의 부활을 말하며, 랍비를 하나님의 예언자, 진리의 메시아, 하나님의 아들, 생명의 구원자로 선포하며 유대교 지도층을 비판하자, 그들은 몇 차례 경고했답니다. 그런데도 그치지 않자, 그들은 왕을 움직여 본보기로 죽였다고 합니다. 그 일로 다시 박해를 받아 각지로 떠난 형제들이 많았답니다.

그 외에도 여러 사람이 왔습니다. 어떤 사람들은 랍비의 공동체를 에세네파나 예언자 요한의 교단이나 유대교의 신흥종파쯤으로, 랍비를 예전에 이집트에서 건너와 기적을 일으키며 민중을 현혹하고 갈취하다가 참수당한 유대인 같은 사이비 교주로 알고 있었습니다. 저는 그들에게 따끔한 충고를 했지요. 랍비를 알지도 못하고, 영과 진리로 새로 태어나지도 못한 사람들은 결단코 랍비를 알 수도 없고 따를 수도 없다고 말입니다. 저는 랍비를 이용해 민중을 현혹하며 자신의 부와 영광과 명성을 탐하는 자는 랍비를 또 한 번 죽이는 짓을 저지르는 불한당이라고 경고하고는, 정중히 돌려보냈습니다.

앞으로 랍비의 공동체에 사뭇 걱정되는 일이 많이 일어날 것 같았습니다. 들은 바에 따르면, 이미 랍비와 가르침을 왜곡하여 전하는 일이 발생한답니다. 그래서 제가 해놓은 작업이 우리 형제들 있는 모든 곳에 전해져, 랍비를 제대로 알고 따르며 하나님의 나라를 이 땅에 세우는 일에 진력하기를 바라고 있습니다. 랍비도 수없이 지적하신 것처럼, 유대교인들도 말은 하나님과 모세에 충성한다면서도, 얼마나 성서의 가르침에 어긋나는 일을 합니까?

4

랍비, 저는 형제들에게 파피루스 사본을 만들어 가게 하며, 누구에게나 똑같이 말했어요.

"제가 기록한 것과 나름대로 얻은 자료를 가지고 랍비의 언행을 쓰려는 형제들은 될 수 있는 한 있는 그대로 쓰십시오. 마치 랍비께서 사람이 아닌 것처럼 쓰거나, 기적의 마술사인 것처럼 지나치게 기적을 강조하거나, 사실을 왜곡하고 과장하고 없던 것까지 꾸며서 하지는 마십시오. 그렇게 되면, 랍비를 잘못 알리게 될 테니까요. 랍비는 메시아이고 우리의 주님이시지만, 저에게는 랍비라는 말이 더 살갑게 다가오기 때문에 이렇게 말하니 이해하세요.

랍비는 거룩한 영의 감화와 사랑과 진리에 관한 깨달음을 통해서만 사람이 다시 태어나 변화된다고 하셨어요! 그것이 랍비가 목숨을 바치신 하나님의 나라 운동입니다. 랍비는 여러 차례 우리 유대교와 전통과 신앙의 역사를 말하면서, 열광적인 신앙생활이 사람을 거저 변화시키지는 못한다고 하셨지요. 그것은 여러분들도 잘 아실 것입니다.

우리는 우리 동포들이 써놓은 수많은 책이 있다는 것을 알고 있습니다. 그러나 대개는 지나치게 황당한 억측과 상상과 과장과 억지 확신을 담아낸 것들이 많아서, 일부 그런 것을 좋아하는 사람들 외에는 아무도 읽지 않습니다(외경들). 거기에는 다니엘의 책과 같은 세상의 종말과 파멸에 관한 것들이 많지요.

그러나 랍비께서 가르치신 종말은 하나님의 심판으로 세상이 한꺼번에 뒤집히고 망한다는 소리가 아니라, 그런 날이 언제 오더라도 랍비의 사람이 되어 깨끗하고 거룩하게 살라는 것이지요! 예언자 요한도 도끼와 불과 타작마당 운운하며, 세상이 한판에 망하는 것처럼 말했습니다만, 어디 그런가요? 예언자는 회개를 촉구하려고, 그렇게 말할 수밖에 없지요.

랍비께서도 그런 말씀을 하신 일이 있지만, 그 본바탕은 전혀 그런 게 아니었다는 것을 잊지 마십시오. 랍비의 가르침을 그런 식으로 기록하는 것은 다시금 옛날 시대로 돌아가는 것이라는 사실을 분명히 아셔야 합니다. 랍비와 예언자 요한의 가르침은 확실히 다른 것이에요. 랍비는 심판을 바라신 게 아니에요. 랍비는 하나님을 무한한 사랑의 아버지라고 가르치셨어요. 제가 기록해 둔 '탕아의 이야기'가 가장 대표적입니다.

그것이 랍비의 모든 가르침을 이해하는 열쇠이고 중추이고 핵심입니다! 사람이 무한한 사랑의 아버지 하나님 안에서 살아가는 것, 이것이 사람에게 이루어지는 하나님의 나라, 곧 다스림입니다. 그래서 이 땅의 모든 사람의 마음에 그 하나님의 다스림을 심어주어 세상을 하나님의 나라로 변화시키는 것, 이것이 랍비가 목숨을 바치신 하나님의 나라 운동입니다.

그리고 여러분은 랍비를 숭배하려는 시도는 절대로 하지도 마십시오. 랍비께서는 여러 번 제사장들과 바리새인들과 율법 학자들과 장로들에게 분명히 말씀하셨어요. '나는 사람에게서 인정이나 칭찬이나 존경이나 영광이나 숭배를 바라지 않는다!' 그러니 랍비가 우리에게서도 그런 것을 바라실 리 없습니다. 랍비는 오로지 랍비를 위해 랍비를 사랑하는 그런 사랑만 바라실 뿐입니다. 랍비는 우리의 친구이시니까요. 친구를 사랑하면 사랑하는 것일 뿐, 숭배 같은 것은 필요 없지요. 그런데 숭배를 사랑과 같은 것이라고 착각하는 것이 인간입니다!

제가 이런 말을 하는 까닭은 랍비를 숭배하면, 랍비나 하나님의 나라에 관한 가르침이 왜곡되어 힘을 잃을 것이고, 그 자리에 엉뚱한 가르침을 놓고 랍비의 가르침이라고 할 것이 확실하고, 그것은 랍비를 세상에서 추방하는 짓이나 마찬가지이기 때문입니다.

왜 하나님께서 모세에게 십계명을 내려주실 때, 우상을 숭배하지 말라고 했는지를 똑똑히 기억해야 합니다. 숭배는 자유로우신 하나님조차 우상으로 만들어 떨어뜨리고 모독하는 일이 되기 때문이 아니겠습니까? 그것이야말로 하나님의 이름을 제 입맛에 맞게 함부로 불러 모독하는 일이지요. 우리 랍비를 그렇게 숭배한다면, 도대체 우리가 유대교인들과 다를 게 무엇이 있겠습니까? 그것과 랍비의 이름으로 하는 것은 다르다는 억지 주장을 할 생각일랑 하지도 마십시오. 그것은 똑같은 일입니다!

랍비께서는 유대교를 대신할 새로운 종파를 만드신 게 아닙니다! 아직 랍비를 신뢰하고 따르지 않는 우리 유대인들은 그렇게 말하지만, 그것이 아닙니다. 우리와 모든 인간의 길이며 진리이며 생명이며 빛이며 힘인 랍비는 하나님의 영과 진리로 사람을 변화시켜, 이 땅에 참되고 새로운 세상, 곧 하나님의 나라를 세우시려고 한 것이니까요.

그러니 랍비의 회당에 모이는 사람들이 많아지면, 한 곳에 몰아두려고 하지 말고, 자꾸만 작은 모임으로 나누어 퍼져나가게 해야 합니다. 그것이 랍비께서 바라신 것입니다. 랍비는 '두세 사람이 내 이름으로 모여 있는 자리, 거기에도 내가 함께 있다.'라고 하셨어요. 회당의 규모나 사람들의 숫자는 전혀 중요한 게 아닙니다. 중요한 것은 거룩한 영과 사랑과 진리로 다시 태어나 랍비의 가르침과 삶을 살아 있게 하고, 우리와 함께 계신 랍비를 사랑하며 이 땅에 하나님의 나라를 세워나가는 의롭고 거룩한 삶입니다!

제가 많은 말을 한 것 같은데, 깊이 새겨주시면 고맙겠습니다. 저는 여러분에게 무슨 간섭을 하거나, 명령할 권리도 없는 사람입니다. 다만 랍비를 사랑하는 한 사람으로 드리는 말씀입니다. 후대 사람들은 무엇이 진실인지 과장인지 다 알 것입니다. 그래서 두려운 것이지요. 물론 랍비의 가르침과 행적에 나타난 심오한 의미를 거룩한 영 안에서 새롭게 깨닫고 말하는 것은 얼마든지 해도 될 것입니다. 그렇다 해도 지나치게 과장하는 것은 금물입니다."

5

형제들은 제 말을 들으며 깊이 숙고하는 얼굴이었고, 며칠 동안 머물며 파

416

피루스 사본을 만들었고, 랍비께서 들르신 곳마다 찾아다니며 자료를 더 모을 것이라고 했습니다. 형제들은 사본을 만드는 내내, 저에게 감탄했지요. 어떤 이들은 더 보탤 것도 없이 그대로 완성된 것으로 보고, 랍비의 회당마다 전해도 되겠다고 했지요.

어떻든 저는 최선을 다해서 기록하여, 후대에 랍비를 전할 수 있게 되었으니, 랍비께서 주신 분부를 조금이나마 들어드릴 수 있게 된 것 같아서 기뻤습니다. 우리가 세상을 떠나면, 아무래도 기록이 중요할 것이니까요. 물론 가장 좋은 것은 오로지 언제나 랍비의 현존을 기억하며 사랑하는 것이지요. 랍비를 사랑하면 랍비를 닮을 수밖에 없으니까요.

저는 떠나는 형제들에게 늘 여행비를 주었고, 또한 랍비 회당을 건립하는 데 쓰도록 경비도 많이 주었습니다. 또 저에게 도움을 요청하며 사람을 보낼 때마다 그렇게 했고요. 결국에 우리는 랍비께서 말씀하신 대로, 랍비 안에서 혈육보다 더 친밀하고 많은 참된 가족을 얻은 것입니다. 남이 없었지요. 랍비 안에서 우리는 아버지와 어머니, 아들과 딸, 형과 동생, 누이와 여동생이 되었어요. 우리 형제들은 머무는 내내 랍비 이야기로 꽃을 피웠습니다. 형제들은 랍비의 말씀과 행적을 낱낱이 기록한다면, 이 세상이라도 그 기록한 책들을 다 담아 두기에는 부족할 것이라고 말하기도 했지요.

그리고 저는 누구에게나 두로와 시돈의 미리암 이야기도 해주었어요. 그런데 랍비, 언젠가 미리암 누이가 저에게 놀라운 소식을 전해왔어요. 두로와 시돈에서 하던 일을 믿음직한 사람들에게 맡기고, 자기는 가울(Gaul, 프랑스) 지방으로 가서 그와 같은 일을 하며 랍비를 전하겠다는 것이에요. 만나지 못하고 가서 미안하다고 했어요. 저는 잘되기를 빌 뿐입니다. 지금 그곳에서 왕성히 활동하고 있을 겁니다. 볼수록 놀라운 랍비의 여걸입니다.

6

사랑하는 랍비, 근 40여 년간 미리암 어머니를 모시고 사는 동안 많은 이야기를 나누었어요. 15살에 랍비를 낳으셨다는 어머니로부터 랍비의 어린 시절 이야기도 들었지요. 제가 랍비를 낳을 때 있었던 일을 물으니까, 어머니는 가슴을 쓸어내리고 미소를 지으며 이야기를 들려주셨습니다. 꿈을 꾼 것인지 환상을 본 것인지, 처음 본 사람이 나타나 자기를 '가브리엘'이라고 하며, 어머니께서 아들을 낳을 것이라고 하고는 사라졌다고 합니다. 랍비 아버지 요셉도 꿈인지 환상인지, 그 사람으로부터 아들을 낳으면 이름을 "예수아"라고 지으라는 말을 들었답니다. 그래서 두 분은 그 사람을 천사라고 생각했다고 합니다.

미리암 어머니는 폭군 헤롯 대왕이 베들레헴의 아기들을 학살하려 한다는 소문을 듣고, 급히 이집트 알렉산드리아로 피난을 떠나 살던 시절의 이야기도 들려주셨어요. 요셉 아버지는 목수와 석공이라서 일거리가 많았기에 지내는 데 어려움은 없었답니다.

회당 어린이 학교에 다니던 랍비가 다섯 살 때 같은데, 그곳에 '필로'라는 20살 먹은 청년이 교사로 있었다네요. 어머니가 보시기에도 그 젊은이는 벌써 성서에 박식할 뿐 아니라, 그리스와 로마의 철학자들의 책도 줄줄 꿰고 있었답니다. 히브리어, 그리스어, 로마어도 잘했다네요. 그래서 장차 큰 학자가 될 것 같다고 하셨는데, 정말 그렇게 되었지요.

그런데 랍비는 의문이 일어나면 반드시 알아야 직성이 풀리셨다네요. 그래서 필로도 랍비를 무척 사랑했다고 합니다. 그러면서 어머니에게 "이 아이는 장차 커서 학자가 되거나 예언자가 될 게 틀림없습니다." 하고 말했답니다. 어머니는 학자가 되면 좋겠지만, 예언자가 되는 것은 운수가 나쁠 것이기에 좋아하지 않으셨답니다. 게다가 학자가 되려면 뒷바라지를 잘해야 하는데, 요셉의 수

418

입으로는 어려울 것 같아 한숨을 지었답니다. 랍비는 어른들에게 사랑과 함께 꾸중도 많이 들었는데, 어른들은 랍비가 지혜로운 말을 하면 좋아했지만, 곧은 성품에 바른말을 하면 싫어하며 또 무슨 말을 들을까 해서 피하기도 했답니다.

한 번은 일곱 살 된 랍비가 머리에 피가 흐르는 데도, 닦거나 울지도 않고 들어와 놀랐답니다. 물어봐도 대답도 하지 않기에, 데리고 나가 알아보니, 개천에서 함께 놀던 친구들이 개구리들에게 돌을 던지며 다치고 죽게 하며 즐거워하는 것을 보고는, 팔을 벌리고 막아서며, 아버지께서 아름답게 지은 생명을 죽이며 즐거워하면 기뻐하시겠느냐며, 하지 못하게 했답니다. 그러자 몇 아이들이 화를 내며 비키라고 해도 비켜나지 않자, 냅다 랍비에게 돌멩이를 던졌는데, 랍비는 피하지 않고 연거푸 돌멩이를 맞았답니다.

어머니가 다치게 한 아이들을 찾으려고 하자, 랍비는 어머니에게 "저에게 돌멩이를 던진 아이들을 알아내서 뭘 어쩌시려고요? 지나간 일을 지금 다시 데려오시려고요?" 하고 말했다고 해요. 나중에 그 일을 알게 된 어머니들은 자식들을 데리고 찾아와 정중히 사과했답니다. 그러자 랍비는 "그런 일이 있었나요?" 하고 말했답니다.

그리고 이미 제가 랍비에게 들은 대로, 나사렛으로 돌아와 살던 때도 랍비는 회당 랍비를 조르다시피 하며 배움에 열성이었답니다. 그 때문에 부모님은 랍비가 학자가 되려고 하나보다 하여, 근심이 많았다지요. 랍비가 12살 때 유월절 순례를 갔다가 돌아오던 중, 사람들이 많은 틈에 아들을 잃어버리고도 모르고 가다가 알고는 돌아가서 겨우 찾았는데, 성전 마당 한쪽에서 율법 학자들을 붙들고 성서에 나오는 이것저것을 끈덕지게 묻거나, 그들의 질문에 총명하게 대답하는 것을 보았답니다. 그래서 붙들고 꾸중하니까, "제가 아버지의 집에 있지 않으면 어디에 가나요?" 하고 말했다는 것입니다.

그러다가 6년 후, 요셉 아버지가 랍비가 18살 되던 해 사고로 세상을 떠나는 바람에, 모든 게 막혀서, 랍비가 목수 일을 하며 식구들을 먹여 살렸답니다. 그러니 랍비는 어려서부터 인생살이의 시고 쓴맛을 온몸으로 겪으며 자란 것이지요. 랍비, 미리암 어머니는 3년 전 세상을 떠나셨습니다. 저는 마을의 형제들과 함께 정성을 다해, 갈릴리 호수가 내려다보이는 우리 밭에, 그보다 2년 전에 떠나신 제 어머니 곁에 모셨습니다.

7

랍비, 봄이 되자 나라가 온통 혼란합니다(서기 66년). 젤롯파가 갈릴리 곳곳에서 로마에 대한 반란을 일으켰고, 이미 가이사리아의 총독 군대는 대패하여 붕괴했습니다. 젤롯파는 가는 곳마다 승리하여, 곧 예루살렘을 정복할 것이라는 말이 떠돕니다(실제 정복하고 농성 전에 들어감). 시리아 사령부의 3만 대군이 오고 있다는 소식도 들립니다. 그래서 전에 예언자 요한의 "도끼와 불의 날"이나 랍비의 "돌 위에 돌이 하나도 남지 않게 될 날"이 올 것 같습니다(유대전쟁: 서기 66~70년. 로마 티투스 장군에 의해 대살육이 벌어진 예루살렘은 폐허가 되고, 유대인들은 모조리 추방됨. 사두개파 제사장 그룹은 역사에서 사멸되고 바리새파는 살아남음).

분명히 예루살렘의 랍비 공동체도 큰 타격을 입을 테지요. 그러나 저는 이것이 랍비의 하나님 나라 운동을 이민족에게 더욱 확산시키는 일이 될 것이라고 봅니다. 모든 사태가 랍비께서 말씀하신 대로 되어갑니다. 이미 예루살렘에서 피신하여 시리아로 가던 형제자매들이 자주 우리 집에 들러 소식을 전해주고 지내다가 떠납니다.

사랑하는 랍비, 문득 40년 전 막달라로 가다가, 앞서 걷던 랍비가 동요를 부르며 흥겹게 춤을 추던 모습이 떠올라, 가슴이 뭉클해지며 랍비를 향한 그리움의 정이 솟아나, 저도 모르게 빙그레 미소를 지었습니다. 참으로 아름다운 사람의 모습이었습니다!

언제나 랍비 생각에 잠겨 지내는 저에게는 그야말로 하루가 천 년 같습니다. 랍비, 우리 형제들이 세상 곳곳으로 나아가, 랍비의 가르침과 삶을 생명의 진리로 전하고 있습니다. 저는 그렇게 해서 로마 제국이 소리도 없이 무너지고, 아버지 안에서, 그리고 랍비와 함께, 모든 인간이 한 형제자매가 되어 평등하고 행복하고 평화롭게 사는 하나님의 나라가 이루어지기를 바랄 뿐입니다. 그것이야말로 랍비의 꿈과 이상이 값지게 완성되는 일이지요.

그런데 제가 듣고 있는 소식들은 저를 우울하게 합니다. 세상 곳곳으로 퍼져 간 랍비의 회당이 커지면서, 갖가지 불상사가 일어나고 있다고 합니다. 하나님의 나라를 세우라는 랍비의 가르침과 삶은 자꾸만 망각의 심연으로 가라앉고, 벌써 랍비를 숭배하는데 열성을 보이고, 그리스나 로마 종교와 같이, 아니 옛날 이스라엘의 바알 종교와 같이 복이나 바라고 비는 종교가 되어가고 있다고 합니다. 슬프고 안타까운 일입니다. 벌써 이렇다면, 세월이 지날수록 더욱 그렇게 되겠지요.

그리운 랍비, 랍비께서는 고된 하루를 마치고도 밤이면 수없이 홀로 밖으로 나가 밤새도록 기도하고 명상하다가 돌아오곤 하셨지요. 그만큼 랍비는 한없이 약하면서도, 더없이 강하셨습니다. 약했기에 아버지를 의지하셨고, 강했기에 아버지의 뜻만 따르셨습니다. 랍비는 한순간도 시간을 낭비하지 않으셨지요. 랍비는 시간이나 삶을 아버지의 선물로 아셨으니까요.

언젠가 저와 함께 아름다운 황혼이 져가는 호숫가를 거니실 때, 랍비는 혼잣말로 나직이 읊조리셨지요. "인생에서 내 것이라 할 수 있는 것이 정녕 있기라도 하단 말인가?" 그러면서 랍비는 살아가다가 우연히 얻어 누리는 권력이나 지위나 재산 같은 것은 물론, 몸뚱이조차도 우리 것이 아니라면서, 모든 것이 아버지의 것, 아버지의 선물이기에, 더할 나위 없이 소중하게 써야 한다고 하셨지요.

랍비는 짧은 시간이지만, 불꽃으로 사셨어요. 이제 랍비는 세월에 종속되지 않는 영원한 불꽃, 날이 갈수록 더욱 거세게 타오르는 신성하고 영원한 불꽃이세요. 저 태양처럼, 랍비도 세상이 사멸하는 그날까지 타오르는 태양이십니다. 전에 랍비가 "나는 불이다!"라고 말씀하신 것 같이, 랍비는 장차 온 세상을 태울 겁니다. 저는 산불이 일어나 타고 난 자리에 새싹이 돋아서 숲을 이루는 것 같이, 랍비께서 목숨까지 바치신 하나님의 나라가 언젠가 이 땅에 이루어질 것이라고 믿어요.

사랑할수록 그립고 그리워할수록 사랑하는 랍비, 제 인생에서 아버지의 은총과 사랑의 복 가운데서 최고의 것은 바로 랍비를 만난 것입니다. 랍비가 아니셨다면, 오늘의 저도 없고 인생이 무엇인지도 몰랐지요.

지금도 랍비는 저에게 그때 그 나이로 그쳐서, 전혀 나이가 들지 않는 분이십니다. 영원한 청춘이신 랍비! 이것이 지금도 제 가슴에 새겨져 있는 랍비의 모습입니다. 랍비는 제 가슴 속에 계시고, 저는 랍비 가슴 속에 있으니까요. 그렇게 랍비와 저는 사랑 속에서 하나가 되었기에, 저의 삶은 제 속에서 사시는 랍비의 삶입니다!

후기

이 책은 요한복음에 나오는 "예수께서 사랑하시는 제자"(13:23, 21:20.24)를 '호세아'라는 인물로 설정하여 풀어낸 예수 이야기이다. 그는 예수께서 공생애에 나서신 처음부터 끝까지, 한시도 떠나지 않고 모든 것을 보고 듣고 경험한 사람이다. 그래서 할 수 있는 한, 현장에서 중계하듯 하는 감각을 살리려고 했다.

호세아의 눈을 통해서 바라본 예수는 유대 땅 곳곳을 다니며, 진리와 사랑을 통하여 이 땅에 신성하고 인간적인 '하나님의 나라'(다스림, 통치, 정치)를 실현하는 일에 목숨을 바치신 분이다. 곧, 후에 생겨난 기독교 신앙과 고백 이전의 역사적 예수의 면모이다. 나는 그런 예수의 모습이 네 복음서를 통합적으로 읽을 때 드러난다고 보고 이 책을 썼다.

마가복음과 요한복음의 차이는 지나치리만큼 크다. 마태복음과 누가복음도 그에 못지않다. 그래서 마치 네 분의 예수를 보는 것 같기도 하다. 그러나 그것은 저자들의 삶의 자리와 공동체의 회중이 서로 달랐기 때문에 빚어진 일이다. 이를테면 '시각 장애인 코끼리 만지기' 이야기와 비슷하다. 따라서 어떤 복음서가 가장 정확하다고 말할 수 없다. 하나의 복음서에 나타난 예수를 취사선택하는 것도 가능하지만, 그렇게 하면 지나친 주장이나 왜곡이 되어 기독교인 사이에 이해와 대화가 단절되는 벽이 생길 수 있다.

내가 볼 때, 대개 마가복음의 예언자와 혁명가 예수, 마태복음의 현인 예수, 누가복음의 사랑과 자비의 예수, 요한복음의 사람의 몸을 입고 이 땅에 온 로고스(말씀·하나님·진리)나 진리를 깨달은 각자(覺者) 예수는 한 분이시다. 그래서 이러한 네 가지 모습의 예수를 통합하여 그리고자 했다.

네 복음서에 나오는 예수의 면모는 '하나님의 나라'라는 꿈·이상 하나로 모인다. 예수는 이 땅에 하나님의 나라가 이루어지기를 바라면서(마 6:9~10), 온몸으로 그 새롭고 진정한 현실을 보여주고 가르치고 실현하려고 하신 분이다. 네 복음서는 이런 새로운 존재와 새로운 세계가 예수의 몸과 삶에서 잠시나마 이루어진 현실을 증언한다. 그래서 예수는 하나님 나라의 전범(典範)이다.

그리고 네 복음서는 예수 이야기로 그치는 것이 아니라, 예수의 뒤를 따라서 이 땅에 하나님의 나라를 세우는 데 자신을 바쳐야 할 제자들과 그 공동체의 길과 사명을 밝히고 강조하는 이야기이기도 하다.

예수의 하나님 '나라·다스림'은 크게 두 가지로 나타난다. 개인적으로는 사람이 거룩한 영의 힘을 통하여 진리를 깨달아 온전히 내적 혁명을 이루는 것이고(중생·重生), 집단적으로는 하나님이 창조적이고 모험적인 정신으로 가득한 그런 사람들을 통해서 실현하시는 진정한 평등과 사랑과 평화의 세계, 곧 "새 하늘과 새 땅"이다(사 65:17; 계 21:1).

사도행전은 하나님 나라의 잠정적 실현을 보여준다. 오순절 성령강림 사건을 통하여 중생하여, 세계관과 가치관과 인생관과 물질 관념과 인간관 등에서 철저한 내적 혁명을 이룬 사람들이 세상에 실현하는 신성하고 인간적인 새로운 세계(행 2장, 5:32~37)! 내적 혁명을 이루어 "그리스도 예수의 마음"(빌 2:5)을 품게 된 사람들은 머무는 모든 곳에서 예수의 사랑과 자비를 통해 존재한다. 이것이 예수께서 바라신 제자의 삶이며 공동체의 모습이다. 그렇기에 예수의 하나님 나라 운동은 인간 혁명과 세계 변혁이다.

예수의 기도문은 하나님 나라의 청사진이다. 하나님의 나라는 사람이 하나님을 아버지로 알고 신뢰하고 사랑하고 공경하는 것에서 시작되어(내적 혁명), 빵·밥(살림살이, 경제)의 평등과 나눔, 아버지 하나님의 마음으로 서로를 용서하고 사랑하며 맺는 참되고 인간다운 관계, 유혹과 악에 빠지지 않는 선의지와 도덕적 성숙함이다(상생과 평화의 세계).

나는 요한복음에 나오는 "나는 사람에게서 영광을 받지 않는다."라는 예수의 말씀을 역사적 사실로 본다. 왜냐면 예수는 본디 그런 분이시기 때문이다. 여기에서 '영광'은 '인정, 칭찬, 존경, 흠모, 기림, 명예, 숭배'를 망라하는 폭넓은 단어이다. 그런 의미에서 "예수께는 죄가 없으시다."라는 말도, 예수께서는 사사로운 탐욕과 거짓과 무지와 어리석음에 빠진 인간들이 바라고 추구하는 욕망이 일절 없었다는 뜻으로 본다(히 4:15).

이런 말도 있다. "예수께서는 모든 사람을 알고 계시므로, 그들에게 몸을 맡기지 않으셨다. 그는 사람에 대해서는 어떤 누구의 증언도 필요하지 않으셨기 때문이다. 그는 사람의 마음속에 있는 것까지도 알고 계셨기 때문이다."(요 2:24~25)

그러니 예수께서 무슨 인간들이 오매불망 추구하는 영광 같은 것(!)을 바라셨겠는가? 추호(秋毫)도 그런 마음이 있었다면, 그리스 철학자 플라톤의 '아카데미아'나 아리스토텔레스의 '뤼케이온' 같은 학원을 세워서 제자들을 양성하셨으리라. 이러한 예수의 진면목(眞面目)이야말로 현대 기독교인들이 가슴에 새기고 죽어도 잊지 말고 살아야 할 모습이다.

지금 한국 교회를 비롯한 기독교가 많이도 망가져 간다. 마치 이사야 1장의 모습이 재현되고 있는 것 같다. 왜 망가져 가는가? 이유는 하나뿐이다. 아니, 두 개 같다. 하나는 예수를 제대로 알지 못하기 때문이다. 밤낮 '예수 타령'을 하면서도, 어째서 모르는가? 복음서조차 제대로 읽지 않기 때문이다! 이것은 기독교인으로서 직무 유기의 무책임한 사태이다. 기본이 안 되니, 다른 것은 말할 것도 없다. 모래 위에 성을 지으려고 하는 것이다.

다른 하나는 구약성서에 숱하게 나오는 바알 종교의 신앙 행태이다. 바알 종교는 권력이나 경제나 문화와 살림살이의 모든 방면에서, 그저 성공, 부, 풍요, 사치, 안락, 쾌락, 명예와 명성, 상찬, 영광, 장수 등, 인간이 본성과 본능으로 갈애(渴愛)해 바라마지 않는 사항만 추구할 뿐이다. 거기에는 의(신과 맺는 올바르고 친밀한 관계), 사회 정의, 겸손, 진실, 정직, 사랑, 자비, 평등, 평화 등의 도덕적 가치와 윤리적 질서가 없다. 이기심의 아우성 도가니일 뿐이다. 바알 종교는 예수께서 광야에서 물리친 악마의 유혹이다(마 4:1~11).

고대 이스라엘 민족은 바알 종교에 먹혀 결국에 망했다. 바알 종교는 인간이 존재하는 한 언제나 인기를 누리고 각광(脚光) 받는 종교 형태이다. 현대의 바알 종교란 단연코 자본주의이다. 돈이 신이다! 이것이 현대 기독교에 다시금 교묘한 형태로 스며들었다. 지금 한국 기독교를 '기독교 판 바알 종교'라고 한

다면, 지나치다 할 것인가? "들을 귀가 있는 사람은 들어라!"(막 4:9)

'바빌론 포로'는 유대인들과 유대교만이 아니라, 기독교에도 해당할 수 있는 영원한 경고이다(계 18장). 기독교의 바알 종교화야말로 바빌론 포로이다. 이제 기독교에서 썩고 묵은 것은 역사에서 도태되고, 새로운 것이 나타날 것이다. 지금은 기독교가 그 아픔을 겪는 중이라고 보겠다.

기독교는 예수 그리스도를 신뢰하고 따르는 길이다. "그리스도께서 사람을 부르신다는 것은 '너, 나에게 와서 죽어라.'라는 뜻이다."(D. 본회퍼-나를 따르라: 제자의 길-산상수훈 강론) 따라서 예수의 길은 바알 종교와는 상극(相剋)이다! 예수는 종교나 종파를 창설한 게 아니라, 진리와 생명의 길을 보이고 가르치고 따르라고 하셨을 뿐이다.

예수는 기독교라는 종교나 종파의 교주가 아니시다! 그리고 기독교는 예수를 믿는 새로운 유대교도 아니다! 믿음에서 따름으로 나아가야 한다. 왜 예수 그리스도를 따라야 하는가? 동전의 양면과 같다. 내적 혁명과 새로운 세계 건설! 곧, 개인과 세상에 하나님의 나라(다스림)를 실현하기 위해서이다.

나는 하나님의 나라 운동을 펼치신 예수의 진면목(眞面目)을 드러내려고 했지만, 나도 여전히 예수를 잘 모른다. 이 책을 쓰면서 예수를 다시 조금 더 발견하게 되었다는 것이 그나마 다행스럽다. 시종일관 예수를 "랍비"라고 말한 것도 갈릴리 땅을 거니셨던 그때의 예수를 더욱 흙을 만지는 것처럼 피부로 살갑게 느껴보기 위해서였다. 갈릴리와 예루살렘과 골고다의 예수 랍비를 모르고서, 어떻게 그리스도를 알겠는가? 공허한 그리스도 숭배가 기독교를 망치는 근본이다.

나는 한국 기독교인들이 네 복음서를 밤낮 읽고 또 읽어서, 예수를 손바닥

들여다보듯 알게 되기를 바란다. 얼마나 읽어야 할까? 이렇게 시험해보자. '무슨 복음 몇 장에는 어떤 이야기가 있는가?' 하고 누가 물으면, 곧장 '아, 이런 말씀과 이야기가 있지!' 하고 대답할 수 있을 정도로! 이것은 초등학교를 졸업한 사람도 능히 할 수 있는 일이다. 예수의 길은 결단코 값싼 종교가 아니다! 그런 사람들에게 진실한 심정을 다해 마태복음 23장을 읽어보기를 권고한다. 그리고 사제들과 학자들과 바리새파에 관한 이야기는 복음서에 기초한 것으로, 나의 사사로운 반유대주의(anti-semitism)가 아니라는 점을 밝혀둔다.

21세기도 이미 24년째 보내고 있는데, 세상은 여전히 암울하다. 심지어 기독교의 같은 정교회 문화의 나라들이 전쟁을 벌인다! 이스라엘과 팔레스타인의 전쟁은 할 말이 없다. 어서 그치고 서로 공존과 상생(相生)의 길을 찾기를 바랄 뿐이다.

21세기의 기독교는 무엇을 할 것이며, 무엇을 해야 할 것인가? 나는 그것이 역사적 예수의 가르침과 삶인 하나님의 나라 운동을 따르는 것이라고 본다. 진정 예수를 신뢰하고 닮은 사람은 그리스도를 따른다! 이것이 21세기의 기독교가 지향해야 할 길이다.